새롭게 다시 읽는 『사랑의 선물』

■ 『사랑의 선물』 표지 변천 과정

초판본으로 추정되는 표지

일본의 『세계동화보옥집』(후잔보, 1919(초판);
1935(19판))에 실린 오카모토 키이치의 삽화. 이
그림을 가져다가 『사랑의 선물』 표지에 사용한
것으로 보인다.

『어린이』(1924.4)지에 실린 『사랑의 선물』 표지.
초판본의 표지와 다르다는 것을 알 수 있다.

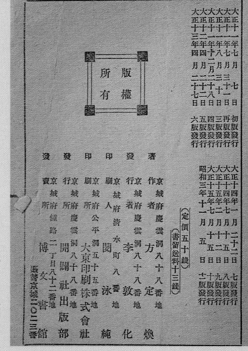

▲4~6판으로 추정되는 표지.
▲▶11판(1928.11.5 발행) 표지(한국현대문학관 소장).
▶11판 판권지.
11판 표지에는 '박문서관 발행'으로 표기되어 있으나, 판권지에는 '개벽사 발행, 박문서관 발매'로 표기되어 있다.

연구모임 작은물결

'연구모임 작은물결'은 '방정환과 그들의 시대, 그들의 문학과 삶'을 공부하기 위해 만들어진 모임이다. 2016년 여름 첫 모임을 시작해 근대아동문학, 옛이야기, 일본아동문학, 역사 인물과 역사 이야기, 민속학, 그림책, 교육학, 매체 등 다양한 분야의 연구자, 평론가, 작가가 함께하고 있다. (현재 회원 : 김명옥, 김순녀, 김영순, 김윤정, 김현숙, 김환희, 손증상, 염희경, 이미정, 이정아, 이정현, 조은숙, 조은애, 최미경)

김명옥 ● 건국대·순천향대 대학원 강사, 한가람역사문화연구소 연구위원
김순녀 ● 서울디지털대 문예창작과 객원교수, 연세대 매체와예술연구소 연구교수
김영순 ● 아동문학연구자, 번역가, 작가
김현숙 ● 아동문학평론가, 동화작가
김환희 ● 옛이야기연구자, 아동문학평론가
염희경 ● 춘천교육대 강사, 한국방정환재단 연구부장, 아동문학연구자
이미정 ● 건국대 동화·한국어문화학과 교수
이정현 ● 일본 류코쿠대학 강사, 한일아동문학연구자

방정환연구총서 03

새롭게 다시 읽는『사랑의 선물』

2024년 2월 15일 1판 1쇄 인쇄 / 2024년 2월 29일 1판 1쇄 발행

지은이 연구모임 작은물결 / 기획 한국방정환재단 / 펴낸이 임은주
펴낸곳 도서출판 청동거울 / 출판등록 1998년 5월 14일 제2023-000034호
주소 (12284) 경기도 남양주시 다산지금로 202(현대테라타워 DIMC) B동 317호
전화 031) 560-9810 / 팩스 031) 560-9811
전자우편 treefrog2003@hanmail.net / 네이버블로그 청동거울출판사

출력 우일프린테크 | 인쇄 하정문화사 | 제책 책다움

ISBN 978-89-5749-233-8 (94800)
ISBN 978-89-5749-141-6 (세트)

방정환연구총서 03

새롭게 다시 읽는
『사랑의 선물』

연구모임 작은물결 지음 | 한국방정환재단 기획

청동거울

봄과 어린이, 생명력, 자연의 녹색은 참 잘 어울린다. "어린이는 봄의 새싹처럼 우쭐우쭐 자라나는 사람입니다." 방정환 선생님이 남긴 이 말씀 때문인 듯하다. 2023년의 5월, 봄날이 간다. 작년에 이어 올해도 무척 바쁘게 보낸 봄날이었다. 2022년은 어린이날 100주년이자 방정환의 번역동화집 『사랑의 선물』 출간 100주년이었다. 올해 2023년은 잡지 『어린이』 창간 100주년이자, 색동회 창립 100주년, 그리고 '어린이해방선언' 100주년이다. 방정환과 관련된 단체나 연구자 모두 바쁘게, 기쁘게 보낸 두 해가 아니었을까 싶다.

이 책은 '연구모임 작은물결'에서 이 뜻깊은 두 번의 100주년 기념일을 보내며 내는 첫 책이다. 작년 『사랑의 선물』 출간 100주년을 기념해 내려고 준비했으나 여러 사정으로 연기되었다. 첫 책을 내려니 우리 공부 모임이 그동안 함께 해온 날들이 스치듯 떠오른다. 재단이 광화문에 있던 2016년 어느 날, 교육학 전공자 이정아 선생님이 방정환 교육 사상 연구를 하기 위해 방정환을 공부하고 싶다고 찾아왔다. 한일아동문학 연구자이자 번역가인 김영순 선생님과 셋이 정말 소박하게 공부 모임을 시작했다.

셋으로 시작된 공부 모임은 건국대학교의 김명옥 선생님과 이미정 선생님의 합류로 다섯이 되었다. 우리는 재단 소회의실이나 근처 카페에서 모임의 정식 명칭도 없이 공부 모임을 이어갔다. 어느 새 공부 모임에는 다양한 분야의 연구자가 열 명 넘게 모였다. 우리는 2022년『사랑의 선물』100주년, 2023년 색동회 창립 100주년을 앞둔 만큼 관련 연구서를 내보자는 데에 의견을 모았다. 공부 틈틈이 포럼이나 학술대회 등에 참여하면서 자신의 연구를 발표하였다. 코로나 이후 여느 모임처럼 공부 모임에도 혼란이 찾아왔지만 비대면으로 모임을 이어갔고, 온라인 공부 모임 덕분에 일본에 있는 이정현 선생님, 대구에 있는 손증상 선생님과도 함께 공부할 수 있었다. 최근『어린이』로 박사 학위를 받은 열정적인 연구자 김윤정 선생님과 동아시아 불교설화와 일제강점기 설화, 일본 근대시기 고전문학 형성과 동화를 연구하고 있는 조은애 선생님의 합류로 모임도 새로운 활기를 얻고 있다.

- 2016년 11월 25일 한국방정환재단 주최 〈방정환과 그들의 시대, 이미지로 본 어린이와 여성〉

  김영순_『어린이』지와 일본아동문예 잡지에 표상된 동심 이미지
  염희경_ 근대 어린이 이미지의 발견과 번역 · 번안동화집
  이정아_『학생』에 나타난 남학생과 여학생 이미지

- 2018년 8월 11일 한국아동청소년문학학회와 한국방정환재단 공동 주최 〈방정환에서 다시 시작하자〉

  김현숙_ 1920년대 소년소설의 서사 특성 탐색
  김환희_ 정인섭의 「사람 늑대」와 북미 원주민 설화의 비교

염희경_ 방정환, 다시 문제는 필명이다

● 2019년 8월 22일 인하대학교 한국학연구소 주최 〈방정환과 색동회의 시
  대〉

김환희_ 방정환의 「요술왕 아아」 개작의 특징
이미정_ 윤극영의 '다리아회' 활동 고찰

● 2020년 11월 7일 한국방정환재단, 연구모임 작은물결, 성균관대학교 비
  교문화연구소, 성균관대 국어국문학과 BK21 교육연구단 주최 〈새롭게
  읽는 방정환의 『사랑의 선물』〉 (1)

김순녀_ 샤를 페로의 '산드룡'과 방정환의 '산드룡'
김영순_ 「한네레의 죽음」에 투영된 작품 세계 특징
김현숙_ 『사랑의 선물』이 보여준 저본과 번역본의 차이가 주는 의미 고찰
정선희_ 『사랑의 선물』 학술사의 안계(眼界)와 과제

● 2021년 10월 30일 한국방정환재단, 연구모임 작은물결, 성균관대학교 비
  교문화연구소, 성균관대 국어국문학과 BK21 교육연구단 주최 〈새롭게
  읽는 『사랑의 선물』(2)〉

김명옥_ 방정환 개벽사상의 실천적 텍스트로서 「난파선」 읽기
김순녀_ 방정환의 「잠 자는 왕녀」, '깨끗하고 고결한 이야기' 되기
염희경_ 「천당 가는 길」, 추방된 '원초적 반란자'의 민중성과 '회심'의 미학
이미정_ 「왕자와 제비」와 「털보 장사」에 나타난 '독창적 반복'

● 2023년 5월 25일 근대서지학회, 방정환연구소 주관 〈어린이와 함께 한 『어린이』 100년〉

김윤정_『어린이』와 아동의 성장 : '원기(元氣)'를 중심으로
염희경_『어린이』의 세계 '기획'과 상상력

　'연구모임 작은물결'의 김영순 선생님, 이미정 선생님, 조은숙 선생님, 최미경 선생님, 그리고 일본에 있는 이정현 선생님은 발표자가 아닌 때에도 토론자로 사회자로 자주 불려 나와 동료 연구자들에게 큰 힘을 보태주셨다.

　이렇게 쭉 적어 보니 우리는 '연구모임 작은물결'의 이름을 표나게 드러내지 않은 채 우리가 추구하는 바 '작은물결'처럼 서로에게 시간을 내어주고 참고 자료를 알려주거나 직접 구해주었고 각자의 전문 분야에서 축적된 연구 성과를 공유하면서 연구의 장에 스며들었다. 근대아동문학, 옛이야기, 일본아동문학, 역사 인물과 역사 이야기, 민속학, 그림책, 교육학, 매체 등 다양한 분야의 연구자, 평론가, 작가가 이 연구서를 내기까지 꾸준히 함께 '연구모임 작은물결'을 일구어온 것이다.

　특히 2020년과 2021년 두 번의 작은물결포럼 〈새롭게 읽는 방정환의 『사랑의 선물』〉에서 우리는 이 연구서가 나올 수 있는 알맹이를 얻었다. 비슷한 방식으로 늘 읽혀온 『사랑의 선물』에 의문을 던지며 새롭게 읽기에 도전했고, 토론자들의 귀한 조언과 청중의 질의 토론으로 좀더 다듬어진 연구 결과물을 얻을 수 있었다. 방정환연구총서 1 『방정환과 '어린이'의 시대』에서 "방정환의 다양한 면모를 찾고 드러내며 그 의미를 해석할 뿐 아니라, 그의 시대, 또 그가 만들어낸 시대를 설명하고자" 했던 연구의 목표와 방향은 이 연구서에서도 이어진다. 연구서에는 여덟 명의 연구자가 방정환의 번역으로 다시 태어난 『사랑의 선물』 열 편

의 작품을 대상으로 원작을, 일본어 저본을 추적해가며 외국 동화 번역을 매개로 시대와 어린이와 소통하며 한국 근대아동문학을 개척한 방정환의 흔적을 추적하며 고군분투했고, 저마다의 시각으로 새롭게 읽기 위한 시도를 했다.

『새롭게 다시 읽는『사랑의 선물』』에서는『사랑의 선물』에 실린 10편의 작품론을 모두 담아냈다.「마음의 꽃」과「어린 음악가」는 사정이 여의치 못해 싣지 못할 뻔했던 작품이지만, 버려둘 수 없다는 마음에 뒤늦게 추가로 연구를 진행했다. 두 작품의 작품론이 실린 것만으로도 스스로에게 뿌듯하다. 10편의 작품 중에는 동서양 모두에서 오랫동안 읽히고 연구도 많이 된, 이른바 '세계 명작'이라 불리는 작품이 있는가 하면 덜 알려져서 원작자와 원작명도 제대로 알 수 없고 연구도 덜 된 작품들도 있다. 방정환이 왜 이들 작품을 선정했는지, 원작뿐 아니라 일본어 저본과도 달리 번역한 부분들을 들여다보며 그 근거를 찾으려 애썼다.

이 책은 연구 논문을 실은 세 개의 장과 부록으로 구성하였다. 1장에서는『사랑의 선물』표지 그림과 작품 속 삽화에 관한 소론을 다루었다. 『사랑의 선물』과 오카모토 키이치 그림의 관계성, 나아가 그 변용의 과정을 통해 방정환 번역의 특성도 읽어낼 수 있었다. 또한『사랑의 선물』10판의 발굴·소개는 또 하나의 선물이자 기적과도 같다. 2장에서는 원작자가 뚜렷한 창작물을 다루었고, 3장에서는 구전되던 옛이야기를 개작한 작품들을 방정환이 다시 쓴 작품을 다루었다. 그리고 부록에서는 방정환이 참고했을 것으로 판단한 일본어 저본의 번역을 실어 이후 연구자들의 연구에 편의를 제공하고자 하였다.

우리는 방정환 번역의 일본어 저본을 밝힌 이정현 선생님의 선행 연구를 길잡이 삼아 정확하게 밝혀지지 않은 부분은 새롭게 추적하여 보완하고, 원작과 일본어 중역본 그리고 방정환 번역본을 비교 분석하여 작품 선정 이유와 번역에 드러난 특징을 살피는 데에 많은 힘을 쏟았다.

일테면, 원작, 중역본과 달리 방정환의 번역에서 천도교의 개벽 사상, 어린이운동의 성격, 어린이와 어린이문학에 대한 깊은 성찰, 식민지 조선 상황의 은유, 다양한 판본의 융합, 독자와의 정서적 공감과 유대 등이 한층 강화된 사실을 발견할 수 있었다. 번역가 방정환은 낯선 이국의 산물인 원작 또는 중역본을 수동적으로 옮기는, 단순한 전달자, 수용자가 아니라 우리의 어린이문학을 풍요롭게 개척하기 위해 창조적 주체성을 발휘하며 번역에 임했던 아동문학가이자 어린이문화운동가였다. 이후 연구를 통해 동시대의 다른 번역동화들과의 비교 연구로 심화 확장된다면 번역가 방정환의 창조성, 독창성과 『사랑의 선물』의 문화사적 의의를 더 뚜렷이 밝힐 수 있으리라 기대한다. 아쉬움이 남는 우리의 연구 결과물이 그 연구로 가는 작은 디딤돌이 되기를 바란다.

　'연구모임 작은물결'의 첫 책 『새롭게 다시 읽는 『사랑의 선물』』이 세상에 나오기까지 많은 분들의 도움을 받았다. 한국방정환재단의 기획으로 시작된 이 연구서는 재단의 지원과 함께 성균관대학교 비교문화연구소와 국어국문학과 BK21 교육연구단의 두 차례의 작은물결포럼 지원 덕분에 가능했다. 바쁘신데도 아낌없는 응원을 보내주시기 위해 김경연 선생님, 원종찬 선생님, 박진영 선생님께서 흔쾌히 추천사를 써주셨다. 세 분 선생님의 명성에 흠결이 되지 않는 연구서이기를 바랄 따름이다. 일본어 저본을 번역해주신 '연구모임 작은물결'의 김영순 선생님, 김환희 선생님, 이정현 선생님과 모임 구성원이 아니지만 우리의 작업에 힘을 보태주신 박종진 선생님께도 진심으로 감사드린다. 박사논문 집필로 바쁘고 힘든 와중에 '『사랑의 선물』 연구 목록'을 꼼꼼히 작성해준 정선희 선생님께도 감사와 응원의 마음을 전한다. 인문학 출판 시장의 어려움 속에서도 '방정환연구총서'를 출간하는 데에 도움을 주신 청동거울의 임은주 대표님과 조태봉 편집장께도 진심으로 감사드린다. '연구모임 작은물결'의 우리에게도 응원과 격려를 보내며, 우리의 다음

연구서『방정환과 '색동회'의 시대』가 나올 때까지 덜 지치면서 즐겁게 함께 할 수 있기를 바란다. 끝으로 이 연구서를 읽고 방정환의『사랑의 선물』새롭게 읽기, 비판적 읽기를 이어갈 독자들께도 미리 감사 인사를 드린다.

2023년 5월, 방정환을 기억하며
필자들을 대표하여
염희경

| 차 례 |

1부

초창기 번역동화집
『금방울』과 『사랑의 선물』 표지

―원본 표지 그림의 수용과 변용이 지닌 의미

염희경

한국에서 출간된 번역동화 '앤솔러지' 중 현전하는 최초의 번역동화집은 오천석의 『금방울』(광익서관, 1921)이다.[1] 국립중앙도서관과 고려대학교에 소장되어 있는 『금방울』은 안타깝게도 겉표지가 유실되어 있다. 필자는 이 두 곳에 소장된 『금방울』만을 확인했던 터라 이전의 논문에서는 『금방울』 표지를 다룰 수 없었다.[2] 2020년 5월, 한국학중앙연구원 문헌정보과 정사서원 박하늘 선생이 도서관의 '안춘근 문고' 소장본 『금방울』을 소개하였다.[3] 표지가 훼손되지 않은 온전한 형태의 『금방울』이

---

1 방정환은 「새로 개척되는 '동화'에 관하여」(『개벽』, 1923.1)에서 『사랑의 선물』(개벽사, 1922)이 출간되기 이전에 나온 번역동화집으로 한석원의 『눈꽃』과 오천석의 『금방울』을 언급했다. 한석원의 『눈꽃』은 미발굴이라 발행처와 출판연도를 알 수 없다.

2 염희경, 「일제 강점기 번역·번안 동화 앤솔러지의 탄생과 번역의 상상력(2): 기독교 계열의 번역 동화 앤솔러지를 중심으로」, 『아동청소년문학연구』 11, 한국아동청소년문학학회, 2012.12.; 염희경, 「근대 어린이 이미지의 발견과 번역·번안동화집」, 『현대문학의 연구』 62집, 한국문학연구학회, 2017.6.

3 박하늘, 「천원(天園)이 상상한 어린이의 상(像), 『금방울』」, 한국학중앙연구원 온라인소식지, 2020.5.
http://www.aks.ac.kr/webzine/2005/sub05.jsp

세상에 처음 모습을 드러낸 것이다. 방정환의『사랑의 선물』초판본은 실물이 전해지지 않아 광고로 초판본 표지를 추정해왔다. 이러한 상황에서 현전하는 최초의 번역동화집 표지를 확인할 수 있다는 사실은 그 자체만으로 벅찬 일이다.

필자는『금방울』에『킨노후네(金の船)』의 전담 화가 오카모토 키이치(岡本歸一)의 삽화와『아카이토리(赤い鳥)』의 전담 화가 시미즈 요시오(清水良雄)의 삽화가 그대로, 또는 일부 변형되어 실렸다는 사실을 밝힌 바 있다.[4]『금방울』에는 총 10편의 동화 중 안데르센의 동화 4편이 번역되었다. 그리고 총 13점의 삽화 중『킨노후네』창간 1주년 기념 '안데르센호'(1920년 10월호)의 오카모토 키이치의 삽화 8점을 실었다.

이번에 공개된『금방울』표지 그림([그림 1])도 오카모토 키이치가 그린『킨노후네』창간 1주년 기념 '안데르센호'의 표지 그림([그림 2])과 상당 부분이 동일하다.『금방울』표지 그림은 오카모토 키이치가 다른 잡지나 단행본에 발표했던 그림일 가능성이 있다. 또 다른 가능성은 [그림 2]에서 [그림 1]로 바뀐 경우인데, 이때 세 가지 가능성이 있다. 첫째 '금방울' 표제에 어울리게『킨노후네』표지 그림([그림 2])을 고쳐 새로 그려 넣었을 가능성, 둘째 오카모토 키이치의『킨노후네』표지 그림([그림 2])과 오카모토 키이치의 다른 그림에서 일부를 가져와 합성하듯 편집하여 사용했을 가능성, 셋째 [그림 2]와 오카모토 키이치가 아닌 다른 화가의 그림에서 가져와 합성하듯 편집했을 가능성 등이 그것이다.

---

4 『금방울』동화집에 실린 「어린 음악사」의 한 장면은 나카지마 고토(中島孤島)가 번역하고 오카모토 키이치가 삽화를 그린『그림 오토기바나시 グリム御伽噺』(富山房, 1916)의 「어린 오누이 小さな姉弟」 삽화에서 배경과 색을 제거하고 인물의 모습을 그대로 가져왔다. (염희경, 앞의 글, 2017, 66~67쪽) 또한,『금방울』에 실린 「앨리쓰 공주」도 시마자키 도손(島崎藤村)이 번역하고 시미즈 요시오가 삽화를 그린 「작은 선물 小さな土産物」(『아카이토리(赤い鳥)』1919.4)에서 거의 그대로 가져오면서 배경을 없애고 손의 모양과 옷 무늬, 눈의 크기, 신발의 색상을 다르게 표현했다. (앞의 글, 2017, 68~69쪽)

[그림 1] 오천석 『금방울』, 광익서관, 1921.8   [그림 2] 『킨노후네(金の船)』, キンノツノ, 1920.10
(한국학중앙연구원 한국학도서관 소장)   제1주년 기념 '안데르센호'

   이 네 가지 가능성 중 다른 그림의 특정 부분을 가져와 [그림 2]와 합성하듯 편집하여 사용했을 가능성을 제기하는 것은 당시 출판계에서 적잖이 일어났던 일이기 때문이다.

   [그림 4]는 1922년 광문사에서 발행한 현병주의 『양귀비』 표지인데, 오카모토 키이치가 그린 [그림 2]의 꽃과 시미즈 요시오가 『아카이토리』 1919년 8월호 표지로 그린 〈왕자〉 그림([그림 3])에서 왕자의 상반신만을 따와 두 그림을 합성하듯 편집하였다. 두 그림을 합치는 과정에서 '왕자'는 '양귀비'가 되었고, 양귀비의 의상과 꽃의 색상이 바뀌었다. 또한 [그림 2]의 테두리 장식 도안을 그대로 가져다 쓰고 잡지명이 들어간 부분을 단행본의 서명으로 대체하였다. 이러한 사례를 볼 때 『금방울』 표지 그림도 다른 그림에서 가져와 [그림 2]와 합성하듯 편집했을 가능성을 배제할 수 없다.

[그림 3] 『아카이토리』, 赤い鳥社, 1919.8   [그림 4] 현병주, 『양귀비』, 광문사, 1922.

    당시 일본의 아동잡지 화가들은 대개 한 잡지에 반(半)전속 상태로 표지와 삽화를 담당했는데, 『아카이토리』의 시미즈 요시오, 『도우와(童話)』의 가와카미 시로(川上四郎), 『킨노후네』/『킨노호시(金の星)』의 오카모토 키이치가 대표적이다.[5] 『아카이토리』, 『킨노후네』/『킨노호시』, 『도우와』의 표지와 삽화를 살펴보았는데, 『금방울』 표지와 동일한 그림은 물론 합성했을 가능성이 있는 다른 그림도 발견하지 못했다.

    『금방울』 표지에서 두 여자아이의 검은 머리 부분은 배경의 검은 색과 구별하려는 듯 테두리를 붉은 선으로 표시했다. 『킨노후네』 표지 그림([그림 2])을 가져오면서 배경의 붉은 색을 그대로 따온 것이 아닐까 추정된다. 현재로서는 앞에서 제시한 네 가지 가능성 중 『킨노후네』 창간

---

5 이인영, 「한국 근대 아동잡지의 '어린이' 이미지 연구—『어린이』와 『소년』을 중심으로」, 이화여자대학교 석사논문, 2015, 22쪽.

1주년 기념 '안데르센호' 표지에서 두 소녀를 감싸고 있는 빨간 꽃의 배경 부분과 방울이[6] 담긴 바구니 부분을 고쳐 그리는 식으로 변형했을 가능성에 좀 더 무게를 두고 있다. 오카모토 키이치의 그림뿐 아니라 당시의 다른 아동화가들의 그림을 파악해야만 『금방울』 표지 그림의 탄생을 해명할 수 있다. 이 부분에 대해서는 자료 조사를 통해 좀 더 보완해야할 것이다.

한편, 『금방울』보다 1년여 늦게 출간된 방정환의 『사랑의 선물』에는 표지를 제외하고 총 14점의 삽화가 실렸는데, 동일 작품의 일본어 번역본에서 가져온 삽화뿐 아니라 전혀 다른 동화에서 가져온 삽화들도 있다. 방정환이 오카모토 키이치의 그림을 선호하여 그의 삽화가 실린 동화집만을 대상으로 번역할 동화를 선정한 것이 아닌가 하는 논의가 있을 만큼 『사랑의 선물』에 실린 14점의 삽화 중 13점은 모두 오카모토 키이치의 삽화이다.[7] 현재 『사랑의 선물』의 첫 번째 수록작인 「난파선」의 도입부에 실린 배 그림만 출처와 화가가 밝혀지지 않은 상태이다.

이정현의 연구에 따르면, 방정환은 후잔보(富山房)에서 1915년부터 1921년까지 전 12권으로 출간한 '신역(新譯) 회입(繪入)' '모범가정문고' 시리즈 중 『그림 오토기바나시(グリム御伽噺)』(1916), 『안데르센 오토기바나시(アンデルセン御伽噺)』(1917), 『세계동화보옥집(世界童話寶玉集)』(1919)에서 다수의 동화를 선택·번역하였다고 한다. 이 시리즈물 중 특히 쿠스

---

6 오천석은 『금방울』 서문에서 "아름다운 보드라운 다사한 시의 향기 높은 왕국을 세워 어린 사람들의 노래터를 만들려"고 한다며, "거기에는 나뭇가지마다 금방울이 열려" 있다고 하였다. '금방울'은 동심이 충만한 고귀한 동화 왕국의 상징물로, '나뭇가지에 열려' 있다는 표현에서 알 수 있듯, '황금빛' 열매 이미지를 지닌다. 특히 오천석은 서문에서 안데르센의 동화를 '보옥 중의 보옥'이라 했는데, '보옥'과 '금방울'은 '동화'를 상징적으로 표현한 것이라 볼 수 있다. 따라서 표지 그림의 바구니 속 동그란 물체는 공이나 실타래로 보이기도 하지만, 동화집 표제와의 상관성을 고려할 때 '동화'를 상징적으로 표현한 '보옥' '방울'로 볼 수 있을 것이다.
7 李姃炫, 「方定煥の飜譯童話研究—『サランエ ソンムル(사랑의 선물)』を中心に」, 大阪大學院言語文化研究科 博士論文, 2008, 82쪽.

야마 마사오(楠山正雄)가 펴낸 『세계동화보옥집』(1919)에서 총 4편의 동화를 번역하였다.[8] 또한 이 책에서 삽화 4점을 골라 그대로, 또는 변형해서 『사랑의 선물』 삽화로 사용하였다.

현전하는 『사랑의 선물』은 1928년에 발행된 11판([그림 5])으로[9], 춘천교육대학교 난정문고와 한국현대문학관에 소장되어 있다. 『사랑의 선물』 11판은 표지에 별도의 그림이 없고, 붉은 천 재질에 '세계명작동화집' '사랑의 선물' '방정환 편' '경성 박문서관

[그림 5] 『사랑의 선물』 개벽사, 1928(11판)
(한국현대문학관, 춘천교육대학교 난정문고 소장)

발행'이라고 표기되어 있다. 방정환이 외국 동화 중 유명한 작품을 골라 번역해 펴낸 책이라는 사실과 발행처에 대한 정보를 겉표지에서 제공

---

8 이정현은 방정환이 『세계동화보옥집』에서 「한네레의 죽음」 「호수의 여왕」 「털보장사」 3편을 번역했다고 밝혔다. (위의 글, 80쪽) 한편 정선희는 '연구모임 작은물결' 공부 모임에서 「프시케 색시의 이야기」(『부인』 1922.8~9)의 일본어 중역본도 『세계동화보옥집』에 실렸다고 밝혔다.

9 1928년 11월 5일 발행된 11판은 표지에 '경성 박문서관 발행'이라 되어 있고, 속 표제지에는 '개벽사 출판', 판권지에는 '개벽사 발행, 박문서관 발매'라고 되어 있다. 장정희는 9판 발매 광고에는 '개벽사 출판부' 발행(『개벽』 1926.5)이라 되어 있으나 10판 광고부터 박문서관이 노출되는 것을 두고 판권이 이전되었다고 보았다. (장정희, 「『사랑의 선물』 재판 과정과 이본 발생 양상」, 『인문학연구』 51집, 조선대학교 인문학연구원, 2016, 296쪽) 하지만 10판 광고부터 박문서관이 노출된 것은 발매소가 바뀐 것으로, 이때 발행과 판권이 이전되었다고 확정하기는 어렵다. 11판 표지에 박문서관 발행이라 표지갈이를 했지만 속 표제지와 판권지에까지 이를 반영하지 못한 것으로 보아 개벽사에서 박문서관으로 판권이 정확히 이전되었다고 볼 만한 근거는 없다. 더욱이 이 시기는 방정환이 살아있던 때인 데다 개벽사 출판부가 잡지와 도서들을 발행하던 때여서 개벽사의 대표 상품이었던 『사랑의 선물』 판권을 박문서관에 이전했다고 할 만한 근거는 부족하다.

▲ [그림 6] 『사랑의 선물』 광고(『부인』, 1923.9/『어린이』, 1924.4)
▲▶ [그림 7-1] '十年 苦樂의 産物' : 개벽사 발행 열두 가지 간행물 (『어린이』, 1930.7)
◀ [그림 7-2] 초판본으로 추정되는 『사랑의 선물』(『어린이』, 1930.7)

하고 있는 것이다.

『사랑의 선물』 초판본은 현재 미발굴 상태라 표지의 상태를 정확히 확인하기 어렵다. 다만 『어린이』에 실린 『사랑의 선물』 광

한편 "박문서관이 30여 년간 소유했던 『사랑의 선물』 판권을 방정환 유족에게 반환"했다는 신문 기사(《동아일보》 1956.8.15.;《조선일보》 1956.8.15.)를 근거로 1926년경 개벽사에서 박문서관으로 『사랑의 선물』 판권이 이전되었다고 볼 수도 있을 것이다. 1956년은 방정환 사후인데다 당시 판권 이전 계약이나 저작권 소유 문제가 불명확하던 때로, 박문서관이 『소파전집』(박문서관, 1940) 판권을 소유한 데다 10판 이후 박문서관이 『사랑의 선물』 발매를 하던 터라 판권을 행사하고 있었던 것은 아닌가 추정된다.

고를 통해 꽃을 한아름 안고 있는 소녀가 초판본 표지 그림일 것으로 추정된다.[10] 다른 형태의 표지 그림 두 개가 광고로 전해지는데, 하나는 1924년 4월호『어린이』에 실린 광고([그림 6])이고, 다른 하나는 1930년 7월호『어린이』에 10년 동안 개벽사에서 발행한 책을 소개하는 광고([그림 7-1])이다. 표지가 다른 두 개의 이본을 발행했다기보다는 [그림 7-2]가『사랑의 선물』초판본 표지 그림이었을 것으로 추정된다. [그림 6]은『어린이』본문의 세로짜기에 맞춰 표제명을 세로로 편집하고 책 위에 실제 꽃으로 장식해 책 출간을 축하하는 분위기를 연출한 것으로 보인다.[11]

그렇다면 어린이용 그림을 전문적으로 그리는 화가가 없던 당시에 『사랑의 선물』표지 그림은 과연 누가 그렸을까? 김영순은『어린이』와 일본 아동문예 잡지『아카이토리』,『킨노후네』/『킨노호시』,『도우와』의 표지, 삽화, 컷 등을 비교 연구한 논문에서 오카모토 키이치가 주로 다루는 여자 어린이의 주요 이미지(얼굴선, 동그란 입 모양, 단발머리, 부드러운 치맛자락, 오무린 두 발, 걷기 편한 신발, 흘러내린 긴 양말 등)가 방정환의『사랑의 선물』표지 그림과 유사하다고 언급한 바 있다. 또한 오카모토 키이치가 그린『킨노후네』1920년 5월호의 소인(난쟁이)이 자기 몸보다 더 커 보이는 꽃다발을 안고 있는 표지 그림과『사랑의 선물』의 어린 여자아이가 커다란 꽃다발을 안고 있는 모습의 유사성을 살핀 바 있다.[12] 김영순

---

10 장정희, 위의 글, 296~297쪽.
11 장정희는『사랑의 선물』초판본 표지 그림을『어린이』1924년 4월호에 소개된 모습([그림 6])으로 보고,『어린이』1930년 7월호의 그림([그림 7])일 가능성도 배제하지 않았다. (위의 글, 302쪽, 317쪽) 한편, 필자는 [그림 6]을 광고용으로 편집한 것으로 보고, [그림 7]이 초판본 표지일 것으로 추정하였다. 그 이유는『어린이』1930년 7월호 광고에 나오는 개벽사 발행 잡지와 단행본들은 실제 책들(『부인』창간호,『신여성』창간호,『학생』창간호,『별건곤』창간호,『어린이』창간호,『중국단편소설집』등)의 표지와 동일하기 때문이다. (염희경, 앞의 글(2017), 87~88쪽)
12 김영순,「『어린이』지와 일본 아동문예잡지에 표상된 동심 이미지 고찰」,『현대문학의 연구』62집, 한국문학연구학회, 2017.6, 33~35쪽.

[그림 8] 쿠스야마 마사오(楠山正雄)
『世界童話寶玉集』, 富山房, 1922 (6판)
(국립중앙도서관 소장 복사본)

[그림 9] 쿠스야마 마사오,
『세계동화보옥집』 후잔보, 1935(14판) '9월' 표지

의 이러한 지적은 예리한 포착이다. 필자는 자료 조사 결과 『사랑의 선물』 표지 그림이 쿠스야마 마사오가 펴내고 오카모토 키이치가 삽화를 그린 『세계동화보옥집』에 나오는 삽화([그림 9])에서 가져왔다는 사실을 확인하였다.

『세계동화보옥집』은 월간 아동잡지 표지를 구성하듯 열두 달마다 창작동화나 옛이야기, 우화, 동요, 동극 등 몇 작품을 소개하는데, 작품에 앞서 그 달이나 계절을 대표하는 이미지를 그림으로 표현하였다. 『사랑의 선물』 표지는 그 열두 달의 대표 이미지 중에서 '9월'의 삽화에서 가져왔다. 화단 배경과 타원형의 프레임을 삭제하고 가장자리 네 군데를 꾸민 잠자리와 귀뚜라미, 버섯, 포도, 그리고 여자아이의 발밑에 있는 무당벌레 등 가을을 대표하는 곤충과 식물 그림을 없애고, 소녀의 얼굴과 옷의 무늬, 꽃의 모양과 색상을 살짝 바꾸었다.

먼저 얼굴에서 오카모토 키이치 특유의 동그랗고 큰 눈망울 대신 쌍꺼풀이 없는 가는 눈으로 바꿔 서구적 이미지 대신 조선 소녀의 이미지가 더욱 살아났다. 흑백 광고에서는 소녀의 옷이 마치 무명 저고리처럼 보이지만 자세히 살펴보면 오카모토 키이치의 그림처럼 작은 동그라미 무늬가 있는 원피스이다. 오카모토 키이치의 소녀의 원피스에서 목둘레와 원피스 아랫단을 보라색 줄로 장식한 부분을 없애고 동그라미 무늬는 남겨두었다.『사랑의 선물』초판본 표지가 어떤 색으로 꾸며졌는지 정확히 알 수는 없다. 채색에 따라 느낌이 많이 달라질 수 있을 텐데, 원본([그림 9])의 보라색이 복사본([그림 8])에서 검은색으로 보이는 것을 고려하면『사랑의 선물』([그림 6])은 원본과는 다른 색을 사용했을 것으로 추정된다.

오카모토 키이치의 삽화에서는 머리 뒷부분에 보라색 수국 형태의 꽃이 있어 마치 왕관을 쓴 듯한 화려한 장식 느낌을 준다. 한편,『사랑의 선물』의 소녀의 머리 뒷부분은 크고 화려한 꽃잎 대신 가늘고 긴 줄기처럼 보이는 이파리로 바뀌어 단출해졌다. 특히 오카모토 키이치의 그림에서 보라색 수국과 꽃무릇(또는 상사화)으로 보이는 꽃 대신『사랑의 선물』에는 해바라기와 수선화류, 그리고 이파리로 바뀌었다.[13]

방정환이 원작이나 일본어 번역본을 그대로 번역하지 않고 나름의 방식으로 고쳤던 것처럼『사랑의 선물』표지 그림도 일본의 오카모토 키이치의 꽃을 든 소녀 그림에서 가져왔지만 몇 가지를 변형하여 '조선의 소녀' 이미지를 한층 부각하였다. 이때 꽃을 든 소녀를 둘러싼 배경과

---

13 수국은 일본 원산으로 남부지방에 널리 심어 기르는 떨기나무로 일본, 북반구에서 광범위하게 재배하는 꽃으로 알려져 있다. 꽃무릇은 중국이 원산지로 일본을 거쳐 우리나라에 들어온 꽃으로, 대표적인 가을꽃이다. 이러한 수국과 꽃무릇을 우리나라 전역에서 쉽게 볼 수 있는 해바라기나 수선화류로 바꾼 듯하다.

타원형 프레임의 삭제를 특히 주목할 필요가 있다. 꾸며진 화단을 배경으로 화려하고 큼지막한 보라색, 노란색, 흰색 꽃을 들고 있는 원본의 소녀는 집 안에 화단을 꾸밀 정도로 여유롭고 정서적인 가정에서 사랑과 귀여움을 받으며 곱게 자랐을 것 같은 분위기를 연출한다. 소녀는 집 안의 잘 꾸며진 화단에서 꽃을 따서 한아름 안고 있는 듯하다. 더욱이 타원형 프레임 안에 놓여 있는 소녀는 마치 장식장 안의 예쁜 인형이나 장식품 같은 분위기를 연출한다. 고정된 프레임 안의 소녀는 액자의 사진 속 인물처럼 보이고, 대상이 된 소녀를 귀엽고 사랑스럽게 바라보면서 사진을 찍는 어른의 시선마저 연상된다.[14]

한편, 『사랑의 선물』에서는 화단과 타원형 프레임을 없애 소녀의 모습이 한층 소박해지고 누군가로부터 귀한 '꽃'을 선물받아 소중하게 안고 있는 듯한 느낌을 준다. 즉 안온한 가정에 꾸며졌을 듯한 화단을 지워버림으로써 어린 여자아이는 『사랑의 선물』의 방정환 서문에서처럼 '조선의 불쌍한 어린 영'들을 대표하는 상징적 존재로 부각되고, 꽃으로 상징되는 '동화'를 귀한 선물처럼 한아름 받아들고 있는 듯하다.[15]

아동용 도서나 잡지에 어린이를 위한 그림을 본격적으로 그릴 만한 화가가 제대로 준비되어 있지 않은 당시 조선의 출판 상황에서 일본 잡지나 동화집에서의 대표적인 아동 화가의 그림을 가져와 번역동화집 표지 그림으로 표현한 것은 출판계의 관행이자 불가피한 차선책이었을지 모른다.

그럼에도 원본의 표지 그림을 그대로 가져다 쓰지 않고 원본과는 다

---

14 『사랑의 선물』광고 중 표지 그림을 처음 선보인 지면은 『부인』 1923년 8월호이다. 지금까지 『어린이』 1924년 4월호 광고([그림 5])를 첫 공개로 보았다. 사각의 프레임 안에 소녀의 모습을 담고, 그 사각 프레임 위아래를 꽃으로 장식하였다. 이것은 원본 그림의 타원형 프레임의 변형으로 보인다. 사각 프레임과 꽃 장식으로 장식성이 두드러지면서 동화집 발간이 갖는 기념비적인 의의와 축하 분위기를 한층 강화하였다.
15 『사랑의 선물』표지의 꽃이 상징하는 다양한 의미는 염희경, 앞의 글(2017), 89~93쪽 참고.

른 변형을 거쳐 만들어낸『사랑의 선물』표지의 그 차이는 각별한 의미를 지닌다. 오천석의『금방울』표지 또한 원본 그림과 달리 배경과 특정 부분을 변형했다. 하지만 기독교적 색채가 강한 원작의 동화를 충실하게 번역하고 동심주의적 색채가 강한 서문만큼이나 이국적인 꽃인 튤립, 두 어린 여자아이의 커다란 눈망울, 곱슬머리, 민소매 원피스 등은 전반적으로 이국적인 분위기를 자아낸다. 오천석의『금방울』과 방정환의『사랑의 선물』, 초창기 두 번역동화집의 번역자의 번역 태도와 지향의 차이는 동화집의 표지 그림을 통해서도 엿보인다. 오카모토 키이치 등 일본의 대표적인 아동화가의 그림이 한국으로 수용, 변용되는 과정에서 근대의 어린이 이미지가 어떻게 조형되고 있는지 초창기 번역동화집 표지와 삽화, 컷, 장식 도안을 중심으로 살펴보는 것도 흥미로운 연구 과제가 될 것이다.

'꽃묶음을 든 소녀' 표지
『사랑의 선물』 10판 발견

염희경

『사랑의 선물』10판이 발견되었다. 블로그 〈바람따라 지성운〉을 운영하는 지형운 님이 소장하고 있는 책으로, 판권지에 '대정 15년(1926년) 7월 15일 10판 발행'이라 적힌 『사랑의 선물』10판의 표지 일부와 판권지 일부가 블로그를 통해 공개된 것이다.[1]

현재까지 발굴 공개된 『사랑의 선물』은 1928년 11월 5일 발행된 11판이 유일했다. 춘천교육대학교 난정문고와 한국현대문학관이 동일한 11판을 소장하고 있다. 11판은 붉은색 천 재질에 그림이 없는 표지인데, 새로 공개된 10판에는 흥미롭게도 초판 표지 상태를 유추해볼 수 있는 꽃묶음을 든 어린 여자아이 그림이 그려져 있다.

『사랑의 선물』 출간 100주년이었던 2022년의 마지막 달에 필자는 소장자의 후의로 실물을 직접 확인할 수 있었다.[2] 2000년에 춘천교육대학

---

1 2022년 11월 15일 춘천교육대학교 국어교육학과의 조은숙 교수님이 블로그 〈바람따라 지성운〉에 『사랑의 선물』10판이 소개되었다는 소식을 전해주셨다. 지면을 빌려 감사드린다.

교 난정문고에서 처음『사랑의 선물』11판을 발견했을 때 못지않은 벅찬 감격의 순간이었다.

이 글에서는 실물 확인을 통해 알게 된 사실을 토대로 필자가 이전에 발표한「근대 어린이 이미지의 발견과 번역·번안동화집」(『현대문학의 연구』62호, 2017.6)과「초창기 번역동화집『금방울』과『사랑의 선물』표지 이야기」(『근대서지』22호, 2020.12)의 일부 내용을 수정하고, 그동안 알려지지 않았던 새로운 사실들을 추가로 밝히고자 한다. 이 글은 필자의 이전 연구의 보론으로, 새로운 가설이 포함되어 있음을 밝힌다.

『사랑의 선물』의 표지 변천

① 『어린이』 1930.7 ('10년 고락의 산물'-개벽사 발행 도서)

◀ [사진 1] 『어린이』 1930.7
▲ [사진 1–2] 광고에서 확대한 표지, 초판으로 추정

---

2 책 소장자인 지형운 님은 2022년 12월 5일 오후 한국방정환재단으로 방문해 주셨고, 2022년 12월 16일『사랑의 선물』10판을 직접 확인할 수 있도록 실물을 보여주셨다. 지면을 빌려 다시 한번 깊이 감사드린다. 관련 글을 쓸 경우 '이화여고를 사랑하는 지형운'으로 소개해달라고 하셔서 각주에서 이를 밝힌다.

② 『부인』 1923.8 광고 ; 『어린이』 1924.4 광고

[사진 2–1] 『부인』 1923.8

[사진 2–2] 『어린이』 1924.4

③ 블로그 〈바람따라 지성운〉에 공
개된 10판(1926.7.15 발행)

[사진 3] 『사랑의 선물』 10판(1926.7)

④ 『사랑의 선물』 11판(1928.11.5 발
행), 한국현대문학관 소장

[사진 4] 『사랑의 선물』 11판(1928.11)

정선희는 『개벽』 27호(1922.9)에 실린 글 「불쌍한 소년! 조선의 소년 : 고 **새파란 책**은 무슨 책입니까!」를 근거로 『사랑의 선물』이 파란색으로 인쇄되었을 것이라는 사실을 밝힌 바 있다.[3] 필자가 확인한 10판의 표지도 파란색 단색으로 인쇄되어 있었다. 필자는 기존 논문(2020)에서 개벽사가 10년 동안 발행한 대표 잡지와 단행본을 제시한 사진에 실린 『사랑의 선물』([사진 1])을 초판일 것으로 추정하였고, 『어린이』에 실린 『사랑의 선물』 표지 그림([사진 2])은 광고용으로 편집되었을 가능성을 제기한 바 있다. 표지 그림을 바꿔 이본을 출판했을 것이라 생각하지 않았기 때문이다.

그런데 새로 발견된 10판의 표지 그림([사진 3])은 [사진 1]이 아닌 [사진 2]의 표지와 유사하다. 이때, '**유사하다**'고 한 것은 『어린이』지 수록 『사랑의 선물』 광고 표지의 해상도가 아주 낮아 확정할 수는 없지만, 몇몇 부분에서 약간의 차이가 발견되기 때문이다.

지금까지 '꽃묶음을 든 소녀' 그림의 『사랑의 선물』 표지를 처음 선보인 광고는 『어린이』 1924년 4월호로 알려져 왔다. 필자가 확인한 바로 『사랑의 선물』 표지 그림이 처음 등장하는 광고는 『부인』 1923년 8월호이다. 그리고 『어린이』에 소개된 『사랑의 선물』 광고 중 표지 그림이 게재된 것은 『어린이』 1924년 4월호와 1924년 5월호이다. 이 두 광고에는 파란색으로 선명하게 인쇄된 『사랑의 선물』 표지 그림도 실렸다. 이때 주목할 점은 현재 발견된 10판의 표지에서 한자로 표기된 '世界名作童話集'의 '화'자가 광고에서 보이는 '화(話)'자의 '혀설(舌)'자 부분의 서체와 달리 장식 서체 특징이 강한 '화(話)'자로 정확히 표기되어 있다는 점이다.[4] 또한 10판의 '사(사)', '랑(랑)', '선(선)' 글자도 『어린이』 1924년 4월호 광고에서의 '사(사)' '랑(랑)' '선(선)' 자와 미

---

3 정선희, 『『사랑의 선물』의 문화사적·현재적 의의』, 한국아동청소년문학학회·한국방정환재단 공동 주최, 〈세계와 소통하는 아동청소년문학〉 학술대회 자료집(2022.8.13.) 14쪽.

묘한 차이가 있다. 1924년(6판)과 1926년(10판) 표지의 '사'와 '선'에서 'ㅅ'의 획 길이가 서로 다르고, 1926년 10판의 '랑'에서 'ㄹ'과 'ㅇ'이 거의 붙어 있지만 1924년 광고에서는 떨어져 있다. 게다가 『사랑의 선물』 10판을 실물 확인한 결과 표지의 여자아이는 광고의 그림과 달리 서양 아이처럼 눈이 크게 그려져 있다.

소장자의 요청에 따라 현재로서는 10판의 표지 그림을 온전히 공개할 수 없기에 필자가 직접 확인한 것을 토대로 그림에 관해서 설명하자면, 오카모토 키이치가 그린 『세계동화보옥집』의 '9월'의 표지 그림과 동일하지는 않지만 그와 비슷하게 여자아이의 눈망울이 크게 그려져 있다. 오카모토 키이치의 그림에서는 원피스에 노란색의 작은 동그라미 문양들이 그려져 있는데, 10판 표지 그림의 원피스에는 2중 사선 무늬(//)들로 바뀌었고, 치마의 밑단도 오카모토 키이치는 보라색 굵은 선으로 그렸는데, 10판 표지에서는 밑단을 검은색의 연속되는 사선 무늬로 처리하였다.[5] 그 때문에 원피스의 귀엽고 잔잔한 느낌이 사라지고 옷감이 약간 해진 듯 조금 거친 느낌이 강해졌다. 오카모토 키이치는 그림에 검은색, 보라색, 노란색을 사용했고, 세 가지 색과 종이의 흰색 여백을 이용해 여자아이와 꽃, 화단과 장식 등을 꾸몄다. 특히 입술과 신발, 원피스의 목둘레와 밑단을 보라색으로 강조하였다. 한편 『사랑의 선물』 10판 표지 그림은 여자아이뿐 아니라 꽃도 파란색 단색으로만 표현한 데다 연한 베이지 색상의 하드 커버 양장본으로 되어 있어 조금은 차가운 느낌이 전해진다.

---

4 필자가 이 '화(話)'자를 인쇄 과정에서의 오자(誤字)가 아닌 장식체라고 파악한 것은 쿠스야마 마사오, 『세계동화보옥집』(후잔보, 1919; 1935 (14판))의 등배에도 이와 유사한 형태의 장식성이 강한 서체인 '화(話)'자가 발견되기 때문이다.
5 오카모토 키이치의 그림은 연구모임 작은물결 지음, 『새롭게 다시 읽는 『사랑의 선물』』, 청동거울, 2023. 단행본의 앞 부분 화보를 참조할 것.

광고 그림에서 눈이 작은 어린 여자아이는 조선 소녀의 느낌이 나는데 10판의 표지 그림에서는 상당히 눈망울이 크게 그려져 있어 서구적 느낌이 강하다. 표지의 글자 중 '화'자의 한자 글자체가 달라지고, '사'자, '랑'자 '선'자의 획이 달라진 점, 소녀의 눈매가 달라진 점[6], 1923년부터 1930년까지 [사진 1], [사진 2]처럼 형태가 다른 표지 그림이 제시되었던 점 들을 고려할 때 최근 발견된 10판을 포함해 현재까지 최소한 『사랑의 선물』은 표지 그림이 다른 3종, 여기에 11판까지를 포함하면 표지가 다른 4종을 확인할 수 있다. 따라서 『사랑의 선물』은 판을 거듭해 발행할 때 몇 가지 표지가 다른 그림으로 출간되어 **최소한 4종 이상의 이본이 존재했을 가능성**이 높다.

『부인』 1923년 8월호 광고와 『어린이』 1924년 4월호(5월호에도 실림) 광고의 표지 그림이 같은 것을 볼 때, '대정 12년 4월 22일' 발행된 5판과 '대정 13년 4월 27일' 발행된 6판의 표지 그림은 동일했던 것을 알 수 있다. 『사랑의 선물』은 1922년 7월부터 12월까지 6개월 동안 무려 4판을 거듭 찍었는데 1923년과 1924년에는 한 해에 한 판씩을 더 발행했고, 1925~1926년에는 한 해에 두 번씩, 2년 연속 2판씩, 총 4판을 거듭 찍었다. 즉 1925년에는 7판과 8판을, 1926년에는 9판과 10판을 발행했던 것이다.

앞에서도 밝혔듯 필자는 [사진 1]의 가로형 표제의 『사랑의 선물』을 초판 표지로 추정하고 있다. [사진 1]에 제시된 개벽사 발행 잡지와 단행본이 당시의 초판본 표지들과 같은 것으로 봐서 『사랑의 선물』도 초판본을 제시했을 것으로 판단하기 때문이다. 1922년 7월부터 12월까지 6개월이라는 상당히 짧은 기간에 예상치 못한 폭발적 인기로 2,000부씩 4판, 모두 8,000부를 찍었다는 것은 당시로는 상당히 놀랄 만한 일

---

6 광고 그림의 해상도가 낮아 이에 대해 단정하기는 어렵다.

이다. 이 과정에서 표지 그림이 일부 훼손되거나 좀더 보완이 필요해서 어느 판부터 표지 그림을 달리 한 판본, 즉 [사진 2]의 표지 그림으로 새로 인쇄하여 발행하지 않았을까 추정된다. 이러한 추정이 사실이라면 『사랑의 선물』 표지 그림은 초판에서 11판까지 발행되는 동안 현재까지 확인되는 것으로는 [사진 1] → [사진 2] → [사진 3] → [사진 4]의 순서로 변했다고 볼 수 있을 것이다.

그렇다면 과연 몇 판째에서 위와 같은 표지의 변화가 일어났을까? 당시 개벽사 발행 잡지 매체에 소개된 『사랑의 선물』 광고 문구와 10판과 11판의 판권지를 비교하면서 이를 추정해보고자 한다.

『사랑의 선물』 10판과 11판 판권지 비교

『사랑의 선물』 10판의 판권지를 직접 확인하고 촬영([사진 6])할 수 있었다. 블로그에는 판권지의 일부분이 공개되었는데 확인 결과 판권지의 하단이 훼손되어 있었다. 다행히도 『사랑의 선물』 11판과 비교하여 훼손된 부분에 적혀 있던 것(정가, 송료, 진체구좌)을 정확히 알 수 있는 상황이다. [사진 7]에서 확인할 수 있듯 11판의 판권지에는 상하 2단으로 6판까지의 발행 사항을 위에, 7판부터 11판까지의 발행 사항을 아래에 적었다. 반면 10판의 판권지([사진 5])에는 초판에서 10판까지의 발행 사항을 상단에 나란히 모두 적었다.

11판까지 발행된 『사랑의 선물』 중 표지 그림을 확정할 수 있는 발행 도서는 5판, 6판, 10판, 11판이다. 초판부터 그 사이 사이에 발행된 판본의 표지는 광고 문구 등을 통해 추정해볼 따름이다.

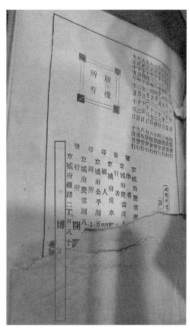

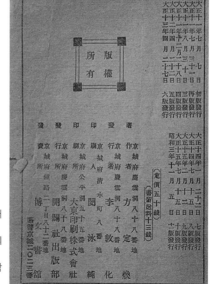

▲ [사진 5] 10판(1926.7.15. 발행)—블로그에 공개
된 판권지
▲▶ [사진 6] 10판(1926.7.15. 발행)—소장자의
협조로 필자가 촬영함(촬영 일시: 2022.12.16.)
▶ [사진 7] 11판(1928.11.5. 발행)—한국현대문학
관 소장

〔표 1〕『사랑의 선물』 표지의 변천과 광고 문구 비교

발행 판수	발행일	표지	표지 추정 근거 : 광고 문구
초판	대정 11(*1922 년) 7월 7일		
재판	대정 11년 7월 31일		
3판	대정 11년 8월 30일	[사진 1]	*『개벽』 1922년 9월호 기사에 언급된 판본으로 추정됨. "또 박고 또 박고 세 번째나 또 백여" (『부인』 1922년 9월호)
4판	대정 11년 12월 28일		* "4판 신본(新本) 인쇄 발매" (『개벽』 1923.1)/ "4판 신본 발매" (『부인』 1923.2)
5판	대정 12년 4월 22일		*『부인』 1923년 8월호 광고 표지 그림
6판	대정 13년 4월 27일	[사진 2]	*『어린이』 1924년 4월호 광고 표지 그림/『어린이』 1924년 5월호 광고 표지 그림
7판	대정 14년 1월 22일		"7판 새 책" (『개벽』 1925.1)
8판	대정 14년 7월 15일		**새로 박힌 새 책 (『어린이』 1925.7) 『어린이』 1925.8) 『어린이』 1925.9) / "8판 신책(新册)" (『개벽』 1925.8)
9판	대정 15년 2월 12일		* "9판 신 책" (『개벽』 1925.11)/『개벽』 1925.12/『개벽』 1926.4/『개벽』 1926.5./ "9판 새 책" 『어린이』 1925.11/『어린이』 1926.3/
10판	대정 15년 7월 15일	[사진 3]	"10판 새 책" 『어린이』 1926.9 / 『어린이』 1926.10./ "열 번째 다시 박힌 것" 『어린이』 1927.3) * 개인 소장자 소장 판본 (10판)
11판	소화 3년 (*1928) 11월 5일	[사진 4]	* 한국현대문학관, 춘천교육대학교 난정문고 소장본 (11판)

위의 [표 1]을 통해 대략 확인할 수 있듯이 필자는 **현재까지 표지를 확정할 수 있는 5판**([사진 2]), **6판**([사진 2]), **10판**([사진 3]), **11판**([사진 4])의『**사랑의 선물**』을 중심으로, 초판부터 3판까지는 초판의 표지 그림([사진 1])을 그대로 유지했고, 4판에서 새로운 그림으로 표지가 바뀌었으며, 이것은 현재 잘 알려진 [사진 2]의 표지로 5판과 6판까지도 이 그림이었다고 추정한다. 그러다가 7판에 이르러서 현재의 10판과 동일한 그림의 표지로 다시 한번 바뀌었고, 마지막으로 표지 그림이 없는 현전하는 11판으로 바뀌었을 것으로 추정한다.

이렇게 추정해 본 것은 개벽사 발행 잡지들의『사랑의 선물』광고 문구를 통해서이다. 1922년 8월 30일에 발행된 3판 발행 이후『부인』1922년 9월호에는 "또 박고 또 박고 세 번째나 또 백여"라고 하여『사랑의 선물』3판이 발행되었음을 알리는 광고 문구가 나온다. 초판을 변형 없이 그대로 세 번 연속 발행했음을 엿볼 수 있는 문구이다. 그런데 1922년 12월 28일 발행된 4판 발행 때에는『개벽』1923년 1월호에 "4판 신본(新本) 인쇄 발매"라고,『부인』1923년 2월호에서도 "4판 신본(新本) 발매"라고 광고를 한다. 4판을 다시 발행했다는 의미로도 볼 수 있지만, 이전 3판 발행 때에는 특별히 부각하지 않았던 '신본(新本)'이라는 점을 밝힌 것은 **초판 형태를 유지했던 이전 판본과는 다른 판본으로 새롭게 발행했다는 점**을 강조하기 위한 것이 아닌가 한다. 더욱이 5판과 6판은 동일 표지 그림인데, 당시 5판과 6판의 광고에서는 4판 광고에서 부각했던 '신본' '새책'이라고 소개하는 광고 문구가 전혀 등장하지 않는다. 게다가 5판과 6판의 광고에서 초판본으로 추정되는 [사진 1]과는 다른 표지의 [사진 2]가 확인되는 만큼 초판과는 다른 **신본 4판**은 [사진 2]의 표지 그림으로 발행했으며, 이 표지 그림으로 6판까지 계속 인쇄했을 가능성이 높다.

한편, 앞에서도 밝혔듯 1925~1926년에는 2년 동안 7판부터 10판까지 한 해에 2,000부씩 두 번, 총 4회 8,000부를 발행했다. 이 시기에 광고 때마다 7판의 경우 "7판 새 책"(『개벽』 1925.1), 8판의 경우 "새로 박힌 새 책"(『어린이』 1925.7; 『어린이』 1925.8; 『어린이』 1925.9) "8판 신책(新冊)"(『개벽』 1925.8), 9판의 경우 "9판 신책(新冊)"(『개벽』 1925.11; 『개벽』 1925.12; 『개벽』 1926.5), "9판 새 책"(『어린이』 1925.11; 『어린이』 1926.3)과 같이 광고했고, 10판의 경우 "10판 새 책"(『어린이』 1926.9; 『어린이』 1926.10), "열 번째 **다시 박힌 것**"(『어린이』 1927.3)과 같이 '신' '새'라는 점, 또는 '다시'라는 점을 강조하며 광고하였다. 4판 발행 때 '신본(新本)'이라 했던 것과 달리 '신책' '새책'이라는 식으로 표현하면서도 동시에 '다시 박힌'이라고 한 것으로 보아, 판마다 새로운 판본으로 발행했다기보다는 '신본' 4판을 유지했던 6판과는 다른 판본인 10판의 표지(〈표지 3〉)를 7판부터 새로 찍었고 이후 그 표지 그림을 유지하면서도 새로 인쇄 발행했다는 점을 강조하기 위해 이렇게 표현한 것이 아닐까 한다. 이렇게 추정해볼 수 있는 근거는 표지 그림의 변화를 추적해 볼 때 초판부터 3판까지, 4판부터 6판까지 대략 3판 정도씩, 즉 6,000부 정도를 찍을 때까지는 표지 그림을 교체(판본의 변화)하지 않는 것으로 보이기 때문이다.

흥미롭게도 광고에서 '박문서관'이라는 문구가 처음 등장하는 것은 10판(1926년 7월 15일 발행)부터이다. 『어린이』 1926년 7월호에 실린 **『사랑의 선물』 '10판'**을 새로 발매한다는 광고([사진 8])와 『어린이』 1927년 3월호에 실린 10판이 거의 다 팔리고 200부 정도 남았다고 하는 광고([사진 9])에서인데, 정가 50전, 송료 13전,[7] 박문서관 주소와 진체구좌(振替口座)를 알리고 있다. 이를 근거로 장정희는 『사랑의 선물』의 판권이 1926년 10판에 이르러 개벽사에서 박문서관으로 이전했을 것으로 추정했다.[8]

---

7 『사랑의 선물』 광고에서 8판~10판 발매 소식을 전할 당시에 이전에 13전이었던 송료가 '송료 14전'으로 가격이 올랐다.

8 장정희, 「『사랑의 선물』 재판 고정과 이본의 발생」, 『인문학연구』 51집, 조선대학교 인문학연구원, 2016, 296~297쪽.

[사진 8] 『어린이』 1926.7   [사진 9] 『어린이』 1927.3

하지만 『사랑의 선물』 10판 광고를 통해 확실히 알 수 있는 정보는 『사랑의 선물』 판권이 개벽사에서 박문서관으로 이전되었다는 사실이 아니라 이전에 개벽사 출판부에서 배송했던 것을 1926년 『사랑의 선물』 10판부터는 박문서관이 배송을 맡아 했다는 점이다.[9] 진체구좌의 변경을 통해 이를 알 수 있다. 더욱이 판권이 이전되었다고 논의되었던 『사랑의 선물』 10판의 표지 그림은 개벽사에서 발행했던 9판까지와 큰 틀에서 달라지지 않았다. 오히려 이전까지 지속되었던 '꽃묶음을 든 어린 여자아이'의 표지 그림이 **11판(1928년)**에서 아예 사라지고 **표지에 '박문서관 발행'**이라고 직접 표기하고 있다는 점이 의아하다. 만일 개벽사에서

---

9 『사랑의 선물』 5판 광고에서 '개벽사 출판부 진체: 경성 8106번'(『동아일보』 1923.5.14); 『사랑의 선물』 7판 광고에서 '개벽사 진체구좌: 경성 8106번'(『신여성』 1925.4); 『사랑의 선물』 10판 광고에서 '박문서관 진체 구좌: 경성 2023번'(『어린이』 1926.7)으로 변경됨.

박문서관으로 판권이 이전되었다면 10판이 아닌 11판에 이르러서라고
봐야 할 것이다. 그런데 과연 그럴까?

10판과 11판의 다른 점들—표제지, 판권지, 인쇄 도수

실물 확인 결과 『사랑의 선물』 10판은 표지 그림이 있으며 양장 표지
이다. 책의 크기는 가로 10.9cm 세로 15.2cm이었다. **국반판(菊半版) 크기**
로 11판(1928년)의 책 크기와 동일하다.[10] 10판은 표지, 목차, 헌사격의 방정

---

[10] 정선희는 "광고에 따르면 초판부터 9판까지 개벽사에서 동화집의 발행과 판매를 직접 책임졌
다고 하며, **10판부터는 박문서관에서 그것을 일임했다고** 한다. 11판의 판형은 국반판이며, 표지
는 붉은색 헝겊 재질의 장정이다. 이와 달리 초판 발행 무렵의 기사 및 광고에 따르면 『사랑의
선물』의 본래 판형은 어른 손바닥 크기의 4·6판이었으며, 표지는 꽃을 한아름 안고 있는 소녀
가 파란색으로 인쇄된 그림이었다고 한다. 추측건대 **발행소와 발매소가 바뀌는 과정에서 판형,**
표지, 조판, 면수 등에도 변화가 생겼던 것으로 짐작된다."고 추정하였다. (정선희, 「사랑의 선물」,
한국아동청소년문학학회 지음, 『100개의 키워드로 읽는 한국 아동청소년문학』, 창비, 2023,
63쪽.)
그런데 10판과 11판의 판권지를 살펴볼 때 10판부터 박문서관에서 **발행과 판매를** 일임했다고
보는 것이 타당할지 의문이며, 발행소가 박문서관으로 바뀌었다고 본 10판에서 이전 개벽사
가 발행한 초판부터 9판까지 꽃묶음을 안고 있는 소녀 그림을 그대로 표지로 사용한 것도 의
문이다. 만일 10판부터 박문서관으로 판권이 이전돼 그동안 개벽사 발행의 『사랑의 선물』의
판형, 표지, 조판, 면수 등에 변화가 생겼다고 한다면 10판은 11판과 같은 형태여야 하지 않을
까 한다. 한편, 『개벽』 1922년 6월호 광고에서는 "전문 220여 항"이라고 광고했다가 『개벽』
1922년 7월호(1922.6.28. 인쇄, 1922.7.10. 발행)에는 "전문 200여 항"이고 "4·6판 신미장(新
美裝)"이라고 광고했다. 『사랑의 선물』 발행 당시 『동아일보』의 광고에서도 "전문 200여 항"
"4·6판 신미장"이라고 광고했다.(『동아일보』 1922.7.7.; 『동아일보』 1922.7.10.) 그 이후의 『사
랑의 선물』 광고에서는 책 크기에 대해서는 언급하지 않고 있다.
필자가 초판이라고 추정한 〈사진 1-1〉의 『사랑의 선물』의 경우 소녀의 위로 서명이 두 줄 들
어가고 소녀의 발밑에 작은 단이 그려져 있다. 또한 『어린이』 1930년 7월호의 '10년 고락의
산물'이라는 광고(〈사진 1〉)에 당시 개벽사에서 출판했던 잡지와 초판으로 추정되는 『사랑의
선물』이 있는데, 『별건곤』의 경우 A5판형(국판; 14.8cmX21.0cm)이다. 46판이었다는 『사랑의
선물』 초판과 비교할 때 대략 비율이 맞는 편이다. 만일 『사랑의 선물』 초판이 국반판이었다
면 다른 잡지들과 비교해 상당히 작게 보여야 할 것이다. 필자는 4·6판에서 국반판으로의 판
형의 변화가 박문서관이 판매처로 노출되기 시작한 10판부터라기보다는 '**신본(新本)'이라고 소**
개했던 4판부터 즉, 『사랑의 선물』 서명이 세로형으로 제시된 때(〈사진 2〉)부터 판형이 기존의
46판에서 국반판으로 바뀌었을 것으로 추정한다. 다른 광고들과 달리 4판의 경우 "四版 **新本** 發

환 서문, 추천사 격의 김기전 서문, 본문, 판권지로 구성되어 있다. **10판에는 11판과 달리 표제지가 없다.** 반면, 11판에는 그림 없는 표지, 표제지, 목차, 방정환 서문, 김기전 서문, 본문, 판권지로 구성되어 있다. 이때 특이한 점은 11판의 표지에는 '박문서관 발행'이라 되어 있고, 표제지에는 '개벽사 출판'이라고 되어 있으며, 판권지에는 '발행소 개벽사출판부' '발매소 박문서관'이라 되어 있다는 사실이다. 현전하는 10판에 표제지가 없는 것으로 봐서, 겉표지에 '경성 박문서관 발행'이라고 표기한 11판에서 '개벽사 출판'이라고 문구를 넣은 표지를 새로 만들었을 것으로 추정된다.

[사진 6]에서 알 수 있듯, 10판에는 '발행소 개벽사출판부'라고 되어 있고 '박문서관' 부분에는 별도의 표기가 전혀 없다. **11판에서는 '박문서관'이 '발매소'**임을 정확히 밝혔는데, 10판에는 어떠한 표기도 없다는 점이 특이하다. [사진 6]의 훼손된 부분에는 [사진 7]의 부분과 동일한 내용이 적혀 있는데, '박문서관' 부분에만 아무런 표기가 없다.

10판『사랑의 선물』실물을 보다가 흥미로운 또 다른 중요한 사실도 확인할 수 있었다.『사랑의 선물』표지는 파란색 단색으로만 인쇄되었는데, **헌사격인 방정환 서문은 붉은색으로, 추천사격인 김기전 서문은 파란색으로 인쇄**되었으며 본문의 동화는 검은색으로 인쇄되었다.『사랑의 선물』10판은 전체 **3도 인쇄**로 출판되었음을 처음으로 확인하였다. 본문의 동화와 다른 색으로 인쇄한 것은 어린이운동가 방정환 헌사와 김기전의 서문을 두드러지게 하여 번역동화집『사랑의 선물』의 출간 의의를

賣"라고 광고하였고, "暴風雨같이 팔려가는 책 그것은 이 有名한 **조고만 책**『사랑의 선물』이외다."(『개벽』1923.1;『개벽』1923.2)라는 문구를 통해 이전 광고에서는 없던 '조고만'이라는 문구가 추가되었다. 국반판 판형은 4판부터 11판까지 그대로 유지되었고, 11판에 와서 표지와 판권지 등을 새로 바꾸었을 것으로 추정한다.

강조하기 위함이었을 터이다. 『어린이』 잡지에도 목차나 광고, 또는 동요, 동시 등 특정 작품에 붉은색, 또는 파란색으로 인쇄를 하곤 했는데, 이와 유사한 방식의 인쇄이다. 모두 검은색으로 인쇄한 11판 『사랑의 선물』과 견주어도 상당히 신경을 쓴 인쇄였다. **초판에서부터 10판까지는 같은 방식의 3도 인쇄로 출판하지 않았을까 추정한다.**

『사랑의 선물』 10판이 대중에게 정식으로 공개된다면 표지를 비롯해 다른 부분들도 좀더 자세하게 살펴볼 기회를 얻을 수 있을 것이다. 1926년에 발행된 10판 표지 그림이 초판 표지와 동일하다고 확정할 수 없는 점들이 발견되는 만큼 『사랑의 선물』 초판에 대한 궁금증은 여전히, 더욱 강하게 남게 되었다. 10판 소장자가 있는 것으로 보아, 어쩌면 국내외에 『사랑의 선물』 초판본 소장자도 있을 수 있다는 기대를 다시금 하게 되었다. 그렇다면 언젠가는 공개될 것이고, 출판문화사적 관점에서 『사랑의 선물』을 새롭게 조명할 만한 흥미로운 연구 과제를 주리라는 강한 기대를 품게 된다. 『사랑의 선물』 초판본 실물을 확인하게 될 때의 순간을 상상하는 것만으로도 가슴 뛰는 일이다.

방정환과 오카모토 키이치

이정현

　방정환의 『사랑의 선물』에 수록된 열 편의 작품에 대한 저본을 추정하는 데 가장 큰 열쇠가 된 것은 다름 아닌 삽화였다. 필자가 『사랑의 선물』 중 한 작품인 「왕자와 제비」의 저본을 『킨노후네(金の船)』[1] 제2권 제5호에서 발견한 것도 삽화 덕분이었다. 사이토 사지로(斎藤佐次郎: 1893~1983)[2]가 번역한 「왕자와 제비(王子と燕)」의 첫 페이지에는 '행복한 왕자'의 동상 주위를 날고 있는 제비 그림이 그려져 있고([그림 1] 왼쪽 그

---

1 본고에서의 일본어 가나 문자의 한글 표기는 원칙적으로 국립국어원의 일본어 표기법에 의하였지만, 고유명사(인명과 작품명 및 잡지명 등)에 한해서는 다음과 같이 표기하였다.
　① 어두 무성 자음은 탁음과의 구별을 위해 평음이 아닌 격음으로 표기하는 등 로마자 표기 발음을 우선시했고, つ는 '쓰'가 아닌 '쯔'로 표기하였다.
　예: 高木(たかぎ, Takagi) → 타카기, 田畑(たはた, Tahata) → 타하타
　夏目(なつめ) → 나쯔메, 初山(はつやま) → 하쯔야마
　② 장모음의 경우 국립국어원의 표기법에 의하면 장모음은 따로 표기하지 않는다고 명시되어 있지만(ああ, いい, うう, ゆう, ええ, えい, おお, おう, よう 등), 본 연구에서는 일부를 표기에 반영하였다. 예를 들면, え段(에단)의 장음 え(에)는 무시하고 い(이)는 표기에 반영하였으나, お段(오단)의 장음 お(오)와 う(우)는 모두 무시하였다. 단, 잡지명 『도우와(童話)』는 예외로 표기에 반영했다.
　예: 慶応(けいおう) → 케이오, 曲亭(きょくてい) → 쿄쿠테이, 東洋(とうよう) → 토요

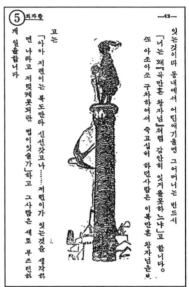

[그림 1] 사이토 사지로의 「왕자와 제비(王子と燕)」 삽화와 방정환의 「왕자와 제비」 삽화

림), 그 그림은 페이지의 반 정도를 차지하고 있어 아주 강렬한 인상을 준다. 필자 또한 그 강렬함에 끌려 그 그림이 어딘가에서 본 듯한 것임을 바로 느꼈는데, 그것은 다름 아닌 방정환의 「왕자와 제비」에서였다([그림 1] 오른쪽 그림).

『사랑의 선물』에는 14점의 삽화가 그려져 있다. 필자가 조사한 바에 따르면, 삽화 14점 중 13점이 오카모토 키이치(岡本帰一: 1888~1930)의 그림이었다. 방정환은 『사랑의 선물』을 편집하면서 디자인 작업에서는 그림의 통일성을 가장 우위에 두었는데, 그 결과 모든 삽화를 오카모토 키

---

2 사이토 사지로는 유복한 가정에서 태어나 와세다대학 영문학과를 졸업한 후 바로 토요대학 철학과에 편입하여 청강을 하는 등 문학 청년 시절을 보낸다. 비록 같은 시기는 아니지만 토요대학 철학과에서 문학 수업을 청강했다는 사실에서도 방정환과 깊은 인연을 느끼게 한다. 그는 지인이 우연히 보여 준 『아카이토리』를 계기로 인생이 바뀌었다고 회고했다.(斎藤佐次郎, 「『金の船』=『金の星』の回顧」, 『雑誌「金の船」=「金の星」復刻版解説』, ほるぷ出版, 1983, 175쪽)

이치의 것으로 통일했다. 그때 방정환은 전혀 상관없는 동화에서도 장면에 맞을 것 같은 그림을 찾아내어 사용하는 등의 방식을 선보였다.[3]

그렇다면 방정환이 모든 삽화를 오카모토 키이치의 그림으로 통일을 한 이유는 무엇이며, 그리고 그가 그렇게까지 오카모토 키이치의 그림을 고집한 이유는 무엇일까. 또한 방정환으로 하여금 그렇게까지 하게 한 오카모토 키이치 그림의 매력은 무엇일까. 이 글에서는 그러한 점을 고려하면서 오카모토 키이치에 대해서 소개하고자 한다.

오카모토 키이치에 대한 소개에 앞서 방정환이 어떠한 경로로 삽화들을 수집해 나갔는지에 대해서도 조금 살펴볼 필요가 있다. 이는 오카모토 키이치의 그림이『사랑의 선물』에 수록된 작품 선정과도 밀접한 관계가 있기 때문이다.

위에서 소개한 사이토 사지로의 번역 작품「왕자와 제비(王子と燕)」가 실려 있는『킨노후네』는 1919년 10월에『아카이토리(赤い鳥)(赤い鳥社)[4] 라는 동화를 읽고 감명을 받은 한 무명의 문학 청년 사이토 사지로가 창간한 아동문예 잡지이다.[5] 편집자였던 사이토 사지로는 다른 잡지에 비해 손색이 없도록 시마자키 토손(島崎藤村: 1872~1943)과 아리시마 이쿠마(有島生馬: 1882~1974)를 감수자로 내세웠고, 화가로는 당시 후잔보(冨山房) 출판사의 '신역회입 모범가정문고(新訳絵入模範家庭文庫)'[6] 시리즈의 제3권

3 이 사실에 대한 보다 상세한 내용은 졸론,
　李姃炫,「方定煥の翻訳童話研究—『サランエ　ソンムル(사랑의 선물)』を中心に」(大阪大学大学院博士論文, 2008)를 참조하기 바란다.
4 스즈키 미에키치(鈴木三重吉: 1882~1936)에 의해 1918년 7월에 창간된 동화, 동요를 중심으로 한 아동 잡지. 1936년에 폐간되었다.
5 斎藤佐次郎,「『金の船』=『金の星』の回顧」,『雑誌「金の船」=「金の星」復刻版解説』, 174쪽.
6 '신역회입 모범가정문고(新訳絵入模範家庭文庫)' 시리즈는 후잔보(冨山房)가 1915년부터 1921년에 걸쳐서,『아라비안나이트(アラビヤンナイト)』上・下,『그림 오토기바나시(グリムお伽噺)』『이솝 모노가타리(イソップ物語)』『안데르센 오토기바나시(アンデルセンお伽噺)』『로빈슨 표류기(ロビンソン漂流記)』『세계동화보옥집(世界童話寶玉集)』『서유기(西遊記)』『걸리버 여행기(ガリバア旅行記)』와 같은 세계 동화와 우화에서부터『일본동화보옥집(日本童話寶玉集)』上・下,『세계동요집(世界童謡集)』까지 전부 12권의 단행본으로 출판되었다.

인『그림 오토기바나시(グリム御伽噺)』에 삽화를 그려 그 이름이 알려지기 시작한 오카모토 키이치를 초빙하여 간행을 시작했다.[7] 사이토 사지로는 훗날, 『그림 오토기바나시』에 실린 오카모토 키이치의 그림을 보고 이 사람의 그림이라면『아카이토리』의 시미즈 요시오(清水良雄: 1891~1954) 이상의 것을 그릴 수 있을 것이라고 생각했다고 회고했다.[8] 방정환 또한 사이토 사지로의 번역 작품 「왕자와 제비(王子と燕)」에 삽입되어 있던 오카모토 키이치의

[그림 2] 『킨노후네』 제2권 제4호 광고란

삽화를 보고 이 사람의 그림이라면『사랑의 선물』을 더욱 빛내 줄 것이라고 생각하지 않았을까 하고 조심스레 추측해 본다.

한편『킨노후네』의 광고란 또한 방정환이 번역할 작품을 고를 때 중요한 힌트를 제공한 것으로 보인다.『킨노후네』제2권 제4호의 광고란에는 다음과 같은 광고가 실려 있는데 방정환은 필시 이러한 광고를 통해서 당시 아주 평판이 좋았던 후잔보의 '신역회입 모범가정문고' 시리즈의 존재를 알게 된 것으로 추정된다.[9]

---

7 斎藤佐次郎, 「『金の船』=『金の星』の回顧」, 『雑誌「金の船」=「金の星」復刻版解説』, 177쪽.

8 斎藤佐次郎, 『斎藤佐次郎・児童文学史』, 金の星社, 1996, 42쪽.

9 이 사실에 대한 보다 상세한 내용은 졸고, 李姃炫, 「方定煥の翻訳童話研究―『サランエ ソンムル(사랑의 선물)』を中心に」(大阪大学大学院博士論文, 2008) 제2장을 참조하기 바란다.

모범가정문고는 일본 아동문학의 쓸쓸한 황야에 돌연히 피어난 일대 경이의 꽃이라고 할 수 있습니다. 내용과 삽화와 디자인의 선과 미에 최선을 다하여 먼저 어린이의 출판물에 선명한 신기원의 획을 그었고 그 다음으로 한 명의 모방자도 허용하지 않는 아동 왕국의 절대 권위라고 할 수 있습니다.[10]

이 광고문에서는 삽화를 강조하여 선전하고 있는데 삽화가 들어간 동화집이 아직 많지 않았던 당시로서는 크게 자랑할 만한 부분이었을 것이다. 이 광고문에 이어 시리즈의 제7권에 대한 광고도 실려 있다. 제7권은 『세계동화보옥집(世界童話寶玉集)』을 말하는데 이것은 쿠스야마 마사오(楠山正雄: 1884~1950)가 편집한 것으로 1919년 12월에 출판된 것이다. 그런데 왜 킨노쯔노사의 잡지인 『킨노후네』에 후잔보 출판사의 출판물 광고가 이토록 크게 실려 있는 걸까. 그 의문에는 다음 광고문이 중요한 힌트를 제공해 준다.

세계동화보옥집은 동화 동요 각 작품에 거의 모든 페이지에 재미있는 삽화를 넣은 것 외에도 오카모토 키이치 씨가 그린 아름다운 삼색판의 삽화 팔엽, 미술적 판화의 묘미를 구명한 열두 달의 카드를 넣어, 보면 볼수록 흥미를 더하게 되는 좋은 책입니다.[11]

---

10 〔일본어 원문〕
模範家庭文庫は日本の児童文学の寂しい荒野に忽然と咲出した一大驚異の花であります。内容と挿画と装幀の善美を尽して前に子供の出版物に鮮かな新紀元を劃し後に一人の模倣者を許さない児童王国の絶権威であります。
『金の船』 第2巻 第4号 広告文, 1920.4.

11 〔일본어 원문〕
世界童話寶玉集は童話童謡の各篇に、殆ど毎頁おもしろい挿画を入れた外、岡本帰一氏の描いた美しい三色版の挿画八葉、美術的版画の妙を極めた十二ケ月のカードを挿んで、見れば見る程興味のつきない感じのよい本です。
『金の船』 第2巻 第4号 広告文.

앞에서 서술한 것처럼 『킨노후네』의 주요 화가로서 활약하고 있었던 오카모토 키이치는 후잔보의 일곱 번째 동화집의 삽화와 디자인도 담당하고 있었다. 그러한 관계 때문인지 『킨노후네』 제2권 제4호에는 『세계동화보옥집』에 관한 큼직한 광고가 마련되어 있었을 뿐만 아니라 편집 후기에서도 언급되고 있다.[12] 또한 쿠스야마 마사오는 편집자인 사이토 사지로의 대학 시절 은사이기도 했다. 뒤에서 더 자세히 소개하겠지만 오카모토 키이치는 당시 쿠스야마 마사오의 집에서 기거하면서 화가로서 활동하고 있었다.[13] 『킨노후네』의 광고란에 이렇게 '신역회입 모범가정문고' 시리즈의 광고가 크게 실리게 된 배경에는 사이토 사지로와의 사적인 인간 관계와 깊은 관련이 있었던 것으로 보인다. 그 광고문에서는 『세계동화보옥집』에 대한 또 다른 정보도 알 수 있다.

세계동화보옥집(신간)은 쿠스야마 마사오 씨가 다년의 단성으로 엮은 세계 각국의 가장 오래된 국민적 동화 십여 편, 근세 각국 작가의 대표적인 동화 문학 십여 편, 동요 십여 편을 열두 달의 계절로 배열한 신양식의 동화집입니다.[14]

이 자료에서 알 수 있듯이 후잔보의 작가별로 편집한 기존의 동화집과는 달리 『세계동화보옥집』은 세계 각국의 21편에 달하는 동화와 전설, 그리고 여러 나라의 동요, 자장가, 어린이 시 등을 계절별로 나누어 편집한 아주 독창적인 동화집이었는데, 번역은 쿠스야마 마사오 본인과 미즈타니 마사루(水谷勝)가 담당했다. 이것은 가능한 한 많은 나라의 동

---

12 『金の船』, 第2巻 第4号, 1920.4, 95쪽.

13 斎藤佐次郎, 『斎藤佐次郎・児童文学史』, 337쪽.

14 〔일본어 원문〕

世界童話寶玉集(新刊)は楠山正雄氏が多年の丹誠で蒐めた世界各国の最も古い国民的童話十数篇、近世各国の作家の代表的童話文学数十篇、童謡数十篇を十二ケ月の季節に排列した新様式の童話集であります。

『金の船』, 第2巻 第4号 広告文.

화, 여러 가지 이야기를 어린이들에게 제공하고자 했던 방정환에게 최고의 자료였음에 틀림없다. 또한 이러한 광고와 선전은 일본에 건너간 지 얼마 되지 않아 일본의 아동문학에 대해서 지식이 별로 없었던 방정환에게는 아주 유용한 정보원이었을 것으로 보인다.

이러한 경유로 방정환은 오카모토 키이치가 삽화를 담당한 잡지와 동화집을 탐독하게 되었고, 거기에서 『사랑의 선물』의 열 작품 중 일곱 작품을 선정하게 되었으며 삽화 또한 거의 그대로 사용하기에 이른다. 그렇다면 오카모토 키이치는 과연 어떠한 인물이었을까.

일본 최초의 어린이를 위한 화가라고 불리는 오카모토 키이치는 1888년 6월 12일에 아와지시마 스모토시(淡路島 洲本市)에서 태어났다. 오카모토 키이치의 아버지 오카모토 진키치(岡本甚吉: 1854~1927)는 지방 신문사에서 일을 하며 그림을 그리는 등, 미술에도 관심이 많았던 것으로 전해진다.[15] 오카모토 키이치는 부모님 덕분에 어렸을 때부터 문화와 예술과 인연이 깊은 환경에서 자랐다. 그리고 동경시립 초등학교에 입학한 이후 열 살 무렵부터 그림에 관심을 가지게 되었다고 한다.[16]

오카모토 키이치가 화가를 지망하게 된 것은 1900년에 동경부립 제1중학교에 입학할 무렵부터였다.[17] 그 4년 전인 1896년에 기존의 일본 전통적인 회화에 한정되어 있던 동경미술학교에 서양화과가 생겼고, 쿠로다 세이키(黒田清輝: 1866~1924)가 주임으로 부임한다. 그리고 부임과 동시에 쿠로다 세이키는 새로운 서양화 단체인 백마회(白馬会)를 결성한다. 오카모토 키이치도 중학교 졸업 후 아버지 친구의 소개로 백마회 아오이바시 연구소(白馬会葵橋洋画研究所)에 들어가게 되었고 그곳에서 데생과 유화 수업을 받았다. 그 이후 키시다 류세이(岸田劉生: 1891~1929)와 키무

---

15 桝居孝, 『雑誌『少年赤十字』と絵本画家岡本帰一』, 竹林館, 2002, 8~9쪽.
16 桝居孝, 『雑誌『少年赤十字』と絵本画家岡本帰一』, 11쪽.
17 桝居孝, 『雑誌『少年赤十字』と絵本画家岡本帰一』, 12쪽.

라 쇼하치(木村莊八: 1893~1958), 타카무라 코타로(高村光太郎: 1883~1956) 등과 함께 휴잔회(ヒューザン会)를 만들어 신양화운동(新洋画運動)을 일으켰으며 훗날 오사나이 카오루(小山内薫: 1881~1928)의 자유극장이나 시마무라 호게쯔(島村抱月: 1871~1918), 마쯔이 스마코(松井須磨子: 1886~1919)의 예술좌에서 무대 장치를 담당하게 된다.[18]

한편 오카모토 키이치는 1914년에 결혼을 하여 부모님 집을 나오게 되었는데 우연히도 옆집에 연극 연출가이자 훌륭한 편집자인 쿠스야마 마사오가 살고 있었다. 그 만남으로 인해 오카모토 키이치는 무대 미술을 담당하게 되었다. 쿠스야마 마사오는 어린이 책 만드는 일에도 많은 관심을 가지고 있었다. 오카모토 키이치의 무대 미술의 업적을 높이 산 쿠스야마 마사오는 자신이 편집을 담당하고 있던 후잔보(冨山房)의 '신역회입 모범가정문고(新訳絵入模範家庭文庫)' 시리즈의 삽화를 그에게 맡기게 된다. 그 일을 계기로 오카모토 키이치는 동화(童画) 작가의 길로 들어서게 된다.[19]

동화(童画) 작가가 된 오카모토 키이치는 주로 동화 잡지『킨노후네(金の船)』와 그림 잡지『코도모노쿠니(コドモノクニ)』[20]에서 활동했다. 다이쇼 시대의 동화 잡지는 오늘날의 아동 잡지처럼 여러 명의 화가에게 삽화를 의뢰하는 형식이 아니라 한 명 또는 두 명의 동화(童画) 작가에게 표지와 권두화, 그리고 삽화나 장식화 모두를 맡기는 형태였다. 예를 들면 『아카이토리(赤い鳥)』에는 시미즈 요시오(清水良雄: 1891~1954), 『도우와(童話)』[21]에는 카와카미 시로(川上四郎: 1889~1983), 『오토기노세카이(おとぎの

18 斎藤佐次郎,『斎藤佐次郎 · 児童文学史』, 43쪽.
19 上笙一郎,『日本の童画家たち』, 平凡社, 2006, 50~51쪽.
20 『코도모노쿠니(コドモノクニ)』는 1922년 1월부터 1944년 3월까지 동경사(東京社)에서 출판된 아동 잡지이다. 어린이를 위해서 그려진 동화(童画)라는 회화 장르를 확립하는 데 크게 기여한 다이쇼 시대를 대표하는 그림 잡지이다. (鳥越信 編,『はじめて学ぶ日本の絵本史I 絵入本から画帖 · 絵ばなしまで』, ミネルヴァ書房, 2001, 328~329쪽)
21 『아카이토리』와 『킨노후네』와 어깨를 나란히 하는 다이쇼 시대의 3대 아동 문예지로 불리던

世界)』[22]에는 하쯔야마 시게루(初山滋: 1897~1973)가 전속으로 동화(童画)를 담당했다. 오카모토 키이치는『킨노후네(金の船)』와『코도모노쿠니(コド モノクニ)』라는 두 잡지의 주임 동화(童画) 작가였는데 이것은 그의 동화 가 당시의 어린이들과 학부형들에게 얼마나 인기가 있었는지를 단적으 로 보여주는 예라고 할 수 있다.[23]

아동문학 연구가 카미 쇼이치로(上笙一郎, 1983)는 '『아카이토리』의 시 미즈 요시오의 그림은 순수회화풍을 중심으로 하고 있어 미술적으로 어 느 정도 훈련된 어린이가 아니면 즐기기 어렵다는 난점이 있는 반면 결 코 순수회화풍을 부정할 수는 없지만 오카모토 키이치의 그림은『아카 이토리』의 시미즈 요시오의 삽화보다 설명성이 강해 어린이들도 알기 쉽다'고 논했다. 또한 '『도우와』의 카와카미 시로의 그림은 아름답기는 하나 정적이어서 재미가 덜한 반면 오카모토 키이치의 그림은 결코 정

또 하나의 잡지는『도우와(童話)』이다.『도우와』가 창간된 것은『킨노후네』의 창간 5개월 후 인 1920년 4월이었다. 발행소는 코도모사(コドモ社)이고 편집 및 발행인은 키모토 히라타로 (木本平太郎)이다. 타나카 료(田中良: 1884~1974), 카와카미 시로(川上四郎: 1889~1983), 카 와메 테이지(河目悌二: 1889~1958) 등에 의한 표지화로 장식된 이 잡지는 외견상으로는『아 카이토리』와『킨노후네』와 거의 다를 바 없었지만 당시 유명했던 문단 작가를 선전 도구로 사 용하지 않고 오히려 하마다 히로스케(濱田廣介: 1893~1973), 키타무라 히사오(北村寿雄: 1895~1982), 치바 쇼조(千葉省三: 1892~1975), 소마 타이조(相馬泰三: 1885~1953) 등 독자 적인 동화 작가를 내세웠다는 점이 평가받는다.(鳥越信,『日本児童文学史研究』, 風濤社, 1971, 70쪽)

22 『오토기노세카이』는 오가와 미메이(小川未明: 1882~1961)의 감수로 1919년 4월에 창간되었 는데 9월호까지 오가와 미메이의 이름이 잡지의 표지를 장식했다. 토리고에 신(鳥越信, 1984) 은 일본 아동문학사에서『오토기노세카이』의 위치에 대해서 동 잡지는『아카이토리』의 성공 을 직접적인 계기로 하여 창간되었다는 사실은 틀림없지만 단순한 모방 잡지는 아니었다고 논 하면서, "『오토기노세카이』만의 독특한 분위기가 있었으며 야마무라 보쵸(山村暮鳥: 1884~1924)로 대표되는 기독교적인 분위기, '새로운 마을(新しき村)'의 작가들로 대표되는 인도주의적인 분위기, 그리고 '러시아동화호(ロシア童話号)'와 '폴란드동화호(ポオランド童 話号)'와 같이 같은 유럽이라도 영국 및 독일과는 다른 나라들을 주목한 기획 등을 살펴보면 거기에는 편집자 이노우에 타케이치(井上猛一: 1895~1996)가 걸어온 사상이 투영되어 있다" 고『오토기노세카이』를 높이 평가했다.(鳥越信,「『おとぎの世界』の位置」,『雑誌『おとぎの世 界』復刻版別冊』, 岩崎書店, 1984, 13쪽)

23 上笙一郎,『日本の童画家たち』, 51~52쪽.

일본 동화가(童画家) 협회의 창설 멤버, 왼쪽 위에서 타케이 타케오(武井武雄), 카와카미 시로(川上四郎), 오카모토 키이치(岡本帰一), 후카자와 쇼조(深訳省三: 1899~1922), 무라야마 토모요시(村山知義: 1901~1977), 시미즈 요시오(清水良雄)

적인 아름다움을 배제한 것은 아니나『도우와』의 삽화보다 훨씬 더 흥미롭다'며 오카모토 키이치의 그림을 높이 평가했다.[24] 또한 카미 쇼이치로(2006)는 오카모토 키이치의 화풍에 대해서 타케이 타케오(武井武雄: 1894~1983)[25]와 하쯔야마 시게루와는 대조적이라고 했다. 이들은 각각의 기호가 강한 데포르메[26]로써 동화(童画)를 그렸지만 오카모토 키이치는

24 上笙一郎,「『金の船』=『金の星』の児童出版美術」『雑誌「金の船」=「金の星」復刻版解説』, ほるぷ出版, 1983, 102쪽.

25 동화의 부산물로써 경시되던 어린이를 대상으로 한 그림을 '동화(童画)'라고 명명하여 예술의 영역까지 그 지위를 올리는 데 공헌을 했다. 타케이 타케오의 동화(童画)는 대담한 구조와 기하학적인 묘선(描線)에 의해 모던하고도 넌센스한 느낌을 주어 남겨진 작품들은 지금도 낡지 않았다. 『코도모노쿠니(コドモノクニ)』를 비롯한 아동 잡지에 삽화, 판화, 도안 그리고 장난감 연구와 창작, 책 그 자체를 예술 작품으로 본 '간본 작품(刊本作品)', 동화(童画) 비평 등 여러 분야에서 작품을 남겼다.

26 데포르메(deformer)란 어떤 대상의 형태가 달라지는 일, 또는 달라지게 하는 것(변형, 왜곡)

그러하지 않고 단순화와 생략에 대해서는 결코 부정할 수 없지만 현실을 가능한 한 표현하고자 노력했다고 평했다. 이러한 의미에서 오카모토 키이치의 동화(童画)는 '사실주의'에 입각하였고 만약 타케이 타케오와 하쯔야마 시게루의 그림을 '데포르메 동화'라고 규정한다면 오카모토 키이치의 그림은 대조적으로 '리얼리즘 동화(童画)'라고 평가하는 것이 적당할 것이라고 했다. 현실의 사물을 데포르메하지 않고 '있는 그대로' 그리고자 하였으므로 오카모토 키이치의 그림은 위화감 없이 알기 쉽고 따라서 그림을 보는 훈련을 하지 않은 아이들이라도 바로 친숙해질 수 있다고 하고, 타케이 타케오와 하쯔야마 시게루의 그림이 한정된 팬들에게 사랑을 받는 경향이 있는 반면, 오카모토 키이치의 작품이 모든 계층과 모든 어린이들에게 사랑을 받는 이유이자 두 잡지의 전속 동화(童画) 작가였던 이유이기도 하다며 높이 평가했다.[27]

카미 쇼이치로의 이러한 평가는 오카모토 키이치의 작품 의도와 거의 일치한다고 할 수 있다. 이러한 사실은 오카모토 키이치의 동화론(童画論)에서 확인할 수 있다. 「내가 동화(童画)를 그릴 때의 마음가짐에 대하여―어린이는 잘 보이려고 하는 사람을 싫어한다」라는 제목의 오카모토 키이치의 동화론(童画論)은 현재 오카모토 키이치의 동화론(童画論)이 거의 남아 있지 않다는 점에서 아주 귀중한 자료이다. 게다가 이것은 오카모토 키이치가 『박애(博愛)』의 편집자인 카쯔야 에이조(勝屋英造)에게 한 이야기를 카쯔야 에이조가 상세하게 기록한 것이므로 오카모토 키이치가 말한 그대로 남아 있어 한층 더 귀중한 자료라고 하지 않을 수 없다. 본 글 마지막에 그 전문을 소개하고자 한다.

오카모토 키이치는 진정한 동화(童画)란 생활 속에서 우러나온 것이며

을 뜻하는 미술 용어로 만화, 일러스트 분야에서는 표현하려는 대상을 간략화 또는 과장해서
표현하는 방법론을 말한다.
27 上笙一郎, 『日本の童画家たち』, 52~53쪽.

어린이뿐만 아니라 어른들에게도 재미있게 느껴져야 한다고 생각하며 동화를 그렸다. 그리고 그 의도가 작품 속에 살아 있었다고 할 수 있다. 그렇기 때문에 카미 쇼이치로의 평가처럼 어린이뿐만 아니라 모든 계층에게 사랑을 받아온 것이다. 그렇지만 자신의 그림에 대한 평가에서 가장 중요한 의견을 가질 수 있는 것은 오로지 어린이였다. 또한 그 평가 자인 어린이들의 장난기가 살아 있는 그림을 그리고자 했다. 자신의 동화(童畵)에서 그 무엇보다 표현하고자 했던 것은 바로 장난기가 배어 있는 천진무구한 어린이의 모습이었던 것이다. 당시의 수신(修身) 삽화에는 어울리지 않는 그리고 당시의 기준에서 결코 어린이들의 모범이 될 수 없는 그림을 그린 것이다. 수신이나 모범보다는 건강하고 살아 있는 어린이들을 그리고 싶었던 것이다. 그런 그림이야말로 진정한 어린이를 위한 그림이라고 생각했음이 그의 동화론(童畵論)에 잘 나타나 있다 .

어린이를 사랑했던 방정환에게도 오카모토 키이치의 이러한 의도가 전해졌을까. 『사랑의 선물』에 그려진 삽화 14점은 오카모토 키이치가 표현하고 싶었던 건강하고 살아 있는 어린이의 그림이라고는 할 수 없다. 스토리에 맞게 그려진 삽화를 그대로 옮긴 것이었고 또한 흑백 그림이기 때문이다. 예를 들어 『사랑의 선물』의 한 작품인 「한네레의 죽음」 삽화인 아래의 [그림 3]만 보아도 건강한 어린이의 모습은 도저히 찾아 볼 수 없다.

[그림 3] 「한네레의 죽음」 삽화

그렇지만 방정환이 스토리에 맞는 이러한 그림을 옮기기 이전에 그는 컬러풀하고 생동감 넘치는 오카모토 키이치의 많은 그림을 보았을 것이고, 또한 그러한 그림에서 오카모토 키이치가 전하고자 했던 의도를 이해하고 있었음에 틀림없다.

　방정환만큼 어린이를 사랑한 사람은 없다고 해도 과언이 아닐 만큼 그는 어린이를 예찬하는 글과 어린이를 위한 많은 작품을 남겼다. 그런 방정환이 표현하고 싶었던 어린이의 모습이란 바로 오카모토 키이치의 그림에서 볼 수 있는 어린이라 생각해도 좋을 것이다. 당시 조선의 어린이들은 일제 식민지하에서 여러 면에서 굶주리고 있었는데, 그런 조선의 어린이들을 보면서 방정환은 그들에게도 오카모토 키이치의 그림 속의 어린이들처럼 건강하고 밝은 어린이의 모습을 안겨 주고 싶었을 것이다. 그리고 방정환이 『사랑의 선물』의 모든 삽화를 당시 일본의 수많은 동화(童画) 중에서도 오카모토 키이치의 그림을 선택하여 그의 그림으로 채웠던 것은 오카모토 키이치의 동화론(童画論)에 보이는 어린이관과 방정환의 그것이 일치하였기 때문이 아닐까.

부록 _ 오카모토 키이치의 「동화론(童画論)」[28]

「내가 동화(童画)를 그릴 때의 마음가짐에 대하여―어린이는 잘 보이려고 하는 사람을 싫어한다」

---

28 帰一の「童画論」

　私の童書をかく気分について　子供は好かれようとする者を嫌ふ

　お茶ノ水幼稚園の倉橋さんは「幼稚園の先生になると、誰でもどうしたら子供が喜んでくれる だらうか、自分になづいてくれるだらうかといふことばかりに苦心するが、子供はそんな苦心をしている間はなづいてくれるものではなく、却ってどうでもいいと忘れた時分に慕ってくるものだ」と話されていたが、私も自分のかく子供の絵に對しては丁度それと同じで、はじめの二、三年はどう描いたら子供の気にいるかと随分苦心したものですが、この四五年は自分の好きなやうに―それでも書く材料には相当頭を痛めてますが―平凡なものばかり書いて居ます。近頃は「子供のためにかいた絵」が澤山ありますが、私は子供も面白ければ

오차노미즈 유치원의 쿠라하시 씨는 "유치원 선생님이 되면 누구나 어떻게 하면 아이들이 자신을 좋아할까, 어떻게 하면 자신을 잘 따라 줄까 하는 것만 고민하지만 아이들은 그런 고민을 하는 동안은 잘 따라 주지 않고 오히려 어떻게 되든 상관없다고 잊어버리고 있을 때 잘 따라 준다."라고 말했는데 저도 제가 그리는 어린이 그림에 대해서는 정확하게 그것과 같아서 처음 2, 3년은 어떻게 그리면 아이들이 마음에 들어할까 하고 고민했지만 최근 4, 5년은 제가 좋아하는 스타일로─그래도 소재에는 상당히 골치를 썩고 있지만─ 평범한 것만 그리고 있습니다. 최근에는 '아이들을 위해서 그린 그림'이 아주 많지만 저는 어린이뿐만 아니라 어른들에게도 재미있게 느껴지는 그야말로 생활에서 우러나온 것이 진정한 동화(童畫)라고 생각합니다. 아이들에게는 공상도 생활과 멀지는 않고 현실 바로 뒤에 오는 것이라고 생각합니다.

大人も面白いといった生活から生まれたものが本当の童画だと思っています。
子供にとっては空想も生活に遠いものではなく現実の直ぐ次にゆくものだと思ひます。
それから最近雑誌等でも表情といふことを非常にやかましく注文し、書く人は表情といへば目ばかりにある位に思っていられる方もあるようだが、私は子供の表情は部分でなくてからだ全体にあると思っています。花がきれいだ─バッタがいた─といふ時の子どもをみてごらんなさい。そこにはからだ全体の動きがあるのです。一体表情となると有邪気にこそなれ決して無邪気なものでなく、子供に見せる絵としては感心いたしません。私の絵も人によってさまざまに批評されるでせうが、私が一番注意して聞くのは子供さんと同業の人の言葉で、学校の先生やお母様方のは子供さんより一歩遅れているやうに思はれて、あまり気をつけてきいたことはありません。
私は自分の子供時代がとても腕白だったので─いつかも踏切の絵をたのまれた時子供が柵にのっかったり手を出したりして汽車の通るのを待っている絵をかいたところが─こんな行儀の悪い子供じゃどうにもならないからつてかきなをす様にいはれた事がありました。さうなるともう私の筆は動かなくなるのです。
私は子供がありつたけの知慧をしぼるのは、本を読んだり字を書いたりする時ではなくて、自分が何かいたづらをしようとたくらむ場合で、そのたくらみにしたところで決した悪意があつてするのではないと思ふので、大いに子供の腕白を尊重しているのです。随つて修身のさしえには不向きで子供さんのお手本にはならないかも知れませんが、健康さうなふくらした子供は教育上にもよく、子供をシンボライズするに私の一番すきな筆法です。抹消神経的な描写もいいでせうが、それはとがった鉛筆も同じでいつか折れる時がまいります。

그리고 최근에는 잡지 같은 데서도 표정이라는 것을 아주 성가시게 주문을 하는데 글을 쓰는 사람들은 표정이라고 하면 눈에만 있는 정도로 생각하는 분도 계시는 거 같은데 저는 어린이의 표정은 부분이 아닌 몸 전체에 있다고 생각합니다. '꽃이 예쁘다, 메뚜기가 있었다'라고 말할 때의 어린이를 지켜보십시오. 거기에는 몸 전체의 움직임이 있습니다. 애당초 표정이라면 악의를 품을 수는 있지만 결코 천진할 수는 없기에 어린이들에게 그런 그림을 보여 주고 싶지는 않습니다. 제 그림도 사람에 따라서는 여러 형태로 비평을 하겠지만 제가 가장 귀를 기울이는 것은 어린이들로, 학교 선생님이나 학부형들은 어린이들보다 한발 늦는 것 같아 그들의 의견에는 그다지 귀를 기울이지 않습니다.

언젠가 건널목 그림을 부탁 받았을 때 저는 제가 어린 시절에 아주 개구쟁이였기 때문에 아이들이 철망에 올라타거나 손을 내밀거나 하면서 기차가 지나가는 것을 기다리고 있는 그림을 그렸는데, 이런 버릇 없는 아이들은 절대 안 된다고 하면서 다시 그려 달라고 부탁받은 적이 있었습니다. 그렇게 되면 더 이상 제 붓은 움직이게 않게 됩니다.

저는 아이들이 있는 지혜를 죄다 짜낼 때는 책을 읽거나 글을 쓰거나 할 때가 아니라 자신이 뭔가 장난을 치려고 할 경우로, 그 계획을 실행했다고 해도 결코 악의가 있어서 하는 행동이 아니라고 생각하기 때문에 어린이들의 장난을 많이 존중하고 있습니다. 그래서 수신(修身)의 삽화에도 어울리지 않고 어린이들의 모범은 될 수 없을지 모르지만 건강해 보이는 어린이는 교육상으로도 좋다고 느끼며 또한 어린이를 상징화하는 것이 제가 가장 좋아하는 필법입니다. 말초신경적인 묘사도 좋지만 그것은 뾰족한 연필심과 같은 것으로 언젠가는 부러지고 마는 것입니다.[29]

---

29 桝居孝,『雜誌『少年赤十字』と絵本画家岡本帰一』, 22~23쪽.

참고문헌

1. 기본 자료

『金の船』第2巻 第4号, キンノツノ社, 1920.4.

『金の船』第2巻 第5号, キンノツノ社, 1920.5.

2. 논문 및 단행본

岡本帰一, 『思い出の名作絵本 岡本帰一』, 河出書房新社, 2001.

上笙一郎, 「『金の船』=『金の星』の児童出版美術」『雑誌「金の船」=「金の星」復刻版解説』, ほるぷ出版, 1983.

上笙一郎, 『日本の童画家たち』, 平凡社, 2006.

斎藤佐次郎, 「『金の船』=『金の星』の回顧」, 『雑誌「金の船」=「金の星」復刻版解説』, ほるぷ出版, 1983.

斎藤佐次郎, 『斎藤佐次郎・児童文学史』, 金の星社, 1996.

瀬田貞二, 『落穂ひろい 日本の子どもの文化をめぐる人びと』下巻, 福音館書店, 1982.

鳥越信, 「『おとぎの世界』の位置」, 『雑誌『おとぎの世界』復刻版別冊』, 岩崎書店, 1984.

鳥越信, 『はじめて学ぶ日本の絵本史I 絵入本から画帖・絵ばなしまで』, ミネルヴァ書房, 2001.

鳥越信, 『日本児童文学史研究』, 風濤社, 1971.

武井武雄 ほか, 『日本の童画2 武井武雄／初山滋／岡本帰一』, 第一法規, 1981.

桝居孝, 『雑誌『少年赤十字』と絵本画家岡本帰一』, 竹林館, 2002.

李姃炫, 「方定煥の翻訳童話.究―『サランエ ソンムル(사랑의 선물)』を中心に」, 大阪大学大学院博士論文, 2008.

2부

방정환 개벽사상의 실천적 텍스트로서
「난파선」 연구

김명옥

1. 들어가는 말

「난파선」은 방정환이 번안한 『사랑의 선물』에 첫 번째로 수록된 작품이다. "『사랑의 선물』은 '소년운동' 차원에서 기획된 번안동화집"[1]으로 1922년 7월 7일 초판 발행 이후 1928년에 11판을 낼 정도로 1920년대 초 베스트셀러였다.[2]

수록된 목록을 살펴보면 오스카 와일드의 「행복한 왕자」를 비롯해 전 래동화인 「잠자는 공주」 그리고 에드몬드 데 아미치스의 『쿠오레』에 수록된 「난파선」 등 10편이다.[3] 주지하다시피 『쿠오레』는 1886년에 출간되자마자 큰 성공을 거두었고, 몇 개월 후에는 수십 개의 언어로 번역되

---

1 염희경, 「민족주의 내면화와 전래동화의 모델 찾기—방정환의 사랑의 선물에 대하여 2」, 『한국학연구』 16, 인하대학교 한국학연구소, 2007, 149쪽.
2 위의 글.
3 수록된 순서는 「난파선」, 「산드룡의 유리 구두」, 「왕자와 제비」, 「요술 왕 아아」, 「한나레의 죽음」, 「어린 음악가」, 「잠자는 왕녀」, 「천당 가는 길」, 「마음의 꽃」, 「꽃 속의 작은이」다.

었다. 우리나라에는 1908년에 처음으로 소개되었고, 1928년에 고장환에 의해 완역되었다.[4]

완역되기 전에는 『쿠오레』를 구성한 단편들이 개별적으로 소개되었는데, 「난파선」은 방정환이 1922년에 소개한 이후에도 여러 번역자가 소개했다.[5]

잡지 『어린이』(1923)의 발행에 앞서 1년 먼저 발행된 번역동화집 『사랑의 선물』은 『어린이』와 더불어 아동문학 형성에 중대한 영향을 끼쳤을 뿐만 아니라 아동문학이 지닌 정치성, 즉 구현해야 할 '민족의 상'과 민족의 정체성 형성에 대한 구현물로서 작동했다.[6] 「난파선」도 이러한 선상에서 연구되었는데 이러한 관점에서만 『사랑의 선물』을 읽는다면, 방정환이 조선의 아이들에게 선물한 의도를 간과할 수 있다. 그가 천도교 이론가이자 실천의 핵심 인물이라는 점을 상기해보면 「난파선」을 포함한 『사랑의 선물』은 보다 넓고 풍부하게 해석될 여지가 있다. 수많은 작품 중에 10편을 선택해서 번안한 이유와 번역하면서 에피소드를 첨가하거나 에피소드의 위치를 바꾸거나 결말의 내용을 바꾸는 것과 관련이

---

4 김해련, 「아동소설 『쿠오레(Cuore)』의 한국 수용사 연구」, 춘천교육대학교 교육대학원 석사학위논문, 2019.

5 일제강점기 「난파선」 번역 현황

번호	시기	번역자	제목	수록 지면
1	1922	방정환	난파선	『사랑의 선물』
2	1924.7	이준홍	잘가거라	『신소년』
3	1927.10	정리경	파선	『어린이』
4	1928	고장환	난파선	『쿠오레 일명 사랑의 소년』
5	1929	이정호	난파선	『사랑의 학교』
6	1938	방정환	난파선	『조선아동문학집』

김해련은 『쿠오레』가 1908년부터 1945년 사이에 출간된 매체와 시기 등을 조사했는데, 1924년 『신소년』 7월에 수록된 이준홍의 「잘가거라」가 빠져있다. 제목이 「난파선」 혹은 「파선」 등과 달라서 연구자가 미처 내용을 확인하지 못한 것 같다. 이에 관해서 김해련의 논문 168쪽을 참조하도록 한다.

6 김종엽, 「동화와 민족주의—19세기 후반 이탈리아 민족국가 형성기의 학교 동화 『쿠오레』의 경우」, 『사회와 역사』 제52집, 한국사회사학회, 1997.

고장환 번역본에 수록된 삽화.

있을 것이기 때문이다. 따라서 이 글은 민족주의를 씨줄로 삼고 개벽사상을 날줄로 삼아 「난파선」을 살펴보고자 한다.

「난파선」에 관한 기왕의 연구는 『쿠레오』나 『사랑의 선물』과 관련해서 언급되곤 했다. 김종엽은 『쿠오레』를 통해 동화가 민족 정체성의 형성에 기능한다고 보았다.[7] 김젬마는 『쿠레오』의 번역과정에서의 '소영웅' 서사가 일제강점기 당시 '인고와 헌신의 주인공'으로 토착화되는 과정을 살피면서 「난파선」을 언급하고 있다.[8] 『사랑의 선물』을 분석한 염희경은 방정환이 번역동화를 통해서 네이션을 상상하고 내셔널리티를 창출하는 시도였음을 밝히고[9] 이정현은 방정환이 대상으로 삼은 『사랑의 선물』의 저본을 밝히면서 「난파선」를 언급한다.[10] 오현숙은 멜로드라마적 특성으로 『사랑의 선물』을 분석하면서 「난파선」에 대해서는 감정의 과잉 서술로 죽음과 지옥의 상징을 강화해서 형상화했다고 보았다.[11] 김

---

7 위의 글.

8 김젬마, 「한국 근대아동소설의 '소영웅(小英雄)' 변주와 『쿠오레』 번역」, 『한국학연구』 Vol.55, 인하대학교 한국학연구소, 2019.

9 염희경, 「'네이션'을 상상한 번역 동화―방정환의 『사랑의 선물』에 대하여(1)」, 『동화와번역』 제13집, 동화와번역연구소, 2007.

10 이정현, 「방정환의 번역동화 연구―『사랑의 선물』을 중심으로」, 오사카대학 대학원, 2008.

해련은 『쿠레오』의 한국 수용사를 서지학적 분석을 통해 밝히면서 그것이 단순한 번역과 수용을 넘어 한국 아동문학 발전과정의 한 축을 이루고 있음을 말한다.[12]

이처럼 「난파선」은 독자적으로 연구의 대상이 되지 않았고, 오현숙을 제외한 연구는 민족주의적 시각에서 논의되었다. 따라서 이 글은 「난파선」만을 대상으로 삼아 방정환이 조선의 어린이들에게 구성한 선물 중에 맨 앞에 구성한 이유를 시대적 상황과 천도교라는 맥락에서 살펴보고자 한 것이다. 이것은 방정환이 「난파선」을 어떻게 인식했는가 하는 작품의 위상과도 관련이 있다. 이를 위해서 원작과 방정환이 저본으로 삼은 대상과 방정환본의 서술 차이를 알아보고, 이 차이를 통해 무엇을 드러내려고 했는가를 짚어보며, 그가 궁극적으로 「난파선」을 통해 무엇을 말하고자 했는가에 주목하고자 한다. 번역작품의 선정과 내용의 개작은 방정환의 사상과 맞물려 있다고 판단하기 때문이다.

2. 원작 및 중역본과 방정환본 비교

「난파선」은 1920년부터 1930년까지 에드몬드 데 아미치스의 『쿠오레』 중 「파주아의 소년애국자」와 함께 가장 많이 소개된 에피소드이다.[13] 「난파선」은 6회에 걸쳐 잡지 및 단행본에 번역되었는데, 1938년 『조선아동문학전집』에 수록된 것은 1922년 『사랑의 선물』에 수록됐던 것의 재수록이기 때문에 5명의 번역자에 의해 번역된 것이다. 그런데

---

11 오현숙, 「『사랑의 선물』에 나타난 멜로드라마적 특성과 동화의 숭고미」, 『아동청소년문학연구』 제17호, 아동청소년문학학회, 2015.
12 김혜련, 앞의 글.
13 김찬마의 「한국 근대아동소설의 '소영웅(小英雄)' 변주와 『쿠오레』 번역」에 실린 [표2] 각 매체별 『쿠오레』 수록작 번역 현황'을 참고하였음.

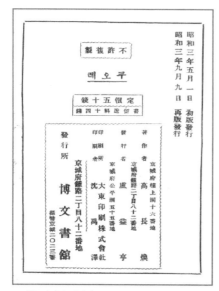

고장환 번역본 판권지

번역자들은 아미치스의 원본을 번역한 것이 아니라 일본어로 번역된 책을 저본으로 삼았다. 방정환이 저본으로 삼은 글은 1920년에 가정독물간행에서 출간한 마에다 아키라(前田晃)의 『쿠오레』이다.[14] 「난파선」은 이태리 소년 마리오가 영국에서 노동자로 일하던 아버지를 잃고 고향인 이태리로 가던 중 폭풍을 만나 난파되는 과정을 그린 작품인데, 원작과 마에다 아키라본을 비교해보면 소소한 표현의 차이만 있을 뿐이다.[15] 이를 테면, 승무원 인원수 차이나 표현의 차이이다. 아미치스본은 승무원이 70명으로 서술되었다면 마에다 아키라본은 60명이라고 했고, 바다가 점점 거칠어질 때 마리오와 줄리에트는 그것을 신경 쓰지 않는데, 그 이유를 아미치스는 "험악한 바다를 경험한 적이 없기" 때문이라고 하고, 아키라는 "두 어린이는 뱃멀미를 하지 않았기 때문"이라고 표현한다. 마리오 아버지의 직업에 대해서 아미치스는 노동자라고 하고, 아키라는 장인으로 서술한다. 승객의 정보에 관해서 아미치스는 세 명의 신사와 신부님, 그리고 악단이 승선한 것으로 서술했는데 마에다 아키라는 신부 대신에 스님으로 바꾸었다. 당시 일본은 불교가 가톨릭교보다 보편

---

14 이정현, 앞의 글.

15 마에다 아키라본의 번역은 한일아동문학연구자인 김영순 선생이 번역해 주었다. 지면을 통해 감사한 마음을 전한다.

화되었기 때문에 종교적 지도자를 스님으로 대체했을 것이다. 마지막 장면에서 원작은 마리오가 줄리에트를 보트에 태워 보내고 "조용하고 늠름하게" 서 있었다고 서술하는데, 마에다 아키라는 "차분하고 성스럽게"라고 표현했다.

이렇듯 몇몇 표현의 차이만 있을 뿐 마에다 아키라는 아미치스의 원작을 충실히 번역했다. 따라서 내용의 차이가 나지 않기 때문에 마에다 아키라본과 아미치스본은 같다고 볼 수 있다. 그렇다면 방정환본은 마에다 아키라본(또는 원작)과 어떤 차이가 있을까? 먼저 [표 2]를 통해 서술의 차이를 살펴보자.

〔표 2〕 마에다 아키라본과 방정환본의 서술순서 비교

서술순서	마에다 아키라본	방정환본
ⓐ	시간과 공간 배경	좌동
ⓑ	승객과 승무원에 대한 정보	좌동
ⓒ	마리오에 대한 묘사	좌동
ⓓ	줄리에트와 만남	마리오가 배를 타게 된 사연
ⓔ	같이 음식 먹기	줄리에트와 만남
ⓕ	폭풍이 불기 시작함	같이 음식 먹기
ⓖ	줄리에트에 대한 묘사	폭풍이 불기 시작함
ⓗ	마리오와 줄리에트가 배를 타게 된 사연	줄리에트가 배를 타게 된 사연
ⓘ	마리오의 다친 머리를 줄리에트가 빨간 수건으로 감싸줌)	좌동
ⓙ	배가 바다에 잠기기 시작함	좌동
ⓚ	선장이 승객들에게 최악의 상황을 알림	좌동
ⓛ	구명보트를 띄우고 다섯 명의 선원을 태웠으나 두 명이 파도에 잠김	좌동
ⓜ	절망에 잠긴 승객들의 아비규환의 모습	좌동
ⓝ	구명보트를 내려 14명의 선원과 3명의 승객이 탄 후 한 자리에 여자를 보내라고 하자 여자는 보트에 뛰어내릴 용기가 없어서 간판에 쓰러짐	좌동

ⓞ	마리오와 줄리에트가 서로 자기를 데려가라고 함.	좌동
ⓟ	마리오가 줄리에트의 가슴에 핏자국을 보고 성스러운 생각이 들어서 양보함	마리오가 줄리에트의 노란 저고리에 묻어 있는 붉은 피를 보고 양보.
		줄리에트가 마리오에게 양보함.
ⓠ	마리오가 줄리에트를 바다에 던지자 선원이 줄리에트를 보트 위로 끌어 올림.	좌동
ⓡ	증기선 침몰	좌동

마에다 아키라본은 마리오가 줄리에트와 만난 이후에 배를 탄 사연들이 각각 서술된다. 그러나 방정환본은 줄리에트를 만나기 전에 마리오가 배를 탄 사연이 소개된다. 이것은 서술자의 정보 차이 때문이다. 마에다 아키라는 대부분 관찰자 시점으로, 방정환은 전지적 서술 즉, 주석적 서술[16]을 견지한다.

방정환이 전지적 시점을 택한 이유는 당대의 사회문화적 배경 때문일 것이다. 1920년 당시에 문맹률은 전체 인구의 90%로, 1930년대의 문자 해득자는 10%에서 28%로 추정한다.[17] 이 가운데 한글 독서가 가능한 학생은 15.7%이다.[18] 즉 구술문화 시대였기 때문에 전통적인 서사 방식에 익숙한 독자들을 위한 서술전략이었을 것이다. 이것은 그의 말에서 확인된다.

방정환(1923)은 『어린이』에서 "童話는 물론이려니와 그 외의 모든 것을 읽은 대로 한아버지, 한머니, 어머니, 누님, 동생, 동리집 동모에도 이

---

[16] 주석적 서술은 "작품세계의 바깥에 위치한 한 개인적 서술자가 자기의 존재를 알리는 것을 의미하며, 이 서술자는 서술행위 중 이렇게 자기의 존재를 알림으로써 작품을 해석하는 데에 일조(一助)가" 된다. Franz K, Stanzel, 안삼환 역, 『소설형식의 기본유형』, 탐구당, 1982, 36쪽.
[17] 허재영, 「일제강점기 한글운동과 문맹퇴치(문자보급) 운동 연구」, 『독서연구』 44집, 한국독서학회, 2017.
[18] 원종찬, 『한국 아동문학의 쟁점』, 창비, 2010.

야이하야 들려주십시오. 冊을 못 보는 이에게도 조흔 것은 잘 들려주어야 할 것"[19]이라고 했다. 독자가 화자가 되어 다른 이에게 들려줄 가능성까지 염두에 두고 서술했기 때문에 전지적 작가 시점을 택한 것이다.

한편, 전통적인 구술문화사회에서는 이야기하는 현장에서 구연자가 인물의 상황이나 감정을 표현해왔다. 따라서 방정환은 화자를 마치 구연자처럼 여기고 서술했을 가능성이 크다. 이러한 서술은 자신의 체험에서 비롯되었다. 강연자로서 초창기에 강연할 때는 사람들이 하품하며 지루해했다. 그가 궁리 끝에 "마치 동화하듯, 집안 식구와 의논하듯"[20] 말하자 청중이 반응했다. "동화를 구연할 때는 속된 말로 가장 능청스럽게"[21] 하였다는데, 동화구연의 첫 작품이 「난파선」이다.[22] 이때가 1920년이다. 그러니까 방정환은 『사랑의 선물』을 출간하기 전부터 「난파선」을 구연했고, 이러한 구연을 통해 청자(독자)가 익숙하고, 이해하기 쉬우며, 공감할 가능성이 큰 서술전략을 체득했다. 따라서 전지적 작가 시점으로 「난파선」을 번역하는 일은 그에게 자연스러운 일이었다.

전지적 작가 시점은, 작가가 화자에 개입하는 경향이 있는데, 무성영화의 변사조의 서술과 같다. 변사는 영화 텍스트의 해설자로 "텍스트의 이해와 감상을 도울 뿐 아니라 주인공의 입장을 지나치게 대변하는 양상을 보인다."[23] 변사는 인물에 대해서 많은 정보를 가지고 있기 때문이다. 따라서 방정환이 전지적 작가 시점을 택한 이유는 보이는 것만 전달하는 관찰자 시점보다는 많은 정보를 알고 있으므로 마리오에 대한 정보를 앞에서 제공할 수 있기 때문이다.

---

19 방정환, 「남은 잉크」, 『어린이』 1권 1호, 1923, 12쪽.
20 한국방정환재단, 『정본 방정환전집 5』, 창비, 2019, 245쪽.
21 위의 글, 249쪽.
22 위의 글, 249쪽.
23 김영진, 「일제강점기 문화적 근대화 운동―1920년대 방정환의 동화구연회와 변사조 내레이션을 중심으로」, 『세계역사와 문화연구』 제55집, 한국세계문화사학회, 2020, 23쪽.

마에다 아키라본의 서술자는 사건이 일어나는 현장에서 관찰하면서 일어나는 사건을 실시간으로 전달하고 있으므로 마리오와 줄리에트가 어떤 사연으로 배를 타게 됐는지 그들에 관한 정보를 알 수 없다. 두 소년·소녀가 만나서 서로 배를 탄 사연을 이야기할 때야 비로소 서술자는 그들의 사연을 서술한다. 그러나 방정환본의 서술자는 사건이 시작되기 이전에 이미 마리오에 관한 정보를 다 알고 있다. 마리오가 배를 타기 전에 어떤 상황에 있었는지 소상히 알고 있었다. 따라서 「난파선」의 서사 시간 흐름을 마리오 중심으로 본다면 ⓓ-ⓐ-ⓑ-ⓒ-ⓔ-ⓕ-ⓖ -ⓗ-ⓘ-ⓙ-ⓚ-ⓛ-ⓜ-ⓝ-ⓞ-ⓟ-ⓠ-ⓡ가 된다.

그러나 배를 탄 시점에서는 ⓓ의 정보가 어디에 있더라도 이야기 흐름에 큰 영향을 미치지 않는다. 그렇다면 방정환은 왜 군이 ⓓ를 마리오에 관한 외모 묘사 뒤에 서술했을까? "머리털은 어깨에까지 내려오고 다 낡은 웃옷을 어깨에 걸고 …… 보기에도 구차한 집 아이 같은" 마리오 외모 묘사 뒤에 그의 사연을 붙임으로써 훨씬 자연스러운 서술이 될 뿐만 아니라 이렇게 서술함으로써 독자들은 마리오의 처지에 감정이입이 되면서 처음부터 그를 동정하게 된다. 왜 '구차한 집 아이 같은가'에 대한 대답이자 독자로부터 동정을 이끌어 내려는 서술전략이다. 이것이 방정환이 마에다 아키라와 다르게 서술자의 시점을 바꾼 이유일 것이다. 그렇다면 방정환은 왜 그리고 어떻게 독자가 마리오를 동정하게 하는지를 3장에서 정치하게 보도록 한다.

3. 동정과 공감의 텍스트

방정환본에서 마리오 사연을 소개한 장면을 보자.

참으로 이 소년은 가련한 신세였습니다. 소년에게는 부모 양친이 모두 돌아가시고 아니 계셨습니다. 어머님은 벌써 예전에 돌아가시어 아니 계시고 다만 혼자 길러 주신 아버님은 리버풀에서 어느 곳 직공으로 다니셨는데 수일 전에 불행하게 이 소년 하나를 두고 마저 돌아가셨습니다. 그래서 부모도 형제도 없는 이 가련한 소년을 그곳에 있는 이태리 영사가 주선을 하여서 소년의 고향인 팔레르모의 먼 친척 되는 아주머님께로 보내 주게 된 것이었습니다. 객지에서 부친마저 잃고 어이없는 고아가 되어 먼 고향의 친하지도 못한 아주머님께 길리우러 가는 어린 소년의 가슴이 얼마나 애달프고 슬펐겠습니까.[24]

서술자는 어린 마리오가 얼마나 가련한 신세인지를 구구절절 말하고 있다. 위의 한 문단에서 '가련한 신세' '가련한 소년' '불행하게' 등의 수사와 함께 고아임을 강조하는 문구가 나열된다. '부모 양친이 모두 돌아가시고 아니 계시고' '어머님은 예전에 돌아가시고' '아버님은 수일 전에 이 소년 하나를 두고 마저 돌아가시고' '부모도 형제도 없는' '객지에서 부친을 마저 잃고 어이없는 고아' 등 고아임을 나타내는 문구는 무려 다섯 번이나 서술된다. 그러면서 친하지도 않은 친척 집에 살러 가는 소년의 삶이 얼마나 애달프고 슬프겠냐고 한다.

독자는 서술자가 전달하는 사연을 통해, 일찍 어머니를 여의고 아버지마저 돌아가시자 부모·형제 하나 없는 천애 고아가 되어 친하지도 않은 친척 집에 살러 가는 마리오의 앞날에 고난의 길을 예상한다. 즉 마리오의 처지에 감정이입을 하면서 상상하게 된다. 어린 마리오의 삶이 얼마나 애달프고 고달프겠는가? 그러니 독자들은 마리오의 처지를 동정하게 되는 것이다. 감정이입이 가능하게 하는 것은 인물의 마음속 말을 독자에게 전달해서 자신의 처지와 똑같이 느끼게 하는 것이다.

---

24 한국방정환재단 엮음, 「난파선」, 『정본 방정환 전집 2』, 창비, 2019, 27쪽.

수사학적으로 볼 때 이러한 서술자의 개입 방식은 "독자의 기대를 아주 특정한 어떤 방향으로 불러일으키고 독자의 관심 방향을 조정"[25]한다. 그래서 "어떤 장면의 인상을 고조시킨다거나 다른 어떤 장면의 인상을 무디게 하는 등 여러 가지 영향력을 행사한다. 그러니까 독자는 일반적으로 자기가 의식하는 것보다는 훨씬 더 많이 주석적 서술자의 암시를 따르게"[26] 된다. 그렇다면 방정환이 마에다 아키라의 관찰자 서술 태도와 다른 서술 태도를 보인 이유가 여기에 있을 것이다. 즉 독자가 마리오와 줄리에트에게 동정하게끔 의도적으로 취한 서술 태도이다.

1920년 전후는 타인의 고통에 관해 동정할 수 있는 능력이 사회성과 등치되는 등 감성의 윤리적 가치가 전면적으로 부상한 때이다. "지덕체로 요약되던 근대 계몽의 인간 기획"[27]은 개인 내면의 감성적 윤리 형성에 관계할 수 없었기 때문이다. 따라서 지덕체 중심의 근대 주체에 대한 기획은 다른 국면에 접어들 수밖에 없었고, "정(情)은 '사람다운 모범'을 구성하는"[28] 중요한 요건으로 제시된다.

1910~1920년대의 정 담론은 감정의 해방과 감정 교육을 동시에 주장하는 '정육론'의 형태를 띠다가 '同情'이라는 윤리적 감수성의 확산으로 이어지는데, 그것의 촉매 역할은 '인간은 사회적 동물'이라는 명제다.[29] 근대계몽기에는 부국강병을 위해 개인의 희생에 당위성을 부여했다면 1920년대에는 개인과 사회의 공존을 모색한 시기였다. 김윤경의 말을 들어보자.

---

25 Franz K, Stanzel, 안삼환 역, 『소설형식의 기본유형』, 탐구당, 1982, 39쪽.
26 위의 글, 39쪽.
27 조은숙, 『한국 아동문학의 형성』, 소명, 2009, 111쪽.
28 위의 글, 111쪽.
29 손유정, 「한국 근대소설에 나타난 '동정'의 윤리와 미학에 관한 연구」, 서울대학교 대학원 박사학위논문, 2006, 33~34쪽.

우리의 심리적 현상(心理的現象)으로서 나타나는 모든 작용의 일체(一切)는 다 같이 사회적 요소가 포함되어 있는 것이다. …… 곧 자아의 본질 중에는 이미 사회적 요소가 포함되어 있는 것이 명백한 일이외다. 그 활동의 형식적 방면은 순개인적이나 그 내용적인 방면에 대해여는 순사회적이외다. 사람의 본질에는 이 양면이 융합되어 있는 고로 사람은 완전한 사회적 생활을 하게 된 것이외다.[30]

인간은 개인적으로 활동하지만, 그 내용은 사회적이라는 것이다. 사람의 본질은 개인과 사회가 융합되어 있어서 사회적 생활을 하게 된다. 즉 인간의 "심리적 현상(心理的現象)으로서 나타나는 모든 작용의 일체(一切)는 다 같이 사회적 요소가 포함되어 있"다는 것이다. 느낌이나 감정 등이 개인의 의지가 아니라 타인과의 관계 속에서 습득되므로 심리 현상은 사회적으로 구성된다는 뜻이다.

한편 손유경에 따르면 각 개인에게 '同情相愛'의 미덕을 요구하는 글이 출현하기 시작한다. 동정의 개념을 살펴보자. 동정은 "남의 어려운 처지를 자기 일처럼 딱하고 가엽게 여기"[31]는 것을 말한다. 남의 일을 자기 일처럼 여기기 위해서는 어떤 연결 장치가 필요하다. 흄은 이것을 상상을 통해서 가능하다고 했다. 흄에 따르면 동정은 "도덕적 행동을 동기화시키는 인간 본성의 강력한 원칙"[32]인데, 타인이 처한 상황을 상상하는 것으로 타인과 유사한 감정을 느끼게 되는 감정이 곧 동정이라는 것이다.[33]

즉, 동정은 상상을 통해서 간접적으로 타인의 감정을 아는 것이다. 그

---

30 김윤경, 「개인과 사회, 소아에서 대아로 부분심에서 전체심」, 『동광』 제9호, 1927, 1. 21쪽.
31 국립국어원, 『표준국어대사전』
32 박지희, 「공감(empathy)과 동정(sympathy)—두 개념 대한 비교 고찰」, 『수사학』 24집, 한국수사학회, 2015, 95쪽.
33 위의 글.

런데 흄의 영향을 받은 스미스는 동정이 기쁨이 아니라 고통에 대한 동포감정이라고 했다.

> 동정은 주요 관심의 대상이 된 사람과 상상적으로 처지를 바꾸어 봄으로써 생기는 것이라고 말하는 것이 적합한데, 상상적으로 바꾸어 본다는 것은 나 자신의 인격과 성질 속에서 일어나는 것이 아니라 내가 동정하는 사람의 인격 안에서 일어나야 하는 것이다. …… 상상력을 통해 우리는 우리 자신을 타인이 처한 상황에 놓고 우리 자신이 타인과 같은 고통을 겪는다고 상상한다. 우리가 타인의 고통을 인식하는 방식은 마치 우리가 타인의 몸속에 들어가서 어느 정도 그와 동일인이 되고, 그럼으로써 타인의 감각에 대한 어떤 관념을 형성하며, 비록 그 정도는 약하다 할지라도 심지어는 타인의 것과 유사한 감각을 느끼게 되는 것과 같다.[34]

동정은 상상력을 통해서 가능해진다. 즉, 나 자신을 타인이 처한 상황에 놓고 그와 같은 고통을 겪는다고 상상할 때 느끼는 감정이다. 그런데 맥도걸(W. Macdougall)에 따르면 동정에는 '수동적 동정'과 '능동적 동정'이 있다. '능동적 동정'이란 다른 사람의 정서를 경험할 뿐만 아니라 다른 사람이 자신의 정서를 공유해 주기를 바라는 것이다.[35]

그렇다면 방정환이 마에다 아키라의 「난파선」을 중역하면서 서사의 시간적 배치를 달리하고, 서술자의 초점을 바꾸고, 원작과 마에다 아키라본에 없는 장면, 즉 한 자리 남은 구명보트 자리를 두고 마리오와 줄리에트가 서로 양보하는 장면을 삽입한 의도가 가늠된다. 그는 「난파

---

34 아담 스미스, 박세일 · 민경국 역, 『도덕 감정론』, 비봉출판사, 1996을 박지희, 「공감(empathy)과 동정(sympathy)─두 개념 대한 비교 고찰」, 『수사학』 24집, 한국수사학회, 2015, 95~96쪽에서 재인용.
35 박지희, 앞의 글.

선」을 읽는 독자들에게 '능동적 동정'을 유도하기 위한 것이었다.

진정한 사회의 연대는 타자와의 감정이입에 수반한 동정에 기초한 다.[36] 동정은 타인의 고통을 재현하는 것이지만, 결국 그러한 고통의 재 현을 통해서 타인을 돕고자 하기 때문이다. 타인을 돕고자 한 윤리적인 감정을 민족으로 등치 할 때, 즉 가련한 신세가 된 마리오와 줄리에트가 조선인으로, 침몰하는 배가 조선으로 상상된다면, 「난파선」을 읽는 조 선 독자들은 침몰하는 고통과 그곳에서 구하고자 하는 결의 등이 발현 될 수밖에 없다. 그래서 방정환은 원작과 마에다 아키라본에 없는 내용 을 삽입했을 것이다. 구명보트의 승선을 놓고 마리오와 줄리에트가 서 로 양보하는 장면을 보자.

> 모든 사람이 살아나려고 배 갓에 와서 떠들고 섰습니다. (중략) 배는 벌써 몹 시 가라앉아서 이제는 모두 그냥 물에 잠겨 죽게 되었습니다.
>
> (중략)
>
> "쥬리에트야! 네가 타거라."
>
> 떨리는, 그러나 무섭게 힘 있는 소리로 부르짖었습니다.
>
> (중략)
>
> 하고 쥬리에트더러 타라 하였습니다. 쥬리에트는,
>
> "아니, 네가 타라, 네가 나보다 어리다."
>
> 하고는 굳이 듣지 않았습니다.
>
> (중략)
>
> "쥬리에트야, 네가 타고 가거라. …… 네가 죽으면 너의 부모와 너의 동생들 이 오죽 슬퍼하겠니? 네가 살아야 한다. 어서 타거라."

---

36 테리 이글턴, 방대원 역, 『미학사상』, 한신문화사, 1999. 손유경, 「한국 근대소설에 나타난 '동 정'의 윤리와 미학에 관한 연구」, 서울대학교 대학원 박사학위논문, 2006.

하고 고개를 푹 숙였습니다. 그리고는 굵은 눈물이 발등에 펑펑 쏟아졌습니다.[37]

마리오와 줄리에트가 구명보트의 승선을 서로 양보하는 이 장면은 비장미와 숭고미를 더 드러나게 할 뿐만 아니라 독자한테 적극적으로 대상과의 정서적 일치를 유도한다.

방정환은 국가가 없는 독자들에게 그들이 마리오와 줄리에트와 같은 처지임을 상기시킴으로써 연민과 유대감을 형성하게 한다. 즉 동정을 통해 공감으로 이끌려는 시도로 보인다. 공감은 상상과 모방에 의존하면서 대개는 노력을 필요로 하기 때문이다. 그래서 공감은 타자를 향해 나아가는 것이다.[38] 타인의 고통을 이해하고 느끼면서, 도우려고 하는 실천적 의지도 포함되어 있기 때문이다.[39]

방정환이 원작과는 달리 서술자 시점으로 마리오가 배를 타게 된 사연을 서술한 점, 마리오와 줄리에트가 구명보트의 한 자리를 두고 서로 양보하는 장면 삽입은 독자가 마리오와 줄리에트의 처지에 감정이입이 되고, 이것을 통해 독자가 고통을 느끼며, 고통으로부터의 탈출을 돕고자 하는 감정의 상호연대를 형성하게 하는 것이다.

---

37 한국방정환재단 엮음, 『정본 방정환전집 2』, 창비, 2019, 35~36쪽.

38 박지희, 앞의 글, 2015.

39 손유경은 레비나스의 타자 윤리학을 적극적으로 수용해 동정의 윤리와 미학에 관해서 논하는데, "상처와 감성이 주체를 자아의 성에서 벗어나 윤리적 주체로 거듭나게 하는데 결정적 계기가 된다"는 그의 주장을 받아들인다. 즉 "거리두기를 할 수 없는 고통의 경험을 통해 주체는 타자의 지배를 받듯 고통에 의해 철저히 지배되고, 이처럼 감성 안에 들어온 타자로서의 상처의 극심함은 자아를 끝없이 '타자를 위한 자'로 만들고 이를 레비나스는 '동일성의 취소' 또는 '동일성으로부터의 탈출'이라고 규정짓는다." 손유경, 앞의 글, 19쪽.

4. 개벽사상의 실천적 텍스트

식민지 지식인이었던 방정환이 민족의 미래인 소년·소녀를 위해 문화 운동을 활발히 전개한 인물임을 생각한다면, 「난파선」은 어린이들의 재미와 흥미를 위한 선물만은 아닐 것이다. 그렇다면 방정환은 『사랑의 선물』의 첫 작품으로 왜 「난파선」을 선택했을까? 그 의미는 무엇일까? 그가 어떤 마음으로 선물을 구성했는지 보자.

> 학대받고, 짓밟히고, 차고, 어두운 속에서 우리처럼, 또 자라는 불쌍한 어린 영들을 위하여, 그윽히, 동정하고 아끼는 사랑의 첫 선물로, 나는 이 책을 짰습니다.[40]

방정환이 학대받고, 짓밟히는 조선의 어린이를 위해서 짠 이야기 첫머리에 「난파선」이 자리한다. 원작 「난파선」은 민족주의와 밀접한 관련성을 가지고 있다. 이탈리아의 국민을 통일시키고 애국심을 고취하기 위해 생산된 텍스트이기 때문에 민족주의적 색채를 배제할 수 없는 텍스트이다. 그래서 이정현은 "『쿠오레』에 담긴 애국심의 육성과 희생, 용기, 배려 등의 새로운 가치관의 창조"는 "통일 이탈리아의 미래를 짊어질" "'국민'을 만들어내는 것을 목표로 한 것"[41]이기 때문에 방정환이 『사랑의 선물』에 「난파선」을 수록한 이유도 "당시 한국의 어린이들에게 애국심을 육성하고 용기와 배려 같은 것을 가르치고자 한 의도"라고 했다.

염희경도 "『사랑의 선물』은 '번역'을 통해 '네이션'의 상상을 기획한 동화집"[42]이라고 하면서 "침몰하는 배의 급박한 상황은 조선이 처한 식

---

[40] 한국방정환재단 엮음, 『방정환 전집 1』, 창비, 2019, 23쪽.
[41] 이정현, 앞의 글, 2008.

민지 현실의 은유처럼 읽혔을 가능성이 높다"라고 했다. 방정환이 「난파선」을 번안한 이유는 "당대 조선이 처한 현실을 은유적 상징적으로 드러내는 이야기로서" "민족주의 서사를 내면화하고 있기 때문"[43]이라는 것이다.

침몰하는 배를 당대 조선 식민지 현실의 은유로 볼 여지는 충분하다. 특히 줄리에트와 마리오가 구명선에 하나 남은 자리를 놓고 양보하는 장면은 방정환이 민족을 위해 희생하려는 민족주의 서사를 내면화하고 있다고 보인다. 구명선을 양보하기 전의 장면을 보자.

"그럼, 어린애 하나 내려보내우! 어린애, 어린애!" 소리를 치니까 그 소리를 듣고 이때까지 돛대를 쥐고 꼬부리고 있어서 꼼짝 못 하던 쥬리에트와 마리오가 이 죽음 속에서 살아 나가고 싶은 욕심에 와락와락 뛰어가며, "나를 살려주셔요!" "나를 태워 주셔요!" 하고 달결 들었습니다. 배는 벌써 몹시 가라앉아서 이제는 모두 그냥 물에 잠겨 죽게 되었습니다.

위의 인용은 죽음의 갈림길에 있던 이들이 살 수 있는 길이 열린 순간 '형제'조차도 버리고 서로 살려는 아비규환의 장면이다. 그런데 마리오가 줄리에트의 저고리에 묻은 "붉은 피"를 본 순간 "가련한 소년의 어린 가슴에 하날 같은 귀여운 생각이 번개같이 번뜩"인다. '붉은 피'를 본 마리오는 줄리에트에게 구명선의 자리를 양보한다. 생존 본능보다 '붉은 피'가 우위에 있음을 보여준 것이다.

'붉은 피'에 대해서 염희경은 '고귀한 희생'으로, 김젬마는 "타인에 대

---

42 염희경, 「일제 강점기 번역·번안 동화 앤솔러지의 탄생과 번역의 상상력(1)—민족주의 계열과 사회주의 계열의 소년운동 그룹의 번역을 중심으로」, 『문학교육학』 제39집, 한국문학교육학회, 2012, 216쪽.
43 윗글, 166쪽.

한 동정과 의협심, 희생정신 등의 '정신적 위대성'이 응축된 상징물"[44]로 해석했다. 대체로 연구자들은 줄리에트의 저고리에 묻은 붉은 피를 민족을 위한 희생으로 해석하는 데에 동의한다.[45]

「난파선」을 번역 소개한 시대적 상황을 고려해 본다면 마리오가 침몰하는 배에서 보여주는 희생의 대상은 범박하게 '국가' 혹은 '민족'의 은유라는 개연성을 부인할 수 없다. 즉 방정환이 「난파선」을 통해서 하고 싶은 말은 민족의 미래에 관해서였을 것이다. 기성세대인 승객들, 이를테면 지식인 또는 사회지도층으로 은유되는 신사나 종교지도자로 비유되는 신부는 기울어가는 배(민족)에서 아무것도 하지 않는다. 그저 제각기 살겠다고 날뛰고, 부르짖고, 울고, 살려달라고 기도만 한다. 침몰을 견디지 못한 이들은 스스로 물에 빠져 죽고, 육혈포로 자기 머리를 쏘아 버린다. 침몰하는 배에서 갈팡질팡할 뿐 배를 구하려는 어떤 행동도 하지 않는다는 점에서 기성세대에 어떠한 희망도 없음을 보여준 것이다. 따라서 민족의 미래는 소년·소녀인 마리오와 줄리에트로 대변된다.

주지하다시피 1920년대 신문화운동인 소년회는 천도교가 주축이 된다. 천도교는 1919년 8월에 '천도교청년교리강연부'를 결성하고, 조직의 활동과 질적 변화를 모색하면서 1920년에 '천도교청년회'로 개칭하고 1921년 4월에 청년회 부설조직으로서 '소년부'를 설치해 부원들을 지덕체를 발육시키는 활동을 전개키로 한다.[46] 명칭은 '소년회'이지만, 초기의 구성원에는 정인엽, 장지환 등의 '소녀'가 포함되어 있다. 소년회의 결성 동기는 동양사회의 특징인 장유유서로 인해 유소년을 독립된 인격으로 보지 않고 그들을 무시하고 완구(玩具) 취급하는 데에 있었

---

44 김젬마, 「한국 근대아동소설의 '소영웅(小英雄)' 변주와 『쿠오레』 번역」, 『한국학연구』 제55집, 인하대학교 한국학연구소, 2019, 63쪽.
45 김혜련과 이정현도 「난파선」에 나온 붉은 피를 민족을 위한 희생으로 해석한다.
46 박길수, 「천도교소년회 초기 활동 연구—『천도교회월보』를 중심으로」, 『방정환연구』 5권, 방정환연구소, 2021, 81쪽.

다.[47] 즉 소년회의 목적은 그들을 독립된 인격체로 자리매김하는 것이었다. '소년'은 새로운 조선을 건설할 주체였기 때문이다. 소년회 지도층의 강연 제목을 살피면 「내일을 위하여」, 「잘 살기 위하여」, 「새 살림 준비」,[48] 「10년 후 조선을 잊지 말라」, 「신조선과 자손 중심주의」, 「신조선과 소년회」 등이 눈에 띈다.[49] 소년운동의 주축이었던 방정환이 강연을 통해 '새로운 조선 건설의 담당자'로서 소년의 역할을 강조했다면 그 연장선에서 「난파선」은 실천을 보여준 것이다.

그래서 마리오의 희생은 민족의 회생으로 은유된다. 줄리에트가 승선할 기회를 상실했다가 마리오의 희생으로 회생하기 때문이다. 마리오의 희생은 민족을 위한 실천적 행위이며 이러한 실천적 행위는 당시 시대적 상황에서 볼 때 우리 민족에 필요하다고 여기는 정신일 것이다.

한편, 방정환은 『쿠오레』의 많은 이야기 중에 왜 「난파선」을 선택해서 어린이에게 주는 선물집에 첫 이야기로 선정했는지 시대적 상황과 연결해서 생각해 보자. 『사랑의 선물』이 출간되기 2~3년 전에는 억압받고 학대받은 우리 민족이 일제에 항거하는 3·1만세운동이 있었다. 이때 수많은 사람이 죽고, 옥에 갇혔으며, 살던 정든 땅을 떠나야 했다. 그러나 3·1만세운동은 민족의 희생이자 수난이기도 했지만, 나라를 되찾고자 했던 우리 민족의 의지를 확인하고 민족 장래의 희망을 본 사건이기도 했다. 따라서 마리오의 붉은 피는 3·1만세운동 당시 흘린 수많은 사람의 희생을 떠올리게 하며, 마리오의 희생으로 줄리에트가 회생하듯 많은 사람의 희생은 독립 의지를 확인하고 민족의 장래에 희망과 등치된다. 즉 방정환은 「난파선」을 통해 3·1만세운동을 환기하며 민족

---

47 위의 글, 81쪽.
48 방정환의 강연 제목은 『정본 방정환전집 5』의 부록 「강연회·동화회 일정」을 참조하였음.
49 이돈화의 강연 제목은 박길수의 「천도교소년회 초기 활동 연구─『천도교회월보』를 중심으로」에서 인용.

의 장래에 희망의 메시지를 전달하기 위한 텍스트로 선택했을 가능성
이 크다.

그런데 방정환은 민족의 실체에 대해서 어떻게 생각했을까? 민족주
의와 관련해서는 범박하게 논의하자면 크게 두 가지 대립적 관점이 존
재한다. 하나는 근대적 산물이라는 관점과 "근대주의와는 반대로 족류
적 유대와 족류성이 특수하게 발전된 형태가 민족이라고 간주하는 입
장"이 있다. 후자에 따르면 "민족은 과거의 족류적 유대와 네트워크를
그 바탕으로 하여 형성되는 것이며, 그것이 민족주의자들에게 그들의
민족-건설(nation-building) 프로젝트를 위한 문화적 원천을 제공"[50]한다.
즉 민족을 '상상된 공동체'로서의 허구가 아니라 실제로 보는 것이다.
민족에 관해서 '상상의 공동체'로 보는 앤더슨과 다른 견해를 보인 연
구자는 베버를 비롯해 기든스 등이 있으며[51] 국내 학자로는 신용하와 박
찬승 그리고 김인중 등이 있다.

신용하는 민족에 대해서 "동일한 언어를 사용하는 사람들이 동일한
지역(영토)에 집합적으로 거주하여 활발한 상호작용을 하면서 생활하는
동안에 공동의 생활양식인 문화의 공동이 형성되고, 끊임없는 상호 호
인을 통하여 공동의 혈연 '동포' 관계가 형성된다"[52]라고 했다. 민족의식
은 주변의 다른 집단으로부터 침략당하거나 압박당할 때 자기 민족을
지키고 해방하기 위해 강렬한 민족의식이 형성된다는 것이다. 즉 민족
은 근대에 상상된 것이 아니라 "객관적 사회적 실재로서 존재"[53]한다.

50 김지욱, 「민족과 민족주의에 대한 역사학적 접근방식─족류-상징주의(Ethno-symbolism)를
중심으로」, 『숭실사학』 제31집, 숭실사학회, 2013, 370쪽.
51 민족을 사회적 실제적 존재로서 접근한 연구자는 스펜서, 뒤르켐, 마르크스, 베버, 기든스, 스
미스, 겔너 등이 있다. 신용하의 글 「민족의 사회학적 설명과 상상의 공동체론 비판」, 『한국사
회학』 Vol.40(1), 2006, 33~36쪽을 참조하도록 한다.
52 신용하, 「민족의 사회학적 설명과 상상의 공동체론 비판」, 『한국사회학』 Vol.40(1), 2006, 33
쪽.
53 윗글, 34쪽.

앤서니 스미스는 전근대의 '족류'와 '근대민족 정체성'의 역사적 연속성을 강조하였다.[54] 즉 전근대의 '민족(종족 또는 족류)'이 역사적 연속성을 가지고 근대 자본주의와 정치의 중앙집권화, 문화적 조정 등의 3중 혁명 등에 의해 '민족'이 형성되었다는 것이다.[55] 우리는 전근대적 시기에 '민족' 개념을 여진인, 왜인 등을 외족(外族)[56]이라고 하고, 외족과 구분하려고 족류(我族)[57]라는 용어를 사용했다.[58] 외족과 아족이란 표현은 임시정부자료집이나 근현대잡지자료집에서도 출현하는 것으로 보아 일제강점기에도 민족의 개념으로 사용하였음을 알 수 있다.

한편 '민족'과 '국민'이라는 기표는 1905년에서 1910년 인쇄 매체에 나타나기 시작하는데, 『대한매일신보』는 1910년에 인민은 268회, 국민은 319회, 동포는 379회 민족은 79회 출현한다. 그 이전에는 백성이나 인민 그리고 동포라는 단어가 빈번하게 나타났다. 특히 『독립신문』에서 민족은 1899년까지 한 번도 출현한 적이 없으며 1899년에 백성은 1,252회, 인민은 598회로 두 단어가 절대적으로 출현빈도가 높다.[59] 점차 인민, 백성, 동포라는 단어가 국민, 민족 등으로 대체되고 있음을 알 수 있

54 앤서니 D. 스미스, 김인중 옮김, 『족류 상징주의와 민족주의』, 아카넷, 2016. 번역자인 김인중은 ethnic commnity와 ethnicity를 족류공동체, 종류성으로 번역하는데, 그에 따르면 같은 족류집단에 속하는 사람들이 가지고 있는 혈연 의식, 집단적 연대, 공동의 문화를 가리킨다. 족류공동체는 "단지 공동의 이름, 혈통, 신화, 역사, 문화, 영토와의 합일을 지닌 인구의 한 범주일 뿐만 아니라 그것은 또한 흔히 제도적 동포애로 나타나는 명확한 정체성과 연대의식을 지닌 공동체"를 뜻한다. 13쪽과 14쪽 역자 주 참조.

55 위의 글, 2016.

56 外族이란 용어는 조선왕조실록에 49회, 승정원일기 63회, 고려사 13회, 대한민국임시정부자료집에 3회, 한국근현대잡지자료에 14회 출현한다. 한국사데이타베이스, 국사편찬위원회, db.history.go.kr

57 조선왕조실록에 61회, 승정원일기에 6회, 대한민국임시정부자료집에 11회, 3·1운동격문에 8회, 한국운동사자료집에 22회 나타난다. 한국사데이타베이스, 국사편찬위원회, db.history.go.kr

58 박찬승, 『민족, 민족주의』, 소화, 2016, 51~61쪽.

59 권보드래, 「근대 초기 '민족'개념의 변화」, 『근대계몽기 지식의 굴절과 현실적 심화』, 소명, 2007년에서 〈표1〉 『대한매일신보』에서 국민·민족 및 관련 어휘 출현빈도와 〈표2〉 『독립신문』에서 국민·민족 및 관련 어휘 출현빈도를 참조.

다. 즉 백성이나 인민 그리고 동포라는 기표는 '민족'이란 기표로 대체되었을 뿐이고 그 기의는 백성이나 인민 그리고 동포라는 의미가 있는 것이다.

한편, 동학은 수운 최제우가 1860년에 보국안민과 광제창생을 내세우며 창도한 점에서 민족적이다.[60] 동학혁명 당시에는 반 외세적 성격을 띤다는 점에서도 마찬가지다. 이러한 점을 볼 때 방정환이 '민족'을 '상상된' 것으로 보기보다는 역사적 지속 선상에서 이해했을 것으로 추정된다. 왜냐면 방정환이 『사랑의 선물』의 서문에 쓴 "학대받고, 짓밟히고, 차고, 어두운 속"에 자라는 어린이들을 위해 이야기를 짰다는 말에서 학대받은 조선의 아이들은 기존의 유교 질서는 물론 식민지 시대에도 억압받는 아이들이라는 이중적인 의미를 담고 있기 때문이다. 즉 과거에서부터 지속적이라는 의미가 내포되어 있음을 알 수 있다.

「난파선」도 이중의 은유로 볼 수 있을 것이다. 하나는 앞선 연구자들이 언급했듯이 난파된 민족의 현실에서 희생[61]을 통한 민족의 구원을 말할 수 있을 것이다. 구원된 쥬리에트가 민족의 미래 주체인 소년·소녀라는 점에서 민족의 구원인 것이다.

다른 은유는 천도교라는 사상과 연결지을 때 「난파선」을 번역한 의도가 좀 더 구명될 것이다. 원종찬은 "텍스트에 숨어있는 의도성과 시대성의 상호관계를 잘 살피면 많은 것들이 보인다."[62]고 했다. 방정환의 사상에 좀 더 방점을 두고 텍스트를 살펴보자.

방정환은 본래 시천교인이였는데, 1916년에 천도교로 입교했다.[63] 주

---

60 한국민족문화대백과사전
61 구체적으로 3·1만세운동을 지칭한다.
62 원종찬, 「방정환의 「참된 동정」에 나타난 '빵과 장미'의 상상력」, 『한국학연구』 제55집, 인한대학교 한국학연구소, 2019, 30쪽.
63 이와 관련된 논의는 박길수, 「개벽청년 방정환 연구」, 『방정환 작고 90주기 기념 방정환학술포럼―방정환과 21세기 어린이를 찾아서』자료집, 2021.7.23.에 수록된 글 참조. 방정환의 천도교 사상관 관련된 논의는 이 글에서 참조하였음.

시하다시피 시천교는 동학에서 파생되었기 때문에 천도교와 그 뿌리가 같다. 동학사상을 범박하게 살펴보면, 동학의 창도는 '다시 개벽'의 선언인데, 수운 최제우가 "하울님을 만나 종교적 체험을 통해 천도(동학)를 받는 상황이 곧 개벽적 사건"이라는 것이다. 여기서 개벽의 의미는 "'새로움을 가져오는 것'이 '실패를 딛고 다시 하는 것'이며 '낡은 세상이(을) 변혁되(하)며 이상적인 세상이 오(만드)는 것'"[64]이다.

손병희의 개벽론을 보자.

> 개벽이란 부패한 것을 맑고 새롭게, 복잡한 것을 간단하고 깨끗하게 함을 말함이니, 천지 만물의 개벽은 공기로써 하고 인생 만사의 개벽은 정신으로써 하나니, 너의 정신이 곧 천지의 공기이니라. 지금에 그대들은 가히 하지 못할 일을 생각지 말고 먼저 각자가 본래 있는 정신을 개벽하면, 만사의 개벽은 그 다음 차례이 일이니라.[65]

손병희는 천지 만물의 개벽은 공기로써 하고 인간 만사의 개벽은 정신으로 한다고 했다. 방정환은 천도교인이면서 3대 교주인 손병희의 사위이다. 따라서 누구보다도 손병희의 개벽 정신과 그 의미에 대해서 잘 알고 있었기 때문에 천도교청년교리강연부 최연소 창립 인원이 되었다. 즉 천도교의 이론에 정통하고 그와 관련된 활동을 했다면 그것은 개벽 정신의 실천으로 파악할 수 있다. 박길수도 방정환의 활동을 개벽 정신의 실천으로 파악했으며, 그에 따르면 방정환은 특히 어린이를 "새(新) 중의 가장 새(新) 인간"으로 이해했다.[66]

방정환이 번역한 첫 번째 동화 「난파선」을 이러한 점에 방점을 두고

---

64 위의 글, 147쪽.
65 『의암성서법설』「人與物開闢說」을 박길수 위의 글 148쪽에서 재인용.
66 박길수, 앞의 글, 140~141쪽.

살펴보자.

"쥬리에트야, 네가 타고 가거라. 나는 아버지도 어머니도 아니 계시고 어린 동생도 없다. 나를 기다려 줄 사람도 없고 가서 만나야 할 사람도 없다. 너는 기다리시는 부모가 계시고 어린 동생이 있지? 네가 죽으면 너의 부모와 너의 동생들이 오죽 슬퍼하겠니? 네가 살아야 한다. 어서 타거라."
하고 고개를 푹 숙였습니다. 그리고는 굵은 눈물이 발등에 펑펑 쏟아졌습니다.

부모·형제도 없는 마리오는 줄리에트에게 "네가 살아야 한다."고 했다. 마리오의 희생을 통해 줄리에트가 살아난다. 난파선 상징이 민족으로 등치된다면, 마리오의 희생으로 살아난 어린 소녀 줄리에트는 완전히 새롭게 태어난 인물이 된다. 왜냐면 "작은애"가 타라는 소리에 줄리에트는 "그만 낙심되어 두 팔이 축 늘어지고 얼굴이 파래"진다. 즉 이미 심리적인 죽음을 경험한다. 심리적 죽음을 경험한 줄리에트는 마리오의 희생으로 새로운 삶을 부여받았다. 줄리에트가 이어갈 민족은 '신국면'이 열리게 될 것이다. 방정환이 작가로서의 포부를 쓴 글에서 이것을 확인해 보자.

비참히 학대받은 민중의 속에서 소수 사람에게나마 피어 일어나는 절실한 필요의 요구의 발로, 그것에 의하여 창조되는 새 생은, 이윽고 오랜 지상의 속박에서 해방될 날개를 민중에게 주고, 민중은 그 날개를 펴서 참된 생활을 향하여 날게 되는 것이니 거기에 비로소 인간 생활의 신국면이 열리는 것이다.[67]

---

67 방정환, 「작가로서의 포부―필연의 요구와 절대의 진실로」, 『동아일보』, 1992.1.6. 한국방정환재단엮음, 『정본 방정환 전집』 2, 681~682쪽.

방정환은 신생이 비참한 학대 속에서 절실한 필요의 발로에 의해 창조된다고 했다. 비참한 학대, 즉 지배와 피지배층으로 나뉘는 신분의 불평등, 빈부로 나뉘는 물질의 불평등, 타민족으로부터의 속박 등 개인과 민족의 자유를 억압하는 일체로부터 해방된 삶이 신생이며 신국면이다. 절대 평등과 자유를 기반으로 하는 신생의 삶은 "인내천사상과 지상천국의 개념이 깔려있다."[68] 이돈화는 "人乃天主意에잇서 平等이라 하는 말은 階級의 消滅을 의미하는 平等이며 나아가는 人格의 發達을 自由로 하는 平等"[69]이라고 했다. 인내천은 자유와 평등주의를 기본으로 삼아 "개인, 국가, 사회 그리고 인류를 동귀일체의 이상향으로 인도하는 신앙인 동시에 사회사상"[70]이다. 따라서 신국면은 "인내천주의하에 절대평등"[71]한 사회이다.

새 생, 참된 생활, 인간 생활의 신국면 등은 천도교 개벽사상의 다름이 아니다. 천도교에서는 지상천국건설을 목표로 삼는다. 따라서 지상천국이 만들어지면 그 속에서 누리는 삶의 내용이 신국면이 되는 것이다. 그곳에는 물질과 신분과 민족 간의 모든 불평등이 해소되는 새로운 삶을 사는 곳이다. 이것이 신국면이다. 그런데 이러한 지상천국을 이루기 위해서는 과정이 필요하다.

천도교의 이론가인 이돈화는 민족개벽, 정신개벽, 사회개벽 등 3대 개벽을 주창했는데, 이것은 신국면을 이루기 위한 과정이자 수단이다. 3대 개벽 주창을 들어보자. "精神開闢은 思想改造를 이름이며 民族開闢 社會開闢은 現實改造를 이름이다. … 後天開闢은 現實改造의 信念"[72]이

---

68 염희경,『소파 방정환과 근대 아동문학』, 경진출판, 2014, 107쪽.
69 이돈화,「世界三大宗敎의 差異點과 天道敎의 人乃天主義에 對한 一瞥」,『개벽』제45호. http://db.history.go.kr
70 염희경,『소파 방정환과 근대 아동문학』, 경진출판, 2014, 107쪽.
71 소파,「교우 또 한 사람을 맛고」,『천도교회월보』, 1921.2, 74쪽을 염희경,『소파 방정환과 근대 아동문학』, 경진출판, 2014, 107쪽에서 재인용.

다. 즉 후천 개벽을 이루기 위해서 정신·민족·사회의 현실적 개벽이 먼저라는 것이다. 그런데 정신개벽은 모든 개벽의 준비 행위이자, "썩어진 관습에서 살지 말고 새 이상과 새 주의 아래서 새 혼을 가지"는 것이며 민족개벽은 거인의 시체에 지나지 않은 조선에 혼을 불어넣는 일이다.[73] 조선의 민족성은 유교와 불교에 의해서 형성되었는데, 유교를 통해서는 "첫째 崇古思想 둘째 依他思想 崇文排武思想 崇禮階級的 思想 等"[74]이 불교를 통해서는 "退步思想 出世間思想"이 조선 민족성의 근본을 이루었다. 이로 인해 조선 민족은 의타적이며 원기가 위축되고 타락했다는 것이다. 따라서 숭문배무의 타락한 원기를 회복고자 한국의 혼을 불어넣는 것이 민족개벽이다. 그런데 "水雲主義의 目的은 民族主義도 아니오 社會主義思想도 아니다. 오직 地上天國에 있다. 地上天國이라는 永遠한 理想을 達하기 爲하여 過程과 段階에서 民族開闢 社會開闢을 云云하게 되는 것이다."[75] 천도교에서 민족개벽은 지상천국을 이루기 위한 단계일 뿐이다.

개벽운동은 "特殊段階 科程으로 하고 그를 包容하며 融化하며 統一하면서 無窮히 橫으로 動하는 運動이다."[76] 즉 민족개벽과 사회개벽은 지상천국이라는 이상을 향해 가는 과정이며 수단이라는 것이다. 그래서 민족개조와 사회개조는 현실의 문제에 속하고 지상천국을 이루기 위해서는 반드시 거쳐야 하는 단계이다. 따라서 민족개조와 사회개조는 현실 운동일 수밖에 없으며 지상천국을 위한 실천 방략인 것이다. 이것을 「난파선」과 연계시켜서 살펴보자.

방정환은 「난파선」을 민족개벽을 위한 텍스트로 읽어냈을 가능성이

---

72 이돈화, 『新人哲學』, 日新社, 1963, 147쪽.
73 이돈화, 위의 글, 155~156쪽.
74 이돈화, 위의 글, 156쪽.
75 이돈화, 위의 글, 162쪽.
76 이돈화, 위의 글, 162쪽.

크다. 천도교에서 민족개벽은 시체와 같은 민족에 한국의 혼을 불어넣는 일이었다. 혼을 어떻게 넣을 것인가. 방정환이 보기에 그것은 '희생'으로 가능한 일이었다. 그래서 그는 "이 세상에 희생의 정신보다 더 거룩한 정신은 없"[77]다고 했다.

이 거룩한 정신이 마리오의 어린 가슴에 "하날 같은 귀여운 생각이 번개같이 번뜩"여서 자기 대신 줄리에트를 구명선에 태운 것이다. 마리오의 희생으로 줄리에트는 '회생'되어 '새 생', '인간 생활이 신국면'을 열 희망이 생긴 것이다. 이것이 방정환이 어린이에게 주는 선물집에 첫 번째로 담고자 했던 메시지였다. 즉 방정환에게 「난파선」은 개벽 사상에 이르는 실천적 텍스트였다.

5. 맺음말

이 글은 방정환의 번안동화집 『사랑의 선물』 중 첫 번째로 수록된 「난파선」을 시대적 상황과 천도교라는 맥락에서 살펴보았다. 「난파선」은 1908년 『쿠오레』가 우리에게 소개된 후 「파주아의 소년애국자」와 함께 가장 많이 소개된 단편이다. 선행연구자들이 밝혔듯이 방정환은 1920년에 가정독물간행에서 출간한 마에다 아키라(前田晁)의 『쿠오레』를 저본으로 삼아 「난파선」을 번역했다. 마에다 아키라본은 원작인 아미치스본과 비교했을 때 표현만 약간씩 달랐을 뿐 내용의 차이는 없다.

그러나 마에다 아키라본과 방정환본을 비교했을 때, 방정환본은 구명선 한 자리를 놓고 줄리에트와 마리오가 서로 양보한 내용이 삽입되어 있다. 또 마리오가 배를 탄 사연의 서술 위치가 달라졌다. 아키라본에는

---

[77] 한국방정환재단 엮음, 「제2과 작은 용사」, 『정본 방전환 전집 3』, 창비, 2019, 32쪽.

마리오와 줄리에트가 만난 후 서로의 처지를 이야기하면서 배를 탄 사연이 서술되는데, 방정환본은 마리오의 외모를 서술한 다음에 서술된다.

이것은 서술자의 시점이 바뀌었기 때문이다. 원작이나 아키라본은 관찰자 시점을 견지하고 있는 반면에 방정환본은 전지적 작가 시점으로 서사를 진행한다. 전지적 작가 시점은 관찰자 시점보다 인물에 대한 정보를 더 많이 알고 있으므로 수사학적으로 볼 때 독자의 관심 방향을 조정할 수 있게 된다. 따라서 방정환이 전지적 작가 시점을 선택해서 마리오의 사연을 저본과 다르게 앞부분에 서술한 이유는 독자가 마리오의 처지에 동정하게끔 하려는 의도였다.

1920년대는 동정이라는 윤리적 감수성이 퍼지고, 개인과 사회의 공존을 모색하는 시기였다. 동정은 타인이 처한 상황을 상상하면서 타인과 유사한 감정을 느끼는 것이다. 나 자신을 타인이 처한 상황에 놓고 그와 같은 고통을 겪는다고 상상할 때 느끼는 감정이다. 즉 동정은 타인의 고통을 재현하고 그것을 통해서 타인을 돕고자 하는 윤리적 감정의 발현이다. 방정환이 「난파선」에서 서술 위치와 서사의 삽입, 전지적 작가의 시점 선택 등의 변화를 보인 것은 독자에게 침몰하는 고통과 침몰에서 구원하고자 하는 결의 등을 느끼게 하려는 의도일 것이다. 따라서 독자가 마리오와 줄리에트의 처지에 감정이입이 되고, 이것을 통해 독자가 고통을 느끼며, 고통으로부터의 탈출을 돕고자 하는 감정의 상호연대를 형성하게 하는 것이다.

「난파선」은 이중의 은유로 파악할 수 있는데 하나는 민족이며, 다른 하나는 개벽 사상이다. 번역 소개한 시대적 상황을 고려해 볼 때, 「난파선」은 민족의 은유로 볼 개연성이 높은데, 마리오가 보여주는 희생은 민족의 회생이라는 희망으로 연결된다. 살고자 하는 인간의 본능을 누르고 마리오가 줄리에트에게 구명선의 자리를 양보한 이유에는 민족의 장래를 위해서였다. 줄리에트가 심리적인 죽음을 겪은 후 회생하는 점에서 그러하다. 따라서 마리오의 희생은 민족의 회생으로 연결되고, 그것은 민족을 위한 실천적 행위이며 희망의 메시지를 전달하기 위한 텍스트일 가능성이 크다.

그런데 방정환은 민족을 상상적 공동체로써 의식했다기보다는 객관적 사회적 실제적 존재로서 이해했다. 전근대 시기에 민족개념을 족류라는 용어로 사용했으며 아족이라는 표현은 일제강점기에서도 사용했다. 즉 백성, 아족, 인민, 동포, 등의 기표는 '민족'이라는 기표로 대체되었을 뿐이며 민족의 기의는 백성이나 인민 그리고 동포라는 의미가 있는 것이다.

개벽사상을 '낡은 세상을 변혁하여 새 세상을 만드는 것'으로 범박하게 이해한다면 '난파선'은 민족의 신생으로 읽을 수 있다. 심리적인 죽음을 경험한 줄리에트가 마리오의 희생으로 새로운 삶을 부여받고 살아갈 것이며 그가 이어갈 민족은 '신국면'을 열게 될 것이기 때문이다. 인간 생활의 신국면은 천도교 개벽사상의 다름이 아니다. 이돈화가 주창한 민족개벽, 정신개벽, 사회개벽 등 3대 개벽인데 천도교에서 민족개벽은 시체와 같은 민족에 한국의 혼을 불어넣는 일이었다. 방정환은 희생보다 거룩한 정신은 없다고 했다. 즉 방정환은 민족의 혼을 불어넣는 일이 '희생'으로서 가능하다고 여겼다. 따라서 마리오의 희생으로 줄리에트가 회생하는 「난파선」은 방정환에게 민족의 신국면을 열 희망의 이야기로 다가왔으며, 개벽사상을 담은 실천적 텍스트였다.

참고문헌

1. 자료

アミーチス 作, 前田晁 譯, 『世界少年文學名作集(第十二巻)クオレ』, 精華書院, 1920
　　　　년 6월.

방정환, 「남은 잉크」, 『어린이』 1권 1호, 1923.

한국방정환재단 엮음, 「난파선」, 『정본 방정환 전집 2』, 창비, 2019.

2. 단행본

Franz K, Stanzel, 안삼환 역, 『소설형식의 기본유형』, 탐구당, 1982.

권보드래, 「근대 초기 '민족'개념의 변화」, 『근대계몽기 지식의 굴절과 현실적 심화』,
　　　　소명, 2007.

박찬승, 『민족, 민족주의』, 소화, 2016.

앤서니 D. 스미스, 김인중 옮김, 『족류 상징주의와 민족주의』, 아카넷, 2016.

염희경, 『소파 방정환과 근대 아동문학』, 경진출판, 2014.

원종찬, 『한국 아동문학의 쟁점』, 창비, 2010.

이돈화, 『新人哲學』, 日新社, 1963.

조은숙, 『한국 아동문학의 형성』, 소명, 2009.

한국방정환재단 엮음, 『방정환 전집 1』, 창비, 2019.

_____, 「제2과 작은 용사」, 『정본 방전환 전집 3』, 창비, 2019.

_____, 『정본 방정환전집 5』, 창비, 2019.

3. 논문

김영진, 「일제강점기 문화적 근대화 운동―1920년대 방정환의 동화구연회와 변사조
　　　　내레이션을 중심으로」, 『세계역사와 문화연구』 제55집, 한국세계문화사학회,
　　　　2020.

김윤경, 「개인과 사회, 소아에서 대아로 부분심에서 전체심」, 『동광』 제9호, 1927.1.

김젬마, 「한국 근대아동소설의 '소영웅(小英雄)' 변주와 『쿠오레』 번역」, 『한국학연
　　　　구』 Vol.55, 인하대학교 한국학연구소, 2019.

김종엽, 「동화와 민족주의—19세기 후반 이탈리아 민족국가 형성기의 학교 동화 『쿠오레』의 경우」, 『사회와 역사』 제52집, 한국사회사학회, 1997.

김지욱, 「민족과 민족주의에 대한 역사학적 접근방식—족류-상징주의(Ethno-symbolism)를 중심으로」, 『숭실사학』 제31집, 숭실사학회, 2013.

김해련, 「아동소설 『쿠오레(Cuore)』의 한국 수용사 연구」, 춘천교육대학교 교육대학원 석사학위논문, 2019.

박길수, 「개벽청년 방정환 연구」, 『방정환 작고 90주기 기념 방정환학술포럼—방정환과 21세기 어린이를 찾아서』 자료집, 2021.

_____, 「천도교소년회 초기 활동 연구—『천도교회월보』를 중심으로」, 『방정환연구』 5권, 방정환연구소, 2021.

박지희, 「공감(empathy)과 동정(sympathy)—두 개념 대한 비교 고찰」, 『수사학』 24집, 한국수사학회, 2015.

손유정, 「한국 근대소설에 나타난 '동정'의 윤리와 미학에 관한 연구」, 서울대학교 대학원 박사학위논문, 2006.

신용하, 「민족의 사회학적 설명과 상상의 공동체론 비판」, 『한국사회학』 Vol.40(1), 2006.

염희경, 「'네이션'을 상상한 번역 동화—방정환의 『사랑의 선물』에 대하여(1)」, 『동화와번역』 제13집, 동화와번역연구소, 2007.

_____, 「민족주의 내면화와 전래동화의 모델 찾기—방정환의 사랑의 선물에 대하여 2」, 『한국학연구』 16, 인하대학교 한국학연구소, 2007.

_____, 「일제 강점기 번역·번안 동화 앤솔러지의 탄생과 번역의 상상력(1)—민족주의 계열과 사회주의 계열의 소년운동 그룹의 번역을 중심으로」, 『문학교육학』 제39집, 한국문학교육학회, 2012.

오현숙, 「『사랑의 선물』에 나타난 멜로드라마적 특성과 동화의 숭고미」, 『아동청소년문학연구』 제17호, 아동청소년문학학회, 2015.

원종찬, 「방정환의 「참된 동정」에 나타난 '빵과 장미'의 상상력」, 『한국학연구』 제55집, 인하대학교 한국학연구소, 2019.

이돈화, 「世界三大宗教의 差異點과 天道教의 人乃天主義에 對한 一瞥」, 『개벽』 제45호.

이정현, 「방정환의 번역동화 연구—『사랑의 선물』을 중심으로」, 오사카대학 대학원, 2008.

허재영, 「일제강점기 한글운동과 문맹퇴치(문자보급) 운동 연구」, 『독서연구』 44집, 한국독서학회, 2017.

4. 기타

http://db.history.go.kr

『표준국어대사전』

『한국민족문화백과사전』

방정환 번역 동화에 나타난 '독창적 반복'

— 「왕자와 제비」와 「털보장사」를 중심으로[1]

이미정

1. 방정환 번역 동화 연구의 성과와 새로운 출발점

이 연구에서는 조지 스타이너의 '해석학적 운동'과 '독창적 번역'을 통해 방정환 번역 동화의 특성을 제시하고자 한다. 방정환 번역 동화 연구는 비교적 오랜 기간 동안 지속적으로 이루어져 현재 그 성과가 상당 부분 축적되어 있다. 그 연구는 주로 『사랑의 선물』(1922)을 중심으로 논의되었는데 이는 우리나라 최초의 번역 동화집이라는 문학사적 의의와 더불어 방정환에게 있어서도 본격적인 동화 작업의 출발점이라는 데서 기인한다.

이 글에서 살펴볼 작품 중 하나인 「왕자와 제비」 역시 『사랑의 선물』

---

1 이 글은 한국방정환재단과 연구모임 작은물결, 성균관대학교 비교문화연구소가 주최한 '2021 작은물결포럼(2)'에서 발표한 글을 수정·보완한 것이다. 부족한 논문이 완성될 수 있도록 토론을 해 주신 김영순 선생님과 춘천교육대학교 조은숙 선생님, 꼼꼼하게 원고를 살펴봐 주신 이정아 선생님께 깊은 감사를 드린다. 또한 「方定煥と翻訳童話「王子と燕」」(2012)이라는 중요한 선행연구를 제공해주신 정선희 선생님의 후의에도 감사를 전한다.

에 수록되어 있다. 「왕자와 제비」는 오스카 와일드의 「행복한 왕자」를 번역한 것으로 『천도교회월보』 1921년 2월호에 실렸다. 같은 호에 「동화를 쓰기 전에―어린이 기르는 부형과 교사에게」라는 글을 써 동화에 대한 각별한 관심을 보이기도 했다. 「왕자와 제비」를 번역하던 이 시기가 동화에 대한 그의 초기 고민이 녹아 있던 때임을 알 수 있다.

이후 『천도교회월보』 1921년 5월호에 「리약이, 두 조각―귀 먹은 집오리, 까치의 옷」이 실렸고 1922년 7월 열 편의 세계 동화를 수록한 번역동화집 『사랑의 선물』을 펴낸다. 같은 해 7월과 9월에는 아나톨 프랑스의 「아베이유」를 번역한 「호수의 여왕」을, 11월에는 오스카 와일드의 「이기적인 거인」을 우리말로 옮긴 「털보장사」를 『개벽』에 수록했다. 다음 해인 1923년 1월호와 2월호 『부인』에 「헨젤과 그레텔」을 「잃어버린 아해」로, 『동아일보』 1923년 1월 3일자에 안데르센의 「천사」를 같은 제목의 「천사」로 번역하기도 했다. 『어린이』 창간인 1923년 3월 이전인 이 시기에 집중적으로 동화 번역 작업에 매진했던 것이다. 이때 오스카 와일드의 두 작품, 「행복한 왕자」와 「이기적인 거인」도 번역을 한다.

방정환은 「행복한 왕자」를 번역할 당시에는 저자 오스카 와일드에 대해 언급하지 않았다. 나중에 「이기적인 거인」을 옮길 때 저자에 대한 설명을 작품 앞에 넣는다. "졸역 《사랑의 선물》에 실려 있는 《왕자와 제비》라는 것이 그 책의 제목인 《행복한 왕자》의 역인 것을 이 기회에 알려 둔다."(방정환, 1922, 43)라고 밝히는 등 오스카 와일드라는 작가에 대한 특별한 관심을 보이고 있다. 오스카 와일드는 19세기 말 유미주의를 대표하는 작가다. 「행복한 왕자」와 「이기적인 거인」은 1888년 발표된 그의 첫 동화집 『행복한 왕자와 다른 이야기들』에 실려 있다.

「왕자와 제비」는 방정환 동화 번역에서 의미 있는 위치를 차지하는데 이는 「왕자와 제비」와 번역 시기가 비슷한 다른 작품들을 통해서도 알 수 있다. 1920년 『신청년』 8월호에 실린 「참된 동정」과 「귀여운 희생」,

그리고 1921년 『천도교회월보』 5월호에 게재된 「리약이, 두 조각—귀먹은 집오리, 까치의 옷」은 번역동화이지만 『사랑의 선물』에는 수록되지 않았다.

「왕자와 제비」가 오스카 와일드에 대한 특별한 관심의 출발을 보여준다면 「털보장사」는 이러한 관심의 재확인이라 할 수 있다. 「왕자와 제비」는 그의 본격적인 번역 동화 작업의 시작점이다. 오스카 와일드라는 같은 원작자의 작품을 번역한 「털보장사」를 함께 비교한다면 방정환 고유의 번역 의도와 전략을 파악하기 용이할 것으로 보인다.

먼저 선행연구를 살펴보면 「왕자와 제비」에 대한 논의가 월등히 많다. 특히 사람들이 왕자와 제비의 동상을 세우는 원작과는 다른 결말 등으로 연구자들의 주목을 받아왔다. 이재복(2004)은 「왕자와 제비」를 방정환의 문학세계로 들어가는 문이자 우리 아동문학사에서 동화운동의 출발을 알리는 작품으로 그 의의를 평가하였다.

이정현(2008)은 『사랑의 선물』에 수록된 작품들의 저본을 연구하여 의미 있는 성과를 거두었다. 「왕자와 제비」의 경우, 내용과 구성, 삽화 등을 비교하여 저본을 사이토 사지로 번역으로 추정하였다.

이후 「왕자와 제비」에 대한 논의는 번역 특성을 알아보는 데 중점을 두고 있다. 김미정·임재택(2010)은 원작에 대한 방정환 번역 작품의 번역 일치성 및 개작의 중재 전략을 알아보았다. 그 결과 원작을 개작하는 경향성이 더 높다는 것을 밝혔다.

김지영(2012)은 원작과 사이토 사지로의 번역을 먼저 비교하여 어린이가 읽기 쉽도록 스토리의 변화나 생략이 일어나고 있다는 점을 밝혔다. 또한 방정환 번역이 갖는 특징으로 가난한 사람의 모습을 강조한 것과 영탄법을 활용한 극적인 효과, 종교적 요소의 소거를 들고 있다. 염희경(2014)은 기독교사회주의 사상에 바탕을 둔 「행복한 왕자」가 천도교 사상과 사회주의 사상이 강하게 배어 있는 「왕자와 제비」로 새롭게 태어났다고 평가하였다.

박종진(2016)은 원작이나 일본어 저본을 충실하게 번역하기보다 어린이의 정서를 자극하고 이해를 돕는 번안 또는 재화에 주력했으며 천도교에서 주장하는 지상천국 건설의 서사를 강조했음을 제시하였다. 심지섭(2019)은 원작 또는 저본과 비교하는 방법론에서 더 나아가 방정환 번역본의 의미를 해석하였다. 「왕자와 제비」를 '사랑'에 대한 작품으로 파악하고 죽음을 통해 '순수'한 사랑이 명징해지는 구조임을 강조하였다.

여오소(2020)는 방정환의 「왕자와 제비」를 저우쮀런의 「안락한 왕자」와 비교·분석하였다. 오스카 와일드의 원작을 거의 그대로 직역한 것으로 보이며 특히 방정환과 비교했을 때 저우쮀런의 작품은 아동문학답지 않은 점이 있다는 것에 주목하였다. 이미정(2021)은 「왕자와 제비」에 나타난 변형을 '굴절'로 명칭하고 이를 첨가, 축소와 생략, 대체를 중심으로 살펴본 결과 개연성의 보완, 감정의 분출, 가화성이라는 번역 특징을 확인하였다.

이처럼 「왕자와 제비」에 대한 연구는 지속적으로 이루어지고 있는데 어린이 독자 또는 종교 등을 이유로 비교적 큰 변형이 일어난 데 주목하고 있다는 점이 공통적이다. 이에 비하여 「털보장사」에 대한 논의는 매우 미진한 편이다. 유일한 논의로 확인되는 이정현(2008)의 연구에서는 일본어 저본에 대해 논의하며 「털보장사」에서 다른 작품에서 보이는 개작이 거의 보이지 않는다는 의견을 제시하였다.

그러나 면밀히 분석해 보았을 때 구절 및 문장 추가와 같은 미세하지만 분명한 차이를 찾을 수 있었다. 「털보장사」의 저본으로 추측되는 쿠스야마 마사오와 혼마 히사오 번역 모두 원작 그대로 옮기고 있지만 방정환은 그 비중이 다소 크지 않다 하더라도 두 저본에는 없는 특정 문장을 추가하고 있었다. 변형의 정도 차이는 있으나 「왕자와 제비」와 「털보장사」 모두 방정환만의 색깔이 반영된 것이다.

특히 앞서 살펴본 「왕자와 제비」의 개작과 「털보장사」의 문장을 추가하는 방식은 '창작'에 가까운 특징을 보인다. 이 글에서는 이를 '독창적 반복'으로 명칭하고자 한다. '독창적 반복'은 조지 스타이너가 제시한 용어로 "번역이 단순히 원작의 문자 그대로의 되풀이가 아니라 새로운 창조이기도 하다는 사실을 강조"[2]한다. 이 독창적 반복은 네 과정으로 이루어진 해석학적 운동을 거침으로써 가능하게 된다.

이 글의 전개는 방정환이 번역한 「왕자와 제비」와 「털보장사」를 해석학적 운동을 통해 분석해 봄으로써 '독창적 반복'의 텍스트임을 증명해 내가는 과정에 대응한다. 물론 방정환이 이 두 작품을 중역했다는 점에서 원작과 방정환 번역의 관계를 살펴보는 데 다소 한계가 있을 수 있다.

그러나 두 작품의 저본 모두 원작을 비교적 충실히 반영하고 있다. 이는 오스카 와일드의 원작 「행복한 왕자」와 「이기적인 거인」이 비교적 분량이 길지 않은 동화라는 점, 즉 분량이 짧고 어렵지 않은 어휘들로 구성되어 있기 때문에 원작을 충실히 번역할 수 있는 가능성이 컸다고 보았다.

다만 방정환이 저본으로 삼은 사이토 사지로 번역은 어린이 독자를 고려하여 풍자 내용을 생략하고 역순행적 구성을 순행적 구성으로 바꾸었다는 점에서 차이를 보인다. 그러나 이집트와 같은 이국적 요소와 기독교적 결말은 유지하는 등 원작의 주요 사건과 핵심 테마는 달라지지 않았다. 이는 방정환의 번역작 「왕자와 제비」와 비교를 했을 때 더욱 두드러진다. '개작'으로 설명될 정도로 그 변화 양상이 크게 나타나기 때문이다.

대표적인 예로 제비의 냉소적 성격이 온순하고 따뜻한 성품으로, 왕

---

2 신정아, 「소통과 번역—조지 스타이너의 『바벨 이후』를 중심으로」, 『프랑스학연구』 46호, 프랑스학회, 2008, 243쪽.

자와 제비가 천국에서 영생을 누리게 되는 결말이 사람들이 왕자와 제비 동상을 새롭게 세우는 것으로 바뀌었다. 전술한 바와 같이 사이토 사지로 번역이 원작을 충실히 옮기고 있기 때문에 이를 저본으로 삼은 방정환의 「왕자와 제비」의 '개작'은 원작에 대한 것이기도 하다.

「털보장사」의 저본으로 판단되는 쿠스야마 마사오와 혼마 히사오 번역도 원작을 거의 그대로 옮기고 있다. 따라서 이 글에서 다루는 일본어 저본들은 원작을 충실하게 번역한 작품들이며 이는 저본을 '경유'했지만 오스카 와일드 원작과 방정환 번역 동화 간의 거리가 결코 멀지 않다는 것에 주목하였다. 즉, 일본어 저본과의 비교 중심으로 분석이 이루어지지만 오스카 와일드 원작이 일본어 저본에 충실히 내재해 있음을 고려하였으며, 경우에 따라서는 원작 내용도 직접 언급하고자 한다.

본 연구는 저본의 선정부터 번역을 통해 작품이 획득하는 가치와 의미, 그리고 원작과의 관계까지 단계적으로 방정환의 번역 과정을 경험해 볼 수 있다는 점에서 기존 논의와 차별점이 있다. 이와 더불어 상대적으로 관심이 부족했던 「털보장사」를 대상으로 삼아 그 범위를 한층 확장시켰다는 점 역시 제시할 수 있는 성과이다.

2. 조지 스타이너의 해석학적 운동

조지 스타이너가 주장한 해석학적 운동은 모두 네 단계로 이루어진다. 첫째는 '신뢰'의 단계로 번역 대상 텍스트에 '무엇'인가 있다고 믿는 것이다. 즉 번역할 만한 가치가 있는 텍스트라는 의미가 된다. 이 신뢰의 단계가 중요한 것은 번역이라는 해석학적 운동이 시작되는 단계이기 때문이다. 이 단계를 '신뢰를 통한 도약의 단계'로 설명하는 데서도 그 의미를 알 수 있다.

신뢰 다음은 침투 또는 침략의 단계이다. "텍스트 안으로 침입해 들어가 무엇인가를 추출하는 단계"[3]이다. 스타이너는 이 침략 단계의 특징을 공격성으로 설명한다. 어떠한 대상은 이해될 때, 진정한 존재가 되는데, 모든 인식은 공격적이라는 것이다. 이는 비유적으로 "번역가는 텍스트 속에 침투하여 탈취한 것을 상처가 생긴 광산을 뒤로 한 채 돌아온다."[4]로 설명된다.

다음으로는 번역자가 탈취한 것을 도착 텍스트 안으로 들어오도록 하는 과정인 결합의 단계이다. 이국의 요소들을 어떻게 자기화하는가와 관련이 있는 것으로 '동화'와 '감염'으로 구분한다. 동화가 이국의 것들을 통해 더욱 풍요로워지는 성찬이나 육화에 해당한다면 감염은 모방 또는 흉내에 그치게 되는 것을 가리킨다.

마지막은 보상으로 상호성 또는 복원의 단계이다. 이는 텍스트 간의 균형을 만들어내는 것으로 번역기술과 번역윤리의 핵심으로 설명된다. 원작은 번역을 통해 상실과 파괴를 겪게 된다. 번역 텍스트가 "대상을 비추는 것에 그치지 않고 스스로 빛을 내는 거울"[5]이 됨으로써 원작은 새로운 모습을 갖게 된다. 이 둘 사이에는 불균형이 존재하는데, 이를 극복하려는 동등성이 요구된다. 진정한 번역은 원전이 본래 가지고 있던 내재적 장점들을 돋보이게 하며 원작의 잠재성과 본질적 요소들을 깨닫게 해 주는 역할을 하게 됨으로써 원작과 번역 텍스트는 상호성을 띠게 된다. 스타이너는 이 동등성의 요구로 인해 복원되는 관계, 보상을 통해 '절대적 균형성과 동어반복이 아닌 반복'이라는 번역의 이상향에 한층 가까워질 수 있다고 설명한다.

---

3 이향, 윤성우, 『번역학과 번역철학』, 한국외국어대학교출판부, 2013, 171쪽.
4 George Steiner, *After Babel:aspects of language and translation*, Oxford University Press, 1998, 314쪽.
5 위의 책, 317쪽.

정리해 보면 해석학적 운동은 '신뢰→침투 또는 침략→결합→상호성 또는 복원의 단계'를 거친다. 이 해석학적 운동에서 주목할 단계는 침투 또는 침략과 상호성 또는 복원의 단계다. 조지 스타이너는 번역이 필연적으로 원작에 상처를 입힐 수밖에 없는 공격적 행위임을 전제한다. 번역 대상을 그대로가 아닌 '~로서' 이해하기 때문이라는 것이다. 이는 번역자의 사상, 경험, 의도 등이 개입되는 데서 기인한다. 조지 스타이너의 관점에서는 번역 작품은 결코 원작과 등가의 결과물이 될 수 없다.

그러나 이러한 '공격'은 상호성 또는 복원의 단계를 자연스럽게 불러온다. '윤리적'으로 훼손한 것에 대한 보상이 이루어져야 하기 때문이다. 여기서 그는 원작과 번역 작품을 동등하게 위치시킨다. 대체로 번역 연구는 번역된 작품에 초점을 맞추는 경우가 많다. 충실성 또는 가독성이라는 기준으로 번역 작품이라는 결과물을 평가해왔다. 물론 이는 완벽한 등가라는 불가능한 과제, 원작을 반복하지만 다를 수밖에 없는 태생적 한계라는 오래된 번역의 딜레마이기도 하다.

조지 스타이너의 해석학적 운동은 이런 딜레마에서 벗어날 수 있는 관점을 제시해 준다. 번역을 이해의 과정으로 간주했고 이해는 필연적으로 공격적이라는 전제는 번역의 독창성과 자율성을 인정하게 해 준다. 그런데 마지막 단계에서 원작이 겪은 상실과 파괴에 대한 복원이 이루어진다. 이는 번역 작품에 맞추어졌던 초점이 다시 원작으로 이동함으로써 가능해지는 것이다.

조지 스타이너가 이야기한 '동등성'은 번역 작품에 치우친 관심과 그로 인한 원작에 대한 망각을 지적한 것으로 보인다. 번역 작품은 "스스로 빛을 내는 거울"이 되고 원작은 번역 작품으로 인해 그 가치를 재조명받거나 새로운 의의가 발굴될 수 있다. 이처럼 원작에서 번역작품, 그리고 다시 원작으로 회귀하는 해석학적 운동은 원작의 가치와 번역작품의 자율성을 동시에 보존하게 한다는 점에서 그 의의가 있다.

다음 장에서는 해석학적 운동의 네 과정을 통해 방정환의 번역 동화 「왕자와 제비」와 「털보장사」를 일본어 저본과 비교·분석해 보고자 한다. 이때 문장 간 비교가 주로 이루어지지만, 어휘나 문체보다는 방정환이 보여 주는 원작에 대한 이해 또는 해석에 초점을 맞추고 있음을 밝혀 둔다.

3. 해석학적 운동을 통해 본 「왕자와 제비」와 「털보장사」

1) 『킨노후네』와 『신역회입모범가정문고』, 오카모토 키이치에 대한 신뢰

텍스트에 대한 신뢰의 원문은 'Initiative trust'이다. 이는 초기 신뢰, 기점의 신뢰, 신뢰를 통한 도약 등으로 해석된다. 초기 신뢰와 기점의 신뢰는 신뢰가 일어나는 '시기'에 주목한 데 비하여 신뢰를 통한 도약은 그 역할을 강조한다. 이 둘 모두는 번역 행위의 전제 조건으로 신뢰를 강조하고 있다.

여기서 신뢰란 출발 텍스트에 이해될 수 있는 무언가가 있다는 믿음을 말한다. "즉 역자는 번역의 초기 단계에서 자신의 '이해'와 '편견'에 따라 자신이 '믿음'을 갖는 텍스트를 선택하게 된다. 이를테면 역자는 원작이 번역될 의의가 있고 내용 중에 포함된 정보가 전달될 수 있으며 번역된 후에 도착어의 독자와 사회에 영향을 줄 수 있다고 믿을 경우, 시간과 감정을 투자하여 텍스트를 이해하고 번역하게 된다. 따라서 어떤 텍스트가 번역이 되었다면 1단계인 신뢰를 완성한 것으로 볼 수 있다."[6]

---

6 이석철, 「조지 스타이너의 해석학으로 본 역자 주체성: 중국어 성어를 중심으로」, 『현대사회와 다문화』 9집 1호, 대구대학교 다문화사회정책연구소, 2019, 50쪽.

방정환의 「왕자와 제비」는 『킨노후네』에 수록된 사이토 사지로 번역을 저본으로 삼고 있다. 방정환이 사이토 사지로의 작품에서 '무엇'에 대한 신뢰를 갖게 되었는지는 이 단계에서는 명확하게 제시되기 어렵다. 역설적으로 번역이 진행되고, 완성되기까지 이 무엇의 양상은 구체성을 띠지 못하기 때문이다. 하지만 신뢰의 계기에 대한 추측은 가능하다.

이에 대해 세 가지 가능성을 제기할 수 있다. 첫째, 사이토 사지로라는 작가에 대한 신뢰이다. 둘째, 오스카 와일드라는 원저자에 대한 신뢰를 생각해볼 수 있다. 마지막으로 『킨노후네』라는 매체에 대해 갖는 신뢰다. 사이토 사지로라는 작가에 대한 신뢰로 「왕자와 제비」를 번역하게 됐을 가능성은 크지 않다고 보인다. 사이토 사지로는 『킨노후네』를 창간하고 편집주간을 담당하기도 했다.[7] 『사랑의 선물』에 수록된 번역작품들 중 사이토 사지로 번역을 저본으로 삼은 것은 「왕자와 제비」 한 편뿐이다. 마에다 아키라와 나카지마 고토, 미즈타니 마사루 등 다양한 작가의 번역을 저본으로 삼고 있다는 점에서 특정 작가에 대한 신뢰가 바탕이 되었다고 볼 근거가 약하다.

두 번째 가능성 역시 「왕자와 제비」에서는 해당되지 않는 것으로 보인다. 이정현(2008)과 박종진(2016)은 방정환이 「왕자와 제비」를 번역할 당시 오스카 와일드라는 작가에 대해 언급하지 않았던 점 등을 근거로 나중에 「털보장사」를 번역하면서 오스카 와일드에 대해 알게 되었을 것이라는 견해를 제시하였다.

마지막으로 『킨노후네』라는 '매체'에 대한 신뢰를 생각해 볼 수 있다. 『킨노후네』는 1919년에 창간된 아동문예잡지다. 특히 어린이를 위한 잡지라는 지향점이 두드러진다. 박종진은 방정환과 『킨노후네』와의 친연성이 크다는 데 주목하며 이에 대한 이유로 오카모토 키이치가 그린

7 박종진, 「방정환 번역작품 연구―귀먹은 집오리와 불노리를 중심으로」, 『한국근대문학연구』 제18권 제1호, 한국근대문학회, 2017, 208쪽 참조.

삽화에 대한 호감과 어린이를 위한 잡지라는 편집 철학에 대한 공감을 들고 있다.[8]

『킨노후네』와 같은 매체에 대한 신뢰는 『신역회입모범가정문고(新譯繪入模範家庭文庫)』 시리즈로 이어진다. 이정현은 『신역회입모범가정문고』 시리즈의 존재를 알게 된 데는 역시 『킨노후네』의 역할이 컸음에 주목했다. 『킨노후네』 제2권 제4호에 『신역회입모범가정문고』의 광고가 실리는데 이 시리즈에 해당하는 『그림 오토기바나시』, 『세계동화보옥집』, 『안데르센 오토기바나시』에서 여덟 편을 선택해, 이를 번역하여 『사랑의 선물』에 수록한 것으로 추측된다.[9] 이 중 『세계동화보옥집』을 맡은 이가 연극, 문학 작품 번역에 주력했던 쿠스야마 마사오였고, 여기에 「자기만 아는 거인」이 수록되어 있다.

그런데 오스카 와일드의 「이기적인 거인」은 이보다 앞서 혼마 히사오가 번역하여 『석류의 집: 와일드 동화집』(1916)에 수록한 바 있다. 혼마 히사오는 거인을 '大男'이 아닌 '山男'으로 옮겼는데 이는 일본 각지의 산에 살고 있다는 큰 남자를 일컫는 표현에서 기인한 것으로 보인다. 이 山男은 키가 2미터 남짓하며, 머리카락은 길고 온몸에 털이 나 있는 것도 있다고 한다. 이 山男에서 털보장사라는 구체화된 인물이 만들어진 것으로 추측된다. 게다가 혼마 히사오 번역의 삽화에서 턱수염 등 털이 많은 모습으로 거인이 등장한 점을 보았을 때 방정환이 혼마 히사오 번역을 참고한 것은 확실해 보인다.

방정환이 혼마 히사오 번역을 접했다는 또 하나의 근거는 결말 부분에서도 나타난다. 방정환 번역의 "그때에 어린이는 장사를 보고 상글에 -웃으면서 이러케 말하엿습니다."에 대응하는 문장은 쿠스야마 마사오

---

8 박종진, 위의 글, 207~312쪽 참조.
9 이정현, 「方定煥の譯童話と新譯繪入模範家庭文庫」, 『일본근대학연구』 제16집, 한국일본근대학회, 2007, 102쪽.

번역에서는 확인되지 않는 다. 그러나 혼마 히사오 번역에서는 "그러자 아이는 산남자를 보고 미소지었습니다."라는 문장이 나온다. 이러한 점들을 고려했을 때 쿠스야마 마사오와 혼마 히사오 번역을 모두 참고했음을 알 수 있다. 이는 번역을 할 때 특정 작가를 기준으로 삼지 않았다는 사실도 함께 알려 준다.

혼마 히사오 번역본의 '山男'

이처럼 잡지나 문고 시리즈와 같은 매체에 대한 신뢰는 방정환 동화 번역의 폭을 넓혀 주는 역할을 했다. 『사랑의 선물』에서도 다양한 작품을 번역한 것이 눈에 띄는데 이는 아동매체에 대한 신뢰가 바탕이 되었기 때문에 특정 번역가나 작가에 국한되지 않고, 해당 매체에 수록된 다양한 작가의 작품을 접하면서 선택할 수 있었기 때문이다. 이와 같이 아동매체에 대한 신뢰, 즉 『킨노후네』와 『신역회입모범가정문고』에 대한 믿음으로 「왕자와 제비」를 번역했을 것이라는 의견을 제시할 수 있다.

이와 더불어 쿠스야마 마사오 번역을 비롯한 『모범가정문고』시리즈 삽화를 담당한 이가 오카모토 키이치라는 점도 눈에 띈다. 그는 모범가정문고(模範家庭文庫)의 제1기 12권의 장정을 담당한 것을 계기로 재능을 주목받기 시작했다고 한다.[10] 오카모토 키이치는 『킨노후네』에 많은 삽

오카모토 키이치가 그린 「자기만 아는 거인」의 어린이

화를 수록했는데 방정환 역시 『사랑의 선물』의 삽화 모두를 오카모토 키이치 작품을 전용했다.[11] 이러한 점에서 오카모토 키이치 삽화는 방정환이 번역을 시도하는 데 있어 중요한 표식의 역할을 하고 있다.

『신역회입모범가정문고』는 "훌륭한 세계 어린이 문학의 고전"을 삽화와 함께 번역한 전집이다. "서재의 보전이 되고 거실의 장식품이 되도록" 하기 위해 시간과 노력을 기울였음을 발행 취지에서 밝히고 있다.[12] 소장의 가치를 강조한 만큼 외관에도 큰 관심을 쏟았으며 이에 따라 삽화가 오카모토 키이치의 역할도 비중이 컸다.

신뢰의 단계에서는 정확하지는 않지만 '무엇'인가 있을 것이라는 믿음이 생기고, 이를 바탕으로 번역이 비로소 시작된다. 「왕자와 제비」는 아동문예잡지 『킨노후네』를, 「털보장사」는 세계 어린이문학 고전인 『신역회입모범가정문고』를 신뢰함으로써 번역이 시작되었다고 볼 수 있다. 「왕자와 제비」와 「털보장사」 두 편 모두 오카모토 키이치라는 삽화가를 공유하고 있다는 사실은 여러 측면에서의 신뢰를 보여 준다.

또한 「털보장사」를 번역하는 데 작가가 오스카 와일드라는 것이 큰 영향을 주었을 것이다. 이 작품을 접하면서 앞서 번역했던 「왕자와 제비」의 작가가 오스카 와일드라는 것을 알게 되었을 가능성이 높기 때문

---

10 김영순, 「『어린이』지와 일본 아동문예잡지에 표상된 동심 이미지 고찰」, 『현대문학의 연구』 62권, 한국문학연구학회, 2017, 35쪽.
11 이정현, 위의 글, 104쪽.
12 위의 글, 같은 쪽.

이다. 이 역시 번역을 결정하게 하는 중요한 요소였을 것이다.

본격적인 번역이 시작되기 이전에 진행되는 신뢰의 단계는 작품 내용보다 대체로 외부 요인에 의해 신뢰 여부가 결정된다. 번역가는 외적 요소들을 살핌으로써 번역을 통해 성취하기 원하는 것이 있는지를 가늠하는 것이다. 방정환 역시 대표적인 아동 매체와 삽화가, 원작자 등을 통해 번역의 여부를 결정한 것으로 보인다.

특히 방정환은 『킨노후네』와 『신역회입모범가정문고』의 주요 대상인 '어린이'에 주목한 것으로 추측된다. 『킨노후네』는 '어린이의 것'으로 잡지의 정체성을 표현할 만큼 어린이 대상임을 강조했다. 방정환이 오카모토 키이치에 특별한 관심을 표했던 이유는 그가 그려낸 건강하고 통통한, 귀엽고 때묻지 않은 '어린이' 모습[13]에 크게 공감했기 때문일 것이다. 즉 방정환은 '신뢰의 단계'에서 '어린이'를 뚜렷하게 지향하고 있는 매체와 삽화가를 적극적으로 고려하고 있음을 알 수 있다.

2) '불쌍한 사람'과 '봄'에 대한 '침투'

스타이너는 사물에 대한 이해 과정을 "필연적인 공격 방식"으로 묘사한다. 사물을 있는 그대로가 아니라 '~로서' 이해하게 되는데 이 자체가 상대를 공격하는 방식이라는 것이다. 하지만 그의 설명처럼 이는 피할 수 없는 이해의 방식이기도 하다. 침입과 추출의 대상은 앞서 살펴본 '무엇'인가 있을 것이라는 막연한 신뢰가 구체화된 것이다.

「왕자와 제비」에서 두드러지게 나타나는 침입과 추출의 대상은 '불쌍한 처지의 사람들'이다. 저본인 사이토 사지로 번역에서는 행복한 왕자의 동상을 묘사하는 데서부터 시작하는 원작과 달리 제비의 이야기에

---

13 김영순, 「『어린이』지와 일본 아동문예잡지에 표상된 동심 이미지 고찰」, 35쪽.

서부터 시작한다. 이는 아동 독자를 고려해 시간의 순서대로 재구성한 것이다. 이외에는 대체로 원작을 충실히 번역하고 있는데 '독창적 반복'과 비교한다면 '동어반복'으로 설명할 수 있을 것이다. 번역가의 '해석'이 잘 드러나지 않기 때문이다.

「왕자와 제비」에서 방정환의 해석은 '불쌍한 사람'들과 주로 관련되어 있다. 작품의 주요 인물은 제목 그대로 왕자와 제비이지만, 주요 사건은 바로 '불쌍한 사람들이 겪는 일'들이다. 원작과 사이토 사지로 저본에서는 이 불쌍한 일이 왕자의 요약된 서술로 제시되지만 방정환 번역에서는 생생한 보여 주기를 통한 '침략'이 일어난다.

사이토 사지로 (1920)	방정환 (1922)
건너편에 보이는 작은 길가에 한 가난한 집이 있단다. 그 집의 창이 열려있어 여자 한 사람이 바느질을 하고 있는 것이 보이는구나. 방 한 구석에는 작은 아이가 열병으로 누워있단다. 아이는 오렌지가 먹고 싶다며 울어보지만 불쌍하게도 엄마는 가난하여서 강물밖에 줄 수가 없단다. 그래서 아이는 크게 울부짖는구나.(75쪽)	나는 이렇게 금과 보석에 싸여 있지만……, 저기 보이는 저 골목 구석에 다 쓰러져가는 오막살이가 있는데 그 집 들창문이 열려 있어서, 그 속에 아낙네가 혼자 바느질을 하고 있는 게 보인다. 그리고 그 옆에는 조그만 계집애가 병이 나서 앓아 드러누웠는데 그 계집애는 자꾸 과자를 사 달라고 울면서 조르지만, 불쌍한 어머니는 가난하여 돈이 없어서 앓는 애에게 차디찬 냉수 밖에 줄 것이 없어서 어머니도 울고 있다. 그래도 철모르는 어린애는 자꾸 더 조르면서 울고…….(53쪽) * 밑줄은 인용자 주

엄마와 아이를 통해 보여 주는 불쌍한 일은 원작 또는 저본과는 다르게 생생하게 그려지기 때문에 독자가 외면하기 어렵다. 또한 원작과 저본 모두 엄마와 아이가 있는 집의 위치를 설명하면서 이야기를 시작한다. 그러나 방정환 번역에서는 "나는 이렇게 금과 보석에 싸여 있지만"이라는 자신과의 비교가 덧붙여 있다.

이러한 비교를 통하여 불쌍한 처지에 놓인 사람들을 더욱 부각시킬 뿐 아니라 그들에 대한 의무를 자연스럽게 부여한다. 여기서 '불쌍한 사람'들에 대한 침투가 이루어진 까닭을 추측할 수 있다. 힘들고 어려운 처지를 구체적으로 그려냄으로써 다른 사람을 돕는 왕자의 행위가 개연성을 갖게 된다. 그리고 제비에게도 도와야 하는 동기를 부여한다. 처음에는 왕자의 부탁을 거절했지만 조금씩 변화해 가는 제비의 모습을 보여 주는 중요한 역할을 한다.

 "또 어디는 가니까 아들 없는 노인이 살이 드러나는 찢어진 홑옷을 입고 벌벌 떨면서 남의 집 쓰레기통을 뒤지는 이도 있었습니다."와 같이 원작과 저본에 없는 문장을 첨가하여 불쌍한 처지를 더욱 강조하는데 이런 상황을 눈으로 확인한 제비는 왕자의 부탁을 "싫단 말 아니하고" 들어주게 된다.

 성냥을 파는 여자아이에게 자신의 눈을 갖다 주라고 하면서 왕자는 "이제는 더 줄 것도 없으니까"라고 말한다. 이때 마지막 남은 것까지 나누고자 하는 왕자의 마음이 잘 드러난다. 이 구절 역시 방정환이 첨가한 문장으로 원작과 저본에 나온 '불쌍한 일'을 '침투'한 이유가 직접적으로 제시되어 있다. 자신을 희생하며 어려운 처지의 사람들을 돕는 왕자와 그를 통해 변화하는 제비를 통해 방정환은 원작 또는 저본을 '감화의 텍스트로서' 이해하고 있었음을 확인할 수 있다. 그러나 이러한 침투가 저본의 내용에 두세 문장 또는 한 구절 등을 첨가하여 이루어지고 있다는 사실은 주목할 만하다. 원작을 최대한 보존하면서 최소의 침투로 자신의 해석을 관철시키는 전략을 활용하고 있기 때문이다.

 「털보장사」에서는 특히 계절의 이미지에 '침입'하고 이를 '공격'하는 양상을 보인다. 원작 오스카 와일드의 「이기적인 거인」은 겨울과 봄이라는 계절의 상징성이 두드러지게 나타난다. 동시에 기독교적 색채가 강한 작품이기도 하다.

방정환이 주요 저본으로 삼은 것으로 보이는 쿠스야마 마사오 번역에서도 이를 유지하면서 원작을 충실하게 반영하고 있다. 방정환도 「왕자와 제비」 번역과 비교하여 큰 변형 없이 저본의 내용을 옮기고 있는 것처럼 보이지만 세부적으로 분석했을 때는 분명한 차이, 방정환의 개성이 나타난다.

먼저 '털보장사'라는 제목을 보았을 때는 저본의 제목 '자기만 아는 거인'과 '자기만 아는 산남자'와 차이를 보인다. 이러한 제목에는 방정환이 고수했던 창작 전략이 나타나 있다. 번역 작품을 포함한 방정환의 작품들을 살펴보면 대체로 객관적인 제목을 쓰고 있음을 알 수 있다. '금시계', '호수의 여왕' 등과 같이 주요 소재와 인물이 제목인 경우가 많다. 작품의 주제가 드러나는 제목은 지양했던 것으로 추측되는데, 이는 방정환이 작품 제목을 짓는 특징 중 하나인 것이다.

이 외에는 저본의 내용을 구체적으로 설명함으로써 강화하는 특징이 나타난다. 즉 원작 또는 저본의 기본 서사를 벗어나지는 않는 것이다. 그러나 계절, 특히 봄의 이미지를 추출해내고 있음이 작품 전반에서 드러난다. 세상에는 봄이 왔지만 털보장사의 동산은 아직 겨울인 상황을 묘사할 때 저본에는 없는 새로운 문장이 들어간다. "술이 얼근하게 취한 것 같이 세상이 모두 봄에 취하였습니다."라는 문장은 방정환이 새롭게 만든 것이다.

쿠스야마 마사오 (1919)	방정환 (1922)
대응 문장 없음	"이 집은 어째 이때껏 봄이 아니 왔느냐?" 하고는, "여기야말로 우리 세상이로구나."(326쪽)
거인이 침상 속에서 눈을 뜨고 있자 뭔가 부드러운 음악이 들려왔습니다.(118쪽)	어느 때나 봄이 와 볼는지……, 화로 옆을 떠나지 못하고 춥게만 지내는 털보가 자리 속에서 눈을 떠 보니까, 무엇인지 모르겠으나 어디서인지 보드랍고 가는 음악 소리가

	들렸습니다.(327~328쪽)
그것은 정말로 사랑스런 풍경이었는데 단 하나 한쪽 구석에 아직 겨울이 남아있었습니다.(120쪽)	봄철의 아름다운 것들이 일시에 모여서 그야말로 사랑스럽고 어여쁜 경치였습니다. 그러나, 다만 한 가지 저편 한 구석에 아직도 봄이 오지 아니하고, 겨울이 남아 있는 곳이 있었습니다.(329쪽) * 밑줄은 인용자 주

방정환의 창작에서는 특유의 모티프가 지속적으로 반복되는데 봄도 그중 하나다. 1920년『개벽』에 실렸던 소설「유범」의 일부였으나 일제의 검열로 삭제되었던 시「모두가 봄이다」와「사월 그믐날 밤」등이 대표적인 예이다. '봄'은 당시 광복을 비유하는 의미로 많이 쓰였다. 또한 방정환에게 '봄'은 나와 너의 구분 없이 우리 모두가 행복하게 함께 살아가는 사회를 뜻하기도 했다. 그런 점에서 종교적 상징성을 띠고 있는 원작과 저본의 '봄'을 자신이 꿈꾸는 이상향으로서 이해하고 있는 것이다. 봄과 함께 방정환의 이상향을 더욱 구체적으로 보여 주는 것은 동네와 동네 사람들이다.

쿠스야마 마사오 (1919)	방정환 (1922)
대응 문장 없음	눈이 부시게까지 아름답고 찬란한 꽃밭이 먼 곳에서까지 보게 되어, 온 동네가 다 이 꽃향기를 맡게 되었습니다. 그리고, 동리가 전보다 더 훌륭하여졌습니다.(330쪽)
그리고 나서 점심 경 마을 사람들이 시장에 갈 때에 들여다보니 거인은 어린이들과 하나가 되어 본적도 알지도 못하는 아름다운 화원에서 재미나게 놀고 있었습니다.(121쪽)	그 후부터는 동네 사람들과도 털보는 친하여지고, 낮에는 장에 갔다 오는 사람들이 그 동리를 지나다 보면 언제든지 털보 장사는 많은 귀여운 어린이들과 함께 섞여서 이상하게도 찬란한 꽃밭에서 놀고 있었습니다.(330쪽)

털보장사가 담을 헐어 버리고 아이들이 놀게 하자, 동네에도 변화가 일어난다. 털보장사 동산에 있는 꽃밭을 멀리서도 볼 수 있게 되고 꽃향기를 맡게 되었기 때문에 동네가 더 훌륭해졌다는 서술은 저본에 없는 내용이다. 저본에서 동네 사람들은 어린아이들과 즐겁게 지내는 거인의 변화를 제3자의 시선으로 보여 주는 목격자의 역할을 한다. 방정환 번역에서는 이와 달리 동네 사람들도 털보 장사와 친해지게 된다. 이는 털보장사의 변화를 더욱 잘 보여 주는 예가 되기도 하지만, 동네 사람들에게 비중을 부여하려고 했던 의도를 읽을 수 있다. 좋은 사람과 나쁜 사람의 구분 없이 모두가 '봄' 속에서 함께하는 세상이 오기를 바라는 희망이 담겨 있다.

3) 자국화와 이국화에 담긴 의도

결합은 출발 텍스트 속에서 번역자에게 탈취된 그 '무엇'이 도착어 텍스트로 들어오는 과정과 관계된다. 이는 이국화와 자국화 전략으로 제시된다. 「왕자와 제비」는 주로 자국화 전략이 적용되었다. 이집트라는 명칭은 남쪽나라로 바꾸었고 이집트와 관련된 내용들은 거의 삭제되었다. 사이토 사지로 번역에서 화려하고 이국적인 이집트에 대한 설명이 빠지지 않고 번역된 것과는 차이가 나는 것이다. 왕자의 동상을 설명할 때 나오는 사파이어와 루비를 각각 금강석과 진주로 표현한 것도 대표적인 자국화의 예이다. 이외에도 용광로를 풀무간 도가니로 바꾼 것도 자국화의 예로 들 수 있다.

그러나 「털보장사」에서는 다른 양상을 보인다. 먼저 '콘놀'이라는 마귀의 이름을 통해서는 이국화를 확인할 수 있다. 그러나 커다란 하얀 윗도리를 큰 두루마기로 바꾸는 데서는 자국화가 나타난다.

쿠스야마 마사오	방정환
거인은 친구인 마귀 콘월이 있는 곳에 놀러 갔다가 7년이나 그곳에서 묵었던 것입니다.(115쪽)	털보는 그 동무 콘놀이라는 마귀의 집에 놀러 가서(324쪽)
이렇게 말하며 의기양양한 얼굴을 하고는 눈은 그 커다란 하얀 윗도리를 잔디 가득 펼쳐놓고, 서리는 나무라고 하는 나무를 은색으로 도배하고 말았습니다.(117쪽)	서로 수군대면서 저희의 판을 차리고, 눈은 그 큰 두루마기로 잔디밭을 덮고 드러눕고, 서리는 나무란 나무엔 모두 하얗게 은색으로 뒤발라 버렸습니다.(326쪽)

　이런 점들을 고려했을 때 방정환의 번역에서 자국화 경향이 크고, 이를 통해 민족주의 성격을 드러내려고 했다는 기존의 의견들을 재고해볼 수 있다. 그의 자국화 번역은 아동들의 이해를 돕기 위한 측면이 컸을 수 있기 때문이다. 그렇기 때문에 아동이 이해할 수 있는 표현이라면 굳이 자국화를 선택하지 않았던 것이다.

　또한 방정환이 자국화와 이국화를 선택하는 데 있어서 텍스트의 특성 역시 고려한 것으로 보인다. 「왕자와 제비」의 원작은 '구체성'을 띠는 텍스트다. 루비, 사파이어, 이집트와 같이 화려하고 이국적인 소재는 세속을 대신한다. 이를 효율적으로 전달하기 위하여 자국화 중심의 번역을 선택했다.

　이와 달리 「털보장사」의 원작 「이기적인 거인」에서는 아이와 거인, 봄과 겨울이 갖는 상징성이 두드러진다. 추상적이며 일반적 표현들이 많기 때문에 자국화 번역이 상대적으로 적은 것이다. 이와 같이 방정환은 일률적으로 자국화나 이국화 전략을 정해 적용하기보다 자신이 '이해'한 것을 더욱 잘 전달해줄 수 있는 전략을 선택했다고 할 수 있다.

4) 기독교 사회주의라는 내재된 가치의 조명

보상의 단계는 상호성 또는 복원으로 설명된다. 번역됨으로써 겪는 상실과 파괴에 대한 보상이기도 하다. 이는 '동등성의 요구'를 통해 이루어진다. 방정환의 「왕자와 제비」와 「털보장사」는 오스카 와일드의 원작과 저본인 사이토 사지로, 쿠스야마 마사오의 번역과는 다른 방정환의 '이해'를 담고 있다. 그럼으로써 이 두 작품들은 "대상을 비추는 것에 그치지 않고 스스로 빛을 내는 거울"[14]이 된다. 이는 원작과 저본에 '침투'하고 '탈취'함으로써 가능했으며, "텍스트 속에 침입하여 채굴하고 뒤에 상처만 남은 절개 광산을 남긴 채 그것을 가지고 돌아온"[15] 것이다. 원작과 번역 작품 사이의 '불균형'이라 할 수 있다.

이에 대한 보상은 원작의 훌륭한 점이 더욱 부각되거나, 번역을 통해 원작의 본질적 요소와 잠재적 가능성들이 발휘된 것 등으로 실현된다. "번역할 만한 가치가 있다고 판단되는 순간 그것은 중요성과 위엄을 지니게 되며 후에 다른 문화로 전이됨으로써 확대되고 확장"[16]되는 것이기도 하다.

"대상 텍스트의 자율적인 삶을 보존하고 증대시키면서도 그것을 낚아채는 순간, 다시 말해 완벽한 해석에 도달하는 순간이야말로 바로 '독창적인 반복'"[17]이라는 설명과 같이 방정환은 감화라는 메시지를 '낚아챔'으로써 '독창적 반복'을 시도하고 있다. 이때 '낚아챈다'에는 원작 또는 저본의 주제 등을 포착하여 번역자의 방식으로 이해한다는 의미가 포

---

14 George Steiner, *After Babel :aspects of language and translation*, Oxford University Press, 1998, 317쪽.
15 신정아, 「소통과 번역—조지 스타이너의 『바벨 이후』를 중심으로」, 『프랑스학연구』 46호, 프랑스학회, 2008, 246쪽.
16 신정아, 위의 글, 247쪽.
17 신정아, 위의 글, 244쪽.

함되어 있다.

　방정환은「왕자와 제비」와「털보장사」에서 모두 함께 행복하게 사는 세상을 제시한다. 전술한 바와 같이는 이는 방정환이 이해한 감화의 결과이다. 이때 오스카 와일드의 원작「행복한 왕자」와「이기적인 거인」은 작품에 내재해 있었던 '기독교 사회주의'라는 의의가 더욱 뚜렷하게 드러난다. 이순구는 오스카 와일드는 사회주의자였으나 그리스도의 가르침이 그 중심축이 되고 있고 그리스도적인 개인의 고통과 희생 대신 집단 내에서 향유되는 기쁨을 강조했다고 평한다.[18]

　오스카 와일드의 두 작품,「행복한 왕자」와「이기적인 거인」은 방정환 번역을 통해 '불쌍한 사람'과 '봄'을 '탈취'당한다. 그러나 이러한 탈취는 남아 있는 요소들에 집중하게 하면서 작품의 본질적 의미를 부각시킨다. 두 작품은 타인을 위한 희생과 나눔을 전하는 주제로 이해하는 경우가 많다. 분명 표면적으로는 그런 측면이 존재한다. 하지만 좀 더 자세히 들여다 보면, 왕자와 제비, 거인 모두 자신만의 기쁨을 향유하고 있다는 사실을 발견할 수 있다.

　왕자가 불쌍한 이들을 돕는 이유는 도시의 추악함과 비참함을 보면서 흘리는 자신의 눈물 때문이다. 제목 '행복한 왕자' 역시 어려운 처지에 놓인 이들을 도와줌으로 해서 갖게 되는 왕자의 '행복'을 강조하고 있다. 제비가 다른 사람들에게 보석을 가져다 주고, 추운 겨울에도 왕자 곁을 떠나지 않는 까닭 역시 "왕자를 깊이 사랑하게 되었"기 때문이다.

　사람들이 자신을 도와준 왕자와 제비의 존재를 모르도록 설정한 것 역시 이타주의적 행위에 초점을 맞추지 않았음을 보여 준다. 제비가 보석들을 가져다 주었을 때 엄마와 아이는 잠들어 있었으며, 작가는 자신

---

18 이순구,「『행복한 왕자 외』와『석류나무 집』: 와일드의 기독교 사회주의」,『근대영미소설』제
18권 제3호, 한국근대영미소설학회, 2011, 175쪽.

의 숭배자가 가져다 준 것으로 생각한다. 성냥팔이 소녀는 제비가 손바닥에 떨어뜨린 사파이어를 보고, 예쁜 유리 조각으로 생각하며 좋아한다. 자신을 도와 준 사람이 누구인지 궁금해하거나 감사해하지 않는다. 이는 사회주의를 지향하던 오스카 와일드의 신념이 바탕이 된 것이다.

"사회주의가 세워지면 남을 위해 살아야 한다는 야비한 숙명"[19]에서 벗어날 수 있다고 믿었다. 그에게 이타주의는 가난이라는 문제를 더 심화시킬 뿐이었다. 오스카 와일드는 "삶이 완전이라는 최상의 상태로 온전하게 발전하기 위해서 필요한 것"[20]을 개인주의라고 보았다. 사유재산은 개인주의를 저해한다고 보았는데 「이기적인 거인」은 사유재산을 포기함으로써 얻는 기쁨을 상징적으로 그려내고 있다.

처음에 거인은 "내 정원은 내 정원이야."라고 단호하게 말한다. 그리고 "누구나 다 아는 일이 아닌가. 나 말고는 아무도 여기서 놀 수 없게 하겠어."라고 말하며 높은 담장을 세우고 '무단 침입 엄금'이라는 경고문을 붙인다. '사유재산'의 개념을 간결하면서도 명확히 보여 주고 있는 것이다. 오스카 와일드는 사유 재산으로 인해 잘못된 길에 들어서거나, 굶주림에 지쳐서 진정한 개인이 될 수 없다고 주장한다. 「이기적인 거인」의 거인도 마찬가지다. 봄이 왔지만 거인의 정원은 여전히 추운 겨울이다. 자신만의 정원이지만, 그 정원은 황량하기만 할 뿐이다.

커다란 도끼로 담장을 찍어 넘어뜨리고 정원을 아이들과 공유했을 때 정원에는 봄이 찾아온다. 그리고 거인도 아름다운 정원에서 아이들과 함께하면서 진정한 기쁨을 누린다. 이러한 개인의 기쁨이야말로 오스카 와일드가 지향하던 목표이다. 개인의 기쁨과 즐거움, 행복은 바로 천국으로 나타난다. 이때 천국은 타인을 위한 희생 때문이 아닌 '진정한 개

---

19 오스카 와일드, 서의윤 옮김, 『오스카 와일드 미학 강의: 사회주의에서의 인간의 영혼』, 좁쌀한알, 2018, 9쪽.
20 오스카 와일드, 서의윤 옮김, 위의 책, 13쪽.

인주의'의 발현으로 이르게 되는 보상의 공간이라 할 수 있다. 오스카 와일드는 사회주의를 통해 개인주의를 이끌어낼 수 있다고 생각했다.

이와 같이 「행복한 왕자」와 「이기적인 거인」은 오스카 와일드의 기독교 사회주의가 바탕이 된 작품이다. 방정환이 번역한 「왕자와 제비」와 「털보장사」가 '연대'를 강조한 것과는 지향점이 다르다. 그러나 「왕자와 제비」와 「털보장사」에 나타난 '함께하는 삶'은 역설적으로 원작 「행복한 왕자」와 「이기적인 거인」에 내재되어 있는 기독교적 사회주의를 주목하게 한다. 원작에서 탈취한 것과 원작의 상실감을 보상하는 것이다. 이로써 「왕자와 제비」와 「털보장사」는 조지 스타이너가 설명했던 것처럼 "대상을 비추는 것에 그치지 않고 스스로 빛을 내는 거울"이 되는 동시에 원작에 내재된 본질적 가치를 조명한다.

4. '독창적 반복'의 의의

이 글에서는 해석학적 운동 4단계를 바탕으로 방정환의 번역동화 「왕자와 제비」와 「털보장사」를 분석하였다. 텍스트에 대한 신뢰, 침입과 추출, 결합, 보상의 단계로 나누어 살펴보았다. 이는 방정환의 번역 과정을 경험하는 작업이기도 하다. 스타이너의 설명처럼 해석학적 운동은 이론이 아닌 과정의 이야기이기 때문이다.

번역가가 번역 대상을 선택하게 된 이유를 살펴보고 원작의 어떤 지점에 집중했으며 실제로 이를 어떤 방식으로 옮겼는지, 그리고 마지막으로 그 결과 어떤 번역작품을 만들어냈는지 그 일련의 흐름을 마치 번역가의 입장이 된 것처럼 경험하게 된다.

해석학적 운동의 가장 중요한 의의는 '황폐해진' 원작을 다시금 조명하게 된다는 것이다. 역설적으로 황폐해졌기 때문에 이러한 조명은 가능하다. 방정환의「왕자와 제비」에서 마을 사람들이 왕자와 제비의 동상을 세우고 행복하게 지내는 결말은 왕자와 제비가 천국으로 가서, 하느님을 찬양하는 것으로 끝나는 원작 또는 저본의 내용을 다시금 조명한다. 그리고 방정환 번역은 원작 또는 저본과는 다른 결말로 보이지만 각자가 추구하는 이상향이라는 공통점을 갖고 있다. 이와 같이 원작 또는 저본과 번역 작품은 각자의 개성을 보유하면서도 '균형'을 이루게 된다. 방정환의 번역 '과정'을 간략하게 요약하면 다음과 같다.

먼저 신뢰의 단계에서 방정환은 어린이를 대상으로 한 매체에 주목하였다. 아동문예잡지『킨노후네』와 세계어린이문학고전『신역회입모범가정문고』에 각각 수록된 작품들을 저본으로 하여 각각「왕자와 제비」와「털보장사」로 번역한 것으로 보인다. 이와 더불어 밝고 귀여운 모습의 어린이를 주로 그린 오카모토 키이치라는 삽화가 역시 신뢰의 근거가 되었다.

번역이 시작되면 원작에 대한 공격이 일어난다. 대표적인 경우들을 살펴보면「왕자와 제비」에서는 원작에 나온 '불쌍한 일'을 '침탈'하여 더욱 생생하게 묘사하며 강조한다. 이로 인해 왕자와 제비의 희생은 당위성을 갖게 된다.「털보장사」에서는 '봄'에 대한 침탈이 두드러진다. 원작에서의 봄은 이기적이었던 거인이 아이들에게 마음을 열게 되는 변화를 상징적으로 보여 주는 역할을 한다. 방정환은 이를 모두가 행복하게 사는 이상향으로 이해한다.

결합 단계에서는 두 작품이 각각 다른 양상을 보인다.「왕자와 제비」에서는 자국화,「털보장사」에서는 자국화와 이국화 경향성이 모두 나타났다. 이는 방정환이 작품의 특성에 따라 자국화와 이국화 전략을 유연하게 적용했던 데서 기인한다. 번역을 단순히 문자를 옮기는 것이 아니라 이해하는 것으로 인식했기 때문이다.

마지막 상호성, 복원의 단계에서는 훼손된 원작에 대한 보상이 이루어진다. 「왕자와 제비」와 「털보장사」를 번역하는 과정에서 훼손된 원작에 대한 보상이 이루어진다. 이는 원작 「행복한 왕자」와 「이기적인 거인」의 본질적 가치, 기독교 사회주의를 조명하는 것으로 나타난다.

특히 오스카 와일드의 「행복한 왕자」는 방정환, 주작인, 사이토 사지로와 같은 당시 한국과 중국, 일본의 대표적인 아동문학가를 통해 번역된 작품이기도 했다. 그러나 방정환만큼 자신의 개성을 드러낸 경우는 드물었다. 방정환은 충실성과 가독성이라는 정형화된 번역방식에서 벗어나 '이해'한 것을 옮기는 제3의 방법을 선택한 것이다. 이로써 원작의 주제를 보존하면서 자신의 '이야기'를 전달하는 것이 가능했다.

방정환의 번역은 스타이너가 주장한 '이해하는 것이 번역'이라는 견해에 부합하는 측면이 강하다. 자신의 이해를 바탕으로, 즉 '~로서' 해석한 '독창적 반복'이 이루어진 것이다. 이를 통해 방정환은 오스카 와일드의 작품 「행복한 왕자」와 「이기적인 거인」을 당시 조선의 어린이들에게 전해주면서 이와 동시에 방정환이 꿈꾸던 세상, '모두가 함께 행복하게 사는 사회'라는 이상향과 이를 위해서 필요한 나눔과 희생이라는 가치의 소중함 역시 알려 주고 있다.

향후 방정환의 다른 작품을 통해 그의 '독창적 반복'으로서의 번역이 지속적으로 논의될 필요가 크다. 방정환 번역 동화의 특성을 밝히는 것과 동시에 그의 창작 세계에 대한 단서를 찾을 수 있기 때문이다. 이 '독창적 반복'은 원작, 더 나아가 이 세계에 대한 이해를 토대로 한다. 따라서 방정환 동화 번역과 창작의 연결고리를 찾을 수 있을 것으로 기대된다.

참고문헌

1. 기본 자료

오스카 와일드, 혼마 히사오 옮김, 『석류의 집:와일드 동화집』, 春陽堂, 1916.

오스카 와일드 외, 쿠스야마 마사오 옮김, 『세계동화보옥집』, 冨山房, 1919.

오스카 와일드, 사이토 사지로 옮김, 킨노후네(金の船) 5월호, 越山堂, 1920.

오스카 와일드, 방정환 옮김, 『개벽』 제29호, 개벽사, 1922.

오스카 와일드, 최애리 옮김, 『오스카 와일드, 아홉 가지 이야기』, 열린책들, 2016.

2. 논문 및 단행본

김미정·임재택, 「소파 방정환에 의해 재창조된 번안동화의 작품세계―『사랑의 선물』
    을 중심으로」, 『어린이 문학교육 연구』 제11권 2호, 한국어린이문학교육학회.

김영순, 「『어린이』지와 일본 아동문예잡지에 표상된 동심 이미지 고찰」, 『현대문학의
    연구』 62권, 한국문학연구학회, 2017.

김지영, 「方定煥と翻訳童話「王子と燕」」, 『比較文學』 54, 日本比較文學, 2012.

방정환, 『개벽』 제1권 1호, 개벽사, 1920.

_____, 『어린이』 제2권 5호, 개벽사, 1924.

박종진, 「왕자와 제비에 나타난 방정환의 내러티브―번역과 서사 변형의 특징」, 『한
    국아동문학연구』 제30집, 한국아동문학학회, 2016.

_____, 「방정환 번역작품 연구―귀먹은 집오리와 불노리를 중심으로」, 『한국근대문
    학연구』 제18권 제1호, 한국근대문학회, 2017.

심지섭, 「'연애(Love)'로 읽는 방정환의 번안동화집 『사랑의 선물』」, 『방정환과 색동
    회의 시대' 자료집』, 인하대 한국학연구소, 2019.

신정아, 「소통과 번역―조지 스타이너의 『바벨 이후』를 중심으로」, 『프랑스학연구』
    46호, 프랑스학회, 2008.

오스카 와일드, 서의윤 옮김, 『오스카 와일드 미학 강의: 사회주의에서의 인간의 영
    혼』, 좁쌀한알, 2018.

여오소, 「방정환과 저우쭤런의 아동문학 번역 비교 연구―『사랑의 선물』과 『물방울』
    을 중심으로」, 성균관대 석사학위논문, 2020.

염희경, 『소파 방정환과 근대 아동문학』, 경진출판, 2014.

이미정, 「방정환 번역의 '굴절'과 스코포스―「왕자와 제비」를 중심으로」, 『한국근대문학연구』 제22권 2호, 한국근대문학회, 2021.

이순구, 「『행복한 왕자 외』와 『석류나무 집』: 와일드의 기독교 사회주의」, 『근대영미소설』, 한국근대영미소설학회, 2011.

이재복, 『우리 동화 이야기』, 우리교육, 2004.

이석철, 「조지 스타이너의 해석학으로 본 역자 주체성: 중국어 성어를 중심으로」, 『현대사회와다문화』 9집 1호, 대구대학교 다문화사회정책연구소, 2019.

이정현, 「方定煥の譯童話と『新譯繪入模範家庭文庫』」, 『일본근대학연구』 제16집, 한국일본근대학회, 2007.

_____, 「方定煥の飜譯童話研究―『サランエソンムル(사랑의 선물)』を中心に」, 大阪大學 大學院 博士學位論文, 2008.

이향·윤성우, 『번역학과 번역철학』, 한국외국어대학교출판부, 2013.

한국방정환재단 엮음, 『정본 방정환 전집 1』, 창비, 2019.

George Steiner, *After Babel:aspects of language and translation*, Oxford University Press, 1998.

「한네레의 죽음」에 투영된 작품 세계 탐구

김영순

1. 들어가며

「한네레의 죽음」은 방정환의 『사랑의 선물』(1922) 열 편 중 다섯 번째에 수록된 작품으로 독일의 게르하르트 하웁트만(1862~1946, Gerhart Hauptmann)의 동화극 「한넬레의 승천(Hanneles Himmelfahrt)」(1893)이 원작이다.

이정현은 『사랑의 선물』의 저본을 추적하고 밝힌 박사논문[1]에서 방정환의 「한네레의 죽음」이 미즈타니 마사루(水谷勝)가 번역한 「ハンネレの昇天(한네레의 승천)」(『世界童話寶玉集』(1919) 수록)과 동일한 삽화, 극 형태가 아닌 동화라고 하는 동일한 번역 형태 등을 근거로 저본으로 확정하였다.[2]

---

1 李姃炫, 「方定煥の翻訳童話研究—『サランエソンムル(사랑의 선물)』を中心に」, 大阪大学大学院言語文化研究科博士学位論文, 2008.3.
2 李姃炫, 위의 글, 102쪽.

필자는 여기에 더해 근대 한국 아동문학에 영향을 끼친 오가와 미메이(1882~1961, 小川未明)의 「ハンネレの昇天(한네레의 승천)」(『世界童話五年生』(1961) 수록) 등과의 비교 분석을 통해 '학대', '환영', '환청', '그리움' 등을 키워드로 심리학적 방법론을 대입하여 방정환의 「한네레의 죽음」에 투영된 작품 세계의 특징과 의미를 살펴보고자 한다.

2. 원작과 일본어 저본 특징

원작자 게르하르트 하웁트만의 일본으로의 수용은 메이지시대부터이며 극작가로서 이름을 알렸다.[3] 독문학자 스즈키 마사후미(鈴木将史)에 따르면 "독일 자연주의 문학운동의 불쏘시개 역할을 한 게르하르트 하웁트만은 일본에서는 그 화려한 데뷔와 당시의 왕성한 유입 상황으로 보면 자칫 좋게 말하면 국민적 자연주의문학자, 나쁘게 말하면 자연주의적 유행작가의 느낌"[4]을 일본에 심어주었다며, 하웁트만의 작품 특징을 '기독교 또는 이교적 신비 모티프, 꿈 모티프, 에로스 모티프' 등 크게 3개의 모티프로 정리하면서 「한네레의 승천」의 특징을 다음과 같이 분석한다.

그가 자연주의 작품으로 데뷔한 것처럼 그 초기 작품군 속에 자연주의적 모티프가 집중하고 후에는 「한네레의 승천」처럼 무대설정은 페시미스트적인 빈민굴이라고 하는 분명한 자연주의적 설정임에도 불구하고 테마는 꿈속에서 한네레가 천국으로 승천하는 신비적인 작품도 탄생시킨다. 꿈 모티프도 작품의 테마와 상관없이 희곡의 줄거리를 전개해가면서 청량제로서 빈번하게 이용되

---

3 李姬炫, 위의 글, 102쪽.
4 鈴木将史, 「ハウプトマン『エルガ』分析」, 独語独文学科研究年報 12, 1986.1, 57쪽.

『世界童話寶玉集』(1919) 표지

기 때문에 하웁트만에게 있어서는 자연주의적 모티프와 꿈 모티프는 오히려 창작방법이라고 생각하여도 좋을 듯하다.[5]

하웁트만의 특성이 잘 담겨진 후기 작품에 해당하는 「한네레의 승천」은 1913년에 오사나이 가오루의 번역에 의해 원작이 지닌 극의 형태 그대로 일본에 처음으로 소개된다.

「한네레의 승천」, 「가련한 하인리히」, 「그리고 피파는 춤춘다!」 모두 그 후의 작품이다. 한네레의 승천은 오사나이 가오루 씨의 명번역으로 널리 각 방면으로 연출되어 저서도 널리 알려져 있지만 뒤의 두 작품은 이번 서적을 위해 특히 정본으로서 번역된 것으로 필경 뒷사람의 추종을 허락하지 않는 번역이란 생각이 든다.[6]

이정현(2008)에 따르면 "일본에서 번역된 이 작품은 하웁트만의 원작이 동화극이기 때문에 대부분이 근대극으로 번역되어 있다. 1914년의 것은 실물이 남아 있지 않아 확인할 수 없지만, 1919년의 미즈타니 번역만이 동화로 번역되어 있다."[7]라며 하웁트만의 동화극이 일본에 처음 번

---

5 鈴木将史, 위의 글, 57쪽.
6 「서문」, 小山內薰, 「ハンネレの昇天」, 吉澤孔三郎, 『世界童話大系 21』, 世界童話大系刊行會, 1916. 11.23, 2쪽.

역된 것은 원작에 가장 가까운 근대극 형태로 번역한 오사나이 가오루(小山内薫)의 「한네레의 승천」(1913)이며, 그 후 극의 형태가 아닌 동화로 번역된 것은 저본으로 확정한 미즈타니 마사루의 번역(1919)이 처음[8]이라고 밝히고 있다.

이정현은 선행연구에서 오사나이 가오루의 근대극 번역본, 미즈타니 마사루의 동화 번역본, 방정환의 동화 번역본을 대조하며 방정환의 「한네레의 죽음」의 특이점으로, 저본인 미즈타니 마사루의 「한네레의 승천」에는 보이지 않는 '언니'의 등장, 기독교적인 부분의 삭제와 개작을 들며, 방정환의 번역본에서는 "그 대신에 엄마와 언니의 환상을 등장시켜 한네레의 가족에 대한 사랑과 슬픔을 한층 강하게 표현하고 있다."[9]고 분석한다.

이정현은 계속해서 "결말 부분도 오사나이 번역과 미즈타니 번역에 비해 방정환 번역은 크게 바뀌어 있다."[10]라며 아래와 같이 밝히고 있다.

　오사나이 번역과 미즈타니 번역의 결말에서는 한네레가 '알 수 없는 이'에 의해 천국으로 인도되는 환상적인 장면이 끝난 후, 의사와 수녀로부터 한네레는 결국 죽음의 세계로 떠나고 말았다고 고하는 장면으로 끝이 난다. 이에 비해 방정환 번역에서는 모두의 노래를 들으면서 엄마와 언니가 있는 곳으로 떠

---

7 李姃炫, 앞의 글, 102쪽.
8 동화 형태로의 첫 번역이 미즈타니 마사루의 번역(1919)인 점은 앞으로 후속 논문 등을 통해 재고될 것으로 보인다. 필자의 제언에 이어 염희경 선생님의 조언과 정선희 선생님의 실물 발굴 조사에 따르면, 1914년의 『美しき空へ(아름다운 하늘로)』(小川未明編, 『美しき空へ』, 博文館, 1914)는 「한넬레의 승천」을 바탕으로 쓰여진 소녀소설로, 극본이 아닌 '동화/소설'이라는 형태를 달리하여 다시 쓰여졌다. 이는 미즈타니 마사루의 번역보다 5년이나 앞선다. 단 필자는 본 논문에서 오가와 미메이 말년에 다시 쓰여진 小川未明, 「ハンネレの昇天」(한네레의 승천), 浜田広介 等編, 『世界童話五年生』(1961)과의 상호텍스트성 연관성에 중점을 두고 비교 분석한다. 참고로, 오가와 미메이가 1961년에 다시 쓴 「ハンネレの昇天」은 1914년의 소년소설 『美しき空へ』를 바탕으로 하고 있음을 알 수 있었다.
9 李姃炫, 앞의 글, 107쪽.
10 李姃炫, 위의 글, 107쪽.

『世界童話五年生』(1961) 표지

낳다고 하는 간결한 결말로 되어 있으며 한네레의 인생이 얼마나 가여웠는지를 강조하여 독자의 깊은 동정을 유도하도록 다시 쓰여져있다.[11]

그러면서 이정현은 "이 작품은 방정환의 다른 번역 작품에 비해 가장 개작이 많이 나타나는 작품이라고 말해도 좋다."[12]고 분석한다.

장정희 · 박종진(2015)은 "한국에서 『한네레의 승천』이라는 하우프트만 동화극을 처음으로 번역 소개하고 실제의 무대 상연으로까지 이끌어낸 인물은 다름 아닌 우리나라 어린이운동의 선구자 소파 방정환이다."[13]라며 동화극에 주목하면서, "아동학대의 문제를 전면에 다룬 「한네레의 죽음」이 가져온 사회적 의미는 결코 적지 않았을 것이다."[14]라고 평가하며 하웁트만의 원작, 미즈타니 마사루의 동화 번역본, 방정환의 동화 번역본을 대조하며 서사의 특징을 분석하고 변개 양상을 밝혔다.

본고는 앞의 두 선행연구의 연속선상에서, 근대극으로 번역한 오사나이 가오루의 번역본(1913)을 「한네레의 승천」의 가장 충실한 번역본으로 보고 이를 바탕으로 원작의 세계관을 살피면서, 방정환의 번역본

---

11 李姃炫, 위의 글, 108쪽.
12 李姃炫, 위의 글, 108쪽.
13 장정희 · 박종진, 「근대 조선의 「한네레의 승천」 수용과 방정환」, 『동화와 번역』 30, 건국대동화와번역연구소, 2015, 216쪽.
14 장정희 · 박종진, 위의 글, 221쪽.

(1922)과 저본인 미즈타니 마사루의 번역본(1919)을 중심으로 대조 비교 분석을 하고, 여기에 새로운 상호텍스트성 작품으로 오가와 미메이의 번역본(『世界童話五年生』(1961) 수록)을 더해 최종적으로는 방정환의 「한네레의 죽음」에 투영된 작품 세계의 특징을 밝히고자 한다.

3. 학대, 환청, 그리움

1) 구체적인 학대 묘사와 환청

원작인 하웁트만의 「한네레의 승천」은 한네레가 의붓아버지의 학대로 삶의 희망을 잃고 죽음에 이르러 "알 수 없는 이"로 등장하는 예수의 축복과 천사들의 안내를 받으며 승천하는 이야기를 담고 있다.

방정환의 「한네레의 죽음」은 크게 1부와 2부 구성으로 되어 있다.[15] 1부와 2부를 통해 한네레는 두 번의 죽음을 맞이한다.[16]

오사나이 가오루가 극본 형태로 번역한 하웁트만의 「한네레의 승천」에서는 도입 부분에서부터 한네레를 학대하는 장면 묘사는 크게 부각되지 않는다. 이에 비해 방정환의 「한네레의 죽음」에서는 의붓아버지의 학대 묘사가 직접적으로 그려진다(가-1). 저본인 미즈타니 마사루의 「한네레의 승천」(1919)과의 비교를 통해 학대 장면에 대해 살펴본다.

---

15 오사나이 가오루의 극본 형태의 번역도 1부와 2부로 되어 있다. 저본인 미즈타니 마사루는 총 5부로 구성하고 있다.

16 1부에서는 엄밀히 말해 자살, 또는 자살 시도이지만 본고에서는 광의의 의미로 '죽음'으로 표현한다.

(가-1, 방정환)

혼자남은 한네레는 사나운 아버지 마테른의 구박을 받아 가며 그날그날을 애닯게 지내었습니다.

(…) 마테른은 술이 몹시 취하여 돌아와서는 무에라고든지 트집을 하여서 어린 한네레를 사정없이 때려 울려서 어느 날이라고 눈물 흘리지 않고 지내는 날이 없었습니다.[17]

(가-2, 미즈타니 마사루)

(…) 항상 혹독한 학대만 받았기 때문에 한네레는 이를 슬퍼하며 친엄마만을 사모하였습니다.[18]

미즈타니 마사루(이후, 미즈타니)가 "항상 혹독한 학대만 받았기 때문에 (いつもひどくいぢめられてばかり)"로 짧게 상황 묘사(가-2)를 하고 있는 것에 비해 방정환은 "한네레를 사정없이 때려 울려서"로 구체적인 행동 묘사가 더해져 있다. 미즈타니는 이 장면 뒤에 삶을 비관한 한네레가 호수로 뛰어드는 장면을 그리고 있고, 방정환은 자신의 저녁식사를 병든 나그네에게 주었다는 사실을 안 의붓아버지가 악에 받쳐 한네레를 학대하는 장면을 묘사한다.

(가-3, 방정환)

(…) "무얼 어째?" 하고 벌떡 일어나 허리를 굽히더니 발발 떨고 섰는 한네레의 어린 뺨을 불이 나도록 때렸습니다. 가련한 한네레는 소리도 못 지르고 폭 고꾸라졌습니다. "무슨 일로 주었으며, 그 나그네가 누구냐."하면서 발길로 차

---

17 방정환, 「한네레의 죽음」, 한국방정환재단 엮음, 『정본 방정환 전집1: 동화·동요·동시·시·동극』, 창비, 2019, 79~80쪽.
18 水谷勝, 「ハンネレの昇天」, 楠山正雄, 『世界童話寶玉集』, 富山房, 1919.12.26, 403쪽.

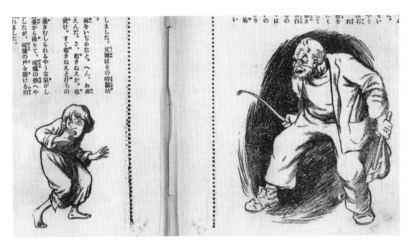

『世界童話寶玉集』(1919) 학대 장면 삽화(오카모토 키이치)

다 못하여 길다란 나무때기로 다리, 어깨, 등, 허리, 머리까지 두들겼습니다.

참다 참다 못하여 소리쳐 울었습니다. 아픈 곳에 손을 내어밀면 무정하게도 손등까지 휘갈겨서 어리고 연한 손가락에서 붉은 피가 주르르 흘렀습니다. 어데 아니 아픈 데가 없이 전신이 물에 젖은 솜같이 되어 늘어져서 가늘고 쇠진한 소리로, "에그머니이, 에그 어머니이!"하며 울었습니다. 눈물이 비 오듯 자꾸 쏟아졌습니다. (……)

아무리 울면서 애걸을 하여도 듣지 아니하고 나중에는 와락 달겨들어 신발까지 벗기고 버선까지 빼앗고 문밖으로 내쫓았습니다.[19]

인용문(가-3, 방정환) 중 "발길로 차다 못하여 길다란 나무때기로 다리, 어깨, 등, 허리, 머리까지 두들겼습니다"에서 알 수 있듯이 학대하는 모습이 적나라하게 묘사된다.

「한네레의 죽음」에서 한네레는 자살을 시도한다. 한네레가 연못 속으

---

19 방정환, 「한네레의 죽음」, 앞의 책, 82쪽.

『世界童話五年生』(1961) 학대 장면 삽화

로 뛰어들 때 방정환의 한 네레는 '어여쁜 여자'가 부르는 '천당의 노래'를 듣고, 미즈타니는 원작과 마찬가지로 '예수님의 목소리'에 이끌려 자살을 하게 된다. 이끄는 대상자는 각각 다르지만 방정환도 미즈타니도 '환청'의 이끌림을 받아 연못 속으로 뛰어드는데, 한네레를 이끄는 장소는 표상적으로는 '연못'이지만 한네레에게는 그곳이 '천당', 천국으로 상징된다. 한네레는 일종의 정신의학에서 말하는 '외상 후 스트레스 장애(post-traumatic stress disorder: PTSD)'상태로 말할 수 있다. 'PTSD'는 트라우마의 기억에 의한 것으로[20] 학대 등이 원인이 되어 일어난다. 주디스 허먼은 저서 『트라우마』에서 아동기 학대 생존자들의 증언을 바탕으로 "초기 어린 시절의 심각하고 지속적인 학대라는 극단적 상황아래"[21]에 처하면 "환각이나 '신들린 상태'를 유발하는 법을 학습한다."[22]라고 말한다. 한네레가 발 딛고 살아가는 지금 여기라는 지옥 같은 현장이 환청을 불러일으키는 하나의 요인이 되고 있음을 알 수 있다.

---

20 아스카이 노조무(飛鳥井 望), 「エビデンスに基づいたPTSDの治療法」, 精神経誌, 110권 3호 2008년, 245쪽.
21 주디스 허먼 지음, 최현정 옮김, 『트라우마 가정 폭력에서 정치적 테러까지』, 플래닛, 2007, 179쪽.
22 주디스 허먼, 위의 책.

이에 반해 오가와 미메이의 「한네레의 승천」(1961)은 엄마가 학대를 당하는 장면이 구체적으로 묘사되어 있는 것이 특징이다. 엄마의 죽음 이후 의붓아버지의 학대는 엄마에게서 한네레로 이어진다. 그렇기 때문에 오가와 미메이의 작품에서 한네레가 연못으로 뛰어드는 이유는 자신도 죽으면 엄마가 있는 극락에 갈 수 있다는 희망 때문이다. 따라서 오가와 미메이의 한네레는 "부디 신이시여, 저를 엄마 곁으로 데려가 주세요."[23]라고 빌며 연못 속으로 뛰어들고 있어 환청의 이끌림보다는 엄마에 대한 그리움이 부각되며 스스로 죽음을 선택한다.

2) 엄마와 언니에 대한 그리움

한네레가 연못으로 뛰어든 것은 의붓아버지에 의한 학대가 가장 큰 이유이지만 오가와 미메이의 작품에서 살펴보았듯이 육친에 대한 그리움 또한 작용하고 있다.[24] 아래는 한네레가 의붓아버지에게 쫓겨나 정처 없이 걸음을 옮기다가 연못에 뛰어들어 자살하는 장면(나-1, 방정환)과, 집에 혼자 있던 한네레가 외로움과 무서움에 정처 없이 밖으로 뛰쳐나와 예수님의 목소리의 이끌림으로 자살에 이르는 장면(나-2, 미즈타니)이다.

(나-1, 방정환)

이때까지 그 구박을 맞으면서도 살아오기는 어린 생각에도 어머니는 영영 돌아가셨거니와 언니는 살아 있으니 어느 때든지 만나서 정답게 살 수가 있으려니 하는 소원이 있는 까닭이었습니다.(…)

그러나 아무 데로나 자꾸 갈밖에 없었습니다. 자꾸자꾸 가면, 그리운 그리운

---

23 小川未明, 「ハンネレの昇天」, 浜田広介, 『世界童話五年生』, 1961.9.30, 12쪽.
24 이 부분에서 하웁트만의 원작에서도 어머니에 대한 그리움이 표현되어 있다.

언니를 만날 수 있겠지 생각하였습니다. 작고 연한 어린 맨발로 하얗게 쌓인 눈을 바삭바삭 밟으면서 어덴지 모르고 눈 위로 자꾸 걸었습니다. 어머니 생각, 언니 생각에 눈물은 자꾸 흘렀습니다.(…)

　슬프고 아프고 한 이 세상을 떠나서 천당에 가서 어머님도 뵈옵고, 어머님 옆에서 따뜻하게 살고 싶어서 어린 생명이 죽은 것이었습니다.[25]

(나-2, 미즈타니)

　한네레는 오로지 홀로 집을 보고 있었습니다. 하지만 외로웠을 뿐만 아니라 무서워서 집에 있을 수가 없게 되었습니다. (…) 서글픈 이 세상에서 벗어나 천국에 계시는 엄마 곁으로 가고 싶었던 것입니다.[26]

　방정환, 미즈타니, 오가와 미메이 모두 한네레가 연못으로 뛰어든 또 다른 요인으로 죽은 어머니에 대한 그리움을 서술하고 있다. 따라서 한네레가 연못으로 뛰어들어 자살을 시도하는 원인에는 어머니에 대한 그리움이 내재하고 있음을 알 수 있다. 하지만 이 부분에서 엄마에 대한 그리움의 묘사가 미즈타니의 경우는 엄마에 대한 그리움-학대-환청-자살시도-엄마에 대한 그리움이라고 하는 직선적인 스토리 라인 속에서 전개되는 것에 비해, 방정환은 엄마와 언니에 대한 그리움-학대-엄마와 언니에 대한 그리움-학대-엄마와 언니에 대한 그리움-환청-자살시도-엄마에 대한 그리움 식으로 육친에 대한 그리움과 학대가 반복되는 구조 속에서 스토리가 전개된다.

　특히 앞서 선행연구에서도 밝히고 있듯이 방정환은 원작이나 저본에서 찾아볼 수 없는 '언니'를 등장시키고 있다. 인용문(나-1) 밑줄 친 부분

---

25 방정환, 「한네레의 죽음」, 앞의 책, 83~84쪽.
26 水谷勝, 「ハンネレの昇天」, 앞의 책, 404쪽.

에서 알 수 있는 것처럼 오로지 언니를 만날 수 있다는 희망 하나를 가지고 맨발로 어두운 밤 차가운 눈길을 걸어가는 한네레의 모습이 부각되고 있다. 따라서 방정환의 한네레의 자살 이면에는 의붓아버지의 학대와 어머니에 대한 그리움에 더해 소식을 알 수 없는 언니에 대한 그리움이 내재하고 있음을 알 수 있다.

4. 환영

1) 아버지 환영

방정환의 「한네레의 죽음」에서 2부는 빈민원의 동네 사람들이 한네레를 구출하여 보살피는 장면으로 시작한다. 원작 하웁트만의 「한네레의 승천」에서는 빈민원 사람들이 1막에서부터 등장한다. 빈민원 사람들은 능청스럽고 유머러스하며 자기중심적이고 음식을 탐하는 등 다양한 세속적인 인간의 속성을 표상하며 극에 입체감을 주는 인간군상으로 설정되어있다.

「한네레의 죽음」 2부에서는 두 번의 환영과 두 번의 환청이 한네레의 꿈을 통해 등장한다. 첫 번째 환영은 의붓아버지로 한네레는 빈민원에서 눈을 뜨자마자 "에그, 우리 아버지가 여기는 아니 왔습니까? 네? 에그, 무서워."[27]라며 두려움에 떤다.

(다-1. 방정환)
한네레는 폭 가라앉은 몸을 까딱 못 하고 누워서 한숨을 가늘게 쉬더니 눈을

---

27 방정환, 「한네레의 죽음」, 앞의 책, 85쪽.

스르르 감았습니다. (……)

그러더니 별안간에 어디서 왔는지 무섭고 사나운 마테른이 한 팔은 부르걷고 한 손에 몽둥이를 들고 나타났습니다. 얼굴은 술을 먹어 그런지 붉고도 퉁퉁 부어 짐승 같고, 크고 무서운 두 눈을 사자같이 굴리며 입을 악물고 달겨들드키 섰습니다.

한네레는 침대 위에서 소리도 못 지르고 발발 떨고만 있었습니다.

"무엇? 내가 그렇게 무서워? 너를 구박을 했어? 네가 내 자식이냐? 내 자식이야? 안 일어날 터이냐? 어서 일어나서 불을 지펴라. 안 일어나면 죽일 터이니……."

하는 소리에 한네레는 늘 집에서 하드키 침대에서 뛰어내려서 화덕을 찾다가 그냥 쓰러져 버렸습니다.[28]

(다-2, 미즈타니)

수녀님의 발소리가 쓸쓸히 사라져가자 홀연히 한네레의 눈에는 아버지 마테른이 바로 침대 옆에 우뚝 서있는 것이 보였습니다. 얼굴은 술 취한 탓인지 부어서 짐승 같았습니다. 왼손에는 석수장이의 도구를 들고, 오른손 손목에는 가죽띠를 휘감고 지금 당장이라도 내리칠 것 같았습니다. 그 몸에서는 기분 나쁜 희고 푸르스름한 빛이 내비쳤습니다. 한네레는 너무나 무서워 양손으로 꽉 눈을 감싼 채 침대 위에서 몸을 발버둥치며 흑흑 울었습니다. 아버지는 그때 쉰 목소리로 욕을 했습니다.

"뭐라고, 내가 너를 구박했다고. 흥 너는 내 애가 아냐. 어서 일어나지 못해. 일어나 빨리 불을 지펴. 얼른 일어나지 않으면 죽도록 패주마──."

한네레는 가슴을 쥐어뜯기는 듯했습니다. 곧장 침대에서 내려와 난로 옆으로 간신히 기어갔습니다만 난로 문을 여는 순간에 정신을 잃고 쓰러졌습니다.[29]

---

28 방정환, 「한네레의 죽음」, 위의 책, 86쪽.
29 水谷勝, 「ハンネレの昇天」, 앞의 책, 410~411쪽.

방정환의 「한네레의 죽음」(다-1)과 미즈타니의 「한네레의 승천」(다-2) 모두 꿈에서조차 아버지의 학대로 고통스러워하는 한네레의 모습이 그려진다. 5부 구성[30]으로 되어 있는 미즈타니의 「한네레의 승천」에서는 3부에 이르러 아버지 환영 장면이 등장한다. 특히 주의할 점은 미즈타니는 1부에서 학대 묘사를 크게 그리지 않았던 것에 비해, 3부 이후에 등장한 환영을 통해 의붓아버지의 학대묘사를 한층 강화하고 있다는 점일 것이다.

2) 언니 환영

의붓아버지의 환영에 이어 방정환과 미즈타니 모두 "여러 아이들의 노래",[31] "저 멀리서 노래"[32]가 들리는 환청에 이어 두 번째 환영이 찾아오는데 「한네레의 죽음」(라-1)에서는 언니의 환영이, 「한네레의 승천」(라-2)에서는 엄마의 환영이 찾아온다.

(라-1, 방정환)

선녀같이 부스스 소리도 없이 캄캄한 속에서 하얀 옷 입은 어여쁜 색시가 침대 옆으로 나타났습니다. 그리고 한참이나 머뭇머뭇하다가 가늘고 어여쁜 목소리로, "한네레야, 한네레야!"하고 불렀습니다. 한네레는 그 소리에 눈이 뜨여서 흰 옷 입고 선 이를 보더니, "에그, 언니!"소리를 쳤습니다.[33]

---

30 저본은 2부에서 수녀님과의 대화가 전개되고 3부에서 방정환의 「한네레의 죽음」 2부와 연결된다.
31 방정환, 「한네레의 죽음」, 앞의 책, 87쪽.
32 水谷勝, 「ハンネレの昇天」, 앞의 책, 413쪽.
33 방정환, 「한네레의 죽음」, 앞의 책, 88쪽.

(라-2, 미즈타니)

그리고 맨발이 되어 흰 머리를 길게 내려뜨린 유령처럼 창백한 여자가 나타났습니다. 여자는 바짝 마른 가슴을 고통스러운 듯 주무르며 이렇게 불렀습니다.

"한네레야——."

한네레는 기침을 하며 대답했습니다.

"아아, 어머니. 당신은 내가 가장 좋아하는 어머니이시지요."[34]

미즈타니의 「한네레의 승천」에서는 1부에서와 마찬가지로 죽은 어머니 환영이 등장하는데 어머니는 천국으로 올 징표를 건네며 이후 맞이할 한네레의 승천을 알리는 존재로 등장한다. 이에 비해 방정환의 「한네레의 죽음」에서는 파리에 살아있다고 믿어 의심치 않았던 언니의 환영이 등장하여 자신이 그동안 모진 구박과 서러움과 굶주림에 시달리다 병으로 죽고 말았다고 밝힌다.

(라-3, 방정환)

한네레는 역시 몸은 꼼짝을 못 하면서 언니 섰던 곳을 한참이나 물끄러미 보고 있다가 한숨을 후, 쉬고 '아아, 이제는 한 가지 소원도 끊어지고 말았다. 이날 이때까지 그 고생을 하면서도 언니 하나를 만나려고 참고 참고 해 왔더니 언니까지 굶어 죽어 버리고…… 이 넓은 세상에 누구를 바라고 살겠니. 아아, 물에 빠졌을 때에 아주 죽어 버렸다면 좋았을 것을……'[35]

미즈타니의 어머니 환영이 승천을 알리는 메신저로 등장하였다면 방정환의 언니 환영은 자신의 죽음을 알리는 사자의 모습으로 등장한다.

---

34 水谷勝,「ハンネレの昇天」, 앞의 책, 413~413쪽.
35 방정환,「한네레의 죽음」, 앞의 책, 91쪽.

이로써 「한네레의 승천」이 앞으로 한네레가 직면할 죽음에 대해 알리고 있다면, 「한네레의 죽음」은 언니의 죽음이라고 하는 엄마에 이은 또 하나의 '죽음'을 알리며 한네레를 절망에 빠뜨린다(라-3).

(라-4, 방정환)

"(……) 파리 시가가 그렇게 번화한데도 나는 구경 한 번도 하지 못하고 이른 아침부터 밤이 깊기까지 집안일을 온통 다 하여도 그래도 매는 매대로 맞고, 밤이면 고단하여 졸기만 하여도 바늘로 손을 찔러서 어느 날 손에서 피 아니 나 본 적이 없었단다. (……) 약은 아니 주더라도 조석이나 잘 주었으면 그래도 살았을는지 모를 것을, 일 아니 하는 애는 굶겨야 한다고 내버려 두어서 닷새를 굶고는 그냥 죽었단다. 나는 이왕 그렇게 죽었거니와 네가 마저 이 지경이 되어서 어쩌잔 말이냐.

"아아, 언니이, 언니마저 죽고 나 혼자 어떻게 살라우……."

"그러면 어쩌니. 너 하나는 잘 살아야지……. 죽기 전까지는 어떻게 하든지 이렇게 고생을 하다가도 어느 때든지 보고 싶은 한네레와 만나서 잘 살 때가 있겠지 하였더니 그만 만나지도 못하고 죽어서……. 어떻게 유한이 되는지 모르겠다.(……)"**36**

「한네레의 죽음」에서 한네레가 겪은 학대의 아픔과 상처는 언니의 환영으로 되풀이되고 다시 말해진다(라-4). 이로써 한네레가 학대를 받고 있을 때 언니 또한 같은 상황에 놓여있었음을 알 수 있다.

특히 2부에서는 꿈속 환영이 빈번하게 발생한다. 분석심리학자 칼 구스타프 융은 『인간과 무의식의 상징』에서 "꿈의 주요 임무는 가장 원시적인 본능의 수준 바로 아래 있는 乳兒期의 世界와 함께 有史 以前의

---

36 방정환, 「한네레의 죽음」, 위의 책, 89~90쪽.

"回想"을 되살리는 것."[37]이라고 꿈의 기능을 말한다. 그러면서, "우리는 너무나 주관적인 의식에 사로잡혀 거기에 말려들어 있으므로 하나님이 주로 꿈이나 幻影을 통해서 이야기한다는 오래된 사실을 잊어버린 것"[38]이라며 꿈과 환영이 내포하는 본질적인 의미를 강조한다.

(라-5, 방정환)

"오오, 한네레야! 나는 구박을 받다 못해서 굶어 죽었단다."

"으응? 굶어 죽었어요?"

"아아, 언니마저……. 언니마저 죽었구려……."

"오오, 한네레야! 나는 죽은 혼이란다."

"아아, 언니……."

네 줄기 피나는 눈물은 비 오듯 흘렀습니다. 그중에도 언니마저 잃고 영영 홀몸이 된 어린 한네레의 애닲은 눈물이 한이 없이 자꾸 흘렀습니다.[39]

한네레와 언니는 이러한 지옥 같은 현실 앞에서 "네 줄기 피나는 눈물"을 흘리고(라-5), 꿈이라는 장치를 통해 서로의 아픔을 공유한다.

장정희·박종진은 방정환이 『사랑의 선물』 서문에서 기술한 "학대받고, 짓밟히고, 차고, 어두운 속에서 우리처럼, 또, 자라는, 불쌍한 어린 영들을 위하여, 그윽히, 동정하고 아끼는, 사랑의 첫 선물로, 나는, 이 책을 썼습니다."[40]란 글을 인용하며 아래와 같이 분석한다.

"학대밧고, 짓밟히고, 차고, 어두운 속"에 놓여 있는 식민치하 조선 어린이의

---

37 칼 구스타브 융, 「無意識에의 接近」, 칼 구스타브 융 편, 이부영 외 역, 『인간과 무의식의 상징』, 집문당, 1983, 100쪽.

38 칼 구스타브 융, 「無意識에의 接近」, 103쪽.

39 방정환, 「한네레의 죽음」, 앞의 책, 89쪽.

40 한국방정환재단 엮음, 『정본 방정환 전집1: 동화·동요·동시·시·동극』, 23쪽.

현실은 계부 아래 학대받고 쫓겨난 한네레 이야기로 재현된 것이다. 학대를 견디다 못하여 끝내 죽음에 이른 한네레 자매의 이야기는 방정환이 애끓게 쓴 서문을 가장 잘 대변해 주는 서사라고 할 수 있을 것이다.[41]

이런 점에서 보면 방정환의 「한네레의 죽음」은 『사랑의 선물』에서 일종의 전형적인 작품이라고 할 수 있다. 여기서 간과해서는 안 될 지점 중 하나는 『사랑의 선물』이 세계 여러 다양한 동화를 번역한 동화집이라는 사실일 것이다. 「한네레의 죽음」 도입 부분에는 여러 번에 걸쳐 "언니는 머나먼 불란서 서울 파리에 있는", "파리로 가서 길리우는 언니는 잘이나 있는지", "파리에 가 있는 언니" 식으로 구체적인 나라명과 지명이 반복적으로 등장한다. 「한네레의 죽음」에서 한네레와 언니가 꿈이라는 장치를 통해 피눈물을 흘리며 아픔을 공유한 것처럼 방정환의 『사랑의 선물』에서의 "학대받고, 짓밟히고, 차고, 어두운 속에서 우리처럼, 또, 자라는, 불쌍한 어린 영들"의 '우리'는 한네레와 언니뿐만이 아닌 범세계적인 지상의 모든 상처받는 영혼들을 지칭하고 있다고 볼 수 있다.

3) '또 하나의 어머니'로서의 언니

융은 "젊은 미국인 여성 환자 밀러 양의 환상을 상징적으로 해석"[42]한 저작집 『영웅과 어머니 원형』에서 "가장 깊게 맺어진 관계가 어머니와의 관계다."[43]라고 하면서 "무의식적인 그리움의 주 대상이 우선 어머니"[44]임을 강조하며, "영웅은 자신을 이해해줄 심혼(Seele)에 대한 크나큰

---

41 장정희 · 박종진, 앞의 글, 235쪽.
42 이부영, 「융 기본 저작집 제8권의 발간에 부쳐」, C.G 융, 한국융연구원 C.G 융저작 번역위원회 옮김, 『영웅과 어머니 원형』, 솔출판사, 2006.
43 C.G 융, 「이중의 어머니」, 『영웅과 어머니 원형』, 280쪽.
44 C.G 융, 위의 글, 234쪽.

그리움을 안고, 이를 찾아"[45] 나선다고 밝힌다.[46]

그러면서 융은 어머니와 등치시킬 수 있는 또 하나의 어머니상의 구체적인 예시로 '자연'을 들며, "자연은 남몰래 어머니의 자리에 들어서서 처음으로 어머니에게서 들은 소리뿐 아니라 우리가 어머니 자연에 대하여 따뜻한 사랑을 보내는 가운데 뒤에 우리 안에서 다시금 발견하게 되는 저 여러 감정들까지도 넘겨받고 있는 것이다."[47]라고 말한다.

「한네레의 죽음」에서 가장 큰 그리움의 대상은 어머니이다. 어머니 다음으로 한네레가 그리워하는 존재는 바로 '언니'이다.

(마-1, 방정환)

이때까지 그 구박을 맞으면서도 살아오기는 어린 생각에도 <u>어머니는 영영 돌아가셨거니와 언니는 살아 있으니</u> 어느 때든지 만나서 정답게 살 수가 있으려니 하는 소원이 있는 까닭이었습니다.[48]

(마-2, 방정환)

"그런데 죽어서 천당에를 가면 거기서 어머니를 만나서 같이 살 수가 있다더니, 암만해도 천당도 안 뵈고 어머니도 못 만났어요. 어떡하면 어머니를 만납니까……. 네? <u>어머니를 만나든지 언니를 만나든지</u>……."[49]

(마-3, 방정환)

"언니이, 이때까지 어떻게 어떻게 언니가 보고 싶었는지 모르우. <u>어머니도</u>

---

45 C.G 융, 위의 글, 235쪽.
46 융은 또 하나의 어머니로서의 '이중의 어머니'상을 인간 내면의 영웅성 부분에 초점을 맞추어 퇴행, 독립, 성장, 극복, 죽음, 재생 코드와 맞물려 서술하고 있다.
47 C.G 융, 위의 글, 261쪽.
48 방정환, 「한네레의 죽음」, 앞의 책, 83쪽.
49 방정환, 「한네레의 죽음」, 위의 책, 85쪽.

아니 계시고 보고 싶은 이가 언니 하나밖에 없었어요."[50]

위 인용문의 밑줄 친 부분에서도 알 수 있듯이 어머니의 죽음, 어머니의 부재는 한네레를 심리적인 면에서 '언니'라는 존재를 '또 하나의 어머니'로 등치시키도록 유도한다. 그리고 무엇보다도 앞서 살펴본 한네레의 자살 장면에 등장한 언니를 향한 그리움의 묘사에서 알 수 있었듯이, 언니는 한네레에게 강한 그리움의 정서를 드리운 존재로 등장하고 있다.

이처럼 「한네레의 죽음」에서 '어머니＝언니'라는 또 하나의 어머니상이 성립 가능한 것은 반복적으로 등장하는 언니에 대한 강한 그리움의 정서 묘사가 그 첫 번째이며, 원작과 저본에서 죽음에 직면한 한네레의 꿈속으로 찾아왔던 어머니라는 존재가 언니로 대체된 점도 주요 요소가 된다.[51]

융은 '어머니'에 대해 "어린이의 정신에 미치는 어머니의 모든 영향은 개인적인 어머니로부터 나온 것일 뿐만 아니라, 또한 어머니에게 투사하고 있는 원형이며, 이것이 어머니에게 신화적인 배경을 제공하고, 그와 함께 권위, 심지어 누미노제(Numinositat)를 부여하는 것"[52]이라고 말하면서, 모성에 대해 "모성 원형의 성질은 '모성적인 것'이다. 그것은 오로지 여성적인 것의 마술적인 권위; 상식적 이해를 초월하는 지혜와 정신적인 숭고함; 자애로움, 돌보는 것, 유지하는 것, 성장하게 하고 풍요롭

---

50 방정환, 「한네레의 죽음」, 위의 책, 89쪽.
51 융은 한 젊은 남성이 꾼 꿈을 분석한 글에서 "꿈꾼 사람의 나중의 기억은 이제 누가 생명샘의 근원이 될 것인가를 알 수 있게 해주는데, 그는 누이다. (…) 누이는 아직 과거의 잔재이지만 나중에 꿈에서 결정적으로 우리는 그녀가 아니마 상(像)의 운반자라는 것을 알게 된다. 그러므로 누이에게로 생명수가 옮겨간 것은 근본적으로 어머니가 아니마에 의해 대치됨을 의미한다고 여겨도 될 것이다."라며, 어머니가 누이로 대치되었음을 밝히고 있다.(C.G 융, 한국융연구원C.G 융저작 번역위원회 옮김, 『꿈에 나타난 개성화 과정의 상징』, 솔출판사, 2002, 93쪽.)
52 C.G 융, 한국융연구원 C.G 융저작 번역위원회 옮김, 『원형과 무의식』, 솔출판사, 2002, 204쪽.

게 하고 영양을 공급하는 제공자다. 또한 그것은 마술적 변용의 터고 재생의 터다."[53]라고 말한다.

방정환의 「한네레의 죽음」에서 모성성이 강조된 구체적인 장면을 '언니'와 마찬가지로 새롭게 등장하는 '나그네'의 등장을 통해서 살펴볼 수 있다.

(마-4, 방정환)

얼른 보기에도 불쌍한 병든, 길 가는 나그네였습니다. 갈 길은 멀고, 춥기는 하고, 눈은 퍼붓고, 배는 고프고, 더 가는 수가 없어 염치를 불고하고 들어왔으니 사람을 구원하여 달라고 그 나그네는 애걸하였습니다.

어린 한네레는 자기 설움도 다 잊어버리고 다만 그 나그네를 불쌍히 여기는 마음만 가슴에 가득하여 저녁도 대접하고 더운 자리에 눕게 하고 싶었습니다. (……) 불쌍한 사람을 고만큼이나마 구원해 줄 수 있었던 것이 한네레에게는 무한 기꺼운 일이었습니다.[54]

한네레는 딱한 자신의 처지도 잊은 채 병든 나그네에게 저녁을 대접한다. 타자를 동정하고 보살피는 한네레의 이러한 행동은 모성성의 발로로 해석 가능하다.

이처럼 「한네레의 죽음」에서 가장 깊게 맺어진 관계인 어머니와 또 하나의 어머니 코드인 '언니', '나그네'를 대하는 한네레의 행동을 통해 알 수 있는 것은 「한네레의 죽음」이 모성성이 강조된 작품이라는 점일 것이다.

---

53 C.G 융, 위의 책, 202쪽.
54 방정환, 「한네레의 죽음」, 앞의 책, 80~81쪽.

5. 결말의 의미

선행연구를 통해 밝혀졌듯이 결말 부분 또한 원작이나 저본과는 다른 개작 양상이 나타난다. 미즈타니의 「한네레의 승천」에서는 어머니의 환영이 사라지고 자장가를 들려주며 세 명의 광명의 천사가 한네레 앞으로 나타난다. 그리고 곧이어 죽음을 상징하는 검은 천사가 나타난다.

(바-1, 미즈타니)

그 후 한네레는 오로지 혼자가 되었습니다. 아직 한네레의 눈에는 검은 천사의 모습이 사라지지 않습니다. 한네레는 여전히 검은 천사를 향해 여러 가지를 물었습니다. 역시 한 마디도 답해주지 않았습니다. 점점 오싹한 기분이 들 뿐이었습니다. 그러자 방금 나간 수녀님보다도 나이가 어리고 새하얀 긴 날개를 단 수녀님이 들어왔습니다. 열에 들떠 있었고 그리고 동시에 여러 가지 환영이 한네레의 눈에 비쳤습니다. 한네레는 그때 수녀님에게 매달리며 이렇게 말했습니다.

"어머니, 저는 저 검은 사람이 무서워요. 도대체 누구일까요. 저 사람은."

"저 사람은 '죽음'이란다."

"아아, 드디어 왔군요. 죽음의 신, 나는 시종 당신이 찾아와주길 생각했지만 만나고 보니 무섭네요."[55]

미즈타니의 한네레는 막상 죽음에 직면하자 두려움에 떨며 죽음에 대면한다. 죽어가는 한네레를 위해 빈민원 사람들과 선생님과 친구들이 애도의식을 치르고 있는 그곳으로 모든 악행의 근원지인 의붓아버지가 나타난다. 저본에서는 이 부분에서 등장하는 '알 수 없는 이'로 상징되

---

55 水谷勝, 「ハンネレの昇天」, 앞의 책, 416-417쪽.

는 예수님의 말씀과 하늘의 계시로 징벌을 예고받은 의붓아버지는 공포에 떨며 자신의 자살을 암시하며 사라진다. 이윽고 한네레 앞에 예수가 모습을 드러내고 예수는 한네레를 치유하고 축복하여 천국으로 초대한다. 그리고 천사들이 내려와 죽음의 의식을 치르며 한네레의 승천이 그려진다. 미즈타니의 마지막은 하웁트만의 원작을 번역한 오사나이 가오루의 극본 번역본(바-3)과 거의 동일하다. 승천을 위한 여러 의식을 거쳐 한네레는 죽음을 맞이한다.

(바-2. 미즈타니)

이윽고 합창 소리도 한네레의 귀에서 점점 희미해져 갔습니다. 그리고 지금까지 계속 분명하게 보였던 환영은 모두 사라지고 아무 것도 보이지 않게 되었습니다. 이렇게 천국으로 올라간 기쁨에 작은 가슴을 떨면서 한네레는 숨을 거두었습니다.

한네레가 여러 환영을 보고 있는 사이에 수녀님과 함께 들어온 의사는 이때 한네레 위로 허리를 굽히고 청진기를 그 가슴에 대고 있었습니다만,

"당신이 말한 대로입니다." 하고 말했습니다.

"끝내 죽었습니까."

"죽었습니다."

의사는 슬픈 듯이 대답했습니다.[56]

(바-3. 오사나이 가오루)

천사 (합창한다)

　　우리들의 사랑에 감싸여

　　우리들은 조용히 너를 멘다.

---

[56] 水谷勝, 「ハンネレの昇天」, 위의 책, 426쪽.

아이아, 포베이아, 천국으로,

아이아, 포베이아, 천국으로.

　　(천사가 노래를 부르는 사이에 무대 어두워진다. 암흑 속으로 들려
　　오는 노랫소리 이윽고 희미하게 점점 멀어진다. 무대 다시 밝아지면
　　모두 제일의 환상이 나타나고 앞으로 같은 빈민원의 방 풍경이 된
　　다. 누더기를 걸친 한네레 침대에 누워 있다.
　　와츠하레르 의사 청진기를 들고 여자아이 위로 몸을 기울인다. 수녀
　　간호사 의사를 위해 등불을 비추면서 걱정스러운 듯이 그 얼굴을 본
　　다. 노랫소리 전혀 들려오지 않는다.)

의사 (똑바로 몸을 일으키며) 당신이 말한 대로입니다.

수녀 죽었습니까.

의사 (슬픈 듯 끄덕이며) 죽었습니다.[57]

　미즈타니의 「한네레의 승천」은 자살 이후의 장면에서 승천예고-죽음
-애도의식-예수의 출현과 치유와 축복-한네레의 승천이 복잡한 구조
속에서 펼쳐지며 한네레가 죽음을 받아들이고 승천하기까지의 과정이
지난하게 그려진다. 따라서 마지막에 한네레의 죽음 사실을 확인하는 의
사와 수녀의 대화는 하웁트만의 원작과 마찬가지로 담담하게 서술된다.

　방정환의 「한네레의 죽음」의 마지막 장면에서 한네레는 자신을 돌봐
준 여선생님에게 "선생님, 저는 공부시켜 줄 사람도 없고, 기뻐해 줄 사
람도 없고, 제게는 못살게 구는 사람밖에는 아는 이가 없습니다……. 선
생님, 저의 언니가 한 달 전에 굶어 죽었대요……."[58]라고 전한다.

---

57 小山內薫, 「ハンネレの昇天」, 『近代劇五曲』, 大日本図書, 1913, 77~78쪽.

58 방정환, 「한네레의 죽음」, 앞의 책, 91쪽.

『世界童話寶玉集』(1919) 승천 장면 삽화(오카모토 키이치)

(바-4, 방정환)

자장 착한 애기 잠 잘 자거라.

아픈 생각 슬픈 울음 울지를 말고

따뜻하고 깊이 없는 꿈속의 나라,

소리 없이 조용하게 잠 잘 거라.

자장 착한 애기 잠 잘 자거라.

아름다운 노랫소리를 듣고 또다시 한네레는 잠이 솔솔 들었습니다. 희고 고운 날개 달린 아이들이 어린 한네레의 침대를 에어싸고 돌면서 춤을 추더니 이윽고 그나마도 사라져 버리고 다시 방속은 무섭게 조용한 속에 가라앉았습니다.

아아, 이번에야말로 어린 한네레는 잠이 깊이 들었습니다. 영영 깨이지 아니하는 깊은 꿈속에 들었습니다.[59]

자장가 소리를 들으며 한네레가 죽어가는 마지막 장면의 바로 앞 장면의 인용(바-4)이다. 미즈타니의 한네레가 막상 죽음에 직면하여 고통스러워하는 것과 달리 방정환의 한네레는 언니의 죽음 사실을 인지한

---

[59] 방정환, 「한네레의 죽음」, 앞의 책, 92쪽.

후 자장가 소리를 들으며 죽음의 세계로 들어간다. 이러한 한네레의 죽음을 방정환은 "영영 깨이지 아니하는 깊은 꿈속", "긴긴 꿈속 나라"로 묘사한다.

(바-5. 방정환)

괴롭고 아프고 쓸쓸하고 섧던 짤막한 일생을 마치고 이렇게 죽어 간 어린 한네레는 교장 선생님과 여선생님과 빈민과 어린 학생들이 울면서 부르는 노랫소리를 들으며 긴긴 꿈속 나라로 들어갔습니다.

가장 섧게 가장 애닯게 눈물의 세월을 보내던 어린 동무 한네레는 사랑하시는 어머님과 그리고 그립던 언니의 꿈을 따뜻이 꾸면서 마지막 듣는 노래를 늘 듣고 있을 것입니다. 어느 때까지든지 어느 때까지든지…….[60]

방정환은 마지막 결말 부분에서 한네레가 "장 선생님과 여선생님과 빈민과 어린 학생들이 울면서 부르는 노랫소리를 들으며" 어머니와 언니를 그리워하며 죽음을 상징하는 "긴긴 꿈속 나라"로 들어갔다고 서술한다. 그러면서 방정환은 "가장 섧게 가장 애닯게 눈물의 세월을 보내던 어린 동무" 한네레가 꿈속에서 "그립고 그립던" 어머니와 언니에 대한 따뜻한 꿈과 노래를 언제까지나 꾸고 있을 것이라고 축복한다.

자장가 소리가 울려 퍼지는 꿈속 나라로 표상된 죽음의 의미를 오가와 미메이의 작품을 통해 함께 살펴볼 수 있다.

(바-6. 오가와 미메이)

"끝내 죽었습니다."

의사는 눈에 눈물을 머금고 말했습니다.

---

60 방정환, 「한네레의 죽음」, 위의 책, 92~93쪽.

수녀님도 손수건을 얼굴에 대고 가여운 한네레를 위해 훌쩍훌쩍 울었습니다.

날이 서서히 밝아오자 빈민원 사람도 마을 사람들도 모두 이 방으로 모여들어 불행한 소녀의 죽음을 슬퍼하였답니다. 그리고 모두 다 이 아이가 천국으로 간 것임을 의심하지 않았습니다.

하계로 사라진 한네레는 그리운 어머니 곁에서 비로소 평화로운 그리고 자유로운 생활을 누리게 되었습니다.[61]

오가와 미메이는 빈민원 사람들의 시선을 통해 한네레가 천국으로 승천한 것을 애도한다. 그러고는 바로 아래 문장에 하계로 간 한네레가 그리워하던 어머니와 만나 '평화롭고 자유로운 삶을 누리게 되었'다고 하는 부분을 덧붙이고 있다. 이 부분은 꿈속 나라라고 하는 따뜻한 엄마 품속 같은 세계에서 한네레가 그토록 그리워하던 엄마, 언니와 함께 노래를 들으며 평온한 삶을 살아가길 희망하는 방정환의 세계관과 맥을 같이 한다.

하웁트만의 원작과 저본이 예수의 등장으로 이승에서의 더러움을 씻어내고 치유와 축복[62]을 통해 한네레가 죽음을 받아들이고 승천하는 과정이 펼쳐지며 기독교적인 세계관과의 합일을 꾀하고 있다면, 방정환과 오가와 미메이는 죽음이라는 종말의 세계를 그리면서도 '자장가'나 '어머니'와 '언니'로 표상되는 따뜻하고 자유로운, 원초적인 세계관과의 합일을 표방하고 있다. 이는 오가와 미메이[63]나 방정환이 보다 동화적인

---

61 小川未明, 「ハンネレの昇天」, 앞의 책, 21~22쪽.
62 특히 원작의 경우 혼례 코드도 내포되어 있다.
63 이러한 오가와 미메이와의 공통점은 주목할 필요가 있다. 오가와 미메이는 대표작으로 평가되는 「빨간 배」(1910년)나 「빨간 양초와 인어」(1921년)에서도 여성이 주인공인 작품을 그렸다. 오가와 미메이의 또 다른 대표작인 「牛女(우녀, 소여자)」는 홀로 아들을 키우던 어머니가 병으로 죽지만, 아들에 대한 염려와 사랑으로 산등성이에 모습을 드러내며, 죽어서까지 아들을

상상력을 작품에 투영하고 있기 때문이라고 볼 수 있다.

6. 나오며

이상으로 미즈타니 마사루, 오가와 미메이, 오사나이 가오루 등의 작품과의 비교 분석을 통해 '학대', '환영', '환청', '그리움' 등의 키워드를 중심으로 심리학적 방법론을 적용하여 방정환의 「한네레의 죽음」에 투영된 작품 세계의 특징과 의미를 살펴보았다.

이를 통해서 다음과 같은 네 가지 결과를 알 수 있었다.

첫째 독자 공감력의 극대화이다. 방정환의 「한네레의 죽음」에는 학대 묘사가 하웁트만의 원작이나 저본인 미즈타니 마사루의 작품에 비해 현저하게 두드러졌음을 알 수 있었다. 이를 통해 한네레가 환청에 이끌려 죽음을 선택할 수밖에 없는 상황에 설득력을 더하며 독자의 공감력을 극대화하고 있다.

둘째 아픔의 공유이다. 「한네레의 죽음」은 엄마에 대한 그리움에 더해 언니를 향한 그리움이 강조되었다. 언니는 한네레의 꿈속에 등장하여 자신 또한 학대와 서러움 속에서 죽음에 이르렀음을 밝히며 꿈속에서의 대화를 통해 서로의 아픔을 공유한다.

셋째는 모성성의 강화이다. 나와 동일한 아픔을 공유한 존재로서의 언니, '어머니=언니'로 등치되는 또 하나의 엄마로서의 언니, '나그네'를 동정하고 보살피는 한네레의 행동, 결말에서 엄마와 언니가 꿈속 나라에서 함께하는 마무리를 통해 「한네레의 죽음」이 모성성이 강화된 작

지켜보는 강한 모성성을 전면에 드러낸 작품이다. (鳥越 信編著, 『たのしく読める 日本児童文学 戰前編』, ミネルヴァ書房, 2004/続橋達雄, 『日本児童文学大系 第五巻 小川未明集』, ほるぷ出版, 1977 참고)

품임을 알 수 있었다.

　마지막으로 동화적 상상력의 구현이다. 학대라고 하는 아픔을 공유한 언니의 등장을 통해 한네레와 언니가 처한 지옥 같은 지금 여기 우리의 현실이 부각되며, 자장가가 함께하는 동심이 살아있는 꿈속 나라라고 하는 축복의 공간 대비가 극명히 드러난다. 이러한 장치는 종교색을 덜어내면서도 '어린이'를 상위로 둔 동화적 상상력을 투영한 결과물로 원작이 담고 있는 세계관을 동일하게 표상하고 있음을 알 수 있었다.

참고문헌

1. 기본 자료

방정환, 「한네레의 죽음」, 한국방정환재단 엮음, 『정본 방정환 전집1: 동화·동요·동시·시·동극』, 창비, 2019.

水谷勝, 「ハンネレの昇天」, 楠山正雄, 『世界童話寶玉集』, 富山房, 1919.

小川未明, 「ハンネレの昇天」, 浜田広介 等編, 『世界童話五年生』, 金の星社, 1961.

小山内薫, 「ハンネレの昇天」, 『近代劇五曲』, 大日本図書, 1913.

小川未明編, 『美しき空へ』, 博文館, 1914.

2. 국내외 논저

李姃炫, 「方定煥の翻訳童話研究―『サランエ ソンムル(사랑의 선물)』を中心に」, 大阪大学大学院言語文化研究科博士学位論文, 2008.

장정희·박종진, 「근대 조선의 「한네레의 승천」 수용과 방정환」, 『동화와 번역』 30, 건국대동화와번역연구소, 2015.

鈴木将史, 「ハウプトマン『エルガ』分析」, 独語独文学科研究年報 12, 1986.

吉澤孔三郎, 『世界童話大系 21』, 世界童話大系刊行會, 1916.

칼 구스타브 융 편, 이부영 외 역, 『인간과 무의식의 상징』, 집문당, 1983.

C.G 융, 한국융연구원C.G 융저작 번역위원회 옮김, 『융 기본 저작집 2 원형과 무의식』, 솔출판사, 2002.

_____, 한국융연구원C.G 융저작 번역위원회 옮김, 『융 기본 저작집 5 꿈에 나타난 개성화 과정의 상징』, 솔출판사, 2002.

_____, 한국융연구원C.G 융저작 번역위원회 번역, 『융 기본 저작집 8 영웅과 어머니 원형』, 솔출판사, 2006.

鳥越 信 編, 『たのしく読める 日本児童文学 戦前編』, ミネルヴァ書房, 2004.

続橋達雄, 『日本児童文学大系 第五巻 小川未明集』, ほるぷ出版, 1977.

飛鳥井 望, 「エビデンスに基づいたPTSDの治療法」, 精神経誌, 110권 호, 2008.

주디스 허먼 지음, 최현정 옮김, 『트라우마 가정 폭력에서 정치적 테러까지』, 플래닛, 2007.

근대 어린이 발견과
어린이운동의 관점으로 읽는 「어린 음악가」

염희경

1. 원작 또는 영어 번역본, 힐다 하트의 「잃어버린 바이올린」

『사랑의 선물』수록작 중 원작자와 원작명을 알 수 없는 작품은 두 편이다. 「어린 음악가」와 「마음의 꽃」이 그것이다. 방정환은 『사랑의 선물』목차에서 작품명 옆에 어느 나라 동화인지를 적었는데 「어린 음악가」는 '불란서'로, 「마음의 꽃」은 '미상'이라고 밝혔다.

그동안 「어린 음악가」의 원작자가 영국의 아담스라는 설, 또는 미국의 애담스라는 설이 있었지만 정확한 출처와 근거가 제시되었던 것은 아니다.[1] 이정현은 원작자로 제기되었던 미국의 애담스가 역사가이자

---

[1] 나카무라 오사무(仲村 修)는 「어린 음악가」가 영국의 아담스라는 작가의 작품이라고 하였다. (나카무라 오사무(仲村 修), 「方定煥研究序說: 東京時代を中心に」, 『靑丘學術論集』14, 東京: 韓國文化振興財團, 1999.4.)

이기훈은 「어린 음악가」가 19세기 미국의 아동문학 작가 애담스의 인기 동화라고 하였다. (이기훈, 「1920년대 '어린이'의 형성과 동화」, 『역사문제연구』8, 2002.) 이후 이 논문(2002)을 수정 보완한 「1920년대 '어린이' 형성과 방정환의 소년운동」(2017)에서 원작자 오류에 대한 후속 연구의 비판을 받아들여 「어린 음악가」의 원작자에 대해 기존 견해를 철회하였다. (이기훈,

소설가로 널리 알려진 헨리 애담스(Henry Adams)로 추측되지만 그가 아동문학에 관련된 작품을 쓰거나 활동했다는 기록이나 연구를 찾을 수 없다고 밝혔다.[2] 염희경은 주인공이 연주하는 프랑스 국가 '라 마르세예즈'를 통해 주인공과 주요 등장인물이 프랑스인으로서의 동질감, 유대감을 내면화하는 특성에 주목하여 방정환이 목차에서 밝힌 것처럼 원작이 프랑스 작품일 가능성이 높다고 추정하였다.[3]

한편, 이정현은 「方定煥 飜譯童話と『金の船』」에서 방정환이 번역한 「어린 음

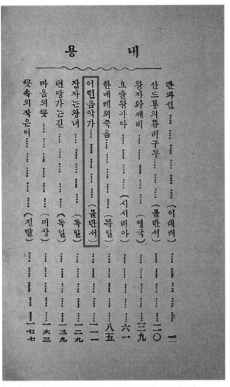

[그림 1] 『사랑의 선물』 목차, 개벽사, 1922; 1928(11판) 한국현대문학관 소장

악가」의 저본이 마에다 아키라(前田 晁)의 「잃어버린 바이올린(失くなつた ヴァイオリン)」(『金の船』, 1920.4)이라는 중요한 사실을 밝혔다. 마에다 아키

「1920년대 '어린이' 형성과 방정환의 소년운동」, 이기훈·염희경·정용서 공저, 『방정환과 '어린이'의 시대』, 청동거울, 2017, 41쪽.)

2 이정현, 「方定煥 飜譯童話と『金の船』」, 『일본문화연구』 22집, 동아시아 일본학회, 2007.4, 24쪽. ; 李姃炫, 「方定煥の飜譯童話研究─『サランエソンムル(사랑의 선물)』を中心に」, 大阪大學 大學院言語文化研究科 博士論文, 2008.3. ; 염희경, 『소파 방정환과 근대 아동문학』, 경진출판, 2014, 184쪽에서 재인용.

3 염희경, 「소파 방정환 연구」, 인하대 박사논문, 2007.8. ; 염희경, 『소파 방정환과 근대 아동문학』, 경진출판, 2014, 184쪽에서 재인용.

라가 이 시기 대표적인 번역가인 데다 작품의 배경과 등장인물을 볼 때 서양 이야기일 가능성이 높아 외국 동화 번역일 것으로 추정된다. 하지만 아쉽게도 마에다 아키라의 작품에도 원작자와 원작명에 대해 어떠한 정보도 제시되지 않았다.

2007년 연구 이후 원작에 대한 새로운 정보뿐 아니라 「어린 음악가」에 대한 개별 연구도 없던 차에 '연구모임 작은물결'에서 방정환의 『사랑의 선물』을 공부하던 중 김환희 선생님께서 「잃어버린 바이올린(THE LOST VIOLIN)」이 실린 작품집을 찾아 알려주셨다.[4]

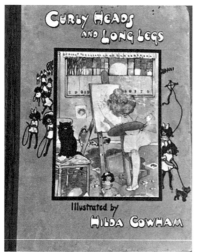 

[그림 2] *Curly Heads and Long Legs* (London: Raphael Tuck & Sons, Ltd., 1914년경) 겉표지   [그림 3] *Curly Heads and Long Legs* (London: Raphael Tuck & Sons, Ltd., 1914년경) 속표지

작품집은 영국의 일러스트레이터로 유명한 힐다 코햄(Hilda Cowham)이 삽화를 그린 『곱슬머리와 긴다리(Curly Heads and Long Legs)』(London: Raphael

---

4 이 지면을 빌려 감사드린다.

Tuck & Sons, Ltd., 1914)[5]로, 초판은 1914년경 출간되었다. 초판 책 속표지에 'Story & Verses by EDRIC VREDENBURG, NORMAN GALE and other'라고 하여 이야기와 시를 쓴 작가 이름이, 'Illustrated by HILDA COWHAM'이라고 하여 삽화가 이름이 적혀있다. 작품집에는 총 16편의 이야기(story)와 13편의 시가 실렸는데, 작품 말미에 글 작가 이름을 밝혔다.

이 단행본에는 에드릭 브레든부르그(Edric Vredenburg), 노먼 게일(Norman Gale), 마게리 윌리엄스(Margery Williams), 힐다 하트(Hilda Hart) 등 여러 작가가 글 작가로 참여했다. 특히 에드릭 브레든부르그는 편집자이자 작가로 왕성하게 활동하던 인물로 이 단행본에서도 책임 편집자 역할을 했고 5편의 글의 작가로 참여하였다. 이 당시 시인이자 소설가, 평론가로 유명했던 노먼 게일은 단독으로 13편의 시를 썼다. 「잃어버린 바이올린(THE LOST VIOLIN)」의 글 말미에는 힐다 하트(HILDA HART)라는 이름이 적혀 있다. 힐다 하트는 이 작품집에서 「은빛 요정(THE SILVER FAIRY)」과 「잃어버린 바이올린(THE LOST VIOLIN)」 두 편의 동화 글 작가로 소개되었다.

1910~1920년대에 London: Raphael Tuck & Sons 출판사의 출간물 중 힐다 하트가 다른 작가들과 함께 참여한 책으로 『곱슬머리와 긴다리』 외에 『터크 신부님의 연감―17년째(FATHER TUCK'S ANNUAL-17TH

---

5 『곱슬머리와 긴다리(Curly Heads and Long Legs)』(1914년경) 초판본 책표지와 속표지는 아래의 사이트에서 확인하였다. ([그림 2] [그림 3] 참고)
　https://www.worthpoint.com/worthopedia/curly-heads-long-legs-raphael-tuck-19976205
60
　일본의 대학 도서관 소장 도서를 검색하니 Curly Heads and Long Legs는 찾을 수 없었다. (http://ci.nii.ac.jp/books/). 마에다 아키라가 당시 이 책을 소장하고 있었거나 다른 단행본 출판물이나 잡지에 실린 작품을 번역 대본으로 삼았을 것으로 추정된다. 마에다 아키라는 프랑스 작가인 에드몽 드 공쿠르, 모파상, 앙리 파브르, 러시아 작가인 체호프, 이탈리아 작가 에드몬도 데 아미치스의 소설들을 번역했던 번역가로 영어뿐 아니라 타 외국어에도 능통했다.

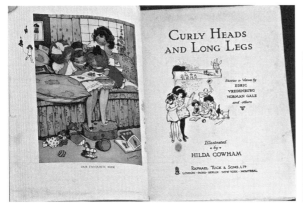

[그림 4] *Curly Heads and Long Legs* (London: Raphael Tuck & Sons, Ltd., 1914년경) 속표지 옆 면의 삽화

[그림 5] *Curly Heads and Long Legs* (Pook Press, 2011년) 겉표지

YEAR)』, 『우리가 가장 좋아하는 것(OUR FAVOURITES)』, 『터크 신부님의 연감―22년째(FATHER TUCK'S ANNUAL-22ND YEAR)』, 『동화 속 보석(FAIRYTALE GEMS)』, 『플레이펠로우즈(PLAYFELLOWS)』 다섯 권이 더 검색된다.[6]

한편 아동문학 책 삽화가 우수했던 '일러스트레이션의 황금시대'(1880~1930년대)를 기념하기 위해 다양한 고전, 전설, 동화, 유명 예술가의 이야기 들을 고급 컬렉션으로 선보인 퍽 출판사 Pook Press가 『곱슬머리와 긴다리(Curly Heads and Long Legs)』를 재출간했다.[7] 퍽 출판사의 재출간물 중 힐다 하트는 다른 작가들과 함께 『지나간 날의 놀라운 행적들 (Wondrous Deeds of Bygone Days)』, 『인도의 이야기와 전설(Tales and Legends from India)』, 『시인의 어린이 이야기(Children's Stories from the Poets)』, 『북부 전설

---

6 스텔라와 로즈의 책 (STELLA & ROSE'S BOOKS) 서점 https://www.stellabooks.com/books/hilda-hart 참고. 6권의 책이 검색되지만 같은 책(FATHER TUCK'S ANNUAL - 22ND YEAR)이 2권 포함되어 있다.

7 Pook Press는 London: Raphael Tuck & Sons, Ltd에서 1914년경 출판한 초판본 책의 속표지 옆 지면에 실렸던 삽화를 겉표지 그림으로 사용하였고, 초판본처럼 속표지와 그 옆 지면에 실린 그림도 그대로 실었다. ([그림 4]와 [그림 5] 참조). 이 연구에서는 퍽 출판사의 텍스트를 연구 대상으로 삼았다.

의 어린이 이야기(Children's Stories from the Northern Legends)』, 『오래된 영국 전설의 어린이 이야기(Children's Stories From Old British Legends)』 등에 글을 썼다. 대체로 창작물보다는 기존의 신화, 전설, 시 등을 다시쓰기 한 것으로 번역가이자 개작가(rewriter)로 주로 활동한 것으로 추정된다. 이런 점들을 볼 때 『곱슬머리와 긴다리』에 실린 「잃어버린 바이올린」이 힐다 하트의 창작이 아닌 번역일 가능성을 완전히 배제할 수는 없다.

따라서 이 글에서는 힐다 하트의 「잃어버린 바이올린」을 방정환의 「어린 음악가」의 원작이라고 확정하지는 않을 것이다.[8] 또한 방정환이 번역 저본으로 삼은 마에다 아키라 번역본의 저본이 힐다 하트가 글을 쓰고, 힐다 코햄이 삽화를 그린 *The lost violin*이라고 단정하는 것도 피하려고 한다. 다만 영국 작가 힐다 하트의 작품이 일본어 번역본에 앞서 현재까지 발견되는 텍스트로는 유일한 텍스트라는 점에서 저본일 가능성이 크다는 점을 고려하여, 방정환의 「어린 음악가」의 원작 또는 원작의 영어 번역본일 가능성이 있기에 힐다 하트본, 마에다 아키라본, 방정환 번역본을 함께 살펴보고자 한다.

2. 힐다 하트본(1914), 마에다 아키라본(1920), 방정환 번역본(1922) 비교

2장에서는 힐다 하트와 마에다 아키라, 방정환의 번역본을 비교하면서 방정환이 두 작품과 다르게 번역한 부분을 중심으로 살펴볼 것이다.

---

8 픽 출판사에서 재출간한 다른 단행본과 달리 『곱슬머리와 긴다리』에 수록된 작품은 다른 작가들뿐 아니라 힐다 하트의 작품도 번역이나 개작보다는 창작일 가능성이 더 높다고 판단된다. 그럼에도 현단계에서는 창작임을 확정할 근거를 정확히 제시하기 어렵기에 창작과 번역 두 가능성을 모두 열어두고 논의를 하고자 한다.

그 달라진 지점을 통해 방정환이 중점적으로 또는 새롭게 말하고자 한 바가 무엇인지 해석해보고자 한다.

1) 불쌍하고 가련한 '어린' 존재의 강조

가장 먼저 눈에 띄는 차이는 제목의 변경이다. 힐다 하트와 마에다 아키라는 제목을 '잃어버린 바이올린'이라고 하였다. 에르지가 고가의 귀중한 악기인 자신의 바이올린을 루이에게 빌려주었다가 그것을 잃어버리게 되는 사건이 부각되는 제목이다. 독자로 하여금 왜 바이올린을 잃어버리게 되는지 궁금증을 느끼게 하며, '잃어버린 바이올린'이 지닌 실제적 의미와 상징성, 주인공과 주변 인물에게 끼친 영향 등을 되묻게 한다. 한편, 방정환은 중역본과 달리 제목을 '어린 음악가'로 고쳤다. 중요 사건과 소재를 강조하기보다는 주인공의 상황(어림과 음악적 재능)에 초점을 둔 제목이다.

방정환은 『사랑의 선물』의 다른 작품에서도 어린이가 아닌 주인공에게 원작과 달리 '어린'이라는 특징을 부여하곤 했다. 일테면 「산드룡의 유리구두」에서 신데렐라를 "어여쁘고 착한 **어린** 색시 산드룡"(이하 강조는 인용자)이라고 하거나 「꽃 속의 작은이」에서 두 연인을 "이 어여쁜 **어린 남녀의 이야기**" "색시와 **어린 남자**"라는 식으로 표현하였다. 「어린 음악가」에서는 주인공이 실제로 열두 살[9] 어린이이기도 하지만 힐다 하트 본과 마에다 아키라본과 달리 '어린'이라는 말을 5번이나 사용하였다. 힐다 하트가 "누더기를 걸친 아이들과 떠돌이 고양이"라고 표현한 부분

---

9 힐다 하트본과 마에다 아키라본에 루이는 열한 살, 에르지는 열 살로 되어 있는데, 방정환은 루이를 열두 살, 에르지를 열한 살로 고쳤다. 천도교소년회의 회원 자격이 만7세~16세 소년(묘향산인(김기전), 「천도교소년회 설립과 그 파문」, 『천도교회월보』 1921.7.)이었기 때문에, 방정환이 5년 후 성공한 루이의 연령을 16세가 아닌 17세로 하기 위해서 고친 것이 아닐까 추정된다.

을, 마에다 아키라는 "너덜너덜한 옷차림의 아이들이나 집 없는 더러운 아기고양이들"이라고 번역했다. 그런데 방정환은 이 부분을 "부모 없는 어린 아이를 구해 주기도 하고, 어미 잃은 괭이나 강아지까지라도"라고 옮겼다. 어린 나이에 엄마를 잃은 에르지가 대상에 대해 느끼는 동질감과 연민의 감정을 부각하기 위해서 '가난하고 누추한' '집 없는'을 강조하는 것에서 '부모 없는' '어미 잃은' '어린' 이미지를 덧보탠 것이다. 이로 인해 한창 돌봄과 보호를 받아야 할 상황임에도 혼자가 된 외로운 존재이자 생존권과 보호권을 제대로 보장받지 못하는 취약한 상태에 놓인 어린이의 상황이 강조되고 있다.

도입부에서 힐다 하트는 에르지의 눈에 비친 소년을 "마르고 누더기를 걸친 작은 형체"로, 마에다 아키라는 "여위고 빗속에 있는 너덜너덜한 옷차림을 한 남자아이"로 표현했다. 방정환은 이 부분을 **조고만 어린 아이**가 몸과 얼굴은 마르고, 찢어진 헌 옷을 입고 비를 맞고 서서"라고 서술하면서 '작은 형체' '남자 아이'라는 부분을 '조고만 어린 아이'라고 고쳤다. 의미상으로는 큰 차이가 없는 표현이지만, 방정환이 『사랑의 선물』 서문에서 "학대 받고, 짓밟히고, 차고 어두운 속에서, 우리처럼, 또 자라는 **불쌍한 어린** 영들"이라고 표현한 부분을 주목해본다면 제목에서부터 부각한 '어린'이라는 표현은 작품 속 주인공의 상황과 맞물려 불쌍한 '어린' 존재에 계속해서 눈길을 머물도록 한다.

'어린이'라는 어휘는 1922년 천도교소년회의 '어린이의 날' 선포, 1923년『어린이』 잡지 창간, 1923년 소년운동협회 주최의 전국적인 '어린이날' 행사 등이 본격화되기 전까지는 대중적으로 일반화되지 않은 상황이었다.

따라서『사랑의 선물』 서문에서의 '불쌍한 어린 영들'이라는 말과 「어린 음악가」를 비롯해 『사랑의 선물』의 다른 작품에서 자주 등장하는 '어린'이라는 말[10]은 등장인물들의 상황이 서로 연결되는 효과를 내며 '어린'은 특별한 사회문화적 의미망을 형성한다. 근대 시기 학대받는 존재로서의 어린이나 연약하고 순수하며 무구함을 표상하는 '어린이'의 심상이 번역 아동문학을 통해 주도적으로 발견되었다고 할 수 있다.[11]

특히 「어린 음악가」의 번역 과정에서 '어린' 존재의 불쌍하고 가련한 처지를 강조해 드러내는 부분이 여러 군데에서 나타난다. '어린'이라는 어휘는 자연스레 슬픔이나 눈물을 연상케 하는 어휘들과 연동되듯 사용된다.

① 힐다 하트 (1914)	"들어봐, 그는 라 마르세예즈를 연주하고 있어."
② 마에다 아키라 (1920)	"그런데 들어 봐요. 마르세이유를 연주하고 있어요." (번역: 이정현)[12]
③ 방정환 (1922)	"바이올린도 잘 타는데요. 저 보세요. 아주 좋은 곡조인데요." 밤은 어둡고 비는 주룩주룩 오시고……. 그 비를 맞고 서서 타는 불쌍한 어린 소년의 바이올린 소리는 가늘게 떨면서 슬프게 우는 소리 같이 들렸습니다.

힐다 하트는 에르지의 아버지가 딸에게 비 오는 날 창 밖에서 어린 소년이 바이올린으로 라 마르세예즈(La Marseillaise)를 연주하는 것을 들어 보라고 한다. 한편, 마에다 아키라는 창밖을 내다보던 에르지가 아버지

---

10 『사랑의 선물』에는 작품에서 '어린'이라는 말이 총 58번 등장한다. 「난파선」(12번), 「산드룡의 유리구두」(1번), 「왕자와 제비」(14번), 「요술왕 아아」(1번), 「한네레의 죽음」(18번), 「어린 음악가」(5번), 「잠자는 왕녀」(1번), 「마음의 꽃」(4번), 「꽃 속의 작은이」(2번). 방정환의 서문을 포함하면 '어린'이라는 말이 총 59번 등장한다.

11 『사랑의 선물』 중에서도 학대받는 어린이의 상이 가장 잘 드러나는 작품은 「한네레의 죽음」이다. 이 작품에서 '어린'이라는 표현은 무려 18번이나 사용되었다. 주로 '어린'이라는 어휘는 '한네레'를 일컫는데 '불쌍한 어린 생각' '한네레의 어린 빰' '어린 가슴' '작고 연한 어린 맨발' '어린 생명' '어린 동무 한네레' 등으로 쓰여 연약하고 가련한 이미지를 강조하고 있다. 그 다음으로 '어린'이라는 말이 많이 나오는 작품은 「왕자와 제비」로 14번이나 나온다. 이때의 '어린'은 학대받는 존재나 연약하고 가련한 이미지의 어린이를 일컫기보다는 어른들의 속물성과 허위의식을 대비적으로 드러내는 역할로서 기능적으로 등장하는 '어린 아이'로 천진난만의 표상이기도 하다. 「왕자와 제비」에서 방정환은 이 어린 아이들을 '어린애'라고 표현하였다.

12 '연구모임 작은물결'의 이정현 선생님의 번역을 참고하였다. 지면을 빌려 감사드린다.

에게 들어보라고 권하는 것으로 바꾸었다. 방정환은 마에다 아키라본처럼 에르지가 아버지에게 창밖에서 들려오는 연주를 들어보라고 권유하는 것으로 번역했지만, 힐다 하트나 마에다 아키라처럼 소년이 프랑스 국가인 '라 마르세예즈'를 연주한다고 번역하는 대신 '아주 좋은 곡조'를 연주한다고 고쳤다. 그리고 에르지가 아버지에게 소년을 데려와 달라 부탁하는 부분을 서술하기에 앞서 불쌍한 어린 소년이 처한 상황을 시공간적 배경 묘사("밤은 어둡고 비는 주룩주룩 오시고")를 추가하고 소년의 모습과 바이올린 연주 소리를 연관 지어 서술한다. '가늘게 떨면서 슬프게 우는 소리같이 들렸'다는 바이올린 연주에 대한 방정환의 추가적 표현은 소년의 처지와 소년이 느낄 감정을 직접적으로 연결 짓는 직유적 표현으로, 에르지와 그의 아버지, 나아가 독자가 어린 소년이 처한 안타까운 상황에 공감하도록 작용한다. 방정환은 이처럼 어린 주인공이 처한 불쌍한 상황을 부각하기 위해 저본인 마에다 아키라본에 없는 문장을 새롭게 첨가하는 방식으로 번역하곤 하였다.

이 부분에서 주목할 또 다른 대목은 힐다 하트와 마에다 아키라는 처음부터 소년이 '라 마르세예즈'를 연주한 것으로 설정한 반면, 방정환은 길거리에서 소년이 연주하는 곡을 '아주 좋은 곡조'라고 표현했다는 점이다. 루이는 부모님이 돌아가시자 태어난 프랑스를 떠나 삼촌을 따라 여기저기 떠돌며 살아간다. 방정환은 그런 루이가 비 오는 날 영국의 길거리에서 자기 나라 국가인 라 마르세예즈를 연주하며 구걸하는 설정이 부자연스럽다고 여겼거나 어린 소년의 민족적, 국가적 자존감의 훼손을 덜어내려 했던 것은 아닐까 한다. 또한 소년에 대한 에르지 부녀의 연민과 배려가 애초에 민족적/국가적 동질감, 유대감에서 기인한 것이 아니라 보편적 인간애에서 비롯되었음을 보여주려 했던 것으로 읽힌다. 이러한 이유뿐 아니라 문학적으로도 길거리에서의 라 마르세예즈 연주로 처음부터 루이가 프랑스인임을 제시하기보다는 방정환의 번역처럼 루이가 에르지의 방에 초대되어 프랑스어로 자신의 이름을 말할 때 세 사람이 타국에서 외롭게 살아가고 있는 같은 프랑스 사람이라는 사실을 알게 됨으로써 극적 효과가 발생한다. 이러한 극적 효과로 인물들 사이에 동질감과 친근감이 더욱 강하게 형성되고, 그러한 감정은 루이로 하여금 처음 만난 사람들에게 자신의 사연을 솔직하게 말하도록 자연스레 이끈다. 그리고 이후 일어나는 사건들의 개연성을 한층 높이는 기능도 한다. 즉 에르지가 처음 만난 루이에게 자신이 아끼는 바이올린을 흔쾌히 빌려준다거나 루이가 바이올린을 되돌려주기 위해 다시 찾아오지 않을 때에도 불가피한 사정이 생겼으리라 믿는 데에도 그들이 타지에서 만난 같은 나라 사람이라는 동질감, 유대감이 크게 작용하고 있기 때문이다.

이러한 과정에 이르기까지 방정환은 중역본을 그대로 번역하지 않고 어린 소년의 불쌍한 처지를 한층 강화하는 방식으로 고쳐 서술하였다.

① 힐다 하트 (1914)	그는 거리에서 연주하는 것을 좋아하지 않았지만 그들이 가진 돈이 매우 적어서 어쩔 수 없이 해야 했다고 덧붙였다.
② 마에다 아키라 (1920)	길거리에서 연주하는 것은 싫지만 돈이 없기 때문에 어쩔 수 없이 하고 있다는 사실도 솔직하게 말했습니다.
③ 방정환 (1922)	길거리에서 바이올린을 타기는 **죽기보다 싫지마는** 돈이 없으니까 어쩔 수도 없거니와, **아니 하면 아저씨가 때려 준다는 말까지** 자세 하였습니다.

루이는 돌봄을 받아야 할 열두 살밖에 안 된 어린이임에도 길거리로 내몰려 돈을 벌어야 했고, 돈벌이를 못하는 날이면 신체적 폭력에까지 시달려야 했다. 길거리에서 연주하는 것을 "좋아하지 않았지만/싫지만"이라고 표현한 힐다 하트와 마에다 아키라보다도 방정환은 훨씬 강도를 세게 하여 "죽기보다 싫지마는"이라고 표현하였다. 더 나아가 어린

루이가 신체적 학대에 노출되고 있음을 드러내고 있다. 이처럼 방정환은 주인공 소년의 불우한 상황을 부각하기 위해 중역본과 다른 차이를 만들어낸다. 시간이 늦어져 루이가 집에 돌아가야 할 때에도 "에그 나는 얼른 집으로 가야 한다. 늦게 가면 아저씨가 **또 때리신단다**. 오늘 번돈을 가지고 어서 가야지 맞지를 않지……."라고 한다거나 "미워하는지는 몰라두 돈을 적게 벌어 온다고 **때린단다**. 어저께도 이쪽 어깨를 못 쓰도록 맞았단다."와 같은 부분을 새로 첨가하였다. 이러한 대화가 이어지면서 에르지는 루이가 또 맞을까봐 자신이 가진 돈을 주고, 루이는 "아무 말 아니 하고 고개를 숙이고 받"는다. 루이가 부끄러움과 미안함을 무릅쓰고 에르지가 준 돈을 받아가는 것도 삼촌의 학대가 얼마나 심한지 짐작할 수 있게 하는 대목이며 이후 루이가 에르지를 다시 찾아오지 못하는 상황의 현실감을 한층 높여주는 대목이다.

번역에서의 차이를 통해 방정환이 「어린 음악가」에서 보여주려 한 어린이상은 더욱 또렷해졌다. 또한 번역동화집 『사랑의 선물』이 아동문학사뿐 아니라 초창기 어린이운동사에서 지닌 의미도 분명해진다. 「어린 음악가」의 어린 루이는 어린이를 새롭게 발견하던 근대 시기에 어린이가 놓였던 억압 상황을 잘 보여주는 어린이 인물이다. 즉 루이는 어린이가 놓였던 윤리적 억압 상황뿐 아니라 14세 이하의 어린이에게 유무상의 노동을 폐지해야 한다고 했던 1923년 5월 1일 어린이날의 '소년운동의 기초조항'의 선언처럼 어린이가 놓였던 경제적 억압 상황에서도 해방되어야 함을 보여주는 인물이다. 이처럼 「어린 음악가」는 학대받고 짓밟히는 어린 영들을 위한 어린이 해방 운동의 일환으로 외국의 동화를 소개하고자 했던 방정환의 뜻이 잘 담긴 동화라 할 수 있다.

다음의 문장은 주요 인물인 에르지가 어떤 환경에서 자랐으며 심성은 어떠한 아이인지를 잘 보여준다. 서술 순서를 바꾼 번역을 통해 다른 효과를 일으키고 있는 점도 눈여겨볼 필요가 있다.

① 힐다 하트 (1914)	에르지는 그녀의 10번째 생일을 기념하기 위해 아버지와 차를 마시고 있었다. **두 사람은 에르지가 고작 아이였을 때 훌륭한 친구였고, 그녀의 엄마는 그녀가 아주 아기였을 때 돌아가셨다.** 아주 작게 열렸지만 생일 파티는 큰 성공이었고, 그들은 찻상 너머에서 매우 내밀한 대화를 나누고 있었다.
② 마에다 아키라 (1920)	에르지이가 열 살이 되던 생일날 밤이었습니다. 밖에는 비가 주룩주룩 내리고 있었습니다. 에르지이는 아버지 클레븐 박사와 둘이서 생일을 축하하는 식사를 하면서 즐거운 듯이 이야기를 나누다가 문득 무언가를 떠올린 듯,
③ 방정환 (1922)	소녀 에르지가 열한 살 되던 해 생일날 밤이었습니다. 밖에는 캄캄한 밤인데 비가 주룩주룩 오시고 있었습니다. 에르지는 아버님 크레븐 박사와 둘이서 생일의 축하 식사를 먹으면서 즐거움게 이런 이야기 저런 이야기 하다가 언뜻 생각이 난 듯이,

① 힐다 하트 (1914)	그는 누더기를 걸친 아이들과 떠돌이 고양이들의 친구가 되어주는 에르지의 행동에 꽤 익숙했다. 그는 정문으로 가서 <u>빗속의 마르고 누더기를 걸친 작은 형체</u>에 손짓했다.
② 마에다 아키라 (1920)	**에르지이는 아직 아기일 때 엄마가 돌아가신 불쌍한 아이였기 때문에 박사는 아주 애지중지하면서 에르지이를 위해서라면** 너덜너덜한 옷차림의 아이들이나 집 없는 더러운 아기고양이들에게도 은혜를 베풀어 도와주거나 한 적이 지금까지도 이미 몇 번이나 있었습니다. 그래서 오늘 밤에도 박사는 서둘러서 현관 쪽으로 가 밖으로 나가서는 **빗속에 있는 여위고 너덜너덜한 옷차림을 한 남자아이**를 불러들였습니다.
③ 방정환 (1922)	**에르지는 난 지 얼마 되지도 않아서 어머님이 돌아가시고 혼자 길리운 불쌍한 애여서 박사는 몹시 귀엽게 여기고 길러서 에르지를 위하여서는 어떠한 일이든지 힘써 하여 왔습니다.** 부모 없는 어린아이를 구해 주기도 하고, 어미 잃은 괭이나 강아지까지라도 일일이 구원하여 주어 왔습니다. 그래서 오늘 밤에도 에르지의 말을 듣고 즉시 허락할 뿐만 아니라 자기가 데리러 나갔습니다. 나가 보니까 **조고만 어린아이**가 몸과 얼굴은 마르고, 찢어진 헌 옷을 입고 비를 맞고 서서 바이올린을 타고 있었습니다.

힐다 하트는 작품의 첫 시작 부분에서 에르지가 어렸을 때 어머니가 돌아가셔서 아버지와 단 둘이 친구처럼 지냈다는 설명을 하고 있다. 한편, 마에다 아키라의 번역과 방정환의 번역에서는 에르지에 대한 이러

한 직접적 설명을 뒤로 옮겨 구성의 변화를 가져왔다. 이때 어린 시절 어머니가 돌아가셨다는 상황을 서술한 두 번째 문장을 뒷 부분으로 옮기는 대신 첫 문장(에르지의 생일)과 세 번째 문장(아버지와 단 둘이 생일파티를 하며 이야기를 나눔) 사이에 이후 대화나 서술에서 언급되는 상황을 서술한다. 즉 마에다 아키라는 비 오는 날씨를, 방정환은 캄캄한 밤이라는 시간적 배경과 비 오는 날씨를 미리 서술하였다.[13] 마에다 아키라와 방정환의 번역에서 에르지가 일찍이 어머니를 여의었다는 사실을 설명하는 문장은 에르지가 늦은 시간 비를 맞으며 바이올린을 연주하는 가련한 어린 소년을 도와주고 싶어하는 마음을 강하게 드러내고, 아버지가 직접 나가서 아이를 집 안으로 데려오는 상황을 자연스럽게 이해할 수 있도록 바로 그 앞부분에 배치되었다. 방정환은 이 부분에서 중역본인 마에다 아키라의 번역을 따랐는데, 인물의 행동과 이야기의 흐름이 좀더 자연스럽게 전개될 수 있도록 개연성을 확보하고 있다.

한편 방정환은 루이가 에르지의 바이올린을 받아들고 집으로 돌아가는 장면에서 루이가 느끼는 감정, 그리고 에르지가 느끼는 감정을 힐다 하트와 마에다 아키라와는 다르게 표현하였다.

빌린 바이올린을 집으로 가져가면서 루이가 느끼는 감정을 힐다 하트는 **고마움**으로, 마에다 아키라는 **기쁨**으로 표현한 반면, 방정환은 **미안함**으로 표현하였다.

---

13 전체적으로 마에다 아키라본은 힐다 하트본에서 그리 크게 달라지는 점이 없다. 에르지가 어머니를 일찍이 여의었다는 부분을 서술하는 대목의 위치를 뒤로 옮긴 부분이 구성상의 차이를 보여주는 대표적인 예외적 변화이다. 그 밖에는 미세한 부분에서의 차이는 존재하지만 힐다 하트본에서 그리 크게 달라지지 않는다.

① 힐다 하트 (1914)	에르지에게 계속해서 **고마워하며** 루이는 "내일 가져올게."라고 말하면서 서둘러 가버렸다.
② 마에다 아키라 (1920)	루이는 **기뻐하며** 몇 번이나 인사를 하면서, "그럼, 내일 반드시 가지고 오겠습니다."
③ 방정환 (1922)	루이는 **미안해하면서** 받아 들고 몇 번이나 절을 하면서, "그러면, 내일은 꼭 가지고 올게!" 하고 집으로 돌아갔습니다.

　루이가 느끼는 감정에 대한 번역에서의 미묘한 차이는 루이의 성격을 다르게 보여주며, 에르지가 느끼는 감정에도 차이를 가져온다.

① 힐다 하트 (1914)	창문에서 그가 가는 것을 보던 에르지는 자신이 **그를 행복하게 만들었다고 생각해 기뻤다.**
② 마에다 아키라 (1920)	에르지이는 창 옆으로 가서 돌아가는 루이의 뒷모습을 지켜보면서 자신이 **그 아이를 행복하게 해 줄 수 있었다는 사실에 기뻐하고 있었습니다.**
③ 방정환 (1922)	에르지는 부모도 없이 거지 노릇을 하는 **불쌍한 루이의 돌아가는 것을 물끄러미 보면서 눈물을 흘렸습니다.**

　힐다 하트와 마에다 아키라는 루이가 느끼는 감정을 고마움과 기쁨으로 표현했던 것처럼, 에르지가 행복해하는 루이를 보며 그 아이에게 행복감을 주었다는 데에서 기쁨을 느끼는 것으로 표현하였다. 반면, 방정환은 루이가 느꼈을 부끄러움과 고마움, 미안함이 뒤섞인 복합적 감정을 이해하면서 그런 루이를 보며 에르지가 기쁨보다는 연민과 동정을 느끼며 눈물 흘리는 것으로 표현하였다. 이와 같은 번역의 차이는 에르지의 시선과 감정에 자신을 이입하며 책을 읽게 되는 독자로 하여금 불쌍하고 가련한 '어린' 존재에 대한 공감과 인간애에 더 깊게 영향을 받게 한다.

2) 민족적/국가적 동질감, 유대감의 강화

방정환의 번역에서 힐다 하트본, 마에다 아키라본과 가장 많이 달라진 부분은 루이가 "꿈에도 못 보던 훌륭한" 에르지의 바이올린으로 프랑스 국가를 연주하는 부분이다. "길거리에서 바이올린을 타기는 죽기보다 싫어"하는 루이가 구걸 행위로 거리에서 '라 마르세예즈'를 연주한다는 설정은 방정환의 관점에서는 민족/국가에 대한 자긍심을 저버리는 행위로 받아들여졌을 수 있다. 그런 이유로 방정환은 힐다 하트본과 마에다 아키라본과 달리 길거리에서 '라 마르세예즈'를 대신해 '아름다운 곡조'를 연주하는 것으로 고쳤을 것으로 추정된다. 그런 루이는 외로운 타국에서 같은 나라 사람들을 만나 반가운 마음에 "오래 두고 듣지도 못하고 하지도 못하던 자기 나라 국가"를 멋지게 연주한다. 방정환은 이 감격스러운 장면을 상당히 격정적으로 묘사하였다. 이 대목에서 상당 부분의 문장을 첨가해 분량도 거의 3배 정도 늘어났다.

① 힐다 하트 (1914)	루이의 눈은 아름다운 악기를 보자 맑게 빛났고, 그것을 사랑스럽게 만졌다. 그가 연주를 시작하자마자, 박사는 그가 재능이 있음을 인정했다. "누가 가르쳐줬니?"라고 그가 물었다.
② 마에다 아키라 (1920)	루이의 눈은 그 아름다운 악기를 보자마자 빛났습니다. 그리고 그것을 기쁘게 받아 들고는 천천히 연주를 하기 시작했습니다. 그런데 이 얼마나 멋진 실력이겠습니까! 박사는 연주를 들으면서 깊게 감동을 받았습니다. "누구한테 배웠니?"하고 박사는 한 곡이 끝나자 물었습니다.
③ 방정환 (1922)	루이는 그 바이올린을 보자 눈에 새 광채가 났습니다. 그 바이올린은 참말 훌륭한 보물이었습니다. 루이가 이때까지 말로만 듣던 몇 백 환짜리 좋은 바이올린이었습니다. 루이는 그 꿈에도 못 보던 훌륭한 바이올린을 주의하여 받아 들더니 웃는 얼굴로 박사를 보고, "오늘은 오래 두고 하지 않던 우리나라 국가를 하지요." 하였습니다. **에르지는 그 말을 듣고 기뻐서 뛰고 싶었습니다. 박사도 이 영국에**

> 온 후로 오래 두고 듣지도 못하고 하지도 못하던 자기 나라 국가를 듣게 되어서 무한 기꺼워하였습니다.
> 훌륭한 바이올린의 줄 위에 기꺼움과 피로써 뛰는 루이 소년의 손가락과 활 밑에서 숭엄하고 화창한 불란서 국가는 흘러나왔습니다. 높게, 낮게, 길게, 짧게, 힘 있게 나오는 바이올린 소리는 조용한 방 속의 구석구석이 울리고 눈을 감고 죽은 드키 앉아서 바이올린 소리에 취한 박사와 에르지는 어느 틈에 자기도 모르게 가느른 목소리로 바이올린에 맞춰서 국가를 합창을 하고 있었습니다.
> 참으로 루이의 재주는 희한한 천재였습니다! 바이올린이 끝나자,
> "너 누구에게 그렇게 배웠니?"
> 하고 물어보았습니다.

밑줄 친 부분은 중역본에 없는 것으로, 방정환이 상상력으로 꾸며 추가한 문장이다. '피로써 뛰는', '숭엄'한 프랑스 국가를 혼연일체가 되어 함께 부르는 장면은 남다르게 읽힌다. 일제의 식민지에서 부르고 싶어도 부를 수 없는 조선의 노래를 민족이 하나가 되어 부르는 상황을 상상하면서 방정환은 이 부분을 그려내지 않았을까. 또한 방정환은 에르지가 소년 루이에게 자신의 값비싸고 소중한 바이올린을 빌려준 뒤 아버지가 그것을 알고 걱정하자 "그렇게 나쁜 애 같지는 않던데요. 그리고 **우리나라 아이**구요……"라고 말하는 대목을 첨가하였다. 이 또한 방정환이 이 작품을 통해 강조하고 싶은 부분이라 할 수 있다.[14]

① 힐다 하트 (1914)	에르지가 피로워하며 말하길, "그는 선한 인상을 가졌어요. 그가 가지고 돌아올 거라는 것을 알아요." 금방이라도 울음을 터트릴 것 같은 그녀를 보며, 그녀의 아버지는 아주 조금 더 말했지만,
② 마에다 아키라 (1920)	"그렇게 착한 얼굴을 하고 있는데 반드시 가지고 올 거예요." "그렇지만 혹시 가지고 오지 않는다면?" 박사가 다시 그렇게 말하자 에르지이는 갑자기 슬퍼진 듯 눈물을 흘렸습니다. 그래서 박사는 그 후로는 아무 말도 하지 않았습니다.

---

14 2장 2절의 방정환 번역에서 새로 추가된 라 마르세예즈 연주 부분은 염희경 박사논문(2007); 앞의 책(2014) 186쪽에서 재인용·했으며, 힐다 하트본만 추가하였다.

③방정환 (1922)	"그래도 그렇게 나쁜 애 같지는 않던데요. 그리고 우리나라 아이구요……." "그렇지만 만일 아니 가져오면……?" 박사는 기운 없는 소리로 이 말을 하고는 다시 아무 말도 아니하였습니다. 에르지도 아무 말도 아니 하고 있었습니다. 그의 눈에는 불쌍한 루이의 모양이 잠시도 떠나지 않고 보였습니다.

  힐다 하트본과 마에다 아키라본과 비교할 때 방정환은 에르지가 루이를 강하게 믿고 있다는 사실을 특별히 더 강조한다. 또한 힐다 하트본과 마에다 아키라본과 달리 그 믿음의 밑바탕에 같은 나라 아이라는 동질감이 강하게 작용하고 있다는 점도 부각한다. 루이에 대한 에르지의 강한 믿음은 이후에도 자기 실수에 대한 불안이나 자책보다는 상대를 향한 진심 어린 걱정으로 이어진다.

①힐다 하트 (1914)	에르지는 그 일 이후로 많이 자책했고, 크레븐 박사는 오랫동안 그 문제를 그녀에게 언급하지 않았다. 그러나 점차 그녀는 그에 대해 덜 예민하게 느꼈고, 심지어 아버지가 그녀의 바보 같은 온화함에 대해 놀리는 것도 용납했다.
②마에다 아키라 (1920)	에르지이는 이 실수가 매우 신경이 쓰였습니다. 그래서 박사도 오랫동안 이 일은 일부러 입 밖에 내지 않았습니다. 그렇지만 점점 신경을 안 쓰게 되었고 나중에는 아버지한테서 너무 사람좋은 거 아니냐고 놀림을 받아도 풀이 죽거나 하지 않게 되었습니다.
③방정환 (1922)	에르지는 아버지께 몹시 미안하기는 하였으나 아무리 생각하여도 루이는 그런 나쁜 짓을 할 아이는 아니었습니다. 그리고 더구나 루이 혼자 어데로 간 것도 아니고 그 아저씨 집과 한테 어데로 갔을 제는 아마 루이도 어쩌는 수 없이 그냥 끌려가게 된 것이 분명하다고 생각하였습니다. 박사도 에르지가 언짢아할까 겁해서 다시는 그 바이올린 이야기를 하지 아니 하였습니다. 에르지도 다시는 그 바이올린 생각은 아니 하였습니다. 그러나 대체 그 불쌍한 루이는 그 사나운 아저씨를 따라서 어데로 가서 어떻게 사는지……, 반드시 또 그 어느 곳에서 루이는 길거리에서 바이올린을 타겠지……. 생각하고 궁금해하며 있었습니다.

바이올린을 빌려간 루이가 사라진 뒤의 이야기를 서술한 부분에서 힐다 하트와 마에다 아키라는 에르지가 자신의 실수에 대해 자책감을 느끼는 것으로 표현했다. 하지만 방정환은 에르지가 루이가 어쩔 수 없이 삼촌에게 끌려갔을 것이라 믿고, 사나운 삼촌에게 괴롭힘을 당하며 지낼 것을 오히려 걱정하는 것으로 번역하였다. 방정환은 이 부분에서 중역본을 그대로 번역하지 않고 고쳐 씀으로써 한 인간에 대한 강한 믿음을 일관되게 피력하고 있다.

3) '어린 존재'의 존엄성과 가능성

방정환이 이처럼 마에다 아키라의 중역본 그대로를 번역하지 않고 고쳐 쓴 이유는 무엇일까? 루이와 에르지로 대변되는 '어린' 존재들이 품고 있는 고귀성, 참된 마음을 끝까지 옹호하며 지켜주고 싶었던 것은 아니었을까. 힐다 하트나 마에다 아키라의 작품에서처럼 에르지가 느끼게 되는 실망과 자책감은 작품에 현실감을 부여하고 루이를 다시 만나게 되는 뒷부분에서 반전 효과를 극대화하는 기능을 한다. 반면, 방정환의 번역은 이런 기능적 측면과 효과를 감소시키는 측면이 없지 않다. 그럼에도 방정환은 가난과 폭력에 시달리는 불우한 처지에 놓여 있는 루이가 자신의 열악한 상황에도 불구하고 참된 인간의 본성을 저버리지 않고 최선을 다해 열심히 살아가 마침내 음악가로 성공한 모습을 보여줄 뿐 아니라 그 과정에서 저본으로 삼은 번역본과는 다른 번역을 통해 독자들도 에르지와 한마음이 되어 루이를 끝까지 믿고 걱정하며 응원하기를 바라는 마음을 담아내고자 했다고 할 수 있다.

이 대목에서 방정환이 '어린' 존재에 대해 또 다른 중요한 의미를 부여하고 있음을 알 수 있다. 2장 1절에서 부각한 학대받는 존재로서의 어린이상에서 나아가 루이를 통해서 그런 부당한 학대에도 불구하고 자신의 존엄성을 지키고 참된 마음을 지켜나가는 존재를, 그리고 에르지를 통해서는 자신보다 낮은 자리에 있는 타인을 존엄하게 대우하며 끝까지 믿고 배려하는 참된 마음을 지닌 존재를 그려내고 있다. 「동화를 쓰기 전에 어린애 기르는 부형과 교사에게」(『천도교회월보』 1921.2)와 「어린이 찬미」(『신여성』 1924.6)에서도 밝히고 있듯 어린이를 '인내천의 사도'로 보고 '어린이'의 본성에 대해 긍정적이고 종교적인 근원적 믿음을 지녔던 방정환은 힐다 하트나 마에다 아키라처럼 루이가 사라진 뒤 에르지의 아버지가 보인 불신, 불쾌감도 그대로 번역하지 않는다.

① 힐다 하트 (1914)	불행히도 <u>그의</u> 우울한 예상은 실제가 되었다. 루이는 다음 날 돌아오지 않았고, 저녁 때 박사는 소년이 그에게 남긴 주소로가 소년과 삼촌이 실제로 그곳에 머물긴 했지만, <u>그날 아침 떠나버렸고 아무도 그들이 어디로 가버렸는지 모른다</u>는 것을 알게 되었다.
② 마에다 아키라 (1920)	하지만 이게 무슨 불행한 일일까요! 박사의 불길한 예감이 들어맞아 루이는 **다음 날** 오지 않았습니다. 그래서 박사는 루이가 살고 있다고 했던 곳으로 가 보았습니다. 루이와 루이의 삼촌이 그곳에 살았던 것은 사실이지만 <u>그날 아침에 갑자기 떠나 버려서 어디로 갔는지 아무도 모르는 것</u>이었습니다.
③ 방정환 (1922)	그러나 불행하기도 하지요. 박사의 염려하던 말씀이 들어맞아서 루이는 그 이튿날 오지를 않았습니다. **해가 지고, 밤이 들고, 그 밤이 또 깊도록 영영 루이는 오지 아니하였습니다.** **또 그 이튿날 오후**에 박사가 그 애 아저씨 집이라던 곳을 찾아가 보니까 루이의 아저씨와 루이가 그 집에 살기는 하였으나 **바로 어저께** 어디로인지 이사를 갔다고 하여 그냥 돌아오고 말았습니다.

힐다 하트본과 마에다 아키라본에서 크레븐 박사는 루이가 오기로 한 바로 그 날('다음 날') 루이네 집을 찾아간다. 그러나 방정환은 "해가 지고, 밤이 들고, 그 밤이 또 깊도록 영영 루이는 오지 아니하였습니다."라는 한 문장을 추가하여 에르지와 크레븐 박사가 밤이 깊도록 루이가 찾아

오리라는 믿음을 갖고 기다렸음을, 루이가 그들의 믿음을 저버리지 않기를 간절히 바라는 마음을 담아내고 있다. 이러한 간절한 바람은 독자에게도 그대로 전이된다. 방정환의 번역에서 박사가 루이의 집으로 찾아간 "또 그 이튿날 오후"는 루이가 오기로 한 '다음날'이 아니라 그 다음날이다. 힐다 하트와 마에다 아키라는 루이와 삼촌이 집을 떠난 날을 '그날 아침'이라 했는데, 방정환은 '바로 어저께'라고 고쳤다. 이처럼 방정환의 번역에서는 크레븐 박사가 루이가 오기로 한 날 찾아간 것이 아니라 그 다음날 찾아갔음을 분명히 드러내고 있다. 이러한 작은 차이는 에르지뿐 아니라 크레븐 박사도 루이를 믿고 있다는 사실을 드러낸다.

5년이 지난 뒤 음악회에서 무대에 오를 음악가로 루이의 이름을 들었을 때도 방정환은 크레븐 박사의 태도를 힐다 하트와 마에다 아키라와는 다르게 표현한다.

① 힐다 하트 (1914)	"얼마나 재미있어요, 연주를 할 새로운 바이올리니스트, 루이 루블랑이 있어요." 에르지가 진행표를 읽었다. "아마 우리가 아는 루이겠죠." "나도 그러길 바라."라고 의사가 **무섭게** 말했다.
② 마에다 아키라 (1920)	"어머, 신기하네." 하고 에르지이는 프로그램을 보면서 "다음에 나오는 바이올리니스트가 루이 루브랑이라는 이름이에요. 아버지, 그 루이일까요?" "그럴지도 모르지." 하고 박사는 **몹시 불쾌한** 듯이 말했습니다.
③ 방정환 (1922)	"에그, 아버지! 이것 보셔요. 이상도 합니다!" 하고 순서지를 들고, "이번에는 바이올린인데 루이 루부렌이라고 쓰였습니다. 그때 그 루이하고 이름이 어쩌면 이렇게 같을까요." "글쎄!"

에르지가 공연 프로그램에 적힌 루이의 이름을 보고 5년 전의 그 루이이기를 바라는 마음을 담아 얘기할 때 박사는 "무섭게"(힐다 하트본) 또는 "몹시 불쾌한 듯이"(마에다 아키라본) 대답한다. 이와 달리 방정환은 이

부분에서 "글쎄!"라며 동명이인일지 같은 루이일지 알 수 없다는 정도의 마음을 드러낼 뿐 특별히 부정적 감정을 드러내지는 않는다.

한편, 루이가 에르지 부녀를 발견한 뒤 라 마르세예즈를 연주할 때 힐다 하트본과 마에다 아키라본에서는 반가워하는 마음을 담아 연이어 얘기하는 에르지의 말에 박사가 아무런 대꾸도 하지 않는다. 반면 방정환은 "박사의 두 눈에서는 눈물이 방울방울 흘렀습니다."로 고쳤다. 박사 또한 에르지와 같은 마음으로 루이에 대한 믿음을 저버리지 않고 지내왔음을 드러내는 문장이다.

이러한 부분은 자칫 인물의 실감을 떨어뜨리는 요소로 작용하기도 하지만, 삼촌으로 대변되는 부정적 인물과 달리 학대당하는 어린 소년을 구조해 그가 자신의 재능을 키워 음악가로 성공하도록 아낌없이 후원한 어른들, 어린 루이를 믿고 돌보고 지원하려 했던 박사와 같은 선한 어른들도 존재하고, 또 존재해야 함을 강조했다고 볼 수 있다. 방정환의 아동소설 「금시계」나 「동무를 위하여」, 탐정소설 『칠칠단의 비밀』 등에서 어린 소년들을 응원하고 힘을 실어주는 어른 조력자들이 등장하는 것도 이와 같은 맥락이다. 방정환은 어린이 해방 운동의 주체가 어린이임을 강조했지만 어린이가 처한 불우한 환경의 극복을 위해서는 부형과 교사 등 어른들도 함께 나서야 함을, 어른의 사회적 책임을 강조하였다. 「어린 음악가」는 불우한 처지에 놓인 식민지 조선의 어린이들에게 살아갈 용기와 위안, 희망을 주는 메시지를 강하게 내포하고 있는 작품이다.

또한 힐다 하트와 마에다 아키라는 후반부에서 음악가로 성공한 루이의 첫 등장 부분을 '바이올리니스트'라고 객관화하여 최대한 감정 개입을 차단한 채 서술한다. 반면, 방정환은 '제일 유명한 어린 음악가, 17세의 소년 루이 루부렌'이라고 표현하면서 청중의 열렬한 환영 속에서 등장하는 것으로 그려냈다.

① 힐다 하트 (1914)	바로 그때 **바이올리니스트**가 연단에 섰고 에르지는 흥분에 차 벌떡 일어났다. "우리가 아는 루이네요." 그녀는 속삭였다. "봐 요, 아빠."
② 마에다 아키라 (1920)	마침 그때 그 **바이올리니스트**가 무대 위로 올라왔습니다. 에르 지이는 엉겁결에 펄쩍 뛰었습니다. "봐요. 그 루이예요. 보세요, 아버지." 하고 에르지이는 속삭였습니다.
③ 방정환 (1922)	이 날 출연하는 모든 유명한 음악가 중에서도 제일 유명한 **어 린 음악가**, 17세의 소년 루이 루부렌이 등단하는 것을 보고 환영하는 박수였습니다. 끓는 듯한 환영을 받고 쾌활하게 나서는 **어린 음악가**의 **어여쁜 얼굴**은 틀림없는 5년 전 루이였습니다. 에르지의 얼굴은 공연히 화끈화끈하고 가슴이 무서워하는 사람처럼 뛰놀았습니다. 그리고 박사의 손을 꼭 잡고 나직한 소리로, "루이여요, 루이여요!" 하였습니다.

방정환의 번역에서 '어여쁜 얼굴'이라는 표현은 대상에 대한 감정이 투영된 표현으로, 독자는 루이를 향한 에르지의 감정, 나아가 번역가 방정환의 서술 태도에 영향을 받으면서 감격과 흥분에 함께 사로잡히게 된다.

방정환의 번역에서 "제일 유명한 어린 음악가"의 '어린'은 학대받는 불쌍한 존재로서의 '어린'을 넘어서서 '어린 존재'가 지닌 존엄성, 가능성 등을 담지한 언어로 한층 의미가 전환된다. 즉 이때의 '어린'에는 2장 1절에서 부각되었던 학대 받는 불쌍한 존재로서의 여리고 약한 '어림'이라는 의미에서 적지 않은 변화가 이루어졌음을 주목할 필요가 있다. '어린'이라는 말 앞에 '제일 유명한'이라는 수식어를 배치함으로써 고아와도 같은 불우한 신세로 가난과 학대의 모진 어려움을 견뎌내고 성공한 음악가가 된 사실을 강조함으로써, 그 어림에는 큰 것을 이루어낼 무한한 가능성, 창조성을 담지하고 있음을 드러내고 있다. 또한 "끓는 듯한 환영을 받고 **쾌활하게 나서는 어린 음악가**"라는 표현을 통해 음악적 재능뿐 아니라 이전의 불우한 상황을 이겨내고 내면적으로도 한층 성장한 존재가 되었음을 드러낸다. 방정환이 그의 다른 글에서 강조하고 예찬했던 '어림'이 지닌 긍정적이고 창조적인 생명의 에너지를 담아내고 있는 것이다. 이 점은 『사랑의 선물』에 수록한 번역 중 '어린'이라는 어휘가 가장 많이 표현된 「한네레의 죽음」에서의 '어린'이 연약하고 불쌍하며 순수한 존재성을 드러내는 의미로 어린 한네레가 모진 학대로 죽음을 맞게 되는 희생자로 그려진 것과도 큰 차이가 난다.[15]

4) 결말의 화룡점정, 에르지의 벽장 속 '쪼개진 바이올린'[16]

이재복은 「어린 음악가」를 가난한 천재 소년이 훌륭한 음악가로 성공한 입신출세 이야기라고 평가하면서 방정환이 이 작품을 번역한 것을 두고 이야기꾼의 자리가 물질 기반이 튼튼한 상류 특권계층의 아이를 지향한 것이라 비판한 바 있다. 또한 주인공의 천재적 재능은 태생부터 선택된 자리에 있는 것으로 당대 아이들에게 절망을 심어줄 위험성이 있다고 지적하였다.[17]

서구에서는 근대 초창기에 가난 때문에 재능을 살릴 수 없었던 예술가들을 후원하여 성공하게 하는 후원자들이 상당히 존재했다. 「어린 음악가」는 근대의 한 전형적 현실을 드러낸 것이라 할 수 있다. 가난한 소년의 입신출세담이라는 측면만 부각하여 그것을 번역자 방정환의 세계

---

15 김영순, 「「한네레의 죽음」에 투영된 작품 세계 탐구」, 『아동청소년문학연구』 29호, 한국아동청소년문학학회, 2021.12 참조. 김영순은 이 논문에서 미즈타니 마사루, 오가와 미메이, 오사나이 가오루 등의 작품과 방정환의 「한네레의 죽음」을 비교 분석하면서 '학대' '죽음' '자살' '꿈' '환영' '환청' '그리움' 등의 키워드를 중심으로 심리학적 방법론을 적용해 작품을 살폈다. 방정환의 번역본이 원작과 저본에 비해 현저하게 학대 묘사가 두드러지며 설득력 있는 묘사로 독자의 공감력을 극대화했다고 평가하였다. 또한 학대로 죽음을 맞은 언니의 환영을 통해 아픔을 공유하면서 현실을 부각함과 동시에, 한네레가 죽음을 맞이하는 과정에서 자장가를 통해 동심이 살아 있는 꿈 속 나라라는 축복의 공간을 극명하게 대비시켜 동화적 상상력을 구현한 작품으로 평가하였다.
16 2장 4절은 염희경 박사논문(2007); 앞의 책(2014) 186~188쪽에서 재인용했으며, 힐다 하트 본과 일부 내용을 추가 보완하였다.
17 이재복, 『우리 동화 바로 읽기』, 우리교육, 2004, 82쪽.

관의 한계로 지적하는 것은 당대의 현실 상황을 간과한 것이다.

한편, 서구 근대 시민사회의 이러한 측면은 계급적 측면에서 한계는 뚜렷하지만 고정된 신분제를 해체할 수 있었던 근대의 긍정적 측면이기도 했음을 도외시한 일면적 평가라 할 수 있다. 더욱이 방정환이 물질 기반이 튼튼한 상류 특권 계층의 아이를 지향했다는 평가는 과도한 해석이다. 오히려 이 작품에서 물질 기반이 튼튼한 상류 특권 계층의 아이를 대표하는 에르지는 물질 기반이 취약한 하층의 루이를 만나면서 계층적 위화감과 이질성을 넘어서서 진정한 믿음과 동정심을 발휘한다. 앞에서도 밝혔듯 두 아이들 사이에 동질감을 강하게 형성하게 된 코드는 민족적/국가적 유대감이다. 영국에서 만난 '불란서 사람'이라는 동질감, 그동안 부르지 못했던 프랑스 국가 '라 마르세예즈'를 함께 부르면서 등장인물들은 계층적 차이를 넘어 강한 유대감을 형성한다.

① 힐다 하트 (1914)	그 다음 날 그는 그녀에게 이제 그녀가 **가장 아끼는 소유물** 중 하나인 <u>아름다운 바이올린</u>을 보냈다.
② 마에다 아키라 (1920)	다음 닐 루이는 **아름다운 바이올린**을 에르지이에게 보내주었습니다. 그것이 지금은 에르지이에게는 **가장 소중한 물건**이 되었습니다.
③ 방정환 (1922)	그 다음 날 루이는 **좋은 훌륭한 바이올린**을 선물로 가지고 가서 에르지 색시에게 주었습니다. **에르지는 그것을 받고 자기 방장 속에 이날 이때까지 위하고 위해 두었던 루이의 기념물 쪼개진 바이올린을 내보였습니다.** 박사와 에르지 색시와 루이가 5년 만에 이 방에 모여 즐겁게 이야기하고 있는 그 창밖에는 오늘도 비가 주룩주룩 오고 있었습니다.

방정환은 결말에서 루이의 보잘 것 없는 '쪼개진 바이올린'을 에르지가 소중하게 간직하고 있었던 것으로 새롭게 다시 썼다. 이 결말의 변화는 작가 의식뿐 아니라 작품에 새롭게 부여된 주제의식과도 관련된다. 만일 방정환이 가난한 삶에서 벗어나 성공한 소년의 입신출세담을 부

각하려 했다면, 즉 상류 특권층을 지향했다면 이런 결말의 변하는 불필요했을 것이다. 이 대목은 루이를 현재의 성공한 음악가로 있게 한 것은 다름 아닌 루이에 대한 에르지의 강한 믿음이었음을 강조한다. 힐다 하트와 마에다 아키라의 결말에서는 자칫 현재의 '성공', 즉 이를 가시적으로 드러내는 '아름다운 바이올린' '좋은 훌륭한 바이올린 선물'에 초점이 놓일 수 있는 문제가 없지 않다. 방정환 번역에서 추가적 서술을 통한 결말의 변화는 이런 문제점을 의식적으로 없애기 위한 번역가의 적극적 시도였다고 평가할 수 있다. 에르지가 오랜 시간 간직했던 루이의 '쪼개진 바이올린'은 원작의 주제 의식을 심화시키는 중요 소재이자 이야기를 더욱 감동적으로 만드는 일종의 화룡점정과도 같은 핵심 상징물이다. 방정환 번역의 작은 차이가 결과적으로 작품의 깊이를 다르게 만들었다.

3. 어린이 해방 운동의 관점에서 다시 읽는 「어린 음악가」

방정환은 당시 현실의 어린이들을 "눌리우는 사람의 발 밑에 한 겹 눌려온 조선의 어린 민중들"이라고 보면서도 어린이의 '어림'은 미숙하거나 부족한 무엇이 아니라 크게 자라날 '어림'이며 새로운 큰 것을 지어낼 '어림'이라는 점을 강조했다.[18] 번역동화집 『사랑의 선물』 서문에서도 강조했듯, "짓밟히고, 학대 받고, 쓸쓸스럽게 자라는 어린 혼을 구원하자!"는 뜻에서 소년운동을 일으키고, 소년회를 조직했으며, 소년문제 연구단체를 조직하고 『어린이』 잡지와 같은 어린이 읽을거리를 만들었

---

18 방정환, 「어린이날」, 『어린이』, 1926년 5월호; 「어린이날에」, 《조선일보》, 1928.5.8.; 「전조선 어린이께」, 《조선일보》, 1929.5.5.

다.[19] 또한 '기미년 새벽' '민족의 소생, 갱생'을 도모하는 과정에서 '어린이의 발견'이 중요했으며, 어린이운동은 민족의 갱생을 도모하는 전체 운동 중에서도 '근본 운동'임을 강조하였다.[20]

「어린 음악가」의 주인공 루이는 어린 나이에 부모를 잃고 태어난 나라를 떠나 여러 나라를 떠도는 디아스포라의 삶을 살면서 친족인 어른에게 윤리적, 경제적 억압을 받는 존재였다. 그러나 참된 소년의 면모를 저버리지 않고 최선을 다해 살아감으로써 마침내 빛을 발하는 존재로 우뚝 서게 된다. 「어린 음악가」에는 방정환과 천도교소년회가 어린이운동을 펼치면서 늘 강조했던 "씩씩하고 참된 소년이 됩시다. 그리고 늘 서로 사랑하며 도웁시다"라는 모토에 걸맞는 두 명의 어린이의 모습이 잘 담겨 있다. 루이는 그 자체로 고난의 삶 속에서 씩씩하고 참된 소년으로서의 삶을 살아냈으며, 타인(타자)의 불행한 현실에 눈물짓던 에르지의 참된 마음과 믿음은 마침내 루이가 학대받던 상황에서 벗어날 수 있도록 도움의 손길을 보냈고 그 마음을 끝까지 유지하였다.[21] 그리고 불행한 처지에 놓여 있던 어린 루이를 마침내 불행의 구렁텅이에서 구원해 돌보고 지원한 주변의 어른 조력자들은 한 사람의 삶을 변화시킨

---

19 편집인(方), 「『어린이』 동무들께」, 『어린이』 1924년 12월호. ; 염희경, 앞의 책, 90쪽.
　방정환의 "『사랑의 선물』은 **조선의 '소년운동'**이라는 차원에서 이루어진 외국 동화의 번안 작업"(염희경, 앞의책, 171쪽)이자 "(동시대의) 대개의 번역동화집이 기독교 세계관에 바탕을 두고 있다면 방정환의 번안 동화집은 **천도교적 이상과 민족주의 사상**을 바탕에 두고 엮었다는 점에서 적지 않은 차이가 있다."(염희경, 앞의책, 173쪽)
20 방정환, 「조선 소년운동의 사적 고찰」, 《조선일보》, 1929.1.4; 염희경, 「어린이날 100주년, 어린이운동의 근본을 되새기는 방정환의 새 자료」, 『아동청소년문학연구』 30호, 한국아동청소년문학학회, 2022.6, 366쪽.
21 『사랑의 선물』에 수록된 「난파선」의 마리오와 쥬리에트도 '참된 마음'을 지닌 어린 존재들로 그려진다. 특히 마리오의 경우 죽음을 앞둔 상황에서 타인을 위해 자신을 희생하는 정신을 보여주는데 방정환은 이를 "하늘 같은 귀여운 생각"이라고 표현하였다. 즉 이때의 '하늘 같은 귀여운 생각'이란 천도교인 방정환이 생각한 '동심=영원한 어린이성=(천도교)한울님의 마음=신성(神聖)=천심'과 그리 다르지 않다. 『어린이』에 천도교소년회의 모토인 "씩씩하고 **참된 소년**이 됩시다. 그리고 늘 서로 사랑하며 도웁시다"에서의 '참된'은 단순히 정직한, 진실한 등의 의미를 넘어서서 '인간 본성' '한울님 마음'을 간직한 것을 의미한다고도 해석할 수 있다.

결정적 영향을 끼쳤다. 친척 관계에서 벌어지는 어린이 학대를 혈연이나 국적과 무관한 사람들의 사회적 책임감과 연대로 막아낼 수 있었고, 마침내 어린이가 자립할 수 있는 힘과 기반을 마련하도록 그 성장을 도왔다. 이처럼 「어린 음악가」는 루이를 둘러싼 이들이 보여준 계층적 차이와 민족적/국가적 차이를 넘어선 보편적 인간애, 나눔과 연대의 정신이 방정환이 꿈꾸었던 '모두가 다 같이 행복한' 세상에 한발 다가갈 수 있는 원동력임을 잘 보여준다.

「어린 음악가」에서 방정환이 보여준 번역의 작은 차이는 작품 전체를 관통하면서 큰 차이를 만들어내고 있다. 기존의 읽기 방식에서 벗어나 다르게 읽는 접근을 통해 더 많은 작품들이 다양하게 해석되기를 기대한다.

참고문헌

1. 기본 자료

『어린이』《조선일보》『사랑의 선물』(개벽사, 1922; 1928(11판))

한국방정환재단 엮음, 『정본 방정환 전집』(전 5권), 창비, 2019.

前田 晁, 「失くなつた ヴァイオリン」, 『金の船』, 1920.4.

EDRIC VREDENBURG, NORMAN GALE and other, *Curly Heads and Long Legs*, London: Raphael Tuck & Sons Ltd, 1914.

EDRIC VREDENBURG, NORMAN GALE and other, *Curly Heads and Long Legs*, Pook Press, 2011.

2. 국내외 논저

김영순, 「「한네레의 죽음」에 투영된 작품 세계 탐구」, 『아동청소년문학연구』 29호, 한국아동청소년문학학회, 2021. 12.

염희경, 「소파 방정환 연구」, 인하대학교 박사논문, 2007.8.; 『소파 방정환과 근대 아동문학』, 경진출판, 2014.

_____, 「어린이날 100주년, 어린이운동의 근본을 되새기는 방정환의 새 자료」, 『아동청소년문학연구』 30호, 한국아동청소년문학학회, 2022.6.

이기훈, 「1920년대 '어린이'의 형성과 동화」, 『역사문제연구』 8, 2002. : 이기훈, 「1920년대 '어린이' 형성과 방정환의 소년운동」, 이기훈 · 염희경 · 정용서 공저, 『방정환과 '어린이'의 시대』, 청동거울, 2017.

이재복, 『우리 동화 바로 읽기』, 우리교육, 2004.

이정현, 「方定煥 飜譯童話と『金の船』」, 『일본문화연구』 22집, 동아시아 일본학회, 2007.4.

李姃炫, 「方定煥の飜譯童話研究-『サランエソンムル(사랑의 선물)』を中心に」, 大阪大學大學院言語文化研究科 博士論文, 2008.3.

나카무라 오사무(仲村 修), 「方定煥研究序說: 東京時代を中心に」, 『青丘學術論集』 14, 東京: 韓國文化振興財團, 1999.4.

네이션을 상상한 동화 번역과 아동의 위치
―「꽃 속의 작은이」를 중심으로

김현숙

1. 1920년대 초 동화 번역자의 비통합적 아동 인식

1921년 2월 방정환은 동화작가 선언을 내놓는다. 이 선언은 창작으로 바로 이어지지 않고 번역이라는 중간과정을 거친다. 번역부터 나섰던 것은, 사상이며 작품이며 부지런히 받아들이던 때였으니, 아동을 위한 동화를 알자마자 지체 없이 소개하여 독자가 읽게 하려는 생각이 컸기 때문일 것이다. 한편으로는, 소설가인 그이지만 아동을 상대로 한 서사 창작에 바로 진입할 수 없는 그 무엇을 느꼈기에, 이를 처리하는 방편으로써 외국 동화를 번역하는 과정이 필요했을 수도 있다.

방정환은 동화작가 선언에 해당하는 「동화를 쓰기 전에 어린애 기르는 부형과 교사에게」(『천도교회월보』, 1922년 2월호, 이하 「동화를 쓰기 전에」로 줄

---

*이 논문은 2020 작은물결포럼(주최 · 주관; 한국방정환재단, 연구모임 작은물결, 성균관대학교 비교문화연구소, 국어국문학과 BK21 교육연구단, 2020.11.7.) "새롭게 읽는 방정환의 『사랑의 선물』"에서 발표된 원고를 수정보완한 것임.

여 표시)라는 문건과 함께『왕자와 제비』라는 번역물을 같은 날 같은 지면에 발표한다. 이렇게 시작된 동화 번역은 일 년 반쯤 뒤『사랑의 선물』이라는 세계 명작 동화집으로 결산을 본다. 주지하듯 그의 아동문학 창작이 본격화된 것은『사랑의 선물』발간에서 다시 1년 반이 지나『어린이』를 발간하면서부터이다. 동화작가 선언을 내놓고 2년 가량의 시간을 소요하고서야 창작에 나선 것이다. 그 기간은, 아동과 동화에 대한 근대적 이해를 단단하게 정리하는 데 소요된 시간이었을 수도 있다.

『사랑의 선물』을 두고 우리는 근대 동화집으로 파악한다.『사랑의 선물』수록작은 근대 동화로 쓰여지거나 근대 동화로 재화된 작품들을 끌어모았기 때문이다.『사랑의 선물』이전에도 외국 동화 번역은 있었다. 1910년대 초중반 신문관에서 발행된 아동용 매체에서 외국 동화들을 찾아볼 수 있다. 그런데 신문관 아동지를 두고 우리 근대 아동문학을 형성시키는 중요한 토양으로 지목할 뿐, 근대 아동문학의 본격적 출발은 1920년대부터 잡는 것이, 다수의 의견으로 수렴되고 있는 추세이다. 1910년대 신문관 아동 매체의 이런 위치를 생각하면, 번역동화 검토에서는 번역작의 근대성 여부도 중요하지만, 이를 번역하는 번역자의 아동이나 동화에 대한 인식 또한 매우 중요하다는 것을 알 수 있다.

1910년대 초중반 신문관의 아동 매체들도 조선 아동을 자신의 독자로 삼고 외국 아동문학 작품을 번역소개에 나섰다.『사랑의 선물』선배 면모가 있는 이 아동지들은, 외국의 근대 아동문학 작품을 번역했지만, 번역소개자의 아동과 문학에 대한 근대적 이해는 상당히 미흡한 상태였다.『붉은 저고리』,『아이들 보이』,『샛별』은 외국 동화를 수록하되, 아동을 성인과 다른 특성을 가진 독자적인 존재로 규정하고, 이 이야기들을 그런 아동의 감성에 호응하는 문학으로 인식하고 있지는 못했다. 아동은 그 몽매성을 탈피하기 위해 교육이 필요한 존재라는 오래된 아동 이해가, 조국 독립을 위해 실력양성이 필요하다는 당시 과제 속에서,

아동을 근대 지식을 습득해야 하는 교육 대상으로 조정했을 뿐이었다. 애국 계몽기부터 형성된 소년(여기 소년은 연장자가 아닌 연소자를 뜻함) 담론이 1910년대 청년 아래 연령의 존재자를 뜻하는 아동에게 일정 부분 조정되어 투사되면서, 아동은 근미래 주체로서 부각되었던 것이다. 그 결과 번역된 아동물들은 아동에게 일정한 교훈을 주거나 계도하려는 목적에 봉사하는 교육용 독물로 기능했다. 아동에 대한 근대적 인식과 문학에 대한 근대적 이해가 아직 자리를 잡지 못했기에 아동문학이라는 층위로 진입하지 못했던 신문관의 아동용 번역물들이었다.

반면 방정환은 이 동화집 발간 전 「동화를 쓰기 전에」에서부터 동화를 작은 예술이라고 지칭했다. 동화는 아동의 정신과 마음을 가꾸기 때문에 작은 예술이라는 것이다. 여기에서 아동이란 동화를 통해 각별히 가꾸어져야 할 대상으로 자리한다. 이 지점에서 성인과 다른 존재로서 아동을 바라보고 있다는 것이 감지된다. 게다가 방정환은 작은 예술을 운운할 때 아동의 순수함을 어여삐 여기고 있었다. 그가 순수성 내지 순진무구함을 아동의 특성으로 파악하고, 이 특성으로 말미암아 성인과 구분된다는 생각을 굳히고 있었던 것으로 보인다.

외국 근대 명작 동화를 번역했더라도, 번역자의 아동과 동화에 대한 인식에 따라, 작은 예술이 되기도 하고 아동을 계몽하는 독물에 그치기도 한 것이다. 어쨌든 「동화를 쓰기 전에」에 나타난 방정환의 아동에 대한 이해를 더듬으면, 『사랑의 선물』은 그가 근대적 아동 이해 속에서 짠 근대 동화 번역집으로 다가온다.

그런데 『사랑의 선물』 안으로 들어오면 좀 이상한 지점이 있다. 마지막에 게재된 「꽃 속의 작은이」를 보면, 이 동화집을 짤 때의 방정환의 아동 이해를 놓고 고개를 갸웃하지 않을 수 없다. 이 동화는 기본적으로 아동보다 성인 독자에게 어필하는 부분이 크다. 서사가 성인 사이의 일을 다루고 있는 데다가, 두 연인의 사랑을 파탄내고 그들을 죽음으로 몰고 간 사내가 자유로운 개인을 억누르는 잘못된 힘 내지 질서를 지시하기 때문이다. 아동 독자가 이 동화에서 간취하는 것은 약자를 괴롭히는 강하고 악한 힘은 징벌을 면치 못한다는 주제의식이다. 당시 조선 수용자 입장에서 악한 강자의 징치란 제국의 징치로 이어진다. 이 작품은 조선 민족의 염원을 투사한 작품으로 파악된다. 아동에게 민족 염원을 일러주는 이 이야기는 아동의 순수함을 가꾸려고 한다는 것과 쉽게 연결되지 않는다. 뿐 아니라 이 염원을 전달받는 아동 독자는 민족의 일원으로 자리하며 성인과 가까워지는 존재이지, 순진무구하기에 성인과 구분되는 존재로 다가오지 않는다. 그러니, 1910년대 동화 번역자가 아동의 계몽과 교화를 위한 읽을거리를 장만하기 위해 외국 동화를 번역했다면, 민족의식 고취를 위해 번역한 1920년대의 방정환은 그로부터 얼마나 멀어진 것인지 묻지 않을 수 없다.

「꽃 속의 작은이」는 『사랑의 선물』을 짤 때 방정환의 아동 이해가 어떤 것인지 검토에 나서도록 촉발한 동화이다. 마지막에 실린 작품 「꽃 속의 작은이」 한 편만 전체 흐름과 다른 아동 이해를 드러낼 수도 있다. 그러나 이와 비슷한 동화들이 적지 않게 수록되어 있을 수도 있다. 『사랑의 선물』에 수록된 작품들이 어떤 아동 이해를 보이는지 검토에 나서지 않을 수 없다.

「동화를 쓰기 전에」에서는 그의 머리가 근대적 아동 이해를 장착하고 있는 것으로 파악되지만, 『사랑의 선물』을 짜던 그의 손은 머리를 따르지 못했을 수도 있다. 이러한 비통합성을 살펴주는 논의는 거의 발견되지 않는다. 이 동화집의 편역자 방정환의 아동 인식이 어떤 것인가라는 질문이 소거 상태인 것이다. 이것은 『사랑의 선물』을 짤 무렵의 방정환의 아동 이해와 이후에 아동에 대한 인식이 더욱 단단해졌을 방정환을 구분하지 않기에 나타난 일로 보인다. 방정환이라는 기표는 근대 동화와 근대적 아동 인식을 지시하곤 한다. 그러나 그런 그에게도 아동이며 동화에 대한 근대적 인식을 구축하느라 좌충우돌하던 시기가 있었을 것이다. 혹시 『사랑의 선물』을 통해서 그런 방정환의 모습을 대면할 수 있을지도 모른다.

『사랑의 선물』은 1921년 2월 첫 번역작을 공개했고 1922년 7월 그 출간을 보았다. 이 시기는 우리 근대 아동문학사로 보거나 아동문학가 방정환 개인으로 보거나 아동문학 초입기에 해당된다. 이 시기, 방정환의 아동에 대한 인식이 오늘 우리가 생각하듯 근대적 아동 이해가 단단하지 못하거나 제한적인 상태일 가능성이 농후하다. 돌아보면 신문관 아동 매체와의 시간적 거리는 대략 10년에 불과하다. 그러나 3·1 운동 등 그 사이 벌어진 일들이 다대했고 아동 인식의 변화가 자못 컸다. 때문에 1920년대 초 아동 이해는 어떤 것인지, 이 시기에 짜여진 『사랑의 선물』은 이를 파악해 볼 수 있는 귀중한 자료이다.

본고는 『사랑의 선물』을 번역하는 방정환의 아동 이해가 어떤 것인지, 과연 근대적 아동 이해를 온전히 장착하고 있었는지를 살피는 것을 연구 목적으로 삼는다. 이를 위해 2장에서는 『사랑의 선물』을 짤 때 방정환의 근대적 아동 인식을 갖추고 있는가를 살피도록 촉발시킨 「꽃 속의 작은이」에 대한 분석부터 진행하고자 한다. 이를 통해 방정환의 번역이 네이션을 상상하는 동안 성인과 다른 아동에 대한 고려가 낮았음을 드러내고자 한다. 이어 3장에서는 『사랑의 선물』 수록작들과 네이션의 상상이 어느 정도의 관계를 맺고 있는가와, 네이션을 상상하며 동화를 번역하는 일과 성인과 다른 특성을 가진 아동 독자를 고려하는 일을 방정환이 어떻게 조율해 나갔는지 살펴보고자 한다.

2. 네이션을 상상하는 동화 번역의 실재

「꽃 속의 작은이」에 대한 주요 선행 연구로는 이정현[1]과 염희경[2]의 논의가 있다. 일본 유학 중이었던 이정현은『사랑의 선물』각 편들의 저본 색출 작업에 본격적으로 뛰어들어 저본 결정에 이른다. 이정현의 연구 주제는 저본 확정이었기에 개별 작들이 보여준 일본어 저본과의 차이가 갖는 의미에 대해서는 매우 제한적 논의를 보였다.『사랑의 선물』연구의 선편을 잡았던 염희경은「꽃 속의 작은이」를 놓고서, 방정환이 번역저본과 다르게 번역한 지점들과 그 의미, 선정 이유, 그리고 이 동화를『사랑의 선물』마지막에 배치한 점을 살펴, 이 모두가 식민 현실에 대한 저항을 의도한 결과라는 결론을 내놓는다.

본고는 선행 연구가 거둔 소중한 성과들을 이어받아 논의를 진행하고자 한다. 먼저 이정현이 저본 결정을 수용하여 하마다 히로스케본과 방정환본의 비교에 임하고자 한다. 아울러 본고는 국내에서 안데르센 동화 완역을 목적하고 출간된 두 종의 번역본을 참고하여, 일본어 번역자 하마다 히로스케의 번역이 갖는 성격을 제한적이나마 언급하고자 한다. 염희경의 논의는 저본 미확정 상태에서 진행했지만 워낙 당시 일본어 본들에 대한 조사가 촘촘해서, 확정된 저본과 방정환본을 비교해도 별다른 새로운 것은 없었다. 때문에 본고는 저본 미확정 상태에서 진행된 염희경 논의를 확정한다는 기능을 갖는다.

「꽃 속의 작은이」에 대한 염희경의 연구 논점은 본고 역시도 주목하

---

1 李姬炫,「方定煥の飜譯童話研究─『サランエソンムル(사랑의 선물)』を中心に」, 大阪大學大學院 博士學位論文, 2008. 이하 본고의 이정현 언급은 이 학위논문을 참조한 것이다. 필자는 이정현이 직접 우리말로 옮긴 그의 학위논문을 보았다. 미출간 원고이므로 면수 대신,「꽃 속의 작은이」의 검토가 5장 3절에서 진행되었음을 밝힌다.

2 염희경,『소파 방정환과 근대 아동문학』, 경진출판, 2014.「꽃 속의 작은이」를 포함한『사랑의 선물』논의는 1부 4장에서 진행되었다. 169~208쪽.

고자 하는 부분들이다. 즉 저본과 번역본을 비교해 차이를 밝히고 그 차이의 의미 밝히기, 안데르센의 다른 유명작을 제치고 알려지지 않은 이 작품을 선정한 이유, 그리고 이 작품을『사랑의 선물』마지막에 수록한 까닭을 다루고자 한다. 이에 대한 염희경 의견들에 대해서 충분히 동조한다.「꽃 속의 작은이」는 단편인 데다가 작의 파악이 용이한 작품이다. 때문에 주요 논점 제시와 그리고 주장에 있어서 새로운 것을 내놓기가 어렵다. 즉 민족 현실을 반영하기 위해 번역에 있어서 그런 차이들을 의도적으로 형성했다는 염희경의 논의에서 크게 벗어날 수 없는 것이다.「꽃 속의 작은이」에 대한 본고의 논의는 염희경의 논의와 대동소이하여, 보정된 의견을 제시하거나 해석에서의 미세한 차이를 드러낼 뿐이다. 그럼에도 본고가 이 논의를 진행하는 것은, 네이션을 상상한 번역이라는 염희경의 주장을 고정시킴으로써 이러한 번역 태도가 아동 인식에 대한 검토를 요구한다는 논지로 이어가고자 하기 때문이다.

1) 가족 질서에서 네이션의 질서로 이동: 저본과 번역본의 차이, 그리고 그 차이의 의미

(1) 번역을 통한 이야기의 이동, 그리고 두 변곡점

「꽃 속의 작은이」의 원작인 안데르센의 「장미 요정」은『데카메론』에 나오는 한 이야기의 개작물이다.[3]「데카메론」에 나오는 그 이야기는 부잣집 딸 이자베타와 하인 로렌조의 사랑 이야기로 요약된다. 그러나 세 오빠는 여동생이 하인의 처소에 들락이며 애정행각을 벌이자 이를 수치스럽게 여기고 이 일이 더 이어지지 못하게 하려고 하인을 살해한다.[4]

---

3 펫쇼 이베르센,「후기」, 윤후남 옮김,『어른을 위한 안데르센 동화 전집』, 현대지성사, 1999, 1170쪽.

안데르센의 「장미 요정」은 「데카메론」에서 오빠들이 한적한 곳에서 동생의 애인인 하인을 살해하고 땅에 파묻는 것, 동생이 꿈결에 하인의 죽음을 알고 하인이 파묻힌 곳에 가서 땅을 파고 시신을 확인한 것, 동생이 머리를 가져와 화분에 넣고 꽃나무를 심는 것을 반복한다. 반대로 세 명의 오빠를 「장미 요정」이 하나로 줄인 것은 동화라는 서사양식이 갖는 간명함을 의식해서 다듬은 결과이다. 「장미 요정」은 두 남녀에게 얽힌 신분 문제와 자못 요란했던 누이동생의 애정행각도 삭제했다. 대신 「데카메론」에는 없는 장미요정을 개입시켜, 이 오빠에 대한 징치를 덧붙인다. 19세기까지 서구 사회에서 집안의 남성들은 미혼 여성의 연애나 결혼에 대한 실질적 결정권자였다. 오빠들은 누이가 관계하는 상대가 마음에 들지 않을 경우 린치와 살인을 행하곤 했다. 이런 풍습을 안데르센은 「장미 요정」을 통해 비판했던 것이다. 가문과 신분 그리고 개인의 사랑, 이 둘의 대립을 비극적으로 보여주었던 「데카메론」과, 여동생의 보호자로서 지닌 힘을 여동생의 사랑을 억압하는데 사용한 오빠를 징벌하는 「장미 요정」은, 같은 서사소를 가진 다른 이야기가 되었다.[5] 유럽에서는 흔한 이야기라서 「데카메론」에도 수록된 이 이야기는, 안데르센에 의해 동화로 가꿔지면서 일차적인 변곡점을 찍었다고 할 수 있다. 안데르센의 「장미 요정」은 큰 변화 없이 여러 언어로 번역된 듯하

---

4 조반니 보카치오 지음, 한형곤 옮김, 『데카메론』, 동서문화사, 2016. 331~335쪽.
5 여기까지 볼 때 「꽃 속의 작은이」는 다음과 같은 계보를 갖는다고 할 수 있다.

보카치오 *이탈리아어 『데카메론』의 한 이야기	안데르센 *덴마크어 「장미 요정」 『데카메론』에 수록된 한 이야기에 대한 다시쓰기와 이어쓰기가 진행된 개작물	독일어본	→	한국어본 한뜻출판사(1995년)
		영어본	일본어본 하마다 히로쓰케 본	방정환본(1922년)
			→	시공주니어본(2016년)

다. 일본의 하마다 히로스케의 번역도 여기에 해당한다.

『사랑의 선물』에 수록된 작품들이 저본을 밝히기 위해 메이지기에서 다이쇼기 일본어 번역을 추적한 이정현에 따르면, 「꽃 속의 작은이」의 저본은 하마다 히로스케가 번역한 「薔薇の小人」[6]이다. 이정현은 당시까지 나온 「장미 요정」 일본어 번역본들을 비교하여, 하마다 본이 서구권 특유의 존재인 엘프(elf: 요정, 정령)를 '소인'으로 처리했음을 지목한다. 이어서 이정현은, 방정환의 국역이 요정, 정령 등을 취하지 않고 '작은이'로 옮겼음을 주목하여, 하마다본을 방정환 번역의 저본으로 삼는다.[7] 하마다 본은 일본 독자들이 안데르센 동화에 보다 편안하게 다가서도록 유의한 번역물로 보인다. 이런 특징을 높이 샀기에 방정환은 하마다 본을 번역 저본으로 골랐으리라고 짐작된다.

이정현은 하마다 히로스케가 영역본을 저본으로 삼아 일본어로 옮겼음도 밝혀 두었다.[8] 이정현은, 하마다가 안데르센 영역 동화를 처음 본 것은 『Fairy Tales』(Ward, Lock&Co, 1875)라는 사실은 언급해 두었지만, 하마다의 번역 저본인 영역본은 확인하지 못했다. 본고 역시 하마다의 번역 저본 확인에는 손을 대기 어려웠다. 다만 하마다가 참조했을 영역본이 안데르센의 원작과 완벽히 일치할 가능성에 대해서는 의심할 필요가 있음을 적어두고자 한다. 캠브리지 대학 덴마크어 교수인 Elias Bedsdofrr는 오덴세의 안데르센 박물관장 Svend Larsen이 엮은 안데르센 동화 선집 네 권이 R. P. Keigwin에 의해 영역된 것을 검토한 적이 있

---

6 한스 크리스티안 안데르센, 하마다 히로스케(濱田廣介) 번역, 「薔薇の小人」, 『童話』, 2권 10호, 1921.10. 이하 본고에서 하마다본은 이 자료를 지시한다.

7 이정현에 따르면, 하마다본의 발행은 1921년 10월이다. 방정환의 첫 번역동화의 발표는 1921년 2월이니, 동화번역 시작 지점에서 대략 최소 10개월 가량 시간이 지난 뒤 「꽃 속의 작은이」 번역이 이뤄졌다고 할 수 있다. 그간의 동화 번역을 통해 번역 작업 방식이 상당히 숙달되어 복수의 일역본 참조가 있었을 것으로 보인다.

8 이로써 「꽃 속의 작은이」가 우리에게 도달하기까지 삼중역되었음을 알 수 있다. 즉 덴마크어→영어→일본어→우리말이라는 순서를 밟은 것이다.

다. 그의 의견은 이러하다. "그러나 덴마크어의 원본을 읽은 사람으로서 이미 발행된 번역을 면밀히 검토해 보면, Keigwin의 새 번역의 필요성을 절실히 느낄 것이다. 영어로 번역된 많은 것들이 안데르센 작품의 특질을 살리지 못했으며, 그들이 안데르센 작품을 보급시키고 친밀하게 만든 공은 있으나, 안데르센의 문학의 권위를 손상시켰다."[9] 안데르센 동화의 일역 과정에서 영역본 참조가 적지 않았음을 고려할 때, 방정환이 참조했을 일역본들도 원전과의 일치성이 아주 높았다고 하기는 어렵다.

본고는 이정현의 의견을 수용하여 하마다본을[10] 「꽃 속의 작은이」의 저본으로 삼고, 이를 국내 번역본들과 비교해 보았다. 덴마크 사람 안데르센은 덴마크어로 동화를 썼다. 덴마크 원전에서 직접 번역한 국역본은 현재 나와 있지 않다. 때문에 국내 번역물들 중 완역을 강조한 시공주니어 출판사와 한뜻 출판사의 번역물을[11] 하마다본과의 비교 대상으

---

9 엘리어스의 글은 1971년 2월에 발행된 『안델센 연구』(『아동문학사상』 3호, 41~44쪽)에 실린 김성도의 글에서 따왔다. 영역본들의 정확성에 대한 문제 제기는, 『안데르센 평전』의 번역자 전선화의 '옮긴이 후기'에서도 나타난다. "영어 번역본을 낸 메리 하우트는 안데르센의 혁신성을 이해하지 못했다. 안데르센의 유머와 비약을 왜곡한 영역본 「엄지 공주」는 이렇게 시작된다. (…중략…) 거의 백 년 동안 영국에서는 안데르센 원작의 분위기와 농도를 멋대로 조절한 번역본들이 계속 나왔다. 부정적인 장면이 삭제되기도 했으며, 행복한 결말로 바꾸기 위해, 또는 잔혹한 대목을 피하기 위해서 내용이 고쳐지기도 했다."(재키 울슐라거 지음, 전선화 옮김, 『안데르센 평전』, 미래M&B, 2006, 782~783쪽)

10 필자가 하마다 히로스케의 일본어 번역본을 검토할 수 있도록, 우리말로 옮겨준 동료 연구자 정선희 선생님에게 이 자리를 빌어 감사의 뜻을 표한다. 하마다본을 이 책에 수록하기 위해서, 일본어 아동문학 작품들을 오랫동안 번역해 오신 박종진 선생님의 수고를 빌었다. 박종진 선생님께도 감사의 인사를 전한다.

11 시공주니어 출판사의 것은 아동물 전문 번역집단인 햇살과나무꾼이 번역에 나섰다. 햇살과나무꾼은 자신들이 번역한 『안데르센 동화집』 1~7(시공주니어, 2016)이 영역본을 기본으로 하되 덴마크어 원전을 참조했음을 밝히고 있다. 그러나 덴마크 자료의 참조가 안데르센 작품의 범위와 게재 순서 등을 결정하는 선에 그친 것인지, 아니면 텍스트 해석까지 진행된 것인지는 명확하지 않다. 출판사에 문의한 결과 영어본을 저본으로 하고 일어본을 참고했다고 한다. 한뜻 출판사의 『안데르센 동화전집』 1~7(김숙희 외 옮김, 한뜻, 1995)은 독일어 전공자들에 의한 번역물이다. 필자는 한뜻 출판사의 번역에 참가한 번역자 김숙희(이 번역집 출간 당시는 동덕여대 독문과 교수)를 만난 적이 있다. 필자와의 만남에서 김숙희는 덴마크어는 독일어와 유사하다고 하였다. 『안데르센 평전』(재키 울슐라거 지음, 전선화 옮김, 미래M&B, 2006.)을 읽어보면 현재는 독일 지역인 곳에 사는 사람들이 코펜하겐에 거주하며 상업에 나서기도 할

로 삼았다. 시공주니어본은 영역본을 저본으로 삼았고, 한뜻본은 독일
어역본을 저본으로 삼았다. 두 번역물은 전체적인 내용 차이는 없지만
세부 차이들이 있다. 이는 두 번역물이 삼은 저본이 달랐던 결과일 것이
다. 하마다본과 두 국역본, 이 셋을 비교한 결과 시공주니본이 하마다본
과 일치성이 높았다.[12] 그러나 하마다본과 시공주니어본이 같은 영역본
을 사용한 것은 아닌 것으로 판단된다.[13]

하마다본과 방정환본의 비교에 앞서, 이 작품의 원전 내용부터 간추
려 보자. 서로 결혼을 원하는 두 남녀가 있다. 아가씨의 오빠인 사내는
여동생이 결혼하려는 젊은이가 마음에 들지 않아 그를 살해하고 토막
낸다. 이를 본 장미 요정은 이 사실을 아가씨에게 알린다. 아가씨는 젊
은이의 시신에서 머리만을 가져와 자기 방 꽃나무 분에 묻어둔다. 그러
나 아가씨는 상심이 깊어진 나머지 죽음에 이른다. 아가씨가 죽자 사내
는 그 꽃나무 분을 자기 방에 둔다. 그날 밤, 꽃나무에 사는 꽃의 요정들
이 사내를 죽인다. 한편 장미 요정도 사내를 죽이고자 벌떼를 몰고 온
다. 사내는 이미 죽었지만, 벌의 활약으로 사내가 살인자였다는 사실이
비로소 사람들에게 알려진다.

하마다본과 방정환본을 비교하면, 전체 줄거리가 동일하며, 장면 또
한 가감 없이 거의 그대로 유지되어 있다. 『사랑의 선물』 수록작 「왕자

정도로 두 지역 간의 교류가 활발했음을 알 수 있다. 안데르센은 이를 바탕으로 한 동화를 쓰
기도 하였다. 덴마크어와 독일어 사이의 친연성을 뒷받침하는 장면이다. 본고는 시공주니어본
과 한뜻본이 각기 장단점이 있기에 둘 모두를 참조하였다. 본문 인용에 있어서는 원본, 하마다
본, 방정환본의 차이를 보다 강조하고자 할 때는, 원전 대신 시공주니어본을 참조하되 한뜻본
을 제시하였다.

12 시공주니어본에는 나타나지만 한뜻본에는 나오지 않는 대목들이 하마다본에는 나타나곤 했
던 것이다. 이는 두 번역이 영어본을 저본으로 삼았다는 사실과 연관이 된다. 영어본을 참조한
이 두 번역본은 독일어본을 참조한 한뜻본에 비할 때 부연 설명에 해당하는 장면들이 추가되
어 있다는 특징이 있다.

13 사랑하는 두 남녀가 얼마나 서로를 사랑하는지를 나타내는 장면에서 착한 아이가 엄마를 사
랑하는 것보다 훨씬 더 사랑하고 있다는 내용은, 시공주니어본과 한뜻본에는 나타나지만, 하
마다본에는 나타나지 않는다.

와 제비」, 「한네레의 죽음」이 보인 변화와 비교할 때 「꽃 속의 작은이」
는 저본과의 차이가 적은 텍스트이다. 개별 장면들에서 다소의 축약과
확장을 보이곤 하는데, 결말 부분을 제외하면 그 차이가 중요한 의미 변
화로 이어졌다고 하기는 어렵다. 결말 부분에 대한 논의는 이후 상술할
것이다. 이 이야기는 다양한 식물들이 주변 인물이나 배경 존재로 등장
하는데, 방정환본에서는 연밥피나무→느티나무, 재스민→매화처럼 우
리에게 익숙한 식물들로 대체되었다. 조선 독자가 이 이야기에 친근하
게 다가서게 하려는 의도에서 비롯된 것이다.

하마다본과 방정환본은 두 지점에서 유의미한 차이를 드러낸다. 하나
는 살인자와 아가씨와의 관계 변화이다. 일본어본에서 살인자는 아가씨
의 오빠이다. 방정환 본에서 살인자는 아가씨를 아내로 삼고자 데려다
기르는 남자로 바뀐다. 그 다음 차이는 결말 부분이다. 일본어본과 달리
방정환 본은 길어졌고, 분위기도 달라졌고, 내용 기술 방식에도 변화가
있다. 이 두 차이로 말미암아, 「꽃 속의 작은이」의 서사 전반을 놓고 보
았을 때 표층적 측면에서 중대한 변화가 발생했다고 하기는 어렵다. 그
러나 해석에 있어서는 이 차이들이 유발하는 의미 부여가 상당히 달라
지므로 고찰이 요구된다.

(2) 가족에서 네이션으로 이동: 오빠에서 사내로의 변화가 갖는 의미

하마다본과 방정환본의 가장 중요한 차이는 살인자와 아가씨의 관계
이다. 하마다본에서 아가씨의 오빠가 젊은이를 살해한다. 국역본들에서
도 마찬가지이니 안데르센 원작 「장미 요정」도 이와 같을 터이다. 하마
다본까지 잘 유지되던 내용인데, 방정환본에서 달라진다. 살인자가 오
빠에서 '색시를 자기 아내 삼을 욕심'을 가진 '무서운 악한 남자'로 바뀐
다. 이 변화는 이 서사에 새로운 작의를 부여하므로, 이 이야기가 겪는

또 하나의 변곡점이라고 할 수 있다.

하마다본에서, 젊은이를 잃은 아가씨는 상심 속에서 죽어갈 뿐 복수를 진행하지 않는다. 살인자가 오빠이기에 응징에 나서기 어려운 상대이고, 함부로 사람을 죽이는 냉혹한 오빠를 상대로 무엇을 어찌해볼 수 없는 무력한 약자인 탓이다. 방정환본에서 살인자는 아가씨와 혈연관계가 아닌 사내이므로, 아가씨는 사내에게 복수나 응징을 가할 수도 있으련만 여기서도 아가씨는 무력감 속에서 죽어간다. 아가씨 대응이 이러하니 이후 서사도 변화 없이 흐른다. 그렇다면 방정환은 왜 오빠를 사내로 바꾸었는지 묻게 된다.

조선 역시 남성중심주의 사회였기에, 방정환은 「薔薇の小人」의 오빠가 가족사의 중요 결정권자로서 그 힘을 누이의 애인을 향해 폭력적으로 사용했다는 독해를 어렵지 않게 진행했을 것이다. 특히 방정환은 보호자격인 오빠의 방해로 여동생의 사랑이 이뤄지지 못했다는 것에 유의했을 것이다. 동화 번역 이전 방정환은, 부모의 반대로 사랑의 결합에 실패한 두 연인 중 하나가 죽음에 이르는 소설들을 발표했기 때문이다.[14] 이러한 소설을 통해서 방정환은 봉건적 구질서의 억압적 면모를 비판하였다. 남녀의 애정과 죽음이라는 요소를 통해 사회 비판에 나섰던 방정환이기에, 그가 자신의 소설과 친연성있는 모티프를 가진 「薔薇の小人」를 살짝 비틀어, 강대국이 자기 힘을 폭압적으로 사용하여 주변국 사람들의 삶을 훼손하는 서사로 변개시키자는 생각이 발동되었다고 할 수 있다. 요컨대 방정환은 「薔薇の小人」를 가족 내부의 일이라는 맥락을 벗겨내어 이를 국가 사이의 일로 전환시키고자, 오빠를 사내로 바꾸었다고 할 수 있다.

이러한 전환으로 아가씨의 모든 것을 독차지하기 위해 살인을 서슴지

---

[14] 「사랑의 무덤」은 여성 인물 설자의 자살로 종결되며, 「그날 밤」에서는 남성 인물 영식의 자살로 막이 내린다.

않는 사내는 강력한 악의 표상물이 된다. 여동생의 일에 결정권이 있는 오빠가 아니라, 아가씨를 독차지하려는 사내에게 죽임을 당한 젊은이의 억울함은 더욱 깊어진다. 아가씨의 처지와 복수가 부재했던 이유도 달라진다. 살인자가 오빠였을 때 아가씨의 복수가 이뤄지지 않았던 이유 중의 하나는 근친살해를 피하기 위해서였다. 그러나 사내로 바뀌면 근친살해 요인은 없어지면서, 아가씨의 저항 부재는 강한 악인 앞에서 저항이 불가능한 약자 상태임을 온전히 표상하게 된다. 아가씨가 상심 속에서 사망에 이르는 것 또한, 강자의 횡포 속에서 자기 의지대로 삶을 이어가기 어려운 약자의 고통을 지시한다.

이상으로 보아 오빠가 사내로 전환된 결과, 두 연인의 죽음은 강한 악인의 희생물이라는 의미가 발생된다. 이 경우 서사는 강한 악인과 약한 선인이 빚는 이항 대립적 구도를 형성하면서 악인에 대한 응징을 더욱 필연적으로 요구하게 된다. 따라서 방정환본은 가해자-희생자, 폭력성-억울함과 같이 이항대립의 강도를 한껏 높인 번역이라고 할 수 있다. 사내로의 바꿈을 통해, 인물 관계와 서사 구도, 그리고 서사에서 선악의 대립 강도가 높아졌음을 주목할 때, 이 바꿈의 목적은 조선을 무력으로 침탈한 제국의 폭력적인 힘 사용에 대한 고발이라고 판단된다. 「꽃 속의 작은이」에서 젊은이를 잔혹하게 죽이는 사내는 조선을 침탈한 일본제국,[15] 살해당한 젊은이는 제국에 스러진 조선, 그리고 무력한 약자로서 상심 속에서 죽어간 아가씨는 제국의 질서 속에서 신음하는 동포와 연결해 볼 수 있다. 요컨대 이러한 암유가 가능하도록, 방정환은 번역과정에서 오빠를 사내로 바꾼 것이다. 이상으로 보아, 오빠에서 사내로의 변화는 사소한 것이 아니라 서사가 새로운 맥락을 갖게 만드는 중요한

---

15 사내가 상징하는 바는 염희경의 지적에서도 나타난다. '부정적 인물에 대한 이러한 변형은 식민지 조선의 당대 현실을 고려할 때, 제국주의적 침략성을 상징하는 인물을 연상케 한다.' (염희경, 『소파 방정환과 근대 아동문학』, 경진출판, 2014. 180쪽.)

전술이었다고 하지 않을 수 없다.

(3) 악인 징벌 원리에서 독립 기쁨의 상상으로 이동: 결말의 확장적 번역

방정환은 결말 부분을 확장적으로 번역해 낸다. 확인을 위해 ①에 하마다본의 결말을 ②에 방정환본의 결말을 옮겨보겠다.

① 여왕벌은 윙윙 공중에서 소리를 내며 악한은 징벌되었다고 벌의 노래를 불렀습니다. 또 악한을 징벌하는 소인을 노래했습니다. '작고 작은 꽃잎 그늘에는 나쁜 일을 파헤치는 이가 있고, 복수를 한다.'라고 노래했습니다.

—하마다본, 67쪽.

② 왕벌은 여러 떼 벌을 데리고 공중을 날며,
"악한 놈은 죽었다! 악한 놈은 죽었다!"
하며 벌의 노래를 부르고, 작은이도 춤을 추면서,
"악한 놈은 죽었다!
원수 시원히 갚았다!"
하며 노래를 불렀습니다. 그러니까.
"악한 놈은 죽었다! 색시 원수 갚았다!
신랑 원수 갚았다! 악한 놈은 죽었다."
고 꽃 속에서 꽃의 혼들이 합창을 하였습니다.

—방정환본, 『정본 방정환 전집』, 142~143쪽.

①은 노래로써, 징벌의 선포 그리고 악한을 징벌하는 징벌자의 존재 환기를 통한 악행에 대한 경고를 보인다. 서술적 보고로 객관성은 높지

만 감정은 상대적으로 억제된 진술이다. ②는 노래, 춤, 합창으로 분위기를 축제적인 것으로 바꾸며, 악인의 사망과 복수라는 사실을 여러 번 반복함으로써 강조한다. 직접 화법을 사용했기에 현장감이 높다. 악인이 죽고 복수가 이루어져서 기쁘다는 감정이 한껏 살아있다. 악인을 죽인 것은 복수였다는 선언과 함께 이뤄진 다양한 행위들은, 선언이 지시하는 이 복수가 정당하다는 이성적 판단을 넘어, 징치로써 정의가 구현된 데서 오는 정서적 만족까지 환기한다. 이 정서적 만족이 하마다본에서는 표현되었다고 하기 어렵다. 방정환이 결말 부분을 확장적으로 번역한 것은 이러한 정서를 드러내기 위해서였다. 이런 정서를 표출할 수 있었던 것은, 번역자가 서사의 악인을 현실적이고 구체적인 대상 즉 침략자 일본제국으로 상정했기 때문이다. 제국 징치의 실현을 믿으며, 강력한 희구 사항인 제국의 제거를 상상했기에 가능한 번역이다.

방정환본 결말에 나타난 기쁨이 조국을 압살한 제국의 제거가 주는 환희와 이어진다는 것에 주목하면, 「꽃 속의 작은이」는 저본에 없는 새로운 맥락의 의미를 구축했다는 것이 더욱 명확해진다. 즉 「꽃 속의 작은이」는 도덕의 내면화에 봉사하는 징치담에 머물지 않고, 조선을 압살하는 제국의 제거가 실현되리라는 신념을 보여준 텍스트가 되는 것이다. 네이션을 상상한 번역 결과 방정환본은 하마다본에 없는 새로운 의미를 가진 텍스트가 되었다.

2) 선정 이유와 수록작 배열에 간여하는 네이션의 상상

「꽃 속의 작은이」와 저본의 차이가 갖는 의미들을 바탕으로 이 작품의 선정 이유와 이 동화를 『사랑의 선물』마지막에 배치한 의미를 정리해 볼 수 있다. 사선에 수록된 동화는 10편이다. 이 중에서 전래담의 재화가 아니라 창작물을 번역한 것은, 수록작 10편 중 아직까지 출처 불명 상태로 남은 한 편의 작품을 제외한 9편 중에서 5편이다. 그 5편의 창작물 중의 하나가 한스 크리스챤 안데르센이 쓴 「꽃 속의 작은이」이다. 방정환이 이 번역동화집을 꾸릴 때 번역작 선정은 당시 일본에 번역 소개된 동화들을 대상으로 삼았을 터인데, 1920년대 초반 일본 아동문학계가 안데르센에 보인 관심은 상당했으니, 방정환 또한 안데르센의 동화를 주목했던 것으로 보인다.[16] 그런데 「꽃 속의 작은이」는 안데르센의 동화 중 그리 알려지지 않은 작품이다.[17] 안데르센의 동화는 발표 편수가 150편을 훌쩍 넘을 뿐만 아니라 그 당시 일본에 거의 다 번역되어 있었다. 때문에 방정환은 안데르센의 유명 동화 중에서, 『사랑의 선물』의 발간 취지인 학대받는 어린 영들을 위로할 작품들을 고를 수 있는 상황이었다. 그렇기에 알려지지 않은 이 작품을 번역 대상작으로 선정한 이유를 묻게 된다.

방정환이 안데르센의 유명 작품을 젖히고 이 작품을 고른 의도는, 이 작품을 통해 가슴에 맺힌 말을 드러낼 수 있어서였다. 즉 악인을 죽여 징치하기를 보여준 이 작품의 번역은, 조선을 침탈한 제국의 징벌이라는 심중의 발언 토로였다. 방정환의 눈에는 이 작품이야말로 다른 어떤 안데르센의 유명작보다 더 보배로운 작품이었고, 『사랑의 선물』의 대미를 장식할 작품으로 이보다 더 적절한 작품이 없다고 판단했을 터이다. 세계적인 동화작가 안데르센 작품을 누락하지 않으면서도 심중의 말을 드러낼 수 있었던 「꽃 속의 작은이」는, 매우 영리한 작품 선정이었다고 하겠다.

---

16 방정환 이전에도 안데르센은 적지 않게 소개되었다. 최남선이 간행한 아동지를 통해서 확인하면, 『아이들보이』 10호(1914.6.)에 수록된 「네 절긔 이야기」는 네 계절의 특징과 계절별 감흥을 보여준 안데르센의 동화이다. 『새별』 10호(1915.1)에도 안데르센의 「석냥팔이 소녀」가 수록되어 있다. 오천석의 번역동화집 『금방울』(광익서관, 1921.)에도 안데르센의 「길동무」, 「어린 인어 아씨의 죽음」, 「엘리쓰 공쥬」, 「어린 석냥파리 처녀」이 수록되어 있다.

17 안데르센 동화에 대한 논의는, 졸고 「안데르센 동화 세계의 탐험」, 『두 코드를 가진 문학 읽기』, 청동거울, 2003, 101~126쪽. 참조.

이런 의도로 말미암아 이 작품이 『사랑의 선물』의 대미를 장식했다는 것도 어렵지 않게 파악된다. 즉 「꽃 속의 작은이」를 마지막에 배치한 가장 기본적인 이유는, 이 서사가 조선을 침략하고 억압하는 일본에 대한 징벌이라는 소망을 드러내고 이것의 성취에 대한 신념을 독자와 공유해 볼 수 있는 동화이기 때문이다. 『사랑의 선물』에 실은 동화들이 아무리 훌륭하고 재미난 것이어도, 이 동화집에 일본의 제거 즉 독립을 말하는 이야기가 없다면, 방정환은 이 동화집을 사랑의 선물로 내놓을 수 없었을 것이다. 방정환은, 제국은 징벌된다는 전언을 담은 이야기를 마지막에 배치해 두었다. 그 전언을 담은 「꽃 속의 작은이」는 이야기들을 한 겹씩 풀어내면 마침내 나타나는 가장 소중한 선물로 삼았던 것이다. 마지막에야 만나는 이 선물은 이 책의 독자 모두가 받아야 할 궁극의 선물을 뜻한다. 피지배민의 열망과 신념을 대단원의 결말에 두는 배치를 통해, 이 번역동화집이 조선 민족 전체에 대한 사랑의 선물이 되게 했다고 할 수 있다.

3. 네이션을 상상하는 번역동화에서 아동의 위치

1) 『사랑의 선물』을 통제하는 두 개의 힘

(1) 『사랑의 선물』 짰던 방정환의 아동 인식 검토의 필요성

본고는 2장을 통해 번역동화 「꽃 속의 작은이」를 두고 1)일본어 저본과 방정환 번역본의 차이를 짚어보고, 그 차이가 어떤 의도 속에서 만들어진 것인가, 2)왜 이 작품을 번역대상작으로 삼은 것인가, 3)이 동화를 왜 『사랑의 선물』 제일 마지막에 배치했는가를 살펴보았다. 세 질문에 대한 답을 모으면,「꽃 속의 작은이」는 네이션을 상상하며 번역한 동화였기에, 일련의 유의미한 차이를 노정했고, 안데르센의 유명 동화들을 젖히고 번역대상작으로 선정되었고,『사랑의 선물』대미를 장식했다고 할 수 있다.

그런데「꽃 속의 작은이」에서는 아동의 어떤 특성을 드러내거나 이를 가꾸려는 의지가 느껴지지 않는다. 네이션을 상상하며 다듬어진 이 동화는 아동 뿐만이 아니라 성인도 독자로 초대하여 민족의식을 고취시키는 작품으로 다가온다. 이런 이야기가 이 동화집에 많다면, 이 동화집에서 아동이란 민족의 일원으로 자리하면서, 어느덧 민족이라는 이름 아래에서 아동과 성인과의 구분을 지우고 있는 것은 아닌가라는 생각이 든다. 그렇다면 이는 아동을 성인과 다른 특이성을 가진 존재로 구분하고 이를 토대로 아동문학이 형성된다는 근대 아동문학 형성에 대한 이해와 부조화를 이룬다고 하게 된다.

방정환은『사랑의 선물』작업에 나서면서「동화를 쓰기 전에」를 발표했다. 이 글은 방정환이 자신의 아동관 동화관을 피력하면서 동화작가로 나서겠다는 결심을 밝힌 문건이다. 이 글에서 방정환은 아동을 순진무구한 존재로 파악한다. 여기의 순진무구함은 아동의 특성에 해당된다. 이어 방정환은 아동의 이 특성을 지키기 위해 동화를 쓰겠노라는 결심을 덧붙인다. 요컨대「동화를 쓰기 전에」는, 방정환이 아동을 성인과 다른 특성을 가진 존재로 이해했으며 이어서 아동문학은 이를 기반으로 전개된다는 것까지 이해했음을 알린다.

동화 번역을 시작할 때 아동에 대한 방정환의 이해가 그러했기에,『사랑의 선물』에는 아동의 순진무구함을 드러내거나 이 순진무구함을 가꾸는 이야기로 가득할 것으로 예측된다. 그러나 앞서 살핀『꽃 속의 작은이』는 아동의 특성을 주목하기보다는 민족의 염원을 환기하려는 의지가 강해서,「동화를 쓰기 전에」에서 드러난 아동 이해와 걸맞지 않는다. 이런 이야기들도 『사랑의 선물』 안에 들어설 수 없는 것은 아니다. 그렇기에 『사랑의 선물』은 아동에 대한 서로 결이 다른 두 가지 힘이 얽혀든 텍스트로 다가온다. 하나의 힘은, 동화라는 예술을 소개하는 방정환이 발휘하는 힘이다. 이 힘은 순진무구함과 같은 아동의 특이성을 주목하고 그 특이성을 가꾸는 예술을 아동 독자에게 제공하겠다는 의지를 토양으로 삼는다. 아동과 성인을 다른 존재로 나누어보는 것이 이 힘의 정체이다. 다른 힘은, 아동을 민족의 일원으로 파악하기에 아동과 성인 사이의 구분을 지우는 힘이다. 이것은 방정환이 식민지 지식인으로서 네이션을 상상하는 번역을 수행하는 동안 작동되고 있다. 아동을 민족 구성원으로 끌어들이는 습성[18]이 이 힘의 근원지로 보인다.

『사랑의 선물』은 방정환이 아동문학가로서 내놓은 첫 작업물이다. 1921년 벽두부터 작업이 시작되어 1922년 7월에 발간된 『사랑의 선물』은, 우리 아동문학사로 볼 때 아동에 대한 근대적 인식 속에서 일련의 아동용 서사를 동화라는 예술로 파악하고 진행한 거의 첫 동화책으로 간주되어 왔다. 아울러 이 동화집은, 방정환이 이제 막 소년운동에 발을 디딘 때 만들어진 번역물이다. 3·1운동이 미완의 혁명으로 끝난 시점에서 민족의 장래를 고민하며 조국 독립을 위한 하나의 전략으로 전개하던 소년운동이었다. 소년들의 자율성을 주장하면서도, 민족 문제 해결 과정에서 도출된 소년운동이기에 아동을 향후 민족의 주체로 파악하고 있었다. 이 아동들은 민족의 현실과 민족의 염원에 대한 이해를 구

---

18 넓게 보면 1900년대부터 그리고 보다 직접적으로는 1910년대부터 아동은 민족의 미래를 감당할 주체, 즉 근미래 주체로서 주목을 받기 시작했다. 아동은 근대로 들어서는 조선 사회의 주요 담론거리로 떠올랐다. 아동을 국가 그리고 민족과 연결시켜 사유하는 담론이 근 20년 동안 부침을 거듭하며 이어졌던 것이다. 20세기 초반 조선 사회의 아동 관련 담론의 성격과 지속성을 기억할 때, 1899년생 방정환은 그 담론의 세례를 받으며 성장한 인물로 파악된다. 요컨대 1920년대 초 아동을 민족 구성원으로 끌어들이는 것이 방정환만의 일이 아니라 당시의 일반적 경향이었다. 그렇기에 방정환에게 아동을 네이션과 연결시키는 것이 무의식적으로 일어날 수밖에 없음을 강조하기 위해 습성으로 표현해 보았다.

비하고 있어야 하는 존재들로 파악되기도 했다. 이러한 소년운동에 대한 방정환의 이해가 『사랑의 선물』을 꾸리는 손에 간섭했을 것이다. 『사랑의 선물』은 아동문학가 방정환의 시선 즉 아동을 성인과 구분해서 그 특성을 주목하려는 시선과, 소년운동가 방정환의 시선 즉 아동과 민족을 연결하는 시선이 길항하는 텍스트인 것이다.

『사랑의 선물』에 서로 다른 아동 이해가 얽혀 있다는 것이 거듭 확인되므로, 이 책을 꾸릴 때 방정환이 아동을 어떻게 보고 있는지 정리가 필요하다. 아쉽게도 이에 대한 논의는 찾아보기 어렵다. 『사랑의 선물』을 짜낼 때 아동에 대한 방정환의 시선은 근대적 아동 이해가 단단했고, 아동 독자에 대한 섬세한 고려를 작동시키고 있었다는 것이 연구자들의 일반적인 진단인 듯 보인다. 그 한 예가 염희경의 논의이다. 염희경은 「꽃 속의 작은이」 일본어본과 방정환본의 차이가 나타난 원인을 네이션의 상상이 개입된 결과로 보지만, 한편으로는 아동 독자에 대한 방정환의 고려가 작동된 결과로도 파악했다. 즉 일본어 저본들에서 오빠가 젊은이를 살해하는 것을 두고, 방정환이 여동생에 대한 오빠의 근친상간적 욕망에서 비롯된 것으로 독해한 것으로, 염희경은 파악한다. 따라서 번역 과정에서 방정환이 아동 독자를 고려하여 근친상간 처리에 나섰던 바 오빠를 사내로 바꾸었다는 의견을 내놓았던 것이다.[19] 이 동화에는 오빠가 젊은이를 살해하는 동기가 나오지 않기에, 살해 동기에 대한 다양한 추정이 가능하다. 그런데 선행 논자가 짧게나마 「데카메론」을 언급한 이상 방정환의 독해를 근친상간과 연결시키기는 어렵다.[20]

본고가 주목하는 것은 해석의 오류 여부가 아니라, 선행 연구가 그러한 독해를 진척시킨 원인이다. 선행 연구는, 아동 독자에 대한 방정환의

---

19 염희경, 『소파 방정환과 근대 아동문학』, 경진출판, 2014, 179쪽.
20 염희경은 팻쇼 이베르센의 글을 참조하여 안데르센의 「장미 요정」이 보카치오의 「데카메론」에 나오는 이야기 중 하나에서 모티프를 따와 창작한 작품이라는 것을 밝힌다.

고려가 얼마나 섬세한 것인가를 강조하고자 했기에 그러한 논의에 이르렀던 것으로 보인다. 그러나 근친상간을 들어 방정환의 아동에 대한 이해와 고려를 강조하는 일이, 아동문학가 방정환의 온 삶을 더듬어 그에 대한 이해와 평가를 마련한 오늘의 견해를 이제 막 아동문학가의 길을 걷기 시작한 방정환에게 투사하면서 빚어진 것은 아닌지 돌아볼 필요가 있다. 아동이 성인과 다르다는 것을 내세우고 이런 아동을 위한 동화가 필요하다던 방정환이, 네이션을 상상하는 동안 아동과 성인 사이의 경계를 흐리고 있다면, 아동 독자에 대한 방정환의 이해가 어디에서 어디로 움직이는지, 왜 그런 움직임이 나왔으며, 그것이 무엇을 의미하는지 들여다보아야 한다.

(2) 동화를 성립시키는 아동과 민족을 환기하는 아동

가)「사랑의 선물」 수록을 결정하는 힘

『사랑의 선물』에는 10편의 동화가 수록되어 있다. 아동의 순진무구함을 가꾸려는 동화들과 민족 현실을 환기하는 동화들이, 각기 몇 편인지부터 확인해 보자. 번역작업 초입에 아동의 순수성을 운운한「동화를 쓰기 전에」를 발표했으니,『사랑의 선물』에는 아동 독자가 쉽게 읽고 그 뜻을 파악할 수 있으며, 아동 독자들의 순진무구함을 가꾸는 동화들이 풍성하게 자리하고 있어야 한다. 하지만 아이의 순진무구함에 적극적으로 초점을 맞추고 이를 직접적으로 다뤄준 동화는「마음의 꽃」한 편뿐이다. 어린 떠돌이 음악가에 대한 소녀의 동정과 그 동정에 답하는 소년을 다룬「어린 음악가」를, 착한 마음을 가진 아이들의 이야기로만 읽는다면, 이 동화도 독자의 마음을 순수하게 가꿔주는 이야기로 분류해 볼 수 있다.

「난파선」과 「한네레의 죽음」도 「마음의 꽃」처럼 아동 인물을 다룬 작품이다. 「난파선」의 감동 포인트는, 어른도 하지 않는 희생적 동정심을 떠돌이 소년이 발휘했다는 점이다. 소년이 소녀를 대신해서 죽겠다는 결심을 하게 된 이유는 독해에 따라 여러 가지로 제시될 수 있다. 이 서사는 초반에 배에 탄 소년과 소녀의 처지를 자세히 소개하므로, 소년이 받아야 할 돌봄을 받지 못한 채 차고 어둡게 사는 처지라는 것을 중심으로 삼아 소년이 그런 결심을 한 이유를 살필 수 있다. 소년의 결심은 다음 세 가지 것들이 중첩되어 나타난 결과로 보인다.

받아야 할 보살핌을 받지 못하고 살아왔던 소년이었으니 자신을 동정하고 보살펴준 소녀에게 자기도 무언가를 베풀고자 했다는 것이 첫 번째 이유이다. 소녀의 옷자락에 묻은 자신의 피를 본 12살 소년을 두고, 소년이 민족의식 내지는 동포애를 떠올렸다고 해석하기보다는, 자신이 다쳤을 때 그 소녀의 돌봄을 받았다는 사실을 떠올렸다고 보는 것이 더 자연스럽다. 받아보지 못했던 보살핌을 받았다는 것에 대한 감격이 컸던 만큼, 보살핌을 준 소녀는 소년에게 자기 목숨을 던져 구할 대상으로 자리할 수 있다. 두 번째로, 소녀는 소년의 동일시 대상이 되었다는 점이다. 소년과 소녀는 이탈리아 사람이지만 영국에서 지내고 있었고, 부모 돌봄을 받지 못했던, 같은 처지의 아동들이다. 게다가 소녀는 소년을 동정하고 상처를 보살펴주었으니, 소년으로서는 소녀가 자신과 무관한 존재가 아니라 또 하나의 자신으로 받아들일 만하다. 이 경우 소녀를 구하는 것은 자신을 구하는 일이 된다. 마지막으로, 부모와 조국의 관계이다. 소년 소녀에게 보호와 보살핌이란 부모의 손길을 뜻한다. 흔히 그렇듯 부모와 조국이 안정적인 관계에 있을 때라야 부모는 자녀에게 넉넉한 보살핌을 건넬 수 있다. 두 아동의 부모는 모두 이탈리아 사람이다. 소년의 부모는 영국에서 가난하게 살았던 처지였다. 조국과 안정적인 관계를 이루지 못했던 입장이었고, 소년을 제대로 돌보지 못했다. 고아 신세로 전락한 소년이 아저씨에게 몸을 의탁하러 이탈리아로 가는 길이지만, 아저씨의 살뜰한 돌봄을 기대하지 못하고 있다. 부모 없는 조국이란 소년을 안정되게 돌보는 곳은 아니다. 때문에 소년은 조국 이탈리아에서마저 차고 어두운 삶을 이어가느니, 소녀를 통해 오랫동안 갈망했던 동정과 보살핌을 이룬 지금 상태에서 고단했던 삶을 종결짓고자 했다고 할 수 있다. 반면 소녀의 부모는 이탈리아에서 살고 있다. 딸이 부자로 살기를 바랐기에 영국으로 보냈지만, 조국과 안정적인 관계를 이룬 편이다. 사정으로 영국에서 돌아온 딸을 따듯하게 품을 부모로 제시되어 있다. 조국과 안정적인 상태에 있는 부모, 그 부모가 주는 온전한 보살핌을 바라왔지만 그것을 누릴 가능성이 거의 없던 소년은, 그것을 확실하게 손에 넣을 수 있는 소녀를 위해 목숨을 던졌던 것이다.

방정환에게 「난파선」은 타인을 향한 갸륵하고 숭고한 희생으로만 읽고 끝낼 수 있는 이야기가 아니었다. 차고 고단하게 살아온 소년이 보였던 남다른 희생은, 동정과 보살핌이 아동에게 얼마나 절실한 것인가를, 그리고 아동에 대한 온전한 보살핌은 부모와 조국이 안정된 관계를 이루고 있을 때 주어진다는 것을 읽어내고 있었다. 「난파선」은 보살핌을 받지 못하는 아동들, 간신간신 살아가는 부모들, 식민지 조국, 이 셋의 관계를 한눈에 파악해 볼 수 있게 한 작품이기에, 방정환은 이를 번역하여 『사랑의 선물』 첫 자리에 놓았다.

「한네레의 죽음」은 계부의 학대로 억울하게 죽은 소녀 이야기이다. 성인의 학대를 받는 아동이 많았던 때이므로, 한네레 이야기는 당시 아동 독자들의 마음에 크게 다가갈 수 있는 작품이었다. 이 작품의 작의는 한네레의 죽음을 통해 아동을 학대하는 성인 비판으로 파악된다. 이 작의로 말미암아 식민지의 번역자 방정환은, 한네레에 대한 계부의 폭압을 약자 조선에 대한 제국 일본의 폭압으로 해석했던 것으로 보인다. 이것이 방정환이 이 동화 번역에 나선 또 하나의 중요한 이유이다.

「어린 음악가」는 바이올린 연주로 생계를 해결하는 소년에 대한 소녀의 동정심을 중심 서사로 세워두고, 그 주변에 가련한 처지였으나 소녀의 동정심에 부응하여 음악가로 자신을 잘 가꾼 소년의 서사를 배치한 작품이다. 그 때문에 서사는 시간대를 퍽 넓게 쓰고 있다. 두 인물이 소녀소년인 시절과 소식이 끊겼다가 두 인물이 성인이 되어 만남까지 보여준 것이다. 그런 탓에 이 이야기는 아동 인물의 이야기로 한정되지는 않는다. 한편 소녀가 값비싼 바이올린을 소년에게 빌려주는 행위에는, 이들이 영국에서 사는 프랑스 동포라는 것이 크게 작용한다. 이 이야기는 동정, 고난에 굴하지 않고 자신을 일으켜 세움, 그리고 국가 내지 민족 의식 등 꽤 여러 코드를 끌어들인 이야기이다. 이런 특성 때문에 방정환은 이 작품을 『사랑의 선물』에 수록했던 것으로 보인다. 즉 그런 특성들이 서로 어울린 「어린 음악가」는 아동의 순수한 마음을 드러내기에서 끝나지 않고, 식민지 처지의 조선인들은 서로 돕고 고단한 처지에 굴복되지 않아야 한다는 방정환의 생각을 독자들에게 전달하고자 했던 것으로 보인다.

아동 인물의 삶과 관련된 「난파선」, 「한네레의 죽음」 그리고 「어린 음악가」는 서사 그 자체만 놓고 보았을 때, 아동을 학대하는 성인을 비판하거나 타인에 대한 숭고한 희생이나 동정과 같은 덕목들이 간취된다. 비판할 것은 비판하고 부추길 것은 부추김으로써 인간이 가진 순수성을 지켜나간다고 할 때, 이 서사들은 순진무구함이라는 아동의 특성 가꾸기에 봉사하는 것처럼 보인다. 그러나 순진무구함이나 순수성에 대한 지나치게 포괄적인 이해는, 개별 동화에 내재된 아동 이해를 구체적으로 정리하는데 그리 도움이 되지 않는다. 방정환은 세 작품을 통해 독자들이 학대받는 민족 현실과 아동을 보호하지 못하는 민족 현실, 동포들 간의 동정의 필요성을 읽어낼 수 있는 작품이라고 파악했던 것으로 보인다. 이 세 편은 순진무구함과 같은 아동의 특성을 주목하여 아동과 성인의 차이 파악이라는 의도보다는, 불우한 처지의 아동들의 삶을 통해 아동을 포함한 조선 사람 전체가 약자 처지라는 것을 환기시키려는 것이 더 주요 번역 의도로 감지된다.

이 번역동화집에 수록된 유명 전래동화들도 아동 독자의 순진무구함을 가꾸는 이야기들인지 따져보아야 한다. 전래담이 아동을 겨냥한 전래동화로 고쳐지면서 본래 가졌던 폭력성이나 선정성이 상당히 희석되거나 제거된다는 것은 잘 알려져 있다. 그런지라 『사랑의 선물』에 수록된 전래동화들은 아동의 순진무구함에 부합되는 이야기라고 생각할 수 있다. 그러나 전래동화를 원소스인 전래담과 비교하면, 전래동화는 아동에게 들려주어도 될 만큼 아동에게 유해한 요소가 제거된 텍스트이지, 아동의 순진무구함을 적극적으로 가꿔주는 서사로 탈바꿈했다고 확언하기 어렵다.

전래담을 전래동화로 바꾸어서 아동 독자들에게 쥐어주는 것은, 오랫동안 언중에 회자되던 전래담이 가진 여러 기능과 지혜들이 전래동화로의 변형 속에서도 상당 부분 남아있다고 생각하기 때문이다. 「산드룡의 유리 구두」, 「요술 왕 아아」, 「잠자는 왕녀」 이 세 편은 결혼 적령기 여성을 주인공으로 삼았고, 결혼으로 서사가 종결된다는 양태를 공유한다. 서사의 대미를 결혼으로 장식하는 것은 전래동화의 흔한 양상이다. 이 서사들에서 결혼은 고난을 겪은 여주인공들에게 주어진 보상이라는 성격을 갖는다. 즉 결혼은, 악한 힘에 맞서 문제 해결적 행동으로 돌파한 것에 대한 성과이거나(「요술 왕 아아」), 착한 심성으로 학대를 견딘 것에 대한 칭찬이기도 하고(「산드룡의 유리 구두」), 때로 저주 속에서 백 년 시간을 고스란히 무존재 상태로 지낸 것에 대한 배상이다(「잠자는 왕녀」). 고난을 치른 여성들에게 높은 신분의 남자와 결혼이라는 최상의 보상을 부여한 이 서사들은, 아동의 순진무구함 가꾸기와 끈끈하게 이어진다기보다는, 독자 일반에게 고통에 지지 말라는 격려의 투척이라는 성격이 더 크다.

 전래담의 재화물, 결혼 적령기 여성 주인공, 왕자와의 결혼으로 서사 종결, 메씨지의 유사성을 세 이야기가 공유하고 있었다. 이 동화집의 약 30%에 해당되는 이야기가 서로 공유한 것이 많기에, 이 셋은 좀 더 주목할 필요가 있다. 우선 결혼 적령기 여성 인물들을 다룬 이 이야기들을 통해 『사랑의 선물』이 젊은 여성들을 자기 독자로 적극 끌어들이고 있다는 점을 지적할 수 있다. 이 여성 주인공들은 저마다 계모, 악한 마술사, 마녀라는 힘 있는 존재들에 의해 고통을 겪는 약자들이다. 이들은 위의 두 아동 인물들과 비슷한 처지들이다. 때문에 아동 독자들로서는 이 여성 서사들을 자기 처지를 다룬 이야기의 연장으로 읽어갈 수 있다. 여기에 아동과 여성은 전통적으로 약자들로 인식되어왔다는 점을 포개면, 이 서사들을 통해 아동과 여성은 아동과 성인으로 구별되기보다는, 강한 힘으로부터 짓밟히는 존재들이라는 하나의 범주를 형성한다. 그리고 이 점 때문에 이 동화집은 약자 처지의 존재들을 중점적으로 다룬다는 특성을 확보하게 된다. 그리고 여기서 이 동화집이 성인과 다른 존재로서의 아동의 독자성에 대한 집중력이 약하다는 평가가 발생된다.

 「왕자와 제비」는 오스카 와일드의 동화이고 「꽃 속의 작은이」는 안데르센의 창작동화이다. 오스카 와일드와 안데르센은 세계적인 동화작가로 손꼽히고 있으므로, 이들의 작품을 통해 근대의 창작동화가 어떤 것인지를 소개하려는 방정환의 의지가 간취된다. 공교롭게도 두 서사는 가장 전형적인 동화 양식을 보이지만 작의로는 아동보다는 성인에게 더 적극적으로 말을 거는 이야기들이다. 「왕자와 제비」는 빈자에게 자기 희생적 동정을 베푸는 왕자의 이야기이다. 번역자 방정환이 이 작품을 번역작으로 선정했던 이유는 우선 왕자의 선행이 당시 유행했던 동정의 담론을 잘 보여주었기 때문일 것이다. 이 이야기가 성인에게 보다 더 말을 건다는 것은, 자기 희생적 왕자 이야기 끝에 왕자와는 대비적인 시장의 모습을 드러냄으로써, 작의가 왕자의 선행을 넘어서 시민의 안위에 무심한 권력자에 대한 비판으로 확장되기 때문이다. 식민지 독자 입장에서, 이 시장은 곧장 식민지를 다스리는 통치자를 떠올리게 한다.

「꽃 속의 작은이」는 여자에 대한 탐심으로 두 연인을 죽음으로 몰고 간 사내를 다루었으니, 아동보다 성인 독자의 시선을 더 끌어들이는 이야기이다. 그런데도 이 동화집에 수록한 것은 이 서사를 통해 이 동화집 독자 전체가 민족의 처지와 염원을 떠올릴 수 있기 때문이었다. 근대 시기를 대표하는 두 동화작가의 작품 중에서 이 두 편을 『사랑의 선물』에 끌어들였다는 것은, 이 동화집을 짜는 방정환에게 아동이란 그 순진무구함으로 성인과 구별되는 존재라는 아동 이해보다는, 아동은 성인과 함께 식민지민으로 어려움을 겪는 존재라는 이해가 훨씬 강력하게 작동되고 있음을 알려준다.

『사랑의 선물』은 아동 인물에 이어 젊은 여성 인물을 다룬 이야기를 내보였고, 이어 성인 독자에게 더 강한 호소력을 발휘하는 동화들이 등장시켰다. 더 나아가 「천당 가는 길」처럼 아동은 물론 성인 독자마저도 작의 파악이 쉽지 않은 이야기까지 선보인다. 이 작품의 주인공은 착한 도적이므로 고향에서 부모와 함께 살지 못하는 그를 안쓰러워 여겨야 할지, 아니면 의적이라도 도적은 도적이니 이 도적을 자기 지배지 밖으로 추방시키려는 백작을 지지해야 할지 판단이 잘 서지 않는 것이다. 물론 이 이야기는 도적이 보여준 신출귀몰할 솜씨를 다룬 부분으로 아동들의 재미를 한껏 자아낼 수 있다. 이 작품이 무엇을 말하려는가는, 이 이야기가 어떤 역사적 맥락 속에서 다듬어졌는가부터 더듬어야 내포된 의미들을 적실하게 포착되면서 파악이 가능할 것이다. 그런데 흔히 독서가 그렇듯, 이 이야기 또한 조선 독자 입장에서 이 서사가 자신의 처지를 반추하는 정도와 양상에 따라 그 작의를 확보해 나가기 마련이다. 1920년대 초 번역자 방정환은 식민지 지식인 청년이었기에, 영주보다는 도적으로부터 의미를 확보하는 독해를 진행했을 것이다. 그로서는 다음 세 가지 지점에서 이 이야기를 번역할 결심에 이르렀다고 할 수 있다.

첫째, 이 작품이 도적과 백작을 대결하는 두 인물로 다룬다는 점이다. 백작은 한 집단의 지배자로 수직적 권력 질서 정점에 자리한다. 방정환에게 백작은 식민지를 통치하는 제국을 지시한다고 할 수 있다. 반면 도적은 사회 질서를 흩뜨리는 반사회적 존재이기에 백작이 용납할 수 없는 인물이다. 지배자에 의해 즉시 처단이 가능한 이 도적은 권력 질서 최하층에 자리하는 존재이다. 특이하게 여기의 도적은 빼어난 실력을 가졌고, 의적이다. 도적이란 사회질서를 위반하는 인물이지만, 의적이라면 도적의 유해성은 사라지거나 대폭 줄어들면서, 지배자 백작에게만 유해한 존재가 된다. 무엇을 남 모르게 처리하는 비상한 솜씨를 가졌다는 점에서, 이 도적은 긍정성마저 획득한다. 이 특이한 도적은 방정환에게, 실력을 기반으로 제국의 질서에 저항하기에 조선인에게는 유익을 주지만 식민 통치자에게는 골치아픈 존재인 식민지 지식인 남성을 상징하는 존재였다고 할 수 있다.

도적이 자기 정체성을 드러내는데 백작은 그를 즉각 처단하지 않는다. 솜씨를 증명하면 살려주겠다는 제안을 내놓는다. 도적은 어려운 문제를 내라면서 자신감을 내비친다. 제안이 있고 이를 받아들이고, 시험이 이어진다. 도적의 목숨을 빼앗고자 교묘한 제안을 내놓는 영주와 자신감으로 이를 수락하는 도적은, 게임 테이블 앞에 앉은 두 맞상대처럼 다가온다. 백작과 도적이 일종의 맞상대 관계를 이루었다는 것은, 권력 질서 최상부에 자리한 지배자와 그 반대 최하위 자리에 있는 도적이 이루던 수직적 질서가 해체되어 거의 수평적 관계로 재설정되었음을 뜻한다. 이는 지배자의 권력이 가진 절대성 내지 영속성 훼손과도 맞물린다. 지배자 제국과 피지배자 식민지 지식인 사이의 관계가 달라질 수 있음을 상상하게 하는 이 텍스트는, 방정환으로 하여금 은밀한 흥분마저 느끼게 했다고도 할 수 있다. 이로써 방정환은 이 이야기의 번역에 나섰던 것으로 보인다.

도적이 보이는 당당함은 방정환이 이 이야기 번역에 나서게 한 두 번째 지점이다. 고향에서 부모와 함께 살려는 도적은, 백작 앞에서 여지껏 도적으로 살아왔지만 이제부터는 도적질을 하지 않겠다며 꼬리를 내려야 하는 입장이다. 그러나 도적은 자신을 큰 도둑으로 소개한다. 이는 백작의 지배가 이뤄지는 곳이라도 도적이라는 자기 존재 양상 내지는 정체성을 유지하며 살겠다는 뜻이다. 백작의 시험에 응한 것은 자기 역량을 인정하라는 요구이기도 하다. 그리고 백작에게 어려운 문제를 내라며 자신만만함을 보인다. 이 도적은 매우 당당한 인물이다. 한편 방정환의 경우, 제국의 지배를 받는 처지이지만 당당하게 굴겠다고 의식적으로 노력함에도 불구하고, 억압을 반복해서 겪는 동안 무의식적으로 지배자의 권력이 절대적이고 영속적이라는 생각을 축적시켰을 입장이다. 이런 방정환으로서는 당당한 도적에게 매료되었다고 할 수 있다.

도적이 시험을 통과하자 백작은 '좋은 사람이라는 증거' 즉 자신의 질서에 대한 철저한 복종을 요구한다. 아니면 자기 영토에서 떠나라고 한다. 도적이 받은 선택지는, 식민지 질서를 거부하고 국외로 나가 독립 투쟁을 벌일지 아니면 그 질서 아래서 살며 다음을 도모할 것인지 고뇌하던 식민지 지식인들의 처지를 연상시킨다. 이것이 이 이야기 번역에 나선 세 번째 지점이다.

방정환에게 도적은 엄혹한 식민 통치 아래서 차고 어둡게 지내는 식민지 지식인 남성들을 지시한다. 따라서 그에게 「천당 가는 길」은 이 남성들의 처지를 비유적으로 드러낼 수 있는 텍스트였다. 성인 남성이 주인공인 이야기는 이 한 편뿐인데,[21] 이 하나로 식민지 지식인 남성의 아

---

21 『사랑의 선물』에서 고통받는 약자는 주로 아동과 여성 인물로 나타난다. 이는 『사랑의 선물』에 성인 남성을 주인물로 삼은 이야기가 드문 탓도 있지만, 전통적으로 남성은 아동과 여성의

픈 심사를 요약적으로 드러냈다고 할 수 있다. 일반적으로 남성은 여성이나 아동에 비해 강자이다. 그러나 식민 체제 아래서는 능력치가 높은 지식인 남성일지라도 제 존재 그대로를 드러내기 어려웠으며 자기 의지나 욕망을 실현하며 살기 어려웠다. 즉 제국의 질서라는 강한 힘 앞에서는 약자인 것이다. 따라서 「천당 가는 길」은 비록 남성을 다루고 있지만, 약자의 처지를 다룬 이 책의 다른 많은 이야기들과 같은 맥락에 놓인다고 할 수 있다.

여기까지 『사랑의 선물』이, 「동화를 쓰기 전에」에서 보인 아동을 성인과 구분하게 하는 아동의 특성에 주목한 것인지 아니면, 「꽃 속의 작은이」가 보이듯 민족 현실을 환기시키려는 의지 속에서 아동과 성인 사이의 경계를 낮추고 있었는가를 살펴보았다. 순진무구함과 같은 아동의 특성에 주목하고 이를 가꾸기 위한 동화를 쓰겠다는 발언을 내놓았던 방정환이지만, 수록작 10편을 살핀 결과 그에 해당하는 동화는 적다는 것이 파악되었다. 때문에 아동 특성에 주목해서 아동을 성인과 다른 특징을 가진 구별되는 존재로 이해하려는 태도가 이 동화책에는 강하지 않다고 할 수 있다.

나) 민족의 처지와 새로 발견되는 아동

「동화를 쓰기 전에」를 통해 아동의 특성을 들어 아동을 성인과 구분되는 존재로 파악하고, 아동을 위해 동화가 필요하다고 진술했던 방정

보호자로 이해된 결과이기도 하다. 한편 『사랑의 선물』 전체를 놓고 보았을 때, 성인 남성은 억압적 강자(「꽃 속의 작은이」, 「한네레의 죽음」, 「요술 왕 아아」)나 자녀를 보호자지 못하는 무능한 보호자(「산드룡의 유리 구두」)로 자리하거나, 아예 부재자 상태이다(「난파선」, 「어린 음악가」, 「마음의 꽃」). 아동과 성인, 그리고 성별에 따른 인물들의 역할을 보았을 때, 『사랑의 선물』은 아동을 위한 동화집이라는 성격보다는, 민족 전체를 위한 동화집이라는 성격이 조금 더 도드라진다는 것이 다시 확인된다.

환이지만, 『사랑의 선물』에서는 아동의 특성에 주목하는 동화들 대신 아동의 처지를 주목한 동화가 많았다. 이러한 결과가 어떤 의도의 결과인지 아니면, 하다보니 우연히 그렇게 된 것인지, 『사랑의 선물』과 관련된 주변적인 것들을 좀 더 살펴 확인해 보기로 하자.

『사랑의 선물』 수록작 중 가장 먼저 번역된 「왕자와 제비」를 통해서 이런 일이 빚어진 사정을 보다 소상히 알아볼 수 있다. 「왕자와 제비」는 첫 번역작이기에 『사랑의 선물』의 지향점을 알리는 푯대라고 할 수 있다. 「왕자와 제비」는 자기 희생적 동정을 베푸는 왕자를 통해 지배 권력자들을 비판한 동화이다. 아동 독자도 읽고 즐길 수 있는 요소도 많은 이야기이나, 그 작의를 통해서 볼 때 이 동화는 성인에게 더 큰 호소력을 발하는 작품이다. 아동에게 오롯이 집중하는 것과 다소 거리가 있는 『사랑의 선물』의 대체적인 성향은, 이렇게 첫 번역작에서부터 나타나 있었다.

「왕자와 제비」는 첫 번역작으로서 특권을 누리기도 했다. 『사랑의 선물』에 묶이기 전 따로 지면을 탔던 것이다. 그 지면은 1922년 2월 『천도교회월보』였으니, 「왕자와 제비」는 「동화를 쓰기 전에」와 나란히 실린 것이다. 그렇다면 「동화를 쓰기 전에」에서는 아동을 성인과 구분하고 이 아동을 위한 동화를 운운해 놓고서, 나란히 게재된 「왕자와 제비」에서는 아동과 동화에 대한 그런 이해에 무심했으니, 이때의 방정환은 이율배반적이다.

서로 다른 생각을 가진 두 문건을 한 지면에 나란히 발표했던 방정환을 어떻게 보아야 할 것인가. 우선은 그가 이 두 문건의 부조화를 인지하지 못했다고 생각해 볼 수 있다. 「동화를 쓰기 전에」에 피력한 아동과 동화에 대한 이해는, 당시 일본 아동문학계가 가졌던 중심 생각들이었다. 방정환의 고유한 생각이 아니라 유학생으로서 학습한 결과물인 것이다. 읽고 정리한 학습 내용의 전달은 언제든 가능하지만, 그 내용의

체화는 바로 쉽게 이뤄지지 않는 경우가 많다. 방정환의 머리는 근대적 아동과 동화 개념을 이해했으나,『사랑의 선물』을 짜던 그의 의중까지는 통제하지 못했을 것으로 추정해볼 수 있다.

그러나 다른 이해도 가능하다. 방정환은 두 문건에 각기 다른 역할을 부여했다고 생각할 수도 있다.「동화를 쓰기 전에」는 동화작가로서의 출발을 알린다는 목적을 갖는다. 동화에 대한 이해가 부재한 당시 조선이었기에 방정환은 동화가 무엇인지 설명했고, 동화에 대한 설명은 아동의 특성에 대한 언급을 동반했던 것이다. 아동은 성인과 다른 특징이 있다는 측면에서 사유해야 한다는 것, 그래서 아동을 위한 동화가 필요하다는 것을 차분하게 설명했는데, 그는 이 설명으로 아동과 동화에 대한 대중의 이해도 높이고자 했을 것이다.

「동화를 쓰기 전에」는 아동이며 동화를 설명했지만, 그간 소설가로 활동하던 그가 왜 그렇게 동화며 아동을 주목하는가는 기술되어 있지 않다. 방정환은 이를「왕자와 제비」를 통해서 드러냈던 듯 싶다. 이 동화를 읽기 전 그러니까 조선에서 방정환은, 소설로써 개조 혹은 개벽운동에 헌신하고 있었다. 방정환은 젊은이들의 자유연애가 구질서에 얽매인 부모의 억압을 받아 결실을 맺지 못하는 현실을 거듭 소설화했던 것이다. 자유연애를 하던 젊은이들이 비극적 최후를 맞는 소설을 통해 현실을 비판한 것은, 구질서에 묶인 사회를 개조하려는 그의 개조운동이었다. 익히 알려졌듯 그가 속한『개벽』집단은 당시 개조 운동의 메카였고, 방정환의 경우 소설로써 이 개조운동을 벌였던 인물이었다.

그런 방정환에게 왕자와 제비 이야기는 개조운동과 딱 맞아떨어지는 이야기로 파악되었을 것이다. 뿐만 아니라 자기 소설과 견주면 이 동화는, 간명하면서도 알레고리 기법이 가져오는 즐거움과 풍성한 의미 전달이라는 효과를 발하고 있었다. 더욱이 아동부터 읽을 수 있도록 쓰여진 이야기였다. 1920년대 초두 조선 사회는 그 앞 시기에 비해 아동 인식에 한결 적극적이었다. 3·1만세운동이 미완의 혁명으로 남으면서 조국 독립은 실력 양성을 통해 충분히 준비될 때라야 가능하다는 인식이 공고해졌고, 이 인식이 민족의 내일을 담당하는 아동에 대한 관심을 더욱 높였던 것이다. 이런 맥락 속에서 『개벽』은 김기전을 중심으로 여러 논자들이 아동을 주요 담론거리로 끌어올렸으니, 개벽 그룹의 일원인 방정환 또한 아동의 중요성을 익히 파악하고 있었다. 이런 방정환에게 아동을 독자로 삼는 서사물인데다가 개조운동을 담기도 한 동화는, 성인 독자를 대상으로 벌였던 자신의 개조운동을 아동까지 확대시킬 수 있는 매체로 다가왔을 것이다. 때문에 방정환으로서는 소설가에서 동화작가로의 전환을 단행하고, 그 첫 작업으로 『사랑의 선물』 간행 작업에 나선 것이다.

「왕자와 제비」는 동화란 이런 것이다를 알려주는 예시작이었다. 그리고 방정환 개인으로서는 자신이 왜 소설가에서 동화작가로 나서는지를 설명하는 문건이기도 했다. 동화라는 새로운 서사 양식이 조선 사회에 왜 필요한지, 말로 써서 검열에 휘말리며 당국의 주시를 불러일으킬 필요 없이, 그저 이야기 한 편으로 그 가치와 효능을 단번에 직관적으로 파악하게 하는 것이 상수라고 생각했을 것이다. 「왕자와 제비」는 동화작가로 나서는 자신의 출사표를 빛내줄 이야기로서 손색이 없었으니, 「동화를 쓰기 전에」 곁에 나란히 자리하도록 부랴부랴 번역소개했던 것이다.

방정환은 동화와 관련해서 말할 것 두 가지를 두 개의 문서 「동화를 쓰기 전에」와 「왕자와 제비」에 담았다. 이와 같이 정리하면, 방정환 입장에서는 두 문건에 담긴 아동에 대한 이해가 조화를 이루지 못하다는 것을 알았더라도 굳이 그것의 조정에 나설 필요가 없었다고 생각해 볼 수 있다. 동화로 조선 전 대중을 향해 개조운동을 펼친다는 것, 더군다나 개조운동의 궁극적 목적이 조선 독립이었으니, 방정환은 자신이 동화로 일으킬 사회적 파급력을 가슴 벅차게 가늠하고 있었을 것이다. 그러나 아동문학 혹은 동화에 대한 개념은 조선 사회에는 없던 낯설고 새로운 것이었다. 자신의 공동체 그리고 자기 시대의 소명을 문필가로 감당하려는 의지가 강했던 그로서는, 급박하고 거칠게 흡입한 근대적인 아동과 동화 개념이 자기 의지와 어떤 부분에서 상충된다는 것을, 파악하기 어려웠으리라는 추정도 물리칠 수는 없다.

『사랑의 선물』이라는 번역물을 내놓을 때 아동에 대한 방정환의 접근이 어떤 것인지를 알려주는 또 하나의 문건은 『사랑의 선물』에 게재된 방정환의 자서이다. 다음은 방정환의 자서 전문이다.

> 학대받고, 짓밟히고, 차고, 어두운 속에서 우리처럼, 또, 자라는, 불쌍한 어린 영들을 위하여, 그윽히, 동정하고 아끼는, 사랑의 첫 선물로, 나는, 이 책을 짰습니다.
>
> —『정본 방정환 전집1』, 창비, 2019, 23쪽. (밑줄 필자)

방정환은 자서를 통해 이 동화집이 '불쌍한 어린 영' 즉 아동을 위한 것임을 분명히 한다. 그렇되 이 아동이 어떤 존재인지는, 「동화를 쓰기 전에」에서 아동의 순진무구함을 밝혔던 방정환이지만, 함구한다. 아동을 위해 이 책을 짜되, 방정환이 힘주어 밝힌 것은 학대받고 있다는 아동의 처지이다. 이 자서는, 이 동화집에 나타난 아동에 대한 접근이 아동의 특성보다는 처지를 더 주목한 것이라는, 앞서의 수록작 검토 정리와 일치된다.

자서는 단 한 문장으로 이뤄져 있다. 그러나 똑똑 끊어가며 이어갔던 이 문장은, 한가지 생각을 매끄럽게 전달하기보다는 진술과 관련된 무엇을 더 생각하도록 자극한다. 특히 '우리처럼, 또,'는, 성인들이 어린 시절에 그랬듯 지금 아동들도 고통스럽게 지낸다는 뜻과 함께, 성인이 되었어도 아동들처럼 여전히 차고 어두운 속에 있다는 것을 넌지시 드러 낸다. 방정환의 자서에 이어 김기전의 서문 또한 아동을 돌보는 부모들의 처지를 밝힌다. "한갓 남의 여력을 받아 간신간신히 지내 가는 사람"[22]이라는 것이다. 자서와 서문은 이 동화집이 아동을 향한 것임을 명시하면서도, 언뜻언뜻 성인을 끌어들이고, 아동과 성인 모두 어려운 처지라는 것을 요령껏 드러낸다. 이는 이 동화집의 동화들이 성인 독자를 향해서 열려있다는 앞서의 정리와 이어진다.

학대받는 이들을 위해 짜여진 동화집이라고 했으므로, 이들을 학대하는 자는 누구인가를 묻게 된다. 1918년 이광수의 「자녀중심론」이나 1920년 김기전의 「장유유서의 말폐」 또한 아동이 억압받고 있다는 것을 밝혔다. 두 논설에서 아동 억압 주체는 조선의 성인으로 지목된다. 그 글들은 성인들을 향해 아동을 억압하는 구시대 봉건질서로부터 벗어나라고, 새 질서를 구축해야 하는 조선은 그 일을 담당할 아동을 중시해야 한다고 설파하고 있었다. 『사랑의 선물』은 이와 다르다.

『사랑의 선물』 책 표지에는 이 책이 '세계 명작 동화'집임을 밝히고 있다. '세계' 명작동화 번역에 나선 번역자의 의식은, 조선 내부를 조망하기보다 조선을 위치 짓는 실질적 층위인 세계에서 조선의 위치를 가늠하기 마련이다. 주권을 잃어 세계의 일원으로 자리하지 못하는 조선이었다. 이것은 강자인 제국 일본의 침탈 때문이었다. 세계에서 강자의 자리에 선 일본은, 약자 조선을 그렇게 학대하고 있었다. 조선이 힘이 약해서 강자의 지배를 받는다는 반성적 문제의식보다 강자 일본이 약자 조선을 침략하고 학대한다는 것이, 조선 주체로서 사안의 본질을 간파하는 핵심적 문제의식이다. 이 핵심적 문제의식 속에서 방정환은 세계 여러 곳에 있는 약자의 처지를 드러낸 이야기들을 『사랑의 선물』안

---

22 김기전, 『사랑의 선물』 서문. 제목은 없음, 정본 방정환 전집 1, 창비, 2019, 24쪽.

으로 차곡차곡 모았다고 할 수 있다. 네이션을 상상하지 않을 수 없는 방정환의 처지였다. 그가 짠 세계 동화집은 제국 일본의 학대 아래 놓인 조선의 아이들과 어른 즉 조선 민족 전체를 위한 것일 수밖에 없었다.

여기까지 첫 번역동화인 「왕자와 제비」, 이 동화와 관련해서 방정환의 소설가에서 동화작가로의 전향 배경, 그리고 『사랑의 선물』 자서까지 살펴보았다. 이 셋을 관통하는 것을 압축해서 표현하자면 네이션의 상상이다. 네이션을 상상하는 동안 「동화를 쓰기 전에」에서 밝혔던 생각들은 쉽사리 작동되지 못했다. 방정환은 「동화를 쓰기 전에」를 통해 아동의 특징을 지적함으로써 아동을 성인과 구분해 두었다. 아동의 이러한 분리를 기반으로 동화가 요청된다는 것도 밝혀두었다. 그랬을 뿐 『사랑의 선물』을 짜는 내내 방정환에게 당장의 중대한 문제는 아동의 특성이 아니라 아동의 처지였다. 『사랑의 선물』 수록작들의 대체적 면모가 알려주는 것은, 아동의 처지를 돌아보자 연동해서 아동 뒤에 있는 성인의 처지, 마침내 민족의 처지까지 드러내려는 방정환의 작심이다. 그가 첫 번째 수록작으로 「난파선」을 두었던 것은, 이 이야기가 보살핌을 받지 못한 처지의 소년 이야기로 그치지 않고 아동, 부모 그리고 나라가 서로 어떻게 맺어져 있는가까지 안내하는 동화였기 때문이다. 마지막 수록작 「꽃 속의 작은이」를 두었던 것은, 두 연인을 죽음으로 몰고 간 악한 강자의 징치라는 이 서사가, 강한 침략자 제국의 징치에 대한 염원을 환기시킬 수 있어서였다. 민족의 처지를 돌아보는 그의 시선은 작품의 배열에까지 관여하고 있었다.

(3) 제국의 담론과 식민지 현실

『사랑의 선물』에서 아동을 바라보는 방정환의 시선이 어떤 것인가를 짚어보았다. 방정환은 아동의 특성에 관심을 두기는 했으나, 주로 아동의 처지에 집중하였다. 방정환은 자신이 습득한 아동의 순진무구라는 특성과 동화에 대한 이해를 「동화를 쓰기 전에」에 정리해 두었을 뿐, 『사랑의 선물』에서는 강력하게 관철시키지는 않은 것이다. 그가 아동의 특성을 언급하고도 주로 아동 처지에 집중했던 까닭은 무엇인가? 요약해서 말하자면, 일본과 조선의 차이 때문이다.

1920년대 초 일본은, 민권주의 쇠퇴에 대한 소극적 저항을 순수함에 가치를 부여하는 양상으로 표출하고 있었고, 순수성을 아동 특성으로 연관시키면서 아동문학의 부흥을 보고 있었다. 아동이 순진무구하다고 보는 것은 여러 사상이나 풍조에서도 나타난 것으로, 꼭 일본에서만의 일은 아니었다. 그러나 아동의 순수성을 성인과 구분되는 아동의 특성으로 포착하고 이런 아동을 위한 별도의 문학을 수립하는, 일련의 담론과 실천 행위는 일본이 보다 적극적으로 보였던 풍경이다. 이것이 유학생 방정환[23]을 크게 자극했다.

그렇기는 하나, 『사랑의 선물』은 일본 아동을 향한 것이 아니라 '조선' 아동을 향한 것이었다. 조선의 사정은 일본과 완연히 달랐고 조선 현실을 개조하려는 의지가 뚜렷한 방정환이었다. 식민지 조선이기에 궁극적으로 민족 문제 해결이라는 엄중한 과제도 안고 있었다. 방정환에게 조

---

23 유학길에 오르기 이전 방정환 번역으로 추정되는 「참된 동정」(원작은 투르게네프의 글이다. 발표는 『신청년』 1920년 8월호이다.)과 「어린이의 노래―불켜는 이」(원작은 로버트 루이스 스티븐슨의 시 The Lamplighter이다. 『개벽』, 1920년 7월호에 발표되었다.)를 통해 그가 아동을 순수한 존재로 파악하고 있었다고 정리해 볼 수도 있다. 두 자료에서 일관되게 아동은 타인에게 고운 마음을 베푸는 순수한 존재들로 나타나기 때문이다.
그러나 이 두 번역물의 저본이 일본어본이라는 것을 기억할 필요가 있다. 두 일본어 텍스트들은 순수성을 주목한 아동담론이 사회적 영향력을 꽤 떨쳤던 다이쇼기의 산물이었을 가능성이 높다. 방정환 역시 두 작품에 내재된 순수성을 주목했던 바, 이를 극대화시키기 위해 번역 과정에서 텍스트에서 아동의 역할을 부각시키는 각색까지 진행했다. 순수함의 구체적 내용은 「참된 동정」에서는 거지에 대한 진심 어린 동정과 그 동정심에 대한 깊은 감사, 그리고 「어린이의 노래」에서는 작은 일이지만 타인에게 보탬이 되는 일을 하겠다는 소년의 이타적인 포부이다. 방정환은 이런 것들이 당시 조선에 필요한 덕목들이라고 여겼기에, 이 덕목의 효과적 강조를 위해 아동의 역할을 극대화시켰을 뿐, 아동문학에 대한 이해와 실천의 차원은 아니었다.

선 아동은 봉건 질서와 제국의 통치라는 이중의 압박 속에 놓인 존재였다. 조선 아동은 구시대 질서로부터 해방시켜야 할 대상이었고, 공동체의 내일을 담당하는 근미래 주체라는 이해가 방정환을 사로잡고 있었다. 이러한 조선 아동 독자를 향해 세계 명작 동화집을 짤 때에는, 순진무구하다는 아동의 특성을 가꿔줄 동화들보다, 조선 아동의 처지를 드러내서 독자에게 위로가 되는 동화 아울러 조선 민족의 처지도 떠올리게 하는 동화들이 더 긴요하다고[24] 판단했던 것이다.

그 결과로『사랑의 선물』에서는 아동의 순수함을 다루는 이야기는 한두 편에 그치고, 학대받는 처지의 사람들 이야기가 여러 편을 헤아리게 된 것이다. 방정환의 의식 속에서『사랑의 선물』은 학대받는 아동의 처지를 헤아리는 동화집이어야 했고, 이는 아동 성인 막론하고 학대받는 자들의 이야기로 확대되었고, 마침내 학대받는 조선 민족을 위한 동화집

---

24 방정환이「동화를 쓰기 전에」에서 아동의 순진무구함을 논하기는 했지만, 조선 사회에서 아동이 순진무구한 존재라는 담론이 본격적으로 개진되기 시작한 곳은 1923년 3월에 창간된『어린이』로 보인다.「동화를 쓰기 전에」와『어린이』발행, 이 둘의 시간적 간격은 대략 2년이다. 이 시간 동안 소년회가 전국 곳곳에서 우후죽순격으로 조직되고 있었다. 이 현상은 아동은 누구인가, 어떻게 지도할 것인가 등의 질문을 부채질했다. 방정환은 그 답으로「동화를 쓰기 전에」에서 언급했던 아동의 순진무구함을『어린이』에서 적극 활용 개진했다고 할 수 있다.

1923년 5월 1일 각 소년 단체 관련자들이 모여 전국 단위로 벌인 '어린이날' 행사 또한 아동에 대한 사회적 인식 변화에 큰 역할을 담당했다. 어린이날 행사의 주요 목적은 아동에 대한 억압적 시선으로부터 아동 해방이다. 이때 아동을 순진무구한 존재라고 지목하는 것은, 성인이 갖지 못한 가치가 아동에게 내재되었으니 아동이 성인만큼이나 가치있는 존재라는 것을 알리는 일이었다. 이로써 아동을 성인보다 못한 존재로 파악하던 기존 인식을 바꾸도록 작용했다.『어린이』의 발행은 소년운동과 밀접한 관계가 있었으니, 소년운동이라는 조선의 독특함이 근대적 아동 인식 도모를 가져왔다고 할 수 있다.

유럽이나 일본을 통해서 볼 때, 근대적 아동 이해가 갖춰지려면 근대적 학제와 가족제의 정착이 선행되어 있어야 한다. 당시 조선은 이러한 제도들이 미정착 상태였다. 그럼에도 근대적 아동 이해를 정착시켜나갈 수 있었던 것은 소년운동 덕분이었다. 따라서 소년운동은 근대적 아동 인식에 요구되는 조건들의 부재라는 핸디캡을 일거에 상쇄시켜 아동의 근대적 이해를 유발한 요소이다. 소년운동을 통해 조선적 근대 아동 인식 과정의 독특함이 나타났다고 할 수 있다. 그러나 방정환이『사랑의 선물』을 짜내던 무렵은, 소년운동의 불길이 아직 거세지기 전이었다. 이 시기 방정환으로서는 순진무구함이라는 아동의 특성보다 조선 아동 처지가 더 긴급한 주목거리였던 것으로 보인다.

이고자 했다. 이것이 네이션을 상상하는 번역이 이뤄지게 된 배경이다.

『사랑의 선물』에서 방정환은 아동의 특성을 주시하기보다는 아동의 처지에 더 주의를 기울이고 있었다. 그 결과 보호를 받아야 하는 약자이 지만 보호 대신 학대를 당하는 아동들의 이야기를 필두로, 비슷한 형편 의 여성들 이야기가 나란히 자리하게 했고, 남성이라도 지배자와의 대 결 끝에 집단으로부터 배제를 겪는 처지라면 약자로 파악해서 그를 다 룬 이야기 또한 과감히 끌어들이고 있었다. 방정환이 아동의 특성이 아 니라 아동의 처지를 주목하고 이야기로써 위로를 건네려고 한 결과, 동 화집 안에서 약자 처지이면 아동 성인이 같은 집단으로 묶여지고 있었 다고 할 수 있다.

한편 약자들의 이야기는 강자 일본 제국으로부터 학대를 당하는 조선 민족의 처지를 환기시켰다. 민족 처지의 환기는 조선 민족의 해방을 갈 망하도록 자극한다. 조선 민족이 강자 제국의 지배를 받는 약자라는 이 해가, 이 동화집을 짜내는 방정환에게 철저하게 작용하고 있었다. 방정 환의 네이션을 상상한 번역이란, 세계 각국의 동화 중 약자들의 서사를 골라 조선 민족의 서사로 이동시키기라고 할 수 있다. 이러한 번역 자세 속에서, 성인과 함께 약자의 무리를 이루던 아동은 약자 처지인 조선 민 족의 일원으로 재포섭되었다고 할 수 있다. 성인과 다른 존재로 아동을 구분하던 방정환의 아동 이해로부터 더 멀어지고 있었다고 할 수 있다.

2) 근대 동화와 번역자의 아동에 대한 근대적 인식

(1) 근대 동화와 번역자의 근대성

아동문학은, 아동과 성인이 다르다는 생각을 출발점으로 삼는다. 그 렇기에 성인에게는 없는 아동에게만 있는 특성이 무엇인가를 살핀다.

아동의 특성을 살핀다는 것은 아동과 성인을 구분하는 작업이다. 여기가 전근대에는 나타나지 않았던 근대적 아동 이해가 구축되는 대목이다. 순진무구함이든 다른 무엇이든 성인과 구분되는 아동의 특성이 지목되면, 이에 근거해서 아동을 규정한다. 그리고 이렇게 규정된 아동관에 부응하려는 작품 창작이 이뤄진다. 어떤 특성을 가졌다는 아동을 도출시켜서 그들만의 감성에 호소하고 그 감성을 충족시키는 별도의 문학은 이렇게 성립되는 것이다. 익히 알려졌듯 근대문학은 인간의 감정 혹은 감성에 호소하고 충족시키려는 문학을 전시대와 달리 적극적으로 인정하고 가치를 부여한다는 점에서 전시대의 문학 이해와 구별을 이룬다. 동화가 비록 아동을 대상으로 하는 문학이지만, 전근대 시기 아동 성인 구분없이 함께 향유했던 문학이나 근대에 만들어졌더라도 교육용 내지 훈육용에 그친 이야기와는 달리, 당당하게 근대 문학의 일원인 것은 이처럼 아동과 문학에 대한 근대적 사유들이 그 기반을 이루고 있기 때문이다.

근대적 아동 이해 그리고 근대 아동문학의 수립이 위와 같은 골자를 가졌다고 할 때, 『사랑의 선물』의 편역자의 인식이 이에 부합되는가를 살펴보게 된다. 이를 살피는 일은 옥상가옥같은 일로 보일 수도 있다. 『사랑의 선물』은 이미 근대 동화로 쓰여지고 근대 동화로 재화된 작품들을 끌어모은 동화집이기 때문이다. 그러나 1910년대 신문관의 아동 매체들을 생각하면, 근대 동화와 이를 번역한 역자의 아동 인식은 별개라는 것이 드러난다. 따라서 방정환이 근대적 아동관이나 동화관을 얼마나 잘 장착했는지 살펴보아야 한다.

핵심은 근대적 아동 이해와 문학에 대한 이해를 방정환이 온전히 구축했는가이다. 「동화를 쓰기 전에」에서는 아동의 특성을 지목하여 아동과 성인을 구분하는 근대적 아동 인식을 장착한 듯 보였으나, 『사랑의 선물』을 통해서는 아동이란 민족의식을 주입받아야 하는 어린 민족구성원으로 여기는 듯하다. 방정환은 순진무구함이든 다른 무엇이든 아동 특성에 집중해서, 아동의 감성에 호소하며 아동을 가꾸는 동화들을『사랑의 선물』로 적극적으로 초대했다고 하기 어렵기 때문이다.

앞서『사랑의 선물』이「동화를 쓰기 전에」와 다른 면모를 보인 이유를 살펴보았다. 조선의 형편을 더 고려한 결과로 이해해 보았다. 그렇더라도,「동화를 쓰기 전에」를 작성했기에 아동의 특성을 드러내고 가꿔주는 이야기와 민족을 환기시키는 이야기가 골고루 나올 수도 있었다. 그러나 후자 쪽의 이야기가 월등 많았다. 네이션을 상상하며 동화를 선정하고 번역한 결과 아동과 성인 사이의 경계가 낮아지곤 했었다. 어리기에 학대 앞에서 더 안타깝고 안쓰러운 민족 구성원은 있어도, 방정환이 순수한 모습을 어여삐 여기던 아동은 자주 만나기 어렵다. 아동의 순수함 지켜주는 동화를 운운했지만 관련 동화 역시 많지 않았다. 따라서 아동이나 동화에 대한 방정환의 근대적 인식이란 것이 실상은 민족의 형편 앞에서는 단단하게 유지되지 못할 정도로 허술하고 미흡한 것은 아닌지 짚어볼 필요가 있다.

(2) 번역자 방정환의 근대적 아동 인식을 향한 발돋움

아동에 대한 근대적 이해를 그가 온전히 구비했는가를 따졌을 때, 다음 두 가지 지점에서 그가 근대적 아동 이해에 나름 근접했다고 정리해 보고자 한다. 하나는, 아동의 처지 살피기에도 아동과 성인을 분리해서 바라보는 시선이 개입되어 있다는 점이다. 아동과 성인의 분리는 아동의 특성 파악에서 나타나는 일이었다. 방정환은「동화를 쓰기 전에」에서 아동이 순수하다는 것을 가장 먼저 언급한다. 이는 아동 특성에 대한 규정인데, 이 특성을 들어 아동과 성인과 다르다는 것을 밝힌 것이다. 이어서 방정환은 아동의 순수성을 지켜주기 위해 동화를 쓰겠다는 진술로 이어간다. 동화의 작성자는 성인이니, 이 진술에는 아동의 순수함이 지켜지려면 성인의 노력이 필요하다는 이해가 내재되어 있다. 그리고 아동은 순수하기에 성인과 다르나 이 순수성의 보호에는 성인이 나서야 한다는 논리도 깔려있다. 이 논리 저변에는 아동은 성인의 보호 대상이라는 오래된 생각이 관여하고 있다.

『사랑의 선물』은 조선 아동을 일차독자로 삼은 동화집이니, 이 동화집을 짜려는 것 자체가 조선 성인으로서 조선 아동을 보호하고 위로하려는 일이다. 조선 아동들의 처지에 걸맞아서 이들을 위로할 수 있는 동화들은 조선 아동을 보호하려는 마음의 구체적 표현물들이다. 아동을 지키려면 민족의 처지가 온전해야 했다. 온전한 민족 처지를 꿈꿨기에 방정환은 민족의 현실을 환기하며 작금의 상황을 어떻게 극복할 것인가를 생각하게 하는 동화들을 수록했다. 아동은 자신의 보호 대상이라는 생각, 이는 아동 처지 돌아보기로 이어졌고, 이 성찰 속에서『사랑의 선물』에 수록될 작품들이 선정되었다고 할 수 있다.

아동이 순진무구하다면서 그들을 보호 대상으로 밀어올리는 일은 성인의 몫이다. 아동의 처지를 살피는 일 또한 아동을 보호해야 하는 성인으로서의 일이다.『사랑의 선물』의 독자인 조선 아동이 학대받고 있는데, 이 처지를 외면하고 특성만을 헤아린다는 것은, 아동을 보호해야 하는 성인의 자세가 아니었다. 아울러 여기에는 아동이 보호받는 대상이지만 그렇기에 성인보다 못한 존재로 치부하기보다는 각별한 관심 속에서 대접하려는 의지가 개입되어 있다. 이러한 자세는 전근대에서는 쉽게 찾아볼 수 없는 시선이었다.

방정환은 아동과 성인을 보호 대상과 보호 주체라는 측면에서 양자를 구분하고 있었다. 앞서서『사랑의 선물』이, 아동 처지 살피기에서 그치지 않고 조선 민족 처지까지 환기시키려 한 동화집이고, 그 와중에 아동이 민족 구성원으로 포섭되는 측면이 있으니, 이 동화집에서 아동을 성인과 구분되는 존재로 파악하려는 시선은 약하다고 보았다. 그러나 이 것은 표층의 현상에만 한정되는 진술이다. 심층에서는 아동과 성인을 분리해 두고 있었다. 표층의 현상만을 보고, 아동과 성인이 성장 정도에 따른 차이만 있을 뿐 본질적 차이가 없다는 전근대 아동 이해로의 회귀로 파악할 수도 있지만, 이는 그 이면까지 헤아린 것은 아니다. 기본적으로 아동 성인이 다른 존재로 구분하고 있으므로, 『사랑의 선물』에서 아동과 성인 사이의 금이 지워지는 순간들이 나타나곤 했어도, 방정환은 그 순간들에 함몰되지 않았다고 할 수 있다.

좀 더 유심히 살피면, 『사랑의 선물』에서 아동과 성인이 가까워진 나머지 아동이 민족 구성원으로 포섭된다고 파악한 것은, 아동이 민족을 환기하거나 민족의 환유물로 작용한 결과임을 알 수 있다. 민족 구성원은 운명 공동체로서 민족의 처지를 공유한다. 아동이 부모 보호를 받는 처지이니, 아동의 곤궁함을 드러내면 그 부모 형편도 자동으로 드러나게 마련이다. 그렇기에 조선 아동 처지를 떠올리게 하는 동화들은 민족의 처지 환기에 유효했다. 이 과정에서 아동은 민족의 일원으로 포섭되면서 아동과 민족 사이의 구분이 상실되는 것처럼 보이는 현상 또한 표면의 일이다. 아동이 민족의 환유물로 기능하려면, 아동과 민족을 구별해서 인식하고 있어야 가능하다. 아동의 처지로 민족의 처지를 말한다는 것, 즉 아동이 민족의 환기물 내지 환유물로 기능하게 하는 것은, 아동이 민족 구성원의 일부이되 다른 구성원인 성인과 분리되었다고 보기에 가능한 것이다. 아동은 성인과 다른 존재로 구분되기에 자신과 성인을 포함한 민족 전체의 처지를 재발견하게 하는 역할을 해낼 수 있었다. 아동이라는 일부가 민족이라는 전체를 환유한다는 것은, 역설적으로 아동을 분리해서 인식하고 있으며 또 아동에게 퍽 집중했음을 뜻한다.

방정환이 근대적 아동 이해의 장착했다고 생각하는 다른 하나는, 방정환이 근대 주체로서 아동이라는 인식 주체와 마주하고 있다는 점이다. 주지하듯, 인식하는 주체인 나와 내 앞의 것을 인식 대상으로 분변, 여기가 근대 주체가 등장하는 지점이다. 나를 세상을 보는 중심으로 삼으면, 즉 내가 인식 주체로 등극하면, 내 앞의 풍경이나 아동 등은 내 앞의 대상으로 자리하는 것이다.[25] 이 대상들은 나에 의해서 파악되고 규정된다. 근대적인 아동 인식, 세칭 아동의 발견은, 이렇게 개인이 인식의 주체가 되어 대상을 파악하는 일로부터 시작한다. 아동의 특성을 따지는 것은, 인식 주체 성인이 자기 앞의 대상인 아동이 무엇이라고 규정하는 일이다. 예컨대 아동은 순진무구하다고 그 특성을 지목하여 아동을 규정하게 되면, 아동이라는 대상은, 아동을 인식하고 규정하는 성인 주체와 다르다는 것을 명료하게 드러난다. 만일 아동에 대한 규정 내용이, 아동 규정에 나선 주체인 성인에 대한 규정 내용과 같다면, 그것은 아동이라는 대상을 규정하여 인식 주체와 대상 간의 차이를 드러내려는 인식적 목적을 만족시키지 못한다. 그렇기에 성인 주체가 하는, 아동 특성 포착을 통한 아동 규정은, 성인에게는 없는 아동의 무엇에 집중하기로 이뤄진다.

전근대 아동 인식은, 아동을 성인의 미성숙체로 파악한다. 아동은 성인에 비해 신체나 능력 면에서 성인과 달리 덜 성숙되어 있다는 것이다. 이는 성숙 정도의 차이만 지우면 아동과 성인은 본질적으로 같다는 이해이다. 아동은 성인의 잠재태이지 성인과 다른 특성을 가진 것으로 파악하지 않았다는 것은, 이 성인이 자기를 중심으로 세계와 관계하려는 주체이자 욕망을 가진 개인으로 아직 등극하지 않았던 것과 관계있다. 즉 신분제 질서가 제시한 세계관이나 인생관은 그 시대 다수 사람들에게 지시받은 운명으로 작용한다. 그 운명을 사는 자들은, 욕망을 가진 주체나 개인 혹은 귀족에 맞서 자기 계층의 권익을 확보해 나가려는 시

---

[25] 성인이 인식 주체로 자리하면서 아동의 발견을 어떻게 이루었는가에 대해서는 이미 가라타니 고진이 검토한 바가 있다. 가라타니 고진, 『근대 일본문학의 기원』, 민음사, 1997.

민계층처럼 자기 운명을 개척하는 주체는 아니었다.

근대 진입과 더불어 출현한 개인 그리고 시민 계층은, 욕망하는 주체들이다. 이들은 기존 질서에 저항하거나 자기 권익 옹호에 유익한 덕목들을 부상시켰고, 필요하면 이를 아동의 특성으로 이어가곤 했다. 다이쇼기 패퇴한 민권주의자들은 당시 일본 사회를 비판하기 위해 순수성을 앞세웠고, 이것을 아동의 특성과 연결했고, 관련된 아동문학 경향을 크게 유행시켰다. 영국 또한 아동은 순수하다느니 혹은 아동은 모험심이 강하다느니 등의 아동 특성을 내세우면서 각각 상응하는 아동문학 경향을 만들어 갔었다.[26] 여러 아동문학 경향들은, 영국 사회에서 핵심 계층으로 떠오르던 부르주아 혹은 시민계층이 시간의 흐름 속에서 자신들에게 필요한 덕목들을 아동 이해와 연관시키고, 이에 기반해서 아동문학을 다듬어간 결과물들이다.

방정환의 경우, 조선 주체로서 독립된 근대 국민국가를 열망하며 이를 위해 노력했던 인물이다. 청년 주체로서 기성세대의 무능력을 비판하며 개조운동을 펼쳐나갔다. 소설을 쓰는 내내 연애와 결혼 문제를 중심으로 자유로운 개인의 의지를 강조하면서 근대적 주체의 면모를 드러냈다. 아동이 봉건질서의 굴레에 갇혀있다는 것과 장차 민족의 내일을 이끌 근미래 주체라는 이해도 갖추고 있었다.

그는 『사랑의 선물』로 학대받는 아동과 민족의 처지를 환기시키고자

---

26 손향숙은 「영국 아동문학과 어린이 개념의 구성」(서울대대학원 박사학위논문, 2004.7)에서, 대략 3세기 이상 존속하고 있는 영국의 아동문학을 둘러보며, 영국이 각 시대마다 아동에 대한 특성을 다르게 포착하고 있었음을 밝혀놓았다. 영국이라는 하나의 집단이 시간의 흐름 속에서 아동에 대한 자못 다양한 이해를 구축했다는 것에서, 아동이 어떠하다는 규정은 절대성을 갖지 못한다는 것을 알 수 있다. 아울러 손향숙은 영국의 각 시대가 보여준 아동담론이 해당 시기 영국 사회가 가지고 있던 사회적 이슈나 과제들과 긴밀하게 연결되어 있었다는 것도 보여준다. 이는 특정 시기 아동 담론이 다른 시기에는 그리 유효성이 없다는 것 즉 제한성을 지녔음을 알려준다. 아동의 특성은 해당 시기 성인 주체들의 자기 집단에 대한 이해와 전망을 반영하며 끊임없이 다르게 포착되고 있다는 사실에서, 아동은 어떠하다는 특성 규정은 절대성을 갖지 않은 상대적 개념이라고 정리된다.

했다. 그렇게 해서 작게는 학대당하는 아동을 위로하고, 크게는 조선 공동체의 당면 과제였던 독립 문제를 해결하려는 것이었다. 영국이 제국의 확장을 위해 아동의 모험심을 강조했듯, 조선의 방정환은 제국으로부터 독립을 위해 학대받는 아동을 부각시켰다. 학대받는 아동을 통해 학대받는 민족을 말할 수 있었고, 이렇게 조선의 처지를 인식시키는 것은, 조선 독자들을 조선 민족으로 묶어내며 동시에 제국 일본에 대한 저항심을 고취시키려는 욕망과 관계있다.

일본에서 직접 아동문학을 목도하고 학습했던 방정환이기에, 일본의 아동담론과 아동문학론에서 벗어나기란 결코 쉬운 일이 아니다. 자못 선진적인 것을 배운 입장에서 배운 그대로 틀림없이 조선에서 펼쳐보이고도 싶었을 것이다. 조선과 일본의 처지가 어디가 얼마나 왜 다른지 잘 아는 방정환이더라도, 순진무구라는 특성을 통해 아동을 규정하고 이를 기반으로 펼쳐지는 아동문학론은 그대로 답습해도 괜찮을 것처럼 보이기도 했을 것이다. 그러나 방정환은 그러지 않았다. 순진무구함이라는 아동 특성에 경도되지 않았던 것이다. 아동의 처지를 살펴야 한다고 생각을 뚝심있게 밀고 나갔다. 한 집단의 아동문학이라는 것은 그 집단이 처한 상황에 따라 아동의 특성을 더 주목하기도 하고 아동의 처지에 더 집중하기도 할 것이다. 방정환은 자기 공동체의 상황을 외면하고 일본의 아동에 대한 시선에 함몰되지 않았다. 물론 방정환은 특성 규명에 이르지 못한 불완전한 근대적 아동 이해를 가졌다고 정리된다. 그렇기는 하나 방정환은 한 집단의 아동문학은 늘 그 집단의 상황에 따라 주요 경향이 노정된다는 것을 보여준 한 사례라고 할 수 있다.

방정환은『사랑의 선물』에서 성인과 구분되는 아동의 특성이 무엇인지 집중하지는 않았다. 그런데 이상을 통해서 방정환의 아동 처지 살피기가 어떤 맥락과 인식적 특성을 가지고 있는지 살펴본 결과, 아동 처지 살피기 그 이면에는 아동의 특성 파악과 공유되는 지점들이 있었다. 우선 아동과 성인을 또렷하게 구분해서 인식하고 있었다. 아동은 보호와 인식 대상으로 자리하고 성인은 보호와 인식 주체로 자리하고 있는 것이다. 근대 주체로서 전개했던 인식론적 자세를 토대로 삼고 있었다는 것도 공통점이었다. 요컨대 아동 처지 살피기도, 성인 주체가 아동을 자기 앞의 관찰 대상으로 놓았기에 빚어지는 인식 행위인 것이다. 아동의 특성 파악은 근대적 아동 이해와 직결되고 있었다. 그렇다면 아동 특성 파악과 일정한 지점을 공유하고 있는 아동 처지 살피기를 놓고 아동 특성 포착에 가름한다고 해 볼 수 있다. 이상으로 아동의 처지 파악은 온전한 근대적 아동 이해는 아니지만 그 이해와 상당히 가깝다고 정리해 볼 수 있다.

(3) 조선 주체의 조선 아동 인식의 여정

『사랑의 선물』에 얽힌 방정환의 아동에 대한 시선이, 아동의 처지 살피기에 집중되어 있기에, 이것이 근대적 아동 이해와 얼마나 가까운 것인가를 짚어보았다. 식민지 조선 입장에서 근대적 아동 이해에 접근하는 방정환의 고투는 너무나 소중한 것이었지만, 아동의 처지가 아동의 특성과 동일한 것은 아니다. 아동의 처지와 아동의 특성은 많은 부분을 공유하지만, 인식 단계에서 이 둘은 다른 단계의 것이다.

인식 단계는 사물의 대상화, 표상화, 현상화, 그리고 개념 규정이라는 네 단계를 거친다고 할 수 있다.[27] 방정환의 경우 아동을 인식 대상으로

---

27 칸트의『순수이성 비판』에 따르면, 주체와 무관한 사물은 대상, 표상, 현상 세 단계를 거친 후에야 비로소 어떠한 것으로 규정된다. 주체와 무관하게 있는 주체 외부의 사물을, 주체가 감각을 통해서 그 존재함을 알아채고 인식거리로 삼으면 그 사물은 인식 대상이 된다. 사물이 주체와 관계를 맺으면서 주체 앞에 있는 대상으로 자리하면, 주체는 이 대상에 대한 두서없고 단편적인 이미지들을 떠올린다. 대상에 대한 두서없고 단편적인 이미지들을 표상이라고 한다. 주체는 이 단편적인 것들의 정리에 나선다. 즉 주의를 기울여 정돈하는 것인데, 이것이 생각하다에 해당된다. 이렇게 대상을 두고 생각할 때 이 대상을 현상이라고 한다. 현상은 일련의 생

포착했고, 아동에 대해서 작다 연약하다 등등의 표상들을 머릿속에서 떠올렸고, 이어서 이러한 이미지들을 가진 아동들에 대해서 주의 깊게 생각하는 단계 즉 아동이라는 현상을 생각하는 단계에 이르렀다. 아동의 처지를 살피는 것은 아동이라는 현상에 대한 인식론적 작업이다. 보호를 받아야 한다, 그런데 학대받고 있다 등은 아동이라는 현상에 생각이 작용한 결과들이다. 그런데 수록된 이 동화들을 통해 아동 특성이라고 할 만한 공통의 무엇까지는 잘 간취되지 않는다. 때문에『사랑의 선물』에서 방정환의 아동 이해 단계는, 아동이라는 현상을 놓고 사유하는 단계에서 머물렀고, 더 진전해서 특성을 포착하고 이를 기반으로 아동은 어떠하다는 개념 구성까지 나아갔다고 하기는 어렵다. 요컨대 아동의 처지를 살피는 일은 아동이 어떠하다는 개념 산출까지 진전된 상태는 아니다.

처지를 특성과 잠시 비교해 보아도 이 둘이 다른 것이라는 것이 드러난다. 특성에 주목한 언급들은 대상이 가진 제법 영속적이고 절대적인 측면과 관련된다. 이에 비해, 처지를 통해 파악해 낸 것들은 한시적이고 유동적인 것들이다. 처지 자체가 주로 일시적인 상태를 지시하기 때문이다. 아동의 처지는 때에 따라서 인식 주체인 성인의 처지와 같을 수 있다. 식민지 상태에서는 인식 주체 성인과 인식 대상 아동의 처지가, 제국이라는 강자의 학대를 받는다는 점에서 같다고 파악되는 것은 한 예이다. 처지에 집중하면 민족이라는 개념어로 성인과 아동을 한순간에 묶는 일이 자연스럽게 일어난다. 대상의 처지를 파악하다 보면, 인식 주체와 인식 대상의 거리가 곧잘 줄어들거나 희미해지는 것이다.

아동의 처지를 주목할 경우, 아동이 성인과 다른 존재라는 것을 드러내기가 어려워진다는 것은『사랑의 선물』안에서 예시작들을 뽑아볼 수

각 작업을 거쳐, 마침내 어떠하다는 개념 규정에 이른다. 이상의 설명은 유튜브 '코디정의 지식채널'이 제공한 동영상 '표상과 현상의 차이'를 참조한 것이다.

있다. 「한네레의 죽음」과 「산드룡의 유리 구두」를 비교해 보자. 계부에게 학대받는 아동 한네레와 계모에게 학대받는 젊은 여성 산드룡의 처지는 같다. 두 인물 모두 착하고 순종적이다. 계부와 계모의 학대에 앞에 놓인 인물을 전형적으로 처리한 것은, 그들의 곤고한 처지를 더 안타깝게 드러내기 위해서이다. 처지가 같다 보니 인물의 성격에서도 전형성을 공유했다. 서사적 사정들이 이처럼 이어지기에, 두 서사를 통해 아동 한네레에게서 포착되어야 할, 젊은 여성 산드룡과 구별되는 아동으로서의 특성은 잘 짚어지지 않는다.[28]

『사랑의 선물』 수록작들은 방정환의 창작물이 아니라 외국 동화들이다. 외국 작품들을 놓고 조선 아동의 처지를 반영하면서도 아동은 어떤 특징을 가지고 있다는 것까지 드러낼 일련의 작품을 찾아서 모으는 일은 만만하지 않았을 것이다. 세계 명작 동화집이니 작품 선정에서 고려해야 할 사항들이 여럿이었다. 그는, 세계 각국의 작품을 넣을 것, 명작들일 것, 전래동화와 창작물의 고르게 넣을 것, 동화문학의 하위장르인 아동용 소설과 동화 이 둘이 어느 쪽에 편중되지 않을 것, 성인 독자들을 흡입할 수 있는 동화도 넣을 것 등등의 지점들을 고려했던 듯하다. 방정환으로서는 세계 어디에서나 발견되는 고통을 겪는 약자들의 이야기들을 중심으로, 여러 고려 사항들이 충족되도록 작품을 선정했던 것으로 보인다. 선정된 작품들로 아동의 특성은 오롯이 드러내지는 못했다. 조선의 아동 특성을 파악하지 못했기에 이를 드러낼 이야기들을 고르겠다는 원칙도 잡지 못했던 결과이다.

아동 특성 포착을 통한 아동의 규정, 이것이 아동의 근대적 인식의 핵

---

28 이런 비교는 특성과 처지의 차이를 보다 이해해보자는 취지에서 제시한 것이다. 실상 모든 아동이 순수한 것도 아니고 성인 중에 순수한 존재들이 얼마든지 있으므로, 순수성을 아동에 관한 진실로 진실로 받아들일 수는 없다. 중요한 것은 아동만의 특성을 무엇이라고 규정하는 그 일이, 아동을 성인과 구분해서 바라보려는 인식론적 특성에 해당한다는 것이고, 이런 인식론적 특성을 운운하는 것은, 이러한 아동에 대한 인식론적 특성이 근대적인 것이라는 점이다.

심이라고 할 수 있다. 아동의 처지를 살피며 아동이라는 대상에 대한 방정환의 고투를 살펴본 결과, 그의 아동 처지 살피기는 아동의 특성 포착 즉 근대적 인식에 가름한다는 평가를 내릴 수가 있었다. 그러나 가름하는 것 즉 불안정한 것이었다. 아동의 특성을 기반으로 한 아동은 어떠하다는 규정이 부재하기에, 『사랑의 선물』에서 방정환은 근대적 아동 인식에서 일정한 한계를 남겼다고 할 수 있다. 이 한계로 말미암아, 아동의 처지를 살핀다는 것이 갖는 의미가 과소평가될 수는 없다. 식민지 조선 입장에서 그것은 너무나 소중하고 유의미한 아동문학적 진전이기 때문이다.

아동의 특성을 포착해 아동은 어떠하다는 규정 내리기, 인식론적 최종 단계의 일을, 방정환은 일본의 이론을 수용함으로써 일단 처리했다고 할 수 있다. 「동화를 쓰기 전에」는 이를 보여준다. 그는, 아동은 순수하는 점에 공감하기도 했고, 아동 특성의 포착, 근대적 아동 이해의 구축, 연동해서 동화문학의 수립에 얽힌 내적 관계 내지 원리를 수긍했고, 그래서 이를 조선 독자에게 알리려고도 했다. 그러나 앞서 지목했듯이 이러한 이해를 자신의 작업물인 『사랑의 선물』로 적극적으로 연계시키지는 않았다. 「동화를 쓰기 전에」를 통해 아동과 동화에 대한 원론적 이해를 정리해 두었을 뿐이다. 『사랑의 선물』을 짜는 내내 순진무구하다는 특성을 적극적으로 밀고 나갈 수 없었던 방정환, 그렇다고 조선 아동의 특성을 확연하게 포착하지도 못했던 방정환, 그런 방정환이지만 동화들을 번역하면서 아동을 대상으로 하는 문학이 무엇이고 아울러 아동은 누구인가를 부단히 점검했던 것으로 보인다. 그는 동화를 두고 작은 예술로 지목하곤 했다. 그에게 예술이란, 인간의 정신을 키우는 가치를 가진 것으로 그 가치가 다대한 것이었다. 아동의 정신과 마음을 키우는 예술인 동화, 외국 명작 동화는 그 동화가 어떤 것이며 연동해서 아동이 누구인지를 점검해보는 주요 참고서였다. 번역이라는 텍스트에 대한 치밀한 정독 작업을 통해, 그는 본고가 지목해 보았던 아동에 대한 인식론적 이해를 다지고 있었던 것으로 보인다. 외국의 명작 동화라는 구체적인 텍스트가 그에게 아동과 동화에 대한 생각들을 촉발시키는 것이 적지 않았을 것이다. 이것에 의지해서 일본의 아동과 아동문학에 대한 담론에 압도당하지 않았다는 짐작도 가능하다. 여러 가지 면에서 세계 명작 동화집을 짜내는 작업은, 그를 아동문학가로 키운 실질적이고 중요한 공부였다. 동화에 대한 이해가 아동이라는 대상을 파악하는 일에 어떤 것들을 제공했는가, 이에 대한 검토는 향후의 연구 과제로 남긴다.

『사랑의 선물』에서 처리하지 못한 아동의 특성 포착은 이후 아동문학가로서 활동하는 방정환이 풀어야 할 과제로 남는다. 잘 알다시피, 방정환은 『사랑의 선물』을 내놓은지 약 반 년 뒤 『어린이』를 발행하며 아동문학 창작에 돌입한다. 그는 『어린이』를 간행하며 '씩씩하고 참된 소년이 됩시다'라는 구호를 내건다. 그리고 「만년 샤쓰」, 「칠칠단의 비밀」을 비롯한 일련의 소년소설에서 특정 소년상을 반복한다. 『어린이』의 구호와 소년소설의 소년상은 서로 호응관계를 이룬다. 방정환은 아동의 특성을 지녀야 할 형태로 제시한 것이다. 이로써 그는 자신이 남긴 한계를 해결했다고 할 수 있다. 아동지를 간행하며 창작을 활동을 펼치는 시기에 보였던 아동 이해는, 번역에 집중하던 아동문학가 초입기의 방정환이 보인 아동 이해와는 차이가 있을 듯하다. 어떤 연속성과 차이를 갖는지 비교하는 일도, 앞으로 연구자가 진행해야 할 과제가 된다.

4. 우리 아동문학 초기의 아동 이해 풍경

본고는 『사랑의 선물』이 아동문학가로서 방정환의 초기 활동의 산물이라는 점에 주목하여, 이 시기 방정환의 아동 이해가 근대적 아동 인식과 얼마나 가까운 것인가를 검토해 보았다. 수록작「꽃 속의 작은이」는 방정환의 아동 이해가 근대적인 인식과 거리가 먼 것이라는 혐의를 갖게 했으므로, 우선 이 작품에 대한 분석에 나섰다. 그 결과 이 동화의 저본에서는 가족 내 질서를 다루었고 악한 강자는 징벌된다는 보편적 도덕 원리를 보였지만, 방정환은 저본과의 차이나는 번역을 통해, 이 이야기를 가족 내 질서에서 네이션 사이의 질서로 이동시켰고, 보편적 도덕 원리에서 조국 독립의 기쁨을 상상한 데서 온 정서적 만족감까지 드러냈음을 짚어보았다. 저본과 차이를 이루는 이 두 지점을 토대로, 방정환은 정치적 투쟁이 봉쇄된 상황을 동화 번역으로 돌파해내고자 했다는 의의를 부여했다. 이러한 의의 부여로『사랑의 선물』의 전체적 번역 기조가 네이션을 상상한 번역이라는 정리를 더욱 선명하게 밝혔다고 할 수 있다. 그러나 이러한「꽃 속의 작은이」를 통해서 감지되는 아동에 대한 이해는, 아동의 특성을 주목하여 성인과 구분하려는 근대적 인식과는 무관한 것이었다.

따라서 3장을 통해『사랑의 선물』수록작 전체를 검토하여, 이미「꽃 속의 작은이」가 보였듯이, 이 동화집이 조선 아동의 처지 더 나아가 조선 민족의 처지를 환기할 수 있는 동화들을 대거 수록했음을 밝혔다. 이는 방정환이「동화를 쓰기 전에」를 통해 드러낸 근대적 아동 이해와 상치되는 면모였다. 근대적 아동에 대한 이해가『사랑의 선물』로 이어지지 않았다는 점에서 방정환의 아동 이해가 근대적인 아동 이해와 얼마나 합치된 것인가를 검토해 보았다.

방정환이 아동의 처지를 중심으로 조선의 형편을 떠올릴 수 있는 동화들을 주목한 것은, 민족 현실에 대한 그의 아동문학적 대응이었다. 때문에 아동과 성인, 혹은 아동과 민족의 거리가 가까워지곤 했다. 그러나 이는 표면의 현상이었다. 방정환의 아동에 대한 이해를 인식론적으로 접근했을 때, 그가 아동의 특성이 아니라 아동의 처지를 주목한다는 것이 내부적으로는 아동과 성인을 분변하고 근대 주체로서 아동에 대한 인식을 개진한 결과임을 밝혀보았다. 일본의 아동과 아동문학에 대한 담론의 학습, 그리고 세계 명작 동화를 번역하면서 촉발된 아동과 아동문학에 대한 이해로 말미암아, 방정환은 아동을 성인과 분리된 존재라는 것을 기본적으로 명확히 인지하고 있었던 것이다. 이를 드러내는 것이 『사랑의 선물』에서 아동의 처지로써 민족의 처지를 환기였다. 이것은 아동과 성인이 분변되지 않으면 나타날 수 없는 일이었다. 그렇기는 해도, 아동의 처지를 살핀다는 것이 근대적 아동 이해의 기반이 되는 아동의 특성 파악과 동일한 것은 아니었다. 따라서『사랑의 선물』에 나타난 방정환의 아동 이해는 근대적 아동 이해에 온전히 다다른 것은 아니고, 조선의 형편에서 나름 근대적 아동 이해에 상당히 접근한 것으로 정리해 보았다.

　『사랑의 선물』은 우리 아동문학사적으로나 아동문학가 방정환 개인으로나 초입기의 생산물이다. 따라서 방정환의 아동 이해가, 오늘 우리가 생각한 만큼 아동의 특성을 포착해서 성인과 다른 존재로서 아동을 구별해 내고 동화로써 이 특성을 가꾼 것은 아니었어도, 이는 충분히 수긍이 되는 장면이라고 할 수 있다. 식민지라는 당대 현실을 살아가는 아동의 처지 그리고 민족의 형편에 집중하면서, 내적으로는 근대적 아동 이해를 향해 부단히 나아갔던 방정환이었다. 그의 이런 모습들은, 우리 사회에서 식민지라는 제약 속에서도 근대적 아동 인식을 어떻게 확보해나가고 있었는가를 알려주는 귀중한 현장이라고 할 수 있다.

참고문헌

1. 기본자료

『어린이』, 『개벽』, 『아이들 보이』, 『새별』

한국 방정환재단 엮음, 『정본 방정환 전집』 1, 창비, 2019.

한스 크리스티안 안데르센, 하마다 히로스케(濱田廣介) 번역, 「薔薇の小人」, 『童話』,
　　　2권 10호, 1921.10.

_____, 김숙희 외 옮김, 『안데르센 동화전집』 5, 한뜻, 1995.

_____, 햇살과나무꾼 옮김, 『안데르센 동화집』 2, 시공주니어, 2010.

2. 논문 및 평론

김성도, 「안델센 동화번역 문제」, 김요섭 책임편집, 안델센 연구, 『아동문학사상』 3,
　　　1971.

박종진, 「「왕자와 제비」에 나타난 방정환의 내러티브」, 『신성한 동화를 들려주시오』,
　　　소명출판, 2018.

姚語瀟, 「방정환과 저우쭤런의 아동문학 번역 비교 연구―『사랑의 선물』과 『물방울』
　　　을 중심으로」, 성균관대 석사학위논문, 2020.

염희경, 「'네이션'을 상상한 번역 동화―방정환의 『사랑의 선물』에 대하여(1)」, 『동화
　　　와 번역』 13, 건국대 동화와번역연구소, 2007.

_____, 「근대 어린이 이미지의 발견과 번역・번안동화집」, 『현대문학의 연구』 62, 한
　　　국문학연구학회, 2017.

오현숙, 「방정환의 『사랑의 선물』에 나타난 멜로드라마적 특성과 동화의 숭고미」, 『신
　　　성한 동화를 들려주시오』, 소명출판, 소명출판, 2018.

정선태, 「근대계몽기의 번역론과 번역이 사상」, 한기형 외 지음, 『근대어・근대매
　　　체・근대문학』, 성균관대학교 대동문화연구원, 2006.

李姃炫, 「方定煥の飜譯童話硏究-『サランエソンムル(사랑의 선물)』を中心に」, 大阪
　　　大學 大學院 博士學位論文, 2008.

3. 단행본

고미숙 외,『들뢰즈와 문학-기계』, 소명출판, 2002.

김용휘,『손병희의 철학』, 이화여자대학교출판문화원, 2019.

김현숙,『두 코드를 가진 문학 읽기』, 청동거울, 2003.

박진영,『번역가의 탄생과 동아시아 세계문학』, 소명출판, 2019.

손성준,『근대문학의 역학들』, 소명출판, 2019.

손향숙,「영국 아동문학과 어린이 개념의 구성」, 서울대 대학원 박사학위논문, 2004.

염희경,『소파 방정환과 근대 아동문학』, 경진출판, 2014.

이태진, 사사가와 노리카쓰 공편,『3 · 1 독립문세운동과 식민지배체제』, 지식산업사,
　　　2019.

조반니 보카치오 지음, 한형곤 옮김,『데카메론』, 동서문화사.

조르조 아감벤, 박진우 옮김,『호모 사케르』, 새물결, 2008.

재키 울슐라거 지음, 전선화 옮김,『안데르센 평전』 미래M&B, 2006.

3부

방정환의 번안 또는 '이야기 합성'
— 「산드룡의 유리 구두」와 「잠자는 왕녀」를 중심으로

김순녀

1. 서론

방정환(1899~1931)은 만 23세였던 1922년 7월 개벽사를 통하여 『사랑의 선물』을 출간했다. 1921년 신유년 말에 "학대받고, 짓밟히고, 차고, 어두운 속에서 우리처럼, 또, 자라는 불쌍한 어린 영들을 위하여, 그윽히, 동정하고 아끼는, 사랑의 첫 선물로, 나는, 이 책을 짰습니다."라고 서문을 쓴 걸 보면 방정환이 고른 열 편의 이야기는 '학대받는 어린이'를 위해 책을 번안하고 출간했다는 기획의도가 분명하다. 그가 "번역했다"라는 단어 대신 "책을 짰습니다"라는 표현을 쓴 건, 번역자의 위상보다 기획자로 자신을 위치 지은 것으로 볼 수 있다.

방정환이 선택하고 번안한 서양의 열 편의 이야기 중에서 세 번째 이야기인 「산드룡의 유리 구두」와 일곱 번째 이야기인 「잠자는 왕녀」는 제목만 보고도 원전이 샤를 페로[1]의 옛이야기 판본일 것이라 짐작할 수 있다. 하지만 두 이야기는 기본적으로 한 작가의 창작이라기보다 구전

으로 내려오던 이야기를 글로 다시 쓴 이야기다. 옛이야기 분류법[2]에 따르면 페로의 「상드리용 또는 작은 유리 구두」는 ATU 510A 유형으로 분류하며 계모에게 학대받는 여인이 결혼을 하여 신분상승을 이루는 이야기로 우리나라의 '콩쥐 팥쥐' 이야기가 이 유형에 속한다. 이어 페로의 『거위 엄마가 들려주는 옛이야기』에서 제일 먼저 소개되는 「잠자는 미녀」는 옛이야기 분류법에서 ATU410로 분류하며 질투심 많은 요정의 저주로 '잠'에 빠진 주인공에 대한 이야기로 신화의 흔적이 남아있다. 두 이야기는 방정환본에서 '요술할멈'으로 번역된 '요정(fée)'이 조력자로 등장한다. 이런 환타지적인 성격이 '사랑'이라는 모티프와 더불어 방정환이 '이야기 선물'로 선택한 주요한 요소라고 생각된다.

인쇄문학이 발전하면서 17세기에 샤를 페로가 다시 쓴 이야기는 19세기 귀스타프 도레[3]의 삽화와 더불어 유럽에서 다시 한번 주목을 받게 되고 독일에서는 민속학자인 그림형제가 옛이야기를 모아 출판하게 된다. 그러므로 다양한 판본은 인쇄 권력의 영향으로 페로본과 그림형제본으로 압축되어 전해지는 실정이다. 근대화라는 목적 아래 많은 서양 문학이 일본어로 번역되었고, 이를 토대로 서재필, 최남선, 김억 등이 중역한 형태로 우리나라 독자들도 서양 문학을 접하게 되었다.[4] 최남선이 창간한 『소년』, 『붉은 져고리』, 『새별』을 통해 외국 시, 소설, 옛이야

---

1 Charles Perrault(1628~1703). 프랑스에서 루이 14세가 통치할 당시 예술문화정치부 장관이었던 콜베르(Colbert)의 오른팔이었던 페로는 은퇴 후 프랑스 문학을 발전시키기 위해 프랑스에 내려오는 옛이야기 여덟 편을 모아 프랑스어로 다시 써서 『거위 엄마가 들려주는 옛이야기(Les Contes de ma mère l'Oye)』(Claude Barbin, Paris, 1697)를 출간한다. 이 책에 속한 여덟 편의 이야기가 「잠자는 미녀」「빨간 모자」「푸른 수염」「장화신은 고양이」「요정」「신데렐라」「고수머리 리케」「엄지소년」이다.

2 Classification Aarne-Thompson-Uther.

3 Gustave Doré(1832~1883). 화가이자 조각가이며 일러스트레이터였던 귀스타프 도레는 단테의 『신곡』과 더불어 수많은 문학작품을 그렸다. 페로의 옛이야기는 1867년에 출간되어 프랑스에선 오늘날도 귀스타프 도레의 삽화와 함께 페로의 옛이야기가 재출간되고 있다.

4 김욱동, 『근대의 세 번역가. 서재필·최남선·김억』(소명출판, 2010) 참고.

기를 읽고 자란 방정환은 독서를 통해 작품을 선별하는 능력을 발전시켰다고 볼 수 있다.[5]

『사랑의 선물』을 연구한 박사논문에서 이정현은 「산드룡의 유리 구두」 원본으로 "1920년에 쿠스야마 마사오(楠山正雄: 1884~1950)에 의해서 번역된 「サンドリヨンの話, 又の名, ガラスの上靴(산드리용의 이야기, 다른 이름, 유리 구두)」라고 밝히고 있다.[6] 그리고 쿠스야마 마사오가 영어를 비롯한 "다양한 언어를 구사"하고 프랑스어를 독학했다는 점을 들어 샤를 페로의 원작을 번역했을 것이라고 짐작한다. 하지만 필자는 쿠스야마 마사오가 샤를 페로의 프랑스어 원본 「Cendrillon ou La Petite Pantoufle de verre」을 번역했는지 당시 더 많이 알려진 과 앤드류 랭(Andrew Lang, 1844~1912)의 영어 번역본(「Cindellella, or the Little Glass Slipper」, 1888)으로 중역을 했는지 좀 더 자세히 텍스트를 비교하고 분석하였다.

또한 이정현은 방정환본과 나카지마 고토본을 비교 분석하면서 「잠자는 왕녀」에 실려 있는, 왕자가 성을 향해 가는 오카모토 키이치의 삽화를 근거로 방정환이 나카지마 고토 번역본을 저본으로 삼았다고 밝힌다.[7]

『사랑의 선물』에서 「잠자는 왕녀」는 일곱 번째 이야기지만, 방정환이 무기명으로 『신여성』(1924년 4월호)에다 『사랑의 선물』을 광고할 때, 언급한 중요한 이야기 '선물'이다. 「잠자는 왕녀」는 제목은 페로본에서 가져왔지만 「산드룡의 유리 구두」와 다르게 나카지마 고토본을 저본으로 한 내용은 그림형제 판본이 중심 서사를 이루고 있다.[8]

---

5 염희경, 『소파 방정환과 근대 아동문학』, 경진출판, 2014, 86쪽 참조.

6 이정현, 「方定煥の飜譯童話研究─『サランエソンムル(사랑의 선물)』を中心に」, 大阪大學 大學院 博士學位論文, 2008, 143쪽 참고.

7 이정현, 「방정환의 그림동화 번역본에 관한 연구─「잠자는 왕녀」와 「텬당 가는 길」을 중심으로」, 『어린이문학연구』 제9권 제1호, 2008, 237쪽.

8 「산드룡의 유리구두」에 대한 분석은 김순녀의 논문 참고: 「'신데렐라'의 문화적 이미지: 페로와 방정환의 판본과 여러 번역본 비교연구」, 『스토리앤이미지텔링』 20, 2020.12, 101~122쪽.

「산드롱의 유리 구두」에서 페로본과 그림형제본을 적절하게 잘 조합한 것으로 봤을 때「잠자는 왕녀」도 두 판본을 적절하게 조합하여 방정환본으로 번안했을 거라고 추측된다. 이러한 가정하에「잠자는 미녀」의 다양한 판본을 비교·분석하여 이야기가 어떻게 변화되었는지 바실레본부터 페로본, 그림형제본, 나카지마 고토본, 방정환본까지 같은 유형의 이야기가 어떠한 차이를 가지는지 살펴볼 것이다.

그러므로 본 연구는 각 판본을 비교·분석한 후, '신데렐라'의 문화적 이미지가 번역 과정에서 어떻게 달라지는지, 편집 구성은 어떻게 달라지는지 살펴볼 것이다. 또한 '잠자는 미녀' 판본 비교를 통해 바실레판본에서 보이는 신화적 흔적과 페로본에서 보이는 기독교적 윤색, 그림형제본에서 어린이를 위한 민담으로 재탄생되는 과정이 방정환본에서 어떻게 재구성되고 '동화'라는 근대 어린이 문학의 옷을 입는지 살펴본다.

2. 신데렐라의 문화적 이미지

1) 방정환의 주체적 번역 또는 '신데렐라' 이야기 합성

페로의 「상드리용 또는 작은 유리 구두」에서 페로의 유머가 드러나는 부분은 언니들이 무도회에 가기 위해 요란스럽게 준비하는 장면이다. 그런데 방정환본에서 '옷'에 관한 모티프가 '신발'로 바뀌었다. 쿠스야마 마사오의 번역본에도 없는 '비단 구두' 모티프로 방정환은 과감하게 페로 문학의 특이성을 지운 것으로 볼 수 있다. 그러면 출발어인 페로의 프랑스본과 도착어인 앤드류 랭의 영어본, 쿠스야마 마사오 일본어본, 방정환본을 차례대로 살펴보자.

① 페로본

"나는 붉은 우단에 영국식 레이스장식을 한 옷을 걸칠 거야"라고 첫째가 말했어요. "나는 평범한 치마를 걸치는 대신 황금 꽃무늬 망토를 입고 아주 특별한 다이아몬드 장식을 할 거야."라고 둘째가 말했어요.[9] (김순녀 역)

② 앤드류 랭본[10]

"나는 말이야 프랑스 장식이 달린 붉은 우단을 걸칠 거야"라고 첫째가 말했어요. "나는 말이야, 항상 입는 (패티코트) 치마를 입고 그 대신 멋지게 보이도록 황금 꽃무늬 망토를 입고, 이 세상에서 쉽게 찾아볼 수 없는 다이아몬드 (스토마커) 장식을 할래"라고 둘째가 말했어요. (김순녀 역)

③ 쿠스야마 마사오본

"나는 말이야 프랑스 장식이 달린 빨간 우단 옷으로 할까봐." 하고 언니는 말했습니다. "그럼 나는 언제나 입는 하카마로 할래. 하지만 그 대신에 금 꽃 망토를 입을 거야. 그리고 다이아몬드 무늬아테를 할래. 그것은 세상에 좀처럼 없는 물품이거든." (김영순 역)

④ 방정환본

"이 애, 산드룡아, 장 속에 내 비단 구두 꺼내다 몬지 좀 털어 놓아라."

"이 애, 내 것도 좀 털어 놔라! 하는 소래에 산드룡은 싫다는 수 없어 그 구두

---

9 페로의 원문 : "- Moi, dit l'ainée, je mettrai mon habit de velours rouge et ma garniture d'Angleterre. - Moi, dit la cadette, je n'aurai que ma jupe ordinaire ; mais en récompense, je mettrai mon manteaux a fleurs d'or, et ma barriere de diamants, qui n'est pas des plus indifférentes."

10 "For my part," said the elder, "I will wear my red velvet suit with French trimmings," "And I," said the younger, "shall wear my usual petticoat; but then, to make amends for that, I will put on my gold-flowered manteau, and my diamond stomacher, which is far from being the most ordinary one in the world."

를 내어다 몬지를 털 때에 눈에는 눈물이 핑 돌았습니다. 그러나 그것보다도 더 가슴이 아프기는 두 색시의 입고 갈 비단옷을 산드룡이 손으로 짓는 것이었습니다.

페로본에서 이국적인 모티프 '영국식 장식' 옷이 앤드류 랭본에서 '프랑스 장식' 옷으로 대체되었다. '영국식' 장식이 전혀 이국적인 모티프가 아닌 영국에서 영국 독자들을 위해 '프랑스 장식'으로 대체하는 것이 옳았을 것이다. 이러한 디테일한 문장에서 쿠스야마 마사오본을 살펴보면 "프랑스 장식" 옷으로 번역한 것을 알 수 있다. 이 점은 마사오가 영어본을 보고 번역을 했다는 증거이며 이정현이 쿠스야마 마사오가 페로본을 보고 번역했다고 하는 가설[11]은 오류라고 볼 수 있다. 쿠스야마 마사오가 영어본을 보고 번역했다는 증거는 상드리용의 언니 이름에서 확연하게 드러난다. 페로본에서 '수다쟁이'라는 뜻의 이름 마드므와젤 자보뜨(Mademoiselle Javotte)가 영어본[12]에서 미스 샤를롯트로 바뀌었다. 앤드류 랭은 페로의 이름 '샤를(Charles)'을 연상시키는 '샤를롯트(Charlotte)'로 대체한다. 일본어 번역자 쿠스야마 마사오는 영어본을 따라 신데렐라의 언니를 '샤를롯트'라고 부른다. 하지만 프랑스어를 독학했다고 하는 쿠스야마 마사오는 영어 제목이 아닌 프랑스어 제목으로, '신데렐라'가 아닌 '산드리용'으로 부른다. 네 음절의 이름을 방정환은 세 음절로 줄여 '산드룡'으로 부른다. 그리고 방정환은 언니의 이름도 구체적으로 번역하지 않는다.

---

11 이정현, 「方定煥の飜譯童話硏究―『サランエソンムル(사랑의 선물)』を中心に」, 제4장 3절 참고.

12 "She must, then, be very beautiful indeed; how happy you have been! Could not I see her? Ah! dear Miss Charlotte, do lend me your yellow suit of clothes which you wear every day." "Ay, to be sure!" cried Miss Charlotte; "lend my clothes to such a dirty Cinderwench as thou art! I should be a fool."

페로본이나 마사오의 번역본에서도 찾아볼 수 없는 '비단 구두'는 유리 구두라는 제목과 개연성이 있는 모티프를 방정환이 대체한 문화적인 번역이라고 말할 수 있다. 우리나라 신데렐라 판본인 「콩쥐 팥쥐」의 영향으로 볼 수 있으며 페로본의 옷 이야기가 '비단 구두'로 바뀐 것은 조선 민중에게 이야기를 들려주었던 이야기꾼인 방정환은 독자와 청중을 배려하며 이국적인 모티프를 대체한 결과다. 게다가 그림형제 판본에서 신발 모티프로 발까지 자르는 장면과 강한 잔상은 페로본에서 볼 수 없는데 방정환은 「산드룡의 유리 구두」 결말에서 발에서 '피'가 나는 장면을 합성한다. 하지만 언니들이 신발을 신기 위해 발까지 자르는 잔인한 장면은 삽입하지 않았다. 민담엔 이렇게 잔인한 장면이 빈번하게 등장하는데 페로는 민담적인 모티프를 제거하고 민담의 정신을 흐릿하게 만들었다.

2) 권력과 시각 이미지 '노란 옷'을 대체한 '분홍 옷'

17세기, 프랑스의 루이 14세 때, 20년간 프랑스 궁정 문학 아카데미 (la petite Academie) 회원이었던 샤를 페로는 문화예술부 장관 콜베르(Colbert)의 오른팔이었다. 하지만 1683년 '대부' 같았던 콜베르 장관이 죽자 은퇴하고 글쓰기에 전념하였다. Cendrillon ou la petite pantoufle de verre. '상드리용 또는 작은 유리 구두'라는 뜻의 제목에서 샤를 페로의 이니셜이 보인다. 이 이야기엔 페로가 일했던 베르사이유 궁전에 대한 향수가 드러나 있다. 베르사이유 궁전을 방문하면 '유리의 방'이 있는데 루이 14세 당시 '유리(verre)'와 옷 스타일과 머리 장식은 권력을 상징했다. 상드리용의 큰 언니가 황금 꽃무늬 망토를 입고 자보뜨 언니가 평상시에 노란색 옷을 입는 것은 태양 왕(Roi Soleil)이라고 불리운 루이 14세의 권력을 상징하는 색이기도 하다. 또한 상드리용이 무도회에 타고 가는 주홍빛의 호박은 황금마차로 변하고 왕자가 상드리용에게 준 오렌지와 레몬도 같은 계열의 색이다.

그러나 방정환의 산드룡에서는 황금색이 퇴색하고 노란색은 분홍색으로 대체된다. 산드룡은 언니에게 "새 옷 말고 늘 집에서 입던 분홍 옷을 좀 빌려주셨으면 나도 가겠구면."(45쪽) 하고 말하며 떠본다. 쿠스야마 마사오본에서도 '노란 옷'이던 색을 '분홍 옷'으로 바꾼 이유는 방정환이 산드룡과 언니들을 '색시'라는 말로 지칭해서라고 본다. 갓 결혼한 여자를 '색시'라 부르는데 방정환은 산드룡을 '어여쁘고 착한 어린 색시'라고 이야기의 첫 문장에서 규정하며 계속 '산드룡 색시'라 부른다. 색시 이미지는 분명 결혼 후에 더 많은 고통을 겪는 콩쥐 이미지의 잔상일 수도 있다.

페로의 판본에서는 '대모 요정'이 무슨 옷을 입었는지 무슨 색인지 묘사되지 않으나 방정환은 요술 여인을 '하얗게 옷을 입은 예전 어머니 같은 선녀 같은 이'(41쪽)라고 비유하며 요정의 이미지를 친근하게 구체적으로 설명한다. 이것은 그림형제 판본에서 조력자로 나타나는 '하얀 비둘기'에서 온 영향이고 무도회에 가기 위해 변신한 산드룡은 '선녀 같은 색시'(42쪽)가 된다. 결국 산드룡의 이미지는 이국적인 여인이 아니라 선녀 같은 조선의 색시 이미지로 대체된다.

게다가 왕자가 상드리용에게 준 귀한 음식 "오렌지와 레몬"은 이국적인 과일이라는 특성이 사라진 채 구체적인 이름이 아닌 집합명사 '음식'으로 대체되었다. 마사오가 "오렌지와 레몬"을 번역했어도 당시 조선에선 오렌지와 레몬이 찾아볼 수 없는 과일이었으니 방정환은 이국적인 과일 모티프를 언급하지 않았다. 그가 옮기는 저본이 일본어본이라 식민지 경험을 하고 있는 방정환에게 원본의 특이성을 지워나가는 것은 '우리 것'을 지켜야 하는 저항정신의 한 면이라 볼 수도 있다. 특이한 것을 좋아하고 취하려 한 제국주의적 입맛(문학적 취향)을 감소시키고 보편적인 모티프와 우리의 입말체로 살려내려고 한 뚜렷한 의지를 볼 수 있다.

3) 삽화와 시각적인 편집 구성의 차이

박현수는 연구논문「산드룡, 재투성이 왕비, 그리고 신데렐라」에서 방정환이 번안한「산드룡의 유리 구두」와 최남선이 번안한「재투성이 왕비」를 비교하며 차이를 설명하였다.「재투성이 왕비」의 원작인 그림형제의「Aschenputtel」은 잔인하고 폭력적인 장면과 비인과적인 전개의 문제도 있지만, 방정환의『사랑의 선물』의 대성공으로 인하여 페로의 판본인「Cendrillon ou la Petite pantoufle」이 조선에서 신데렐라 이야기의 정전으로 자리잡았다고 밝힌다.[13] 하지만 정전화 과정에 대한 요소는 더욱 다양하게 볼 수 있는데, 영국에서 앤드류 랭(Andrew Lang)이 펴낸『푸른 요정 책(The blue faire book)』(1888)에 삽입된「신데렐라, 또는 작은 유리 슬리퍼(Cinderella, or the Little Glass Slipper)」도 제목에서도 알 수 있듯이 페로본이며, 1950년 애니메이션으로 제작된 월트 디즈니(Walt Disney)의「Cinderella」도 페로본을 원작으로 하였을 뿐만 아니라, 이탈리아 일러스트레이터 로베르토 이노첸티(Roberto Innocenti)의『신데렐라』(1983)도 페로본을 그리고 있다. 이렇게 방정환의 선택뿐만 아니라 애니메이션과 그림책 출판의 영향으로 페로본은 더 많이 읽혀지고 있다.

페로의 옛이야기 모음집이 앙뜨완 클루지에(Antoine Clouzier, 16??~17??)가 그린 삽화와 함께 출간된 이후 프랑스에서 가장 널리 알려지고 현재까지 사랑을 받는 판본은 쥘 엣젤(Jules Hetzel, 1814~1886)이 1867년에 펴낸 귀스타브 도레(Gustave Doré, 1832~1883)의 삽화가 실린 판본이다. 귀스

---

13 박현수,「산드룡, 재투성이, 그리고 신데렐라. 한국 근대 번역동화의 정전형성과 그 의미」,『상허학보』16, 2006.2, 249~284쪽.

타브 도레는 페로의 『옛이야기』뿐만 아니라, 라퐁텐의 『우화』, 단테의 『신곡』, 세르반테스의 『돈키호테』 등 많은 문학 작품을 그리며 그림으로 재해석을 하였는데 그의 작품은 수많은 작가, 예술가, 영화인 들에게 영감을 주었다. 분명 월트 디즈니(Walt Disney, 1901~1966)도 귀스타브 도레의 그림을 보았을 것이다.[14]

하지만 방정환이 번안한 일본어 저본엔 이야기가 시작되기 전에 삽화가 하나 있을 뿐이다. 이정현은 박사논문에서, 방정환이 1920년 일본에서 번역 출

[그림 1] 귀스타브 도레, 「상드리용 또는 작은 유리구두」, 1867.

간된 쿠스야마 마사오의 「산드룡 이야기 또다른 명 유리 구두」 판본을 중역한 것이라고 하는데 방정환은 왜 『사랑의 선물』에 삽화를 삽입하여 출간하였을까? 방정환은 어릴 때부터 그림 그리기와 사진 찍기에 취미가 있었고 활동사진에 관심이 많았다고 한다.[15] 방정환은 번역 텍스트와 직접적인 관련이 없더라도 유사한 장면의 삽화를 적극적으로 '삽화 몽타주(illustration-montage)'를 한 것으로 볼 수 있다. 이정현에 따르면, 방정환이 「산드룡의 유리 구두」 삽화 중 하나로 선택한 그림은 스즈키 젠타로(1883~1950)가 그린 일본어판 「大糸小糸(오오이토코이토)」에서 오오이토가 우는 장면이라고 증명한다.[16] 염희경이 밝혔듯이 「은파리」 이야기에 풍

---

14 큰 판형으로 제작된 귀스타브 도레의 판본은 책수집가들에게 인기가 있었고, 그래픽 예술가 토미 웅게러(Tomi Ungerer, 1931~2019)의 아버지(Théodore Ungerer, 1894~1935)도 시계 제작자였지만 역사가, 아마추어 화가이기도 했는데 귀한 책들을 수집한 덕분에 토미 웅게러는 어릴때부터 귀스타브 도레의 그림을 보고 자랐다.

15 염희경, 앞의 책, 86쪽 참조.

16 이정현, 「方定煥の飜譯童話研究—『サランエソンムル(사랑의 선물)』を中心に」, 141쪽 참조.

자만화 세 컷을 직접 그려 『개벽』 1921년 2월호에 실을 정도로 방정환은 텍스트와 더불어 그림을 비중 있게 생각한 듯하다.[17] 이 점은 그가 『어린이』, 『신여성』, 영화잡지 『녹성』을 발행하며 이미지, 즉 삽화를 중요시했던 부분과 무관하지 않다.

페로본과 방정환본을 비교했을 때 가장 큰 차이는 페로본에서 '상드리용' 이야기가 끝나고 나오는 운문으로 쓰여진 교훈이 방정환본엔 없다. 뿐만 아니라 페로본은 단락으로 나누어져 있지 않지만 방정환본은 세 개의 삽화와 함께 세 부분으로 구성되어 있다. 첫 번째 마당은 시작부터 산드룡이 요술 여인의 도움으로 무도회에 갈 준비를 마치는 장면까지, 두 번째 마당은 무도회 첫날, 세 번째 마당은 무도회 이튿날로 세 개의 삽화와 더불어 세 마당으로 구성되어 있다. 이야기를 숫자로 표시하여 편집한 것은 여섯 마당으로 나눈 쿠스야마 마사오본에서 온 영향[18]이라 할 수 있는데 방정환본과 마찬가지로 운문으로 된 교훈이 빠져 있다. 어느 번역본부터 운문으로 된 교훈이 빠졌을까? 가장 널리 알려진 1888년에 번역된 앤드류 랭의 영어 판본을 살펴보니 운문으로 된 교훈이 빠져 있다.[19] 그가 엮은 『푸른 요정 책(The blue fairy book)』에서 다양한 옛이야기 중에 직접적인 교훈이 드러나는 운문은 다른 이야기들과의 편집 구성을 통일시키기 위해 삭제되었을 것이다. 하지만 샤를 페로의 운문으로 된 교훈에서 나타나는 각운은 시어를 통해 이야기의 핵심을 파악할 수 있다.[20]

---

17 염희경, 앞의 책, 399쪽 참조.
18 이정현 논문 제4장 3절 참조: "광고란에는 '동화계에 있어서 최신식 편집법에 의한 세계 동화 명작집'이라는 타이틀로 제1편으로써 『驢馬の皮, ペロール集』이 간행되었다는 내용"과 함께 샤를 페로를 소개한다고 하는 최신식 편집법이 이렇게 단락을 숫자로 나누어 표시하는 것을 말하는 것이라는 것을 짐작해본다.
19 시인이자 소설가이며 문학비평가였던 앤드류 랭은 민담, 신화, 종교를 연구하여 1889년부터 『푸른 요정 책(The blue fairy book)』을 시작으로 1910년까지 색깔로 제목을 정한 12권의 '요정이야기' 시리즈를 펴낸다.

쿠스야마 마사오본에 있는 한 컷의 삽화와 1916년에 나카지마 고토가 번역한 그림 형제의 「아센푸텔」의 일어 번역본 「재투성이」를 보고 그림을 잘 그리고 좋아하는 방정환은 삽화를 삽입해야겠다는 생각을 했을 것이다. 이정현은 방정환의 「산드룡의 유리 구두」에서 산드룡이 우는 장면이 스즈키 젠타로 (1883~1950)가 그린 「大系小系(오오이토코이토)」에 나오는 그림이라는 것을 밝혀낸다.[21]

[그림 2] 스즈키 젠타로 그림과 「산드룡의 유리구두」

「大系小系(오오이토코이토)」에서 오오이토가 울고 있는 장면을 방정환이 차용하여 「산드룡의 유리 구두」에서 산드룡이 우는 장면으로 편집하였다. 이 점은 독자의 동정심을 자극하면서 산드룡의 '불쌍한' 이미지를 선명하게 더욱 강화시킨다.

귀스타브 도레는 「상드리용 또는 작은 유리 구두」에서 대모 요정이 거대한 호박을 파는 장면, 무도회 장면, 많은 사람들이 보는 가운데 상드리용이 잃어버린 유리 구두를 신는 장면을 그렸다. 방정환은 울고 있는 산드룡, 왕자인 듯한 남자의 부축으로 신발을 신는 듯한 장면, 왕비처럼 앉아 있는 산드룡의 모습이 연상되도록 세 삽화를 삽입하였다. 방

---

20 운문으로 된 두 개의 교훈을 볼 수 있는데 각운은 금(or)을 암시하며 "아름다움이란 드문 보석 (trésor)"이지만 무엇보다 바른 정신과, 용기, 출신가문보다 더 중요한 것은 조력자인 대모와 대부가 있어야 한다고 강조하고 있다.
21 이정현, 「方定煥の飜譯童話研究―『サランエソンムル(사랑의 선물)』を中心に」, 제2장 참고.

정환은 글에서 산드룡이 무도회에 가기 전까지 우는 장면을 여섯 번이나 반복하며 강조한다. "산드룡 색시가 혼자 집을 보면서 어머님이 그리워서 날마다 날마다 울며 지냈었습니다"(38쪽)[22] ; 슬픈 신세를 생각하고 산드룡 색시는 얼마나 우는지 알지 못합니다.(39쪽) ; 구두를 내어다 몬지를 털 때에 눈에는 눈물이 핑 돌았습니다.(40쪽) ; 금하려도 금할 수 없이 눈물이 자꾸 흘렀습니다.(40쪽) ; 산드룡은 견딜 수 없이 슬퍼서 부엌에 가 혼자 울었습니다.(40쪽) ; 그만 며칠째 참아 오던 설움이 복받쳐 나와서 소리쳐 울었습니다.(41쪽) 그렇다고 쿠스야마 마사오 저본에서 우는 장면이 반복적으로 나오지 않는다. 페로의 판본에서 상드리용이 우는 장면은 단 한 번뿐이다. 무도회에 참석하기 위해 언니들이 왕궁으로 떠나자 울음을 터뜨리고 그때 대모 요정이 나타난다. 페로본에서는 상드리용이 '울보'라는 이미지보다 착하고 상냥하지만 '내숭쟁이'로 묘사된다. 뿐만 아니라 대모 요정의 요술에 적극적으로 참여하며 뛰어난 수제자처럼 돕는다. 울고만 있는 여성이 아니다. 무도회에서 언니들하고 대화를 나누었으면서도 집에 와서 시치미를 떼고 언니들에게 무도회 이야기를 물어본다. "공주님이 정말 예뻤어요? 언니들은 정말 행복했겠어요. 나도 공주님을 보러갈 수 있을까요?" 하고 언니들이 말하는 '공주'가 자신임을 뻔히 알고도 물어본다. 이런 흔적이 「산드룡의 유리 구두」에서도 볼 수 있는데 상드리용이 언니에게 옷을 빌려달라고 하는 장면에서 방정환도 "산드룡은 미리 그럴 줄 알고 부러 물어본 것이었습니다. 도리어 그가 빌려주마 했다면 거북할 뻔하였습니다."(45쪽)라며 언니들을 떠보는 산드룡을 묘사하는 것은 페로가 묘사하는 상드리용의 속마음이 드러나는 것이다.

반면 '울보'가 된 신데렐라의 이미지는 그림형제 판본에서 볼 수 있

---

22 한국방정환재단 엮음, 「산드룡의 유리 구두」, 『정본 방정환 전집 1』, 창비, 2019, 38~48쪽.

다. 재투성이 아셴푸텔은 어머니 무덤에 가서 매일 눈물을 흘리는 소녀였다. 아버지가 가져다 준 나뭇가지를 어머니 무덤가에 심고 하염없이 울어 눈물이 나뭇가지를 흠뻑 적셨고 "매일 세 번씩 어머니의 무덤에 내려가 울며 기도했다".[23] 조국을 잃은 방정환은 이렇게 아셴푸텔의 슬픔에 감정이입이 되지 않았을까? 그런데 왜 방정환은 그림형제의 판본을 번안하지 않았을까?

3. 「잠자는 왕녀」에서 중첩된 '신화'적 이미지와 '동화'라는 근대 어린이문학 이미지

1) 사라지고 변형된 신화적 요소와 성격

방정환본을 살펴보기 전에 바실레본과 페로본을 비교해 보면 신화적인 이름과 더불어 결혼후일담을 통해 여성 인물들의 질투 속에서 전개되는 잔혹한 서사가 두드러진다.

(1) 잔인한 결혼후일담: 바실레본과 페로본

19세기에 각색된 그림형제 판본과는 다르게 17세기에 쓰인 바실레와 페로의 판본엔 결혼후일담이 담긴 시어머니의 계략과 며느리가 된 잠자는 공주의 시련이 나온다. 먼저 바실레의 판본 「해와 달과 탈리아」를 보면, '다섯째 날', '다섯 번째 여흥'에서 들려주는 이야기로 시작된다.

위대한 왕의 딸 탈리아(Talia)가 태어나고 현자와 점쟁이들의 예언에

---

23 김경연 옮김, 「재투성이 아셴푸텔」, 『그림형제 민담집: 어린이와 가정을 위한 이야기』, 현암사, 2012, 150쪽.

따라 '아마조각'에 찔린 공주는 "숨을 거두고 쓰러진다.""한참이 지난
후", 어느 날 사냥 나온 어느 왕과의 '사랑의 열매'로 보석 같은 아들 '해'
와 딸인 '달'을 낳은 후에 아기들이 손가락을 빨아 아마조각이 빠진다.
하지만 "왕은 탈리아를 침대에 둔 채 자신의 왕국으로 돌아갔고 오랫동
안 잊고 지내다 다시 탈리아를 기억해낸 왕은 사냥을 하러 간다는 구실
로 탈리아를 다시 찾는다." 이 사실을 알게 된 "메데이아 심장을 가진 왕
비"는 왕이 먹도록 요리사에게 아기들을 죽여 요리하라는 명령을 내리
지만, 요리사의 기지로 살아난 탈리아와 아이들이 왕과 행복하게 산다
는 이야기다.[24] 바실레의 판본에는 이렇게 그리스 신화에 등장하는 "죽
은 탈리아"와 '메데이아'처럼 질투심 많은 왕비, 더불어 아이들의 이름
인 '해'와 '달'을 통해 신화의 흔적이 많이 남아 있는 것을 알 수 있다.
하지만 '백 년'이라는 구체적인 시간과 숫자를 상징하는 모티프는 찾아
볼 수 없다.

바실레의 판본에서 몇 명인지 모르는 '현자와 점쟁이들'은 페로의 판
본에서 여덟 명의 요정(les fées)으로 대체된다. 왕의 딸이 태어나 멋진 세
례식을 할 때, 일곱 번째로 초대받지 못했던 가장 늙은 요정이 와서 저
주를 내리지만 여덟 번째 가장 젊은 요정이 저주를 누그러뜨린다. 일곱
벌의 화려한 식기 세트와 늙은 요정까지 여덟 명의 요정이 차례대로 축
복하는 장면에서 페로는 구체적인 숫자를 언급한다. 마지막 요정은 공
주가 물레에 찔려도 죽지 않고 "백 년 동안"깊은 잠에 빠진다고 예언한
다. 그 운명의 시간은 세례식 이후 15년에서 16년 되는 해이다. 이렇게
숫자에 상징성을 부여하는 페로는 성지순례, 세례식, 대모 등 기독교적
모티프를 많이 사용하고, '젊음'과 '늙음'을 대조시키며, 바실레의 판본
에서 악인인 잔인한 '왕비'는 잔악한 '시어머니'로 대체한다. 물레에 찔

---

24 잠바티스타 바실레, 정진영 옮김, 『펜타메로네』, 책세상, 2016, 580~588쪽.

려 잠이든 공주는 "천사처럼" 아름다웠다. 젊고 착한 요정은 백 년 후, 공주가 혼자 깰 것을 불쌍히 여겨 돌봐줄 가정 교사, 시종, 요리사 등도 함께 잠들게 하며 '잠자는 공동체'가 만들어진다. 그래서 '잠자는 숲'이 된다. 아무도 드나들 수 없게 된 궁전은 가시덤불에 쌓이고 백 년 후, 늙은 농부에게서 이야기를 들은 왕자가 숲에 다가가자 울창한 나무와 가시덤불이 저절로 길을 열어주며 왕자가 지나갈 수 있게 하고 왕자는 금빛으로 칠해진 방에서 "열다섯, 열여섯 살쯤 되어 보이는" 눈부시게 아름다운 공주를 발견하고 다가가 무릎을 꿇는 순간 마법이 풀리면서 공주가 깨어난다. 그 순간 공주가 왕자에게 "당신이 나의 왕자님인가요? 기다리시길 아주 잘하셨어요"라고 하는 대화체는 이야기 끝에 나오는 좋은 배우자를 만나려면 때를 기다려야 한다는 운문으로 된 직접적인 '교훈'[25]과 연결된다. 공간에 대한 묘사적인 측면을 살펴보면, 독자는 "왕자와 공주는 거울의 방으로 들어갔고, 그곳에서 시종들이 가져다주는 식사를 했어요."라는 문장을 통해 샤를 페로가 루이 14세를 위해 일했던 베르사유 궁전을 직접적으로 묘사하고 있는 부분도 알 수 있다.[26] 결혼후일담은 바실레의 판본과 유사한 서사를 이어가나 왕이 된 왕자가 이웃 나라와 전쟁을 하러 떠난 사이 '식인 거인'의 후손인 시어머니 대비가 왕국을 마음대로 다스리려고 손주 둘을 잡아먹으려 시도한다. 하지만 조력자인 왕실 관리장(Maître d'Hôtel)이 주인공과 아이들을 살려주고 대비는 두꺼비와 살모사에게 잡아먹힌다는 민담적인 요소가 많이 남아

---

25 "부유하고 친절하고 멋지고 **상냥한/남편을** 만나기 위해 기다리는 건/아주 **자연스러운** 것이다./그러나 백 년 동안 계속 **잠을 자며** 배우자를 기다리는/아주 **평온하게** 자는 그런 **여자를** 이제는 찾아보기 어렵다./이 이야기가 우리에게 **들려주는** 건,/결혼의 신이 맺어 주는 **인연이** 늦게 찾아온다고 덜 **행복한** 것도 아니고, **또 기다린다고** 잃을 건 없다./하지만 젊은이가 너무 **열렬한** 갈망으로 **결혼을** 원하기에/나는 이런 **교훈을** 설명할 힘도, **마음도** 없다."(김순녀 역)
26 거울과 유리는 페로가 주요하게 사용한 모티프로「상드리용 또는 작은 유리구두」에서도 살펴볼 수 있다. 김순녀, 「'신데렐라'의 문화적 이미지」(『스토리앤이미지텔링』 20, 건국대 스토리앤이미지텔링연구소, 2020.12) 114쪽 참조.

있는 잔인한 결말을 보여준다. 더불어 아내와 자신의 아이들을 죽이려한 어머니의 모습에 실망한 왕이 화가 난 모습으로 이야기는 끝난다.[27]

(2) 이름 모티프의 변형: 신화적 이름에서 민담적 이름으로 대체

바실레 판본은 「해와 달과 탈리아」라는 제목부터 세 인물에 초점을 맞춘다. 그리스 신화에 나오는 탈리아(Thalia)는 제우스와 므네모시네(Mnemosyne, 기억의 여신) 사이에서 태어난, 희극을 관장하는 뮤즈로서 시인과 작가에게 영감의 원천이었고 연극의 수호신이 되며 '풍요와 환성'을 의미한다. 그는 지하세계에서 기억의 연못을 관장하는 므네모시네가 낳은 아홉 명의 뮤즈 중 한 명이다. 이렇게 여신의 이름을 차용한 왕의딸 탈리아는 예언에 따라 아마조각에 찔려 죽는다. 죽은 탈리아가 어느왕과의 관계 속에서 낳은 자식이 아들 '해'와 딸 '달'이다. 제목은 우리나라의 옛이야기 '해와 달이 된 오누이'를 연상시키지만 죽었다는 '탈리아'가 "자신에게 무슨 일이 벌어졌는지, 어쩌다가 자기가 두 아기와 함께 홀로 궁전에 남아 있는 것인지, 또 먹을 것을 가져다주는 보이지 않는 이들이 누구인지 알지 못"한 채, 왕과의 '사랑의 열매'인 두 아이를낳았다. 의식이 없는 '죽은' 여성에 대한 성폭행적인 서사는 페로의 판본에서 왕자와 잠자는 미녀의 운명적인 만남으로 바뀐다. 「잠자는 숲속의 미녀」에서 왕이 아닌 왕자가 사냥을 나갔다가 덤불이 무성한 성에서잠자는 공주를 발견했고 그 순간 운명적으로 눈을 뜬다. 불륜이 아닌 젊은 청춘 남녀가 사랑에 빠진 장면으로 처리한 페로는 결혼후일담을 이어가며 첫째는 새벽이라는 뜻의 '오로라(Arore)'란 이름을 가진 딸이며

---

27 Charles Perrault, Contes, Illustration de Gustave Doré, Présentation, notes et guide de lecture par Anni Collognat-Bares, Dominiques Brunet, Frédéric Dronne, Collection Classique, Pocket, 2006.

둘째는 낮을 뜻의 '주르(Jour)'라고 불렀다. 페로본에서도 아이들의 이름을 통해 신화적인 흔적이 남아 있는 것을 살펴볼 수 있다.

그러나 그림형제 판본에서 결혼후일담이 전면 삭제되고 왕비가 아이를 갖는다고 예언하는 '개구리' 모티프가 새롭게 등장한다. 페로본에서 등장하는 여덟 명의 요정보다 다섯이나 더 많은 열세 명의 마법사를 등장시킨다. 열세 번째 마법사는 공주가 열다섯 살 되는 해에 물레에 찔려 죽는다는 예언을 하고 열두 번째 여자 마법사가 "죽지는 않지만 백 년 동안 아주 깊은 잠을 자게 될 것입니다."라며 페로의 숫자 모티프를 그대로 가져오는 대신 '잠자는 공주'를 부르는 "장미 공주(Dornröschen)"라고 명명한다.[28]

"그러자 그 나라에는 전설이 생겨났다. 장미 공주라고 불리던 아름다운 공주가 그 안에서 잠을 자고 있다는 이야기였다"라며 폐허가 된 성 주변의 신비스러운 '잠자는 공주'에 대한 이야기와 성 안으로 들어가려던 왕자들이 번번이 죽음을 맞이한다는 이름의 유래를 언급한다. 이어 시간적 흐름을 강조하며, "오랜 세월이 흐른 뒤 다시 이 나라에 어떤 왕자가 오게 되었다. 어느 노인에게서 장미 울타리 안에는 성이 있고, 그 안에는 장미 공주라는 놀랄 만큼 아름다운 공주가 백 년 전부터 잠을 자고 있다는 이야기를 들었다"라며 가시덤불 때문에 공주는 '장미 공주'로 불리는 이름에 얽힌 이야기가 다시 언급된다. 그림형제본은 이야기의 공간적인 배경을 상징하는 식물인 꽃이름이다. 왕비가 아이를 간절히 원하는 것과 개구리 모티프를 비롯해 가시덤불 울타리의 이미지를 구체적으로 '장미'로 이름 짓는 건 마리-카트린 도누아 판본인 「숲속의 암사슴」[29] 영향이

---

28 (들)장미 공주는 번역본에 따라 '찔레꽃 공주' 또는 '가시덤불 공주'로 번역되기도 한다. 여기서 인용한 문장은 비룡소 판본에서 찾았다.

29 Marie-Catherine d'Aulnoy, 「La Biche au Bois」, 『Contes de Madame d'Aulnoy』, Garnier Frères, 1882, 48~62쪽.

라 보고 있다. 바로 왕비가 낳은 딸 데지레가 지하 궁전에서 낳은 두 딸의 이름이 '가시 꽃(Fleur d'Epine)'과 '꽃무우(Giroflée)'다.

그림형제의 '장미 공주'는 나카지마 고토의 『잠자는 미인』판본(1916)에서 '로자몬드'로 번역된다. 번역된 내용은 그림형제 판본이나 제목은 페로본을 따르며 '숲속'이라는 공간적 배경을 지시하는 단어를 삭제했다. 이후, 방정환의 판본에서는 '장미'나 '로즈'라는 이름을 언급하지 않은 채 단순히 '왕녀'로만 부른다.

(3) 뮤즈였던 '요술 할멈'의 상징

방정환이 저본으로 삼은 나카지마 고토본을 보면 그림형제에서 등장하는 열세 명의 마법사가 '무녀(巫女)'로 번역되었다. 이정현에 의하면, 일본어 '무녀'는 "신을 섬기고 기도하는 의식을 하는 등 신의 뜻을 묻고 신의 계시를 알리는 자"로서 1900년대에서 1920년대 시기 '무녀'로 번역된 건 아주 적절하다고 평가한다.[30] 하지만 방정환은 '무녀'를 '무녀' 또는 '무당'이 아닌 '요술 할멈'으로 번역한다. 게다가 왕녀의 탄생을 축하하는 잔칫날 13명의 마법사가 축복을 내리는 장면에서 나카지마 고토본과 방정환본은 확연하게 차이가 있다. 왜 그런지 두 판본에 자세히 살펴보자.

나카지마 고토본[31]
그렇지만 잔치는 꽤 훌륭하게 거행되어 마지막 무렵에 무녀들이 제각기 앞으로 나와서 이 아이에게 **신기한 예물**을 바쳤습니다. 한 사람은 **덕**을, 한 사람은

---

30 이정현, 「방정환의 그림동화 번역본에 관한 연구—「잠자는 왕녀」와 「텬당 가는 길」을 중심으로」, 『어린이문학연구』 제9권 제1호, 2008, 234쪽.
31 김영순 번역.

미를, 또 세 번째는 **부**를, 이런 식으로 이 세상에서 사람들이 원하는 걸 모두 바쳤습니다. 그리고 열두 번째가 끝나기 전에 갑자기 초대받지 못한 열세 번째 무녀가 불같이 들어와 예절이고 인사도 없이 큰소리로 부르짖었습니다. "열다섯 해에 이 왕녀는 물레로 자신을 찔려 죽고 만다." 그렇게 말한 채로 아무 말도 하지 않고 뒤돌아 저택을 나가버렸습니다.

방정환본[32]

그리고 잔채가 끝난 후에 열두 요술 할멈은 이 갓난 왕녀 아이에게 각기 **좋은 선물**을 하나씩 드리기로 하여,

첫째 요술 할멈은, "나는 이 아기를 세상에 **제일 어여쁜 색시**가 되도록 하겠다."하였습니다.

둘째 요술 할멈은, "나는 **제일 지혜가 많은 색시**가 되도록 하겠다."하였습니다.

셋째 할멈은, "나는 이 아기가 세상에서 **제일 복 많은 색시**가 되도록 하겠다." 하였습니다.

넷째는, "나는 세상에서 **무도를 제일 잘하는 색시**가 되도록 하겠다."

다섯째는, "나는 꾀꼬리 같은 목소리를 드려서 세상에서 **제일 노래를 잘하는 색시**가 되도록 하겠다." 하였습니다.

이렇게 차례차례 열한째 요술 할멈까지 모두 좋은 것을 드리었습니다. 그리고 맨 끝에 열두째 할멈이 말을 하려는데 어데선지 오늘 이 자리에 참례아니 하였던 열셋째 요술 노파가 튀어나와서, "이 애가 커서 열다섯 살 되는 해에 실 뽑는 꾸리에 찔려 죽으리라!"하고는 그냥 획 가 버렸습니다. (106쪽)

나카지마 고토본은 그림형제본을 저본으로 번역했기에 축약된 문장으로 요점을 정리하듯 덕, 미, 복을 예물로 드린다는 그림형제본과 큰

---

32 한국방정환재단 엮음, 『정본 방정환 전집 1』, 창비, 2019, 105~110쪽.

차이를 보이지 않으나 방정환본에서는 다섯 번째 요술 할멈까지 차례대로 등장하며 직접화법으로 '선물'을 선포하고 있다. 게다가 '제일'이라는 부사를 첨가하여 왕녀가 으뜸이 되도록 강조하고 있는데 왕녀가 "무도를 제일 잘하는 색시", "꾀꼬리 같은 목소리"로 "제일 노래를 잘하는 색시"로 선물은 더 구체적인데 조선 문화에서 왕녀가 과연 무도와 노래까지 제일 잘할 필요가 있었을까? 사실 이 장면은 방정환이 페로본에서 가져온 장면임이 드러난다. 「산드룡의 유리 구두」에서 요정을 '요술여인'으로 번역하는데 「잠자는 왕녀」에서 '요술 할멈'으로 번역하는 건, 페로본 「잠자는 숲속의 미녀」에서 '늙은 요정'이 강조되기 때문이다.

페로본[33]

요정들은 공주에게 축복을 내리기 시작했어요. 먼저 가장 젊은 요정은 공주가 **세상에서 가장 아름다운 사람**이 될 거라고 축복했어요. 그다음 요정은 공주가 **천사 같은 마음**을 가질 것이라고 했고, 세 번째 요정은 공주가 **모든 일에 훌륭한 재능을 보일 것**이라고 축복했지요. 네 번째 요정은 공주가 춤을 아주 잘 출 것이라고 했고, 다섯 번째 요정은 **꾀꼬리같이 노래를 잘할 거**라고 했어요. 여섯 번째 요정은 공주가 **모든 악기를 아주 완벽하게 연주할 것**이라고 했지요. 가장 늙은 요정의 차례라 되었습니다. 늙은 요정은 부들부들 떨면서 여전히 분개하며, 공주가 물레에 손가락을 찔려 죽을 것이라고 말했어요.

이 장면은 바실레 판본에서 등장하는 탈리아가 시인과 음악가들을 수호하는 여신, 즉 뮤즈(Muse)의 이름이었다는 걸 환기시킨다. 지금도 그렇지만 17세기는 신화와 민담을 동시에 이야기하던 시대였고 17세기 프랑스 궁정에서 신파에 속했던 샤를 페로는 민담을 프랑스어로 각색했지만,

---

[33] 김순녀 번역.

당시 구파는 라틴어 운문으로 신화를 다시 쓰던 시대였다. 그러므로 여신(déesse)과 뮤즈(Muse)는 민담을 다시 쓰는 살롱문학을 통해 요정(fée)으로 대체된다. 방정환이 그림형제의 판본을 저본으로 한 나카시마 고토본을 중심축으로 「잠자는 왕녀」의 서사를 이어가지만 요술 할멈의 이미지는 페로본을 저본으로하는 쿠스야마 마사오본[34]을 참고하며 부분적으로 '이미지 합성(montage d'image)'을 하고 있다는 것을 볼 수 있다. 요술 할멈은 곧 뮤즈다. 무녀도 아니고 무당도 아닌 뮤즈였던 요정이다. 네 번째 요술 할멈이 왕녀의 탄생을 축복하는 "춤을 잘 추는" 능력을 주고, 다섯 번째 요술 할멈이 "꾀꼬리같이 노래를 잘하는" 능력을 주는 '선물'은 방정환이 어린이를 시인으로 바라보는 관점과 일맥상통한다.

> 어린애는 시인이고 가인이다. 그 어여쁜 조그만 눈동자에 보이는 것이 모두 시이고 노래이다. (……) 나는 이 귀여운 어린 시인의 깨끗한 가슴을 더럽혀 주고 싶지 않다. 물욕의 마귀를 만들고 싶지 않다. 나는 나의 가장 사랑하고 귀애하는 어린 동무, 어린 시인에게 무엇이든지 나의 사랑하는 마음을 표하여 좋은 선물을 주고 싶다. 그 선물로는 과자보다도 돈보다도 무엇보다도 그의 천사 같은 마음 깨끗한 가슴에 가장 적합한 깨끗한 신성한 것을 주고 싶다. 그래서 그로 하여금 더 많고 더 깨끗하고 더 신성한 시인 되게 하고 싶다. 이 생각으로 나는 이 값있는 선물을 손수 만들기 위하여 이 새로운 조그만 예술에 붓을 댄다.[35]

시와 예술을 사랑하는 방정환이 가져온 이미지는 시적 또는 동화적

---

34 1920년 일본에서 쿠스야마 마사오가 번역한 『당나귀 가죽, 페로집(驢馬の皮, ペロール集)』이 간행된다. (이정현 박사논문 제4장 참조)

35 방정환, 「동화를 쓰기 전에 어린애 기르는 부형과 교사에게」, 『천도교회월보』(1921.2월호), in 『정본 방정환 전집』 2권, 2019, 677쪽.

영감의 원천인 페로의 판본에서 가져온 요정의 이미지다. 그러므로 '신성한 것'이란 요술 할멈이 왕녀에게 '선물'한 것이며 특히 '신성한 시인'이 되기 위해 노래도 잘하고 악기도 잘하는 음유시인으로의 능력을 선물로 받는 것이다. 그러므로 방정환의 '잠자는 왕녀'는 곧 시인 또는 예술가로서 잠재력 있는 어린이일 가능성이 있다.

그러면 시적이고 예술가적 잠재성이 넘치는 어린이를 위해 방정환의 '동화'라는 새 옷이 어떻게 입혀지는지 좀 더 자세히 살펴보자.

2) '동화'라는 새 옷과 (옛)이야기의 생명력: 근대 어린이문학의 태동

최초의 진정한 이야기꾼은 현재도 그렇듯이 앞으로도 동화의 이야기꾼일 것이다. 좋은 조언이 떠오르지 않을 때 동화는 언제나 조언을 해줄 줄 알았다. 또한 시련이 가장 혹독했을 때 가장 가까이에서 도움을 준 것도 동화였다. 이때 시련은 신화(Mythos)가 만들어낸 시련이다. 동화는, 신화가 우리의 가슴에 가져다준 악몽을 떨쳐버리기 위해 인류가 마련한 가장 오래된 조치들이 무엇이었는지 우리에게 알려준다.[36]

발터 벤야민의 「이야기꾼」(1936)을 번역한 최성만이 '동화'로 번역한 문장은 원래 '민담'으로 번역해야 문맥상 더 어울린다. 그런데 왜 '동화'라고 번역했을까? 또한 『그림형제 민담집—어린이와 가정을 위한 이야기』[37]를 번역한 김경연은 '동화'라는 용어 대신 '민담'이란 용어를 선택했을까? 김경연은 '옮긴이의 말'에서 "우리는 흔히 독일어의 '메르헨'을 동화로 옮기는데, 메르헨은 어원상 '이야기'라는 뜻에 지나지 않는다"며 "동화는 어린이 독자를 전제로 하지만 민담은 특정 연령의 독자를 전제

---

36 발터 벤야민, 최성만 옮김, 「이야기꾼」, 『서사 기억 비평의 자리』, 길, 2012, 448쪽.
37 현암사, 2012.

로 하지 않기 때문"에 '민담'을 선택했다고 밝히고 있다. 그러면 우리나라에서 '동화'라는 용어를 거의 처음 주도적으로 사용한 방정환의 동화에 대한 정의를 좀 더 자세히 살펴보자.

동화의 '동'은 아동이란 '동'이요, '화'는 설화이니, 동화라는 것은 아동의 설화, 또는 아동을 위하여의 설화이다. 종래에 우리 민간에서는 흔히 아동에게 들려주는 이야기를 '옛날이야기'라 하나 그것은 동화는 특히 시대와 처소의 구속을 받지 아니하고, 대개 그 초두가 '옛날 옛적'으로 시작되는 고로 동화라면 '옛날이야기'로 알기 쉽게 된 까닭이나, 결코 옛날이야기만이 동화가 아닌즉, 다만 '이야기'라고 하는 것이 가합할 것이다.[38]

방정환은 '동화'가 '아동을 위한 설화'라고 분명히 밝히지만, 설화, 옛이야기, 이야기의 경계가 사실 모호하다. 그는 「새로 개척되는 동화에 관하여」에서 『사랑의 선물』은 '동화집'이라고 규정하며 "조선서 동화집이라고 발간된 것은 한석원 씨의 『눈꽃』과 오천석 씨의 『금방울』과 졸역 『사랑의 선물』이 있을 뿐이다"[39]라고 하였다. 그러면 「잠자는 왕녀」가 어떻게 '아동을 위한 설화'로 만들어지는지 방정환이 강조한 '어여쁜' 왕녀와 왕자의 이미지를 통해 살펴보자.

(1) 잠자는 '왕녀' : 잠자는 어린이의 고결(高潔)한 '천사' 이미지

동화는 푸코가 말하는 '거대한 상상력'의 공간이자 '헤테로토피아'[40] 공간으로 볼 수 있다. 일상생활을 마무리하고 저녁에 잠자리에 들 무렵

---

38 『개벽』 1923년 1월호, in 『정본 방정환 전집』 2권, 2019, 685쪽.
39 위의 책, 691쪽.
40 미셸 푸코, 이상길 번역, 『헤테로토피아』, 문학과지성사, 2014 참고.

책을 통해 펼쳐지는 '옛이야기 보따리'는 우리에게 용기 있게 모험을 떠나는 인물과 함께 새로운 시공간으로 이동한다. 방정환도 어릴 적 이야기 듣기를 좋아했다고 고백할 뿐 아니라 연극과 영화, 서양 문물을 접했으며 청년 시절 극본도 쓰고 소인극 활동을 했다고 한다.[41] 나아가 만 스무 살에 '초록별'을 의미하는 최초의 영화잡지 『녹성(綠星)』(1919.11)도 발행한다.[42] 이 점은 「이야기꾼」(1936)이라는 논문을 쓰고 영화 매체에 관심이 많았던 발터 벤야민과도 유사하다. 일본으로 유학 가기 전, "1919년에서 1920년 초까지 방정환은 『신청년』『녹성』『신여자』의 발간에 관여하며 문예운동, 즉 신문화운동을 적극적으로 펼쳤다."[43] 이후, 1920년 9월부터 약 6개월간 '특별청강생'으로 다녔을 것이라는 도요대학에서 문화학과 제 1기생으로 '문예연구회'가 성황을 이룬 시기에 공부했다고 한다.[44] 이때부터 방정환은 특히 옛이야기와 동화에 주목한 것으로 추정되는데 이상금에 의하면 방정환은 도서관과 도요대학 근처 난탠도 서점에서 만난 많은 책과 문학지망생들에게 자극받았을 거라 추측한다.[45] 그 결실로 1922년 『사랑의 선물』을 발간하고 1923년 「새로 개척되는 '동화'에 관하여—특히 소년 이외의 일반 큰 이에게」라는 평론을 『개벽』 1월호에 발표하며 동화에 대한 개념을 정의하려고 시도한다.

『사랑의 선물』(1922.7)에서 일곱 번째 이야기 「잠자는 왕녀」는 "옛날 옛적 또 옛적에"로 시작하는 전형적인 '옛이야기'다. 방정환은 『사랑의 선물』이 "몹시 깨끗하고 고결한 이야기만 모은 책이어서 남자 여자 늙은이 어린이 아무나 반갑게 읽게 되고 읽는 중에 그 **사람의 마음을 더 곱게 더 아름답게 하여 주는 책**"[46]이라고 광고했다. 그야말로 동화는 '아동을

---

41 염희경, 64~65쪽.
42 위의 책, 68~70쪽.
43 위의 책, 77쪽.
44 이상금, 『사랑의 선물—소파 방정환의 생애』, 한림출판사, 2005, 260쪽.
45 위의 책, 264~266쪽.

위한 설화'라고 했지만『사랑의 선물』은 모두를 위한 책이다. "사랑이니 연애이니 하고 구지레한"이야기가 아닌 이야기라고 했다.[47] "조꼬만 책 속에[는] 곱고 어여쁘고 재미있기 짝이 없는 이야기만 열 가지나 있"다고 자랑을 하며 특히「잠자는 왕녀」를 언급하며 독자의 호기심을 자극한다.

나카지마 고토본
왕자는 왕녀의 사랑스런 잠든 얼굴을 보자, 눈을 뗄 수가 없을 정도였습니다. 왕자는 몸을 수그려 왕녀에게 입 맞추었습니다.

방정환본
세상에서 처음 보는 어여쁜 왕녀가 **고요하게** 잠을 자고 있었습니다. 이대로 그냥 백 년을 지나도록 요대로 입술은 **붉은 대로** 살은 고운 대로, 곱게 어여쁘게 고스란히 자고 있었습니다. (110쪽)

잠자는 왕녀의 모습을 묘사하는 부분도 방정환은 나카지마 고토본이자 그림형제본을 따르지 않고 페로본에서 잠자는 숲속의 미녀가 물레에 손가락이 찔려 잠이 든 장면을 언급하며 잠자는 왕녀의 모습을 입술의 색깔까지 구체적으로 묘사하며 언급하고 있다.

페로본
공주는 **천사처럼** 아름다웠어요. 기절했어도 피부는 살아있는 듯 보였고 두 볼은 발그스름했으며, 입술은 **붉은색**이었어요.

---

46 무기명,「잠자는 여왕」,『신여성』, 1924년 4월호. in『정본 방정환 전집』4권, 2019, 178쪽.
47 결혼을 전제로 한 사랑 이야기이니 방정환은 자유연애 이야기가 아니라고 강조하는 듯하다.

방정환이 「산드룡의 유리 구두」를 쿠스야마 마사오본을 저본으로 사용하고 있음에 따라 앤드류 랭의 영어본을 저본으로 번역한 페로본을 부분적으로 합성한 것으로 보인다. 이는 「산드룡의 유리 구두」에서 그림형제본인 「재투성이 아셴푸텔」을 참고하고 있다는 걸[48] 역으로 보여 주는 예라 볼 수 있다. 페로가 비유한 잠자는 미녀에 대한 '천사' 같은 이미지는 방정환의 「어린이의 찬미」에서 첫 번째로 잠자는 어린이의 모습이 언급되는 것과 연관이 있다. 그는 잠자는 어린이의 이미지가 보는 사람으로 하여금 '순화'시켜 준다고 하였다.

어린이가 잠을 잔다. 내 무릎 앞에 편안히 누워서 낮잠을 달게 자고 있다. 볕 좋은 첫여름 조용한 오후이다. 고요하다는 고요한 것을 모두 모아서 그중 고요한 것만을 골라 가진 것이 어린이의 자는 얼굴이다. 아니 그래도 나는 이 고요한 자는 얼굴을 잘 말하지 못하였다. 이 세상의 고요하다는 고요한 것은 모두 이 얼굴에서 우러나는 것 같고, 이 세상의 평화라는 평화는 모두 이 얼굴에서 우러 나가는 듯싶게 어린이의 잠자는 얼굴은 고요하고 평화롭다.[49]

방정환은 이렇게 천사처럼 고요하게 잠자는 어린이의 이미지를 '평화'의 상징으로 봄과 동시에 마음을 곱게 순화시키는 매개체로 여긴다. '잠자는 왕녀'를 통해 방정환이 본 고결한 어린이의 이미지가 특히 조국에 두고 온, 1920년에 태어난 자신의 어린 딸 영화의 잠자는 이미지와 겹쳐진 것은 아닐까?

오오! 어린이는 지금 내 무릎 앞에서 잠잔다. 더할 수 없는 참됨(진)과 더할

---

48 김순녀, 「'신데렐라'의 문화적 이미지: 페로와 방정환의 판본과 여러 번역본 비교연구」, 『스토리앤이미지텔링』 20, 2020.12, 101~122쪽.
49 「어린이 찬미」, 『신여성』, 1924년 6월호, in 『정본 방정환 전집』 4권, 2019, 190쪽.

수 없는 착함과 더할 수 없는 아름다움을 갖추고, 그 위에 또 위대한 창조의 힘까지 갖추어 가진 어린 한우님이 편안하게도 고요한 잠을 잔다. 옆에서 보는 사람의 마음속까지 생각이 다른 번루한 것에 미칠 틈을 주지 않고 고결하게 고결하게 순화시켜 준다. **사랑스럽고도 보드라운 위엄을 가지고 곱게 곱게 순화시켜 준다.**[50]

방정환은 '잠'을 게으름의 상징으로 바라보거나 수동적 이미지로 바라보지 않는다. 잠을 못 자며 번민하는 어른과는 다르게, 천사처럼 잠을 자는 어린이를 통해 어른은 '순화'된다. 즉 방정환 자신은 아이의 잠자는 모습을 통해 평안을 얻는다. 이렇게 방정환의 「잠자는 왕녀」 이야기는 고결하고 독자를 순화시키는 이야기가 된다. 그가 「잠자는 왕녀」의 판본으로 그림형제의 판본을 정한 것은 페로본에 비해 서사가 단순하고 간결(簡潔)하기 때문일 것이다. 앞서 언급했듯이, 잠자는 미녀가 결혼한 이후의 시련은 그림형제 판본에서 삭제되었다. 결혼이라는 해피엔딩과 함께 유토피아적 결말이 되었다. 이 점에서 철학자 엘렌 식수는 '잠자는 미녀' 이야기에서 죽은 여자처럼 잠만 자다 결혼하는 아름다운 미녀를 '수동적'이라고 비판했다.[51] 이런 측면에서 방정환이 수동적인 여성성을 가진 건 아닌가 의심하거나 오해할 수도 있으나 방정환에게 '잠자는 왕녀'는 '잠자는 조선'이다.

민담으로서 "러시아, 프랑스, 카탈로니아 판본에서는 잠자는 미녀를 발견한 왕자가 그녀를 깨우지 않고 함께 잠을 잔 다음에 떠난다. 그녀는 아이를 낳은 후 아이 아버지를 찾아야만 한다."[52] 이러한 서사는 아이들에게 들려주기에 민망한 서사다 '어린이' 개념을 발견하고 어린이를 위

---

50 「어린이 찬미」, 『신여성』, 1924년 6월호, in 『정본 방정환 전집』 4권, 2019, 191쪽.
51 엘렌 식수, 『메두사의 웃음/ 출구』, 박혜영 옮김, 동문선, 2004, 55쪽.
52 마리-루이제 폰 프란츠, 『민담 속의 여성성』, 박영선 옮김, 한국융연구원, 2020.

한 대중교육이 태동하던 시기에 활동하던 그림형제는 과감히 성폭행의 암시가 드러나는 부분을 삭제한다. (성)폭력에 대한 암시와 묘사가 없는 이야기, 또 단순하고 신속하게 끝나는 결말이 어쩌면 방정환이 원하는 동화의 미덕일 것이다.

(2) "어여쁘고 쾌활한 왕자": 해방자 '어린이'?

다른 판본과는 다르게 방정환의 판본에서는 왕자의 외모가 성격, 의지까지 부각된다.

"다른 나라 왕자들"과 다르게 오랜 세월이 지나서 찾아오는 왕자는 "어여쁘고 쾌활한 왕자"다. "그 왕자님은 얼굴도 이 속에 잠든 왕녀 못하지 않게 어여쁘고, 마음으로나 무엇으로나 그 왕녀와 같았습니다"라고 방정환은 왕자 캐릭터에 대해 준수한 외모와 쾌활한 성격을 강조하며 왕자의 이미지를 구체적으로 표현한다.

이 이미지는 방정환이 「잠자는 왕녀」에 삽입한 오카모토 키이치의 삽화(그림 3)의 영향도 무시할 수 없다. 높은 곳에 있는 성을 향해 힘차게 가고 있는 왕자의 모습은 나카지마 고토본 제목 「잠자는 미인(睡美人)」에 편집·삽입된 그림으로 방정환은 이 그림에서 '잠자는' 옛이야기를 찾아가는 자신의 의욕적이고 숭고한 모습을 자기 투영했을 수도 있다.

[그림 3] 오카모투 키이치 그림(1916)

방정환은 동화를 어린이에게 들려주는 '설화'라고 하였다. 어른들이 듣고 들려주던 옛이야기가 어린이를 위해 새로 '동화'라는 형태로 새 옷을 입었다. 나라를 빼앗기고 '어린이'라는 주체 개념이 태동하던 때였다. 방정환은 학대받는 어린이를 위해 선물을 한다는 목적의식을 가지고 번안을 했으며 우리나라의 최초의 '동화집'을 "짰다". 『사랑의 선물』은 창작 동화를 짓기 전에 만든 동화의 표본이었다. 방정환에게 민담과 설화를 통해 내려오는 민중의 보편적인 이야기 가운데 어린이에게 들려주는 이야기가 곧 동화다. 동화(童話)는 곧 동화(同化)되는 것이다. 타인이 되는 간접 경험을 해보는 것이다.

어린이들은 또 실제에서 경험하지 못한 일을 이야기의 세상에서 훌륭히 경험한다. 어머니나 할머니의 무릎에 앉아서 재미있는 이야기를 들을 때, 그는 아주 이야기에 동화해 버려서 이야기 세상 속에 들어가서 이야기에 나오는 모든 일을 경험한다. 그래 그는 훌륭히 이야기 세상에서 왕자도 되고, 고아도 되고, 또 나비도 되고, 새도 된다. 그렇게 해서 어린이들은 자기의 가진 행복을 더 늘려 가고 기쁨을 더 늘려 가는 것이다.[53]

1918년에 태어난 아들 운용과 1920년에 태어난 딸 영희와 함께 두 아이의 아버지가 된 방정환은 아이를 좋아하며, 이야기를 좋아하는 아이의 모습 속에서 이야기를 좋아했던 자신의 어릴 적 모습을 떠올린다.

어린 천사, 어린 시인, 그네는 늘 그 생각의 영양을 구한다. 우리 집에 5, 6인 되는 이 어린 시인들이 늘 나를 조른다. 옛날이야기를 해 달라고……, 그럴 때마다 나는 즐겨하며 이야기를 들려주었다. 어린애들은 늘 노인보고 조른다. 소학생들은(중학생도) 선생님을 조른다. 나도 전에 퍽 졸랐다. 이야기 듣고 싶어서.[54]

53 「어린이 찬미」, 『신여성』, 1924년 6월호, in 『정본 방정환 전집』 4권, 2019, 195쪽.
54 방정환, 「동화를 쓰기 전에 어린애 기르는 부형과 교사에게」, 『천도교회월보』(1921.2월호), in 『정본 방정환 전집』 2권, 2019, 679쪽.

이렇기에 방정환은 그림형제처럼 민족주의를 고취하기 위해 우리나라 민담을 모으는데 지방 어딘가에 '잠자는' 이야기를 찾아가는 주체적인 여정과 같은 것이 아닐까?

낭만주의 운동은 먼 과거나 민속 문화에 관심을 기울인 것이 특징이다. 낭만주의 시대 이후 많은 편찬자들은 구두 전승 또는 그것에 준하거나 가까운 것에 다소라도 직접 바탕을 두고 일하게 되었으며 그러한 전통에 새로운 존엄성을 부여하였다.[55]

민담을 채집하고 끊임없이 고치고 발전시킨 그림형제의 발자취를 따르며 방정환도 낭만주의의 영향을 받았다고 볼 수 있다.

(3) '방긋' 웃음

조르주 바타유에 의하면 "죽음은 눈물과 연결되고, 때때로 성적 욕망은 웃음과 연결된다"[56]고 한다. 이런 연유인지 방정환의 판본에서 등장인물이 '방긋' 웃는다는 묘사가 여러 번 나온다. 또한 백 년이 되는 "귀하고 어여쁜 왕녀의 잠이 깨일 날", 문조차 의인화되며 "방긋이" 열린다.

마침 오늘이 백 년 되는 날이었습니다. 귀하고 어여쁜 왕녀의 잠이 깨일 날이었습니다. 그렇게 가시가 많고 험하던 덩굴이 어여쁜 왕자님의 손이 닿으니까 금세 향기롭고 아름다운 꽃 덩굴이 되었습니다. 그리고 왕자님더러 어서 들어오시라는 것같이 그 앞에 들어가는 문이 방긋이 열렸습니다. (109쪽)

---

55 월터 J. 옹, 임명진 옮김, 『구술문화와 문자문화』, 문예출판사, 2018, 49~50쪽.
56 『에로스의 눈물』, 민음사, 2020, 14쪽.

게다가 잠에서 깬 왕녀도 방끗 웃는다.

곱게 잠든 천사같은 얼굴을 고요히 들여다보다가 그 꽃같이 붉고 어여쁜 입술에 입을 맞추었습니다. 그러니까 왕녀가 눈을 떴습니다. (……) 그리고 서늘하고 정다운 눈을 번쩍 뜨고 왕자를 보고는 **방끗 웃었습니다.** (110쪽)

잠자는 미녀가 눈을 뜬 순간, 페로본에서도, 그림형제본에서 "상냥하게 왕자의 얼굴을 바라보았다"라는 묘사는 있지만, 방정환은 더 나아가 부사 "방끗"을 첨가하여 웃는 표정을 강조한다. 방정환 판본의 특성이라 할 수 있는 "방끗"은 그가 『사랑의 선물』을 광고하기 위해 쓴 글에서조차 독자에게 궁금증을 유하도록 공란으로 처리하고 생략법으로 처리한다.

그러다가 그냥 그대로 허리를 굽히어 그 꽃같이 붉고 어여쁜 입술에 입을 맞추었습니다. 그러니까 왕녀님이 눈을 번쩍 떴습니다. 백 년 자던 잠이 깨었습니다. 그래서 서늘하고도 정다운 눈을 번쩍 뜨고 젊은 왕자를 보고는 ○ ○ ○ ○ 습니다. 그러니까……**57**

"웃음은 보이는 것만큼 눈물과 다르지 않다"고 한다. 바타유는 "웃음의 대상과 눈물의 대상은 어제나 사물들의 규칙적인 리듬, 일상적인 흐름을 끊어뜨리는 폭력과 관계된다"**58**고 했는데 식민지 현실의 슬픈 상황 속에서도 어린이의 방끗 웃는 얼굴을 보며 밝은 미래를 희망하는 방정환의 모습이 '방끗'이라는 부사에 응축된다. 웃는 모양을 나타내는 부사 '방끗'은 방정환의 성(姓)과 같은 음이라 애정이 담긴 단어이며 어린

---

57 무기명, 「잠자는 여왕」, 『신여성』, 1924년 4월호. in 『정본 방정환 전집』 4권, 2019, 177쪽.
58 위와 같음.

이다운 천진난만한 표정이면서 동시에 '생의 본능'을 가진 에로스적인 몸짓 아닐까? '방끗'은 왕자를 향한 환대의 웃음이자 잠자는 왕녀의 기뻐하는 표현이다. 방정환은 『사랑의 선물』을 광고하기 위해 『신여성』에 「잠자는 왕녀」를 언급하며 특히 입맞춤을 하는 장면에서 '방끗' 웃음을 강조하였다. 게다가 1922년 『사랑의 선물』 출간 즈음 '사랑'을 주제로 하는 「호수의 여왕」(『개벽』 1922년 7~9월호)과 「프시케 색시의 이야기」(『부인』 1922년 7~8월호)를 번역 출간한다. 앞의 작품은 프시케와 '사랑의 신' 에로스의 이야기를 다룬 「큐피드와 프시케」[59] 신화다. 방정환은 「프시케 색시의 이야기」를 신화라기보다 "일종의 훌륭한 동화"라고 정의하며, "천신의 사랑과 순결치 못한 사람의 마음의 자태를 형용하여 놓은 것이라고" 독자에게 전한다.[60]

이렇게 방정환은 민담도 신화도 일종의 '동화'라고 주장하는데 그건 방정환식으로 이야기를 윤색하기 때문이며 어른을 구독자로 하는 『개벽』, 『부인』, 『신여성』에 동화를 쓰고 『사랑의 선물』을 광고하는 걸 보면 방정환은 동화가 '아동을 위한 설화'라고 이야기하면서도 동시에 어린이와 어른 모두가 읽는 이야기로, 즉 이중 독자를 염두에 두고 글을 쓰고 광고하는 것임을 알 수 있다. 게다가 방정환의 삶에서 『신여성』의 동인 신준려와의 이루어질 수 없는 사랑도 이성 간의 '사랑'을 주제로 하는 이야기에 주목하는 시기와 맞물린다.[61]

59 루키우스 아풀레이우스의 『황금 당나귀』에 삽입된 이야기로 우리나라 「구렁덩덩 신선비」와 같은 유형으로 ATU 425 잃어버린 남편 찾기 이야기다. 김환희의 『옛이야기 공부법』에서 「구렁덩덩 신선비」와 유럽의 뱀신랑 설화 비교 참고 (창비, 2019, 101~120쪽)
60 『부인』 1922년 7~8월호, in 『정본 방정환 전집』 1권, 2019, 305쪽.
61 이상금, 2005, 222~232쪽 참고.

(4) 백성과 어린이 존중 사상에 입각한 세밀한 디테일

방정환 판본을 보면, 아이가 없어 "근심"하고 "탄식"하는 나라님 내외분이 있었는데, 어느 날 왕비님이 목욕을 하는데 난데없이 나타난 개구리가 "왕비님은 착하시니까"라며 딸을 낳을 거라고 예언한다. 그래서 잔치를 크게 열었는데 이 부분에서 나카시마 고토본과 방정환본의 차이가 보인다.

나카지마 고토본

임금님은 어떻게나 기쁜지 견딜 수 없어 성대한 잔치를 열었습니다. 그 잔치에는 친척과 친구와 지인뿐만 아니라 이 아이의 앞날을 위하여 무녀들을 초대하였습니다.

방정환본

오래 바라던 소원을 이룬 것이 기뻐셔서 잔채를 크게 차리시고, **온 백성에게 모두 음식을 내리시고,** 대궐 잔치에는 모든 신하와 또는 나라님 친하신 이를 청하시고, 또 그 외에 갓난 왕녀의 수명을 빌기 위하여 전국에 있는 요술 할멈을 모두 불렀습니다.

잔칫날 장면에서 백성을 언급하는 부분은 방정환본에만 볼 수 있는 새로운 면이다. 그림형제본에도 나카지마 고토의 번역본에도 없는 부분이다. 물론 성대하게 세례식이 열린 페로본에서도 민중에게 음식을 내렸다는 이야기는 어디에도 없고 세례식 후에 궁전에서 요정들을 위한 잔치가 열린다.

이렇게 잔치날 장면에서 백성과 함께 기뻐하는 부분을 첨가하는 것과 달리 왕녀가 잠에서 깨어 함께 잠든 인물들이 깨어나는 장면에서 방정환이 번역을 하지 않고 삭제한 부분이 있다.

나카지마 고토본

그 때 왕도 왕비도 온 궁의 사람들도 남김없이 잠을 깨어 깜짝 놀란 커다란 눈으로 말똥말똥 서로의 얼굴을 쳐다보고 있었습니다. 말은 뜰에 서서 부들부들 몸을 털었습니다. 사냥개는 튕겨올라 꼬리를 흔들었습니다. 지붕 위의 비둘기는 날개 아래에서 머리를 내밀어, 둘러보더니, 밭 쪽으로 날아갔습니다. 파리는 벽 위를 기어다녔습니다. 부엌의 불은 춤추며 활활 타올라 고기를 요리했습니다. 꼬치에 낀 고기는 구어지기 시작했습니다. **요리사는 주방 보조가 울음을 터뜨릴 정도로 옆얼굴을 내리쳤습니다. 그리고 하녀는 다시 닭털을 잡아 뜯기 시작했습니다.**

방정환본

그러니까 나라님도 깨시고, 왕비님도 깨시고, 모든 사람, 모든 짐승의 잠이 깨었습니다. 요리 만들던 하인은 바쁜 듯이 요리를 만들고, 뜰 쓸다 자던 사람은 뜰을 쓸고, 비둘기는 후드득 날아 마당에 내려앉고, 말은 잠이 깨어 고개를 끄덕끄덕하였습니다. (110쪽)

왕녀와 더불어 모두가 잠을 깨는 이 장면은, 잠에 빠지는 장면과 더불어 그림형제 판본에서 유머스럽게 묘사된 가장 재밌는 장면이다. 그림형제의 유머에 충실하게 나카지마 고토 번역본과 방정환본에도 유머스럽게 묘사된 장면을 볼 수 있는데 방정환은 요리사가 주방 보조를 때리는 디테일한 장면을 삭제했다. 그리고 하녀가 닭털을 뽑는 장면도 언급하지 않았다. 방정환은 학대를 떠올릴 수 있는 구체적이고 생생한 이미지를 제거했다고 볼 수 있는데 이런 점에서 학대받는 어린 영들을 위한 책을 짠다는 『사랑의 선물』 서문과 연결되는 지점이며 백성과 어린이를 존중하는 방정환의 사상을 엿볼 수 있다.

(5) 해방의 상징 '봄'

동화가 태곳적에 인류에게 가르쳐주었고 또 오늘날에도 아이들에게 가르쳐 주고 있는 가장 현명한 조언이 있다면 그것은 신화적 세계의 폭력을 꾀(List)와 무모함(Ubermut)으로 대처하는 것이다. (이처럼 동화는 용기를 양극화하는데, 다시 말해 소극적 용기 Untermut(즉, 꾀)와 적극적 용기, 즉 무모함으로 변증법적으로 나눈다.) 동화가 지니는, 사물을 해방시키는 마법은 자연을 신화적 방법으로 활용하고 있는 것이 아니라 자연이 해방된 인간과 공모관계(연대관계)에 있음을 시사한다. 성숙한 인간은 이러한 공모관계를 가끔씩만, 즉 그가 행복할 때에만 느낀다. 그러나 어린아이들은 이러한 공모관계를 동화 속에서 처음 만나게 되고, 이를 통해 또 행복감을 느낀다.[62]

벤야민의 말처럼 민담에서는 자연이 인간에게 조력하는 신비가 일어난다. 그 예로 가시 덩굴은 왕자가 오기를 기다렸다는 듯이 길을 터주고 저절로 문이 열린다.

방정환본
그렇게 가시가 많고 험하던 덩굴이 어여쁜 왕자님의 손이 닿으니까 금세 향기롭고 아름다운 꽃 덩굴이 되었습니다. 그리고 왕자님더러 어서 들어오시라는 것같이 그 앞에 들어가는 문이 방긋이 열렸습니다."(109쪽)

---

62 발터 벤야민, 최성만 옮김, 「이야기꾼」 『서사 기억 비평의 자리』, 길, 2012, 448~449쪽.

마법의 시간이자 곧 '기회의 시간'인 카이로스 시간이다. 방정환본은 다른 판본과 다르게 '봄'이라는 메타포로 끝을 맺는다.

그때 마침 봄이 와서 모든 꽃이 와짝 피었습니다. 그리고 나라님이 돌아가시고 왕자와 왕녀가 뒤를 이어 다스릴 때에는 그가 돌아갈 때까지 늘 따듯한 봄 같았다 합니다. (110쪽)

봄은 해방을 꿈꾸는 1920년대 우리 문학의 메타포이다. 이상화 시인이 '빼앗긴 들에도 봄은 오는가?'라는 질문을 했다면 방정환은 「잠자는 왕녀」를 통해 지금은 잠이든 시기지만 언젠가 봄이 올 것이라고 확신하고 있다. 왕자, 즉 구원자가 와서 온 세상을 깨우는 것은 정해진 운명의 시간이다. 겨울잠을 깨고 일어나는 '봄'은 해방을 상징한다. "학대받고, 짓밟히고, 차고, 어두운 속에서 우리처럼, 또, 자라는, 불쌍한 어린 영들"에게 봄을 맞이할 수 있는 현재는 "모든 것이 모두 잘 뿐이고 몹시 고요"한 시간이다. 글을 쓰며 방정환이 기다리는 봄, 만물이 소생하는 시간이며 해방이다.

'잠에서 깨어남'이라는 모티프는 꿈과 깨어남을 말한 벤야민의 변증법적 이미지와 상응한다. 그러므로 그림형제와 방정환이 고른 민담은 잠에 빠진 민중들을 깨우기 위해 민족 의식을 고취 시키기 위한 매개체로 '옛이야기'를 꺼내 든다. 잠은 곧 '정지 상태의 변증법이자 집단 무의식의 이미지 상상력이다.[63] 방정환은 「잠자는 왕녀」에서 어여쁘고 쾌활한 왕자이자 동시에 어여쁜 왕녀이다. 다시 말해, 왕녀는 방정환의 무의식적인 여성성인 아니마(anima)로 가정해볼 수도 있을 것이다. 방정환은 1920년대 일제 강점기에 살면서 과거와 미래를 동시에 바라보았다. 동

---

63 강수미, 『아이스테시스. 발터벤야민과 사유하는 미학』, 글항아리, 2011, 88쪽.

시에 세계를 향해 있었다.

이야기꾼은 조언을 아는데, 이때 그는 몇몇 경우에 들어맞는 속담과 같은 존재가 아니라 많은 사람들을 위한 현자이다. 왜냐하면 그는 하나의 생애 전체를 거슬러 올라가 이야기할 수 있기 때문이다. (더욱이 이때의 생애라는 것은 자신의 경험뿐만 아니라 이에 못지않게 타인의 경험도 포함한다.) 그의 재능은 자신의 삶, 자신의 품위, 즉 자신의 전 생애를 이야기할 수 있는 능력이다. 이야기꾼은 자기 삶의 심지를 조용히 타오르는 이야기의 불꽃으로 완전히 태울 수 있는 사람이다.[64]

방정환에게 알기 쉬운 '옛날이야기'는 동화에 속한다. 그림형제가 오십 년 동안 민담을 수집한 것을 경외하며 방정환도 조선의 옛이야기를 모으기 위해 '고래 동화' 공모를 기획한다. 방정환은 옛이야기가 '소설체'로 둔갑하여 '고대소설'이 된 세태를 비판했다. 그것은 동화의 특성이 문어체가 아닌 구어체임을 주장하는 것이다. "세계 동화 문학계의 중보라고 하는 독일의 『그림 동화집』은 그림형제가 50여 넌이나 장 세월을 두고 지방 지방을 다니며 고생고생으로 모은 것이라 한다."[65] 잠자는 공주를 찾아가는 과정은 잠자는 이야기, 알려지지 않은 이야기를 찾고 모으는 방정환의 절실한 마음일 수도 있다.

정부니 문부성이니 하고 믿을 곳도 가지지 못한 우리는 남의 50년 사업에 100년을 비한대도 우리는 우리의 힘으로 이 일에 착수하지 아니하면 아니 될 것이다. (……) 얼마 있지 않아서 그들의 원고는 내게로 올 것이다. 그리고 그

---

64 발터 벤야민, 최성만 옮김, 「이야기꾼」, 『서사 기억 비평의 자리』, 길, 2012, 459~460쪽.

65 방정환, 「새로 개척되는 '동화'에 관하여—특히 소년 이외의 일반 큰 이에게」, 『개벽』(1923.1 월호), in 『정본 방정환 전집』 2권, 2019, 692쪽.

속에서 많은 보옥 같은 동화를 얻을 수 있을 것을 나는 기쁜 마음으로 고대하고 있다.[66]

이렇게 글로 된 옛이야기를 모으는 것은 '보옥 같은 동화'의 밑바탕이 되는 것이다. 어린이를 위해, 이야기를 위해, 식민지 치하에 있었던 방정환은 오십 년 사업에 백 년의 에너지를 넣어 이야기를 번안하고 창작하며 짧은 삶을 마감한다.

어린이들은 아무리 엄격한 현실이라도 그것을 이야기로 본다. 그래서 평범한 일도 어린이의 세상에서는 그것이 예술화하여 찬란한 미와 흥미를 더하여 가지고 어린이 머릿속에 다시 전개된다. 그래 항상 이 세상 모든 것을 아름답게 본다.[67]

변증법적 이미지는 집단 무의식 속의 희망과 꿈의 이미지다. '잠'에 빠진 사회는 현재 모든 것이 정지되고, 황량한 겨울처럼 폐허의 모습을 보일지라도 곧 '봄'이 오는 인생의 순환 구조 속에서 결국 '깨어날 왕녀'를 기다리면서 글을 쓰고, 잠든 독자를, 이야기를 깨우려 하는 건 아닐까? "잠자고 있는 사람은 단지 눈이 떠질 때까지만 죽음에 몸을 맡긴 채 교묘하게 꿈의 손아귀에서 빠져나올 순간만을 기다리고 있는 것이다"[68] 라고 말한 벤야민의 말처럼 '기회의 시간'과 '새로운 봄'을 맞이하기 위해 필연적으로 '잠'을 자며 적당한 '때'를 기다리는 것, 또는 포착하는 것도 하나의 방법이다.

---

66 위의 책, 693쪽.
67 「어린이 찬미」, 『신여성』, 1924년 6월호, in 『정본 방정환 전집』 4권, 2019, 194쪽.
68 발터 벤야민, 조형준 옮김, 『아케이드 프로젝트』, 새물결, 2005, 909쪽.

4. 결론

페로본과 그림형제본과 더불어 방정환의 「산드룡의 유리 구두」와 「잠자는 왕녀」를 비교 분석한 결과, 방정환은 번안본에서 '몽타주 예술(l'art de montage)', 즉 페로본과 그림형제본을 적절하게 합성한다. 페로본과 그림형제본에서 동화에 더욱 알맞은 부분을 가위질을 하고 붙이는, 자세히 보지 않으면 잘 보이지 않는 꼴라주(collage) 방법을 쓴다.

「산드룡의 유리 구두」에서 방정환이 콩쥐의 이미지와 유사한 오오이토가 울고 있는 장면을 삽입하고, 전체 이야기 서사를 세 마당으로 나눈 것이며, 옷 모티프를 비단 구두 모티프로 바꾸고, 대모 요정을 '하얗게 옷을 입은 예전 어머니 같은 선녀 같은 이'라고 비유하고 풀어서 설명하는 것은 입말체와 더불어 온전히 이야기를 듣는 독자와 청중이 이해하기 쉽도록 배려하는 태도라 볼 수 있다. 또한 상드리용 언니가 입던 '노란 옷'을 '분홍 옷'으로 대체한 것을 보면 이국적인 면에 방점을 둔 것이 아니라 우리 문화적인 것을 고수하며 「콩쥐팥쥐」 이야기의 '유사성'에 더욱 방점을 둔 것이라 해석할 수 있다.

방정환은 「산드룡의 유리 구두」의 시작과 끝에서 그림형제의 「재투성이」에 나오는 이미지를 불러온다. 언니들이 산드룡의 신발을 신어 보는 장면에서 버선이 찢어지고 발뒤꿈치에서 피가 흐른다는 장면은 그림형제 판본의 잔상이다. 그림형제 판본의 잔인한 장면은 의도적으로 가져오지 않지만 페로본에서 어머니를 잃고 학대와 설움을 당하는 주인공을 '울보'로 강조하는 것은 조국을 잃은 슬픔을 작품에서 드러낸 메타포로 볼 수 있다. 방정환의 산드룡은 페로의 상드리용보다 더 연약한 여성, 아니 '우는 아이' 이미지를 강조하고 있다. 삽화로 인하여 아이의 이미지는 더욱 굳어진다.

방정환은 페로본을 번안하며 플롯을 구성하고 있기에 「재투성이」에서의 제의적인 성격도 「콩쥐 팥쥐」에서의 통과의례적인 면도 찾아볼 수 없다. 그저 조력자의 도움으로 선녀처럼 예쁘게 단장하여 기회를 얻고 대궐에 들어가 "성대한 혼례식"을 하고 언니들과 함께 대궐 안에 산다. 이 점은 페로의 한계를 벗어나지 못한 방정환본의 한계를 여실히 보여 준다. 하지만 학대받고 고통받는 존재도 조력자의 도움으로 신분 상승의 꿈을 이룰 수 있다는, 반봉건적인 사회에 대한 희망으로 볼 수 있다.

두 번째로 다룬 「잠자는 왕녀」는 그림형제본을 원본으로 한 나카지마 고토 번역본을 저본으로 삼고 있지만 '요술 할멈'이 왕녀에게 선물을 주는 장면은 특히 쿠스야마 마사오가 번역한 페로본 「잠자는 숲속의 왕녀」를 부분적으로 합성(Montage)한 것을 밝혔다. 방정환은 우리나라의 비빔밥 음식문화처럼 요소요소 적당한 모티프를 넣고 우리 정서에 맞는 어휘와 대체어, 요구되는 메타포를 잘 혼합할 줄 알았어.[69]
「잠자는 미녀」에 대한 바실레 본, 페로본, 그림형제본을 저본으로 한 나카지마 고토의 번역본과 방정환의 번안본의 차이와 유사성을 비교했을 때 방정환본의 동화적 특성이 두드러진다. 「잠자는 미녀」 이야기는 바실레본과 페로본에서 결혼후일담이 담겨 있어 잔혹한 서사와 신화적 흔적이 많이 남아 있음을 알 수 있었다. 하지만 그림형제 본에서는 결혼 후일담이 완전히 삭제되어 어린이를 위한 민담으로 간결해진다. 그래서 방정환은 그림형제 판본을 저본으로 한 나카지마 고토의 번역본을 기본으로 해서 페로본을 부분적으로 가미했다. 물론 나카지마 고토본의 제목 영향일 수도 있다.
옛이야기를 번안하며 방정환은 '동화'라는 새 옷을 입히려고 애쓴 흔적이 보인다. 「잠자는 왕녀」에서 '왕녀'는 페로본의 천사처럼 아름다운

---

69 윤석중의 증언을 보면 방정환은 "우리나라 어린이의 입맛에 맞고 풍토에 맞도록 반죽을 해서 다시 만들기"를 했다고 한다. (이상금 인용, 2005, 318쪽)

미녀의 이미지와 고결(高潔)한 잠자는 어린이의 이미지가 함께 중첩되는 것을 볼 수 있기 때문이다. 또한 수동적인 여성성과는 대조적으로 "어여쁘고 쾌활한 왕자"는 해방자처럼 능동적인 모습으로 묘사되는데 다른 판본과 다르게 왕녀와 왕자가 입맞춤하는 장면에서 왕녀가 '방끗' 웃는 장면은 어린이다움과 동시에 '생의 본능'이라는 에로스적인 측면으로 해석할 수 있다. 동화적 생명력은 이성 간의 '사랑'을 바탕으로 아이가 태어나야 지속되는 것과 연관 지을 수 있다. 그러므로『사랑의 선물』에서 '사랑'은 이타적인 사랑뿐만 아니라 이성적 사랑을 동시에 이야기한다. 이는 '동화'가 '아동을 위한 설화'라고 하면서도 남녀노소 모두가 읽기에 좋은 이야기라고 하며 '이중 독자'를 염두에 둔다는 걸 알 수 있다.

역사를 바라본 벤야민은 19세기를 "집단의식이 점점 깊은 잠에 빠져드는 시공간(Zeitraum)"이라고 정의했다.[70] 이렇듯 방정환은 20세기 초 식민지 조선이 깊은 잠에 빠졌다고 보았고 잠자는 민족을 깨워야 했다. 학대받는 아이들을 위로해야 했다. '잠'은 정지된 이미지이자 눈을 비비며 곧 깨어날, 무의식에서 의식을 되찾는 운명의 '시간'을 기다리는 변증법적 이미지이다. 삶과 죽음의 중간 형태인 '잠'을 모티프로 한「잠자는 왕녀」는 '봄'이라는 겨울잠에서 깨어나는 '해방'의 메타포로 이야기를 끝맺는다. 이러한 은유는 방정환이 독립을 열망하며 글을 쓰는 현재, 불안하고 위태위태한 역사 속에서 (옛)이야기를 고결(高潔)하게 다시 쓰며, 과거와 미래를 동시에 바라보는 지속적인 몸짓이다. 게다가 검열로 가위질당하는 식민지 환경에서 방정환은 검열을 빠져나가야만 하는 '가위'를 들 수밖에 없는 처지였다. 전통과 정통에 반기를 들고 '가위예술'을 펼쳤던 다다이스트처럼 방정환은 일본어 번역본을 충실하게 번역하는 것이 아니라 페로본과 그림형제본의 좋은 면을 합쳐 이야기를 재구

---

70 발터 벤야민, 조형준 옮김,『아케이드 프로젝트』, 새물결, 2005, 907쪽.

성하였다. 이는 방정환식 판본, 즉 동화적인 이야기로서 의도적으로 몽
타주한 태도로 볼 수 있다. '저항의 정신'으로 조선의 학대받는 독자들
에게 문학을 통해 '헤테로토피아'[71], 즉 현실에서의 유토피아를 만들려
고 했을 것이다.

『사랑의 선물』이후, 『신여성』을 발행하게 되는 방정환은 어떠한 여
성의 이미지를 이야기할까? 삼 년 후, 방정환은 「요령 있는 여자가 됩시
다」[72]라는 글에서 여성도 교육을 받아야 하며 자유롭게 연애하고 결혼
하고 성적 노예가 되지 말고 경제적으로 독립하고 참정권을 요구하고
남자에게도 정조를 요구하는 인격과 인권을 가져야 한다고 주장한다.

---

71 미셸 푸코, 『헤테로토피아』참고. 미셸 푸코가 France Culture 라디오 채널에서 '유토피아와 문
학'이라는 특강시리즈에서 『헤테로토피아(Les hétérotopies)』라는 제목으로 강연을 했다. 천일
야화의 이야기꾼이 묘사하던 정원을 이야기하며 '태곳적부터 정원은 유토피아의 장소'였다고
한다. 그러면서 극장, 시장, 공터가 '한시적인 헤테로토피아'라고 설명한다. 따라서 필자는 문
학과 독서를 하는 선택적 몸짓과 시간이 '헤테로토피아' 공간을 만드는 시간이라고 생각한다.
72 『신여성』, 1925. 5.3: 이지원 인용 참고, 「어린이 이미지의 문화사: 잡지 『신여성』에 나타난 어
린이 이미지」, 『현대문학의 연구』, 124쪽.

방정환의 「요술 왕 아아」에 나타난
개작 양상과 그 의미
─이와야 사자나미의 『마왕 아아』와 라우라 곤첸바흐의 「아아 이야기」와의 비교

김환희

1. 머리말: 두 소파가 쓴 동화에 관한 내재적 비교연구의 필요성

「요술 왕 아아」가 실린 『사랑의 선물』은 1920년대 독서계에 선풍을 일으킨 책이다. 이 책은 1922년 7월 7일 초판 발행을 시작으로 "10쇄 이상 인쇄되어 식민지 시기 2만 부 이상 팔렸던 베스트셀러"이다.[1] 이 선집에 네 번째 이야기로 수록된 「요술 왕 아아」를 방정환은 시칠리아 옛이야기로 소개한다. 방정환 연구자들은 「요술 왕 아아」의 저본을 이와야 사자나미(巖谷小波)의 『마왕 아아』(魔王ア、)로 추정한다.[2] 『마왕 아아』는 1907년에 박문관에서 화려한 색채의 표지와 삽화로 치장한, '세계 옛이야기'(世界お伽噺) 시리즈 제97권으로 출간되었다. 이와야 사자나미

---

1 최윤정, 「방정환의 『사랑의 선물』 광고 전략에 나타난 근대 동화 기획 연구─『어린이』 수록 광고를 중심으로」, 『한국아동문학연구』 25호, 한국아동문학회, 2013, 249쪽; 염희경, 『소파 방정환과 근대 아동문학』, 경진출판, 2014, 169~170쪽.
2 大江小波 編, 『魔王ア、』(『世界お伽噺』第九十七編), 博文館, 1907.

와야 사자나미의 『마왕 아아』 표지

는 『마왕 아아』의 머리글에서 "라우라 곤첸밧흐 여사가 수집한 시칠리아 옛이야기집에 수록된 「아아」"를 원문으로 삼았다고 밝혔다.

방정환과 이와야 사자나미의 영향관계에 대해서 수많은 학자가 관심을 기울이고 자신의 견해를 밝혔음에도, 아직까지 「요술 왕 아아」와 『마왕 아아』를 비교분석하는 데 학자들이 충분한 관심을 기울이지 않았다. 두 작가의 영향관계에 대해서 이재철, 오오타케 키요미, 이재우, 김성연 등 여러 학자들이 관심을 기울여 왔지만, 영향관계를 '小波'라는 호와 당대의 사회적인 상황을 통해서 밝히려 했을 뿐, 두 작가가 쓴 「요술 왕 아아」와 『마왕 아아』에 대해서는 구체적인 분석을 하지 않았다. 기존의 연구자들 가운데서 방정환과 사자나미의 영향 관계를 작품 분석을 통해서 밝히려 한 유일한 학자는 염희경이다. 「민족주의의 내면화와 '전래동화'의 모델 찾기―방정환의 『사랑의 선물』에 대하여 (2)」라는 논문에서 염희경은 「요술 왕 아아」를 『마왕 아아』와 비교함으로써 두 작가의 세계관이 어떻게 다른지를 기술하였다.[3] 염희경의 논문

---

3 염희경이 사자나미본과 방정환본의 차이점으로 (1) 『마왕 아아』를 이태리 설화의 범주에 넣은 사자나미와는 달리 방정환이 「요술 왕 아아」의 저본을 시칠리아 설화로 지칭한 사실에서 방정환의 민족주의 사상을 엿볼 수 있는 것 (2) 할아버지에게 다른 성격을 부여한 것 (3) 언니를 죽이는 것과 같은 잔인한 부분을 삭제·축소한 것 따위를 언급한 논문을 제외한다면, 「요술 왕 아아」에 대한 연구물을 찾아보기 어렵다. 염희경, 「민족주의의 내면화와 '전래동화'의 모델 찾기―방정환의 『사랑의 선물』에 대하여 (2)」, 『한국학연구』 16, 인하대학교한국학연구소, 2007, 157~161쪽 참조.

은 두 동화의 서사 전체를 비교하는 데 지면을 모두 할애한 논문은 아니지만, 두 작가의 영향 유무를 "小波"라는 호가 아니라 작품 비교를 통해서 밝히려 한 최초의 시도라는 점에서 그 의미가 자못 크다.

두 작가의 영향 관계를 논한 많은 연구자는 작품의 내재적인 요소가 아니라 외재적인 요소를 비교해서 논지를 펼쳤다. 이재철은 "방정환의 유학은 1920~1923년에 걸쳐 이루어지는데, 이때 방정환은 일본의 巖谷小波의 아동 문학에 상당한 영향을 받은 것으로 파악된다"라고 말하면서, "방정환의 巖谷小波로부터 받은 영향은 그가 자신의 號를 巖谷小波를 본떠 만든 사실 하나만으로도 충분히 입증될 만큼 지대했던 것으로 생각된다."라고 주장한다.[4] 또한 사자나미와 방정환의 관계를 주제로 삼아 박사학위 논문을 쓴 이재우는 "소파 방정환이 일본의 사자나미의 영향을 받았다는 주장에 이의를 제기하는 연구자는 없다. 특히 사자나미의 이름(사자나미, 小波)과 방정환의 호(소파, 小波)가 동일하다는 것에서 공통된 의견을 갖고 있다."라고 말한다.[5] 하지만, 이는 사실과 다르다. 원종찬, 이상금, 염희경은 방정환이 '소파'라는 호를 사자나미의 영향을 받아서 지었다고 생각하지 않는다.[6]

또한, 방정환의 부인 손용화의 회고에 따르면, 방정환은 세상을 떠나기 며칠 전에 자기 손을 잡으면서 호를 만든 이유를 다음과 같이 밝혔다고 한다. "부인, 내 호가 왜 소파(小波)인지 아시오? 나는 여태 어린이들 가슴에 '잔물결'을 일으키는 일을 했소. 이 물결은 날이 갈수록 커질 것이오. 뒷날에 큰 물결, 대파(大波)가 되어 출렁일 터이니, 부인이 오래

---

4 이재우, 『이와야 사자나미(巖谷小波) 연구─방정환과의 관계를 중심으로』, 충남대학교 대학원 박사학위 논문, 2009, 157~158쪽에서 간접 인용.
5 위의 글, 159쪽.
6 염희경, 「방정환 연구의 새로운 출발점: 이상금 사랑의 선물 한림 2005」, 『창비어린이』 3집 4호, 창비 2005, 255~256쪽; 원종찬, 「'방정환'과 방정환」『문학과 교육』 2001년 여름호. 본고에서는 〈어린이도서연구회〉 사이트에 올려진 논문을 참조하였음.
http://www.childbook.org/spc/bjh/bang2-6.htm

오래 살아 그 물결을 꼭 지켜봐 주시오."[7] 만약 손용화의 기억이 정확하다면, 방정환이 호를 정할 때 사자나미를 염두에 두었다고 보기 어렵다. 방정환이 살아생전에 사자나미의 영향을 받았다고 말하지 않은 이상, 단지 호가 같다는 사실만으로 두 작가의 영향 관계가 입증되었다고 말할 수 없다. "小波"라는 호에 담긴 진실보다는 훨씬 더 많은 것을 알려줄 수 있는 것은 두 작가가 남긴 작품들이다. 연구자들은 진실을 입증하기 어려운 "小波"라는 호의 내력이 아니라 그들의 작품을 꼼꼼하게 분석해서 영향 유무를 가늠해야 한다.

사자나미는 『마왕 아아』의 서문에서 저본이 된 시칠리아 설화의 제목과 원작자에 대한 정보를 제공했지만, 국내 연구자들은 오랫동안 원작이 수록된 책의 서지사항을 밝히지 못했다.[8] 본 연구자가 자료를 조사해 보았더니, 사자나미가 『마왕 아아』의 저본으로 밝힌 '곤첸밧흐 여사'의 「아아」는 독일계 스위스인 라우라 곤첸바흐(Laura Gonzenbach)가 독일어로 기록한 시칠리아 옛이야기였다. 시칠리아 메시나에서 태어나고 자란 곤첸바흐는 시칠리아 여성들이 구연한 설화를 독일어로 다시 쓰기한 『시칠리아 옛이야기』(Sicilianische Marchen)를 1870년에 출간하였다. 이 책에는 학술 가치를 높이기 위해서 역사학자의 서문과 민속학자의 주해가 첨부되었다.[9] 사자나미가 원작으로 언급한 「아아」는 이 책에 23번째

---

7 김수남, 「우리 모두의 스승」, 『소파 방정환 문집 [상]』, 한국방정환재단, 2000, 219~220쪽.

8 필자가 본고를 집필할 때는 국내에서나 일본에서나 『마왕 아아』의 저본에 관한 서지사항을 밝힌 논문을 단 한 편도 발견할 수 없었다. 『사랑의 선물』에 수록된 동화들의 저본이 된 일본어 번역본과 그 원작을 조사한 이정현 교수의 박사학위 논문의 요지도 참조하였는데, 원작의 제목(アヽ)과 작가 이름(ラウラ コンツェンバッハ)은 사자나미가 표기한 그대로 적혀 있었고, 출처는 '미상'(未詳)으로 처리되었다. ⟨https://ir.library.osaka-u.ac.jp/repo/ouka/all/49480⟩. 2019년 8월 22일에 개최된 ⟨정본 방정환 전집 발간 기념 학술회의: 방정환과 색동회의 시대⟩에서 본 논문을 발표할 때, 토론자였던 일문학자 박종진 교수가 이정현 교수가 2010년에 『마왕 아아』의 저본을 밝힌 논문을 일본의 한 학술지에 게재하였다는 사실을 알려주었다. 뒤늦게 이정현 교수의 비교 연구를 상세하게 소개하기에는 본고의 전체적인 흐름이 산만해질 수 있어서 각주에 그 사실을 밝힌 바이다. 李姃炫, 「巌谷小波の‚お伽噺‘から方定煥の‚近代童話‘へ―方定煥の翻訳童話『妖術王アア』の比較研究」, 『梅花児童文学』, 第18号, 2010. 59~75.

로 수록된 「아아 이야기」(Die Ges-
chichte vom Ohime [Ach!])이다. 이와야
사자나미는 8세부터 독일어를 공
부하고 1900년에는 독일에서 2년
동안 머물렀을 정도로 독일어에 능
통한 작가이다.[10] 서양의 옛이야기
를 다양하게 수집한 사자나미가 독
일에 있는 동안 곤첸바흐의 옛이야
기책을 접했을 것으로 짐작된다.
곤첸바흐의 옛이야기책은 1999년
이 되어서야 이탈리아어로 출간되
었고, 2004년에 비로소 영어로 번
역되었다. 서고에 오랫동안 묻혀
있다가 130년이 지나서야 비로소

「시칠리아 옛이야기」 1870년 표지

영어권에 소개될 정도로 세계 설화학자들의 조명을 제대로 받지 못했
던 책이다. 독일어를 알지 못했던 방정환이 곤첸바흐의 「아아 이야기」
를 직접 수용했을 가능성은 아주 희박하다.[11]

　이 글에서는 「요술 왕 아아」를 이와야 사자나미의 『마왕 아아』,[12] 그
리고 그 동화의 원전인 라우라 곤첸바흐의 「아아 이야기」와 비교해서,[13]

---

9 Laura Gonzenbach, *Sicilianische Märchen*. Aus dem Volksmund gesammelt, mit Anmerkungen
　Reinhold Kohler's und einer Einleitung hrsg. von Otto Hartwig, 2 Teile, Leipzig, 139~147:
　Engelmann 1870.
10 이재우, 앞의 글, 197~201쪽.
11 라우라 곤첸바흐의 옛이야기 선집에 실린 「아아 이야기」는 잭 자이프스가 영어로 번역하였고,
　독일 연구자들이 무료 전자책으로 올려놓아서 텍스트를 구하기 어렵지 않았다. 이와야 사자나
　미의 『마왕 아아』는 일본 국립국회도서관 디지털 콜렉션 사이트(http://dl.ndl.go.jp/)에 1907
　년 박문관 판본이 올려져 있어서 텍스트를 내려받을 수 있다. Beautiful Angiola. *The lost
　Sicilian folk and fairy tales of Laura Gonzenbach*, translated and with an introduction by Jack
　Zipes, London : Routledge, 2006.

C. Certo
aus S. Pietro di Monforte bei Messina.

곤첸바흐의 시칠리아 민담 제보자 1

Francesca Cialosa
vom Borgo bei Catania.

곤첸바흐의 시칠리아 민담 제보자 2

방정환이 중개자인 사자나미, 그리고 원작자인 라우라 곤첸바흐와 어떻게 다른 방식으로 이야기를 개작했는지를 살펴보고, 그 개작이 지닌 의미를 짚어 보고자 한다.

---

12 방정환재단 엮음, 「요술 왕 아아」, 『정본 방정환 전집1』, 창비 2019, 63~78쪽; 大江小波 編, 『魔王ア、』(世界お伽噺) 第九十七編), 博文館, 1907. 『마왕 아아』를 필자가 번역한 후 김영순의 감수를 받아서 발표문 뒤에 부록으로 첨부하였다.

13 본 연구자가 참조한 곤첸바흐의 「아아 이야기」는 책 자이퍼스가 영역한 판본이지만, 중요한 모티프는 독일어본과 대조해보았다. 독일어본은 〈Zeno.org〉 전자도서관 사이트에 올려진 전자책 「Laura Gonzenbach: Sicilianische Marchen」을 참조하였다.

2. 세 판본의 주요 서사내용 비교 분석

곤첸바흐의 「아아 이야기」, 이와야 사자나미의 『마왕 아아』, 방정환의 「요술 왕 아아」의 줄거리를 주요 모티프 중심으로 정리해보면 다음과 같다.[14]

〔표 1〕「아아 이야기」, 『마왕 아아』, 「요술 왕 아아」의 주요 모티프 분석

		곤첸바흐	사자나미	방정환
1	할아버지가 마왕에게 손녀를 바친 이유	마왕의 아내에게 하녀로 주면 손녀에게도 좋을 것 같아서.	손녀가 성가시고 가난한 삶이 한탄스러워서 돈을 받기 위해서.	손녀를 위하고, 집안도 위하는 길이라고 생각해서.
2	마왕이 사는 곳	금은보화로 꾸며진 방이 많은, 거대한 돌벽 저택	지금까지 본 적이 없는 훌륭한 저택	산속 솔숲에 있는 훌륭한 대궐
3	마르쟈의 성격	가장 예쁘고 가장 영리함	순진함	얼굴도 예쁘고 몹시 영악하고 대담함
4	마왕이 먹으라고 한 신체 부위	다리, 발, 팔	정강이, 발목, 팔	넓적다리, 팔뚝
5	언니들이 시체 신체를 버린 곳	창문 밖과 지붕 위	마루와 지붕 밑	마루와 지붕 위
6	마르쟈에게 해결책을 알려준 조력자	마르쟈 어머니의 영혼	공중에서 들리는 목소리	공중에서 들리는 노래 소리
7	아아가 마르쟈에게 맡긴 물건	생명의 약물이 들어있는 병과 연고	생명의 약물이 들어 있는 작은 병과 비밀 열쇠	생명의 약물이 들어 있는 작은 병 하나와 열쇠 꾸러미
8	마왕 퇴치 계획을 세운 인물	마르쟈	왕자	왕자
9	죽은 여자들의 소생	두 언니와 모든 죽은 여성	×	죽은 지 21일이 지나지 않은 두 언니
10	괴물이 무서워하는 것	약초 가지	새싹이 달린 버드나무 가지	버드나무 잎 가지

---

14 텍스트 비교 분석의 대상으로 삼은 판본은 『정본 방정환 전집1』에 실린 「요술 왕 아아」, 『魔王ア、』(世界お伽噺』第九十七編), Zack Zipes가 번역한 Beautiful Angiola에 수록된 "The Story About Ohmy"이다. 인용문에 적힌 숫자는 각 판본의 페이지를 지칭한다.

11	괴물을 죽인 후 마르쟈가 간 장소	왕자의 성에 가서 결혼	왕자의 성에 가서 결혼	할아버지 집으로 가서 가족과 함께 생활
12	괴물이 성에 잠입한 수단	성니콜라스 형상의 은 조각상	기계 장치가 달린 인형	×
13	괴물을 끌어들인 원인 제공자	왕비가 된 마르쟈가 음악이 나오는 은 조각상을 곁에 두고 싶어 함	왕자와 왕자비가 인형이 마음에 들어 곁에 둠	×
14	괴물의 재등장 목격	마약에 잠들지 않은 마르쟈가 목격	마약에 잠들지 않은 마르쟈가 목격	요술 왕이 화젓가락 들고 자신을 죽이려 하는 악몽에서 깨어나서 목격
15	괴물의 종말	왕궁의 하인들이 거대한 끓는 기름 솥에 던짐	왕궁의 하인들이 거대한 가마솥의 끓는 물 속에 던짐	마르쟈가 버드나무 가지로 요술 왕을 쓰러뜨리고, 아침에 성에 가서 알림. 왕자가 보낸 대궐의 병정이 기름 솥에 넣어 죽임

[표 1]에서도 알 수 있듯이, 세 판본 가운데 서사의 뼈대가 가장 다른 것은 「요술 왕 아아」이다. 「요술 왕 아아」의 후반부(11번~15번)는 곤첸바흐본이나 사자나미본과는 매우 다르다. 방정환이 『마왕 아아』의 대단원을 대폭 개작하여서, 과연 「요술 왕 아아」를 번역동화로 간주해도 될는지 망설여질 정도이다. 세 편의 '아아' 이야기가 보여주는, 할아버지, 아아, 마르쟈라는 인물의 성격, 두 언니의 운명, 대단원, 그 안에 담긴 세계관이 같지 않다.

3. 세 판본 속의 할아버지와 아아가 지닌 성품의 차이

세 판본을 비교해보면, 곤첸바흐본과 방정환본이 보여주는 할아버지의 성격은 비슷한 편이다. 곤첸바흐의 「아아 이야기」에서 할아버지는 물욕과 인간미를 적당하게 지닌 평범한 할아버지이다. 곤첸바흐 본에서 할아버지가 손녀들을 아아에게 내준 것은 자신이 받을 돈 때문만은 아니다. 아아의 거짓말에 속아서 손녀들이 아아 부인의 하녀로 고용되는 것이 좋은 일이라고 생각했기 때문이다. 「요술 왕 아아」에서 방정환은 할아버지를 인간적인 할아버지로 묘사하는 데 많은 공을 들인다. 할아버지는 요술 왕에게 "집안이 가난하여서 이렇게 늙도록 나무 찍기를 면치 못하고, 손주딸 셋이 있는데 옷 하나 변변히 못 입히고, 음식 한 가지 변변히 못 먹이고 사는 게 제일 유감입니다."(64~65)라고 말한다. 또한 할아버지가 요술 왕의 제안을 수락한 것도 "가난한 집에 밤낮 데리고 있어서 고생만 시키느니보다도 저런 훌륭한 이에게로 보내었으면 저도 좋고 집안도 잘살겠고 하니까."라는 생각 때문이었다.

『마왕 아아』에서 할아버지의 성품은 곤첸바흐본이나 방정환본과는 매우 다르다. 사나자미본에서 할아버지는 "집에는 성가신 계집아이(厄介娘)가 셋이나 있으니, 평생 편할 리 없고."(4)라고 투덜거리면서 한숨을 쉴 정도로 손녀에 대한 사랑이 없다. 할아버지는 탐욕과 이기심으로 가득 찬 인물이어서 마왕이 갑자기 나타나서 손녀를 한 명 하녀로 주면 자신에게 급료를 대신 주겠다고 말하자 망설임 없이 손녀를 내준다. 할아버지는 "방금 뭐라 말씀하셨나요? 당신의 집에 제 손녀를 보내 드리면, 돈을 많이 주시겠다는 말씀인가요?"(10)라고 되묻기까지 하면서 손녀를 즉시 마왕에게 데려간다.

아아라는 인물을 묘사하는 방식을 살펴보아도, 곤첸바흐와 방정환의 인물묘사는 비슷한 편이고, 사자나미는 매우 다르다. 곤첸바흐본과 방정환본의 아아는 능청스럽게 거짓말을 해서 할아버지를 속인다. 곤첸바흐본에서 아아는 한숨을 내쉰 할아버지 앞에서 나타나서 왜 자신의 이름을 불렀느냐고 말하면서, 다짜고짜 다음과 같이 꼬드긴다. "당신이 불쌍한 가난뱅이 같아 보여서, 내가 돕고 싶군. 맏손녀를 내게 데려오면,

내 아내 시중을 들게 하겠네. 그렇게 하면 당신에게 값비싼 선물을 주지. 이 자리로 손녀를 데려와서 내 이름을 부르면, 내가 다시 나타나겠소."(287). 아아는 자신에게 아내가 있는 것처럼 거짓말을 해서 할아버지를 안심시킨 것이다. 방정환본의 요술 왕도 곤첸바흐본의 아아와 마찬가지로 거짓말에 능숙한 인물이다. 요술 왕은 거짓말쟁이일 뿐만 아니라 말솜씨가 뛰어난 달변가이기도 하다. 반면에, 사자나미본의 마왕은 거짓말을 길게 늘어놓지 않고 할 말만 짧게 하는 과묵한 인물이다. 작품 전체를 통해서 마왕이 한 유일한 거짓말은 두 번째 손녀의 소식을 묻는 할아버지에게 "오, 아주 잘 지내고 있네만, 혼자여서 쓸쓸해 보이니 여동생을 보내는 것이 어때?"(17)라고 말한 것뿐이다.

아래의 인용문에서도 알 수 있듯이, 똑같은 내용을 말하는 마왕과 요술 왕의 말솜씨는 서로 다르다.

(마왕) "그렇다. 나는 이 산에 사는 마왕 아아라고 한다. 방금 네가 내 이름을 불렀으니, 무슨 걱정거리가 있겠지. 망설이지 말고 말해 보아라." (8)

(요술 왕) "그래요, 나는 이 산속에 있는 요술 왕인데 내 이름이 '아아'라네. 지금 자네가 내 이름을 불렀을 제는 무슨 소원이 있는 모양이니, 소원이 있거든 소원대로 이야기를 하여 보게……. 나는 요술 왕이니까 무슨 소원이든지 들어 줄 수가 있으니……."(64)

(마왕) "그것참 딱한 일이구나. 자 그렇다면 손녀 중 한 명을 내 집에 일하러 보내거라! 그렇게 하면 급료를 네 놈에게 충분히 주겠다." (9~10)

(요술 왕) "그건 딱한 형편이로군……. 그러면 이제부터 내가 구원을 해 줄 것이니 내 말을 듣겠나? 다른 게 아니라 나 있는 대궐에 지금 내 심부름하여 줄

사람이 없어서 구하는 중이니 자네 손주딸 하나를 내게로 보내주게. 그러면 그 대신 돈을 많이 주어서 잘살도록 해 줄 것이니!"(65)

마왕은 상냥하지만, 권위적인 태도를 지니고 필요한 말만 짧게 말한다. 반면에, 요술 왕은 경계심을 누그러뜨릴 수 있는 부드러운 말솜씨로 상대방을 현혹해서 자신의 목적을 이룬다. 세 판본에 나타난 할아버지와 아아를 묘사하는 방식의 차이점을 가장 잘 알 수 있는 대목은 할아버지가 막내 손녀인 마르쟈마저 아아에게 보내는 장면이다.

(곤첸바흐본)

며칠이 지난 후에 나무꾼은 숲속으로 가서 손녀들의 소식을 물었습니다. "오, 당신 손녀들은 잘 지내고 있소." 하고 아아가 대답했습니다. "내 아내가 당신 손녀들이 딸이라도 되는 것처럼 아낀다오. 이제 아내가 셋째 손녀도 데려오길 원하네." 불쌍한 나무꾼은 자신의 세 손녀가 모두 다 잘 돌보아질 거로 생각하니 기쁨으로 터질 것만 같았습니다. 그래서 집으로 달려가서 막내 손녀에게 말했습니다. "마르쟈, 빨리 채비해라. 그 훌륭한 양반이 너마저 고용하고 싶다는구나." 그리고 할아버지는 손녀를 데리고 숲으로 갔습니다. (290)

(사자나미본)

그러한 사실을 꿈에도 알지 못했기 때문에 나무꾼은 남은 막내 손녀도 차라리 마왕의 집으로 보내고 돈을 대신 받고 싶었습니다. 둘째를 보내고 일주일이 지나기를 기다려서 막내 마르쟈를 데리고, 산으로 올라가서 "아아 님, 아아 님!" 하고 마왕을 다시 불렀습니다.

마왕이 그곳에 가보니, 나무꾼이 막내를 데려와서, 이 아이도 고용살이하고 싶어 한다고 말했습니다.

"좋아, 내가 지금 바로 맡기로 하지."

마왕은 다시 돈을 건네주고, 막내를 데리고 자신의 저택으로 왔습니다.
(21~22)

(방정환본)

둘째 색시까지 이렇게 불쌍하게 죽은 줄을 알지 못하고, 혼자 남은 색시와
노인은 픽 보고 싶어 하면서 지내었습니다. 그래서 이레가 되기를 기다려서, 또
그 자리에 가서 요술 왕을 불러서 만났습니다.

"아이들이 어떻게 지냅니까? 잘들 있습니까?"

"잘들 있고 말고……. 살이 포동포동 쪄서 아주 달덩이같이 도담스럽게 더
어여뻐졌다네……. 그런데 집에서 끝에 동생 마르샤가 혼자 어떻게 지내는지
모르겠다고, 날마다 울고 지내더니 오늘은 나를 보고 오늘 가거든 마르샤를 데
려다 달라고 하대……." 하는 소리를 듣고 노인은,

"그들을 다 보내놓고 나 혼자 지낼 수는 없지만 저희가 그렇게 보고 싶어 하
는 것을 어쩝니까. 보내는 수밖에 없지요." 하고, 집으로 돌아와 그 이야기를 들
려주고, 마르샤를 데려다 요술 왕에게 주어 보내고 혼자 앉아서 자꾸 울고 있
었습니다. (69)

위에 인용한 곤첸바흐의 「아아 이야기」를 살펴보면, 할아버지는 아아
의 부인이 손녀들을 딸처럼 아낀다는 말에 속아서 기쁜 마음으로 마르
샤를 보낸다. 『마왕 아아』에서 할아버지는 마왕에게 돈을 받기 위해서
자진해서 손녀를 데리고 산으로 올라간다. 할아버지는 아아를 부른 후
막내 손녀도 고용살이를 원한다고 말한다. 「요술 왕 아아」의 할아버지
는 두 언니가 동생을 무척이나 보고 싶어 한다는 요술 왕의 거짓말에 속
아서 어쩔 수 없이 마르샤를 보내고 혼자 남아서 슬퍼한다.

세 판본에서 아아가 하는 말을 비교해보면, 요술 왕과 마왕의 성품 및
말솜씨가 아주 다르다는 사실을 알 수 있다. 밑줄 친 부분에서도 알 수

있듯이, 사자나미의 마왕은 필요한 말만 아주 짧게 하는 무뚝뚝한 인물이다. 반면에 곤첸바흐의 아아와 방정환의 요술 왕은 할아버지를 속여서 셋째 손녀를 데려가려고 능청스럽게 거짓말을 한다. 특히 요술 왕의 달변이 뛰어나서 독자는 막내 손녀를 아아에게 줄 수밖에 없었던 할아버지의 심정을 이해하게 된다.

「민족주의의 내면화와 '전래동화'의 모델 찾기」라는 논문에서 염희경은 방정환본과 사자나미본에 등장하는 할아버지가 서로 다른 성품을 지녔다는 것을 지적한 바 있다. 하지만 곤첸바흐의 「아아 이야기」를 참조하지 않았던 탓에, 사자나미가 개작한 할아버지의 모습을 시칠리아 설화에서 차용한 것으로 잘못 인식하였다. 염희경은 "시칠리아의 설화에서 할아버지의 탐욕성은 마왕의 식인성과 거의 동일한 것으로 그것은 인간에게 내재되어 있는 그림자적 욕망을 표현한 것이라 할 수 있다."(159)고 지적하였는데, 『마왕 아아』가 보여주는 할아버지의 탐욕과 비정함은 시칠리아 설화와는 관련이 없는 개인의 상상력에서 온 것이다.

4. 세 판본 속의 마르샤가 지닌 성품의 차이

세 판본에 나타난 마르샤의 성격도 같지 않다. 곤첸바흐는 「아아 이야기」의 들머리에서 마르샤를 "세 자매 중에 가장 예쁘고 가장 영리하다"라고 묘사한다. 이 작품 전체를 통해 마르샤의 행동을 살펴보면, 마르샤가 매사에 적극적이고 대담하면서 감정 표현이 자유로운, 다혈질의 여성임을 알 수 있다. 사자나미가 번역한 『마왕 아아』 속의 마르샤는 혈기와 대담성이 넘치는 마르샤가 아니다. 사자나미는 마르샤를 온순하고 복종적인 성품을 지닌 여성으로 바꿔 놓았다. 「요술 왕 아아」에서 방정환은 다시 마르샤를 곤첸바흐본에서처럼 영악하고 대담한 여성으로 설정하였다. 하지만 방정환의 마르쟈는, 곤첸바흐의 마르쟈와는 달리, 다혈질의 여성이 아니라 냉철한 판단력을 지닌 여성이다. 마르쟈가 아아가 건네준 사람의 팔을 먹어야 하는 위기에 처했을 때를 묘사한 대목을 비교해보면 세 여성의 성품이 지닌 차이점을 잘 알 수 있다.

(곤첸바흐본)

"이제 어쩌면 좋지? 참 나는 운도 없지. 죽은 사람의 팔을 어떻게 먹지! 내 어머니의 축복받은 영혼이여! 내가 어떻게 해야 할지 내게 와서 말해주세요."

갑자기 한 목소리가 외쳤다. "마르쟈, 울지 말아라. 내가 너를 도울게. 오븐을 아주 뜨겁게 달궈서 팔이 숯이 될 때까지 그 안에 넣어 두어라. 그리고 그 숯을 가루로 빻은 후 고운 천으로 허리둘레에 감아라. 아아가 아무것도 눈치채지 못해서 너를 해치지 못할 거다."

이 목소리는 어머니의 축복받은 영혼이었다. 정말로, 마르쟈는 목소리가 시키는 대로 했다. (290)

(사자나미본)

그런데 이 마르쟈라는 아이는 지극히 고분고분한 계집아이여서, 그러한 난제가 주어져도 다른 계집아이들처럼, 곧바로 버리지 않았습니다. 그렇다고 해서 그러한 물건을 그냥 먹을 수도 없고 해서 어쩌면 좋을까 하고 혼자서 생각하고 있었습니다. 그런데 하늘에서 목소리가 들렸습니다.

"얘야, 그 팔을 먹으려고 고민하지 않아도 된다. 불에 태워서, 가루로 만들어서, 재로 만들어서, 천에 싸서 배에 감아라! 천에 싸서 배에 감아라!" 하고 가르쳐주는 자가 있었습니다. (23~26)

(방정환본)

날마다 날마다 혼자서 언니를 만나고 싶어서 울고 있던 마르쟈가 요술 왕을 따라와 보니까 언니는 하나도 보이지 아니하고 대궐 속에는 해골과 송장뿐이어서 몹시 놀랬으나, <u>원래 이 마르쟈 색시는 얼굴도 어여쁘거니와 몹시 영악하고 대담하여서, 까딱 아니 하고 모든 것을 정신차려 보고 있었습니다.</u> 요술왕은 이번에도 또 사흘 동안 어데 다녀올 터이니, 그 안에 집을 보고 이것을 먹으라고 이번에는 팔뚝을 하나 주고 나갔습니다.

마르쟈 색시는 이것을 먹을 수도 없고, 그냥 둘 수도 없고, 어찌할까 근심하고 있는데 그때 어데선지 공중에서 노랫소리가 들리면서, (69~70)

곤첸바흐의 마르쟈는 위기에 처하자, 죽은 어머니의 축복받은 영혼을 부르면서 해결책을 알려달라고 외친다. 사자나미본에서나 방정환본에서는 공중에서 들리는 목소리 또는 노랫소리가 저절로 해결책을 알려준다. 하지만 사나자미는 마르쟈를, 원작 속의 인물과는 다르게, 고분고분한 성품을 지닌 주체성 없는 여성으로 묘사하였다. 마르쟈는 마왕을 처음 퇴치할 때는 왕자의 지시를 따랐고, 마왕을 두 번째로 퇴치할 때는 목숨을 잃을 위기에 처해서 궁정 하인들의 도움을 받는다.

곤첸바흐의 마르쟈와 방정환의 마르쟈는 모두 강인하고 영리하지만, 전자는 자기감정과 욕망에 충실한 열정적 여성이고, 후자는 정중동(靜中動)의 자세로 움직이는 침착한 여성이다. 곤첸바흐의 마르쟈가 지닌 성격의 특징은 마르쟈가 죽은 왕자를 발견해서 소생시킨 이후에 한 행동을 살펴보면 잘 알 수 있다. 곤첸바흐본에서 아아를 퇴치할 계획을 세운 인물은 왕자가 아니라 마르쟈이다. 마르쟈는 왕자에게 말한다. "당신이 치유된들 무슨 소용이 있나요? 아아가 곧 돌아와서, 당신이 건강하게 소생한 것을 알게 되면 우리 둘 다 죽일 텐데요. 차라리 다시 누워계시는 것이 나을 거예요. 내가 당신 심장에 단검을 다시 꽂을게요. 그러고 나서 사악한 아아를 어떻게 살해해야 할지 궁리해볼게요."라고 말한다. 그렇게 말하고 나서 마르쟈는 왕자한테 첫눈에 반했음에도 눈물을 흘리면서 그의 심장에 단검을 꽂는다. 이처럼, 곤첸바흐의 마르쟈는 악을 퇴치할 계획을 주체적으로 세우고, 사랑하는 남자의 심장에 다시 단검을 꽂을 정도로 대담한 성품을 지녔다. 그는 마왕을 두려워하기는커녕 마왕에게 비밀을 캐묻고, 마왕이 깨어 있는데도 마왕을 죽일 수 있는 약초 가지를 슬쩍 주머니에 감추어 넣는다. 또한 마왕에게 수염의 이를 잡아주겠다고 꼬드겨서 마왕이 잠이 들도록 유도한다.

사자나미는 마왕을 퇴치할 계획을 세운 인물이 마르쟈가 아니라 왕자인 것으로 개작하였다. 사자나미본에서 마르쟈가 가져온 약물 덕분에 소생한 왕자는 마왕의 명줄을 진짜로 끊을 수 있는 길을 찾아달라고 마르쟈에게 부탁하면서, 자신은 마왕을 속이기 위해서 죽은 척하고 있겠다고 말한다. 방정환도 사자나미의 개작을 거의 그대로 따른다. 「요술왕 아아」에서 왕자는 "그런데 이렇게 살려 주셔서 감사하지마는 그 악마란 놈이 살아 있으면 여기서 도망해 나아갈 수가 없으니까 될 수 있으면 당신이 그 악마에게 꾀를 써서 그놈을 어떻게 하면 꼼짝 못 하게 죽이게 되는지 그것을 알아다 주었으면 좋겠소이다."(72~73) 하고 마르쟈에게 부탁하고는 죽은 척하려고 눕는다.

이러한 설정은 비슷하지만, 대단원에서 방정환과 사나자미가 보여주는 마르쟈의 모습은 매우 다르다. 대단원에서 사자나미의 마르쟈는 절체절명의 위기에 처해서 타인의 도움으로 겨우 목숨을 건지지만, 방정환의 마르쟈는 주체성과 대담성을 지니고 혼자 힘으로 요술 왕을 버드나무 가지로 쓰러뜨린다. 이에 대해서는 이 글의 6장에서 조금 더 자세히 살펴볼 생각이다.

5. 세 판본에 나타난 두 언니의 죽음과 재생

「요술 왕 아아」와 『마왕 아아』의 차이점은 두 언니의 죽음과 재생에서 잘 엿볼 수 있다. 방정환의 마르쟈는 죽은 두 언니를 마법의 약물로 소생시키지만, 사자나미의 마르쟈는 죽은 두 언니를 살리지 못한다. 곤첸바흐의 「아아 이야기」를 포함해서 세 이야기를 나란히 놓고 비교해보면, 방정환이 사자나미라는 중개자의 벽을 뛰어넘어서 원작에 접근했다는 느낌을 받는다.

방정환이 두 언니가 소생하는 것으로 『마왕 아아』를 개작한 것은 독일어 원작을 접했기 때문은 아닐 것이다. 이 글의 머리말에서도 언급하였듯이, 곤첸바흐의 시칠리아 민담집은 출간 후 130년이 지나서야 비로소 영어권에 소개될 정도로 세계인들에게 잘 알려지지 않은 책이다. 독일어를 알지 못했던 방정환이 곤첸바흐의 「아아 이야기」를 직접 접했을 가능성은 적다. 방정환이 개작한 것은 마르쟈의 두 언니가 학대받고 짓밟힌 채로 일생을 마치는 이야기가 일제 강점기의 어두운 현실을 사는 아이들에게 '사랑의 선물'이 될 수 없다고 생각해서일 것이다. 또한 방정환은 어두운 사회 현실을 살아가는 아이들에게 가족애가 무엇보다 소중하다고 생각했을 듯싶다. 방정환은 『사랑의 선물』의 헌정사에서 "학대받고, 짓밟히고, 차고, 어두운 속에서 우리처럼, 또, 자라는, 불쌍한 어린 영들을 위하여, 그윽히, 동정하고 아끼는, 사랑의 첫 선물로, 나는, 이 책을 짰습니다."라고 말한다.[15]

「요술 왕 아아」에 나타난 세 자매의 우애는 다른 두 판본과 비교할 때 매우 두드러진다. 「아아 이야기」에서 마르쟈는 두 언니를 살리지만, 다시 가족의 품으로 돌아가지 않고 왕자의 성으로 가서 새로운 삶을 시작

---

15 『정본 방정환 전집 1』 23쪽.

한다. 『마왕 아아』의 마르쟈는 마왕을 퇴치한 후에는 왕자와 행복하게 살 뿐, 과거의 가족에 대한 그 어떤 미련도 갖지 않는다. 하지만 「요술왕 아아」에서 자매는 매우 끈끈한 정으로 맺어져 있다. 방정환은 세 자매가 그리움 때문에 얼마나 울었는지를 거듭 강조한다. 방정환은 요술왕의 신임을 얻게 된 마르쟈의 심정에 대해서 "그 후로는 아무 일 없이 지내게 되었으나 다만 두 분 언니가 보이지를 않아서 만날 수 없는 게 큰 설움이었습니다. 집에서 지낼 때보다도 더 언니가 보고 싶어 못 견디게 그립고, 단 한 분 계신 할아버지께서는 어찌나 지내시는지 몹시 궁금하여졌습니다."(71)라고 쓰고 있다.

세 판본에서 마르쟈의 두 언니가 죽임을 당하는 장면을 살펴보면 각 판본마다 조금씩 다르다. 아아가 자신이 외출하는 동안 먹으라고 한 시신을 먹지 않고 거짓말을 한 둘째 언니를 죽이는 대목을 비교해보기로 하자.

(곤첸바흐본)
그리고 아아는 그녀[둘째 언니]를 붙잡아서 다른 죽은 여성들이 있는 방으로 끌고 가서 그녀도 죽였다. (290)

(사자나미본)
"너, 이 거짓말쟁이야. 발목을 먹지 않은 벌로, 널 머리부터 먹어버리겠다"하고 말하면서, 갑자기 둘째를 붙잡아서 머리부터 으드득으드득 먹어버렸습니다. (21)

(방정환본)
"요 앙큼한 년!"하고 달겨들어 그냥 죽여서 또 광 속에 넣어 버렸습니다. (69)

곤첸바흐본에서 아아는 자신에게 거짓말을 한 둘째 언니를 다른 여자 시체가 즐비하게 놓여 있는 방으로 끌고 가서 죽인다. 사자나미본에서 마왕은 둘째 언니를 머리부터 으드득으드득하는 소리가 날 정도로 먹어버린다. 방정환본에서 요술 왕은 두 언니를 '그냥 죽여서 광 속에다 넣어' 버려둔다. 곤첸바흐본과는 달리, 광 속에 다른 죽은 여성들이 있다는 언급이 없다. 염희경은 사자나미본과 방정환본에서 두 언니가 죽는 방식이 어떻게 다른지를 자세히 언급하면서, 방정환이 잔인한 표현을 삭제하고 간결하게 처리한 것을 다음과 같이 평가한다.

> 잔인한 부분의 삭제와 축소는 방정환이 그림이나 페로의 전래동화를 선정하고 번안할 때에도 작품 선정 여부를 결정한 중요한 잣대의 하나였다. 그것은 설화가 지닌 원형성이나 인간의 무의식에 내재된 잔인성, 그리고 그것을 이야기를 통해 해소하는 설화의 세계에 대해 방정환이 무지했기 때문일 수 있다. 하지만 구전되던 이야기가 문자화되는 과정에서 잔인한 부분이 전면적으로 시각화하면서 강렬한 인상을 남겨 부정적 영향을 줄 수 있다고 생각했기 때문에 간결하게 표현한 것으로 볼 수 있다. 무엇보다도 어린이용 '전래동화'의 모델을 모색하던 방정환에게 당시의 근대적 어린이관과 문학관이 끼친 영향이었다고 할 수 있다.

이러한 염희경의 주장은 반은 맞고 반은 틀리다. 우선 『마왕 아아』에 나타난 언니들의 참혹한 죽음은 원작인 곤첸바흐의 「아아 이야기」에는 나타나지 않은 내용으로서, '설화가 지닌 원형성'이나 '인간의 무의식에 내재된 잔인성'과는 무관하다. 사자나미 개인의 독특한 취향이 반영된 개작이다. 시칠리아의 민속학자 주세페 피트레(Giuseppe Pitre)가 채록한 같은 유형의 다른 각편인 「노예」를 살펴보아도, 언니들이 사자나미본에서처럼 잔혹하게 죽지 않는다. "센 주먹 한 방으로 언니의 머리를 부러

뜨려서 수많은 다른 머리가 쌓여 있는 방에 던져 버렸다"(122)고 기술되어 있다.[16] 따라서 방정환이 잔인한 부분을 축소한 것이 원형성이나 잔인성을 이야기를 통해서 해소하는 설화의 세계에 무지해서라고 말하기는 어렵다. 곤첸바흐본이나 피트레본에서 언니들의 시신이 보존된 것이나 방정환이 언니들의 시신을 광 속에 넣어둔 것은, 화자가 언니들의 죽음 이후에 펼쳐질 부활을 머릿속에 그리고 있어서라고 보아야 한다. 죽은 두 언니가 영원히 죽지 않고 마법의 약에 의해 다시 살아나기 위해서는 시신이 보존된 상태로 있어야 하기 때문이다.

『마왕 아아』와 「요술 왕 아아」를 놓고 볼 때, 설화의 세계에 무지한 것은 방정환이 아니라 오히려 사자나미이다. 「아아 이야기」와 비슷한 서사 내용을 지닌 각편들은 세계설화유형 체계에서 'ATU 311 자매의 구원'(Rescue by the Sister) 유형에 속한다. 제목이 이렇게 붙여진 것은 이 유형의 설화들에서는 막냇동생이 자매를 구원한다는 모티프가 가장 중요하고 보편적이어서이다. 이 유형의 이야기가 전하는 메시지의 방점은 '악인과 죽음'에 있지 않고 '구원과 재생'에 있다. 곤첸바흐의 「아아 이야기」에서 마르쟈는 두 언니뿐만 아니라 언니들의 시체가 놓여 있던 방에 있던, 아아에게 죽임을 당한 다른 여성들도 모두 살린다. "죽은 처녀들이 놓여 있는 다른 방으로 가서 연고로 모든 사람을 문질렀다. 우선, 두 언니를, 그리고 그다음에는 사악한 아아가 살해한 다른 젊은 여성들을 한 명씩 한 명씩 문질렀다. 그 모든 여성이 즉시 살아나자 마르쟈는 값비싼 선물을 줘서 모두 집으로 돌려보냈다."(292). 「요술 왕 아아」에서 방정환은 요술 왕이 두 언니를 잡아먹지 않고 "그냥 죽여서" 광 속에 넣어둔 것으로 설정해서, 두 언니가 소생할 수 있는 길을 열어 놓았다. 하지만 요술 왕의 약물은 죽은 지 스무하루가 넘지 않은 송장만을 살릴 수

---

16 Giuseppe Pitre, "The Slave," *The Collected Sicilian Folk and Fairy Tales of Giuseppe Pitré*, trans. and ed., Jack Zipes and Joseph Russo, Routledge 2008, 120~123.

있어서, 마르쟈는 두 언니만을 살리고 다른 송장들은 살리지 못한다(75).

「마왕 아아」에서 마르쟈는 두 언니를 살리기는커녕 시신조차 찾지 못하는데, 이런 개작은 특이하다고 아니할 수 없다. 보통 구전설화가 동화화될 때 잔인한 장면은 삭제되거나 순화되기 마련이다. 그런데 사자나미는 원작에서 소생하는 두 언니를 어린이 독자들이 읽을 동화에서 잔혹하게 잡아먹힌 것으로 이야기를 개작하였다. 염희경의 말처럼, '잔인한 부분의 축소와 삭제'가 "근대적 어린이관과 문학관"의 특징이라면, 사자나미의 『마왕 아아』는 그러한 시대의 흐름을 역행한 셈이다.

방정환이 언니들이 소생하는 것으로 이야기를 개작한 것이 "근대적 어린이관과 문학관의 영향" 때문인지 아닌지는 모르겠으나, 방정환은 옛이야기 속에 등장하는 자매들의 우애가 비극으로 끝나는 것이 바람직하지 않다고 생각한 듯싶다. 방정환은 「요술 왕 아아」에서처럼 사악한 괴물에게 희생당한 언니들만을 살린 것은 아니다. 언니들 자체가 사악한 적대자로 등장하는 동화에서도 언니들의 목숨은 살려두었다. 「흘러간 삼 남매」에서[17] 사악한 언니들의 운명은 원작이나 일본어 중역본과는 다르다. 「흘러간 삼 남매」에서 막냇동생을 모함한 사악한 언니들은 처형당하는 대신에 탑에 갇힌다. 이러한 개작은 사악한 인물들은, 가족이든 아니든, 대부분 죄의 대가를 혹독하게 치르는 옛이야기의 보편적인 문법에는 어긋난다. 방정환은 자매간의 우애와 화합을 권선징악의 실현보다 훨씬 더 중요하다고 생각한 듯싶다.

---

17 「흘러간 삼남매」, 『정본 방정환 전집 1』, 224~240쪽.

6. 방정환의 대단원 새로 쓰기
: 악으로부터 가족을 복원하고 지키는 여성상

「요술 왕 아아」의 대단원에서 전개되는 일련의 사건들은 사자나미의 『마왕 아아』 및 곤첸바흐의 「아아 이야기」와의 차이점을 극명하게 보여준다. 곤첸바흐본과 사자나미본에서 마르쟈는 왕자를 소생시킨 후에 할아버지의 집으로 가지 않고, 곧장 왕자와 함께 왕자의 성으로 가서 성대한 결혼식을 올린다. 이 두 판본에서 마르쟈는 왕자를 구한 대가로 왕자비가 되어서 왕궁에서 왕자와 잘 살다가 괴물이 깨어나는 바람에 죽을 위기에 처하게 된다. 곤첸바흐본과 사자나미본의 대단원이 보여주는 서사의 차이가 크지 않기 때문에, 이 글에서 사자나미본과 방정환본을 비교해보기로 한다.

사자나미본의 대단원 요약

왕자는 마르쟈를 데리고 성으로 간다. 국왕은 마르쟈의 공을 인정해서 곧바로 왕자와 결혼을 시킨다. 마왕은 버드나무 가지 때문에 잠시 기절한 것이어서 다시 살아난다. 왕자의 시체가 마르쟈와 함께 없어진 것을 안 마왕은 복수하기 위해서 왕자의 성으로 간다. 경비가 삼엄한 성 안으로 들어갈 수 없자 마왕은 꾀를 낸다. 성 주변 상점에 들어가서 태엽을 감으면 춤을 추는 기계 장치가 달린 인형을 주문 제작한 후에 그 안에 들어간다. 마왕은 인형 놀이꾼을 고용해서 인형의 배 속에 숨은 채 왕궁에 들어간다. 왕자 부부는 인형이 마음에 들어서 곁에 두었는데, 밤에 마왕이 나와서 마약으로 모든 사람을 잠들게 한다. 마르쟈만 깨어 있다가 마왕을 목격한다. 마르쟈는 궁정 안에 있는 사람들을 깨우려고 소리치지만, 사람들은 오지 않는다. 마왕에게 붙잡혀서 끓는 물이 담긴 가마솥이 있는 부엌으로 끌려가던 마르쟈는 살기 위해서 몸부림치다가 마약이 든 병을 깨뜨린다. 그 덕분에 깨어난 모든 사람이 마왕에게 달려들고, 마왕은 사람들에게 붙잡혀서 가마솥에 던져져 죽는다. 그 후로 왕자 부부는 아무 탈 없이 평생 행복하게 산다.

방정환본의 대단원 요약

마르쟈는 왕자를 일으켜 세운 후에 마법의 약을 다른 시체들에게 뿌렸는데, 죽은 지 스무하루가 지나지 않은 두 언니만 살릴 수 있었다.

세 자매는 요술 왕이 준 돈 덕분에 살림이 넉넉해진 조부에게로 가고, 왕자는 자신의 왕궁으로 돌아간다. 조부와 함께 살던 마르쟈는 어느 날 밤 요술 왕이 원수를 갚기 위해서 자신을 찾아와서 화젓가락을 들고 두 눈을 지지려고 하는 악몽을 꾼다. 화젓가락을 손으로 잡는 순간 깨어난 마르쟈는 '에그머니'라고 소리 지르는 언니의 비명을 듣는다. 뒤꼍에 가서 버드나무 가지를 꺾어 들고 언니의 방을 들여다보니 요술 왕이 둘째 언니를 결박한 후에 큰 언니를 비끄러매고 있었다. 마르쟈는 버드나무 가지로 요술 왕을 쓰러뜨리고, 할아버지를 일으켜서 요술 왕을 잔뜩 얽어매 놓는다. 날이 밝자 대궐에 가서 그 사실을 고한다. 왕자는 병정 여덟 사람을 보내어 끓는 기름 속에 요술 왕을 넣어서 죽인다.

그 후로부터 이레째 되는 날, 국왕은 마르쟈를 왕자의 색시로 삼고 큰 잔치를 베푼다. 그 후 두 언니는 훌륭한 곳으로 시집을 보내고, 할아버지도 대궐 뒤 조그마한 별당에서 지내게 한다.

방정환이 대단원을 이렇게 대폭 개작한 것은 방정환이 이상적으로 생각하는 가족의 모습과 인물들의 성격이 사자나미의 것과는 아주 달라서이다. 사자나미본에서 두 언니는 마왕에 의해서 참혹한 죽임을 당한 채 다시 소생하지 않았으므로 마르쟈가 언니들과 자신을 팔아버린 할아버지 집으로 돌아갈 이유가 없다. 하지만 방정환본의 경우, 할아버지가 손녀를 요술 왕에게 준 것은 요술 왕의 사탕발림에 속아서 손녀들을 위해 한 선택이었고, 세 자매의 우애가 무척 두터워서 마르쟈가 다시 살아난 두 언니와 함께 집으로 돌아가는 것은 개연성이 있는 설정이다.

방정환의 대단원 개작은, 방정환의 여성관이 사자나미와는 아주 다르며, 곤첸바흐의 시각 못지않게 진취적이라는 것을 잘 보여준다. 곤첸바흐본의 전반부에서는 영악하고 대담했던 마르쟈는 후반부에서 사려 깊지 못한 성품으로 인해서 아이의 존재를 망각한 채 왕비로 살다가, 음악소리가 나는 은 조각상에 현혹되어서, 자신과 남편을 모두 위험에 빠뜨린다. 반면에, 방정환의 마르쟈는 요술 왕의 존재를 잊지 않고 있다가 요술 왕이 다시 살아나서 집에 몰래 침입했을 때, 가족을 지키기 위해서 냉철하고 과감하게 행동한다. 사자나미는 마르쟈라는 인물의 성격을, 「아아 이야기」와는 다르게, 온순하고 수동적인 것으로 설정하였지만, 대단원의 서사는 「아아 이야기」를 그대로 차용하였다. 마르쟈는 마왕을 퇴치하는 두 번의 과정에서 외부의 도움에만 의지했을 뿐 자기만의 주체성 있는 결단과 결기를 보여주지 못한다.

또한 사자나미와 방정환이 생각하는 해피엔드도 다르다. 사자나미의 해피엔드는 마르쟈 부부의 안녕과 행복이지만, 방정환의 해피엔드는 가족 구성원 모두의 행복이다. 방정환은 "그 후에 두 언니 색시도 다 각각 나라님의 분부로 좋고 훌륭한 곳으로 시집을 보내고, 늙은 노인은 대궐 뒤 조그마한 별당에서 한가히 지내게 하셨다고 합니다."(78)라는 구절로 이야기를 끝맺는다. 방정환은 암울한 식민지 현실에서 신음하는 아이들에게, 거대한 악과 대면해서 죽을 위기에 처할지라도, 자기 내면에 있는 담력과 슬기를 모으고 가족 간의 사랑과 믿음을 잃지 않는다면, 구원과 행복을 쟁취할 수 있다는 메시지를 전하려고 한 듯싶다. 거대한 악의 힘에 의해서 해체된 가족들을 복원하고 행복을 쟁취하는 마르쟈의 이야기에서 다 함께 어둠을 벗어나서 빛의 세계로 나아가려는 작가의 바람을 읽을 수 있다.

7. 맺음말: 「요술 왕 아아」의 매력과 한계

오오타케 키요미는 「이와야 사자나미(巖谷小波)와 근대 한국」이란 글에서 「요술 왕 아아」와 『마왕 아아』에 대해서 다음과 같이 말한 적이 있다.[18]

이 『세계오토기바나시』에 실린 이탈리아 민화 『마왕 아아』는, 후에 방정환이 『사랑의 선물』에 소개한 「요술 왕 아아」의 원본이라고 봐도 좋을 것이다. 비교해 읽어 보면 방정환이 사자나미의 문장 그대로를 알기 쉬운 한국어로 옮긴 것을 알 수 있다. 서양 옛이야기를 일본 어린이들이 알기 쉬운 문체로 처음 소개한 것이 이와야 사자나미였다면, 그 사자나미의 문장을 통해서 한국 어린이들에게 서양 동화를 처음 소개한 것은 소파 방정환이었다.

이러한 오오타케의 주장은 온당치 않다. 「요술 왕 아아」는 방정환이 이와야 사자나미의 『마왕 아아』를 그대로 우리말로 옮긴 동화가 아니라 자기 나름의 독자적인 세계관을 지니고 대단원을 대폭 개작한 동화이다. 『마왕 아아』와 「요술 왕 아아」에서 사자나미와 방정환이 할아버지, 마르쟈, 아아라는 주요 인물을 묘사하는 방식은 아주 다르다. 방정환은 마르쟈라는 주인공을 영리하고 대담한 인물로, 할아버지를 세 손녀를 사랑하는 다정다감한 할아버지로, 요술 왕을 상냥한 태도를 지닌 언변이 뛰어난 거짓말쟁이로 그렸다. 반면에, 사자나미는 마르쟈를 고분고분한 여성으로, 할아버지를 물욕이 넘치는 비정한 인물로, 아아를 과묵한 권위주의자로 설정하였다. 또한 두 동화에 나타난 사건의 전개도 같지 않다. 『마왕 아아』에서 두 언니는 다시는 살아나지 않지만, 「요술 왕 아아」

---

18 오오다케 키요미, 「이와야 사자나미(巖谷小波)와 근대 한국」, 『한국아동문학연구』15, 한국아동문학학회, 2008, 154~155쪽.

에서 두 언니는 막냇동생의 도움으로 살아난다. 두 동화의 대단원 역시 전연 다르다. 『마왕 아아』에서 아아는 마르쟈와 왕자가 결혼해서 사는 성으로 몰래 숨어들고, 「요술 왕 아아」에서 아아는 마르쟈가 두 언니와 함께 사는 할아버지의 집으로 침입한다. 『마왕 아아』의 끝머리에서 죽을 위기에 처한 마르쟈를 구하고 마왕을 퇴치한 인물은 궁궐 하인들이다. 반면에, 「요술 왕 아아」에서 마왕을 쓰러뜨리고 가족을 구한 인물은 마르쟈 자신이다.

오오타케 키요미가 "비교해 읽어 보면 방정환이 사자나미의 문장 그대로를 알기 쉬운 한국어로 옮긴 것을 알 수 있다."라고 한 말은, 그야말로 방정환의 동화를 제대로 읽지도 않은 채, 부당한 선입견을 지니고 그의 작품 세계를 왜곡한 주장이다. 「요술 왕 아아」와 『마왕 아아』가 보여주는 차이점은, 방정환과 사자나미가, 비록 같은 호를 쓸지라도, 서로 다른 여성관과 세계관을 지닌 작가임을 말해준다. 두 작품의 비교 분석은 방정환 문학을 "일본의 이와야 사자나미(嚴谷小波) 문학 또는 대정기(大正期) 일본 동심주의 문학의 복제가 아니라, 민족과 시대의 요청에 부응하는 올바른 응답"[19]으로 평가한 원종찬의 주장이나 「요술 왕 아아」의 개작을 '저항적 민족주의의 동화화'로 본 염희경의 주장을 뒷받침한다.

방정환의 「요술 왕 아아」와 곤첸바흐의 「아아 이야기」 사이에는 공통점이 적지 않다. 우선, 방정환은 곤첸바흐와 유사하게 할아버지와 마르쟈의 성격을 설정하였고, 아아를 거짓말이 능숙한 인물로 그렸다. 또한, 방정환은 '죽은 두 언니의 소생'이라는 모티프를 되살렸다. 곤첸바흐의 「아아 이야기」를 직접 읽었을 가능성이 희박함에도, 방정환은 사자나미라는 중개자의 벽을 뛰어넘어서 시칠리아 설화 세계에 조금 더 가까이 다가간 것이다.

---

19 원종찬, 「'방정환'과 방정환」, 각주 6 참조.

하지만 방정환은, 일본어 중역본으로 시칠리아 옛이야기를 접한 탓인지, 원작의 매력을 온전히 살리지 못했다. 곤첸바흐본에서 뚜렷이 엿볼 수 있는 여성들의 연대 의식이 「요술 왕 아아」에서는 약화하여 나타난다. 곤첸바흐본에서는 '죽은 어머니의 목소리'가 마르쟈에게 해결책을 알려주는데, 방정환본에서는 '공중에서 들리는 노랫소리'가 도움을 준다. 곤첸바흐본에서 마르쟈는 두 언니와 왕자뿐만 아니라 죽은 여성들을 모두 살리는데, 방정환본에서는 두 언니만 살린다. 곤첸바흐본에서는 여성들이 삶과 죽음의 경계, 가족과 사회의 경계를 초월해서 연대를 이루지만, 방정환본에서는 가족 간의 사랑과 구원만이 두드러진다. 방정환이 여성주의적인 시각을 드러내는 방식은 곤첸바흐와는 다르다. 마르쟈가 주도적인 인물로 등장하는 대목이 「아아 이야기」에서는 전반부에 있지만, 「요술 왕 아아」에서는 후반부에서 펼쳐진다.

　할아버지와 손녀 간의 끈끈한 사랑과 자매간의 우애를 유별나게 강조한 방정환의 개작은 아동문학의 시각에서 볼 때 양면성을 지닌다. 곤첸바흐의 「아아 이야기」에서 마르쟈는 가족 간의 사랑에 집착하지 않는다. 마르쟈는 두 언니를 살린 후 값비싼 선물을 줘서 집으로 돌려보내지만, 본인은 집으로 가지 않고 왕자의 성으로 가서 새로운 인생을 산다. 곤첸바흐는 마르쟈의 언니들이 집으로 돌아간 이후 어떻게 살았는지에 대해서 그 어떤 언급도 하지 않는다. 반면에 방정환본에서 마르쟈는 악을 퇴치한 후에 가족의 품으로 다시 돌아가서 가족 지킴이 역할을 계속 떠맡는다. 방정환의 마르쟈는 시련을 극복하고 독립적인 인격체로 새로운 삶을 사는 존재가 아니라 악이 해체한 가족을 복원하고 그 안녕을 지키는 존재이다. 아마도 방정환은 일본 제국주의라는 거대한 악에 대항하기 위해서는 가족 간의 사랑과 민족 공동체의 단결이 중요하다는 사실을 아이들에게 가르쳐주고 싶었을 것이다. 이러한 개작을 옛이야기의 매력과 가치를 온전히 담아낸 것으로 평가하기는 어렵다. 옛이야기 속의 통과의례가 지닌 중요한 교육적인 가치 중의 하나는 주인공이 가족의 품에서 벗어나서 온갖 위기와 시련을 극복하고 독립된 인격체로 성장해 새로운 삶을 사는 데 있기 때문이다.

「요술 왕 아아」는, 비록 시칠리아 옛이야기의 일본어 번역본을 저본으로 삼은 것이기는 해도, 인간과 사회를 바라보는 방정환의 시각을 잘 엿볼 수 있는 동화로서, 당대의 아동문학 현실을 고려할 때 매우 소중한 작품이라 아니할 수 없다. 『사랑의 선물』에 수록된 옛이야기 가운데서 「요술 왕 아아」는 그 어떤 작품보다도 진취적인 여성관과 세계관을 잘 담고 있다. 마르쟈는 「잠자는 왕녀」와 「산드롱의 유리 구두」의 주인공처럼 폐쇄된 공간에 갇혀 있다가 타인의 도움으로 구원받고 행복을 얻는 수동적인 여성이 아니다. 오늘날 어린이 독자를 위해 출간된 많은 옛이야기 책에서도, 「요술 왕 아아」의 마르쟈처럼, 악의 소굴에 들어가서도 침착성을 잃지 않고 자신의 담력과 슬기를 모아서 악을 적극적으로 퇴치하고 다른 사람들을 구원하는 강인한 여성을 만나기 쉽지 않다.

또한 「요술 왕 아아」는 국내의 구전 현장에 유입되어서 한국 설화의 옷을 입은 채 오랜 세월 전승된 흔적이 뚜렷한 이야기이다. 제주도, 강화도, 랴오닝성에서 채록한 「와라진 귀신」, 「버드나무 잎이 제일 무섭다」「버들잎」 따위의 설화는 「요술 왕 아아」가 구전 현장에 유입되어서 토착화한 이야기로 추정된다. 설화학자들은 지금까지 이러한 설화들을 제주도 특수본풀이의 하나인 '삼두구미본풀이' 유형으로 취급하였지만, 이야기를 구성하는 모티프들을 상세하게 분석해보면 「요술 왕 아아」의 영향을 받은 이야기임을 잘 알 수 있다.[20] 이러한 구전설화들은 현재 어

---

20 이 주제에 대해서는 2019년 8월 24일에 서울교육대학교에서 개최된 〈한국아동청소년문학학회 제25회 2019년 여름 학술대회〉에서 「방정환의 번역동화가 구전설화에 미친 영향: 「요술 왕 아아」와 「흘러간 삼 남매」를 중심으로」란 제목으로 발표하였다. 이 학술대회의 전체 주제는 『아동문학, 다시 쓰기와 새로 쓰기: 옛이야기의 변용과 새로운 지향』이다.

린이 그림책과 이야기책에 한국의 대표 옛이야기로 잘못 소개되고 있다. 「요술 왕 아아」뿐만 아니라, 방정환의 다른 번역동화들도 구전 현장에 적지 않은 영향을 미쳤다.

방정환의 번역 및 번안 동화는 외국에서 유입된 이야기라는 사실 때문에 그동안 받아 마땅한 학자들의 관심과 평가를 제대로 받지 못했다. 하지만, 방정환의 외국 동화 '새로 쓰기'를 텍스트 중심으로 비교 분석해보면 그의 아동관과 세계관을 잘 엿볼 수 있다. 또한 동화와 설화의 쌍방향적인 영향 관계를 파악하는 데도 많은 도움이 된다. 아동문학자뿐만 아니라 설화학자들도 방정환의 번역 동화가 지닌 학술 가치에 진지하게 관심을 기울일 필요가 있다.

참고문헌

1. 기본 자료

방정환재단 엮음,「요술 왕 아아」,「흘러간 삼남매」,『정본 방정환 전집1』, 창비, 2019.

大江小波 編,『魔王ア丶』(『世界お伽噺』第九十七編), 博文館, 1907.

Beautiful Angiola. The lost Sicilian folk and fairy tales of Laura Gonzenbach, translated and with an introduction by Jack Zipes, London : Routledge, 2006.

Laura Gonzenbach, Sicilianische Marchen. Aus dem Volksmund gesammelt, mit Anmerkungen Reinhold Kohler's und einer Einleitung hrsg. von Otto Hartwig, 2 Teile, Leipzig, 139~147: Engelmann 1870.

Giuseppe Pitre, "The Slave", The Collected Sicilian Folk and Fairy Tales of Giuseppe Pitre, trans. and ed., Jack Zipes and Joseph Russo, Routledge 2008.

2. 국내외 논저

김수남,「우리 모두의 스승」,『소파 방정환 문집〔상〕』, 한국방정환재단, 2000.

염희경,「민족주의의 내면화와 '전래동화'의 모델 찾기—방정환의『사랑의 선물』에 대하여 (2)」,『한국학연구』16, 인하대학교한국학연구소, 2007.

염희경,『소파 방정환과 근대 아동문학』, 경진출판 2014.

_____,「방정환 연구의 새로운 출발점: 이상금 사랑의 선물 한림 2005」,『창비어린이』3집 4호, 창비, 2005.

오오다케 키요미,「이와야 사자나미(巖谷小波)와 근대 한국」,『한국아동문학연구』15, 한국아동문학학회, 2008.

원종찬,「'방정환'과 방정환」,『문학과 교육』, 2001년 여름호.

이재우,『이와야 사자나미(巖谷小波) 연구—방정환과의 관계를 중심으로』, 충남대학교 대학원 박사학위 논문, 2009.

최윤정,「방정환의『사랑의 선물』광고 전략에 나타난 근대 동화 기획 연구—『어린이』수록 광고를 중심으로」,『한국아동문학연구』25호, 한국아동문학학회, 2013.

李姃炫, 『方定煥の翻訳童話研究 : 『サランエ ソンムル』を中心に』人文学研究科(旧
　　　言語文化研究科), 大阪大学 博士論文, 2008.

李姃炫, 「巖谷小波の「お伽噺」から 方定煥の「近代童話」へ―方定煥の翻訳童話「妖術
　　　王アア」の比較考察」, 『梅花児童文学』18, 2010, 59～75.

「천당 가는 길」,
추방된 '원초적 반란자'의 민중성과
'회심'의 미학

염희경

1. 콘텍스트로 읽는 텍스트, 「천당 가는 길」

　방정환은 번역동화집『사랑의 선물』(개벽사, 1922.7.7)을 출간한 같은 달 『천도교회월보』(1922년 7월호: 발행일 7월 22일)에 「천당 가는 길—일명 도적 왕」을 재수록하였다.『사랑의 선물』수록작 중 다른 지면에도 실린 동화는「왕자와 제비」와「천당 가는 길」두 편뿐인데,[1] 두 작품 모두 천도교 기관지인『천도교회월보』에 실렸다.「왕자와 제비」는 1921년 2월호 『천도교회월보』에 '동화작가 선언'을 한 평론「동화를 쓰기 전에 어린 애 기르는 부형과 교사에게」에 바로 이어 소개한 본격적인 첫 번역동화 다. 그 중요성이 큰 만큼 번역동화집에 재수록한 데에 특별히 이견을 제 기하기 어렵다.

　한편「천당 가는 길」은 '일명「도적왕」'과 '독일'이라고 밝히지 않았

---

1 「꽃 속의 작은이」가『매일신보』1937.8.4.~8.6에 3회 연재되었으나 방정환 사후의 일로 신문사 편집진의 결정이라 제외하였다.

다면 그림형제의 작품임을 쉽게 알기 어려울 만큼 그림형제의 대표작이 아니다.[2] 『사랑의 선물』에서 동일 작가의 작품을 2편 이상 수록한 경우는 그림형제의 작품이 유일하며, 이 동화집에 수록한 동화를 다른 지면에 재수록한 것도 특별하다. 그만큼 방정환에게 「천당 가는 길」은 남다른 의미를 지닌 작품이었을 것으로 추정된다.

이러한 특별함에 비해 「천당 가는 길」에 대한 본격적인 연구는 그리 많지 않다. 「천당 가는 길」에 관심을 기울인 첫 연구자는 이정현이다. 이정현은 나카지마 고토(中島孤島)의 『그림 오토기바나시(グリム御伽噺)』(富山房, 1916)에 수록된 「대도적(大盜賊)」이 중역본 텍스트임을 확정하고, 원작과 중역본, 방정환 번역본을 비교 고찰하였다. 줄거리상의 큰 변화는 없으나 방정환 번역에서 잔혹한 부분의 삭제, 백작의 인간미 강조, 가족애와 효행의 강조 등이 두드러진다는 점을 밝혔다.[3] 「천당 가는 길」에 대한 이후 연구는 이정현의 선행연구로부터 많은 부분을 빚지고 있다.

김미정·임재택은 『사랑의 선물』 수록작 중 4편의 동화를 대상으로 원작과의 번역 일치성을 검토하고, 니콜라예바가 제시한 번역의 중재 전략을 평가 기준으로 삼아 번역 특질을 살폈다. 대상작 중 「천당 가는 길」은 내용의 첨가, 변경, 삭제 중 첨가 비율이 높았고, 중재 유형에서는 윤색이 많았다고 밝혔다. 또한 방정환 번역 동화의 특징으로 순수한 아동의 동심 세계를 지키고자 잔인한 장면을 삭제하거나 아동 관점에서 이해하기 어려운 성인 세계를 삭제 또는 변경하는 특징이 강하다는 것

---

2 필자는 2000~2001년경 춘천교육대학교 난정문고에 소장되어 있는 방정환의 『사랑의 선물』을 찾아내 2003년 우리교육에서 재출간하였다. 이때 '일명 「도적왕」과 '독일'이라는 것을 단서 삼아 「천당 가는 길」의 원작자를 그림형제로, 원작명을 「거물도둑」이라 밝혔다 (방정환, 『사랑의 선물』, 우리교육, 2003, 174쪽).

3 李姃炫, 「方定煥の飜譯童話研究―『サランエソンムル(사랑의 선물)』を中心に」, 大阪大學大學院言語文化研究科 博士論文, 2008.3; 이정현, 「방정환의 그림동화 번역본에 관한 연구―「잠자는 왕녀」와 「텬당 가는 길」을 중심으로」, 『어린이문학교육연구』 9권 1호, 한국어린이문학교육학회, 2008.6.

을 재확인하였다.[4]

장정희는 어린이용으로 엮고 해설한 『사랑의 선물』에서 「천당 가는 길」의 결말의 변화를 주목하였다. 죄를 지은 나쁜 사람도 죄를 뉘우치면 새로 좋은 사람이 될 수 있다는 희망과 가능성을 방정환이 이 작품을 통해 어린이에게 전하고 싶었던 주요한 주제로 해석하였다. 특히 어린이용 책 해설이어서인지 작품에 제시된 굽은 나무의 일화를 통해 '습관'의 중요성을 강조하였다.[5]

필자는 방정환 동화의 특징을 개괄한 해설에서 「천당 가는 길」의 도적왕을 '의적'의 계보를 잇는 주인공으로 보고, 기지를 발휘해 어려운 문제를 해결하고 백작과 목사의 허위의식을 풍자하는 등 통쾌함과 재미를 주는 동화라는 점, 천도교의 종교관과 이 시기 방정환이 추구했던 민중주의가 반영된 작품이라는 점, 방정환 문학의 웃음 코드를 짚어볼 수 있는 번역 작품이라는 점을 주목한 바 있다.[6]

야오위샤오(姚語瀟)는 한중의 대표적 근대 아동문학가인 방정환과 저우쭤런(周作人)의 번역동화를 비교한 논문에서 「천당 가는 길」과 「크고 빈 북」을 살폈다. 두 작품의 공통점으로 권선징악 모티브, 하층 민중의 심성과 정서 반영, 선악의 명확한 대립, 갈등·대결의 비폭력적 해소를 들었다. 야오위샤오는 허위와 허영에 얽매인 백작과 '의적'인 도적왕을 대비적으로 읽으며 결말에서의 인물 성격의 변화를 통해 아동 독자에게 긍정의 교육적 가치를 제시했다고 평가하였다.[7]

「천당 가는 길」에 대한 기존 연구를 살펴보면 이정현의 첫 연구에서

4 김미정·임재택, 「소파 방정환에 의해 재창조된 번안동화의 작품세계—『사랑의 선물』을 중심으로」, 『어린이문학교육연구』 11권 2호, 한국어린이문학교육학회, 2010.12.
5 장정희, 『사랑의 선물』, 현북스, 2018, 198~199쪽.
6 염희경, 「방정환 동화의 공감력—눈물, 웃음, 분노, 그리고 말걸기의 힘」, 『정본 방정환 전집』 1권, 창비, 2019, 776쪽.
7 야오위샤오(姚語瀟), 「방정환과 저우쭤런의 아동문학 번역 비교 연구—『사랑의 선물』과 『물방울』을 중심으로」, 성균관대학교 석사논문, 2020.6, 117~127쪽.

의 작품 해석에서 그리 큰 차이가 드러나지 않는다. 원작에 대한 다각도의 접근뿐 아니라 방정환이 원작을 어떻게 해석하고 변용 수용했는지 고찰하기 위해서는 텍스트뿐 아니라 콘텍스트에 대한 다양한 접근과 해석을 통해 기존의 읽기와는 다른 방식으로 읽을 필요성이 제기된다.

이 글에서는 독일 민담 「최고의 도둑」이 일본을 경유해 식민지 조선의 방정환이라는 번역가에 의해 '동화' 「천당 가는 길」로 다시 쓰이면서 어떤 메시지를 담은 이야기로 재탄생했는지 살펴보고자 한다. 먼저, 「최고의 도둑」을 중세 유럽의 농민반란과 관련된 역사적 현실의 반영이자 이야기꾼들의 이상과 소망이 담긴 민담이라는 점, 그리고 서구 문화에 등장하는 매력적인 캐릭터에 주목해 살필 것이다. 그리고 방정환의 이 당시 사상과 활동, 문학적 취향뿐 아니라 발표 매체의 특성 등을 고려해 그동안 크게 주목하지 못했던, 또는 비슷한 방식으로만 읽혔던 「천당 가는 길」을 새롭게 읽고자 한다. 1921~1923년에 방정환은 천도교 청년 운동가에서 어린이운동가이자 아동문학가로 활동 영역을 전환·확장하던 때였다. 『사랑의 선물』은 어린이와 일반 대중에게 아동문학가이자 어린이운동가 방정환을 각인시킨 본격적 산물이었다. 방정환의 이 시기 관심사와 지향이 「천당 가는 길」의 번역에 투영되어 있다는 점을 살필 수 있기를 기대한다.

2. 원작 「최고의 도둑」을 새롭게 읽는 키워드
: 트릭스터, 원초적 반란자, 아버지의 법

원작 「최고의 도둑(Der Meisterdieb)」[8]은 그림형제의 『어린이와 가정을

---

8 Der Meisterdieb를 김열규는 '거물도둑'으로, 김경연은 '최고의 도둑'으로 번역했다. 이 연구에서는 최종본 이후의 미발굴작까지 포함한 김경연의 번역본을 텍스트로 삼았다.

위한 이야기(Kinder-und Hausmärchen: KHM)』 192번 작품으로, 김경연의 〈민담 판본과 수록작 일람표〉에 따르면 제5판(1843년)부터 최종판인 제7판(1857년)에 수록된 작품이다.[9] 이탈리아 소설가 조반니 스트라파롤라의 『흥겨운 밤(Le piacevoli notty)』[10] 1부에 실린 대도둑 이야기인 「도둑 카산드리노(Cassandrino the thief)」가 전해진 것으로 보인다.[11]

이정현의 연구에 따르면 방정환이 번역 저본으로 삼은 텍스트는 나카지마 고토(中島孤島)의 「대도적(大盜賊)」(『グリム御伽噺』, 富山房, 1916)이다. 나카지마 고토의 『그림 오토기바나시』에는 41편이 실렸는데, 방정환은 여기서 2편(「잠자는 왕녀」, 「천당 가는 길」)을 선정, 번역해 『사랑의 선물』에 소개했다. 특히 오카모토 키이치(岡本帰一)가 그린 두 작품의 삽화 중 표제에 제시된 삽화 한 장면만을 골라 『사랑의 선물』에 그대로 실었다. 이정현은 메이지 시기 그림형제의 「최고의 도둑」은 나카지마 고토의 작품이 유일할 만큼 그림형제의 작품 중 대표작으로 손꼽히는 작품은 아니라고 하였다.[12]

---

9 김경연, 〈민담 판본과 수록작 일람표〉, 『그림형제 민담집―어린이와 가정을 위한 이야기』, 현암사, 2012, 1066쪽.

10 조반니 스트라파롤라의 Le piacevoli nottys는 흥겨운 밤, 유쾌한 밤, 익살맞은 밤 등으로 번역된다. 1부는 1550년에, 2부는 1553년에 출간되었다. 이 글에서는 장영은의 책에 소개된 제목을 따랐다 (장영은, 『유럽 동화 작가론』, 글램북스, 2014, 33~52쪽).

11 김경연의 글을 통해 조반니 스트라파롤라의 『흥겨운 밤』에 그림의 「최고의 도둑」과 유사한 도둑 이야기가 실렸다는 사실을 알게 되었다(김경연, 「메르헨의 문사화 과정 연구―그림형제의 메르헨 수집과 편찬을 중심으로」, 건국대학교 동화와번역연구소 엮음, 『동화, 콘텐츠를 만나다』, 상상박물관, 2010, 44쪽). 또한 Wikipedia의 Giovanni Francesco Straparola 항목을 참조해 「도둑 카산드리노」 이야기임을 확인하였다.
"Cassandrino the Thief" by Giovan Francesco Straparola, from The Great Fairy Tale Tradition (Norton Critical Edition), translated by Jack Zipes.
Jack Zipes, trans. "Cassandrino the Thief", The Great Fairy Tale Tradition: From Straparola and Basile to the Brothers Grimm (Norton Critical Edition), (W W Norton & Co Inc, 2001), pp.4~8.

12 李姃炫, 「方定煥の翻譯童話研究―『サランエソンムル(사랑의 선물)』を中心に」, 大阪大學大學院言語文化研究科 博士論文, 2008.3.
한편, 나카지마 고토가 개정판으로 낸 『그림동화집(グリム童話集)』(富山房, 1938)에는 100편이 실렸는데, 이 동화집에는 「도적 명인(どろぼうの名人)」이라는 제목으로 수록되었다.

필자의 조사에 따르면, 나카지마 고토에 앞서 와다가키 켄조(和田垣謙三) 호시노 히사나리(星野久成)가 공역한『그림 원저 가정 오토기바나시(グリム 原著 家庭お伽噺)』(小川尚榮堂, 1909)에「도둑님(お泥棒様)」이라는 제목으로 번역된 바 있다. 『그림 원저 가정오토기바나시』에는 그 뒤에 출간된 나카지마의 번역본보다 17편이 더 많은 58편이 실렸고, 1919년 18판을 발행[13]했을 정도로 인기

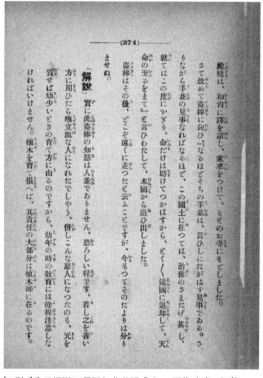

[그림 1] 和田垣謙三 星野久成 共譯,「グリム原著 家庭お伽噺」
(小川尚榮堂, 1909)

가 많았다. 그 당시의 인기를 봤을 때 방정환이 이 단행본도 봤을 가능성이 있다. 하지만 이 번역작은 원작에서 삭제, 축소, 변형된 부분들이 상당히 많은 번안작이다. 방정환의 번역본과 비교해 봐도 중역본 텍스트로 삼았다고 보기는 어렵다. 한편, 원작에도 없고, 동시대나 후대의 다른 번역작에도 거의 없는 별도의〈해설〉을 작품 말미에 첨가해 어떤

<hr />

13 西口拓子,「和田垣謙三 星野久成 譯『グリム原著 家庭お伽噺』―底本と飜譯」,『專修人文論集』 99호, 2016, 451쪽.

점에 주안점을 두고 번역했는지를 직접 밝혀 놓은 것이 특징적이다. 두 공역자는 〈해설〉에서 도둑의 지혜가 대단함을 강조하면서도 어린 시절의 잘못된 양육으로 '악인'이 되었다고 보고, 어린 시절 교육의 중요성을 재차 강조하였다.[14] 〈해설〉을 통해 주제를 확정적으로 단순화하여 원작이 지닌 풍부한 측면들이 지워지고 말았다.

1) 기존 질서를 뒤흔드는 '트릭스터' 도적왕

도적왕은 '트릭스터(Trickster)'라는 관점에서 재조명할 만한 인물이다. 트릭스터는 "신화 등의 이야기에서 신과 자연계의 질서를 깨고 장난을 좋아하는 말썽꾸러기 인물로, 선과 악, 파괴와 생산, 현자와 바보 같은 완전히 다른 양면성을 겸비한"[15] 특성을 지닌 존재이다.

최정은은 『트릭스터―영원한 방랑자』에서 트릭스터의 특성을 다음과 같이 밝혔다.[16]

• 트릭스터는 장난꾼으로 규칙을 깨어가는 방식으로 새로운 규칙을 정립하며 장을 확장해가며, 누구나 규범의 한계를 넘고자 할 때는 트릭스터가 되기 마련인데, 정의되기 힘든 양면성을 지닌 존재로 방랑자이자 혁명가이다. (최정은, 『트릭스터―영원한 방랑자』, 휴머니스트, 2005, 9쪽, 이하 쪽수만 밝힘)

• 트릭스터는 방랑자이며 언제나 한계를 향해 가는 통과의 여정, '길' 위에

---

14 〈해설〉 "실로 이 도둑의 지혜는 보통이 아닙니다. 놀라울 정도입니다. 만약 이를 선한 쪽으로 썼다면 필경 훌륭한 사람이 되었을 것입니다. 하지만 이런 악인이 된 것도 바탕을 따져보면 어렸을 때의 양육 방식에서 연유하기 때문에 어렸을 때의 교육에는 어지간히 주의하지 않으면 안 됩니다. 정원수를 잘못 키우면 그 책임은 대부분 정원사에게 있습니다"(和田垣謙三, 星野久成 共譯, 「お泥棒様」, 『グリム原著 家庭お伽噺』, 小川尚栄堂, 1909, 274쪽).
지면을 빌려 작품을 번역해주신 '연구모임 작은물결'의 한일아동문학 연구자 김영순 선생님께 감사드린다.

15 Wikipedia의 Trickster 항목 참조.

16 최정은, 『트릭스터―영원한 방랑자』, 휴머니스트, 2005.

있다. 그들은 경계와 한계, 즉 내부의 외부, 외부의 내부에 있으며, '사이'에 존재한다. 모든 공동체는 각각의 신성불가침의 경계를 갖지만 트릭스터는 그곳이야말로 교역의 장소라고 확신한다. 그들은 옳고 그름, 성과 속, 정결함과 부정함, 남자와 여자, 젊음과 늙음이라는 범주의 메타 차원에 존재하며 경계 지어진 내부의 안쪽에서 가장 먼 바깥을 향해 자신의 고유성을 넘어간다. 경계를 넘어 꿰뚫는 자, 파괴하며 창조하고, 모순과 역설, 영원한 이중성 속에 살아가는 자이다. (171쪽)

• 모든 신화나 민담 속의 주어진 운명으로부터 길을 떠나게 된 경계적 존재들, 성공 혹은 실패를 거두는 어리숙한 주인공들, 헤르메스나 아테나라는 신격 자체가 트릭스터이다. (173쪽)

• 트릭스터는 영원한 방랑자이자 경계를 넘는 자이면서 자신이 문제를 만들고 해결하는 자이기도 하다. (176쪽)

• 트릭스터는 금지를 위반하는 동시에 새로운 세계를 만들어내는 역설적인 존재이다. (204쪽)

• 스위스인들은 윌리엄 텔 이야기를 비롯해 영주 없고 법 없는 자유로운 삶에 관한 수많은 신화를 만들어냈다. 어떤 영주의 노예(농노)도 되지 않고 자기 자신의 주인이 된다는 것이 그들의 모토였다. (327쪽)

• 트릭스터는 거짓말쟁이 도둑, 변신과 변형의 천재, 성스러운 것과 속된 것을 섞는 자, 탈출구 없는 상황을 타개해내는 자이다. 트릭스터에겐 넘어서는 안 될 금기란 없고, 위반해서는 안 될 절대적인 질서란 없으며, 내부의 것을 바깥으로 꺼내고 하부의 것을 상부에 놓는다. (334~335쪽)

• 창조적인 유머와 위트는 트릭스터의 특성이다. 트릭스터는 가볍고 쾌활하며 웃음을 가져온다. (354쪽)

• 트릭스터는 언제나 아웃사이더이고 고독하며, 오로지 혼자서 마음 내키는 대로 길을 간다. (356쪽)

방랑자이자 경계인, 금기 위반자, 변신과 변형의 천재, 양면성을 지닌 혼란과 뒤섞임의 존재 등 트릭스터에 대한 설명은 도적왕에게도 잘 들어맞는다. 도적왕은 정직과 거짓(사기), 도덕과 부도덕, 선과 악이라는 현실 제도와 규범의 틀로 이분법적으로 평가하기 어려운 지점에 놓인, 지배 질서를 교란하는 문제적 인물이다. 처음에는 자발적이었으나 결말에서는 구조와 제도, 타의(영주의 법과 명령)에 의해 '추방당한' 위험한 '경계인'이기도 하다. 이처럼 불안정하고 모순된 지점들로 말미암아 독자는 도적왕을 향해 혼란스런 감정을 느낄 수 있다. 이 혼란스런 감정의 밑바탕에는 근대 법 질서의 테두리에서 합리적으로 사고하고 행동하기를 지향하는 근대인의 관점이 깔려 있기 때문이 아닌가 한다. 트릭스터로서의 도적왕의 형상에는 구전 민담이 지닌 민중성, 역동성이 녹아들어 있다.

작품으로 돌아와서 도적왕이 어떤 인물인지 다시 살펴보자. 절대 권력인 중세 영주와 기독교가 지배하는 세상에서 가난한 농부의 아들로 태어나 그 질서에 순응하며 살아간다면 주인공은 아버지와 다를 바 없이 봉건 영주의 예속민으로서 근면 성실하게 살아가더라도 가난한 농부의 처지를 벗어날 수 없는 인물이다. 도적왕은 어릴 때부터 영특하고 장난이 심하며 기질상 자유분방한 성격이라 틀 안에 가둬질 인물이 아니었다. '집을 뛰쳐나가버리고'(나카지마 고토본)라든가 '어데로 달아나서'(방정환 번역본)라는 표현 대신 원작에서는 '넓은 세상으로 나가 버렸'다거나 '제 곁을 떠나버리고'라고 표현하였다. 장난이 심하다는 것은 어찌 보면 어른의 입장에서 말 잘 듣는 순응적이고 길들여진 모습이 아니라는 말이다. 도적왕은 그런 순응적인 존재라기보다는 호기심과 모험심이 강한 기질이다. 폴 아자르가 "미지의 세계에 대한 강한 동경과 불확실한 것을 실현시키고 싶어하는 어린이들의 모험정신"[17]을 중요하게 언

---

17 폴 아자르, 햇살과나무꾼 역, 『책, 어린이, 어른』 시공주니어, 1999, 79쪽.

급한 것처럼 호기심과 모험심은 어린이의 주요한 특질이기도 하다. 도적왕은 '톰소여' '허클베리 핀' '피노키오' '삐삐'처럼 어른의 말과 제도권 교육에 순응하지 않는 어린이다움의 특성을 지닌 말썽꾸러기 캐릭터들의 원조인 셈이다.

2) '원초적 반란자' 의적(義賊) 도적왕

한편 도적왕은 에릭 홉스봄의 『밴디트—의적의 역사』에서 정의한 '원초적 반란자'로서의 '의적'이다. "의적을 나타내는 영어 'bandit'의 라틴어 어원은 '법 바깥에 존재하는 사람'이라는 뜻으로, 우리말로 무뢰배, 무법자이다. 이는 법을 어기는 자, 법으로 다스려지는 사회에서 추방된 자라는 부정적 뜻을 갖는다. 한편 이들은 법을 넘어선다는 의미도 동시에 갖는다. 즉 의적이란 악법이자 허술한 법이라는 법체계의 모순성 위에서 만들어지는 존재"[18]이다. 에릭 홉스봄은 "의적은 농촌의 위법자들로서 군주와 국가에 의해 범죄자로 간주되지만 같은 편인 농촌 사회 내 사람들은 이들을 영웅, 수호자, 복수자, 정의의 투사 등으로, 심지어는 해방군으로까지 보았다. 또한 어떤 경우에든 존경하고 도와주고 지지해 주어야 하는 사람들"[19]이라 평가하였다.

김양식에 따르면, 중세 봉건 사회가 해체되고 근대 사회로 이행되는 시기에 많은 나라에서 의적이 등장했고 그와 관련된 이야기가 만들어지고 전해졌다고 한다. 중세 말은 세계적으로 의적이 출몰한 시대라 할 만하다. 근대 법치 국가가 등장하면서 의적은 역사 속으로 사라질 운명을 겪게 되지만, 지배자의 억압에 맞선 민중들은 더 나은 세상을 원하며 의적 이야기를 전승해왔다. 영국의 로빈 후드는 영주와 부패한 성직자,

---

18 박홍규, 『의적, 정의를 훔치다』, 돌베개, 2005, 29쪽.
19 에릭 홉스봄 지음, 이수영 옮김, 『밴디트—의적의 역사』, 민음사, 2004, 48쪽.

말단 관리들을 처벌하고 가난한 농민의 벗이 되었기에 가난한 자의 영웅인 '의적'의 대표자로 떠올랐고, 우리의 경우 홍길동이나 장길산, 임꺽정, 일지매 이야기 등이 대표적인 의적 이야기이다.[20]

①그림형제 「최고의 도둑」	저는 최고의 도둑이니까요. 제 앞에서는 자물쇠도 빗장도 아무 소용이 없습니다. 일단 가지고 싶으면 그것은 제 것입니다. 제가 보통 하찮은 도둑들처럼 도둑질을 한다고 생각하지 마세요. 저는 넘쳐 날 정도로 부자인 사람들 것만 **훔치니까요**. 가난한 사람들의 것을 손대지 않아요. 그들에게는 아무것도 **빼앗지** 않고 오히려 가져다준답니다. 저는 노력과 꾀와 솜씨가 필요하지 않은 것은 건드리지도 않습니다.
②나카지마 고토 「대도적」	저는 대도적입니다. 수갑도 빗장도 제 앞에서는 아무런 소용이 없습니다. 제가 원하는 물건은 무엇이든 제 것입니다. 보통의 소도적처럼 살금살금 훔치는 것과는 다릅니다. 저는 단지 부자의 남아도는 것을 **가져올 뿐입니다**. 가난한 사람한테는 아무 짓 안 합니다. **훔치지도 않**을뿐더러 제쪽에서 베풀 정도입니다. 저는 또한 실력이나 솜씨가 필요치 않는 것에는 결코 손대지 않습니다.
③방정환 「천당 가는 길」	도적 중에서 제일 큰 도적이 되었습니다. 자물쇠로 잠그거나 빗장을 지르거나 내 앞에는 소용이 없습니다. 제 눈에 좋게 보이는 것은 세상 물건이 모두 제 것입니다. **그러나 그다지 나쁜 짓은 아니 합니다.** 다만 부자의 너무 많은 것을 덜어다가 구차한, 없는 사람에게 나눠 줄 뿐입니다. 아, 아버지 저 때문에 목숨을 잃거나 굶게 되거나 한 사람은 없어도 저 때문에 목숨을 구하고 살아갈 밑천을 얻은 사람은 많았습니다. **결코 그다지 나쁜 짓은 아니 하였습니다.**

가난은 나라님도 구제할 수 없다는 말이 있다. 그런데 도적왕은 목숨을 잃거나 굶주림에 허덕이는 현실에 놓인 가난한 이들을 구제한다. 중세 말~근대 초기 불평등한 사회의 구조적 모순과 지배층의 하층 민중에 대한 억압과 약탈 등으로 전 세계적으로 '원초적 반란자'들이 출몰했다. 이러한 사회 상황에서 실제 인물뿐 아니라 민중들의 상상 속 인물들로 민중 영웅인 '의적'도 탄생했다.

1830년을 전후로 독일에서 민중 의거가 일어났고, 핍박받고 있는 가

---

20 김양식, 「활빈당이 바로 잡으려 한 나라」, 김양식 외, 『조선의 멋진 신세계』, 서해문집, 2017, 10~38쪽.

난한 민중들에 관한 열정이 그림형제로 하여금 민속문화에 관심을 기울이게 했다고 한다.[21] 「최고의 도둑」이 『어린이와 가정을 위한 이야기』의 제5판(1843년)에 비로소 실리기 시작했던 것도, 당대 독일 사회의 역사적 상황 속에서 이 이야기가 그 이전보다 더 많은 이들에게 사랑받으며 입에서 입으로 전해졌기 때문일 것이다.

한편, 원작과 중역본에서 '훔치다' '빼앗다'로 표현했던 도적왕의 행위는 방정환의 번역에서는 '덜다' '나눠주다'로 바뀐다. '빈익빈부익부'의 사회 모순에 대한 비판적 인식에서 원시적 방식이지만 공정 분배에 대한 사고가 깔려 있다고 보인다. 또한 방정환은 도적왕의 행위를 가난한 이들에 대한 물질적 도움과 시혜를 강조하는 표현 대신 그들이 생존의 위기에서 목숨을 건지고 궁극적으로는 '살아갈 밑천'을 얻게끔 하는 것으로 그려 놓았다. 작품에서 구체적으로 그려지지는 않았지만 도적왕은 영주의 절대 권력과 교회의 탐욕과 타락을 조롱하고 무력화하는 '반란자'이다. 반면, 생존을 위협하는 가난으로부터 민중들을 구제하는 민중의 영웅이다. 방정환이 주인공을 원작의 '최고의 도둑/거물도둑'이나 중역본의 '대도적'이라는 말 대신 '도적왕'이라 표현한 데에는 '대단한 수완을 지닌 거물급 도둑'이라는 의미를 지닌 '도적 중에서도 최고의 우두머리'라는 뜻과 함께 민중의 참된 영웅으로서의 지도자 '왕'의 이미지를 부각하려는 이중적 의도가 작용했다고 볼 수 있다. 특히 원작과 나카지마의 중역본에서 "저는 노력과 꾀와 솜씨가 필요하지 않은 것은 건드리지도 않습니다."(그림본) "저는 또한 실력이나 솜씨가 필요치 않는 것에는 결코 손대지 않습니다."(나카지마 고토본)라는 식으로 도적이 자신의 탁월한 도둑질 솜씨와 승부욕을 과시하는 말 대신 방정환은 "그다지 나쁜 짓은 아니 합니다" "결코 그다지 나쁜 짓은 아니 합니다"로 두 번이

---

21 그림형제 지음, 김열규 옮김, 「역자 해설」, 앞의 책, 14쪽.

나 강조해 '의적'으로서의 도적왕의 면모를 부각하고 있다.

3) 아버지의 법

「최고의 도둑」의 도적왕은 두 아버지의 세계로부터 벗어난 아들이다. 즉 도적왕은 영주의 예속민인 현실의 아버지의 집(초라한 오두막, 다 쓰러지는 집)과 대부(代父)인 영주의 통치 권력이 지배하는 공간(영지)을 벗어나 길 위를 떠도는 여행자이자 성장담의 주인공이다. 넓은 세상으로 나갔다가 대도둑이 되어 부모를 만나러 잠시 집에 온 도적왕은 가난하고 늙은 아버지의 세계를 지배하는 더 큰 아버지인 영주가 지배하는 영토("내 땅"/"이 나라"/"내 영토"/"내가 다스리는 지경") 안에서 가족과의 평온한 삶을 허용 받지 못한다. 영주인 백작은 도적왕이 어릴 때 세례를 해준 '대부(代父)'로[22], 그의 지배권이 미치는 영토 안에서 절대 권력자이다. 그는 언제든 어떤 이유로든 도적왕을 교수형에 처할 수 있는 법 위에 군림하는 집행자로, 자신의 세계를 위협하는 불법인인 도적왕을 허용하지 않는다.

영주의 영토 밖에서 부와 명예와 권력을 누렸던 도적왕은 영주의 영토 안으로 들어온 순간 영주가 지배하는 세계의 질서를 강제로 따를 수

---

22 방정환은 그림의 원작과 나카지마 고토의 중역본처럼 백작이 도적왕에게 세례를 해준 대부였다는 사실을 그대로 번역하지 않고, 도적왕이 태어났을 때 이름을 지어 주고 귀애했다는 정도로 고쳤다. 영주와 기독교가 지배한 중세 문화를 바탕으로 한 작품인데 낯선 문화에 대한 이질감을 줄이기 위해 '세례'와 대부제가 지닌 중요한 의미를 삭제하였다. 원작과 중역본에서 도적왕이 첫 번째 과제 수행을 위해 '헝가리산 포도주'를 파는 노파로 변장했는데, 이때도 방정환은 '헝가리산 포도주'를 '좋은 포도주'로 번역하였다. 당시의 독자들에게 친숙하지 않는 문화나 사물 등을 그대로 번역하지 않고 고유명사를 보통명사화하는 방식으로 '단순화'한 것이다.
한편, 기독교 세례식에는 아이 곁에 부모와 함께 대부모가 등장한다. 백승종에 따르면, 대부모 제도는 '의사(疑似)가족' 관계로, 이들 대부모는 대자 또는 대녀의 영적 보호와 신앙 강화에 책임이 있다고 한다. 유럽의 속설에 따르면, 소작농민들은 자녀의 세례식 때 주인인 지주를 대부모로 모셨고, 소작농민의 자녀들도 장차 대를 이어 그 지주의 보호 아래 살 수 있기를 바라는 것으로 소작농민에게 대부모 제도는 일종의 생존의 버팀목 같은 역할을 했다고 한다 (백승종, 「소작농민의 사회적 안전망 대부모(代父母) 제도」, 『신동아』 2017년 8월호).

밖에 없다. 영주의 영토 안에서 목숨이나마 구하려면 천부적인 재능인 훔치는 기술로 영주가 부여한 세 가지 과제를 완벽하게 수행해야만 한다. 성공하면 목숨은 구할 수 있지만 실패하면 그대로 교수형에 처할 운명이다.

원작과 중역본에서 어린 시절 아버지로부터의 벗어남은 도적왕의 자발적인 선택이었다. 그런데 결말에서 영주의 법과 질서가 작동하는 세계로부터의 벗어남은 강제 추방당하는 것이다. 강제 추방은 도적왕의 존재 자체를 용납할 수 없는 권력의 탄압에서 비롯된 것으로, 민담이 지녔던 민중성과 주인공 운명의 비극성을 한층 부각한다.

① 그림형제 「최고의 도둑」	"너는 과연 큰 도둑이로구나. 네가 이겼다. 그러니 이번에는 털끝 하나 손대지 않고 고이 놓아주겠다. 하지만 이 나라는 떠나야 한다. 다시 이곳에 발을 들여놓는 날에는 교수대 위에 오를 것을 각오해야 한다."
② 나카지마 고토 「대도적」	"너는 정말로 대도적이다. 그리고 내기에서 이겼기 때문에 이번은 무사히 돌려보내주지만 하지만 내 영토에는 근처에도 얼씬거리지 않는 게 좋을 거다. 다음에 또 내 가까이에 올 경우에는 더는 목숨이 없다고 생각하고 있거라"
③ 방정환 「천당 가는 길」	"너는 참말 도적왕이다. 약속대로 목숨은 살려 주는 것이니 돌아가되 내가 다스리는 지경 안에는 오려면 좋은 사람이 된 증거를 가지고 오든지…… 그 대신 네가 없더라도 너의 부모는 이로부터 내가 끔찍이 보호하여 아무 근심 없도록 할 것이니 안심하고 가거라." 하였습니다.

한편 방정환의 번역본에서는 도적왕이 아버지의 세계에서 살아가려면 아버지의 법이 허용하는 삶을 살아야 한다. 이때 아버지의 법이 용인하는 삶은 도적왕 자신의 존재를 철저히 부정할 때에만 가능하다.

「천당 가는 길」에서 도적왕은 자기 존재를 부정하고 현실의 아버지와 그 아버지의 세계를 지배하는 더 큰 아버지인 영주(대부)의 세계로 편입될 것인지 아니면 자기 존재를 긍정하고 두 아버지의 세계로부터 벗어날 것인지 선택의 기로에 놓인다. 일방적으로 추방당한 원작과 달리 방정환의 번역에서는 두 방식의 삶, 즉 영주가 지배하는 성 안의 삶과 영주의 권력이 미치지 않는 성 밖의 삶 중에서 성 밖의 삶을 선택한다.「천당 가는 길」에서 도적왕은 아버지의 세계를 벗어나 길 위의 삶을 선택함으로써 아버지의 법을 거부한 아들로 홀로서기를 한다.

「천당 가는 길」의 결말은 원작과 동일한 귀결이지만 자신의 선택으로 두 아버지의 세계와 결별하기에 미묘한 차이가 난다. 근본적인 한계 속에서 이루어진 선택일지라도 원작의 일방적 추방과 달리 자신의 선택에 따른 떠남인 것이다. 한편, 성 밖의 삶에 대한 도적왕의 선택은 권력에 의한 강제 추방이 야기하는 억압성과 비극성을 다소 감소하는 기능을 한다. 또한 도적왕의 생사를 유일하게 결정할 권한이 있는 원작의 백작과 달리「천당 가는 길」의 백작은 도적왕에게 두 가지 삶 중 하나를 선택할 기회를 주고 도적왕의 부모를 안전하게 보호하겠다고 약속하는 등 전형적인 악인에서 벗어나 민담의 민중성을 약화하는 결과를 초래했다.

3. '반복과 차이'로 본 방정환 번역

1)「천당 가는 길」, 뤼패니앵(Lupinien) 방정환의 취향

「천당 가는 길」은『사랑의 선물』수록작 중 여러 면에서 독특한 점이 많은 작품이다. 수록작 10편 중 동일 작가가 쓴 작품이 유일하게 두 편 실렸는데 그 중 한 작품이라는 점, 작가의 대표작으로 거론될 만큼 유명한 작품이 아니라는 점,[23] 동화집 출간 이후 다른 지면에 재수록 되었다

---

[23]『사랑의 선물』에 현재까지도 원작자와 원작명이 확인되지 않는 작품(「어린 음악가」,「마음의 꽃」)도 있고,「장미요정」을 번역한「꽃 속의 작은이」도 안데르센의 대표작은 아니다.

는 점, 수록 작품 중 재미와 웃음을 주는 풍자성 강한 작품이라는 점, 매력적인 주인공이 등장하지만 논란이 될 만한 캐릭터라는 점 등을 들 수 있다.

한편, 「천당 가는 길」은 방정환이 좋아했을 법한 요소를 많이 지닌 작품이기도 하다. 「천당 가는 길」은 이른바 이 시기 방정환의 취향 저격작이다. 어린 시절 환등기를 가지고 이야기 들려주기를 했으며 통속대중문학에 대해 거부감이 별로 없었던 방정환은 영화와 연극을 좋아해 최초의 영화잡지를 편집 발행하는 일을 했고, 연극대본을 쓰고 소인극 배우 활동도 했으며, 서양화를 배우고 풍자만화(諷刺漫畵)를 그리기도 했고 사진 찍기를 좋아했다. 「천당 가는 길」에는 이처럼 다재다능한 예술가 방정환의 취향이 느껴진다.[24]

방정환은 1920년 6월 보성법률상업학교(보성전문)의 '문예부장'으로 청중들 앞에서 모리스 르블랑의 탐정소설 『813』을 구연하였다.[25] 괴도신사 '아르센 뤼팽'의 작가 모리스 르블랑의 탐정소설을 구연했던 것이다. 뤼팽은 '괴도(怪盜)' 신사의 대명사로, 신사이면서 강도이고 사기꾼이며 모험가다. 변장의 달인으로 가명을 사용해 신분을 숨기며 자유자재, 신출귀몰한다. 귀족이나 자본가의 저택 등에 침입해 값비싼 보석이나 미술품, 가구들을 훔쳐내는가 하면, 선량한 사람들을 돕는 의적(義賊)의 면모도 지니고 있다. 무엇보다도 괴롭힘을 당하는 부녀자와 어린이를 돕는다. 뤼팽의 팬을 지칭하는 '뤼패니앵(Lupinien)'이라는 말이 있을 정도로 작가는 모르더라도 작가가 탄생시킨 이 인물을 모르는 이들은 거의 없을 정도로 인기가 많은 매력적인 캐릭터이다. 「천당 가는 길」의

---

24 방정환의 소인극 배우 활동과 풍자만화에 대해서는 염희경, 「새로 찾은 방정환 자료, 풀어야 할 과제들」, 『아동청소년문학연구』 10호, 한국아동청소년문학학회, 2012.6. ; 염희경, 『소파 방정환과 근대아동문학』, 경진출판, 2014 참조.
25 1920년 6월 6일(『동아일보』 1920.6.7.); 1920년 6월 13일(『동아일보』 1920.6.13.); 염희경, 〈방정환의 강연회 및 동화회 일정〉, 염희경, 앞의 책 참조.

도적왕은 '트릭스터'이자 '의적'으로, 뤼팽은 그 도적왕의 현대판 후예인 셈이다.

방정환은 '북극성'이라는 필명으로 탐정소설을 번역하기도 했고, 아동탐정소설을 창작하기도 했다. 변장술과 속임수가 뛰어나 경찰관을 속이고 도둑질을 하는 남녀 2인조 도둑 이야기인 「괴남녀 이인조」(북극성, 『별건곤』, 1927.2)나 상류층 여성들을 꾀어 재산뿐 아니라 마음까지도 빼앗고 사라지는 '신사 강도'의 이야기를 다룬 일본의 탐정소설 「가면무도회의 밤(假面舞蹈會の夜)」을 「신사도적」(북극성, 『신소설』 1929.12)이라는 제목으로 번안하기도 했다.[26]

한편, 『어린이』(1924.10)에 중국 청나라 시절을 배경으로 폭정을 일삼는 왕에 대항해 왕으로부터 목숨을 위협받는 백성들을 구출해주는 민중영웅 이야기인 「월계처녀」를 번역했다. 월계처녀는 변장술과 지략이 뛰어나고 신출귀몰하는 존재로, 일지매 이야기처럼 민중들을 구하고 왕에게 월계꽃 한 송이를 경고장처럼 남기고 사라져 '월계처녀'라 불린다.

방정환은 외국의 동화와 탐정소설 등을 번역하였을 뿐 아니라 아동탐정소설도 창작했는데 『칠칠단의 비밀』의 상호는 곡마단원으로 몸이 날렵하고 변장술이 뛰어나며 의협심이 강한 소년으로 마약밀매와 인신매매 범죄집단인 칠칠단에 맞서 위기에 처한 동생과 조선 어린이를 구하는 대활약을 펼친다. 이처럼 방정환이 즐겨 다룬 탐정소설이나 모험소설의 성격이 강한 작품에서는 「천당 가는 길」의 주인공인 도적왕의 후예들의 흔적이 드러난다. 이쯤이면 방정환도 뤼패니앵이 아니었을까 싶다.

또한 방정환은 일본에서 『사랑의 선물』을 번역하던 시기에 계급 모순의 부당성이나 지배층의 허위의식과 속물성을 강하게 풍자 비판한 풍

---

26 방정환의 번역 「신사도적」에 관해서는 염희경, 「새로 찾은 방정환 자료, 풀어야 할 과제들」, 『아동청소년문학연구』, 10호, 한국아동청소년문학학회, 2012.6. ; 염희경, 앞의 책 참조.

자만필「은파리」(『개벽』 1921.1~1921.12)를 쓰거나 일본 사회주의자의 글(「깨어가는 길」, 『개벽』 1921.4)을 번역하고 풍자 우화「낭견으로부터 가견에게」(『개벽』 1922.2)를 쓰기도 했다. 방정환 문학에 대해 눈물주의라는 비판도 많지만 방정환은 참지 못하고 터져 나오는 웃음의 중요성을 강조했고(「웃음의 철학」, 『별건곤』 1927.8), 문학에서의 유열과 재미(「동화작법」, 『동아일보』 1925.1.1; 「아동문제 강연 자료」, 『학생』 1930.7)를 중요하게 생각했다. 「천당 가는 길」은 결코 단순하지 않은 다양한 결의 이야깃거리를 품고 있고, 이 시기 사상과 활동뿐 아니라 취향 면에서도 방정환에게 꽤나 매력적인 작품이었음에 틀림없다.

2) 「천당 가는 길」에 담긴 천도교 사상과 '회심'

방정환이 그림형제의 민담 중 대표작이 아닌 「최고의 도둑」을 선정해 「천당 가는 길」로 번역하여 『사랑의 선물』에 싣고 그것을 다시 천도교 기관지인 『천도교회월보』에 실었던 데에는 특별한 이유가 있을 것이다. 이러한 단순한 의문에서 시작해 텍스트 그 자체보다는 텍스트를 둘러싼 콘텍스트를 읽다 보면 새로운 지점을 발견하게 된다. 방정환이 동화작가를 선언한 배경과 이 시기의 활동과 경향성, 발표 매체와 독자층의 상관성 등으로 시야를 넓히고 원작과의 '반복과 차이'를 주목하면 「천당 가는 길」과 천도교, 그리고 천도교소년운동과의 긴밀한 관련성을 엿볼 수 있다. 3장 2절에서는 그러한 부분을 중점적으로 살펴보고자 한다.

가) 「천당 가는 길」을 『천도교회월보』에 재수록한 이유

개벽사는 『사랑의 선물』 출간 전후로 자사의 잡지와 당시 신문에 이 동화집을 자주 홍보했고, 1921년 2월 '동화작가 선언'부터 1923년 3월

『어린이』 창간 시기까지 『천도교회월보』 『개벽』 『부인』에 동화를 의식적으로 꾸준히 소개했다. 먼저 1922년 6월호 『개벽』과 『부인』에 『사랑의 선물』 첫 광고를 시작하였다.[27] 그리고 1922년 8~9월호 『개벽』과 『부인』에서는 '조선고래동화모집/조선 옛날이야기 모집' 공고를 내서 '새로 개척되는 동화'의 세계를 넓히기 위한 기초 작업을 추진했다. 이때 방정환은 조선고래동화 현상모집의 '선자(選者)'였다. 방정환의 번역동화집 출간에 이어 바로 그 다음 달부터 우리의 옛이야기를 발굴 소개하기 위해 '조선고래동화'를 모집한 것이다.

1921년 2월, 공식적으로 '동화작가 선언'을 한 이후 1921년 5월 천도교소년회 창립, 1922년 5월 1일 천도교소년회의 '어린이의 날' 제정, 1922년 7월 번역동화집 『사랑의 선물』 출간, 1923년 3월 『어린이』 창간, 5월 색동회 창립과 어린이날 행사 등에 이르기까지 일련의 상황을 살펴보면, 천도교청년운동가에서 아동문학가이자 어린이운동가로 중심 활동 축을 이동, 전환하는 방정환의 움직임을 엿볼 수 있다.

방정환은 1921년 2월 「동화를 쓰기 전에 어린애를 기르는 부형과 교사에게」의 글과 함께 「왕자와 제비」를 발표한 뒤 『천도교회월보』에 동화를 지속적으로 소개하고자 했다. 물론 이러한 시도는 예정에 없던 도쿄에서의 민원식 암살 사건 연루로 체포된 일과 청년회와 학교의 바쁜 일정 등으로 두세 달 지연되기도 했다.[28]

방정환이 『천도교회월보』에 동화를 소개하는 동안 천도교측은 1921

---

27 『개벽』과 『부인』 1922년 6월호는 둘 다 6월 1일자 발행이다. 두 잡지에 실린 『사랑의 선물』 첫 광고를 볼 때 『사랑의 선물』은 애초 6월 발행 예정이었으나 불가피한 사정으로 1922년 7월 7일 발행되었을 것으로 추정된다.

28 「왕자와 제비」 번역 후 "요 다음에는 다른 재미있는 것을 내겠습니다."(목성, 「왕자와 제비」, 『천도교회월보』 1921년 2월호, 103쪽)/"나의 가장 사랑하는 어린 벗들에게/다달이 재미있는 이야기를 말씀하기로 약속을 하여 놓고 두 달째나 말씀을 하지 않아서 몹시 미안합니다. 뻔히 내가 아니 써 보내고도 월보가 오면 동화가 찾아지고 또 없는 것이 몹시 나의 마음으로도 섭섭하였습니다. 더구나 일전에 '왜 계속 해서 내이지 않느냐'고 독촉하신 모르는 이의 엽서를

년 4월 '천도교청년회' 산하 '유소년부'를 만들어 그 활동 방향을 제시했고, 1921년 5월 '천도교소년회'를 창립하는 등 천도교소년운동을 본격화하였다. 이런 흐름을 볼 때 방정환이 1921년 2월, 평론과 동화를 『천도교회월보』에 발표할 당시 천도교청년회 내부에서 이후 소년회를 중심으로 한 천도교소년운동을 전개할 기획을 갖고 물밑 작업을 하고 있었다고 봐야 할 것이다.

『사랑의 선물』 출간과 동시에 방정환은 1922년 7월호 『천도교회월보』에 『사랑의 선물』 수록작 「천당 가는 길」을 재수록했고, 1922년 7월호(7월 10일 발행)와 9월호(9월 1일 발행) 『개벽』에는 아나톨 프랑스의 「아베 이유」를 '동화' 「호수의 여왕」으로 발표했다. 그 뒤 『개벽』 1922년 11월호에 오스카 와일드의 「이기적인 거인(욕심 많은 거인)」을 「털보 장사」로 번역해 실었다. 특히 『개벽』에서는 『사랑의 선물』 출간을 전후로 번역동화 수록뿐 아니라 조선의 옛이야기 모집(1922.8~9)과 '조선동화'(주요섭, 「해와 달」, 『개벽』 1922.10) 수록 등으로 동화에 대한 관심을 지속적으로 환기하였다. 방정환이 1923년 1월호 『개벽』에 발표한 「새로 개척되는 동화에 관하여」는 동화 개척기의 과제와 방향, 의의를 강조한 평론으로, 천도교와 개벽사를 중심축으로 한 일련의 활동이 지닌 의미를 집약하고 이후 과제와 방향을 제시하였다.[29]

받아보고 더욱 더 미안하였으나 지지난 달(인용자 주: 2월, 민원식 암살 사건 관련 체포)에는 몸이 갇혀 있느라고 쓰지 못하고 지난 달(인용자 주: 3월)에는 학교 일로 쓰지 못하고 마음 속으로 미안한 마음만 그윽하던 중 이번에 또 학교일(인용자 주: 4월 9일 도요대학 전문학부 문화학과 청강생으로 입학함) 청년회 일로 바빠서(인용자 주: 1921년 4월 5일 천도교청년회 도쿄지회 발회식을 갖고, 지회장으로 선출됨) 생각할 겨를이 없이 또 쓰지 못하게 되었습니다. 미안에 미안만 거듭 치게 되었습니다. 그러나 여러 어린 벗을 사랑하는 나의 마음 속 정으로의 섭섭함을 얼마라도 덜기 위하여 이번에는 급한 대로 짤막짤막한 것을 주워 쓰겠습니다. 예술 중에도 가장 어렵다는 동화 창작을 그리 함부로 쓸 수도 없고 하여 이번에는 창작만은 쉬고 다른 것을 쓰기로 하고 다음 달부터 느긋이 생각하여 반드시 좋은 새 것을 쓸 것을 다시 약속하여둡니다." (목성, 「이야기 두 조각─귀 먹은 집오리, 까치의 옷」, 『천도교회월보』 1921년 5월호, 93면; 한국방정환재단 엮음, 『정본 방정환 전집』 1권, 창비, 2019, 271~272쪽에서 재인용, 강조는 인용자.)

한편, 『부인』에서는 창간호인 1922년 6월호에 『사랑의 선물』 광고를 실은 뒤 방정환은 『개벽』에서와는 달리 여자 주인공이 등장하는 전설이나 애화류를 주로 싣는다.[30] 그 뒤 1923년 1~2월호에 '세계명작동화'로 그림형제의 '헨젤과 그레텔'을 「내어 버린 아이」라는 제목으로 2회 연속 소개했다. 또 1923년 5월호에 안데르센의 「영감이 하는 일은 언제나 옳다」를 「의좋은 내외」라는 제목으로 바꿔 실었다. 이처럼 『부인』에는 옛이야기 성격이 강한 작품들로 계모의 아동학대에 관한 이야기나 오랜 믿음으로 정답게 살아가는 노부부 이야기를 해학적으로 다룬 작품을 실었다. 잡지의 주 독자층인 여성, 부인을 대상으로 이야기를 선정하여 소개한 것이다.

방정환과 천도교와 개벽사는 『사랑의 선물』 출간 전부터 『어린이』 창간에 이르는 시기까지 『천도교회월보』『개벽』『부인』에 동화를 소개하였다. 『천도교회월보』에 주로 옛이야기 성격이 강한 작품(「귀 먹은 집오리」, 「까치의 옷」, 「귀신을 먹은 사람」)이나 천도교 색채가 가미된 작품(「왕자와 제비」 「천당 가는 길」)을 실었다면, 『개벽』에는 세계의 유명 소설가의 창작성과 환상성, 낭만성이 강한 동화를 실었고 『부인』에는 주 독자층인 여성 독자가 반발하거나 공감할 만한 여성 캐릭터가 등장하는 동화로 가족 공동체를 둘러싸고 벌어지는 일을 다룬 이야기를 주로 실었다.

잘 알려진 것처럼 개벽사의 잡지 발행은 천도교의 계층별 부문 운동

---

29 방정환은 이 글의 말미에 '11월 15일'이라 밝혀 놓았다. 이 글은 그 다음해 『개벽』 1923년 1월호에 발표되었지만, 실제로 번역동화집 『사랑의 선물』을 출간한 1922년에 동화를 번역하고 동화 관련 평론을 쓰며 분주히 움직였던 것이다.

30 방정환은 『부인』 1922년 8~9월호에 「푸시케 색시 이야기」를 발표하는데, 작품 소개에 앞서 "이것은 희랍의 예전 신화 중에 있는 취미 있는 이야기에서 오래인 옛적부터 그 곳 백성들 사이에 전해오는 것입니다. 그런데 이 이야기는 신화라는 이보다 일종의 훌륭한 동화입니다."라고 밝혔다. 잡지 목차나 본문에 별도로 '동화'임을 밝히지는 않았지만 동화라는 인식을 갖고 소개했다고 볼 수 있다. 그 주된 내용이 사랑 이야기여서 성인 여성을 독자로 한 『부인』에 발표했다고 봐야 할 것이다. 그 뒤 1922년 9월호에는 '사실애화' 「운명에 지는 꽃」을 발표하였다. '세계명작동화'라는 장르명을 붙여 동화를 소개한 것은 1923년에 이르러서이다.

차원에서 추진한 출판문화운동이었고, 각 잡지의 주요 독자층은 부문운동의 핵심 주도 계층이다. 매체별로 이해와 요구가 다른 독자층을 기반으로 한 잡지여서 수록 글의 소재나 주제가 다르다. 또한 같은 주제를 다루더라도 문체를 비롯해 말하는 방식에서도 차이가 난다.

방정환도 이 시기에 매체별로 상이한 독자층을 염두에 두고 그에 적합한 동화를 선정해 실었다. 『사랑의 선물』 출간과 동시에 동화집에 실린 「천당 가는 길」을 골라 세 잡지 중에서도 『천도교회월보』에 재수록한 데에는 작품의 주제나 문체, 문학적 특성 등과 매체의 주 독자층에 대한 각별한 고려가 전제되었다고 볼 수 있다. 「천당 가는 길」을 선정한 의도와 원작, 중역본과 방정환 번역본의 '반복과 차이'를 구체적으로 고찰하는 데에도 번역가 방정환의 이 당시 사상과 활동뿐 아니라 매체와 독자층의 상관성도 염두에 두어야 한다.

매체, 독자층과 관련해서 도적왕을 중세 농민반란과 연관된 '의적'이라는 관점에서 살펴본 부분을 주목할 필요가 있다. 방정환이 그림형제의 대표작이 아닌 이 작품을 선정한 데에 주인공의 그러한 면모가 적지 않게 영향을 끼쳤을 것으로 보기 때문이다. 천도교인이었던 방정환은 우리나라 민중운동사에서 빼놓을 수 없는 동학농민운동을 잘 알고 있었을 텐데, 의적 도적왕은 만민평등의 염원을 담고 불평등한 세상을 타파하기 위해 일어선 동학농민군을 떠올리게 했을 가능성이 높다. 천도교소년회에서 편집한 『어린이』 창간호에 녹두장군 전봉준을 노래한 동요 「파랑새」를 수록했던 것도 천도교인 방정환과 개벽사 그룹의 면모를 보여주는 사례라 할 수 있다.

방정환이 「동화를 쓰기 전에 어린애 기르는 부형과 교사에게」(『천도교회월보』 1921.2)에서 "인내천의 사도"인 "우리 교(敎) 중의 어린 동무"들이 "아름다운 신앙생활"을 동경하고 찬미하게 하고 싶어서 "이 예술(인용자 주: 동화)을 만들고" 싶다[31]고 선언했던 데에서도 동화 창작에 천도교인으로서의 강한 사명감이 내재해있었음을 알 수 있다.

시기적으로 몇 년 뒤의 일이지만 방정환은 「천도교와 유소년 문제」(『천도교회월보』 1928.1)에서 파란 많은 동학사의 동화화, 교리와 교회사의 동화화가 필요하며 그 일에 나서야 함을 밝힌 바 있다.[32] 「천당 가는 길」의 '의적' 도적왕은 동학농민군에 대한 집단적 기억을 간직한 『천도교회월보』의 주 독자인 천도교인들에게 남다른 공감대를 형성할 만한 주인공이라 할 만하다.

게다가 『천도교회월보』는 천도교청년운동가 방정환이 뚜렷한 목적의식과 배경을 밝히며 '동화작가 선언'을 하고 본격적으로 첫 번역동화를 발표했던 지면으로, '천도교소년회'라는 조직을 기반으로 천도교소년운동의 핵심 주도층이자 동화의 일차 독자인 어린이라는 실체가 뚜렷하게 독자층의 한 부분을 형성했던 매체이다. 첫 번역동화 「왕자와 제비」를 발표할 때 「동화를 쓰기 전에 어린애 기르는 부형과 교사에게」라고 하여 어린이를 양육·교육하는 성인 독자를 향해 발언했다면 '천도교소년회'가 창립된 1921년 5월, 동화 「이야기 두 조각—귀 먹은 집오리, 까치의 옷」(『천도교회월보』 1921.5)을 발표할 때에는 두 편의 동화를 소개하기에 앞서 글의 첫 시작에서 "나의 사랑하는 어린 벗에게"라거나 "어린 벗을 사랑하는 나"라는 식으로 동화의 독자인 '어린이'를 명확히 설정하고 발언하고 있다. 방정환이 『사랑의 선물』 출간에 맞춰 동화집에 수록한 「천당 가는 길」을 『천도교회월보』에 재수록한 것은 '동화작가' 선언 당시의 초심을 재확인하고 천도교소년운동가이자 아동문학가로서의 앞으로의 자신의 행보를 명확히 하는 작품과 매체라고 생각했기 때문은

---

31 목성, 「동화를 쓰기 전에 어린애 기르는 부형과 교사에게」, 『천도교회월보』 1921년 2월호; 한국방정환재단 엮음, 『정본 방정환 전집』 2권, 창비, 2019.

32 방정환, 「천도교와 유소년 문제」, 『신인간』 1928년 1월호; 한국방정환재단 엮음, 『정본 방정환 전집』 5권, 창비, 2019.

아닐까.

나) 타락한 중세 성직자에 대한 풍자성 강화

『천도교회월보』에 실렸던 「왕자와 제비」와 마찬가지로 「천당 가는 길」에는 기독교에 대한 풍자가 드러난다. 도적왕에게 부여된 세 번째 과제, 즉 목사와 사무원을 납치하는 부분에서 원작과 중역본, 방정환 번 역본을 살펴보면 방정환 번역에서 풍자성이 한층 두드러진다는 사실을 확인할 수 있다.

① 그림형제 「최고의 도둑」	잠시 설교를 들어 보던 성당지기가 신부를 툭툭 찌르며 말했다. "우리가 이 기회를 이용하여 마지막 심판의 날이 닥치기 전에 **함께 손쉽게** 하늘나라로 가는 것도 나쁘지 않을 것 같은데요." "그렇고말고."
② 나카지마 고토 「대도적」	두 사람은 잠시 설교자의 말 소리를 듣고 있다가 끝에 서기는 목사를 팔꿈치로 툭툭 치며 말했습니다. "이런 좋은 기회를 이용해 불멸의 날이 시작하기 앞서 **손쉽게** 천국에 갈 수 있다면 이런 달콤한 일은 없지 않습니까." "아아, 정말이다!" 하고 목사가 대답했습니다.
③ 방정환 「천당 가는 길」	거기서 또 도적왕의 설교를 잠깐 듣던 사무원이 넌지시 목사의 무릎을 꾹 찌르고 "이렇게 베드로님이 오신 기회를 타서 **남모르게 얼른** 천당으로 가면 그런 감사한 일이 또 어데 있습니까." "그러구말구. 어서 저 주머니 속으로 들어가세."

원작과 일본어 중역본에서는 심판의 날이 닥치기 전에 '손쉽게' 하늘 나라에 갈 수 있다는 기대감에 두 사람은 도적왕에게 속아 스스로 자루 에 기어 들어간다. 한편 방정환은 이 부분에서 '손쉽게'를 '남모르게 얼 른'으로 바꿔놓았다. 그리고 원작과 일본어 중역본에 없는 "목사와 사무 원은 에그 우리만 먼저 천당으로 가게 되니 이런 감사한 일은 없다고 하

며 기꺼워하였습니다."라는 문장을 덧붙인다. 번역 과정에서의 이런 변형과 추가는 핍박받는 이들이 구원에 이르도록 인도할 소명이 있는 종교 지도자가 심판의 날이 다가오자 자신들만 구원을 받으려는 탐욕과 이기심 가득한 존재임을 날카롭게 풍자한 것이다. 목사와 사무원에 대한 방정환의 이러한 풍자는 여기에 그치지 않는다.

① 그림형제 「최고의 도둑」	백작은 직접 비둘기장으로 올라가 도둑의 말이 정말임을 확인했다. 백작은 신부와 성당지기를 풀어 주며 말했다.
② 나카지마 고토 「대도적」	백작은 자신이 비둘기 사육장으로 가 도적이 말한 대로 목사와 서기가 마치 천국에 올라오거나 한 듯 비둘기 사육장 속에 잠들어 있는 것을 보고 두 사람을 자루에서 꺼내주었습니다. 그리고 도적을 향해 말했습니다.
③ 방정환 「천당 가는 길」	백작은 하도 의심스러워서 비둘기집에 들어가 보니까 큰 주머니가 놓여 있었습니다. 기가 막혀서 나오는 말도 없이 주머니를 끌러놓으니까 **목사와 사무원이 갑갑했던 듯이 튀어나오면서 "여기가 천당입니까? 백작께서는 어느 틈에 와 계십니까?"** "주님은 어데 계십니까?"하면서 물었습니다. 아무 말도 아니 하고 여기는 천당도 아니고 아무 데도 아니니 어서 돌아가라고 일러 보냈습니다. 어쩐 까닭을 모르는 두 사람은 모든 것을 이상히 보면서 돌아갔습니다.

방정환은 큰 주머니에서 튀어나온 목사와 사무원의 말과 행동을 새롭게 추가했다. 성스러운 종교 지도자의 가면을 쓰고 가난하고 무지한 민중들 앞에서 군림했을 그들의 위선과 어리석음을 한껏 폭로하며 웃음거리로 만들고 있는 부분이다. 「천당 가는 길」을 다른 지면이 아닌 천도교 기관지 『천도교회월보』에 실었던 것은 주 독자인 천도교인들이 이 작품을 재미있게 읽으면서 도적왕의 과제였던 성직자 납치 사건을 통해 진정한 구원이란 무엇인지, 참된 종교인의 태도가 무엇인지를 되새기기를 바라는 마음이 담겼으리라 추정된다. 저마다 한울님을 모시고 있으며(侍天主), 각자위심(各自爲心)에서 벗어나 동귀일체(同歸一體)해야 지상천국(地上天國)을 건설할 수 있다고 믿는 천도교인에게는 '천당 가는

길'을 찾는 것도, '주님은 어디 계시냐고' 묻는 것도, 자기만 살겠다고 아우성 치는 모습도, 끝내 어리석음을 깨닫지 못한 채 돌아가는 것도 모두 비판의 대상이다.

"번역에서 제목의 변경은 텍스트의 수용과 해석에 영향"[33]을 끼친다. 방정환이 '천당 가는 길'로 제목을 바꿨던 것은 독자로 하여금 호기심을 유발하게 하는 제목일 뿐 아니라 '내세의 구원'이라는 기독교의 믿음을 둘러싼 중세 성직자들이 벌이는 추악한 민낯을 '절대평등 지상천국'을 내걸고 현실 개혁과 현세의 삶에 관심이 많은 천도교인의 관점에서 비판적으로 희화화해 드러내기에 적절했기 때문일 것이다.

다) 원작과 중역본에 없는 새로운 화두 '회심'

원작, 중역본과 방정환의 번역본에서 가장 크게 차이가 나는 부분 중 하나는 결말이다. 방정환의 번역본에서는 원작과 중역본에서 볼 수 없는 '회심'이라는 용어가 등장한다. '회심'이라는 말은 집 나간 아들이 거물 도둑이 되었다는 사실을 알게 된 아버지가 아들이 마음을 돌리기를 간절히 바라는 권고에서 처음 나온다.

---

33 "번역에서 어떻게 제목이 바뀌는가에 따라 텍스트의 수용과 해석이 어떻게 영향을 받는가 하는 문제의 예가 된다. 『샬롯의 거미줄』은 스웨덴에서는 『환상적인 윌버』로 불린다. 초점이 한 캐릭터(여성)에서 다른 캐릭터(남성)로 바뀌는 것은 독자들에게 근본적으로 새로운 시각을 부여해준다." (마리아 니콜라예바, 김서정 옮김, 『용의 아이들』, 문학과지성사, 1998, 60쪽). 『샬롯의 거미줄』은 우리나라에서 번역 출판될 때 원작의 제목을 그대로 옮긴 시공주니어의 『샬롯의 거미줄』(1996; 개정판 2000년)과 주제의 특정 측면을 강조한 창비의 『우정의 거미줄』(2001)로 번역 출간되었다. 책 제목은 책 선택에서부터 영향을 줄 수 있으며, 독자의 작품 수용에도 근본적인, 제한적인 시각을 제공할 수 있다. 방정환의 번역동화에서 제목을 변경한 경우 원작에 대한 번역가 방정환의 해석과 수용이 반영된 것으로 목표 텍스트 독자를 향한 방정환의 전략적 말걸기 태도를 엿볼 수 있다.

①그림형제 「최고의 도둑」	"그래도 나는 달갑지 않구나. 도둑은 도둑이니까. 끝이 좋지 않다는 말밖에 할 말이 없구나."
②나카지마 고토 「대도적」	"교묘하든 그렇지 않든 도적은 도적이다. 네게 말해 둔다만 결코 끝이 좋은 것이 아니란다."
③방정환 「천당 가는 길」	"나는 즐겁지를 않다. 크거나 적거나 도적은 도적이다. **회심**을 하여라. 응? **회심**을 하여라." "염려 마십시오. 반드시 **회심**을 하겠습니다. 착한 사람이 되겠습니다." 하였습니다.

　원작과 중역본에서 아버지는 아들의 마음을 돌리려고 최선을 다해 권하기보다는 끝이 좋을 수 없다는 말로 두려움이 깔린 듯 또는 체념하듯 말한다. 결국 아들 스스로 결정하고 책임져야 함을 강조하는 말로 느껴진다. 반면, 방정환은 오랜 세월 떨어져 다른 삶을 산 장성한 아들이 마음을 고쳐 바르게 살기를 간절하게 권하는 아버지의 마음을 담았다.

　작품의 결말에서 이 '회심'이 다시 중요하게 등장한다.

①그림형제 「최고의 도둑」	"너는 과연 큰 도둑이로구나. 네가 이겼다. 그러니 이번에는 털끝 하나 손대지 않고 고이 놓아주겠다. 하지만 이 나라는 떠나야 한다. 다시 이곳에 발을 들여놓는 날에는 교수대 위에 오를 것을 각오해야 한다." 큰 도둑은 그의 부모와 작별 인사를 나누고 다시 먼 세상으로 떠났다. 그 뒤로 그의 소식을 들은 사람은 아무도 없다.
②나카지마 고토 「대도적」	"너는 정말로 대도적이다. 그리고 내기에서 이겼기 때문에 이번은 무사히 돌려보내주지만 하지만 내 영토에는 근처에도 얼씬거리지 않는 게 좋을 거다. 다음에 또 내 가까이에 올 경우에는 더는 목숨이 없다고 생각하고 있거라." 그래서 대도적은 백작 앞에서 물러나 양친에게 작별을 고하고는 그대로 먼 나라로 떠나버려 그 뒤로는 누구도 이 남자 모습을 보았다고 하는 자도, 소문을 들었다고 하는 자도 없었습니다.
③방정환 「천당 가는 길」	백작은 도적왕을 보고 아주 탄복하는 말로 "너는 참말 도적왕이다. 약속대로 목숨을 살려주는 것이니 돌아가되 내가 다스리는 지경 안에는 일절 오지 못하느니라. 어느 때든지 내가 다스리는 지경 안에를 오려면 좋은 사람이 된 증거를 가지고 오든지 ……. 그 대신 네가 없더라도 너의 부모는 이로부터 내가 끔찍이 보호하여 아무 근심 없도록 할 것이니 안심하고 가거라." 하였습니다.

> 그 후 도적왕은 늙으신 부모에게 그 이야기를 자세 여쭙고 그리고 반드시 다시 올 때는 **회심**하여 돌아오리라고 약속하고 어데론지 길을 떠났습니다. 그 후로는 아무도 그 도적왕을 본 사람도 없고 소문을 들은 사람도 없었습니다.

기존의 연구에서도 달라진 결말 부분에 주목해왔다. 도적왕에게 갱생의 기회를 줌으로써 백작의 따뜻한 인간미를 보여준다거나,[34] 죄를 지은 나쁜 사람도 뉘우쳐서 새로 좋은 사람이 될 수 있다는 희망과 가능성을 어린이에게 전하려 했다거나,[35] 백작을 인간미가 남아있는 악역으로 만들고 도적왕이 거듭날 수 있는 기회와 희망을 얻는 이야기를 통해 어린이 독자에게 긍정적 가치를 제시한다거나[36] 하는 것이다. 이들 평가는 뉘앙스의 차이는 있지만 거의 유사한 해석이다.

원작, 중역본과 다르게 바꿔놓은 방정환의 결말에 대해 이와 같은 평가가 가능할 것이다. 하지만 한편으로는 원래 민담이 탄생했을 당시의 사회역사적 배경이나 민중들이 이 이야기를 전승하며 '도적왕'에게 투사했던 소망이 방정환이 고친 백작의 긍정적인 태도 변화에는 제대로 반영되지 못하였다고 볼 수 있다. 결말에 이르기까지 도적왕이 세 번의 과제를 능숙하게 수행하며 구축해왔던 당대 지배층에 대한 풍자와 거기서 비롯된 통쾌감과 재미가 교훈적인 결말로 반감되고 말았다. 더욱이 트릭스터이자 의적인 도적왕이 영주의 성을 벗어나 '먼 세상'에서 앞으로 펼칠 대활약과 모험에 대한 독자의 기대와 상상이 제한되고 마는 결과를 초래한다. 따라서 방정환이 고쳐 쓴 백작의 태도 변화는 이야기의 통일성을 해칠 뿐 아니라 주제도 혼란스럽게 만들었다고 비판될 여지가 있다. 백작의 태도 변화에 대해서는 '굽은 나무'의 일화와 함께 3

---

34 이정현, 앞의 글, 98쪽.
35 장정희, 앞의 책, 199쪽.
36 야오위샤오, 앞의 글, 126쪽.

장 3절에서 좀더 살펴보도록 하겠다.

원작, 중역본에 없던 '회심'이라는 용어에 대해 다시 논의를 이어가면, '회심(回心)'과 '회심(悔心)' 두 용어 정도로 좁혀 생각해볼 수 있다.

회심(回心)

① 마음을 돌이켜 먹음

② 〈기독교〉 과거의 생활을 뉘우쳐 고치고 신앙에 눈을 뜸

③ 〈불교〉 나쁜 데 빠져 있다가 착하고 바른길로 돌아온 마음

회심(悔心)

잘못을 뉘우치는 마음   (국립국어원 표준국어대사전 참고)

이 가운데, 작품의 문맥을 보면 ① 마음을 돌이켜 먹음 또는 ③ 나쁜 데 빠져 있다가 착하고 바른길로 돌아온 마음이라는 뜻의 회심(回心)으로 추정된다. 흥미롭게도 '회심'이라는 말은 사전의 뜻 해설에도 나오지만, 기독교에서 회개를 통해 다시 태어남, 거듭남이라는 의미로 종교와 연관되어 자주 사용되기도 한다. 한편, 천도교에서는 사람은 태어나면서부터 우주의 본체인 한울님을 모시는 존재(侍天主)이기에 한울님의 성품을 품부받았다고 보고, 자기 속에 모신 한울님을 깨닫지 못하거나 잃어버린 것을 되찾기 위해, 즉 천심(天心)을 다시 회복하기 위해 수심정기해야 함을 강조한다. 이때 천심의 회복은 회심과 연관성이 있는 듯하다. "종교는 본래 자리에서 이탈한 인간이 다시 진리, 혹은 절대자와 연결하는 것을 목적으로 삼는다면, 회심(回心; 마음을 돌리는 행위)은 종교에 있어서 본질"[37]이라고 보는 관점은 방정환의 번역본에 등장하는 '회심'을

---

37 김용해, 「회심이 왜 중요한가?―동학 천도교와 그리스도교의 대화」, 김용해, 김용휘, 성해영, 정혜정, 조성환 지음, 『동학의 재해석과 신문명의 모색』, 모시는사람들, 2021, 15쪽.

다시금 생각해보게 한다. "회심이란 인간의 마음을 한울님(하느님 또는 절대지평)께 돌려 합치시켜 한울님의 뜻을 이루기 위해, 자신의 인식과 능력의 한계 속에서도 자신이 관계 맺고 있는 다양한 영역에서 더 큰 책임을 지려는 내적 결단이자 실행"[38]이며, "동학 천도교의 비전을 인간의 한울님과의 소통성, 천지인 삼재의 일체성, 모든 존재자의 평등성, 행위 주체로서의 인간의 소명으로 요약하고 이 비전을 관통하는 지향이 곧 회심의 수행"[39]이라고 한다.

과연 방정환이 「천당 가는 길」에서 천도교 관점을 담지한 용어로 '회심'을 사용했을지는 확정할 수 없다. '회심'과 '착한 사람' '좋은 사람'이라는 말이 함께 나오는 것을 보면 과거의 잘못을 뉘우친다는 뜻의 '회심(悔心)'으로 썼을 가능성도 완전히 배제할 수는 없다. 하지만, 이렇게 볼 때 선과 악의 이분법적 단순 논리로 도적왕을 가두는 문제가 생긴다. 더욱이 '착한 사람' '좋은 사람'이 결국 부모와 영주로 대표되는 중세의 지배 질서 하에서 그 제도와 관습, 도덕이 허용하는 인간형과 겹치는 위험성도 있다. 원작, 중역본과 달리 강제 추방의 형태 대신 도적왕이 영주의 세계로부터의 벗어남을 선택했고, 도적왕이 끝내 돌아오지 않았던 이유는 '착한 사람' '좋은 사람'이 모든 존재자가 평등성을 실현할 수 있는 그런 '회심'의 가치가 실현된 세계의 인간형, 즉 진정한 자유인, 해방인이 아니기 때문일 수 있다. 그런 점에서 방정환의 '회심'은 기존의 도덕관념이 허용하는 '착한 사람' '좋은 사람'의 차원을 훨씬 뛰어넘는 승화된 종교적 개념에 가깝다고 보인다.

---

38 김용해, 위의 글, 63쪽.
39 김용해, 같은 곳.

3) 천도교소년운동과 '굽은 나무'의 비유

앞에서 방정환이 그림의 민담 중「최고의 도둑」에 특별한 매력을 느꼈을 것으로 보고 당시 방정환이 지녔던 천도교 사상과 민중주의적 관심과 활동, 문학적 취향 등을 중심으로 그 이유에 대해 살펴보았다. 특히 방정환이 1920년 9월 개벽사의 도쿄특파원이자 천도교청년회 도쿄지회 설립 관련 활동과 선진문물과 제도, 사상과 문화를 배우고자 일본으로 건너간 이후『사랑의 선물』을 출간하기까지의 시기 동안에 방정환과 천도교계에는 새로운 전환이 있었다. 방정환은 이 시기 일본과 조선을 오가며 강연과 연설, 동화회 등을 통해 천도교소년운동과 어린이문화운동의 중심인물로 급부상하였다. 방정환이「천당 가는 길」을 번역했던 중요한 또 다른 이유가 이와 연관되었을 가능성이 높다.

원작에는 도적왕의 아버지가 어린 나무를 심는 장면에서 나무 옆에 기둥을 꽂고 나무가 구부러지지 않고 곧게 자라도록 조치하는 장면이 나온다. 이때 도적왕이 구석에 있는 구부러지고 마디가 진 나무에는 왜 그렇게 하지 않느냐고 물으니 어린 나무일 때 잘 잡아주었어야지 다 자란 뒤에는 소용이 없다고 한다. 곧이어 아들인 도적왕은 농부의 아들도 어렸을 때 잘 길렀어야지, 지금은 집을 나가 아주 구부러진 인물이 되었을 터인데 이제 와서 탄식하면 무슨 소용이 있겠느냐고 되묻는다. 어린 나무는 어린이를, 굽은 나무는 올바르게 성장하지 못한 어른을 비유적으로 드러낸다. 굽은 나무에 관한 두 사람의 대화는 어린 시절의 돌봄과 교육이 한 사람의 일생에 얼마나 지대한 영향을 끼치는지를 비유적으로 드러낸다.

방정환과 함께 천도교소년회의 중심 인물인 김기전은「장유유서의 말폐—유년남녀의 해방을 제창함」을 1920년 7월호『개벽』에 발표하였다. 이 글은 천도교소년운동의 본격적인 첫 담론으로, 소년운동의 봉건적 윤리로부터의 해방의 성격을 잘 보여준 평론이다. 방정환의 강연 목록 등을 살펴보면, 1920년 7월 28일 〈자녀를 해방하라〉는 연제로 강연을 한다. 어린이와 관련된 방정환의 첫 강연으로 같은 달 『개벽』에 발표된 김기전의 「장유유서의 말폐—유년남녀의 해방을 제창함」의 논지를 이어받고 있으리라 추정된다. 방정환은 그 뒤 1921년 하기 방학을 맞아 전국순회강연을 다니며 〈잘 살기 위하여〉라는 연제로 강연을 하였다. 천도교의 사상과 이론을 정리한 이돈화는 1921년 12월호 『개벽』에 「신조선의 건설과 아동문제」를 발표하였는데, 이때 "10년 후의 조선을 잊지 말자" "조선의 근본적 개조를 위해 인물 개조"가 필요한데 그 본위는 "아동문제"라고 강조하였다. 천도교소년회의 창립 1주년을 기념하는 1922년 5월 1일, 천도교소년회는 '제1회 어린이의 날'을 개최하는데 이때 내걸었던 구호가 바로 '10년 후의 조선을 생각하라'였다. 어린이날은 '10년 후의 조선' '조선의 미래인 어린이'를 잘 키우자는 운동이었던 것이다. 방정환이 1922년에 했던 강연의 연제는 〈새 살림 준비〉〈소년회 조직 필요〉〈생활개조와 아동문제〉 등이었다. 『사랑의 선물』 출간 전후로 천도교소년운동의 전개와 방정환의 관련 강연들이 이어지고 있음을 알 수 있다.[40]

---

40 1920~1923년까지 방정환의 동화회, 강연회 일정과 어린이, 소년운동 관련 평론 목록은 다음과 같다(염희경, 「강연회 동화회 일정」, 한국방정환재단 엮음, 『정본 방정환 전집』 5권, 창비, 2019 참고). 천도교계 김기전, 이돈화의 소년운동 관련 글과 어린이문화운동, 천도교소년운동 관련 주요 기념일 등도 표기하였다.

  1920.7. 김기전 「장유유서의 말폐—유년남녀의 해방을 제창함」(『개벽』) *천도교계 소년운동의 본격적 첫 담론.
  1920.7.28. 〈현금시세와 정신의 개조〉로 강연하려다 임시 개정하고 〈자녀를 해방하라〉로 강연(『동아일보』 1920.8.1.)
  1920.9.14. 방정환의 일본행, 개벽사 도쿄특파원, 천도교청년회 도쿄지회 설립건
  1921.2. 「왕자와 제비」 『천도교회월보』 수록, '동화작가 선언; 「동화를 쓰기 전에 어린애 기르는 부형과 교사에게」 『천도교회월보』 수록 *천도교 소년운동에 대한 관심과 동화작가 선언
  1921.4. 천도교청년회 도쿄지회 창립, 지회장
  1921.5.1. 천도교소년회 창립일

1921.6.18. 〈잘 살기 위하여〉 강연 (『동아일보』 1921.6.22.)

1921.6.21. 〈잘 살기 위하여〉 강연 (『동아일보』 1921.6.27.)

1921.6.26. 〈잘 살기 위하여〉 강연 (『동아일보』 1921.7.4.)

1921.7.4. 〈잘 살기 위하여〉 강연 (『동아일보』 1921.7.9.)

1921.7.10. 천도교소년회 담론부 주최로 경운동 천도교당에서 소년강연회 개최. 방정환을 '소년에 대한 연구가 많은' '동양대학' 학생으로 소개. *방정환과 천도교소년회원들의 공식적인 첫 만남. (『동아일보』 1921.7.10.)

1921.7.12. 〈잘 살기 위하여〉 (『동아일보』 1921.7.19.)

1921.7.14. 〈잘 살기 위하여〉 (『동아일보』 1921.7.17.)

1921.7.15. 〈잘 살기 위하여〉 (『동아일보』 1921.7.20.)

1921.7.18. 〈잘 살기 위하여〉 (『동아일보』 1921.7.22.)

1921.7.20. 〈잘 살기 위하여〉 (『동아일보』 1921.7.27.)

1921.7.22. 〈잘 살기 위하여〉 (『동아일보』 1921.8.6.)

1921.7.25. 〈잘 살기 위하여〉 (『동아일보』 1921.7.29.)

1921.10. 김기전, 「가하할 소년계의 자각」(『개벽』)

1921.12. 이돈화, 「신조선의 건설과 아동문제」(『개벽』) "10년 이후의 조선을 잊지 말자" "조선의 근본적 개조를 위해 인물 개조, 그 본위는 아동문제"

1922.2. 「몽환의 탑에서―소년회 여러분께」(『천도교회월보』)

1922.5.1. 천도교소년회의 제1회 '어린이의 날' "십년 후의 조선을 여하라" (『동아일보』 1923.5.1.)

1922.6.18. 소년 보호 사상을 선전하기 위해 경운동 천도교당에서 개최한 천도교 소년환등강연회에서 〈새 살림 준비〉 강연 (『동아일보』 1922.6.18.)

1922.6.29. 개벽 인천지회 후원. 소년소녀가극회에서 〈소년회 조직 필요〉 강연 (『동아일보』 1922.7.2.)

1922.7.7. 번역동화집 『사랑의 선물』 출간

1922.7.12. 〈새 살림 준비〉 (『동아일보』 1922.7.22.)

1922.8~9. 『개벽』『부인』 '조선고래동화 모집/조선 옛날이야기 모집' 공고

1922.12.25. 〈생활개조와 아동문제〉 강연 (『동아일보』 1922.12.25.)

1923.1. 「새로 개척되는 동화에 관하여」(『개벽』) *말미에 '11월 15일' 밝힘(1922.11.15. 작성)

1923.1.4. 「소년회와 금후 방침」(『조선일보』 1923.1.4.)

1923.3. 「세의 신사 제현과 자제를 두신 부형께 고함」(『개벽』)

1923.3. 「소년의 지도에 관하여―잡지 『어린이』 창간에 제하여 경성 조정호 형께」(『천도교회월보』)

1923.3.20. 『어린이』 창간 (1923.3.1. 창간 예정이었으나 압수로 지연 발행됨, '천도교소년회 편집'이라 밝힘.)

1923.3.30. '색동회' 첫 회합

1923.5.1. 색동회 창립

1923.5.1. 조선소년운동협회의 제1회 어린이날

1923.5. 김기전, 「개벽 운동과 합치되는 조선의 소년운동」(『개벽』) '해방 운동으로서의 소년운동' 강조

1923.7.23. 전선소년지도자대회에서 〈소년문제에 관하여〉 강연 (『동아일보』 1923.7.25.)

1923.7.25. 전선소년지도자대회에서 〈동화에 관하여〉 강연 (『동아일보』 1923.7.25.)

한편, 앞에서 살펴보았던『개벽』과『부인』의 '조선고래동화 모집/조선 옛날이야기 모집' 공고 문구를 통해서도 천도교 측에서 동화 개척기에 '동화'를 '어린이', '교육'의 관점에서 중요하게 접근하고 있음을 확인할 수 있다.『개벽』에서 낸 '朝鮮古來童話 募集(조선고래동화 모집)'은 한자 표기 위주로 작성되었다. 우리나라 옛이야기를 모집하는 근본적 이유를 각 민족마다 민족성과 민족생활을 근거로 이야기와 노래가 있음을 밝히고, "민족사상의 원천인 동화문학의 부흥을 위하여 각지에 오래 파묻혀 있는 조선 고래의 동화를 캐어내기에 착수"해야 함을 밝히고 있다.『개벽』의 주 독자층이 성인 남성 중심의 근대 지식계층이었기에 관념어나 한자어, 일본어(예로 든 일본의 노래와 옛이야기)로 표기하고 서구 여러 민족의 민족성과 각 나라의 동화의 특성을 연관 지어 설명해 우리의 옛이야기 발굴의 필요성을 논리적이면서도 감정적인 설득 방식으로 전달하고 있다. 이때 흥미로운 것은 "우리의 앞에 새로 생장하는 새 민족에게 길러줄 무엇을 우리는 가지고 있느냐"와 "우리의 명일이 어찌 될

[그림 2] 〈朝鮮古來童話募集〉,『개벽』1922년 8월호.

것이겠느냐"같은 대목이다. '새로 생장하는 새 민족'은 어린이를 뜻하
며, '우리의 명일'은 민족의 미래, 어린이가 일굴 조선의 미래를 뜻한다.
옛이야기의 발굴과 동화의 개척이 어린이와 민족의 미래를 위해 절실
함을 강조했다고 볼 수 있다.

　이와 달리 『부인』에서는 쉬운 말과 내용으로 우리 옛이야기 모집을
알리고 있다. 한자로 표기한 '朝鮮古來童話'라는 용어 대신 '조선 옛날
이야기'라고 표현한 것도 그렇고 『개벽』에서 핵심적으로 등장했던 '민
족'이라는 단어도 전혀 찾아볼 수 없다.

[그림 3] 〈재미있는 조선 옛날이야기를 모집합니다〉, 『부인』 1922년 8월호.

〈재미있는 조선 옛날이야기를 모집합니다〉
　사람은 어렸을 때부터 좋은 교훈과 좋은 가르침 중에서 좋은 생각을 갖게 되
고 좋은 마음을 기르게 되고 또 그런 속에서 커가야 좋은 사람 좋은 일꾼이 되

는 것이므로 세계 어느 나라에든지 **어린사람에게 들려주는 좋은 이야기**가 많이 있어서 그 나라 아이들이 그 좋은 이야기를 듣고 자라서 튼튼하고 마음 착하고 좋은 일을 하는 사람이 되고 좋은 나라가 되는 것입니다. 그런데 우리나라에는 좋은 옛날이야기가 많았건마는 그동안 그것을 그리 대단히 알지 아니하고 내어 버려 두어서 지금은 그 좋은 이야기가 모두 파묻혀 버리고 아는 이조차 적어졌습니다. (하략) (『부인』 1922년 8월호, 강조는 인용자)

이처럼 『부인』에서는 어릴 때부터 좋은 교훈과 좋은 가르침을 받는 가운데 좋은 생각, 좋은 마음을 기르게 되고 그래야 좋은 사람, 좋은 일꾼이 된다며, 어린 사람에게 좋은 이야기를 들려주기 위해 묻혀있는 우리의 옛이야기를 찾아 들려주자고 제안한다. 점차 근대 학교 교육과 가정 교육, 근대식 양육에 직접 관여하게 되는 『부인』의 독자층인 여성, 부인들에게 어린이 양육에 유용한 좋은 이야기를 강조하면서 우리 옛이야기 모집의 중요성을 언급한 것이다. 이러한 내용과 관점은 당시 어린이 양육과 교육, 부인 계몽 강연 등에서도 많이 언급되었을 것이다.

1921~1923년 사이에 방정환과 천도교 측은 민족운동의 한 중심으로 천도교소년운동을 본격화하기 시작하였다. '씩씩하고 참된 소년이 됩시다. 그리고 늘 서로 사랑하며 도와갑시다'라는 구호를 내걸고 활동했던 천도교소년회의 운동에서 '참된' 소년은 표면적으로는 『부인』의 '조선 옛날이야기 모집' 광고의 문구인 '좋은 사람'과 그리 다르지 않다. 또한 「천당 가는 길」의 '좋은 사람' '착한 사람'이라는 말과도 그리 다르지 않을 것이다. 방정환과 천도교소년운동가들은 '10년 후의 조선을 생각하라'며 어린이운동을 펼쳤고 어린이를 잘 키우는 일이 결국 조선의 미래 운명을 좌우하는 일이라 믿었다. 「최고의 도둑」에 담긴 '굽은 나무' 일화는 '미래의 동량'에 대한 기대감이 강하던 시기였고, 민족운동으로서의 어린이운동, 어린이문화운동을 전개했던 방정환이 이 무렵 어른과

어린이 모두에게 전하고 싶은 중요한 메시지 중 하나였을 것이다. 이러한 목적의식이 결말에서 원작에 없는 '회심'과 '좋은 사람'을 다시금 불러온 주요한 이유였다고 봐야 할 것이다.

4. 「천당 가는 길」 번역의 성과, 한계, 또는 딜레마

1) 독자의 이해와 재미를 위한 구성의 변화

기존 연구에서는 「최고의 도둑」과 「천당 가는 길」의 구성상의 차이에 대해서 그리 주목하지 않았다. 나카지마 고토는 원작의 구성 방식을 그대로 따르고 있다. 방정환 번역본에서 형태상 크게 달라진 것은 4개의 장으로 구분한 것이다. 집 나갔던 도적왕이 부모를 만나고 백작을 찾아가 세 가지 과제를 부여받는 것까지를 1장으로 하고, 세 번의 과제 수행을 각각의 장으로 처리해 모두 4개 장으로 구성했다. 백작을 만나 세 가지 과제를 받은 도적왕은 그 다음날 밤부터 과제를 수행하면서 3일을 보낸다. 세 번의 과제는 모두 밤에 이루어지며 도적왕은 다음날 새벽이면 어김없이 백작을 찾아가 과제를 완수했다고 보고한다.[41] 각 과제(사건)는 하루씩 해결해야 하는 일로 저마다 다른 인물과 상황, 장소에서 펼쳐지며 기승전결의 구성으로 진행된다. 따라서 각 사건별로 장을 나누어 처리하면 독자들이 쉽게 이해할 수 있다. 마치 4편의 연작 구성의 작품이나 미니 시리즈를 보는 듯한 구성 방식이다. 4개의 장 처리는 긴 호흡의 이야기에 잠시 쉼을 주는 장치처럼 기능해 여러 다양한 사건이

---

41 원작과 중역본에서는 도적왕이 아침에 백작을 찾아가는데, 방정환은 모두 "그 밤이 새어 날이 밝을 때" "그 밤이 새어 이튿날 새벽에" "이튿날 새벽에"라는 표현을 써서 '새벽'임을 부각하고 있다. 아침보다는 새벽이라는 단어에서 어둠에서 빛으로의 변화가 좀더 강하게 부각된다.

연속적으로 이어지는 이야기에 익숙하지 않은 독자들에게는 읽고 이해하는 데에 도움을 줄 수 있다. 특히 각 장의 마지막 부분이나 시작 부분에 도적왕의 부모가 아들에게 벌어질 일을 걱정하는 마음을 반복 점층적으로 담아내고 있다. 원작에 없는 부분을 방정환이 추가한 문장들로, 자식에 대한 부모의 걱정과 사랑을 담고 있다고 평가되어왔다.[42]

방정환이 추가한 이 문장들은 독자로 하여금 부모의 마음에 감정이입하며 도적왕의 앞날을 걱정하게 되는 기능을 한다. 1장, 2장에서는 장의 마지막 부분에 나타나고, 3장의 마지막 부분에서는 이 형식을 깼다. 4장의 시작 부분에서 부모가 걱정하는 마음을 담아냈다. 4장은 세 번째 과제 수행의 날로 이야기의 마무리 단계이다. 4장에서는 "제일 어려운 문제가 남았습니다."라는 문장으로 시작해 이어지는 문장에서 부모의 근심이 더욱 커졌음을 드러내며 긴장감을 한층 고조하는 기능을 한다. 이처럼 4개의 장 구성은 4일에 걸쳐 일어나는 사건의 내용을 쉽게 파악하게 할 뿐 아니라 각 장의 앞뒤에 자식을 걱정하는 부모의 마음을 반복 점층적으로 추가해서 독자들도 도적왕에 대한 걱정과 응원의 마음을 차곡차곡 쌓이게끔 하는 기능을 한다.

1장	시작 : 어느 머디먼 시골에 단 두 식구가 사는 늙은 내외가 있었습니다. **마지막 : 도적왕은 실행할 일을 대담히 약속하고 돌아왔습니다. 늙은 부모님은 그 이야기를 듣고 아들의 목숨이 위태할까 몹시 근심하였습니다.**
2장	시작 : 그 이튿날이었습니다. **마지막 : 이번에야말로 위험한 일이라고 늙은 부모는 잠을 안 자고 근심하고 있었습니다.**
3장	시작 : 그날 밤이 또 되었습니다. 마지막 : "참말로 네 재주는 귀신같다. 그러나 이번 한 가지야말로 할 수가 있겠니? 살아 있는 목사님과 사무원을 무사히 도적해 오겠니? 그것을 못 하면 먼젓번 성적은 아무 효험이 없어지느니라." 하였습니다.

---

42 이정현, 앞의 글, 95쪽; 야오위샤오, 앞의 글, 121쪽.

4장

시작 : 제일 어려운 문제가 남았습니다. 이것이야말로 무슨 수로 산 사람을 둘씩이나 도적해 내올 수가 있겠느냐고 아들의 목이 벌써 베어지게 된 것같이 두 늙은이는 슬퍼하였습니다.
마지막 : 그 후로는 아무도 그 도적왕을 본 사람도 없고 소문을 들은 사람도 없었습니다.

또 다른 구성상의 변화는 첫 번째 과제를 수행한 날에 일어난 일을 서술할 때 나타난다. 원작에서 노파로 변장한 도적왕은 말을 지키던 병사들에게 수면제를 탄 포도주를 먹여 잠을 재운 뒤 말을 빼내기 위해 여러 방법을 쓴다. 이때 잠에 골아 떨어진 병정들의 모습을 묘사하고, 그들이 쥐고 있었던 것들을 바꿔치기하는 장면까지 차례로 서술하였다. 그런데 방정환은 이 장면에서 잠에 골아 떨어진 병정들의 모습을 묘사한 뒤 성공적으로 말을 빼냈다고 하고 다음 날로 장면을 전환한다. 원작에서는 다음 날 성공적으로 말을 빼내 온 도적왕을 보고 백작이 황당하게 웃으며 다음 과제에 대해 이야기한다. 하지만 방정환은 이 부분에서 도저히 믿을 수 없는 백작이 직접 마구간으로 가서 잠에 골아 떨어진 병사들의 모습을 보게 되는 상황을 새로 추가하였다.

특히 이 대목은 중역본이었던 나카지마 고토의 동화집에서 제목과 함께 제시되었던 삽화로, 도적왕의 탁월한 도적질 솜씨를 처음 드러내는 대표적 장면이다.[43] 순차적으로 매끄럽게 이어지는 원작의 구성 대신 방정환은 한 박자

[그림 4] 中島孤島, 「大盜賊」, 『グリム御伽噺』, 富山房, 1916.

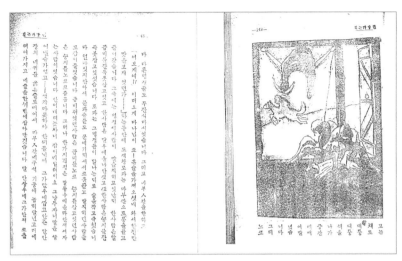

[그림 5] 방정환, 「천당 가는 길」, 『사랑의 선물』, 개벽사, 1922.

쉬어 가듯 장면을 전환하였다. 이런 구성으로 독자는 백작과 같은 처지
에서 잠에 곯아떨어진 병사들의 우스꽝스러운 몰골을 직접, 그리고 뒤
늦게 대면하게 된다. 일종의 서술 지연 전략으로 깜짝 효과를 발생시켜
훨씬 재미있는 상황을 연출하였다. 그런 상황을 직접 목격하자 "하도 어
이가 없어서 백작은 껄껄 웃"을 수밖에 없게 된다.[44]

---

43 방정환은 오카모토 키이치가 그린 이 삽화를 『사랑의 선물』의 「천당 가는 길」에 그대로 실었
다. 그런데 나카지마 고토의 경우 제목을 제시한 부분에서 작품의 대표 장면으로 이 삽화를 함
께 실었다. 한편 방정환은 해당 내용이 나올 때 이 삽화를 제시하였다. 독자가 이야기를 읽다
가 재미있는 상황이 연출된 이 장면을 상상을 통해서가 아니라 삽화를 통해 다시 한번 보게 되
는 것이다. 제목과 함께 삽화를 제시해 미리 궁금증을 야기할 수도 있지만, 삽화가 미리 제시
되어서 정작 그 장면에서 덜 재미있을 수도 있을 것이다. 방정환은 재미있는 장면을 숨겨두었
다가 깜짝 선물처럼 작품의 해당 부분에서 글뿐 아니라 삽화를 통해서도 그 장면을 다시금 보
여주고 있다.
44 그림형제본에서는 "백작은 웃을 수밖에 없었습니다."로, 나카지마 고토본에서는 "백작은 쓴웃
음을 지으면서 말했습니다."로 표현했다.

①그림형제 「최고의 도둑」	한 병사는 백작의 말안장 위에 앉아 있었고, 한 병사는 고삐를 쥐고 있었으며, 또 한 병사는 꼬리를 움켜잡고 있었다. 할머니는 그들이 달라는 대로 술을 주었고, 술통은 바닥이 났다. 오래지 않아 병사는 손에서 고삐를 떨어뜨리더니 풀썩 주저앉아 코를 골기 시작했다. 안장에 앉아 있던 병사는 그대로 앉아 있긴 했지만, 고개를 말목덜미에 닿을 정도로 떨구고 입으로 대장간 풀무소리만큼 큰 소리로 바람 쇠를 내며 자고 있었다. 밖에 있던 병사들은 이미 잠든 지 오래였다. 땅바닥에 퍼질러 누워 마치 돌덩이처럼 꿈쩍도 하지 않았다. 최고의 도둑은 일이 성공한 것을 보고 고삐를 잡고 있던 병사의 손에는 밧줄을 쥐어주고, 꼬리를 잡고 있던 병사의 손에는 짚으로 만든 빗자루를 쥐어 주었다.
③방정환 「천당 가는 길」	도적왕 노파는 마부간으로 농을 들고 들어갔습니다. 그 속에는 병정 세 사람이 말을 지키고 있는데 한 사람은 말고삐를 잔뜩 붙잡고 있고 한 사람은 말 위에 올라앉았고 또 한 사람은 꽁지를 잔뜩 붙잡고 있었습니다. 노파는 그 병정들이 달라는 대로 술을 자꾸 주었습니다. 얼마 있지 않아서 그 파수들도 문에 기대어서 코를 골고 말 지키던 사람들도 잠이 들었습니다. 고삐 쥐었던 사람은 고삐를 놓고 꽁지를 잡고 있던 사람은 꽁지를 놓고 코를 곱니다. (시간 경과 : 그 밤이 새어 날이 밝을 때 도적왕이 백작을 찾아가서 전날 백작의 말을 성공적으로 꺼내온 것을 보여준 뒤에—인용·자주) **백작이 황급히 내려가서 문간을 보니까** 파수들은 문에 기대어 선 채로 코를 골고 있고, 마부간에는 가 보니까 고삐 쥐고 있던 놈은 빗자루를 쥐고 앉아서 코를 골고 있고, 꽁지 쥐고 있던 놈은 짚을 한 묶음 쥐고 앉아서 구루룽구룽 코를 골고 있고, 또 한 놈은 보니까 공중에 매어달린 안장 위에 올라앉아서 대장간에 풀무처럼 코를 골고 있었습니다.

이상에서 살펴본 것처럼 「천당 가는 길」에서 구성상 큰 변화는 없다. 다만 4개로 장으로 처리하고 첫 번째 과제 수행 부분에서 구성을 달리해 서술 지연 전략을 썼다. 전반적으로 구성상의 변화가 크진 않지만, 이야기의 몰입과 재미를 위해 어떤 방법을 쓰는 것이 효과적일지를 잘 보여준 사례라 할 수 있다.

2) 근대문학으로서의 개연성 강화

원작, 중역본과 달리 방정환은 개연성을 높이기 위해 몇 가지 변형을 하는데 두 번째 과제 수행의 날에서 특히 두드러진다. 원작과 중역본에서는 도적왕이 백작의 부인을 속이기 위해 백작의 목소리를 비슷하게 흉내내는 것으로만 처리했는데 방정환은 "이번에는 복장을 꼭 백작과 같이 차리고 얼굴까지 수염까지 백작과 똑같게 꾸미고 왔습니다."라고 하여 도적왕이 백작의 모습과 똑같이 변장하고 가는 것으로 고쳤다. 백작 부인이 속게 되는 상황을 더 자연스럽게 만들며 변장술에 능했던 트릭스터로서의 도적왕의 모습을 한층 부각하였다.

특히 이 부분에서 방정환은 원작과 중역본에 없는 새로운 표현으로 '가짜 백작' '참말 백작'이라는 대립 구도를 만들어낸다. 단순히 양자의 대립만을 부각하기 위한 표현이 아니라 참과 거짓의 대결에서 거짓이 참을 이기는 것으로 읽게끔 만들어버리는 효과를 발생시킨다. 흔히 '가짜=거짓=악(=도적왕)' 대 '참말=진실=선(=백작)'이라는 현실 세계에 통용되는 일반적 상식에 의문을 제기함으로써 민중적인 뒤집기의 상상력을 더 뚜렷하게 보여주고 있다. 가짜가 악이 아니라 선일 수도 있고, 반대로 참이 선이 아닌 악일 수도 있으며, 또는 '가짜=악, 참=선'이라는 단순한 이분법이 무너질 수 있음을 두 인물의 대결을 통해 보여주는 표현이라 할 수 있다. 그런 점에서 원작과 중역본에 없는 '가짜 백작' '참말 백작'이라는 표현은 선악의 이분법을 넘어서는 트릭스터로서의 도둑왕의 특성을 드러내는 표현이라 할 수 있다. 또한 이 '가짜 백작'과 '참말 백작'은 우리의 쥐둔갑설화(손톱 먹은 쥐)나 고전소설 「옹고집전」, 마크 트웨인의 소설 『왕자와 거지』를 자연스레 떠올리게 하는 설정이라는 점에서도 흥미롭다.

원작, 중역본에서는 표현하지 않은 것으로 방정환은 백작 부인의 졸린 상황을 극대화하여 표현하였다. 잠에 취해 정신을 못 차리는 백작 부인이 백작과 거의 똑같이 꾸민 도적왕에게 속아 넘어갈 수밖에 없도록 자연스럽게 만든 것이다.

①그림형제 「최고의 도둑」	그날 밤 잠자리에 들 때 백작의 아내는 결혼 반지 낀 손을 꼭 쥐었습니다.
②나카지마 고토 「대도적」	이윽고 밤이 되어 백작 부인은 침실로 들어가 결혼 반지 낀 손을 꼭 쥐었습니다.
③방정환 「천당 가는 길」	그날 밤이 되었습니다. 백작의 부인은 이불과 반지를 아니 빼앗기려고 졸린 눈을 비벼가면서 잠을 아니 자고 있었습니다.

①그림형제 「최고의 도둑」	도둑은 백작의 목소리를 흉내내어 말했습니다. (중략) 백작 부인은 그에게 시트를 건네주었습니다.
②나카지마 고토 「대도적」	도적은 백작의 목소리 음색을 내어 (중략) 백작 부인은 곧바로 홑이불을 집어 도적 손에 건넸습니다.
③방정환 「천당 가는 길」	그 틈에 가짜 백작 도적왕이 침실로 들어갔습니다. 졸려서 졸려서 못 견디겠는 것을 억지로 억지로 참아가며 자꾸 감겨지는 눈을 억지로 거슴츠레 뜨는 부인은 도적을 죽이고 백작이 들어온 줄로 알았습니다. 도적왕은 백작과 같은 음성을 내어서 (하략)

방정환은 원작, 중역본과 달리 도적왕이 두 번째 과제를 성공적으로 완수하도록 상대를 감쪽같이 속일 수 있는 뛰어난 변장술, 백작부인의 참을 수 없는 잠, 그리고 사건이 벌어지는 날의 상황에도 변화를 주었다. 달빛이 환히 비추는 날에서 컴컴한 날로 바꿔 백작이 도적왕과 가짜 송장(고무 인형)을 구분하지 못하도록 함으로써 개연성을 높인 것이다.

①그림형제 「최고의 도둑」	달빛이 유난히 밝은 밤
②나카지마 고토 「대도적」	그날 밤은 마침 환한 달밤으로 낮처럼 밝아
③방정환 「천당 가는 길」	백작은 밖으로 내려와서 컴컴한 데 피를 흘리고 있는 자빠진 가짜의 송장을

이처럼 개연성을 강화하는 요소들은 구전 민담을 근대아동문학 '동

화'로 번역하는 과정에서 더욱 강화된다. 독자들에게 이야기 속 사건이 그럴듯하게 의심없이 받아들여질 수 있도록 구체화, 합리화 과정을 거치는 것이다.

3) 「천당 가는 길」 번역의 아쉬운 점

「천당 가는 길」 번역에서 아쉬운 대목들도 있다. 방정환은 자국화 번역을 하는 데에 능숙한 솜씨를 발휘해 문화 이식의 불편함을 줄이고 우리 정서를 해치지 않으면서 보편적 정서로 이끌어내거나 민족주의를 강화하는 방식으로 외국 작품을 번역하곤 했다. 작품 해석 과정에서 몇몇 부분에서의 번역에 나타난 문제점을 살폈는데, 어린 시절의 교육과 관련해 원작에서 배움이라 한 것을 근대의 학교 교육으로 대체해 번역한 부분도 좀더 신중했어야 할 부분이다.

도적왕이 어린 시절에 '아무 것도 배우려 하지 않고'라 했던 원작과 달리 중역본과 방정환 번역본에서는 '읽고 쓰는 공부'라거나 '학교에를 보내도 공부는 아니 하고'로 옮겼다. 원작에서의 사회적 배경으로 본다면 농사일이나 수공일 등 육체노동에 필요한 기술이라든가 생활에 필요한 실용적인 배움을 뜻한다. 나카지마 고토의 번역본과 방정환 번역본에서 1910~20년대 일본과 조선에서 어린이를 대상으로 한 근대 학교 교육의 필요성을 염두에 두다 보니 이 배움을 제한적으로 번역한 것이라 비판할 수 있다.

① 그림형제 「최고의 도둑」	오래 전에 넓은 세상으로 나가 버렸습니다. 어떻게 된 게 버릇이 잘못든 아이였습니다. 영리하고 약삭빠르지만 **아무것도 배우려 하지 않고** 순전히 못된 장난만 하더니, 결국 제 곁을 떠나버리고 말았습니다.
② 나카지마 고토 「대도적」	난폭하고 어처구니없을 정도로 기센 놈이었지요. **읽고 쓰는 공부는 거들떠보지도 않고** 온종일 나쁜 짓만 골라하더니 마침내 집을 뛰쳐나가 버리고 그 뒤로는 아무런 소식이 없습니다.

③방정환 「천당 가는 길」	어찌 장난이 심하고 심술궂은지 **학교에를 보내도 공부는 아니 하고** 동무 애들을 때리기 잘하고 동네에서도 사자 노릇을 하더니 기어코 어데로 달아나서는 영영 소식이 없어졌습니다.

4) 민담과 동화 사이, 번역의 딜레마

기존의 연구에서 원작, 중역본과 달리 방정환이 교수형 당해 죽은 죄수의 시체를 고무 인형으로 대체한 것을 두고 어린이 독자를 염두에 두고 잔인한 부분을 삭제한 것으로 평가하였다. 구전 민담의 잔혹성, 외설성, 원형성 등이 근대 아동문학으로 정착되는 과정에서 일어나는 순화 과정이라 볼 수 있을 것이다.

①그림형제 「최고의 도둑」	교수대에 매달려 있는 **불쌍한** 죄수
②나카지마 고토 「대도적」	교수형을 당한 죄인
③방정환 「천당 가는 길」	고무로 만든 사람과 같은 인형

한편, 그림형제의 민담에서는 당대 중세 시대의 교수형에 처했던 많은 죄인들의 상황을 반영하면서 그들을 '불쌍한'이라고 지칭함으로써 이야기를 전승했던 당대 민중들의 의식을 반영하고 있다. 도적왕이 불쌍한 죄수의 시체를 이용해 백작을 속여 죽을 위기를 모면하게 되는 장면은 도적왕의 비인간성이나 잔혹성을 드러내는 대목이기보다는 죽은 자가 죽을 위험에 처한 사람을 살리는 희생제의적 성격을 지닌다고 볼 수도 있을 것이다. 신화적, 종교적 속성이 내재되어 있던 민담이 근대 동화화되면서 잔혹성이라는 측면만이 부각되어 단순화되는 것은 아닌지 따져보아야 할 것이다.

또한 중세의 절대 권력자인 영주가 자신의 법으로 교수형으로 처벌한 죄수를 도적왕의 술수에 빠져 의도하지 않은 행위이지만 손수 죄수를 묻어주는 상황을 만든 것도 어찌 보면 죄수를 불쌍하고 억울한 존재로 이해하고 그 죽음을 애도하고자 했던, 이야기를 생산하고 전승한 민중들의 바람을 담았던 것은 아닐까 한다. 만일 그렇다면 근대인의 감각으로 이 부분에 대해 단순한 해석을 시도했다고 보인다.

　한편, 어린이 독자를 상대로 한 동화라는 관점뿐 아니라 천도교인 방정환의 입장에서도 교수형에 처해 죽음을 맞았던 불쌍한 죄수를 두 번 죽이는 행위를 그대로 옮길 수 있을까 따져볼 필요가 있다. 인간뿐 아니라 모든 자연물과 무생물에도 한울님이 깃들어 있다고 믿는 신앙인으로서 방정환이 시체 대신 고무 인형으로 바꾼 것은 죽은 존재조차 귀하게 여겨야 한다고 생각해서는 아니었을까. 그렇게 볼 때, 이 부분의 변형은 어린이 독자만을 염두에 둔 근대 아동문학으로서의 동화의 관점뿐 아니라 천도교인 방정환의 관점이 투영된 것으로도 읽을 수 있다. 다만, 앞에서 밝혔듯 민담이 지녔던 당대 현실의 반영적 측면과 이야기가 지닌 치유적, 신화적, 상징적 기능을 놓치는 측면이 있다. 번역가가 놓인 자리, 민담과 동화의 장르적 차이, 어른 독자와 어린이 독자라는 이중의 독자를 향해 이루어지는 아동문학 번역의 딜레마가 아닐까? 번역의 성과나 한계로 단순하게 논의하기 어려운 지점의 문제를 포함하고 있다.

　「천당 가는 길」 번역에서 성과와 한계로 논의할 수 있는 지점들은 민담에서 근대 아동문학인 동화로의 전환 과정에서 이루어지는 첨가, 삭제, 변형들로 외국의 창작동화를 번역하는 것과는 또 다른 차원의 딜레마에 부딪히게 된다. 다양한 번역 이론과 번역 논쟁들이 있지만 아동문학 번역은 한층 더 복잡한 지점들의 논의가 필요하다. 「천당 가는 길」을 통해 살핀 번역의 여러 문제들을 계기로 아동문학 번역에 관한 심화·확장된 논의가 이루어지길 기대한다.

참고문헌

1. 기본 자료

『개벽』,『부인』,『천도교회월보』,『사랑의 선물』(개벽사, 1922; 1928)

방정환,『사랑의 선물』, 우리교육, 2003.

방정환, 장정희 엮고 해설,『사랑의 선물』, 현북스, 2018.

한국방정환재단 엮음,『정본 방정환 전집』(전 5권) 창비, 2019.

그림형제, 김열규 옮김,『그림형제 동화전집』, 현대지성, 1999(초판); 2021(2판 21쇄).

그림형제, 김경연 옮김,『그림형제 민담집─어린이와 가정을 위한 이야기』, 현암사, 2012.

和田垣謙三, 星野久成 共譯,「お泥棒様」,『グリム原著 家庭お伽噺』, 小川尙栄堂, 1909.

中島孤島,『グリム御伽噺』, 富山房, 1916.

中島孤島,『グリム童話集』, 富山房, 1938.

Jack Zipes, trans. "Cassandrino the Thief", The Great Fairy Tale Tradition: From Straparola and Basile to the Brothers Grimm (Norton Critical Edition), (W W Norton & Co Inc, 2001).

2. 국내외 논저

김경연,「메르헨의 문자화 과정 연구─그림형제의 메르헨 수집과 편찬을 중심으로」, 건국대학교 동화와번역연구소 엮음,『동화, 콘텐츠를 만나다』, 상상박물관, 2010.

김미정·임재택,「소파 방정환에 의해 재창조된 번안동화의 작품세계─『사랑의 선물』을 중심으로」,『어린이문학교육연구』11권 2호, 한국어린이문학교육학회, 2010.12.

김양식 외,『조선의 멋진 신세계』, 서해문집, 2017.

김용해, 김용휘, 성해영, 정혜정, 조성환 지음,『동학의 재해석과 신문명의 모색』, 모시는사람들, 2021.

박홍규, 『의적, 정의를 훔치다』, 돌베개, 2005.

백승종, 「소작농민의 사회적 안전망 대부모(代父母) 제도」, 『신동아』 2017년 8월호.

염희경, 「방정환 동화의 공감력―눈물, 웃음, 분노, 그리고 말걸기의 힘」, 『정본 방정환 전집』 1권, 창비, 2019.

_____, 「새로 찾은 방정환 자료, 풀어야 할 과제들」, 『아동청소년문학연구』 10호, 한국아동청소년문학학회, 2012.6.

_____, 『소파 방정환과 근대 아동문학』, 경진출판, 2014.

姚語瀟, 「방정환과 저우줘런의 아동문학 번역 비교 연구―『사랑의 선물』과 『물방울』을 중심으로」, 성균관대 석사논문, 2020.

李姃炫, 「方定煥の飜譯童話研究―『サランエソンムル(사랑의 선물)』を中心に」, 大阪大學大學院言語文化研究科 博士論文, 2008.3.

이정현, 「방정환의 그림동화 번역본에 관한 연구―「잠자는 왕녀」와 「텬당 가는 길」을 중심으로」, 『어린이문학교육연구』 9권 1호, 한국어린이문학교육학회, 2008.6.

장영은, 『유럽 동화 작가론』, 글램북스, 2014.

최정은, 『트릭스터―영원한 방랑자』, 휴머니스트, 2005.

마리아 니콜라예바, 김서정 옮김, 『용의 아이들』, 문학과지성사, 1998.

에릭 홉스봄 지음, 이수영 옮김, 『밴디트―의적의 역사』, 민음사, 2004.

폴 아자르, 햇살과나무꾼 역, 『책 · 어린이 · 어른』, 시공주니어, 1999.

西口拓子, 「和田垣謙三 星野久成 譯『グリム原著 家庭お伽噺』―底本と飜譯」, 『專修人文論集』 99호, 東京都 : 專修大学学会, 2016.

'이상주의적 공동체' 건설과 '기적'의 현현으로서의 「마음의 꽃」

김영순

1. 새로운 관점에서

방정환의 번역 동화집 『사랑의 선물』(1922) 아홉 번째에 수록된 「마음의 꽃」은 선행 연구를 통해 일본어 저본과 원작의 국적이 밝혀졌지만,[1] 원작의 출처는 여전히 미상인 채로 남아 있다.

이 밖에도 「마음의 꽃」은 저본의 집필자인 후쿠나가 유지(福永友治)에 대한 정보가 선행 연구를 통해서는 거의 밝혀지지 않은 상태로 남아있었다. 수수께끼 상태로 남아 있던 후쿠나가 유지의 발자취를 추적한 결과 작가 무샤노코지 사네아쓰(武者小路実篤)가 제안하여 개촌한 〈아타라시키무라(新しき村)〉[2]와 관계하고 있음을 알 수 있었다.

---

1 李姃炫, 「方定煥の翻訳童話研究―『サランエ ソンムル(사랑의 선물)』を中心に」, 大阪大学大学院言語文化研究科博士学位論文, 2008.
서정오, 『열린어린이 책 마을 04 교과서 옛이야기 살펴보기』, 열린어린이, 2010.
김경희, 「방정환의 「마음의 꽃」에 나타난 '마음으로 피우는 꽃'의 의미」, 『방정환연구』(1권), 방정환연구소, 2019.

본 연구에서는 「마음의 꽃」과 유사한 화소를 지닌 다양한 버전을 통해 원작 국가명으로 거론된 중국을 다시금 확정하고, 지금까지 거론되지 않은 작품을 중심으로 그 특징을 분석한다. 또한 후쿠나가 유지가 활동한 공동체 〈아타라시키무라〉의 특징과 기관지인 『아타라시키무라(新しき村)』에서의 행적을 살핀 뒤, 작품론적 관점에서 「마음의 꽃」과 관련시켜 후쿠나가 유지가 지향했던 특징을 분석하고, 마지막으로 '기적'의 현현이라고 하는 새로운 관점에서 방정환의 「마음의 꽃」에 담긴 특징과 의미를 살펴본다.

2. 다양한 유사 버전과 그림책 『왕과 씨앗』

이정현은 박사논문 「方定煥の翻訳童話研究—『サランエ ソンムル(사랑의 선물)』を中心に」에서 방정환의 「마음의 꽃」이 후쿠나가 유지의 「마음의 꽃(心の花)」(『오토기노세카이(おとぎの世界)』, 1921.5)(그림 1)을 저본으로 번역했음을 밝혔다.

정직성을 강조하고 교훈적인 결말인 저본에 비해 방정환의 「마음의 꽃」은 선함, 효행, 기적, 희망 등이 강조되었다고 분석한다.

후쿠나가 유지의 저본에도 방정환

[그림 1] 『오토기노세카이(おとぎの世界)』(1921.5) 잡지 표지

---

2 '아타라시키무라(新しき村)'는 새로운 마을, 신촌 등으로 번역할 수 있다. 본고에서는 일본어 발음을 차용하되 이를 혼용하여 기술한다.

의 『사랑의 선물』에도 「마음의 꽃」의 원작자가 '미상'으로 표기되는데, 서정오와 김경희가 저서와 논문을 통해 원작의 국적이 중국임을 밝혔다.

먼저 서정오(2010)는 저서 『교과서 옛이야기 살펴보기』에서 우리나라 초등학교 2학년 국어 교과서에 실린 「꽃씨와 소년」이 이야기의 정체성과 정당성 면에서 문제가 있음을 비판하며 "이것은 중국의 민담 '빈 화분'[3]을 본으로 하여 고쳐쓴 것이 거의 틀림없다. '빈 화분'은 중국 민담으로 알려져 있지만, 미국 초등학교에서 정직성을 가르치는 교재로도 쓰이고 있다."[4]고 밝힌다. 서정오는 우리나라 국어 교과서에 실린 이 이야기의 그림이 마치 우리나라의 옛이야기인 것처럼 한복을 입은 이미지로 표현하고 있는 점을 지적하며 "이것이 우리 옛이야기가 아니라는 것이다. 우리 나라에서 전해 오는 이야기 가운데 이런 유형은 전혀 발견되지 않는다."[5]고 바로 잡는다.

[그림 2] 그림책 『빈 화분』(사계절, 2006) 표지

김경희(2019)는 논문 「방정환의 「마음의 꽃」에 나타난 '마음으로 피우는 꽃'의 의미」에서 원작이 되는 출처를 추적하며 같은 모티프를 지닌 중국 교과서 자료와 북한 옛이야기 그림책 자료를 제시하고 분석한다. 김경희는 데미의 『빈 화분』(그림 2) 등 모두 후계자를 선택하기 위한 '꽃 피우기 서사'가 강조된 점을 공통적인 특징으로

---

3 데미 글 · 그림, 서애경 옮김, 『빈 화분』(사계절, 2006)을 가리킴.
4 서정오, 앞의 책, 36쪽.
5 서정오, 위와 같음.

들며 이는 방정환의 「마음의 꽃」이 추구하는 가치와 같다며, "후계자나 지도자의 능력을 평가하는 통과의례 이야기"라고 분석한다.[6]

이처럼 이정현이 일본어 저본을 특정하고, 서정오와 김경희가 중국, 북한에서 전해지는 유사 모티프를 밝히면서 「마음의 꽃」의 현재적 가치를 환기시킨 점 등 연구의 진척이 보였다.

원작의 정확한 출처를 확인하지 못한 상황이기는 하지만 이러한 연구를 통해 중국의 이야기일 가능성이 농후한데 선행 연구 자료를 통해 우리나라 교과서와 중국 교과서에 영향을 준 것이 밝혀진 데미의 그림책 『빈 화분』이후에 그림책 『왕과 씨앗』[7](그림 3)이 출간되며 중국 이야기에 무게를 싣는다.

선행연구에서는 거론되지 않은 에릭 머던이 글을 쓰고, 폴 헤스가 그린 『왕과 씨앗』에는 맨 첫 장인 판권 부분에 "이 이야기는 중국의 옛이야기인 '씨앗'을 유럽 사람이 다시 지은 거예요. 샬로트 드미 헌트 황이 『빈 화분』[8](헨리 홀트&컴퍼니, 1990)이라는 제목으로 다시 썼지요. 저자는 이 이야기를 에이미 더글라스에게 들었고, 에이미는 쇼날레이에게, 쇼날레이는 태피 토마스에게 들었어요."[9]라며 그림책이 바탕을 하고 있는 것은 '씨앗'이라는 중국 옛이야기이며, 여러 사람을 거쳐 전해들었음을 기술하고 있다. 영어로 먼저 출간된 두 그림책 데미의 『빈 화분』과 『왕과 씨앗』 모두 이 이야기의 태생이 중국임을 분명히 하고 있는 것이다.

하지만 여기에 더해 두 권의 그림책과 선행 연구에서 거론한 교과서 자료들에서는 빠져 있지만 후쿠나가 유지의 저본과 방정환의 「마음의 꽃」에는 원작이 중국일 가능성을 임금님이 꽃씨를 나누어주고 꽃을 피

---

6 김경희, 앞의 논문, 114쪽.
7 에릭 머던 글, 폴 헤스 그림, 서남희 옮김, 『왕과 씨앗』, 국민서관, 2009.
8 2006년에 사계절에서 번역 출간된 데미의 『빈 화분』을 가리킨다.
9 에릭 머던 글, 폴 헤스 그림, 〈판권〉, 앞의 그림책.

왔는지 확인하는 날인 경축일 날짜에서 유추할 수 있다. 경축일 날짜는 후쿠나가 유지의 저본과 방정환의 「마음의 꽃」에서만 확인 가능한데, 일본어 저본에서는 봄과 함께 찾아오는 이 날에 대해 "4월 15일은 이 나라에서는 가장 시끌벅적한 날로 매년 '나라를 찬미하는' 축제가 열리는 날입니다. 백성들은 축제가 점점 다가오자 아주 즐거워하며 거리는 점차 활기에 넘쳤습니다."[10]라며 봄을 대표하는 나라의 큰 축제일임을 밝힌다. 방정환은 새봄이 되면 찾아오는 이 날을 "사월 초닷샛날"[11]로 표기하며 "사월 초닷샛날은 이 나라에서 일 년 중에 제일 즐겁고, 제일 번화하게 노는 이 나라 경절이었습니다."[12]라고 기술한다.

우리나라에서 4월 5일이면 식목일이라든가 부처님 오신 날인 4월 초파일을 떠올리게 되는데 4월 초파일은 음력에 해당해 5월 달이 된다. 후쿠나가 유지와 방정환은 이날을 양력인지 음력인지 명기하고 있지 않지만 4월 5일은 중국에서 24절기의 하나인 청명절(淸明節)이다. 청명절은 춘분에서 15일 정도 지난 날로 봄 바람이 불고 초목이 싹을 틔우고, 밝은 생명력이 넘쳐나는 청명한 계절을 나타낸다.[13] 청명절은 양력 4월 5일 전후로 3일간 휴일로 하며 봄 명절에 맞게 청단이나 쑥떡을 만들어 먹고, 봄나들이, 성묘, 연날리기, 나무 심기 등을 하는데 「마음의 꽃」에 기술된 날짜나 봄에 대한 묘사가 중국의 청명절과 매우 흡사하다. 이러한 까닭에서도 이 이야기가 중국 이야기일 가능성은 높다고 할 수 있을 것이다.

---

10 福永友治, 「心の花」, 『おとぎの世界』(제3권5호), 文光堂, 1921.5, 31쪽.(박종진 선생님 번역, 이후 후쿠나가 유지의 「마음의 꽃」 번역문 인용은 모두 박종진 선생님 번역에 의함)

11 김경희는 논문(2019) 각주 2번에서 "천도교는 조선 후기 철종 때인 1860년 4월 5일 최제우 대신사가 '한울님으로부터 무극대도(無極大道)를 받은 날'을 창도일로 삼고 있다."며 천도교와의 연관성을 밝히고 있다.(김경희 같은 논문, 101쪽.)

12 방정환, 「마음의 꽃」, 한국방정환재단 엮음, 『정본 방정환 전집1: 동화·동요·동시·시·동극』, 창비, 2019, 126쪽.

13 〈4月5日は「淸明節」〉, 日本中国友好協会兵庫県連合会 홈페이지.

지금까지 선행 연구에서 밝힌 자료 이외에 새롭게 앞서 기술한 그림책 「왕과 씨앗」(애릭 매던), 그리고 「임금님의 후계자」(카톨릭),[14] 「임금님의 씨앗」(아프리카),[15] 「황제와 씨앗」(이슬람),[16] 「황제의 씨앗」(기독교),[17] 「황제의 씨앗」(케이프 코드 교회),[18] 「왕이 준 씨앗」(하나님의 교회),[19] 칼 소머의 『황제와 씨앗』(그림책)[20] 등을 찾을 수가 있었다. 이 이야기는 이처럼 종교 단체(카톨릭, 이슬람, 기독교) 등에서 주로 찾아볼 수 있었다. 기존 선행 연구에서 밝힌 자료와 다른 특징을 제목에서 파악할 수 있는데, '왕' 또는 '황제', '임금님'과 '씨앗'이 강조되었다. 우리나라에 번역된 데미의 그림책 『빈 화분』[21]의 일본어판(2009) 제목 또한 『황제에게 받은 꽃씨(皇帝にもらった花のたね)』[22]로 번역되며 황제와 씨앗이 강조되었다. 이중 세 군데에서 중국 이야기임을 밝히고 있었고, 세 군데는 국적을 알 수 없었으며, 아프리카, 극동이야기라고 밝힌 곳이 각각 한 군데였다.

이들 다양한 유사 버전의 작품은 대부분 종교 단체에서 설교 말씀으로 활용되었는데 하나님의 말씀을 잘 따르고 순종, 정직, 성실, 용기, 진

---

14 「王様後継者」, 主任司祭 グイノ・ジェラール神父, 〈カトリック武庫之荘教会はカトリック大阪大司教区〉홈페이지, 2018.

15 【寓話】王様のタネ」(アフリカ伝説), ぶらぶら★アフリック 홈페이지, 2017. 이 이야기는 각주 12번과 같은 유형으로, 인터넷 사이트 소개자는 이 이야기를 '아프리카' 우화로 기술하고 있다.

16 「The Emperor and the Seed」, IslamCan.com. 본문 첫 문장에 'An emperor in the Far East was growing old'라고 이 이야기가 극동의 이야기임을 밝히고 있다.

17 「The Emperor's Seed」, The Josh Link 홈페이지. 이 이야기에서도 "옛날 옛적에, 중국에 늙은 황제가 있었다.(Once upon a time, there was an old emperor in China.)"라며 이야기 시작에 국명을 밝히고 있다. 각주 14번과 같은 유형으로 소년의 이름은 '링'으로 표기되며, 정직과 성실을 가르치는 어머니의 도움을 받는다.

18 「THE KING AND THE SEEDS」, Cape Cod Church 홈페이지.

19 「왕이 준 씨앗」, 하나님의교회 홈페이지.

20 Carl Sommer 글, Jorge Martinez 그림, 『The Emperor and the Seed』, Advance Publishing, 2016. 늙은 황제가 7명의 소년에게 씨앗을 주고 시험하는 명나라 후계자 뽑기 이야기. 그림에서 캐릭터는 중국 복장을 하고 있다(미 번역 그림책).

21 영어판 제목은 『The Empty Pot』(1999).

22 デミ作・絵, 武本 佳奈絵訳, 『황제에게 받은 꽃씨(皇帝にもらった花のたね)』, 德間書店, 2009.

실성이 강조되었다.

위 이야기들은 모두 선행 연구에서는 거론하지 않은 버전인데 이 중에 에릭 머던이 글을 쓰고, 폴 헤스가 그림을 그린 그림책『왕과 씨앗』과 인터넷에 공개되어 있는 자료 중「임금님의 후계자」(카톨릭),「황제와 씨앗」(이슬람)을 살펴며 그 특징을 분석하고자 한다.

1) 그림책『왕과 씨앗』

노인이 된 긴수염 왕은 뒤를 이을 아이가 없음에 괴로워한다. 왕은 고민 끝에 왕이 되고 싶은 사람은 왕궁으로 와서 시합에 참여하도록 명령한다. 무술 대회일 것으로 생각한 기사들과 귀족들이 말을 타고 갑옷을 입고 칼을 차고 몰려든다. 그 속에 농부의 아들 잭이 있다. 왕은 모든 무기를 성 밖에 놓고 성 안으로 들어와 줄을 서도록 명한다. 왕은 씨앗을 나누어주며 여섯 달 후에 키운 것을 가져오도록 지시한다. 잭은 집으로 돌아와 화분에 씨앗을 심어 돌보지만 일주일이 지나고 두 달이 지나도 새싹은 나오지 않는다. 잭은 석 달째에 마음을 접고 왕에게 보여주는 날이 다가왔지만 갈 마음이 없다. 하지만 가족들이 가도록 권하고 잭은 화분을 외투에 숨겨 왕에게 간다. 화려한 꽃을 피운 영주들은 의기양양하게 줄을 서지만 잭은 왕 앞에 나갈 생각이 들지 않는다. 잭의 차례가 되자 왕은 자기가 준 씨앗은 끓는 물에 한 시간 동안 담가 둔 것이라고 말한다. 그리고 진실을 말한 잭의 용기와 정직함을 치하하며 후계자로 임명한다. 왕이 된 잭은 자연을 사랑해 몸소 식물 사랑을 실천하고 왕립 꽃 전시회를 연다.[23]

---

23 에릭 머던 글, 폴 헤스 그림, 앞의 그림책.

그림책 표지를 보면 왕관 쓴 농부의 아들 잭이 크게 그려져 있다. 면지에는 다양한 꽃 그림과 함께 왕관이 그려져 있다. 최후의 승자를 가리는 시합 날 모여든 수많은 영주와 귀족들 사이에서 오직 잭만 소년으로 그려진다. 대부분 서양 복장을 하고 있지만 귀족과 영주들은 중국 복장을 한 사람도 있다.

[그림 3] 그림책 『왕과 씨앗』(국민서관, 2009) 표지

소년으로 그려졌던 농부의 아들 잭은 점차 성장하며, 소년에서 청년으로 이미지가 바뀌며 왕위를 계승하기 위해 왕관을 쓸 때는 장성한 젊은 이가 되어 있다.

그림책 판권에서 중국 이야기라고 밝히고 있지만 중국 이야기를 바탕으로 다시 쓰여진 영국 그림책으로 볼 수 있다. 말과 무기, 갑옷으로 중무장한 기사들과 영주들 사이에서 농부의 아들 잭이 후계자를 찾는 왕을 만나 용기와 정직함을 보상받는 성장 스토리이자 왕위 계승 이야기로 볼 수 있다. 솔직함, 용기, 정직함 등의 덕목이 강조된다. 소년이 청년으로 청년에서 왕위를 계승하는 위엄 있는 존재로 변해가는 모습을 그림책 이미지를 통해 묘사한다.[24] 또한 그림책 이미지를 통해 왕관, 왕위 계승의 중요성이 더욱더 강조된다.

---

24 데미 글 · 그림, 서애경 옮김, 『빈 화분』(사계절, 2006)에서는 주인공 핑이 성장한 모습(이미지)이 결말에 이르러서도 큰 변함이 없다.

2) 「임금님의 후계자」(카톨릭교회)

나이든 임금님에게는 아이가 없었다. 왕국의 모든 청년을 궁전으로 모이게 하여 시련을 준 뒤 그 중 10명에게 최후의 시련으로 옥수수 씨앗을 주며 화분에 심어 3주일 뒤 싹을 틔우면 후계자로 하겠다고 말한다. 집으로 간 청년은 씨를 심었지만 전혀 싹이 트지 않아 실망한다. 친구가 다른 씨앗을 심으라고 하지만 정직한 청년은 임금님이 준 씨앗을 그대로 키우겠다고 한다. 3주일 후 10명의 청년이 궁전에 모이고 이 중 9명은 싹이 나와 재배에 성공하였다고 자랑한다. 임금님은 씨앗이 정말 자신이 준 씨앗이 맞느냐고 묻고 청년들은 맞다고 대답한다. 임금님이 10번째 청년에게 다가가자 청년은 부끄러움에 떨며 싹을 틔우지 못했다고 대답한다. 그러자 임금님은 국민들에게 자신이 10명의 청년에게 건네준 씨앗은 삶은 것이어서 싹이 나지 않는다고 말한다. 9명의 청년은 다른 씨앗으로 바꿔 자신을 속이려 했다며 진리에 기반한 나라를 지배할 존재는 정직과 성실이 필요하다며 10번째 청년을 왕으로 결정한다고 선언한다.

여기서는 이야기의 출처(국적)를 알 수 있는 문장이 없었다. 단 씨앗이 '옥수수 씨앗'으로 나오는 것이 특징이다. 옥수수 씨앗은 아프리카 이야기로 소개된 다른 버전에서도 나오며 이야기 구조가 비슷하다. 아이가 없는 임금이 테스트를 통해 10명을 뽑고 그중 임금님이 준 씨앗을 그대로 키운 청년의 정직과 성실이 인정받고 왕이 되는데, 이를 국민들에게 밝히고 정당성을 획득하는 장면이 특징적이다. 여기서는 속임수를 쓰지 않고 정직과 성실이 강조된다. 또한 '국민', '진리에 기반한 나라'와 제목이 「임금님의 후계자」인 점에서 알 수 있듯이 합당한 '후계자' 찾기 등 국가주의가 강조되었다.

3) 「황제와 씨앗」(이슬람)

어느 극동 지역에 늙은 황제가 자신의 신하나 아이가 아닌 왕국의 젊은이들 중에서 후계자를 선택하게 된다. 황제는 특별한 씨앗을 주며 잘 가꾸어 1년 후에 가져 오라고 한다. 그날 링이라고 하는 소년도 참가하여 씨앗을 받아와 어머니에게 말해준다. 어머니는 화분에 흙을 넣고 씨앗을 심는 것을 돕는다. 여섯 달이 지나도록 씨앗은 나지 않는다. 한 해가 지나 왕국의 모든 젊은이들이 황제에게 심사받는 날이 다가온다. 링이 빈 화분을 가져가지 않을 것이라고 말하자 어머니는 솔직하게 말하라고 조언한다. 다른 젊은이들의 화분은 아름다웠고 링은 놀림을 받는다. 황제는 화분을 조사하고 링을 발견해 이름을 묻는다. 그리고 1년 전에 준 씨앗은 싹이 나지 않은 삶은 씨앗이라며 오직 링만이 용기와 정직을 지녔다며 새로운 황제로 임명한다.

이 이야기에서는 '링'이라는 이름에 주목할 필요가 있다. 황제 또한 링의 이름을 묻는 장면이 나오고, 후쿠나가 유지의 저본과 방정환의 「마음의 꽃」에서도 '마링그'의 이름을 묻는 장면이 나오기 때문이다. '링'과 '마링그'라는 이름 또한 유사하다. 여기서는 황제가 자신의 자녀가 아닌 왕국의 젊은이 중에서 후계자를 선택하고자 한 점이 강조되고, 앞서 나온 텍스트와 마찬가지로 솔직함, 용기, 정직이란 덕목이 강조되었다.

이들 작품은 모두 저본이 되는 후쿠나가 유지의 「마음의 꽃(心の花)」보다 나중에 나왔지만, 저본인 후쿠나가 유지의 작품을 제외한 모든 작품에서 왕위 계승이 강조되었다. 방정환의 「마음의 꽃」은 다른 작품에 비해 왕위 계승이 전면에 드러난 것이 아니지만 마지막 부분에서 "그다음 다음 날, 일반 백성 중에 꽃을 구해다 꽂은 백성은 벌금 100원씩에 처하시는 일과 함께 효성스런 소년 마링그는 다만 한 분뿐이신 나라님의

따님과 결혼하여 사위를 삼으실 일을 함께 발표하셨습니다."²⁵에서 알 수 있는 것처럼 간접적으로 왕위 계승이 담겨있음을 알 수 있다.

3. 후쿠나가 유지와 「아타라시키무라(新しき村)」

「마음의 꽃」은 방정환의 『사랑의 선물』 10편 중에서 가장 수수께끼가 많은 작품이기도 하다. 서정호와 김경희의 선행연구를 통해 중국 작품으로 밝히고 있지만 여전히 그 정확한 출처는 미상인 채이며, 일본어 저본의 집필자인 후쿠나가 유지에 대한 정보도 미미한 상태이다. 이정현은 선행연구에서 후쿠나가 유지에 대해 "후쿠나가 유지(福永友治)의 「마음의 꽃(心の花)」(그림 4)에는 목차에서 '동화'라고 분류되어 있을 뿐 이 작품에 관해서도 작가 후쿠나가 유지에 관해서도 아무런 정보가 기록되어 있지 않다. 또한 창간호에서 제3권 12호(1921.12)까지의 목차를 모두 조사해 본 결과 후쿠나가 유지에 의한 작품은 「마음의 꽃」 한 작품뿐이었다. 그러므로 후쿠나가 유지의 번역 작품을 포함한 작품군의 경향 등에 관해서 추측하는 것은 어렵다."²⁶라며 각주에서 "『일본근대문학대사전(日本近代文学大事典)』을 조사했지만 후쿠나가 유지(福永友治)라는 이름을 발견하지는 못했다."²⁷고 밝히고 있다.

필자 또한 이번 연구를 위해 각종 사전, 인터넷 등을 살피고 검색했지만 작가 정보를 찾아내는 것은 어려웠다. 후쿠나가 유지의 단독 프로필 서지는 찾아내지 못했지만 시가 나오야(志賀直哉) 등과 함께 창간한 『시라카바(白樺)』에서 활동한 작가 무샤노코지 사네아쓰(武者小路実篤)가 "유

---

25 방정환, 「마음의 꽃」, 133쪽.
26 이정현, 앞의 논문(이정현 번역).
27 이정현, 앞의 논문 각주(이정현 번역).

토피아 건설을 착상·실천하여 탄
생해 어느 정도 성공을 거둔"[28] 〈아
타라시키무라(新しき村)〉활동에서
후쿠나가 유지의 이름을 발견할
수 있었다.

『일본아동문학대계』에 실린 연
보를 보면 무샤노코지 사네아쓰는
〈아타라시키무라〉에서 "자립과 협
력, 자애와 타애, 예술과 노동을 조
화시킨 무사주의 농원 창조를 목
표로 공산적 공동생활 속에서 어
떻게 자기를 살릴 것인가"[29]를 목
표로 하였다고 한다.

조아라는 「무샤노코지 사네아쓰

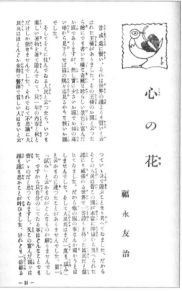

〔그림 4〕福永友治,「心の花」본문

(武者小路実篤)의 이상사회의 구체화 과정―「아타라시키무라(新しき村)에
관한 대화」를 중심으로」에서 〈아타라시키무라〉에 대해 아래와 같이 서
술하고 있다.

　　무샤노코지에 의해 다이쇼 7년(1918) 11월 휴가(日向), 즉 미야자키 현(宮
　　崎県) 고유 군(児湯郡) 기조 정(木城町)의 산촌에 창설된 유토피아공동체이
　　다. 창설 당시의 입촌 멤버는 무샤노코지 부부와 <u>각지에서 모인 16명의 동지이
　　다.</u>[30]

28 小川未明, 川端康成 監修, 古谷綱武, 山室静, 関英雄, 岡上鈴江, 船木枳郎 編,『現代児童文学辞
　　典』, 宝文館, 1958, 360쪽.
29 大津山国夫編,「武者小路実篤」,『日本児童文学大系 第12雑巻』, ほるぷ出版, 1977, 497쪽.
30 조아라,「무샤노코지 사네아쓰(武者小路実篤)의 이상사회의 구체화 과정―「아타라시키무라
　　(新しき村)에 관한 대화」를 중심으로」, 日本語文學, 1(65), 2015, 365쪽.

이상의 문장 중 "각지에서 모인 16명의 동지"에 대한 자세한 명부는 찾을 수 없었지만 후쿠나가 유지의 이름은 〈아타라시키무라〉와 관련한 활동과 기관지에서 목격할 수 있다. 일반재단법인 〈新しき村〉 홈페이지를 보면 성인 18명에 더해 두 명의 어린이가 함께 했음을 알 수 있는데, 지금까지 100년이 넘게 활동을 이어온 역사 소개란에 월간지 『아타라시키무라(新しき村)』가 마을 개촌에 앞서 같은 해(1918) 7월에 창간[31]되었음을 소개하고 있다.

월간 잡지 『아타라시키무라』 창간호에는 무샤노코지 사네아쓰, 야나기 무네요시(柳宗悅), 시가 나오야 등이 글을 게재하고, 후쿠나가 유지는 2개월 뒤인 1918년 9월호 『아타라시키무라』에 「기쁨(喜び)」[32]이란 글을 게재하는데, 같은 호에는 소설가이자 아동문학가인 아리시마 다케오(有島武郎)의 이름도 눈에 띈다.

후쿠나가 유지는 주로 초기에 작품을 게재하고 있으며 시,[33] 수필,[34] 소설,[35] 소품,[36] 희곡[37] 등을 집필하는데 이 중에 소설을 가장 많이 실었다. 하지만 1930년에 들어서부터는 후쿠나가의 이름은 보이지 않았다.

이처럼 후쿠나가 유지는 월간지 『아타라시키무라』에서 집필 활동과 마을 관련 활동에도 관여한다. 구체적으로는 중국의 소설가이자 사상가인 루쉰의 동생인 문학가 주우쩌런(周作人)이 1919년 〈아타라시키무라〉

---

31 「村の歷史(大正)」, 一般財団法人 〈新しき村〉 홈페이지.
32 福永友治, 「喜び」, 『新しき村』, 1918년 9월호.
33 福永友治, 「詩二つ」, 『新しき村』, 1919년 7월호/福永友治, 「詩二つ」, 『新しき村』, 1916년 5월호.
34 福永友治, 「太陽賛美其他」, 『新しき村』, 1921년 8월호.
35 福永友治, 「叔母と彼」, 『新しき村』, 1926년 6월호/福永友治, 「友」, 『新しき村』, 1926년 10월호/福永友治, 「初秋の頃」, 『新しき村』, 1926년 12월호/福永友治, 「或る女の告白」, 『新しき村』, 1928년 2월호/福永友治, 「桃子の生活(1)(2)(3)(4(5)(6)」, 『新しき村』, 1929년 3월호(1), 1929년 4월호(2), 1929년 5월호(3), 1929년 6월호(4), 1929년 7월호(5), 1929년 7월호(6).
36 福永友治, 「夢四つ」, 『新しき村』, 1926년 8월호.
37 福永友治, 「壽永の春」, 『新しき村』, 1928년 1월호.

를 방문했을 때 그 이름을 찾아볼 수 있다. 무샤노코지 사네아쓰는 「주우쩌런과 나」란 글에서 "주우쩌런은 나의 새로운 마을(新しき村) 일을 공명해주고, 새로운 마을 회원도 되어주고, 북경에 지부를 두는 것도 승낙해주고, 마을이 미야자키현에 생겼을 때 일부러 휴가(日向) 산 속 마을까지 찾아와주었다."[38]라며 적고 있는데 주우쩌런을 배웅을 나갔을 때 후쿠나가 유지도 함께 한 것을 알 수 있었다.[39]

후쿠나가 유지는 나라지부에서 활동하며 〈아타라시키무라〉 창립 8주년을 맞이한 해에 쓴 「입촌 희망자에게」란 글에서 "마을도 11월 14일로 8주년을 맞이합니다. 창립 당시부터의 일을 생각하면 마치 꿈같은 기분입니다. 하지만 그것은 진지한 혼에 의해 세워진 8년간이기도 합니다."[40]라며 지금 당장은 여유가 없어 입촌을 희망하시는 분들을 받을 수 없지만 편지와 함께 사진을 보내달라는 말을 덧붙인다. 그러면서, "우리들은 날마다 새로운 결심을 깊게 다지며 마을을 새롭게 하는 일에 노력하고 있습니다, 그리고 제군들을 맞이할 날을 기다리고 있습니다. 이제 마을의 존재는 일본의 자랑이 되고 또 인류의 기쁨이 되고 평화가 될 것입니다. 26년 10월 31일 밤"[41]라고 글을 맺는다. 이로써 후쿠나가 유지가 〈아타라시키무라〉 일에 관여했음을 확인할 수 있었다.

---

38 인용은 飯塚朗, 「周作人・小河・新村」, 『関西大学東西学術研究所紀要』 8권, 1975, 57쪽.

39 주우쩌런이 쓴 「訪日本新村記」(『新潮』)를 인용하여 "무샤노코지 사네아쓰 선생과 마쓰모토 쵸쥬로(松本長十郎), 후쿠나가 유지 양군이 고죠(高城)까지 동승했다."며 이름이 언급되어 있다. 인용은 飯塚朗, 「周作人・小河・新村」, 58~59쪽.

40 福永友治, 「入村希望者に」, 浅田隆, 「資料 奈良大学図書館「北村信昭文庫」「新しい村」奈良支部関係資料」, 『総合研究所所報』(16号), 奈良大学総合研究所, 2008, 66쪽.

41 福永友治, 위의 논문.

4. 후쿠나가 유지의 「마음의 꽃」에서의 '이상주의적 공동체 건설'과 '시험'의 의미

월간지 『아타라시키무라』에 시와 소설을 쓴 후쿠나가 유지가 어린이 잡지 『오토기노세카이(おとぎの世界)』에 발표한 동화는 이정현의 선행연구에서 밝혀진 것처럼 「마음의 꽃」(1921.5)이 유일하다. 후쿠나가 유지의 「마음의 꽃」은 순수하고 정직한 소년의 마음이 핵심 주제이기도 하지만 '마을'과 '마을 사람' 또한 주목할 필요가 있다.

주우쩌런은 〈아타라시키무라〉에 대해 다음과 같이 말한다.

> 「신촌」은 어떠한 것인가. 원래 이것은 무샤노코지 사네아쓰가 발기한 일종의 이상주의적 사회운동이다. 그는 백화파의 한 명으로 1910년 4월부터 시작되어 기관지를 발행하며 인생의 문학을 제창했다. (……) 한마디로 말하면 인도주의라 말할 수 있다. 그들은 모두 러시아의 톨스토이, 도스예프스키의 영향을 받았고, 무샤노코지는 그 일파의 주축이었다.[42]

주우쩌런이 "이상주의적 사회운동"이라고 정의한 〈아타라시키무라(신촌)〉는 집단 속에서 성장하는 어린이를 강조하며 '집단주의동화'를 제창한 프롤레타리아 아동문학가 쓰카하라 겐지로(塚原健二郎) 또한 조력하고 찬동하였는데[43] 마을의 특징을 대략적으로 살피면 아래와 같다.

> 이 마을은 단지 생활하기 위한 것이 아닌 정신에 기반한 세계를 구축하는 것을 목적으로 개촌되었다. 계급 격차와 과중 노동을 배제하고 농업(벼농사와 표

---

42 飯塚朗, 앞의 논문, 57쪽(필자 번역, 이후 번역자의 이름이 명기되지 않은 곳은 모두 필자 번역에 의함)
43 〈塚原健二郎〉, 出典: フリ─百科事典『ウィキペディア(Wikipedia)』

고버섯재배 등)을 중심으로 한 자급자족에 가까운 생활을 실행한다. 노동은 '1일 6시간, 일주일에 1일 휴무'를 기준으로 하며 여가는 '자기를 살리는' 활동이 장려되었다. 3식과 주거는 무료이지만 사유재산을 전부 부정하는 것이 아닌 매월 3만 5000엔의 개인비가 지급된다.[44]

일반재단법인 〈新しき村〉 홈페이지에는 "아타라시키무라는 무샤노코지 사네아쓰가 제창한 아타라시키무라 정신에 의거한 생활을 하는 것을 지향하며, 그 활동을 지속하고 있다."며 그 정신에 대해 아래와 같이 소개하고 있다.

- 전 세계의 인간이 천명을 다하고, 각 개인 안에 있는 자아를 생장시키는 것을 이상으로 한다.
- 자기를 살리기 위해 타인의 자아를 해쳐서는 안 된다.
- 전 세계 사람들이 우리들과 같은 정신, 동일한 생활 방법을 취하는 것에 의해 그 의무를 다하고, 자유를 즐기고, 바르게 살며, 천명을 다할 수 있는 길을 걷도록 마음을 다한다.
- 이와 같은 생활을 지향하는 자, 이와 같은 생활의 가능성을 믿고 또 바라는 자, 그들은 우리의 형제자매이다.[45]

이와 더불어 〈아타라시키무라 도쿄지부〉에서 편찬한 『아타라시키무라 설명 및 회칙(新しき村の説明及び会則)』이란 책을 보면 새로운 마을을 만들고자 하는 이유에 대해 "지금 세상을 살아가는 것에 대한 불안"을 느끼고 있으며, "지금 세상은 너무도 불공정하고", "불합리"하다며 그로 인해 기본적인 의식주가 보장받지 못하고, 자신만의 시간을 갖지 못하며,

---

44 〈新しき村〉, 出典: フリー百科事典『ウィキペディア(Wikipedia)』
45 「村の概要」, 一般財団法人 〈新しき村〉 홈페이지.

"인간다운 생활을 할 수 없는 사람이 많"다고 우려한다. 그러면서 돈, 권력, 시기심이 우선이 아닌 진정한 행복은 "서로 조력하는 생활"에서 찾을 수 있다며 "기쁨은 돈으로 사람을 써서는 도저히 얻을 수 없습니다. 우리들은 그 기쁨을 맛보고 싶어서 새로운 마을을 만드는 하나의 훌륭한 이유라고 생각합니다."[46]라고 말한다.

여기서 선행 연구를 통해 중국 이야기라고 밝히고 있는 데미의 그림책 『빈 화분』과 대조하며 작품의 특징을 살펴보고자 한다. 데미의 『빈 화분』은 주인공인 핑이라는 소년은 물론이고 백성들도, 임금님도 모두 꽃을 사랑하지만 앞서 살펴본 다양한 버전과 마찬가지로 왕위 계승이 강조된 작품이다.

그런데 임금님은 꼬부랑 할아버지였어요. 왕위를 물려줄 후계자를 찾아야 했지요.
후계자는 누가 될까요? 임금님은 어떻게 후계자를 뽑을까요? 임금님은 꽃사랑이 지극하여서 꽃으로 후계자를 고르기로 했어요.(『빈 화분』)[47]

『빈 화분』은 시작 부분에서 "왕위를 물려줄 후계자" 간택이라는 목적을 분명히 밝히고 있다. 백성들의 묘사 또한 "백성들도 하나같이 꽃을 사랑했습니다. 백성들이 온갖 곳에 꽃을 심으니 바람에서도 꽃 향내가 진동했습니다."[48]라는 문장뿐이다. 이에 반해 후쿠나가 유지의 「마음의 꽃」은 시작 부분부터 '나라'의 모습과 '백성'의 모습을 자세히 묘사하고 있다.

---

46 「新しき村の説明」, 『新しき村の説明及び会則』, 新しき村東京支部, 1919, 1~6쪽.
47 데미 글·그림, 서애경 옮김, 『빈 화분』, 사계절, 2006.
48 위의 책.

옛날 어떤 곳에 현명한, 그야말로 세상 누구보다 현명하다고 칭송받는 임금님이 있었습니다. 임금님의 나라로 말할 것 같으면 그림으로 그린 것같이 아름답고 진귀한 풍경이 가득 한 나라였지만, 그러나 정말 작은 나라로 성의 높은 곳에서 내려다보면 나라 구석구석까지 다 볼 수 있을 것 같은 좁은 나라였습니다.(후쿠나가 유지, 「마음의 꽃」)[49]

"임금님의 나라"라고 칭해지는 '나라'는 '정말 작은 나라', '작은 나라', 성 높은 곳에서 내려다보면 "나라 구석구석까지 다 볼 수 있을 것 같은 좁은 나라"임을 강조한다.

그리고 거기 사는 백성은 언제나 아름다운 옷을 입고 놀다가, 일 년 중에 그저 봄과 가을밖에 일하지 않았습니다. 그런데도 신기하게 백성들은 거의 부자고 사치스러워, 가난한 사람은 없다고 해도 좋을 정도로 노는 일만 생각하고 있었습니다. 그래서 거기 백성은 다들 이 나라가 정말로 신께서 내려주신, 누구에게나 자랑할 수 있는 세상에서 가장 자부심을 지닌 국민이라고 믿고 있었습니다. 그래서 다른 나라일 같은 것은 들으려고 하지 않았습니다. 그리고 백성들은 아직 한 번도 '시험'이라는 것을 만난 적이 없었습니다. 우선 '시험'이 어떤 것인지 몰랐습니다. 그래서 그저 자신이 하는 일은 어떤 일이든 모두 좋다고 생각했고, 또 이 풍족한 나라에서는 누구든 생각하는 대로 이루어졌습니다.(후쿠나가 유지, 「마음의 꽃」)[50]

"아름답고 진귀한 풍경이 가득 한 나라"는 신에게 선택받은 나라의 모습으로 묘사되는데, 위에 인용한 모습은 마치 표면적으로는 〈아타라시

---

49 福永友治, 「心の花」, 『おとぎの世界』(제3권5호), 文光堂, 1921, 31쪽(박종진 번역, 이하 같음)
50 福永友治, 위의 글.

키무라〉가 지향하는 "천명을 누리고", "자아를 생장시키며", "자유를 즐기는" 정신에 입각한 '유토피아공동체'의 모습을 보여주는 것처럼 보여지지만, 인도주의와 인간애를 전면에 내세운[51] 소박한 '이상주의적 사회운동'이라고 보기에는 마을 사람들은 "가장 나쁜 일은 이 나라 사람들은 부자가 가장 뽐낼 수 있는 현명한 사람이라고 생각"[52]을 갖고 있고, 자신들이 누리는 풍요와 안전을 당연하다고 여기며 그런 자신들은 선택을 받았고 신이 언제까지나 지켜줄 것이라고 믿으며 타국에 대해서는 관심도 없다. 그렇게 모두가 부유한 가운데 단 한 명 가난한 소년인 마링그는 병든 어머니와 살고 있다.

> 여기 부유한 백성들 가운데 오직 하나 가난한 집이 있었습니다. 어머니와 말링[53]이라는 소년 단둘이서, <u>깔끔한 집이 줄지어 서 있는 마을 끝에 처마도 썩어버린 다 쓰러져가는 종이짝 같은 집</u>에서 살고 있었습니다.(후쿠나가 유지, 「마음의 꽃」)[54]

주인공 소년 마링그는 저 멀리 동떨어진 곳이 아닌 "깔끔한 집이 줄지어 서 있는 마을 끝에 처마도 썩어버린 다 쓰러져가는 종이짝 같은 집"에서 산다. 여기에서 처음으로 '나라'라는 용어가 아닌 '마을'이란 용어가 나온다. 마링그의 집만이 유일하게 가난한 집임을 강조하고 있는데, 임금님은 후계자 간택이 아닌 마을 사람들을 일깨우기 위해 '시험'을 낸다.

---

51 『현대아동문학사전』, 360쪽.
52 福永友治, 앞의 글, 32쪽.
53 후쿠나가 유지의 「마음의 꽃」을 번역하신 박종진 선생님의 번역문에는 마링으로 표기되어 있지만, 일본어 원문은 'マルング'로 표기되어 있다. 원문 그대로 표기하면 '마링그'가 된다. 이는 방정환이 표기한 것과도 일치한다. 따라서 본고에서는 인용문을 제외한 본문에서는 마링그로 표기한다.
54 福永友治, 앞의 글, 33쪽.

신께서 임금님에게 내려주신 '마음의 꽃'이라는 꽃씨를 온 국민에게 나누어 주게 되었습니다. 이 씨는 기묘한 씨앗으로 마음이 깨끗하고 정직한 사람이 아니면 아무리 열심히 키워도 나쁜 꽃밖에 피지 않습니다. 그 대신 정직한 사람이 기르면 그만큼 아름다운 꽃이 핍니다. 그러나 이 꽃이 피는 것은 씨를 뿌린 날로부터 정확히 일 년이 지난 내년 4월 15일 아침입니다.(후쿠나가 유지, 「마음의 꽃」)[55]

　후계자가 되고 싶은 사람만이 아닌 온 나라 백성이 그 대상이고 "마음이 깨끗하고 정직한 사람"이 강조된다. '시험'은 1년이라고 하는 기간에 걸쳐 실행되는데, 이는 어떤 성장과 변화 또한 내포하기 때문에 여기서의 시험은 광의적인 의미에서는 마을 사람들에게 있어서는 '테스트', '시련', '고난'이 된다. 그리고 이 장면에서 "기묘한 씨앗으로 마음이 깨끗하고 정직한 사람이 아니면 아무리 열심히 키워도 나쁜 꽃밖에 피지 않"는 신이 내려준 이 씨의 이름인 '마음의 꽃'이라고 하는 동화의 제목이기도 한 용어가 나온다.

　외면적인 '풍요'와 '부'를 가장 현명하다고 생각하던 마을 사람들은 1년간의 시험을 거치고 나서야 "'시험'이라는 것을 만난 적"도 없고, "'시험'이 어떤 것인지 몰랐"던 마음에서 '시험'의 의미를 깨닫고 변화를 보인다.

　'시험'의 의미는 마링그 소년에게 전하는 임금님의 말을 통해 표현된다.

　마음이 더러운 자나 돈만 탐내는 사람들이 남 앞에서 아무리 똑똑한 척 말을 해봐도 그것은 벌레보다 허약하고 티끌보다 가벼운 것이다. 신께서는 잘 알고 계신다. 그런 자에게는 즉시 '시험'을 내리시지. 그러면 바로 가면이 벗겨져 버

---

55 福永友治, 32쪽.

린다. 그러나 마음이 맑고 정직해서 돈 때문에 일하지 않고 신 앞에서 일하는 자는, 만약 신께서 '시험'을 주시더라도 '시험'을 받을 때마다 마음이 빛나고 점점 더 마음에 꽃이 피어 신에게 사랑받는 훌륭한 사람이 되는 것이지. 이 나라 사람들은 오로지 돈 때문에 일하고 신을 위해서 일하려 하지 않으니……이번 같은 일이 있으면 바로 평소의 더러운 마음이 드러나 거짓말쟁이가 되고 말지. 그런 것에는 결코 기쁨이 없다.(후쿠나가 유지, 「마음의 꽃」)[56]

마을 사람들의 풍요를 도와주고 마을 사람들이 믿는 존재인 신이 가면을 쓴 자들을 밝혀내고, 돈이 아닌 진정한 기쁨을 알게 하는 '시험'이었던 것이다. 어쩌면 마을 사람들은 '깨끗하고 정직한 마음'을 잃어버린 존재를 상징하고 있다고도 볼 수 있다.

따라서 마을 사람들의 '회심', '회개'가 그려지는 다음의 맨 마지막 문장은 의미심장하다.

온 나라 사람들은 모두 후회했습니다. 부끄러움을 느꼈습니다. '시험'이라는 것을 알았습니다. 사람은 바르게 살아가야 한다는 것을 알았습니다.(후쿠나가 유지, 「마음의 꽃」)[57]

이야기의 주인공은 어디까지나 오직 홀로 마음 속에 정직이라는 마음의 꽃을 피운 열세 살 소년 마링그이다. 하지만 후쿠나가 유지의 「마음의 꽃」에서는 그 대극에 서 있는 어른들, 즉 마을 사람들을 향한 '시험'이 강조되었다.

후쿠나가는 본인이 「입촌 희망자에게(入村希望者に)」란 글에서 언급한 대로 "날마다 새로운 결심을 깊게 다지며 마을을 새롭게 하는 일에 노

---

56 福永友治, 39쪽.
57 福永友治, 위와 같음.

력하"[58]여, 「마음의 꽃」 결말에서처럼 마을 사람들이 부끄러움을 알고 회심하여 정직하고 깨끗한 마음으로 바르게 살아가는 '아타라시키무라(새로운 마을)'인 '이상주의적 공동체' 건설을 동화 「마음의 꽃」에 투영했는지도 모른다.

5. 방정환의 「마음의 꽃」에서의 어머니의 역할과 '기적'의 현현

방정환은 후쿠나가 유지가 「마음의 꽃」에서 그린 '나라(마을)'의 모습과 봄을 맞이한 마을 풍경, 명절을 기리고 즐기는 마음, 그리고 어진 임금님과 임금님의 상심한 마음까지 회복시키는 정직하고 깨끗한 마음을 지닌 마링그 소년에 공명하며 자신의 번역에 반영한다. 하지만 또 다른 중요한 부분에서 방정환은 다르게 표현한다. 여기서는 달라진 부분을 중심으로 방정환의 특질을 살펴보고자 한다.

마을과 백성에 대한 묘사는 방정환 또한 견지한다. 후쿠나가 유지는 일 년에 봄과 가을밖에 일하지 않는데도 부유하게 사는 백성들을 "신기하게"라고 표현한 것에 비해, 방정환은 "토지가 몹시 기름져서 곡식이 잘되는 고로 일반 백성들은"[59]이라며 토지가 몹시 기름진 환경을 제시하고, 백성은 일반 백성이라고 구체적으로 묘사한다. 또한 "하나님의 총애를 받는 백성"이지만, "다른 좋은 일이나 지식이 적고 다만 돈 많은 것을 제일로 알고, 돈만 많으면 귀하고 좋은 줄 아는"[60] 백성들을 염려하면서도 방정환은 후쿠나가 강조한 백성들을 '시험'하는 부분은 삭제

---

58 福永友治, 「入村希望者に」, 淺田隆, 같은 논문, 141쪽.
59 방정환, 「마음의 꽃」, 한국방정환재단 엮음, 『정본 방정환 전집1: 동화·동요·동시·시·동극』, 창비, 2019, 125쪽.
60 방정환, 「마음의 꽃」, 125~126쪽.

하고, 마음의 꽃씨에 대한 묘사에서도 변화가 보인다.

이 씨는 기묘한 씨앗으로 마음이 깨끗하고 정직한 사람이 아니면 아무리 열심히 키워도 나쁜 꽃밖에 피지 않습니다. 그 대신 정직한 사람이 기르면 그만큼 아름다운 꽃이 핍니다.(후쿠나가 유지, 「마음의 꽃」)[61]

이 꽃씨는 이 세상 보통 꽃과는 달라서 마음이 착하고 깨끗한 사람이 기르면 기를수록 좋은 꽃이 피고, 마음이 나쁘고 정직하지 않은 사람이 기르면 기를수록 나쁜 꽃이 피는 것입니다.(방정환, 「마음의 꽃」)[62]

후쿠나가의 '마음이 깨끗하고 정직한 사람'에 더해 방정환은 '마음이 착하고 나쁜'을 추가하며, 착하고 나쁜 것에 따라 꽃의 상태가 달라질 수 있음을 경고한다. 정직이라는 덕목만큼이나 마음이 좋고 나쁜 상태가 강조된 것이다. 마링그 소년에 대한 묘사에서도 변화를 보이는데 방정환은 마링그가 아직 얼마나 어리며, 그 살림이 얼마나 '애달프고 쓸쓸한'지를 강조한다. 염희경은 "'동심'을 간직한 이 소년은 학대받고 짓밟히는 당대 조선의 어린이를 연상케 하는 존재인 동시에 천도교의 한울님주의를 상징하는 존재"[63]라며 천도교와 연관하여 분석한다.

그리고 어머니는 오랫동안 병으로 힘들어하고 있지만 아무래도 열세 살이 된 말링이 일하는 것 말고는 딱히 돈 들어올 길이 없었기 때문에 생활이라는 것이 참으로 비참했습니다.(후쿠나가 유지, 「마음의 꽃」)[64]

---

61 福永友治, 「心の花」, 32쪽.
62 방정환, 「마음의 꽃」, 127쪽.
63 염희경, 『소파 방정환과 근대 아동문학』, 경진출판, 2014, 135쪽. 그러면서 "물질과 대척의 자리에 놓인 소년의 존재 조건, 즉 가난이 소년을 한울님의 마음을 닮은 존재로 만든 요건"이라고 밝힌다.

겨우 열세 살밖에 되지 아니한 소년 마링그는 병환 중에 계신 어머님 한 분을 모시고 애달프고 쓸쓸한 살림을 이 마을에서 하고 있었습니다."(방정환, 「마음의 꽃」)⁶⁵

그러나 무엇보다도 후쿠나가의 「마음의 꽃」과 방정환의 「마음의 꽃」이 크게 달라진 점은 가족 묘사로 볼 수 있다. 먼저 후쿠나가의 「마음의 꽃」을 살펴본다.

마침 15일 해질 무렵이었습니다. 말링은 오랜만에 다 팔린 꽃바구니를 어깨에 걸치고 사랑하는 강변으로 왔습니다. 아름다운 물은 꿈처럼 흐르고, 꽃잎이 반절쯤 젖어가면서 물 위로 저 멀리 사라져 가는 것을 바라보면서 돌아가신 아버지와 정 깊은 누나를 생각했습니다. 그러다가 그만 참을 수 없이 슬퍼져서 양털처럼 부드러운 어린 풀 위에 쓰러져 울음을 터뜨렸습니다.(후쿠나가 유지, 「마음의 꽃」)⁶⁶

저본에서 꽃과 야채를 파는 소년으로 나오는 마링그는 꽃씨를 받은 날 저녁 "돌아가신 아버지와 정 깊은 누나" 생각에 하염없이 눈물을 흘린다. 방정환은 꽃을 파는 소년이 아닌 나무를 모아 파는 소년으로 설정하는데, 방정환은 이 장면을 다음과 같이 묘사한다.

저녁때가 되었습니다. 다사로운 봄날이어서 산으로 기어들고 즐거운 날도 저물기 시작하였습니다. 나무 지고 돌아오는 마링그가 꽃 피어 우거진 잔디밭을 지나다가 오늘 온종일 기쁘게 놀고 돌아가는 사람들을 보고, "에그! 이렇게

---

64 福永友治, 「心の花」, 33쪽.
65 방정환, 「마음의 꽃」, 127쪽.
66 福永友治, 「心の花」, 33쪽.

기쁜 날 어머님께서는 밖에 나와 보시지도 못하고 앓고만 누우셨으니 오늘은 이 어여쁜 꽃이나마 꺾어다 어머님 머리맡에 놓아서 기껍게 해 드려야겠다."고 거기 앉아 꽃을 꺾어 모으고 있었습니다.(방정환, 「마음의 꽃」)[67]

돌아가신 아버지와 누나에 대한 그리움에 눈물을 흘리며 슬퍼하는 후 쿠나가에 비해 방정환은 감성에 젖고 감정적인 상태를 묘사하기보다는 봄꽃을 꺾어 아픈 어머니를 기쁘게 해드릴 생각뿐이다. 이러한 어머니에 대한 묘사는 방정환 고유의 묘사를 이끌어낸다. 그것은 다름 아닌 어머니의 승인과 꽃씨 재배 참여이다.

마링그는 집에 돌아가서 어머님 머리맡에 꽃을 놓아 드리고 서울 벼슬 다니는 어른에게 받은 꽃씨와 그 이야기를 모두 어머니에게 여쭈었습니다. "오냐, 어서 심거라. 너는 세상에서 제일 마음이 착하고 고우니까 반드시 네게는 제일 좋은 꽃이 피어서 나라님께 10만원 상금을 받게 될 것이니 어서 정한 데다 심어라."하시면서 끔찍이 기뻐하셨습니다.(방정환, 「마음의 꽃」)[68]

주지하다시피 「마음의 꽃」에서는 아버지가 부재하고, 어머니는 병을 앓고 있다. 마링그 소년이 사회적으로 자신의 존재 가치를 인정받고 마을 사람 모두가 인정하는 한 명의 사회적 구성원으로 자리 잡기 위해서는 대타자의 인정과 승인이 선행되어야 할 필요가 있다.

라캉 연구자인 고바야시 요시키는 『라캉, 환자와의 대화 오이디푸스를 넘어서』에서 이와 같은 상황을 아래와 같이 말한다.

---

67 방정환, 「마음의 꽃」, 128쪽.
68 방정환, 「마음의 꽃」, 129쪽.

어머니에게 안긴 어린아이가 자신의 발견을 인정받고 싶어 하는 것처럼 그에게 시선을 보내주고 있는 어머니를 돌아본다. 아이가 이러한 상을 자신의 것으로서 내재화할 수 있기 위해서는 대문자의 타자(이 경우는 어머니)에 의해 승인받아야만 한다. "그곳에 비친 것이 너야"라는 식으로, 이렇게 어머니의 승인에 의해 자아가 구성된다.[69]

특히 방정환은 어머니의 입을 통해 마링그에게 "오냐, 심거라.", "너는 세상에서 제일 착하고 곱다", "제일 좋은 꽃이 피어서 상금을 받게 될 것이다."와 같은 말을 하게 하는데, 데미의 그림책『빈 화분』에서는 "정성을 다했으니 됐다. 네가 쏟은 정성을 임금님께 바쳐라."[70]라며 아버지가 이 역할을 맡는다.

가타오카 이치타케는『라캉은 정신분석에 대해 이렇게 말했습니다 나를 찾아가는 라캉의 정신분석』에서 "어머니란 우리가 최초로 만나는 대타자를 의미"하고 "어머니는 언어를 말할 수 있는 존재"[71]이며, "거울상이 의미를 가지려면 상징적인 '대타자'가 있어야만 합니다. 즉 어머니라는 대문자 타자가 보증해주는 덕택에 거울상이라는 소문자 타자가 성립 가능"[72]하다며 한 명의 올바른 자아 형성에 '어머니의 말'이 지닌 힘을 강조한다.

어머니는 이처럼 나라에서 수행하는 거대한 행사에 어머니의 말로 아들에게 힘을 실어준다. 어머니의 강력한 힘은 여기서 그치는 것이 아닌 꽃씨의 재배에도 동참한다는 점일 것이다.

69 자크 라캉·고바야시 요시키, 이정민 옮김,『라캉, 환자와의 대화 오이디푸스를 넘어서』, 에디투스, 2017, 119쪽.
70 데미 글·그림, 서애경 옮김,『빈 화분』, 사계절, 2006.
71 가타오카 이치타케, 임창석 옮김,『라캉은 정신분석에 대해 이렇게 말했습니다 나를 찾아가는 라캉의 정신분석』, 이학사, 2019, 147쪽.
72 가타오카 이치타케, 위의 책, 146쪽.

마링그는 어머님 말씀이 더욱 기뻐서 즉시 그 씨를 조고만 나무 상자에 심었습니다. 그리고 병드신 어머님과 가련한 마링그는 날마다 날마다 싹이 나오기를 마음과 정성을 다하여 기다렸습니다.(방정환, 「마음의 꽃」)[73]

어머니의 인정과 승인을 받은 소년 마링그는 꽃씨 재배에 돌입한다. 그리고 마링그만큼이나 어머니 또한 "마음과 정성"을 다한다.

봄이 다 가고 여름이 오고 여름이 또 깊어 가도록 쉬지도 못하고 일을 하면서 그러면서도 마링그와 병든 어머니는 날마다 날마다 정성껏 물을 주며 힘껏 주의하여 길러도 웬일인지 영영 싹이 나오지를 않았습니다.

그 구차한 살림 속에서 앓으면서도 일하면서도 마음껏 그 꽃나무를 기르는 가련한 모자는 얼마나 그 꽃나무 싹에 희망을 붙였겠습니까. 그러나 이 가련한 연약한 모자의 얄팍한 그 희망이나마 헛되이 돌아가게 되는 것이 두 사람에게는 가장 가슴 쓰린 일이었습니다. 싹은 아니 나와도 그래도 어머님과 착한 마링그의 정성은 끊이지 않아서 자꾸 물을 주고 주고 하였습니다.(방정환, 「마음의 꽃」)[74]

어머니에 대한 묘사는 여기서 그치지 않고 "어머니와 제가 그렇게 정성을 들였건마는"[75]이라든가, "그 함을 집에 어머님 앞에 갖다 놓아 달라"[76]고 말하는 데까지 이른다. 이러한 마링그와 어머니의 마음과 정성은 결국 어머니 병의 회복이라는 기적을 가져다 준다. 방정환은 마링그 소년을 "겨우 열세 살밖에 되지 아니한 소년 마링그"라고 묘사한다. 마음의 꽃을 피운 마링그를 후쿠나가 유지는 "사랑스러운 소년"이라고 말

---

73 방정환, 「마음의 꽃」, 129쪽.
74 방정환, 「마음의 꽃」, 129~130쪽.
75 방정환, 「마음의 꽃」, 131~132쪽.
76 방정환, 「마음의 꽃」, 133쪽.

하지만, 방정환 "조고만 어린 소년"이라며 겨우 열세 살밖에 되지 않은 작고 어린 소년이 마음의 꽃을 피웠음을 강조한다.

> "임금님…… 기뻐하십시오. '마음의 꽃' 주인은 여기에 있습니다. 사랑스러운, 소년입니다."(후쿠나가 유지, 「마음의 꽃」)[77]

> "폐하시여, 기뻐하십시오, 마음의 꽃을 피게 한 사람이 여기 있습니다. 조고만 어린 소년이올시다."(방정환, 「마음의 꽃」)[78]

그렇다면 여기서 소년이 꽃피운 마음의 꽃의 특성에 대해 살펴볼 필요가 있다.

> 정직하고 맑은 너에게는, 이 지저분한 상자에는 꽃이 피지 않아도, 마음속에 세상에서 가장 아름다운 꽃이 피었구나. 그것은 꽃을 피운 네게는 보이지 않아도 신의 눈에는 잘 보인단다. 그리고 깨끗한 사람들 눈에도 잘 보인다. 나는 지금 그 꽃을 볼 수 있었다. 귀여운 말링아, 정직한 소년아, 너는 더욱더 마음이 깨끗한 소년이 되어야 한다.(후쿠나가 유지, 「마음의 꽃」)[79]

> 꽃이 피지 아니한 것을 그대로 내어놓은 너의 그 깨끗한 착한 마음에 지금 훌륭한 꽃이 핀 것이다. 너의 그 고운 마음속에는 세상에 제일가는 고운 꽃이 피어 있는 것이다. 아아, 귀여운 마링그야, 정직한 소년아! 아무쪼록 이 앞으로는 점점 더 깨끗한 사람이 되도록 하여라.(방정환, 「마음의 꽃」)[80]

---

77 福永友治, 「心の花」, 36쪽.
78 방정환, 「마음의 꽃」, 132쪽.
79 福永友治, 「心の花」, 39쪽.
80 방정환, 「마음의 꽃」, 133쪽.

후쿠나가 유지는 "정직하고 맑은" 마링그가 "마음속에 세상에서 가장 아름다운 꽃"을 피운 것을 신과 임금님과 마음이 깨끗한 사람은 볼 수 있다고 말한다. 방정환은 "깨끗한 착한" 마링그가 "세상에 제일가는 고운 꽃"을 피웠다고 나라님이 분명하게 확인해준다. 마음의 꽃을 피운 사람도 중요하지만 그 꽃을 볼 수 있는 사람 또한 주목할 필요가 있는 것이다. 방정환의 「마음의 꽃」에서는 나라님에 더해 꽃이 피기 전부터 어머니가 보증하고 있음을 알 수 있었다.

나라님께서는 여러 가지로 모자의 신세를 들으시고 더욱 마링그의 효성에 감동하시어 무한히 기뻐하시면서 이날은 돌아가셨습니다.
그러는 서슬에 마링그 어머님은 웬일인지 그때 일어나서는 다시 눕지 않아도 아프시지 않게 병이 나으셨습니다.(방정환, 「마음의 꽃」)[81]

후쿠나가의 「마음의 꽃」에서는 어머니의 승인이라는 과정 없이 바로 임금님의 승인이 이루어지는데, 방정환의 「마음의 꽃」에서는 어머니의 승인과 나라님의 승인이 차례차례 이루어지며 어머니의 역할이 강조되었음을 알 수 있다. 또한 어머니의 병환 회복이라는 기적에는 마링그의 효성과 모자에 대한 나라님의 감동과 기쁨 또한 전제되고 있음을 알 수 있다. 따라서 나라님의 승인은 마링그뿐만이 아닌 어머니에게도 그 영향을 끼친다.

그다음다음날, 일반 백성 중에 꽃을 구해다 꽂은 백성은 벌금 100원씩에 처하시는 일과 함께 효성스런 마링그는 다만 한 분뿐이신 나라님의 따님과 결혼하여 사위를 삼으실 일을 함께 발표하셨습니다.(방정환, 「마음의 꽃」)[82]

---

81 방정환, 위의 글.
82 방정환, 위의 글.

이와 더불어 후쿠나가 유지의 「마음의 꽃」을 제외한 대부분의 유사 버전에서 보여진 왕위 계승이라는 결말이 방정환의 「마음의 꽃」에서는 복원되며 공주와의 결혼이라고 하는 커다란 자기 실현과 왕위 계승이 동시에 이루어지는 꽉 찬 해피엔딩 결말을 맞이한다.

씨앗이 싹을 틔우고 자라듯 마링그라고 하는 열세 살 소년이 올바른 자아상을 획득하여 사회의 반듯한 구성원이 될 수 있도록 어머니와 사회적 아버지로 상징되는 나라님의 승인이 이루어지며 자아 형성에 중요한 역할을 담당했다고 볼 수 있다. 이는 병든 어머니의 회복만큼이나 중요한 기적이며, 이러한 기적이야말로 가장 가난하면서 가장 어린 존재가 키운 "마음의 꽃"의 현현인 것이다. 이는 또한 〈아타라시키무라〉가 지향한 공동체 정신 중에 "각 개인 안에 있는 자아를 생장시키는 것을 이상"으로 한 모습과 후쿠나가 유지가 「마음의 꽃」에 투영한 '이상주의적 공동체'의 모습과도 공명한다.

6. 결론

지금까지 「마음의 꽃」 화소를 지닌 현대에 들어 출간되거나 공개된 다양한 버전들의 특징을 살펴보고 후쿠나가 유지가 활동한 공동체 〈아타라시키무라〉의 특징과 기관지인 월간잡지 『아타라시키무라(新しき村)』에서의 발자취와 후쿠나가 유지가 꿈꾼 '이상주의적 공동체 건설'을 「마음의 꽃」과 관련시켜 그 의미를 살펴본 뒤 방정환의 「마음의 꽃」에 담긴 '기적'의 의미를 살펴보았다.

왕위 계승자의 '솔직', '정직', '성실' 덕목을 강조한 「마음의 꽃」 관련 출판물이나 글들에 반해 후쿠나가 유지의 「마음의 꽃」은 풍요와 부를 당연한 듯이 여기고 돈과 외면만 중시하는 마을 사람들에 대한 신의 시험과 신의 역할이 강조되며 마을 사람들은 마지막에 이르러 회심을 하게 되는데, 이는 작가 후쿠나가 유지가 꿈꾸는 부끄러움을 알고 바르게 살아가기를 바라는 '아타라시키무라(새로운 마을)'로서의 '이상주의적 공동체' 건설이 동화 「마음의 꽃」에 반영된 결과로 볼 수 있었다. 즉 「마음의 꽃」을 통해 후쿠나가 유지가 꿈꾸는 이상주의적 공통체가 지향하는 덕목은 '회심', '회개', '깨끗하고 정직한 마음', '바른 마음'임을 알 수 있었다.

방정환의 「마음의 꽃」에서는 씨앗 재배에 어머니 또한 적극적으로 동참하며 후쿠나가 유지의 「마음의 꽃」에서의 신의 역할 만큼이나 어머니의 역할이 강조되었음을 알 수 있었는데 이는 결국 어머니의 병환 회복과 마링그 소년의 공주와의 결혼이라는 기적을 가져왔다. 더불어 씨앗에 희망을 걸고 마음과 정성을 다했던 가장 가난한 존재가 어머니의 조력을 얻어 끝끝내 피워낸 '마음의 꽃'은 한 소년의 자기 실현이라는 기적까지 가져온다. 더 나아가 씨앗 재배에서의 어머니의 격려와 적극적인 동참과 승인은 마링그 소년이 공동체 속에서 올바른 사회적 구성원으로 나아가도록 자아 형성에 튼튼한 밑받침 역할을 하고 있음을 알 수 있었다. 바로 이점은 후쿠나가 유지가 참여한 〈아타라시키무라〉가 지향한 공동체 정신에서 한 개인의 자아 성장을 강조한 부분과 맞닿아 있으며, 방정환은 「마음의 꽃」에 앞으로의 사회를 짊어질 왕위 계승자인 마링그 소년의 건강한 자아 성장을 투영하며 소년이 공동체 안에서 지켜야 할 중요한 덕목으로 '착하고 깨끗하며 정직한 마음'을 강조하였다.

아울러 후쿠나가 유지의 저본을 포함해 모든 버전에서 나라님의 마음을 울리고 감동시키는 유일한 존재는 주인공 소년 또는 청년이었던 것에 반해, 방정환의 「마음의 꽃」에서는 아들과 어머니, '모자'의 행위가 감동을 일으키며 소년만이 아닌 어머니의 회복이라고 하는 '기적'이 따른 점은 특기할 만하다.

참고문헌

1. 기본 자료

福永友治,「心の花」,『おとぎの世界』(제3권 5호), 文光堂, 1921.5.

방정환,「마음의 꽃」, 한국방정환재단 엮음,『정본 방정환 전집1: 동화·동요·동시·시·동극』, 창비, 2019.

데미 글·그림, 서애경 옮김,『빈 화분』, 사계절, 2006.

デミ 作·絵, 武本 佳奈絵 訳,『皇帝にもらった花のたね』, 徳間書店, 2009.

에릭 머던 글, 폴 헤스 그림, 서남희 옮김,『왕과 씨앗』, 국민서관, 2009.

2. 국내외 논저

李姃炫,「方定煥の翻訳童話研究―『サランヱ ソンムル(사랑의 선물)』を中心に」, 大阪大学大学院言語文化研究科博士学位論文, 2008.

서정오,『열린어린이 책 마을 04 교과서 옛이야기 살펴보기』, 열린어린이, 2010.

김경희,「방정환의「마음의 꽃」에 나타난 '마음으로 피우는 꽃'의 의미」,『방정환연구』(1권), 방정환연구소, 2019.

염희경,『소파 방정환과 근대 아동문학』, 경진출판, 2014.

小川未明, 川端康成 監修, 古谷綱武, 山室静, 関英雄, 岡上鈴江, 船木枳郎編,『現代児童文学辞典』, 宝文館, 1958.

大津山国夫編,「武者小路実篤」,『日本児童文学大系 第12号』, ほるぷ出版, 1977.

조아라,「무샤노코지 사네아쓰(武者小路実篤)의 이상사회의 구체화 과정―「아타라시키무라(新しき村)에 관한 대화」를 중심으로」, 日本語文學, 1(65), 2015.

飯塚朗,「周作人·小河·新村」,『関西大学東西学術研究所紀要』8권, 1975.

浅田隆,「資料 奈良大学図書館「北村信昭文庫」「新しい村」奈良支部関係資料」,『総合研究所所報』(16号), 奈良大学総合研究所, 2008.1.

『新しき村の説明及び会則』, 新しき村東京支部, 1919.

자크 라캉·고바야시 요시키, 이정민 옮김,『라캉, 환자와의 대화 오이디푸스를 넘어서』, 에디투스, 2017.

가타오카 이치타케, 임창석 옮김,『라캉은 정신분석에 대해 이렇게 말했습니다 나를 찾아가는 라캉의 정신분석』, 이학사, 2019.

3. 인터넷자료

「王様の後継者」, 主任司祭 グイノ・ジェラール神父, 〈カトリック武庫之荘教会はカトリック大阪大司教区〉홈페이지, 2018

「【寓話】王様のタネ」(アフリカ伝説), ぶらぶら★アフリック 홈페이지

「The Emperor and the Seed」, IslamCan.com.

「The Emperor's Seed」, The Josh Link 홈페이지

「THE KING AND THE SEEDS」, Cape Cod Church 홈페이지

「왕이 준 씨앗」, 하나님의교회 홈페이지

Carl Sommer 글, Jorge Martinez 그림, 『The Emperor and the Seed』, Advance Publishing, 2016.

一般財団法人〈新しき村〉홈페이지

日本中国友好協会兵庫県連合会 홈페이지

フリー百科事典『ウイキペディア(Wikipedia)』

부록

『사랑의 선물』 번역동화의 일본어 저본

● ●

난파선 (마지막 월 이야기)

한국어 번역_김영순 ㅣ 원작_아미치스 ㅣ 일본어 번역_마에다 아키라(前田 晃)
일본어 저본_「難破船」, 『世界少年文学名作集(第十二巻)クオレ』, 精華書院, 1920.

벌써 몇 년인가 전, 12월의 어느 아침, 리버풀의 항구에서 한 척의 커다란 기선이 출범하였습니다. 거기에는 60명의 선원을 더해 200명의 사람이 타고 있었습니다. 선장과 거의 모든 선원들은 영국인이었습니다. 승객 중에는 몇 명인가 이태리 사람이 있었습니다. ──세 명의 신사, 한 명의 스님, 음악가 일행 등입니다. 기선은 마르타 섬을 향해 가고 있었습니다. 하늘 모습은 거칠었습니다.

뱃머리 쪽 3등객 중에는 12살이 된 이태리 소년이 한 명 있었습니다. 나이에 비해 체격은 작은 편이었습니다만, 튼튼하고 시칠리형의 대담하고 아름다운 단단한 얼굴을 하고 있었습니다. 돛대 옆에 단지 홀로, 감아둔 밧줄 위에 앉아, 이제는 꽤 낡아빠진 트렁크를 옆에 두고 거기에 한손을 걸치고 있었습니다. 얼굴은 갈색이고, 검게 물결치는 머리카락은 어깨까지 늘어져있었습니다. 남루한 옷차림을 하고, 너덜너덜한 망토를 어깨에 걸치고, 낡아빠진 가죽부대를 허리에 차고 있었습니다. 골똘히 깊은 생각에 빠진 듯 주변 승객들이랑 배랑 뛰어 지나가는 선원들이랑 움직임을 멈추지 않는 바다 등을 바라보고 있었습니다. 최근에 일가의 커다란 불행이라도 만난 소년인 듯한 모습을 하고 있었습니다. ──얼굴은 아이같은데 표정은 어른스러웠습니다.

출범 후 얼마 안 지나 머리카락이 하얀 이태리 사람인 선원 한 명이 작은 여자아이의 손을 이끌면서 뱃머리로 나왔습니다. 그리고 시칠리 소년 앞에 멈춰 서더니 그에게 말했습니다.

難破船 (最後の月次物語)

もう幾年か前、十二月のある朝、リヴァプールの港から一隻の大きな汽船が出帆しました。それには六十人の船員を合せて、二百人の人が乗りました。船長と殆どすべての水夫とはイギリス人でありました。――三人の紳士、一人の坊さん、音樂家の一行などです。乗客の中には幾人かのイタリイ人がゐました。汽船はマルタの島へ向つて行くのでありました。空は荒模樣でした。

前橋の方の三等客の中に、十二歳になるイタリイの少年が一人ゐました。年の割に、身體は小さい方でしたが、しかし岩乘の、美しい、引しまつた顔をしてゐました。シシリイ型の大膽な、だいぶ黒い波を打つた髪の毛は肩まで垂れてゐました。見すぼらしいなりをして、ぼろ〳〵の古びた革袋を腰につけてゐました。もう磨り切れた小さな旅鞄を脇において、それに片手をかけてゐました。顔は褐色で、ちつと考へ深さうにあたりのマントを肩にかけて、

"어이, 마리오, 좋은 길동무가 있단다."

그렇게 말하고 선원은 가버렸습니다.

여자아이는 소년 옆의 밧줄 더미에 걸터 앉았습니다.

둘은 뚫어져라 서로를 바라보았습니다.

"어디로 가?" 하고 소년이 물었습니다.

"마르타로 가서, 거기서 나폴리로."

여자아이는 이렇게 대답하고 나서 다시 덧붙였습니다. "아빠와 엄마를 만나러 가. 기다리고 있거든. 내 이름은 기우리엣타 · 파기아니라고 해."

소년은 아무 말도 하지 않았습니다.

조금 지나고 나서 소년은 가죽부대에서 빵과 말린 과일 등을 조금 꺼냈습니다. 여자아이는 비스켓을 가지고 있었습니다. 두 사람은 먹기 시작했습니다.

"봐봐, 저기를!" 하고 아까의 이태리 사람 선원이 서둘러 지나가면서 외쳤습니다. "이상해져오고 있어!"

바람은 더욱 더 거세져가고, 배는 심하게 흔들렸습니다. 하지만 두 어린이는 뱃멀미를 하지 않았기 때문에 그러한 것은 신경도 쓰지 않았습니다. 여자아이는 싱글벙글하고 있었습니다. 그녀도 소년과 같은 정도의 나이였습니다만 키는 훨씬 크고, 색은 갈색이고, 체격은 빼빼 마르고, 어느 정도는 몸이 아픈 것도 같았습니다. 옷차림은 보통보다도 상당히 좋은 편이었습니다. 머리카락은 짧고 곱슬거렸습니다. 머리에는 빨간 두건을 쓰고 귀에는 은색 링을 달고 있었습니다.

두 사람은 먹으면서 서로의 처지를 이야기 나누었습니다. 소년에게는 더 이상 양친이 다 없었습니다. 아버지는 숙련공이었는데 수일 전에 리버풀에서 그를 혼자 남겨두고 죽고 말았습니다. 그래서 이태리 영사가 고향 바레르모에, 그곳에는 먼 친척이 되는 사람이 아직 남아있었기 때문에 되돌려보내 주었던 것입니다. 여자아이는 전년도에 과부인 숙모를 따라가 런던으로 갔던 것입니다. 숙모가 무척이나 그녀를 사랑하고 있었기 때문에 양친은——가난한 사람들이었기 때문에——잠시 동안 숙모 집에 머물게 하고 유산을 받게 하려 했던 것입니다. 그렇지만 숙모는 수개월 전에 마차에 치어 급작스럽게 죽어, 후손에게는 한 푼도 남기질 않았던 것입니다. 그래서 그녀도 또 영사의 도움을 받아 이태리로 되돌려 보내지게 된 것입니다. 둘 다 방금 전의 이태리 사람 선원에게 부탁해 놓은 것입니다.

"그래서," 하고 여자아이는 마지막에 말했습니다. "아버지와 어머니는 내가 부자가 되어 돌아올 것이라고 생각하고 있어. 하지만 난 빈털털이로 돌아가. 그래도 역시 예뻐해 주실 거야. 형제들도 그럴 거야. 네 명 있어. 모두 어려. 내가 우리집에서는 가장 커. 모두에게 옷을 입혀줄 거야. 나를 보면 분명히 무척 기뻐할 거야. 가만히 들어와.──어머나 바다가 거칠다!"

그러고 나서 남자아이에게 물었습니다.

"너는 그 친척집에 있게 되는 거니?"

"음. ──있으라고 하면."

"그 사람들, 널 예뻐하지 않니?"

"글쎄."

"나는 크리스마스가 되면 13살이 돼." 하고 여자아이는 말했습니다.

그리고 둘은 바다에 대한 것과 두 사람 주변에 타고 있는 사람들에 대해 이야기하기 시작하였습니다. 둘은 종일 함께 있으면서 때때로 말을 주고받았습니다. 승객들은 둘을 남매라고 생각했습니다. 여자아이는 양말을 뜨고 있었습니다. 남자아이는 생각에 잠겨있었습니다. 바다는 점점 심하게 거칠어졌습니다. 밤이 되어 두 사람이 헤어져 잠자러 가려 할 때 여자아이는 마리오에게 말했습니다.

"잘 자렴."

"누구도 잠은 못 잘걸." 하고 이태리 선원이 때마침 선장에게 불려 뛰어가면서 소리쳤습니다. 소년은 여자아이에게 "잘 자" 하고 대답하려고 할 바로 그때 생각지도 않던 물보라가 심하게 내리쳐 앞으로 퍽 고꾸라졌습니다.

"어머나, 피가 나왔어!" 하고 여자아이는 비명을 지르며 소년 위로 뛰쳐갔습니다. 승객들은 아래로 도망치려 했기 때문에 두 사람에게는 신경도 쓰지 않았습니다. 여자아이는 내리칠 때 정신을 잃은 마리오 옆에 무릎을 꿇고, 이마에서 피를 닦아내고, 그리고 자기 머리에서 빨간 두건을 잡아채, 그것을 마리오 머리에 감아 그 끝을 묶기 위해 그의 머리를 자기 가슴에 꽉 눌렀습니다. 그러자 한 방울의 피가 그녀의 노란 옷 윗가슴 바로 위로 번져 자국이 남았습니다. 마리오는 몸을 떨면서 일어섰습니다.

"조금은 괜찮니?" 하고 여자아이가 물었습니다.

"이제 아무렇지 않아." 하고 마리오가 대답했습니다.

"잘 자렴." 하고 여자아이가 말했습니다.

"잘 자." 하고 마리오가 대답했습니다.

그리고 둘은 바로 이웃한 계단을 내려가 각자의 침대 쪽으로 갔습니다.

선원의 예언이 적중했습니다. 두 사람이 아직 잠들기 전에 무서운 태풍이 다가왔습니다. 그것은 마치 성난 커다란 말 무리가 갑자기 습격해 온 것 같았습니다. 순식간에 돛대 하나를 무너뜨리고, 녹로에 걸쳐 두었던 두 척의 보트를 채가고, 그리고 뱃머리에 있던 소 네 마리까지 나뭇잎처럼 날려버렸습니다. 배 안은 혼란, 공포, 소란, 폭풍우 같은 외침 소리, 울음소리, 기도 소리가 한꺼번에 일어나 소름이 끼칠 정도였습니다. 폭풍우는 그날 밤 내내 점점 격해졌습니다. 날이 밝아도 여전히 더 세졌습니다. 산 같은 파도가 옆에서 배를 치고 갑판 위로 부서지고, 모든 것을 부수고, 깨고, 바닷속으로 빠뜨렸습니다. 기관을 덮고 있던 받침대가 망가져 물이 무섭게 울부짖어대며 한꺼번에 안으로 몰아쳤습니다. 불은 꺼졌습니다. 기관수는 도망쳤습니다. 커다랗고 격렬한 밀물이 도처에서 밀려들어왔습니다. 번개와 같은 목소리가 외쳤습니다.

"펌프로 위치하라."

그것은 선장의 목소리였습니다. 선원들은 펌프 쪽으로 뛰어갔습니다. 그런데 바로 그때에 다시 바다가 부서지며 배끝머리 쪽에서 엄청나게 밀려오는가 싶더니 뱃전까지도 해치까지도 깨부수고 안으로 홍수를 보냈습니다.

승객들은 모두 제정신이 나간 채 당황하여 1등실로 도망쳤습니다. 드디어 선장이 그곳으로 나왔습니다.

"선장! 선장!" 하고 일동은 한목소리로 외쳤습니다. "어떻게 되는지요? 어딥니까, 지금? 살 수 있을까요? 살려주십시오!"

선장은 모두가 조용해질 때까지 기다렸다가, 그리고 침착하게 말했습니다.

"부디 단념해 주십시오."

한 여자가 "꺄아악!" 하고 한마디 소리를 질렀습니다. 그 외에는 누구도 입도 뻥긋하지 않았습니다. 공포가 모두를 얼어붙게 하였습니다. 이리하여 무덤과 같은 정적 속에 긴 시간이 지났습니다. 모두는 서로 새파래진 얼굴을 마주보았습니다. 바다는 역시 거칠게 울부짖고 있었습니다. 배는 심하게 흔들렸습니다. 한번 선장은 구조정을 내보내려고 해보았습니다. 5명의 선원이 거기에 탔습니다. 그러자 보트는 가라앉았습니다. 파도가 뒤집은 것입니다. 그리고 2명의 선원이 빠졌습니다. 그 속에 그 이태리 사람도 있었습니다. 다른 사람들은 간신히 밧줄을 붙잡고 다시 올라왔습니다.

그래서 선원들도 완전히 용기를 잃고 말았습니다. 2시간 뒤에는 배는 현창까지 물속에 잠겼습니다.

이때 갑판에는 무시무시한 광경이 나타나고 있었습니다. 엄마들은 절망하여 내 아이를 가슴에 감싸 안았습니다. 친구들은 서로 껴안고 이별을 고했습니다. 그중에는 바다를 보지 않고 죽으려고 선실로 내려간 이도 있었습니다. 한 승객은 피스톨로 머리를 쏴 선실로 내려가는 계단에서 거꾸로 떨어져 거기서 죽었습니다. 많은 이들은 서로의 정체도 모르고 서로 붙들고 있었습니다. 여자들은 무시무시한 경련을 일으키며 발버둥쳤습니다. 흐느껴 우는 소리, 어린아이들이 소리쳐 우는 소리, 날카로운 비명 소리가 함께 들렸습니다. 여기에도 저기에도 사람들이 실신하여 보이지 않는 눈을 크게 뜨고 석상처럼 움직이지 않고 있는 게 보였습니다. ——얼굴은 죽은 사람인 듯 광인인 듯 했습니다. 기우리엣타와 마리오는 돛대 하나를 붙들고 골똘히 주시하는 눈으로 바다를 바라보고 있었습니다만 마치 무감각인 듯 했습니다.

바다가 얼마쯤 조용해졌습니다. 하지만 배는 조용히 가라앉고 있었습니다. 이제 몇 분이 남아 있을 뿐이었습니다.

"롱보트를 내려라!" 하고 선장이 외쳤습니다.

남아 있던 마지막 보트가 물 속으로 내던져졌습니다. 그리고 14명의 선원과 3명의 승객이 그곳으로 뛰어내렸습니다.

선장은 본선에 남아 있었습니다.

"함께 타세요!" 하고 밑에서 모두가 그에게 외쳤습니다.

"나는 여기서 죽는다." 하고 선장은 대답했습니다.

"배를 만납니다!" 하고 선원들은 그에게 외쳤습니다. "살 수 있어요. 타세요! 빨리요!"

"나는 남는다."

"또 한 사람 탈 수 있어!" 하고 선원들은 다른 승객들 쪽을 향하면서 외쳤습니다. "여자가 좋아!"

여자 한 명이 선장의 도움을 받아 앞으로 나왔습니다. 하지만 보트가 있는 곳이 먼 것을 보고 도저히 뛰어내릴 용기가 나지 않은지 갑판에 쓰러졌습니다. 다른 여자들은 거의 모두 비틀비틀 마치 죽은 사람들 같았습니다.

"그럼 어린이다!" 하고 선원들이 외쳤습니다.

이 소리를 듣자 그때까지 완전히 마비되어 화석처럼 굳어 있던 시칠리 소년과 여자아이가 갑자기 다시 생명이 구조되고 싶다고 하는 격렬한 본능을 불러깨웠습니다. 둘은 동시에 돛대에서 몸을 떼고 뱃전으로 뛰쳐나가 "나를!" "저를!" 일제히 외치면서 마치 미쳐 격노한 야수처럼 서로 상대를 밀어젖히고, 밀쳐내려고 했습니다.

"작은 쪽이다!" 하고 선원들이 외쳤습니다. "보트가 꽉 찼다! 작은 쪽이다!"

이 말을 듣자 여자아이는 마치 번개에라도 맞은 듯이 축 팔을 늘어뜨리고, 가만히 그 자리에 선 채로 빛이 없는 눈으로 마리오를 바라보았습니다.

마리오는 문득 그녀 쪽을 바라보았습니다. ──가슴께의 핏자국을 보았습니다. ──떠올랐습니다. ──성스러운 생각의 번뜩임이 그 얼굴 위로 번뜩였습니다.

"작은 쪽이다!" 하고 선원들은 참지 못하고 일제히 재촉하였습니다. "가버린다!"

그러자 마리오는 자신의 목소리라고는 도저히 생각할 수 없는 목소리로 외쳤습니다. "이 아이 쪽이 가볍다! 기우리엣타, 너야! 너에게는 아버지도 어머니도 있어! 나는 혼자야! 너에게 양보할게! 이리 와!"

"그 아이를 바다로 던져라!" 하고 선원들이 외쳤습니다.

마리오는 기우리엣타의 몸을 붙들고, 바닷속으로 내던졌습니다.

여자아이가 비명 소리를 냈다고 생각하자, 철썩 물이 튕겼습니다. 선원 한 사람이 그녀의 팔을 붙잡아 보트 안으로 끌어당겼습니다.

소년은 뱃전에 서 있었습니다. 머리를 높이 들고, 머리를 바람에 날리면서, ──가만히 움직이지 않고, 차분하고, 성스럽게.

보트가 움직여 갔다고 생각한 바로 그때 본선이 가라앉고 소용돌이가 휘몰아치며 보트는 간신히 뒤집히지 않고 달아날 수가 있었습니다.

여자아이는 그때까지 전혀 무감각으로 있었습니다만, 바로 그때 눈을 소년 쪽으로 들어올리며 으아악 하고 폭풍우처럼 울기 시작했습니다.

"안녕 마리오!" 하고 그녀는 울음소리 속에서 양 팔을 그의 쪽으로 내밀며 외쳤습니다. "안녕! 안녕! 안녕!"

"안녕!" 하고 소년도 손을 높게 올리며 대답했습니다.

보트는 미친 듯 날뛰는 파도 사이를 가로지르며 어두운 하늘 아래를 서둘러 갔습니다. 본선에서는 더이상 아무도 소리를 내지 않았습니다. 물은 이미 갑판 끝을 핥고 있었습니다.

그러자 갑자기 마리오는 무릎을 꿇고 양손을 모으고 눈을 하늘 쪽으로 들어올렸습니다.

여자아이는 얼굴을 감쌌습니다.

그녀는 고개를 들어 바다 쪽으로 시선을 던졌습니다. 배는 더 이상 거기에 없었습니다.

산드룡 이야기 : 또 다른 제목, 유리 구두

한국어 번역_김영순 | 원작_샤를 페로 | 일본어 번역_구스야마 마사오(楠山正雄)
일본어 저본_「サンドリヨンの話 :又の名　ガラスの上靴」, 『世界童話名作集 第1編』, 家庭読物刊行
　　会, 1920.

1

옛날 옛날 어떤 곳에 불편함 없이 살고 있는 신사가 있었습니다. 그
두 번째로 얻은 부인이라는 사람은 그야말로 둘도 없는 오만한 제멋대
로인 여자였습니다. 전 남편의 아이가 둘 있어 데리고 시집을 왔는데,
그 딸 역시 제멋대로인 하나부터 열까지 어머니를 쏙 빼닮은 못된 아이
였습니다.

그런데 이 신사에게는 전처가 낳은 또 한 명의 어린 딸이 있었습니다
만, 그야말로 마음씨하며 마음씀씀이하며 돌아가신 어머니를 닮아 더할
나위없는 고분고분한 착한 아이였습니다.

혼례식이 끝나고 머지않아 계모는 곧바로 심술궂은 본성을 드러냈습
니다. 이 계모한테는 배다른 딸이 마음씨가 좋아 그로 인해서 굳이 자기
가 낳은 자식들의 흠이 보이는 것이 무엇보다도 참을 수 없는 것이었습
니다. 그래서 의붓딸을 부엌으로 내치고 하녀와 같은 일로 혹사했습니
다. 접시를 닦거나, 밥상 준비를 하거나, 안주인의 방 청소부터 아가씨

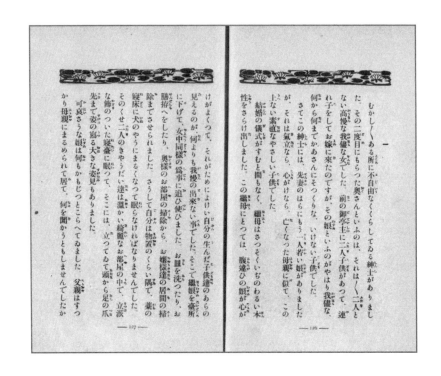

들의 거실 청소까지 시켰습니다. 그리하고 자신은 창고 어두운 구석 짚
침상에서 개처럼 웅크리고 자지 않으면 안 되었습니다. 그럼에도 불구
하고 두 형제들은 따뜻하고 깨끗한 방 안에서 멋지게 꾸민 침대에서 잠
자고, 그곳에는 서면 머리부터 발톱 끝까지 모습이 다 비치는 커다란 채
경도 있었습니다.

불쌍한 딸은 어떤 일이든 꾹 참고 있었습니다. 아버지는 완전히 엄마
에게 잡혀있어서 아무것도 들으려고도 하지 않았기 때문에 딸도 아무
이야기도 하지 않았습니다. 딸은 일을 마치면 언제나 아궁이 앞에 웅크
리고 뜬숯이나 잿속에 파묻혀있었기 때문에 모두는 반 조롱으로 산드
룡이라는 별명을 붙였습니다. 이것은 재투성이라든가 뜬숯이라든가를
말하는 것입니다.

하지만 산드룡은 아무리 지저분한 옷차림을 하고 있어도 아름답게 꾸민 두 형제들에 비하면은 백배나 더 예뻤습니다.

2

그러던 어느 날 그 나라의 임금님의 왕자가 대무도회를 개최하여 수많은 사람을 초대하는 일이 있었습니다. 산드룡의 두 형제도 발이 넓은 아버지의 딸들이었기 때문에 역시 무도회에 초대되었습니다. 둘은 초대를 받고 정말이지 이상할 정도로 들떠서 옷이네, 외투네, 모자네 하며 날마다 좋아하는 것을 고르는 것에 몰두해 있었습니다. 덕분에 산드룡에게는 새로운 성가신 일이 하나 늘었습니다. 왜 그런가 하면 형제들 옷에 다리미질을 하거나 장식을 달거나 하는 것은 모두 산드룡의 일이었기 때문입니다. 둘은 아침부터 밤까지 치장 이야기만 했습니다.

"나는 말이야 프랑스 장식이 달린 빨간 우단 옷으로 할까봐." 하고 언니는 말했습니다.

"그럼 나는 언제나 입는 하카마[1]로 할래. 하지만 그 대신에 금 꽃 망토를 입을 거야. 그리고 다이아몬드 무네아테[2]를 할래. 그것은 세상에 좀처럼 없는 물품이거든."

둘은 그 무렵 가장 명성 있는 예법가를 고용하여 머리 장식부터 발의 구두 끝까지 빈틈없이 완전히 준비를 갖추게 하였습니다.

산드룡도 역시 그러한 상담에 일일이 혹사당했습니다. 어찌됐든 이 딸은 꽤 좋은 생각이 있는 아이였기 때문에 둘을 위해서 열심히 궁리하여 주고 게다가 머리카락 처리까지 해주었습니다. 산드룡에게 올림 머리를 받으면서 둘은,

"산드룡, 너도 무도회에 가고 싶지 않니?"

---

1 축제, 관혼상제, 성인식 때 입는 예복
2 가슴에 차는 장식용 복장

하고 말했습니다.

"어머 언니들은 저를 놀리시는군요. 저 같은 것이 어떻게 갈 수 있다는 말입니까."

"그렇지, 산드롱 주제에 무도회 같은 데 나간다면 모두들 필경 웃을 걸." 하고 둘은 말했습니다.

이런 말을 듣고, 이게 산드롱이 아니었다면 머리를 휘어잡아채고 싶었겠지만 이 딸은 정말로 사람 좋은 아이였기 때문에 어디까지나 훌륭하게 부탁받은 것을 완성하여 주었습니다. 두 형제들은 그저 마냥 기뻐 이틀간 변변히 음식도 안 먹을 정도였습니다. 두 사람은 통통한 몸을 홀쭉하고 낭창낭창하게 보이고 싶어서 레이스 한 필을 몸에 휘감았습니다. 그리고 틈만 나면 채경 앞에 서있었습니다.

이윽고 기다리고 기다리던 즐거운 날이 되었습니다. 둘은 뜰로 내려가 외출할 준비를 하였습니다. 산드롱은 그 뒤에서 가만히 배웅할 수 있을 만큼 배웅했습니다. 마침내 모습이 보이지 않게 되자 갑자기 그곳에 쓰러져 울었습니다. 그때 산드롱의 세례식에 참석해 이름을 지어준 대모가 나타나, 딸[3]이 쓰러져 울고 있는 것을 보고 왜 그러냐고 말하며 물어보았습니다.

"저 가고 싶어요. ──가고 싶어요. ──" 이렇게 말을 시작하고는 뒤는 눈물로 목이 잠기어 말을 할 수 없게 되고 말았습니다.

이 산드롱의 대모[4]라는 이는 요녀였습니다. 그래서,

"너는 무도회에 가고 싶은 것이로구나. 그렇지 않니." 하고 물었습니다.

"예." 하고 산드롱은 외치며 큰 한숨을 한 번 내쉬었습니다.

"그래그래. 착한 아이니, 네가 갈수 있도록 내가 해줄 테니까." 하고 요

---

3 또는 '처녀'나 '아가씨'
4 원문에는 이름을 명명한 '敎母'라고 되어 있음

녀는 말했습니다. 그리고 산드룡의 손을 붙들고 그 방으로 데리고 갔습니다.

"뒷밭에 가서 호박을 하나 따오렴."

산드룡은 곧바로 가서 가장 좋은 호박을 따서 대모가 있는 곳으로 가지고 돌아왔습니다. 그렇지만 이 호박으로 어떻게 무도회에 갈 수 있는지 생각이 떠오르지 않았습니다.

호박을 건네받자 대모는 그 안을 남김없이 도려내고 껍질만을 남겼습니다. 그러고 나서 대모가 손에 쥔 지팡이로 탁탁 하고 세 번 치자 호박은 순식간에 금칠한 멋진 마차로 변했습니다.

대모는 그러고 나서 부엌 쥐덫을 살펴보러 갔습니다. 그러자 거기에 생쥐가 여섯 마리 아직 쌩쌩하니 살아있었습니다. 대모는 산드룡에게 일러 쥐덫 문을 살짝 들어올리도록 하자 생쥐들이 좋아라고 쪼르륵 달아나는 것을 지팡이로 건드리자 생쥐는 곧바로 멋진 말로 변하여 쥐색 말이 여섯 마리 그곳에 생겼습니다. 그렇지만 아직 마부가 없었습니다.

"저 가서 보고 올게요. 큰 쥐가 아직 한 마리 있을 수도 있으니까. 그것을 마부로 해요."

"그게 좋겠구나. 다녀 오렴." 하고 대모는 말했습니다.

산드룡은 가서 쥐덫을 가져왔는데 그 안에는 세 마리 큰 쥐가 있었습니다. 요녀는 세 마리 중에서 가장 수염이 긴 쥐를 골라내어 지팡이로 건드려 살찐 힘 좋은 마부로 바꾸었습니다. 그것은 좀처럼 본 적도 없는 듯한 날카로운 멋진 콧수염을 기르고 있었습니다. 그것이 끝나자 요녀는 산드룡을 향해,

"또 한번 뒷밭에 가서 도마뱀을 여섯 마리 찾아오렴." 하고 말했습니다.

산드룡이 시키는 대로 가져오자 요녀는 갑자기 그것을 여섯 명의 마정으로 바꿔버렸습니다. 그것은 금과 은을 수놓은 제복을 입고 마차 뒤

에 나란히 섰습니다. 그렇게 서로 말잡이를 하였습니다. 그때 요녀는 산드룡을 향해,

"보렴, 이걸로 무도회에 함께 갈 사람들이 다 갖춰졌지. 이런데도 맘에 들지 않느냐."

"예, 예 맘에 들고 말고요." 하고 산드룡은 기쁜 듯이 외쳤습니다. "하지만 저 이런 지저분한 누더기를 입고 가지 않으면 안 되는 것인가요."

대모가 그때 아주 살짝 지팡이 끝으로 산드룡을 만지자 순식간에 누덕누덕 투성이 옷은 보석을 아로새긴 금은 의상으로 변해버렸습니다. 그것이 끝나자 요녀는 산드룡에게 너무나 너무나 아름다운 유리 구두를 한 켤레 주었습니다.

이렇게 빠짐없이 준비가 끝나자 드디어 산드룡은 마차에 타려고 하였습니다. 대모는 그때 산드룡을 향해 다시금 무슨 일이 있어도 한밤중이 지날 때까지 무도회에 있어서는 안 된다고 엄하게 주의를 주었습니다. 한밤중부터 1분이라도 늦어지면 마차는 다시 호박이 되고, 말은 생쥐가 되고, 마부는 큰 쥐가 되고, 마정은 도마뱀이 되고, 입고 있는 옷도 원래대로 누더기가 된다고 말하고는 일렀습니다.

산드룡은 대모에게 결코 한밤중 지나서까지 무도회에 있지 않겠다는 약속을 하였습니다. 그리고 더 이상 터질 듯한 기쁨을 억누를 수 없다는 듯이 마차에 올라탔습니다.

3

그런데 왕자는 그날 밤 아무도 모르는 어딘가의 훌륭한 왕녀가 이제 막 마차를 타고 무도회에 도착했다는 소식을 듣고 손수 마중을 나왔습니다. 왕자는 왕녀가 마차에서 내리자 그 손을 잡고 모두들 모여 있는 대연회장 안으로 안내하여 오자 대연회장 안은 금세 쥐 죽은 듯 조용해지고 모두 춤을 멈추었습니다. 바이올린 소리도 그쳤습니다. 그것은 이

보기 드문 손님의 아름다움에 너도 나도 정신을 잃고 멍해지고 말았기 때문입니다. 그중에 단지 희미하게 소곤소곤 속삭이는 소리가 나며,

"어머나, 예쁘네. 어머나, 예쁘네."라고만 말했습니다.

임금님도 이제는 나이가 들었지만 그때는 무심코 산드룡을 지긋이 바라보지 않을 수 없었습니다. 그러고는 가만히 황후 귓가에 속삭이며, "이렇게 예쁜 귀여운 아가씨를 본 것은 오랜만이군." 하고 말씀하실 지경이었습니다.

귀부인들은 모두 힐끔힐끔 산드룡의 의상부터 머리 장식을 쳐다보며 어머머 저만큼이나 훌륭한 재료와 그것을 만들어내는 훌륭한 장인만 있으면 내일이라도 빨리 이 형태로 자기도 만들게 할 생각이었습니다.

왕자는 산드룡을 그중에 가장 명예가 높은 자리로 안내하고 그러고 나서 다시 데리고 나와 함께 춤을 추었습니다. 산드룡은 참말로 참말로 단아하게 춤을 추었기 때문에 모두들 마침내 깜짝 놀라고 말았습니다. 그런데 굉장한 식사가 조금 있어 나왔는데 젊은 왕자는 산드룡의 얼굴만 바라보고 있어 하나도 목으로 넘어가지 않았습니다.

산드룡은 이윽고 자신의 형제들이 있는 곳으로 다가가서 그 옆에 앉아 왕자한테서 받은 오렌지랑 레몬을 나누어 주면서 그야말로 여러 모로 친절한 기색을 내보였지만 두 사람은 그게 누구인지 알 수가 없었기 때문에 그저 단지 깜짝 놀라 눈만 때굴때굴 굴리고 있었습니다. 산드룡이 이렇게 형제들의 기분을 맞추고 있을 동안에 시계가 12시 15분 전을 쳤습니다. 그러자 갑자기 산드룡은 다른 손님들에게 인사를 하고 훌쩍 나가버렸습니다.

4

그런데 집으로 돌아오자 산드룡은 대모를 만나 수없이 감사 인사를 한 뒤 내일도 또 부디 무도회에 가게 해달라고 부탁했습니다. 그것이 왕

자의 열렬한 바람이었으니깐.

이렇게 산드롱이 무도회에서 있었던 일을 대모에게 열심히 말을 하고 있는데 두 형제가 돌아와 톡톡톡 문을 두드렸습니다. 산드롱은 달려나가서 문을 열어주었습니다. "어머 꽤 오래 있었네요." 하고 산드롱은 외치고 하품을 하고, 눈을 문지르며 기지개를 켰습니다. 그것은 선잠을 자다가 지금 막 잠을 깬 듯하였습니다. 하지만 실은 두 사람이 외출하고 나서 산드롱은 전혀 자고 싶지도 잠이 들 수도 없는 기분이었습니다.

"너도 무도회에 갔더라면 정말로 심심하지 않았을 거야. 무엇보다도 그곳에는 어머나 이 세상에 이렇게 아름다운 사람이 있을까 싶을 정도로 아름다운 공주님이 오셨단 말이야. 그 분이 우리들에게 여러 모로 친절한 말씀을 하시고 봐봐, 이렇게 레몬이며 오렌지를 주셨단 말이야." 하고 한 사람이 말했습니다. 산드롱은 그런 것에는 전혀 무심한 모습이었습니다. 더욱이 형제들에게 그 공주님의 이름을 물었습니다만 둘은 그것은 모른다고 말했습니다. 그래서 왕자님이 그 일로 무척이나 열심히 그 이름을 모두에게 물어보셨다는 말을 하였습니다. 그걸 듣자 산드롱은 씽긋 웃으며,

"어머 그 분 얼마나 아름다우셨을까요. 언니들은 가셔서 정말로 좋으셨겠어요. 저는 그분 볼 수 없을까요. 아이 참, 샬롯 언니, 언니가 매일 입고 있는 노란 옷을 저한테 빌려주시지 않을래요." 하고 말했습니다.

"어머, 기가 막혀." 하고 샬롯은 외쳤습니다. "내 옷을 너 같은 더러운 잿투성이에게 빌려줄 거 같니. 누굴 바보로 아나 봐."

산드롱은 어차피 그런 대답일 것이라고 짐작하고 있었습니다. 그래서 그대로 거절당한 것을 오히려 감사하게 생각하였습니다. 왜냐하면 농담으로 한 말을 형제가 진심으로 받아들여 옷을 빌려준다면 얼마나 비참했을지요.

5

그런데 그 다음 날도 두 자매는 무도회에 갔습니다. 산드롱도 역시 이번에는 더한층 멋지게 차려입고 외출하였습니다. 왕자는 줄곧 산드롱의 옆에 딱 붙어 모든 찬사와 자상한 애정의 말을 건네었습니다. 그것이 산드롱에게는 성가신 것이 아니었기 때문에 그만 들떠서 대모가 주위를 준 것도 잊고 있었습니다. 그랬기 때문에 아직은 시계가 11시라고 생각했는데 12시를 쳐 깜짝 놀라 그만 벌떡 일어나 암사슴처럼 끈질기게 뛰었습니다. 왕자도 바로 뒤를 쫓아 뛰었습니다만 결국은 따라잡지 못했습니다. 그렇지만 산드롱도 서두른 나머지 유리 구두 한쪽을 떨어뜨렸습니다. 그것을 왕자는 소중히 보관해두었습니다. 산드롱은 집에 돌아오기는 돌아왔지만 너무나 숨이 찼습니다. 그리고 다시 헌 누더기를 두르고 단지 한쪽 발만 신고 돌아온 유리 구두만은 가지고 있었습니다.

그런데 산드롱이 나간 다음에 임금님의 성 초소에 찾아온 이가 있었습니다. "왕녀가 혼자 문을 나간 것을 보지 않았는가."

파수병의 대답은 이러했습니다.

"본 것은 단 한 명. 아주 누추한 옷차림을 한 젊은 아가씨로 그것은 귀부인은커녕 가난한 시골 아이 같은 모습을 하고 있었다."고 말하는 것입니다.

그런데 두 형제가 무도회에서 돌아오자 산드롱은 이렇게 말하며 물었습니다.

"뭔가 재미난 일이 있었나요. 어여쁜 공주님은 오늘도 왔나요."

두 사람이 말하기를,

"응. 하지만 그 사람은 12시를 치자 동시에 당황하여 도망쳤어. 너무나 당황하였기 때문에 유리 구두 한쪽을 떨어뜨리고 갔어. 그 유리 구두의 귀여운 것을 말로 할 수 없을 정도였기 때문에 왕자는 그것을 보관해 두었지. 왕자는 무도회에서도 시종 공주님 쪽만을 바라보았어. 분명 왕자는 유리 구두를 신고 있는 예쁜 사람을 좋아하고 있는 게 분명해."

6

과연, 두 사람이 말한 대로 틀리지 않았습니다. 그로부터 2, 3일 지나 왕자는 나팔을 불고 공고문을 돌려 그 유리 구두가 딱 발에 맞는 아가 씨를 찾아 왕자비로 한다고 말했습니다. 그래서 왕자는 신하들에게 그 유리 구두를 들려 왕녀들부터 귀족의 공주님들, 그리고 대궐 안 남김없 이 시험해보았지만 모두 아니었습니다.

그런데 드디어 돌고돌아 유리 구두는 심술궂은 두 사람의 형제들이 있는 곳으로 차례가 돌아왔기 때문에 둘 다 빨개져 억지로 발을 쑤셔넣 으려고 했지만 아무리 해도 아무리 해도 모두 헛수고였습니다.

산드룡이 그때 옆에서 보고 있자니 그것은 다름 아닌 자기가 떨어뜨 린 구두 한쪽이었기 때문에 그만 웃음을 터뜨리며,

"이리 줘 봐요. 내가 맞을지도 모르니까." 하고 말했습니다.

그러자 두 형제는 픔하고 내뿜으며 산드룡을 놀리기 시작했습니다. 하 지만 유리 구두를 들고 있던 관리는 가만히 산드룡의 얼굴을 보고 이는 무척 아름다운 아가씨라고 생각했기 때문에 설령 누구라도 시험해 보 지 않으면 안 된다, 그것이 왕자님의 명이었다고 말했습니다.

그래서 산드룡에게 앉도록 하고 구두를 그 발에 신기자 그것은 쏘옥 상태가 좋게 들어가 마치 납땜이라도 한 것처럼 딱 맞았습니다. 두 형제 는 그때 얼마나 놀랐을까요. 어째서라고 그러기는커녕 산드룡은 호주머 니 속에서 다른 한쪽 구두를 꺼내 보여주었습니다. 마침 그때 산드룡의 대모가 곧바로 나타나 지팡이로 산드룡의 옷을 만지자 이번에는 더한 층 아름다운 멋진 의상으로 변했습니다.

그래서 두 형제는 그 무도회에서 본 아름다운 공주님이 산드룡이었다 는 것을 알았습니다. 두 사람은 산드룡의 발밑에 엎드리며 지금까지 가

혹하게 혼낸 죄를 사과하였습니다. 산드룡은 두 사람을 부축하여 일으켜세우며 따뜻하게 껴안았습니다. 지금까지 두 사람이 한 것은 아무렇지도 않다, 그 대신에 이제부터는 친절하게 대해주도록 말했습니다.

산드룡은 멋진 의상을 입은 채로 왕자님 앞으로 모셔갔습니다. 왕자는 마침내 산드룡이 좋아져 그로부터 4, 5일 지나 축복의 혼례식을 올렸습니다.

산드룡은 얼굴이 아름다운 것과 마찬가지로 마음이 따뜻한 아가씨였기 때문에 두 형제 또한 성으로 거두어 혼례식 그날에 역시 두 사람의 귀족과 짝지어주었습니다.

왕자와 제비

한국어 번역_김영순 | 원작_오스카 와일드 | 일본어 번역_사이토 사지로(齊藤佐次郎)
일본어 저본_「王子と燕」, 『金の船』, キンノツノ社, 1920.5.

1

아직 이른 봄경이었습니다. 한 마리 제비가 노란 나방 뒤를 쫓아 강가로 왔습니다. 그러자 거기서 '갈대'를 만났습니다. 제비는 무심코 멈추어 날씬한 갈대 모습에 넋을 잃고 바라보다 너무나 마음에 들어서,

"그대여, 제 아내가 되어주시오."

하고 말했습니다. 갈대는 잠시 동안 고심하는 듯 잠자코 있었지만 이윽고 조용히 한번 고개를 끄덕였습니다. 제비는 갈대의 좋은 대답을 받고 너무나 기뻐 날개로 물을 쳐서는 은빛 물결을 일으키면서 갈대 주위를 빙글빙글 맴돌았습니다.

그리고 여름 내내 제비는 갈대 기분을 맞추면서 사이좋게 지냈습니다.

이윽고 가을이 되었습니다. 제비들은 남쪽 나라로 떠나야 할 때가 왔기 때문에 모두 준비를 시작했습니다. 그런데 갈대를 각시로 삼은 제비만은 태평하게 놀며 지냈습니다. 그래서 다른 제비들이 걱정하며,

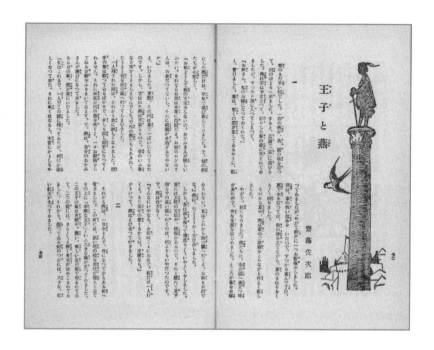

"너는 왜 여행 준비를 안 해. 각시가 그립니. 그렇다면 넌 정말 바보야. 네 각시는 돈도 없고, 게다가 친척이 너무 많잖아."

하고 말했습니다. 실제로 그 강은 갈대로 꽉 차 있었던 것입니다. 하지만 말해도 제비는 태평하기만 하고 모두가 하는 말을 들으려고도 하지 않았습니다. 하여 다른 제비들도 싫증이 나 드디어 모두 남쪽 나라로 가 버렸습니다.

홀로 남은 제비는 그로부터 갑자기 쓸쓸해졌습니다. 상대인 갈대는 잠자코 있을 뿐 조금도 이야기 상대가 되어주지 않습니다. 게다가 가을 바람이 강 표면에 불자 일일이 고개를 끄덕이며 알랑거리는 말을 늘어놓았습니다. 하여 제비는 자신의 각시가 싫어졌습니다.

어느 날, 제비가 갈대에게 말했습니다.

"나는 지금껏 혼자 이 나라에 남아 있었는데 왠지 쓸쓸해졌어. 게다가 추워질 것이고 정말로 그렇게 되면 있을 수 없어. 나는 지금부터 남쪽 나라로 갈 거야. 너도 같이 가자." 제비는 드디어 이런 말을 꺼냈습니다.

하지만 갈대는 머리를 흔들며 몇 번이고 몇 번이고 싫다고 하였습니다. 갈대에게는 많은 형제자매와 친척이 있었기 때문에 이들과 떨어져 생판 모르는 머나먼 나라로 가는 것은 무엇보다도 싫었던 것입니다. 하여 제비는 할 수 없이,

"그렇게 싫다면 너는 여기에 있어. 나만 혼자 갈게. 다시 내년 봄 경에 올테니까. 안녕." 이렇게 말하고 제비는 날아가버렸습니다.

2

그리고 나서 제비는 하루 종일 날아서 밤이 되어서야 어떤 도시에 도착했습니다. 이 도시에는 높은 탑 같은 둥근 기둥이 치솟아있고 그 위에 '행복한 왕자'라고 하는 커다란 동상이 세워져 있었습니다. 이 왕자의 동상은 온 몸이 얇은 아름다운 금판으로 싸여있고, 두 개의 눈에는 반짝반짝 빛나는 사파이어가 박혀있었습니다. 그리고 쥐고 있던 검 손잡이에는 커다란 붉은 루비가 반짝이고 있었습니다.

왕자의 동상은 온 도시 사람들로부터 꽤 숭상받고 있었습니다. 도시 안에 우는 아이가 있으면 어머니는 꼭,

"너는 어째서 '행복한 왕자'처럼 하고 있지를 못하니." 하고 말했습니다.

또 이 세상이 싫어진 사람이 생각에 빠져 여기까지 와서는 무심코 왕자의 동상을 올려다보고,

"아아, 참으로 행복한 사람이다. 천사 같구나. 이런 사람이 있었던 걸 생각하면 나 또한 행복하게 못 살란 법은 없지."

하고 생각을 고쳐먹고 그 사람은 갑자기 기운이 났습니다.

이 도시로 온 제비는 어디에서 묵을까 생각하며 둘러보고 있다가 문

득 왕자의 동상이 눈에 떠어,

"그래, 나는 저기서 오늘밤 묵어야겠다. 높으니까 공기가 좋아 딱 좋은 곳이야."

하고 말하며 왕자 양 다리 쪽에 날개를 오므렸습니다.

"오늘밤은 깨끗한 잠자리로구나." 제비는 주변을 둘러보면서 혼잣말을 하고 잠을 자려 하였습니다. 그러자 어디선가 커다란 물방울이 톡 머리 위로 떨어졌습니다. 제비는 놀라,

"어라 뭐지! 별님은 저렇게 예쁘게 빛나고 있는데 비가 오나." 하고 생각하며 보고 있는 사이에 또 한 방울이 톡 떨어졌습니다.

제비는 조금 화가 나,

"비를 피할 수 없을 정도라면 도움이 안 되는 동상이네. 어딘가 더 좋은 곳을 찾아보자."

하고 말하면서 날아가려고 했습니다.

하지만 제비가 날개를 펼치지 않은 사이에 또 세 번째 물방울이 떨어졌습니다. 제비는 저도 모르게 위를 올려다보았습니다. ──그때 제비는 무엇을 보았을까요.

'행복한 왕자'의 두 눈은 눈물로 가득했습니다. 볼 위로까지 눈물이 흐르고 있었습니다. 달빛에 비친 상냥한 왕자의 모습을 보았을 때 제비는 저절로 가슴이 먹먹해져 버렸습니다.

"당신은 누구십니까?" 하고, 제비가 물었습니다.

"내 이름은 '행복한 왕자'라고 한단다."

하고 왕자가 대답했습니다.

"행복한 왕자가 왜 우는 건가요. 저까지 젖어버렸지 않았습니까."

"그야 나는 살아있을 때에는 울어본 적이 없었기 때문에 모두가 '행복한 왕자'라고 말했었단다. 나는 '즐거운 궁전'에 살고 있었기 때문이지. 낮 동안은 뜰에서 신하들과 놀며 지냈고, 저녁에는 대연회장에서 무도

회를 열거나 했어. 게다가 내가 있던 궁전에는 온 주변이 어디나 높은 담벼락이어서 나는 거기서 밖으로 한번도 나간 적이 없었지. ……그렇게 나는 정말로 행복했기 때문에 바깥일은 아무것도 모른 채 그대로 죽고 말았어. 그러자 도시 사람들은 이렇게 높은 곳에 나를 세워주었어. 그래서 이제는 이 도시에서 일어나는 일은 뭐든 보고 있는데 너무나 애처로운 일이 많아서 울지 않을 수가 없구나."

왕자가 이렇게 말하며 들려주었습니다. 하지만 제비는,

"뭐야, 온몸이 황금이잖아." 하고 생각하면서 재미없다는 듯이 있었습니다. 그러자 왕자는 다시,

"제비야!" 하고 불렀습니다. "건너편에 보이는 작은 길가에 한 가난한 집이 있단다. 그 집의 창이 열려있어 여자 한 사람이 바느질을 하고 있는 것이 보이는구나. 방 한 구석에는 작은 아이가 열병으로 누워있단다. 아이는 오렌지가 먹고 싶다며 울어보지만 불쌍하게도 엄마는 가난하여서 강물밖에 줄 수가 없단다. 그래서 아이는 크게 울부짖는구나. 제비야, 귀여운 제비야, 너 수고스럽겠지만 내 검 손잡이에서 루비를 꺼내 저 여자가 있는 곳으로 가지고 가주지 않을래. 내 두 다리는 받침대 위에 꽉 붙어있어서 도저히 움직일 수 없으니깐." 왕자는 이렇게 말하며 부탁하였습니다만 제비는 태평한 얼굴로,

"저는 지금부터 남쪽 나라 이집트로 가야 해요. 친구들이 저를 기다리고 있을 거예요. 모두는 필경 나일강 근처를 날아다니며 커다란 연꽃하고 이야기를 나누고 있을 거예요. 저는 이런 곳에서 우물쭈물 하고 있을 수 없어요. ……빨리 남쪽 나라로 가고 싶다고요."

"하지만 제비야, 단지 오늘 하룻밤뿐의 일이니까 여기서 묵고 내 심부름을 해주지 않겠니. 아이가 저렇게 목이 말라 울고 있고, 엄마는 저렇게 슬퍼하고 있으니."

"저는 아이라면 진절머리가 나요."

제비는 뚝 잘라 말했습니다.

"올 여름에 제가 언제나의 강가에 있을 때 방앗간 집 아이인가 두 명이 꼭 와서는 나한테 돌을 던졌어요. 하지만 하나도 맞추질 못했지요. 하여튼 제 민첩함은 아주 유명했거든요." 제비는 이렇게 말은 했지만 왕자가 너무도 슬퍼하는 모습을 보고 저절로 자기까지도 슬퍼졌습니다. 마침내,

"여기는 무척 추운 것 같지만 오늘 밤만이라면 당신 옆에 있겠습니다. 그리고 당신의 심부름도 하겠습니다." 하고 말했습니다.

"고맙다, 고마워 제비야." 왕자는 이렇게 말하며 다시 눈물을 흘렸습니다.

그래서 제비는 왕자의 검에서 커다란 루비를 쪼아내서 그것을 부리에 물고 날아갔습니다. 제비는 절 위나 궁전 위, 많은 범선이 모여 있는 강 위를 날아 드디어 그 가난한 집 창 옆으로까지 왔습니다. 방 안에는 아이가 열로 괴로워 침상 위를 때굴때굴 굴러다녔습니다. 하지만 엄마는 깊이 잠들어있었습니다. 그 정도로 엄마는 지쳐있었습니다. 이윽고 제비는 총총총 집 안으로 들어가 엄마의 골무가 놓여있는 탁자 위에 커다란 루비를 올려놓았습니다. 그리고 나서 그 날개로 아이의 이마를 부처주면서 침상 주변을 날아다녔습니다.

"아, 시원하기도 해라. 나는 이제 분명 좋아질 거야." 아이는 이렇게 말하며 기분 좋게 잠들었습니다.

그래서 제비는 왕자가 있는 곳으로 돌아와 그 일을 모두 말했습니다.

"신기하기만 합니다. 기후가 이렇게 추운데 저는 아주 따뜻한 기분이 듭니다."

하고 제비가 말하자,

"그것은 네가 선행을 베풀었기 때문이야."

하고 왕자가 대답했습니다.

3

날이 밝자 제비는 강으로 내려가 물길질을 했습니다.

"겨울에 제비가 있다니 이상하네." 하고 다리 위를 건너던 사람들이 말했습니다. 제비는 그날 하루 종일 도시를 날아다니며 여러 가지 기념물을 보고 다녔습니다. 그리고 달이 떴을 무렵이 되어서야 왕자가 있는 곳으로 돌아왔습니다.

"저는 이제 이집트로 떠날 생각인데 무슨 용무는 없습니까." 하고 제비가 말을 하자,

"제비야, 딱 하룻밤만 더 나와 함께 있어주지 않을래." 하고 왕자가 또 부탁했습니다.

"하지만 이집트에서는 친구들 모두가 저를 기다리고 있답니다. 그 나라에는 커다란 폭포가 있고, 갈대 사이로 하마가 잠들어 있어요. 낮이 되면 노란 사자가 많이 강물을 마시러 나오는데, 그 사자는 모두 초록 구슬 같은 눈을 하고 있어요. ……저는 빨리 그 나라로 가고 싶답니다."

"하지만 제비야, 귀여운 제비야, 도시 건너편에 보이는 다락방에 젊은 남자가 있구나. 그 남자는 뛰어난 학자로 이제 곧 훌륭한 책을 완성할 텐데 너무 추워서 쓸 수 없게 되었구나. 난로 안에는 불기운이 없고 먹을 것도 없어서 허기져있단다." 하고 왕자가 슬프게 말했습니다. 그러자 제비는 이집트에 대한 일은 완전히 잊은 듯,

"그럼 하룻밤 더 당신과 함께 있을게요. 그리고 루비를 또 하나 저 남자한테 가져갈까요." 하고 말했습니다.

"하지만 내게는 이제 루비는 없단다. 내게 남아있는 것은 두 개의 눈뿐이란다. 나의 이 눈은 몇 천 년인가 전에 인도에서 가져온 희귀한 사파이어로 만들어진 것이니 한 쪽을 쪼아내서 저 남자 있는 곳으로 가져가 주렴. 저 남자는 그것을 보석상에 팔아 음식과 땔감을 사서 책을 완성할 터이니."

"하지만 그렇게는 못 합니다. 왕자님."

제비는 견딜 수 없게 되어 훌쩍훌쩍 울기 시작했습니다. 하지만 왕자는 "제비야, 귀여운 제비야, 괜찮으니까 내가 말한 대로 해주렴." 하고 말했습니다.

그래서 제비는 할 수 없이 왕자의 눈을 쪼아내서 젊은 남자의 다락방으로 날아갔습니다. 지붕에는 구멍이 하나 나있어서 손쉽게 안으로 들어갈 수 있게 되어있었습니다. 제비는 이 구멍으로 쏘옥 들어가 방안으로 날아들었습니다. 젊은 남자는 머리를 양손으로 감싸고 웅크리고 있었기 때문에 제비의 날개 소리조차도 들리지 않았습니다.

이윽고 젊은 남자는 머리를 들어 바라보았습니다. 그러자 사파이어가 놓여있어서,

"아니 누가 가져온 것일까. 신의 도움이로구나. 나는 책을 완성할 수 있어……."

젊은 남자는 열렬히 기뻐했습니다.

4

다음 날, 제비는 항구 쪽으로 갔습니다. 그곳에서는 뱃사람들이 배를 띄울 준비를 하고 있었습니다.

"저도 이집트로 가요." 하고 제비는 큰 소리로 말했습니다. 하지만 아무도 신경 쓰는 사람이 없었습니다. 이윽고 달이 떠올랐기 때문에 제비는 왕자가 있는 곳으로 돌아왔습니다. 그리고 작별을 고하려고 하였습니다. 그러자 왕자가,

"제비야, 너 하룻밤 더 나와 함께 있어주지 않을래." 하고 또 부탁했습니다.

"왕자님, 이제 벌써 겨울입니다. 곧 눈이 올 거예요. 저는 고집해도 더는 있을 수 없습니다. 하지만 저는 결코 당신을 잊지 않을 겁니다. 내년

봄에는 당신이 주신 루비와 사파이어 대신에 더욱더 아름다운 장미보다도 붉은 루비와 바다보다도 파란 사파이어를 가져오겠습니다."

이렇게 제비가 말했지만 왕자의 귀에는 조금도 들리지 않는 듯,

"요 아래 사거리 쪽에 성냥을 파는 작은 여자아이가 서 있구나. 저 아이는 성냥을 도랑 속에 빠뜨리고 말아 성냥이 전혀 쓸모없게 되어 버렸단다. 하지만 얼마 정도 돈을 가지고 집으로 돌아가지 않으면 저 아이의 아버지는 저 아이를 때릴 것이 틀림없다. 그래서 저렇게 울고 있는 거란다. 저 아이는 구두도 양말도 신질 않았단다. 게다가 모자조차도 쓰질 않았어. 나의 다른 한쪽 눈을 쪼아내서 저 아이에게 주려무나. 그러면 아버지는 저 아이를 때리지 않을 게다." 하고 말했습니다.

"그럼 하룻밤 더 당신과 함께 있도록 할까요. 하지만 당신의 눈을 쪼아낼 수는 없습니다. 그렇게 하면 당신은 완전히 맹인이 되어버릴 터이니."

"아니 괜찮으니까 내가 말한 대로 해주렴." 이렇게 왕자가 말해 제비는 어쩔 수 없이 왕자의 또 하나의 눈을 쪼아내서 그것을 부리에 물고 날아갔습니다. 그리고 성냥팔이 소녀의 옆을 날아가면서 소녀의 손바닥에 가만히 사파이어를 떨어뜨렸습니다.

그리고 나서 제비는 왕자가 있는 곳으로 되돌아와,

"당신은 맹인이 되시고 말았기 때문에 나는 언제까지나 당신 옆에 있을게요." 하고 말했습니다.

"아니다 아니야 제비야, 너는 이집트로 가지 않으면 안 돼." 하고 불쌍한 왕자가 대답했습니다.

"아닙니다. 저는 언제까지고 당신 곁에 있겠습니다." 제비는 이렇게 말하고 왕자의 발밑에서 평온하게 잠이 들었습니다.

그 다음 날도 제비는 도시 위를 날아다녔습니다. 부자가 멋진 집에서

즐기고 있는 것과는 반대로 그 문 쪽에서는 거지가 웅크리고 있었습니다. 또 다리 옆에서는 두 아이가 서로 껴안고 몸을 따뜻하게 해주면서 "배고파 못 참겠지." 하고 말했습니다. 제비가 돌아와 그날 보고 온 일을 왕자에게 말하자 왕자는, "나의 온몸은 아름다운 황금으로 싸여 있으니 한 장 한 장 이 금판을 떼어 가난한 사람들에게 주렴." 하고 말했습니다.

그래서 제비는 황금을 한 장 한 장 떼어냈습니다. 아름다운 '행복한 왕자'는 마침내 회색 모습이 되고 말았습니다. 그러고 나서 제비는 황금 판을 물고 한 장 한 장 도시의 가난한 사람들에게 건네주었습니다. 그러고 나서는 파란 얼굴을 하고 있던 가난한 집 아이들도 점차 장밋빛 얼굴이 되어 길가에 나와 웃거나 장난치거나 하게 되었습니다.

이윽고 서리가 내렸습니다. 서리 뒤에는 눈이 내렸습니다. 어느 집 처마 끝에도 고드름이 수정처럼 열렸습니다. 불쌍한 제비는 점점 추위를 몸으로 느꼈습니다. 그렇지만 왕자를 버리고 갈 생각은 없었습니다. 그러는 사이에 제비는 마침내 자신이 죽을 날이 멀지 않았음을 알았습니다. 하지만 제비에게는 아직 다시 한번 왕자의 어깨로 날아오를 정도의 힘은 있었습니다.

"안녕히 계세요. 왕자님. 부디 당신의 손에 입을 맞추게 해주세요." 하고 제비가 울며울며 말했습니다.

"드디어 이집트로 가기로 한 것이로구나. 그것 참 잘 됐다."

"아니에요. 제가 갈 곳은 이집트가 아닙니다. 저는 지금부터 '죽음의 나라'로 갑니다. 왕자님, 안녕히 계세요." 이렇게 말하고 제비는 왕자의 입술에 입을 맞추었습니다만 이윽고 그 다리 밑으로 쓰러져 죽고 말았습니다.

그 순간 뭔가가 깨지는 듯한 이상한 소리가 들렸습니다. 그것은 왕자의 납으로 만들어진 심장이 한가운데에서 두 동강이로 깨졌던 것입니다. 필경 그날 밤은 그렇게 심하게 서리가 내린 밤이었던 것입니다.

5

그 다음 날 아침의 일이었습니다. 그 도시 시장님이 왕자의 동상이 세워진 둥근 기둥 아래를 지나가다가 문득 위를 올려다보며,

"어라, '행복한 왕자'가 왜 저렇게 더러워진 것이지." 하고 말했습니다. "루비는 검에서 떨어져버렸고, 두 눈은 사라져버렸고, 더 이상 조금도 금세공다운 곳은 없어져버렸군. 마치 거지 같구나."

이렇게 말하고 시장님은 잠시 생각에 잠겨있다가 "이리 더러우면 정말이지 여기에 세워둘 수는 없겠어. 어서 빨리 끌어내리도록 하자. …… 어라, 어라, 묘한 새가 죽어 있군, 제비로구나." 시장은 놀란 듯이 제비의 사체를 바라보았습니다.

그 후 얼마 안 있어 왕자의 동상은 높은 받침대 위에서 내려져 '용광로'라고 하는 철을 녹이는 커다란 화로 속으로 넣어졌습니다. 그런데 이상한 일은 납으로 만들어진 것이 분명한 심장만은 아무리 해도 녹지 않았습니다. 그래서 할 수 없이 심장만은 쓰레기통 속에 버려지고 말았습니다. 그러자 그 쓰레기통 안에는 마침 제비의 사체도 버려져 들어있었습니다.

그날, 신께서 한 천사를 향해 하계의 이 도시 쪽을 가리키면서,

"거기에 있는 가장 귀한 것을 가져 오도록." 하고 분부를 내렸습니다. 그러자 천사는 신 앞으로 왕자의 심장과 죽은 제비를 가지고 왔습니다.

"그래 잘 골라왔구나. 이 작은 새는 나의 낙원에서 언제까지나 언제까지나 노래를 부르도록 하마. 그리고 이 행복한 왕자는 나의 즐거운 시에서 행복하게 행복하게 살도록 하마." 이렇게 신께서 말씀하셨습니다.

마왕 아아

한국어 번역_김환희 | 감수_김영순[1] | 원작_라우라 곤첸바흐 | 일본어 번역_이와야 사자나미
(巖谷小波)
일본어 저본_「魔王アヽ」,『世界お伽噺第九十七編』, 博文館, 1903.

옛날에 늙은 나무꾼이 산에 살고 있었습니다. 이 나무꾼의 집에는 손
녀가 셋 살고 있었습니다. 도끼 한 자루로 겨우 살아가는 형편인 데다
손녀가 셋이나 있어서 생활이 좀처럼 편치 않았습니다.

어느 날 나무꾼은 평소처럼 산속으로 들어가서 열심히 나무를 베고
있었습니다. 그러다가 문득 이런 생각이 들었습니다. "다 쓸데없다. 이
나이가 되도록 이렇게 매일 몸에 땀이 나도록 열심히 일해도 돈을 변변
하게 번 적이 없구나. 집에는 성가신 계집아이가 셋이나 있으니, 평생
편할 리 없고. 아아, 부질없다. 아아." 나무꾼은 도끼를 지팡이 삼아 한
숨을 토해내었습니다.

그러자 갑자기 눈앞에 한 남자가 나타나 말했습니다. "뭐야, 무슨 일

---

1 여기에 수록한 「마왕 아아」는 김환희가 번역한 후, 『한일아동문학 수용사 연구』(채륜, 2013)를
쓴 김영순의 감수를 받았다. 만약 번역문에 오역이 있다면 그것은 전적으로 김환희에게 책임이
있음을 밝히는 바이다. 사자나미와 방정환의 영향관계를 밝히는 데 중요한 단서가 될 수 있는
「마왕 아아」의 우리말 번역본이 없어서 필자가 어쩔 수 없이 번역을 하게 되었다.

世界お伽噺

第九十七編

魔王 ア、

日本 大江小波編
日本 筒井年峯畫

이야?" 지금껏 본 적이 없는 훌륭한 남자였습니다. 나무꾼은 신기해서 물어보았습니다.

"네, 무슨 일이시죠?"

"무슨 일인지는 내 쪽에서 들어야 하겠는데." 남자는 의심스러운 듯이 말했습니다.

"네…… 별일은 없습니다만…… 당신이야말로 어떤 용무로 이곳에 오셨습니까?"

"네놈이 나를 불러서 왔다."

"네? 도대체 제가 언제 당신을 불렀다는 말씀이신가요?"

"방금 부르지 않았나."

"아뇨, 그런 기억이 없는데요."

"멍청한 녀석, 지금 네놈이 큰 소리로 아아라고 말하지 않았나?"

"네, 그러긴 했습니다."

"그것이 바로 내 이름이다."

"호오…… 그러면 당신 이름이 아아라는 말씀이신가요?"

"그렇다. 나는 이 산에 사는 마왕 아아라고 한다. 방금 네가 내 이름을 불렀으니, 무슨 걱정거리가 있겠지. 망설이지 말고 말해 보아라."

마왕은 의외로 상냥하게 말했습니다.

그래서, 나무꾼은 마음을 단단히 먹고 말했습니다.

"네, 그러면 모조리 말씀드리겠습니다. 저는 보시다시피 본디부터 가난한 사람입니다. 그런데 혼기에 찬 손녀가 셋이나 있고, 변변히 먹을 것도 없고, 그래서 그만 푸념이 나와서, 방금 한숨을 쉬게 되었습니다.

당신의 존함을 알지 못하고, 무심코 아아라고 불렀습니다. 부디 용서해 주십시오."

그러자 마왕은 점점 더 상냥하게 말했습니다.

"그것참 딱한 일이구나. 자 그렇다면 손녀 중 한 명을 내 집에 일하러 보내거라! 그렇게 하면 급료를 네놈에게 충분히 주겠다."

"방금 뭐라 말씀하셨나요? 당신 집에 제 손녀를 보내 드리면, 돈을 많이 주시겠다는 말씀인가요?"

"그렇다."

"그럼 빨리 데려올 테니, 모쪼록 잘 부탁드립니다."

나무꾼은 그 자리에서 곧바로 약속하고는 물러나서 곧장 집으로 뛰어갔습니다. 아무것도 알지 못한 채 놀고 있는 맏손녀를 붙잡아서, 사정을 잘 알아듣도록 일러주었습니다. 나무꾼은 손녀를 데리고 곧 다시 원래 있던 곳으로 와서 외쳤습니다.

"아아 님, 아아 님!"

다시 조금 전에 있었던 그 남자가 나타나서, 곧바로 돈을 한 보따리 주고는, 맏손녀를 건네받았습니다. 그때 다시 나무꾼을 향해서 마왕이 말했습니다.

"이것으로 확실하게 맏손녀를 떠맡았으니, 앞으로 만약 볼일이 생기면, 일곱째 되는 날에 이곳에 와서 내 이름을 불러도 좋아."라고 말했습니다. 그러더니 어느새 마왕은 맏손녀를 데리고 어딘가로 사라져버렸습니다.

맏손녀는 할아버지의 명령 때문에 어쩔 수 없이 마왕 아아에게 이끌려서 저택에 가게 되었습니다. 그 저택은 지금까지 본 적이 없을 정도로 훌륭한 곳이었지만, 곳곳에 갓 죽은 인간의 시체가 산처럼 쌓여 있었습니다. 맏손녀는 엉겁결에 아악 하고 소리 질렀습니다. 그러자 마왕이 웃으면서 말했습니다.

"조금도 놀랄 일이 아니다. 고분고분하게 일만 한다면야, 누구도 죽는 일은 없을 거다."

맏손녀는 집 안으로 들어가면서 '그렇다면, 이 시체들은 내 예상대로 지금까지 나처럼 이곳에 일하러 온 사람들인가 보구나. 마왕의 말을 듣지 않아서 모두 살해된 것일까?' 하고 생각했습니다만, 아무 말도 좀처럼 할 수 없었습니다.

그러던 중에 마왕은 안에서 사람 정강이를 하나 가져와서 말했습니다.

"야, 계집아이, 내가 지금부터 삼 일 정도 여행을 할 테니 그사이에 이 정강이를 먹어 두어라! 꼭 먹어야 한다!"

마왕은 당부의 말을 남기고 외출했습니다. 맏손녀는 마왕에게서 사람 정강이를 받았습니다만, 어떻게 그것을 먹을 수 있겠습니까? 보고만 있어도 끔찍스러워서 마왕이 나가버리자 급히 툇마루 밑에 던져 넣고는 아무것도 모르는 체하고 있었습니다. 마침 그러고 있는데 마왕이 돌아와서는 물었습니다.

"어때? 정강이를 먹었나?"

"네, 모두 먹어 치웠습니다."

맏손녀가 답을 하자 마왕은 큰 목소리로 외쳤습니다.

"야, 정강이야! 어디에 있니?"

그 말이 끝나기도 전에

"네, 네. 여기에 있습니다." 하고 대답하면서, 정강이가 툇마루 밑에서 튀어나왔습니다. 그러니 어떻게 마왕이 화가 불같이 나지 않을 수 있겠습니까!

"이 거짓말쟁이!! 정강이를 먹지 않은 벌로 널 정강이부터 먹어버리겠다."

마왕은 순식간에 맏손녀를 붙잡아서 정강이부터 먹어버렸습니다.

그러고 일주일이 지났을 무렵 나무꾼이 또 예전 장소에 와서, "아아 님, 아아 님"하고 외쳐 불렀습니다.

마왕이 곧장 그 장소에 나타나자 나무꾼은 물었습니다.

"제 손녀가 무사히 지내고 있습니까?"

"오, 아주 잘 지내고 있네만, 혼자여서 쓸쓸해 보이니 여동생을 보내는 것이 어때?"

나무꾼은 돈이 탐난 자여서 "그러면 둘째도 드릴 테니, 부디 잘 부탁드립니다." 하고 말하고, 두 번째 손녀를 데려와서 또다시 마왕에게 건네주었습니다.

둘째 손녀는 즉시 마왕의 집으로 갔습니다만, 언니를 만날 수 없었고, 곧장 집을 보라는 명령을 받았습니다. 마왕은 자신이 외출하는 동안 먹어야 한다면서 둘째에게 인간의 발목을 건네주었습니다.

그렇지만 둘째는 처음부터 먹을 생각이 없어서, 마왕의 모습이 보이지 않게 되자, 살짝 그것을 지붕 밑에 감추고는 아무것도 모르는 체하고 있었습니다.

이윽고 마왕이 돌아와서 물었습니다.

"발을 모두 먹었니?"

"네. 모두 먹어 치웠습니다."

마왕은 큰 목소리로 불렀습니다.

"야, 발아, 어디에 있니?"

"네네, 여기에 있어요." 발목이 대답하면서 천장에서 튀어 내려왔습니다.

마왕은 대단히 화가 나서,

"너, 이 거짓말쟁이야. 발목을 먹지 않은 벌로, 널 머리부터 먹어버리겠다"하고 말하면서, 갑자기 둘째를 붙잡아서 머리부터 으드득으드득 먹어버렸습니다.

그러한 사실을 꿈에도 알지 못했기 때문에 나무꾼은 남은 막내 손녀도 차라리 마왕의 집으로 보내고 돈을 대신 받고 싶었습니다. 둘째를 보내고 일주일이 지나기를 기다려서 막내 마르쟈를 데리고, 산으로 올라가서 "아아 님, 아아 님!" 하고 마왕을 다시 불렀습니다.

마왕이 그곳에 가보니, 나무꾼이 막내를 데려와서, 이 아이도 고용살이하고 싶어 한다고 말했습니다.

"좋아, 내가 지금 바로 맡기로 하지."

마왕은 다시 돈을 건네주고, 막내를 데리고 자신의 저택으로 왔습니다. 이번에도 또 여행하겠다고 말하고는, 막내에게도 먹을 것을 건네주었습니다. 이번에는 죽은 자의 팔이었습니다.

그런데 이 마르쟈라는 아이는 지극히 고분고분한 계집아이이여서, 그러한 난제가 주어져도 다른 계집아이들처럼, 곧바로 버리지 않았습니다. 그렇다고 해서 그러한 물건을 그냥 먹을 수도 없고 해서 어쩌면 좋을까 하고 혼자서 생각하고 있었습니다. 그런데 하늘에서 목소리가 들렸습니다.

"애야, 그 팔을 먹으려고 고민하지 않아도 된다. 불에 태워서, 가루로 만들어서, 재로 만들어서, 천에 싸서 배에 감아라! 천에 싸서 배에 감아라!" 하고 가르쳐주는 자가 있었습니다.

마르쟈는 기뻐서 일단 그 팔을 불로 태워서 충분히 탔을 때 가루로 만들어서 천에 처발랐습니다. 마르쟈는 그 천을 자신의 배에 감고 아무것도 모르는 척하고 있었습니다.

머지않아서 마왕이 돌아와서 곧장 마르쟈에게 물었습니다.

"팔을 확실히 먹었니?"

"네, 먹었습니다" 하고 대답하자, "그럼 어디 시험해 볼까" 하고 말하며 큰 소리로 외쳤습니다.

"야, 팔아, 어디에 있니?"

"네네, 여기에 있어요." 하고 팔이 대답했습니다. 그런데 팔은 천장에서도 마루에서도 나올 기색이 없었습니다.

"야아, 팔아! 어디에 있니? 있다면 어서 빨리 나오거라!" 하고 말하자,

"좀처럼 여기에서 나갈 수 없습니다." 하고 대답했습니다.

"여기가 어디니?"

"마르쟈의 배예요!"

"뭐라고? 마르쟈의 배라고? 음…… 그렇다면 정말로 먹었나 보군. 아, 이 아이는 정직하군. 그렇다면 죽이지 말고 예뻐하며 일을 시켜야겠어." 하고 마왕은 몹시 마르쟈를 칭찬했습니다. 그때부터는 마왕은 마르쟈를 늘 옆에 두고, 예뻐하면서 일을 시켰습니다. 마르쟈도 특별히 힘들다고 생각지 않고, 일을 잘했습니다. 그건 그렇다 치더라도 슬픈 것은 자신보다 먼저 왔던 두 언니가 둘 다 전혀 보이지 않는 것입니다.

그러던 어느 날 마왕의 거실을 청소하다가 약이 든 작은 병과 멋진 열쇠를 발견해서, "이것은 뭔가요?" 하고 물었습니다. 그러자 마왕이 웃으면서 말했습니다.

"음, 그것은 내가 가장 아끼는 물건이지만, 너에게는 말해주겠다. 그 병 안에 있는 것은 아무리 오래전에 죽은 자일지라도 곧바로 소생시켜주는 묘약이다. 또 그 열쇠는 안쪽 창고를 여는 비밀 열쇠이다. 이 두 물건을 오늘부터 너에게 맡길 테니 결단코 그 누구에게도 건네주면 안 된다."

그렇게 단단히 일러둔 마왕은 그 자리에서 두 물건을 마르쟈에게 맡겼습니다.

마르쟈는 두 물건을 맡아서 소중하게 간직했습니다. 드디어 마왕이 여행을 떠나서 이삼일 동안 집에 없게 되었습니다. 그동안에 마르쟈는 안쪽 창고로 몰래 가서 열쇠로 열어 보았습니다. 마르쟈가 그렇게 한 것은 혹시나 두 언니가 그곳에 감금된 것은 아닐까 하고 생각했기 때문이

었습니다. 그런데 안쪽 창고에서도 언니들의 모습은 보이지 않았습니다. 그 대신, 어찌 된 일인지 멋진 모습을 한 젊은 장수가 홀로 가슴에 칼이 꽂힌 채 한가운데 누워 있었습니다. 마르쟈는 놀랐지만, 또 그 약을 생각해내고는, 급하게 병을 가져왔습니다. 그 사람의 입에 한 방울 떨어뜨렸더니 대장은 눈을 반짝 뜨고는 가슴에 있는 칼을 뽑고는 쓱 일어나더니, 마르쟈를 보자 이상한 듯 물었습니다.

"나를 구한 사람이 당신입니까?"

"네. 그렇습니다만, 당신은 무슨 사정으로 이러한 곳에 죽어 있었던 것입니까?"

대장은 기뻐서 말했습니다.

"참으로 잘 구해주셨습니다. 사실 나는 이 나라의 왕자로서 옛날에 이 산의 마왕 아아를 퇴치하려고 일부러 왔습니다만, 운 나쁘게도 마왕의 마법에 걸려서 도리어 포로가 되어서, 이처럼 가슴에 칼이 꽂힌 채 보기 좋게 죽임을 당했던 것입니다. 이제 당신이 친절하게도 신비한 묘약의 효험으로 나를 구해주어서 무척 고맙습니다. 하지만 그렇더라도 이 마왕이 이 산에 사는 동안에는 도저히 제대로 살 수가 없습니다. 그러니 당신이 지혜를 모아서 어떻게 해서라도 이 마왕의 명줄을 진짜로 끊을 수 있는 길을 찾아주시지 않겠습니까. 마왕을 멋지게 퇴치한다면 아무것도 걱정할 일이 없으니 나도 곧바로 소생해서 당신과 함께 이곳을 떠나겠습니다. 일단 그때까지는 지금처럼 마왕을 속일 수 있도록 죽은 척하고 있겠습니다."

왕자가 이렇게 부탁하자 마르쟈가 잘 알아듣고 다시 창고를 빠져나갔습니다. 왕자는 본래대로 칼을 세워 놓고 쭉 죽은 체하고 있었습니다.

사흘 만에 마왕이 집에 돌아와서, 혹시나 하는 생각에 안쪽 창고에 가보았습니다. 하지만 창고 한가운데 누운 왕자가 예전처럼 칼을 가슴에 세우고 쭉 죽은 척하고 있었기에 마왕은 마음을 놓고 마르쟈를 곁으로 불러서 기분 좋게 밥을 먹기 시작했습니다.

그때 마르쟈가 곁에서 잔심부름하면서 물었습니다.

"그런데 마왕님, 당신이 나를 믿으신다면 무엇이든지 말씀해주시지 않겠습니까. 아직 하나라도 털어놓지 않으면 안 되는 것이 있지는 않으신지요"

마왕은 의심하는 듯이 "무엇을 아직 털어놓지 않았을 거라는 거지?"

"다름이 아니오라…… 당신이 아주 힘이 세서 그 누구도 대적할 수 없겠습니다만, 그래도 무언가 하나쯤은 당신에게 독이 되는 것이 있을까 싶어서요."

"독이 되는 것이라니?"

"그것을 대하면, 아무리 대단한 당신이라도 살려고 해도 어쩔 수 없을 정도로 위험한 일이 있나요."

"그런 것이야 사실 있기는 하다만, 그걸 알면 어떻게 하려고?"

"이렇게 곁에 있는 이상, 그걸 알고 있지 않으면 어쩐지 안심이 되지 않아서요. 혹시 독이 되는 약을 잘 알고 있으면, 되도록 그러한 물건이 없도록 평소에 조심할 수 있으니까요."

마르쟈가 아주 충성스럽게 이야기를 해서, 마왕도 감동해서 대답했습니다.

"야, 정말로 너는 믿을 수 있는 여자다. 그러면 그 독이 되는 약을 말해줄 테니 너는 늘 곁에 있으면서 아주 조심해 주기 바란다."

"그러면 빨리 말해주세요."

"독이 되는 약이란 다름이 아니라 저 어린 버드나무 가지이다."

"네에……. 어린 버드나무 가지가 독이 되는 약이라니요?"

"그렇다. 내 몸을 검으로 공격을 해도, 또 철포로 쏘아도 쉽게 죽일 수 없지만, 이 어린 버드나무 가지를 귓구멍에 꽂아 넣으면 언제라도 쓰러지고 만다. 정말로 그것이 가장 무섭다."

마왕이 모조리 이야기해주었습니다. 그 말을 들은 마르쟈는 마음속으로는 웃었지만, 얼굴에 조금도 드러내지 않았습니다.

"그렇다면 저는 버드나무 싹이 나올 무렵에는 그것이 마왕님 주변에 있지 않게끔 조심하겠습니다."

"제발 그렇게 해라."

대화를 주고받는 동안 마왕은 식사를 끝마치고 그대로 그곳에 가로로 누워서 쿨쿨 잠이 들어버렸습니다.

그 후에 마르쟈는 살짝 마왕의 거실을 빠져나와서, 뜰을 통해서 숲 쪽으로 갔습니다. 때마침 여름의 시작이어서 나무들의 어린잎이 깨어나고 있었습니다. 그곳에서 여기저기 둘러보고, 버드나무의 싹을 찾았습니다. 마침 재수 좋게도 호숫가의 버드나무에 새싹이 트고 있었습니다.

그것을 본 마르쟈는 고개를 끄덕이면서 서둘러서 그 싹 한 가지를 잘라서 들고 돌아왔습니다. 그런데도 마왕은 아직 정신을 잃을 정도로 크게 코를 골면서 침대에 누워있었습니다. 마르쟈가 살짝 그 옆으로 가서 방금 가져온 버드나무 가지를 귓구멍에 찔러 넣자, 발소리에 눈을 뜬 마왕이 갑자기 튀어 올랐습니다. 하지만 이미 때는 늦었습니다. 마르쟈가 갖고 온 버드나무 가지가 귓구멍에 들어가 버려서, 마왕은 그 채로 다시 픽 쓰러졌습니다. 마왕은 이제 숨도 쉬지 않았습니다.

마르쟈는 크게 기뻐하면서 왕자를 살리려고 안쪽 창고에 갔습니다. 그 안에 머물러 있던, 이미 되살아났던 왕자는 곧바로 다시 일어났습니다.

"마왕은 어떻게 되었나요?"

"버드나무 가지로 죽여 버렸습니다."

"아가씨 공이 큽니다. 그러면 이제 이곳에는 용무가 없네요. 빨리 내 성으로 갑시다."

왕자는 마르쟈의 손을 잡고 이윽고 마왕의 소굴을 벗어나서, 자기 성으로 돌아갔습니다. 성에서 기다리고 계셨던 왕은 왕자의 무사함을 기뻐했습니다. 함께 온 처녀는 왕자를 구하는 데 큰 공을 세웠기에 곧바로 왕자비가 되는 의식이 성대하게 베풀어졌습니다. 그래서 한동안 대단히 시끌벅적했습니다.

화제를 바꾸어서 마왕 아아는 마르쟈 때문에 귓구멍을 버드나무 새싹에 찔려서 그대로 쓰러졌습니다. 하지만 아주 잠시 기절만 했을 뿐 곧바로 죽은 것은 아니었습니다. 그 뒤 바람이 불어와서 공교롭게도 그 가지를 불어 떨어뜨려서 마왕은 마치 꿈에서 깨어나기라도 하듯이 다시 쓱 일어났습니다. 곁에는 마르쟈는 없었고, 도리어 자신이 금기한 버드나무 가지가 떨어져 있었습니다.

"내가 호되게 당했네. 이 얄미운 인간."

마왕은 이를 바드득 갈면서 후회했습니다만, 그래도 어찌할 도리가 없었습니다.

참다못해 분풀이 삼아 예전에 넣어두었던 왕자를 꺼내서 먹어 치우려고 안쪽 창고에 갔습니다. 그랬더니, 어찌 된 일인지 시체는 그림자조차 볼 수 없었습니다. 자신이 분명히 가슴에 꽂아두었던 칼이 그곳에 버려져 있었습니다.

"그렇다면 왕자와 마르쟈는 어느새 서로 내통해서 나를 죽이고 달아난 것이군."

마왕은 불같이 화가 나서 "네 이놈 어떻게 될지 잘 알려주마." 하고 말했습니다. 그러는 사이 벌써 마왕은 어느새 공중을 날아서 왕자의 성 앞까지 왔습니다.

그렇지만 성은 경비가 삼엄해서 들어가기가 어려웠습니다. 그래서 궁리 끝에 마왕은 주변에 있는 인형 가게에 들어가서 태엽을 감으면 춤을 추기 시작한다는 기계 장치 인형을 주문했습니다. 인형이 정교하게 완성될 무렵, 마왕은 그 인형의 배 속에 들어가 숨었습니다. 그러고는 인형 놀이꾼의 어깨에 들려서 그 성안으로 들어갔습니다.

성에서는 아직 그 사실을 알지 못했습니다. 인형 놀이꾼이 재미있는 인형을 갖고 왔다고 말하니깐 곧장 불러들여서 왕자와 왕자비를 알현하게 했습니다.

왕자와 왕자비는, 이 신기한 기계 장치 인형이 무척 마음에 들어서 그대로 곁에 놓아두었습니다. 해가 저물기를 기다렸던 마왕은 이윽고 인형의 배에서 살짝 밖으로 탈출했습니다. 마왕은 자신이 가지고 온 마약 병을 높이 들고는 흔들었습니다.

그러자 마약의 힘으로 왕과 왕자와 하인들이 모두 한꺼번에 잠이 들어버렸습니다. 하지만 어째서인지 왕자비인 마르쟈만은 혼자서 눈을 뜨고 있었습니다.

그래서 마르쟈는 마왕을 똑똑히 볼 수 있었습니다. 마르쟈는 깜짝 놀라서 큰 목소리로 사람들을 깨우려 하였지만, 그 누구도 나서지 않았습니다.

그러는 동안 마왕이 달려와서 "네 이년, 나를 잘도 속였구나. 자, 앙갚음으로 너를 이제부터 가마에 넣어 끓여 주겠다." 하고 말하면서 부엌 쪽으로 마르쟈를 끌고 갔습니다. 거기에 있는 커다란 가마솥에 부글부글 물을 끓여서, 그 끓는 물 한가운데에 참혹하게 마르쟈를 던지려고 하였습니다.

그러나 마르쟈도 이제는 목숨을 걸 수밖에 없어서 그렇게 고분고분하지는 않았습니다. "도와주세요!!"라고 큰 목소리로 절규하면서 몸부림치고 소란을 떨었습니다. 그러던 사이에 마왕이 갖고 온 마약 병이 땅바닥에 떨어져서 파손되었습니다. 그러자 병 안에 담긴 마약이 모두 흘러나와 버렸습니다.

그러자 마약의 효험이 급격히 없어진 것 같았습니다. 신기하게도 지금까지 잠들어 있던 사람들이 모두 일시에 깨어나서 마르쟈의 울음소리가 들리는 부엌으로 달려오는 것이 보였습니다. 지금 막 마왕이 마르쟈를 붙잡아서 가마솥에 넣으려는데 어떻게 잠자코 보고만 있겠습니까.

"야아"하는 소리와 함께 사람들이 여기저기에서 마왕에게 달려들었습니다. 본래 마왕인지라 한순간 미친 듯이 날뛰자 어전이 부서질 정도였습니다. 하지만 워낙 중과부적이었습니다. 마왕은 곧 모두에게 붙잡혀서 마르쟈를 넣어 죽이려 했던 그 큰 가마의 끓는 물 속에 도리어 자신이 처넣어져 새빨갛게 되어서 죽었습니다.

그러는 동안 왕자는 마르쟈를 부축해 일으켰습니다. 잠시 위험한 순간이 있었습니다만 특별한 상처가 없어서 둘 다 무사한 것을 기뻐했습니다. 그런 일이 있고 나서는 마귀도 오지 않았고, 그 어떤 뒤탈도 없어서 그 두 사람은 사이좋게 평생 안락하게 살았습니다. 해피엔드.

한네레의 승천

한국어 번역_김영순 | 원작_게르하르트 하웁트만 | 일본어 번역_미즈타니 마사루(水谷勝)
일본어 저본 「ハンネレの昇天」, 『世界童話寶玉集』, 富山房, 1919.

1

한네레는 석수장이 마테른의 딸이었습니다. 하지만 의붓아이였고 게다가 이 마테른이란 남자는 엄청난 술고래로 거기다 아주 심술궂어서 조금도 귀여움을 받지 못했습니다. 어찌된 게 귀여움을 받기는커녕 항상 혹독한 학대만 받았기 때문에 한네레는 이를 슬퍼하며 친엄마만을 사모하였습니다. 엄마는 2개월쯤 전에 저세상으로 떠나 돌아가신 것입니다.

추운 12월의 어느 밤의 일이었습니다. 눈 섞인 폭풍우가 한네레가 살고 있는 이 산간 마을을 무섭게 휘몰아쳤습니다. 아버지는 전날부터 술집에 가 술에 빠져있었기 때문에 한네레는 오로지 홀로 집을 보고 있었습니다. 하지만 외로웠을 뿐만 아니라 무서워서 집에 있을 수가 없게 되었습니다. 그리고 밖으로 나가자 그대로 근처 아주 넓은 호수라고 해도 좋을 정도로 넓은 연못가까지 비틀비틀 걸어갔습니다. 그러자 얼음이 언 깊은 물 속에서 예수님이 부르고 있는 기분이 들었기 때문에 한네레는 그 목소리에 이끌려 드디어 연못 속으로 뛰어들고 말았습니다. 서글픈 이 세상에서 벗어나 천국에 계시는 엄마 곁으로 가고 싶었던 것입니다.

하지만 한네레는 때마침 그곳을 지나던 나무꾼에게 구조되었습니다. 그렇지만 추위 때문에 반쯤 정신이 혼미해진 한네레는 이 나무꾼을 아버지로 생각하여 때리거나 할퀴거나 했습니다. 이것에는 나무꾼도 정말이지 주체하기 힘들었습니다. 그러자 그곳에 또 마침 알맞게도 소학교 고트와르트 선생님이 지나갔습니다. 선생님은 곧바로 한네레를 자기 집으로 옮겨 우선 흠뻑 젖은 옷을 벗기고 마른 옷으로 갈아입혔습니다. 그리고 나서 나무꾼에게 등불을 들게 하여 폭풍우 속 어두운 밤길을 이 마을에 있는 빈민원까지 안고 갔습니다.

한네레는 선생님에게 안긴 채, 양손을 축 늘어뜨리고, 머리를 마구 흩뜨리고 있었습니다. 그리고 끊임없이 헛소리를 해댔습니다. 나무꾼 뒤를 따라 빈민원의 한 방으로 들어온 선생님은 이런 한네레의 모습을 걱정스럽게 바라보면서 침대 위로 살짝 눕히고 자기 외투를 벗어 입혀주었습니다. 단 하나 이 방에 켜져 있는 양초 불빛은 끊임없이 외로운 듯 하늘하늘 흔들렸습니다.

빈민원에 있는 성질 사납고, 지저분한 사람들은 한네레가 잠들어 있는 것도 아랑곳하지 않고 큰소리로 서로 호통을 치거나, 싸움을 하거나 했습니다. 무엇보다도 아버지를 두려워하는 한네레는 그럴 때마다 "무서워요 무서워요, 아버지가 왔어요."라고 말하며 어둑어둑한 실내에서 돌아다니는 이 사람들의 그림자에 겁을 먹고 이빨을 덜덜 떨면서 번번이 일어나려고 했습니다. 선생님은 한네레를 향해 안심하도록 부드럽게 타이르고, 또 모두를 향해 조용히 해주도록 부탁했습니다. 그렇게 이것저것 신경 써 간호를 했습니다.

이윽고 삼각모를 쓰고 기다란 망토를 착용한 이 마을의 영지 감독이 부하와 함께 들어왔습니다. 감독은 한네레가 얼마나 학대를 받고 있었는지에 대한 애처로운 이야기를 선생님과 나무꾼에게서 자세히 들을 수 있었기 때문에 마테른를 엄하게 처분하고자 생각했습니다.

"분명 그놈은 잡힌다. 그놈 이름은 벌써 오랜 세월, 술주정꾼 장부에 기재되어 있거든."

감독은 이렇게 말했습니다. 그리고 뭔가 분명한 증거를 쥐려는 생각에 여러 가지 질문을 했습니다만 한네레는 마치 물고기처럼 아무 말도 하지 않았습니다. 이 모습을 보고 생각을 고친 감독은 이것은 차라리 의사의 손에 맡기는 편이 좋다고 생각해 의사 선생님을 부르러 가기로 했습니다.

"그럼 고트와르트 군, 안녕히 계시오. 그놈은 오늘 밤 사이에 필경 잡아버릴테니까."

2

간신히 한네레는 새근새근 잠들었습니다. 창을 두드리는 폭풍우 소리가 갑자기 소란스럽게 귀에서 떠나지 않았습니다. 빈민원의 지저분한 사람들도 앞서 감독 부하에게 야단을 맞고는 이 방을 보러 오지 않았기 때문에 밖에서는 폭풍우 소리가 요란하게 들렸지만 방 안은 묘하게 조용했습니다. 선생님은 걱정스런 얼굴을 하고 조용히 한네레를 지켜보았습니다. 나무꾼은 목소리를 낮추어 이렇게 중얼거렸습니다.

"이제 아주 좋아질 일은 없을 것 같은데."

잠시 후에 의사 선생님이 왔습니다. 밤새도록 간호를 하기 위해서 수녀님도 왔습니다. 의사 선생님은 여러 가지 몸 상태를 물어보았지만 역시 한네레는 대답하지 않았습니다. 선생님은 차마 볼 수 없었기 때문에 대답을 하도록 타일렀습니다. 그러자 한네레는 우는 목소리로 대답했습니다.

"제가 사랑하는 고트와르트 선생님. 그게 저 빨리 어머님이 계신 곳으로 가고 싶은걸요." 선생님은 그걸 듣자 애처로워서 견딜 수 없었기 때문에 부드럽게 한네레의 머리를 쓰다듬으며,

"있지, 그런 것은 생각하지 않도록 하거라." 하고 말하고 달랬습니다. 의사 선생님은 재빨리 진찰을 마치고서 가만히 수녀님을 책상 옆으로 불러 작은 목소리로 간호의 주의를 했습니다. 이윽고 다시 선생님을 향해 석수쟁이 마테른이 드디어 붙잡힌 것을 말하고 나서, 수녀님에게 이별을 고하고 나갔습니다. 선생님도 나무꾼도 그 뒤를 따라서 가만히 발소리가 나지 않도록 하여 나갔습니다.

수녀님이 작은 사발에 우유를 따르고 있자 잠시 동안 깜빡 잠들어 있던 한네레는 눈을 뜨고 가만히 수녀님의 얼굴을 바라보고 있었습니다만,

"당신은 예수님이 계신 곳에서 왔나요." 하고 물었습니다.

"날 모르겠니. 수녀 마르타예요. 너는 항상 내게로 왔었지. 그래 함께 기도도 하고, 아름다운 노래를 부르거나 했잖아요."

한네레는 기쁜 듯이 끄덕이며 말했습니다.

"아, 맞다, 맞다. 아름다운 노래를요."

수녀님은 한네레가 조금은 제정신이 들었다고 생각했기 때문에 힘을 내도록 우유를 마시라고 말하며 권했습니다. 하지만 한네레는 그것을

싫어하며 아무리 해도 낫고 싶지 않다고 고집을 부렸습니다.

"그래서는 안돼요. 잘 생각해보세요. 자 그럼 제가 머리를 묶어줄게요, 자."

수녀님은 머리를 묶어주었습니다. 하지만 한네레는 변함없이 작은 소리로 울부짖으며 낫고 싶지 않아, 않아란 말만 계속 했습니다. 그정도로 한네레는 앞으로 살아가는 것이 괴로웠던 것입니다.

"왜 낫고 싶지 않은데."

"하지만 나 너무 가고 싶어요. 천국에."

"그렇지만 그것은 인간의 힘으로는 어찌할 수 없는 일이에요. 따라서 신께서 부르실 때까지 기다리지 않으면 안돼요. 하지만 만약, 네가 뉘우쳐 회개한다면."

"예, 저 뉘우쳐 회개했어요."

"그리고 구세주 예수님을 믿는다면."

"예, 저 구세주를 굳게 믿고 있어요."

"그럼 자알 믿고 조용히 기다리고 계셔요. 자 베개를 고쳐줄 터이니 좀 쉬셔요."

하지만 한네레는 눈을 감으려고 하지 않았습니다. 왜인지 걱정이 돼 잠들 수 없었습니다. 아무리 뉘우쳐 회개해도 도저히 용서받지 못할 죄가 있는 것은 아닌가 생각했고, 만약 또 그런 죄를 범했다면 절대로 천국에는 갈 수 없다고 생각했기 때문입니다. 그래서 언제까지나 끈질기게 그것을 수녀님에게 물어보았습니다.

"괜찮아, 너는 아무것도 그런 죄를 범하지 않았으니까."

수녀님은 아무 일 아니라는 듯이 이렇게 말했습니다만 한네레는 이에는 대답하지 않고 몸을 부르르 떨면서 수녀님에게 매달렸습니다. 그러곤 가만히 어둠 속을 노려보고는 "수녀님, 수녀님." 하고 계속 불렀습니다. 한네레의 귀에는 아버지 목소리가 들렸던 것입니다. 그리고 침대 다리 쪽에 우뚝 서 있다고 생각한 것입니다.

"그럴리가, 이것은 외투예요. 그리고 이것은 모자예요."

"저 바본가봐요. 아버지가 아니라 외투였군요. 모자였군요."

수녀님은 한네레의 머리를 식히지 않으면 안되겠다는 생각에 물을 가지러 가기로 했습니다.

"있지, 금방 돌아올 터이니 조용히 기다리고 계셔요."

3

복도가 어두워서 수녀님은 양초를 복도 쪽으로 내밀었습니다. 그래서 방 안은 아주 컴컴해졌습니다. 수녀님의 발소리가 쓸쓸히 사라져가자 홀연히 한네레의 눈에는 아버지 마테른이 바로 침대 옆에 우뚝 서 있는 것이 보였습니다. 얼굴은 술 취한 탓인지 부어서 짐승 같았습니다. 왼손에는 석수장이의 도구를 들고, 오른손 손목에는 가죽띠를 휘감고 지금 당장이라도 내리칠 것 같았습니다. 그 몸에서는 기분 나쁜 희고 푸르스름한 빛이 내비쳤습니다. 한네레는 너무나 무서워 양손으로 꽉 눈을 감싼 채 침대 위에서 몸을 발버둥치며 흑흑 울었습니다. 아버지는 그때 쉰 목소리로 욕을 했습니다.

"뭐라고, 내가 너를 구박했다고. 흥 너는 내 애가 아냐. 어서 일어나지 못해. 일어나 빨리 불을 지펴. 얼른 일어나지 않으면 죽도록 패주마."

한네레는 가슴을 쥐어뜯기는 듯했습니다. 곧장 침대에서 내려와 난로 옆으로 간신히 기어갔습니다만 난로 문을 여는 순간에 정신을 잃고 쓰러졌습니다.

그때 마침 불빛과 물병을 가지고 온 수녀님은 한네레가 난로 잿속에 쓰러져 있는 것을 보자,

"어머 큰일났다." 하고 소리치면서 서둘러 달려가서 안아 올렸습니다. 수녀님의 비명소리에 놀란 빈민원의 지저분한 사람들도 시끌벅적 몰려

왔습니다. 수녀님은 그 사람들에게 도움을 받아 한네레를 침대 위로 뉘였습니다. 그렇지만 그 사람들은 중얼중얼 쓸데없는 말을 늘어놓기 때문에,

"자, 부탁이니까 저쪽으로 가 줘요."

하고 말하며, 수녀님은 모두를 이 방에서 떨어뜨렸습니다. 방 안은 다시 고요해졌습니다. 한네레는 걱정스럽게 눈을 뜨고 수녀님에게 물었습니다.

"이제 아버지는 가버렸나요."

"아버지 따위는 오지 않았어요. 그건 네가 꿈을 꾼 거예요."

한네레는 한숨을 내쉬고 예수님을 부르짖으며 빨리 곁으로 불러주기를 기도했습니다. 그리고 지금이라도 가장 좋아하는 고트와르트 선생님과 함께 천국으로 간다며 기쁜 듯 이야기했습니다. 하지만 열이 높아서 그런 걸 말하는 것이라고 생각했기 때문에 수녀님은 걱정스럽게 눈썹을 찌푸리며 빨리 자도록 타일렀습니다. 그러자 문득 한네레의 귀에 저 멀리서 노래가 들려왔습니다.

"자장 자장 착한 아이야,

잘 자거라.

산은 양으로 새하얘.

귀여운 꼬불꼬불 털 아기 양은,

엄마 양에게 매달려.

자장 자장 착한 아이야,

잘 자거라."

한네레의 귀에는 이 노래가 얼마나 아름답고 부드럽게도 울렸을까요. 그저 다만 흠뻑 빠져 들었습니다. 그리고 수녀님에게 부디 한번 더 불러 달라고 부탁했습니다. 원래부터 수녀님에게는 아까부터 어떤 노래도 들리지 않았습니다. 그래서 그것이 무슨 노래인지 물어보니, "자장 자장

착한 아이야, 잘 자거라."란 노래라고 말해서 수녀님은 불을 끄고 부르기 시작했습니다. 그 노랫소리가 온화하게 한네레의 귀에 들려오자 또다시 한네레의 마음은 너무 감동하여 여러 가지 환영을 보았습니다.

우선 처음에는 방 안 전체가 희미한 빛으로 살짝 밝아졌습니다. 그리고 맨발이 되어 흰 머리를 길게 내려뜨린 유령처럼 창백한 여자가 나타났습니다. 여자는 바짝 마른 가슴을 고통스러운 듯 주무르며 이렇게 불렀습니다.

"한네레야―."

한네레는 기침을 하며 대답했습니다.

"아아, 어머니. 당신은 내가 가장 좋아하는 어머니이시지요."

"그렇단다. 나는 구세주의 발을 눈물로 씻고 머리카락으로 닦아드리고 왔단다."

"그럼 뭔가 좋은 소식을 가지고 오셨나요."

"그럼, 가져오고말고."

소식이란 다른 것이 아닙니다. 신의 은혜로 넘치고 넘치는 아름다운 천국의 이야기입니다. 폭풍우도 치지 않고, 비도 오지 않는 넓은 목장에서 과일과 고기가 한가득 있는 천국의 모습은 듣기만 해도 즐거워 보였습니다. 한네레는 언제까지나 엄마가 함께 있어 주길 바랐지만 환영 속의 엄마는 신께서 부르시고 계신다며 방을 나갔습니다. 그때 신께서 주신 신호니까 소중히 하거라고 타이르며 천국의 문을 열 열쇠라고 하는 한 그루 앵초를 한네레 손에 쥐어주었습니다.

방은 다시 어두워졌습니다. 동시에 어린이들의 즐거운 노래가 들려왔습니다.

"자장 자장, 착한 아이야,
잘 자거라.
어떤 손님이 올까.

너를 찾아오는 손님은
젊은 천사 삼인 동반자.
자장 자장, 착한 아이야.
잘 자거라."

이 노래 중간쯤에 장미 화관을 쓴 아름다운 날개가 있는 광명의 천사가 세 명 그곳에 나타나 겨드랑이 아래에 늘어뜨린 노래 악보 두루마리를 보면서 그 노래의 마지막 부분을 합창했습니다. 한네레는 정말이지 기쁘고 기뻐서 어쩔 줄을 몰랐습니다.

"하늘의 사자, 하늘의 사자." 하고 외치면서 가만히 천사의 모습을 바라보았습니다. 그러자 세 명의 천사는 돌아가며 지금껏 들어본 적이 없는 듯한 아름다운 노래를 불렀습니다.

이윽고 노래가 끝나자 한네레는 눈을 떴습니다. 수녀님은 다시 등불을 켰습니다. 한네레는 수녀님의 모습을 알아차렸기 때문에 하늘의 사자가 온 것을 말했습니다. 그것을 들은 수녀님은,

"어머나 그런 아름다운 꿈을 꾼 거야." 하고 말했습니다. 하지만 한네레는 꿈이 아니란 증거로 방금 받은 앵초를 보여주었습니다. 물론 손안에는 어떤 꽃도 쥐어져 있지 않았습니다. 하지만 수녀님은,

"오~ 예쁜 꽃이고말고. 자 그 이야기는 내일 아침에 다시 천천히 듣도록 하자꾸나. 오늘밤 잘 자면 내일 아침 좋은 기분으로 이야기를 할 수 있어요." 하고 말했습니다. 한네레는 "이제 완전히 몸이 좋아졌다."고 말하면서 수녀님이 말리는 것도 듣지 않고 일어나서 걷기 시작했습니다. 그러다가 갑자기 몸을 움츠리고, 난로 쪽을 보며, 공포스러운 비명 소리를 내질렀습니다. 거기에 검은 웃옷을 입고 검은 날개를 지니고 뱀처럼 꼬불꼬불한 칼을 차고 있는 키가 큰 한 명의 천사가 가만히 한네레 쪽을 노려보고 있는 것을 발견했기 때문입니다. 한네레는 기분이 좋지 않았기 때문에 "당신은 누구인가요. 무엇하러 왔나요." 하고 말하고 이런

저런 말을 걸어보았습니다만 아무것도 답해주지는 않았습니다. 수녀님은 손을 모으고 한네레 옆에 서있었습니다만, 이 모습을 보자 걱정이 되었기 때문에 의사 선생님을 부르러 방 밖으로 나갔습니다.

그 후 한네레는 오로지 혼자가 되었습니다. 아직 한네레의 눈에는 검은 천사의 모습이 사라지지 않습니다. 한네레는 여전히 검은 천사를 향해 여러 가지를 물었습니다. 역시 한마디도 답해주지 않았습니다. 점점 오싹한 기분이 들 뿐이었습니다. 그러자 방금 나간 수녀님보다도 나이가 어리고 새하얀 긴 날개를 단 수녀님이 들어왔습니다. 열에 들떠 있었고 그리고 동시에 여러 가지 환영이 한네레의 눈에 비쳤습니다. 한네레는 그때 수녀님에게 매달리며 이렇게 말했습니다.

"어머니, 저는 저 검은 사람이 무서워요. 도대체 누구일까요. 저 사람은."

"저 사람은 '죽음'이란다."

"아아, 드디어 왔군요. 죽음의 신, 나는 시종 당신이 찾아와주길 생각했지만 만나고 보니 무섭네요."

수녀님은 한네레가 무슨 말을 해도 들어주지 않겠다는 듯 당장 죽을 준비를 하도록 명했습니다. 하지만 더러운 옷을 입고 관에 들어가는 것을 한네레는 부끄럽게 여겼습니다. 수녀님은 신께서 좋은 옷을 입혀주실 테니까 걱정할 거 없다며, 은방울을 꺼내 흔들었습니다. 그러자 난쟁이 재단사가 나와 신부가 입는 훌륭한 흰 비단 예복을 가지고 왔습니다. 수녀님은 그것을 한네레에게 입혔습니다. 사락사락 하고 옷 스치는 소리가 났습니다.

"천국의 신부님, 자 머리를 내미세요."

이렇게 말하며 수녀님은 꽃으로 장식한 관을 한네레의 머리에 씌웠습니다.

"수녀님, 저 죽나요. 기뻐요."

한네레는 자신의 아름다워진 모습을 기쁜 듯 바라보았습니다. 그 사이에 재단사는 정중하게 허리를 굽히고 한네레에게 유리 구두를 신겼습니다. 준비가 다 끝났기 때문에 수녀님은 한네레를 침대가 있는 곳으로 데리고 가서 뉘었습니다. 한네레는 아직 꽃을 갖고 있다는 듯 손을 꼭 가슴에 붙이고 있었습니다.

이윽고 멀리서 장례식 노래가 들려왔습니다. 그러자 검은 천사는 일어나 한네레 쪽으로 걸어와 커다란 검을 빼들었습니다. 한네레는 괴로운 듯 외쳤습니다.

"아, 아, 무거워. 나를 나를 죽여줘요. 살려줘요, 수녀님 살려주세요."

수녀님은 한네레의 가슴 위에 양손을 얹으며 말했습니다.

"괜찮아요. 내 성스런 손을 네 가슴에 두었으니까."

그 순간 검은 천사의 모습은 사라져버렸습니다. 이윽고 장례식 행진곡도 그치고 입구에 슬픈 얼굴을 한 고트와르트 선생님의 환영이 나타났습니다. 선생님 뒤에는 소학교 친구들이 얌전하게 뒤따랐습니다. 선생님은 수녀님을 향해 한네레가 죽은 것이 불쌍하다고 말했습니다. 하지만 수녀님은 한네레가 신앙을 지니고 있었기 때문에 아름다운 모습으로 죽어간 것을 말하고 이렇게 말했습니다.

"나는 저 아이가 평화를 얻은 것을 기뻐합니다."

선생님은 한네레를 위해서 찬송가를 부르려고 했기 때문에 수녀님의 이야기가 끝나자 학생들을 안으로 불러들였습니다. 학생들은 들어와 침대 둘레를 부드럽게 에워쌌습니다.

"우리를 구해주오.

우리를 구해주오.

우리 예수를 보기 위해서."

모두 다 깊은 감동에 빠진 모습으로 노래를 마쳤습니다.

"자 귀여운 한네레가 죽고 나서 얼마나 아름다워졌는지 모두 잘 보거

라. 아니 단지 아름다워진 것만이 아니라, 이 아이는 처음 너덜너덜한 옷을 입고 있었습니다. 하지만 지금은 비단옷을 입고 있습니다. 이 아이는 항상 맨발로 걸어다녔어요. 하지만 지금은 유리 구두를 신고 있습니다. 지금까지는 차디찬 감자를 그것도 충분히 받은 적이 없었습니다만 이제부터는 금 집에 살며 매일 구운 고기를 먹게 될 것입니다. 지금까지 거지 왕녀라고 놀림을 받았지만 이번에는 신 곁으로 가서 진정한 왕녀가 되는 것입니다. 그러면 이 아이는 모든 걸 신께 말씀드리게 될 테니까 이 아이에게 뭔가 사죄할 것이 있으면 지금 사죄하렴." 선생님의 말을 듣고 깜짝 놀란 한 남자아이가 조금 앞으로 나와 말했습니다.

"불쌍한 왕녀 한네레 님, 부디 참아주세요. 툭 하면 내가 거지 왕녀라고 말한 것을 신께 이르지 말아주세요."

다른 학생들도 참아주세요, 참아주세요, 하고 번갈아가며 말했습니다.

"이걸로 분명 한네레는 여러분을 용서해줍니다. 그럼 저쪽 방에 가서 기다리세요."

선생님이 이렇게 말하자 수녀님도 말을 덧붙였습니다.

"그럼 제가 여러분께 어떻게 하면 아름다운 천사가 될 수 있는지 이야기해드릴게요."

그래서 수녀님의 뒤를 따라서 모두는 다음 방으로 들어갔습니다. 선생님은 손에 들고 있던 은방울 꽃다발을 한네레의 발밑에 놓으며 말했습니다.

"아무리 높은 곳으로 가더라도 날 잊지 말아주세요."

그 목소리는 슬픈 듯 떨렸습니다. 선생님은 잠시 동안 눈물에 젖은 얼굴을 한네레의 옷자락에 파묻고 있었습니다.

이윽고 마을 사람들이 들어왔습니다. 빈민원의 지저분한 사람들도 들어왔습니다. 모두는 한네레의 바른 마음과 아름다운 모습을 칭송하였습니다. 그 사이에 눈이 멀 정도로 투명한 수정관을 네 명의 젊은이가 지고 왔습니다. 그리고 가만히 한네레를 그 속으로 넣었습니다. 한네레가 신의 마음에 들어 이렇게 아름답게 죽어간 것을 지켜보며 모두는 아버지 마테른을 떠올리고 크게 험담을 했습니다. 그리고 한네레가 죽은 것도 아버지 탓이라고 말하며 화를 냈습니다.

4

그러자 그때 방 밖에서 마테른이 부르는 노랫소리가 들려왔습니다.
"고통을 벗어난 양심만큼
편한 베개가 있을까."

노래가 끝나자 마테른은 비틀비틀 문 앞에 나타났습니다. 그리고 호되게 더러운 입으로 한네레를 저주한 끝에 거기에 있는 것을 치려고 덤벼들었습니다. 하지만 불현듯 얼굴이 파랗고, 머리가 긴 알 수 없는 이가 들어와 마테른을 향해 정중하게 머리를 숙였습니다. 그 남자는 어딘지 고트와르트 선생님을 닮았습니다. 그리고 너무 지쳐서 물과 빵을 달라고 말하며 부탁했습니다. 하지만 마테른은 한마디로 거절해버렸습니다. 그것만으로도 이미 충분히 마테른의 불친절한 마음을 알았기 때문에 알 수 없는 이는 그것을 개심시키려고 여러모로 잘 타일렀지만 단지 으르렁으르렁 호통칠 뿐 마테른은 조금도 그 말을 귀담아들으려 하지 않았습니다. 그래서 그 사람은 갑자기 엄숙한 모습이 되어 이렇게 말했습니다.

"나는 아버지 신이 계신 곳에서 심부름을 온 것이다. 조심해야 할 것이다. 네 집에는 관이 있다."

마테른은 그때 아름다운 수정관 속에 있는 한네레의 모습을 알아보았습니다. 그리고 너무나 훌륭한 옷을 입고 있었기 때문에 기분이 이상해졌습니다. 아까부터 이 모습을 지켜보고 있던 사람들은 "살인자, 살인자."하고 말하며 화를 냈습니다. 알 수 없는 이는 다시 엄숙하게 말했습니다.

"너는 마음에 꺼림직한 것이 없는가. 너는 한밤중에 이 아이를 끌어낸 적은 없는가. 마구 때려서 반죽음에 이르게 한 적은 없는가."

마테른은 그런 것이 있었다면 지금 여기서 벼락을 맞아 죽어도 좋다고 말했습니다. 그러자 어찌된 일일까요. 한겨울인데도 저 멀리에 벼락 치는 소리가 들리고, 연푸른 번개가 반짝 빛났습니다. 그리고 한네레의 맞잡은 손 속에서 앵초꽃이 얼굴을 내밀고 연두색 빛을 내뿜었습니다. 모두가 "기적, 기적." 하고 소리 질렀습니다. 그것을 가만히 보고 있던 마테른은 두려워져서, "나는 목을 메달아, 메달아." 하고 말하며 쏜살같이 방 밖으로 뛰쳐나갔습니다.

그때 알 수 없는 이는 성큼성큼 관 앞으로 나아가 평온하게 잠든 것 같은 한네레의 손을 잡고 참으로 신앙심 깊은 태도로 말했습니다.

"요한나 · 마테른 일어나거라."

눈 깜짝할 사이에 반짝반짝거리는 초록과 금빛이 방 안 가득 찼습니다. 한네레는 알 수 없는 남자의 손을 잡고 벌떡 일어났습니다. 방에 있던 사람들은 너무나 이상해 공포에 떨며 모두 도망치고 말았습니다. 모두가 가버리자 알 수 없는 남자는 부드럽게 한네레에게 말을 걸었습니다. 그때 알 수 없는 남자가 걸치고 있던 더러운 망토가 떨어지며 흰색과 금 의상이 드러났습니다.

"내가 누구냐."

"당신이십니다."

"내 이름을 말해 보거라."

한네레는 자신의 비천한 마음을 슬프게 여기며 부들부들 웅얼거리며 말했습니다.

"성스러운, 성스러운-사랑하는, 사랑하는-분-."

그러자 이 알 수 없는 이는 한네레의 머리 위에 손을 얹고,

"나는 네게서 비천한 곳을 모두 없애 주겠다." 하고 말했습니다. 그리고 눈에 손을 대고, 영원한 빛을 수여했습니다. 귀에 손을 대고, 천사들의 기쁨을 들려주었습니다. 입에 손을 대고, 혀 위에 혼을 놓았습니다. 한네레는 온몸이 기쁨에 떨리는 것을 느꼈습니다. 그리고 기쁨의 눈물이 흘러넘쳤습니다. 그것을 본 알 수 없는 이는

"나는 이 눈물로 네 영혼에서 이 세상의 먼지와 고통을 씻겨내 주겠다. 그리고 네 발을 신의 별 위에 놓아두겠다." 하고 말했습니다. 그때 희미한 음악이 들려왔습니다. 알 수 없는 이는 그 음악에 맞춰 언제까지고 말을 이어갔습니다.

"은혜받은 마을은 아름답다. 그곳에는 평화와 행복이 언제까지나 있다. 집은 대리석으로 지어져 있다. 지붕은 금으로 이어있다. 그리고 은 개천에는 빨간 포도주가 흐르고, 하얗고 하얀 마을길에는 꽃이 뿌려져 있다. 많은 모든 절 탑에서는 혼례의 종이 끊임없이 울리고, 5월의 초록 같은 첨탑은 장미 화환으로 꾸며져 있다. 유방처럼 하얀 12마리 백조는 동그라미를 그리며 날아, 하프의 줄처럼 날갯짓 소리를 내며, 높은 하늘로 날아오른다. 아름답게 차려입은 사람들은 손과 손을 잡고 천국 안을 이곳저곳 돌아다니며, 이윽고 보랏빛 바닷속으로 은혜로운 빛으로 빛나는 자신의 몸을 내던진다. 그리고 다시 바다에서 물가로 기쁨에 뛰어올랐을 때에는 어떤 죄라도 구세주 예수의 피로 씻겨내린다."

알 수 없는 이가 이렇게 말하고 있는 사이에 남자랑 여자랑 어린이랑 다양한 모습을 한 천사들이 나타나 방을 꾸미고 있었습니다. 그리고 이 이야기가 끝나자 한네레와 알 수 없는 이의 주위를 둘러싸고 합창했습니다.

5

이윽고 합창 소리도 한네레의 귀에서 점점 희미해져 갔습니다. 그리고 계속 지금까지 분명하게 보였던 환영은 모두 사라지고 아무것도 보이지 않게 되었습니다. 이렇게 천국으로 올라간 기쁨에 작은 가슴을 떨면서 한네레는 숨을 거두었습니다.

한네레가 여러 환영을 보고 있는 사이에 수녀님과 함께 들어온 의사는 이때 한네레 위로 허리를 굽히고 청진기를 그 가슴에 대고 있었습니다만,

"당신이 말한 대로입니다." 하고 말했습니다.

"끝내 죽었습니까."

"죽었습니다."

의사는 슬픈 듯이 대답했습니다.

잃어버린 바이올린

한국어 번역_이정현 | 원작_미상 | 일본어 번역_마에다 아키라(前田 晃)
일본어 저본_「失くなつた ヴァイオリン」,『金の船』, キンノツノ社, 1920.4.

에르지이가 열 살이 되던 생일날 밤이었습니다. 밖에는 비가 주룩주룩 내리고 있었습니다. 에르지이는 아버지 클레븐 박사와 둘이서 생일을 축하하는 식사를 하면서 즐거운 듯이 이야기를 나누다가 문득 무언가를 떠올린 듯,

"아버지, 오늘도 저 음악 수업이 있었어요."

그렇게 말하고는 한숨을 내쉬면서,

"그런데, 아버지, 저 절대로 바이올린을 잘 켜지 못할 거 같아요."

박사는 빙긋 미소를 지으면서

"아니야, 너만 한 나이 때는 어떤 희망도 버리면 안 된단다."

박사가 그렇게 말했을 때 마침 밖에서 바이올린 소리가 들려왔습니다.

"잘 들어 봐. 누군가 밖에서 연주하고 있어. 꽤 잘하는 거 같아."

박사는 귀를 기울이면서 그렇게 말했습니다. 에르지이는 창문 쪽으로 뛰어가 커텐을 조금 열고는 그 사이로 가만히 길거리 쪽을 바라보다가,

"어머나, 아버지! 남자아이예요. 불쌍하게 비를 맞으면서 연주하고 있어요."

"그러니? 그러면 돈을 주자꾸나." 하고 박사가 말했습니다.

"그런데, 들어 보렴. 마르세이유를 연주하고 있는 거 아니냐?"라고 박사가 말하자, 에르지이는 갑자기 박사의 옆으로 뛰어와서 굳게 결심한 듯 박사의 얼굴을 올려다보며 어리광 섞인 목소리로 말했습니다.

"아버지, 저 아이를 여기에 데려와서 저의 생일을 축하하기 위해 준비한 과자를 주면 안 될까요? 밖은 춥고 저렇게 비가 많이 오잖아요."

박사는 바로 빙그레 미소를 지으면서 고개를 끄덕였습니다. 에르지이는 아직 아기일 때 엄마가 돌아가신 불쌍한 아이였기 때문에 박사는 아주 애지중지하면서 에르지이를 위해서라면 너덜너덜한 옷차림의 아이들이나 집 없는 더러운 아기고양이들에게도 은혜를 베풀어 도와주거나 한 적이 지금까지도 이미 몇 번이나 있었습니다. 그래서 오늘밤에도 박사는 서둘러서 현관 쪽으로 가 밖으로 나가서는 빗속에 있는 여위고 너덜너덜한 옷차림을 한 남자아이를 불러들였습니다.

남자아이는 부들부들 떨면서 그렇지만 기뻐하며 바이올린을 안은 채로 따뜻한 방 안으로 들어왔습니다.

"너의 음악가를 데려왔단다." 하고 박사는 에르지이에게 말했습니다.

"자, 어서 과자를 주거라. 그리고 따뜻한 차도 주렴. 그 후에 연주를 듣자꾸나."

그렇게 말하고 박사는 남자아이를 향해서 물었습니다.

"네 이름은 뭐라고 하니?"

"루이 루브랑입니다." 하고 남자아이는 프랑스어로 대답했습니다.

"오호, 프랑스인이냐?" 하고 박사는 그대로 프랑스어로

"자, 어서 차를 마시거라. 그리고 나서 너의 이야기를 들려주렴." 하고 말했습니다.

루이는 자기 나라 말을 듣자 얼굴이 반가움으로 가득 찼습니다. 그리고 바로 나이는 열한 살이라는 것과 부모님은 돌아가셨다는 사실, 그래서 삼촌이 자신을 1년 전에 이곳 영국으로 데려왔다는 사실 등에 대해서 열심히 이야기했습니다. 길거리에서 연주하는 것은 싫지만 돈이 없기 때문에 어쩔 수 없이 하고 있다는 사실도 솔직하게 말했습니다.

박사는 안쓰러운 표정으로 그 이야기들을 귀 기울여 듣고는 루이가 차를 마시거나 과자를 다 먹기를 기다렸다가,

"자, 그럼 뭐든지 네가 연주할 수 있는 곡을 들려주렴." 하고 말했습니다.

"잘은 못 합니다. 바이올린이 별로 좋지 않은 것이라서요." 하고 루이는 부끄러운 듯이 말했습니다.

그 말을 듣고 루이가 들어 올린 악기를 보니 그것은 정말로 바이올린이라고 하기 어려울 정도로 심한 상태였습니다.

"그럼, 내 걸로 연주를 하면 되겠다." 하고 에르지이는 그 방을 나가 곧장 용솟는 기운으로 자신의 바이올린을 가지고 왔습니다.

루이의 눈은 그 아름다운 악기를 보자마자 빛났습니다. 그리고 그것을 기쁘게 받아 들고는 천천히 연주를 하기 시작했습니다. 그런데 이 얼마나 멋진 실력이겠습니까! 박사는 연주를 들으면서 깊게 감동을 받았

습니다.

"누구한테 배웠니?" 하고 박사는 한 곡이 끝나자 물었습니다.

"아무한테도 배우지 않았습니다. 잡는 법은 아버지가 가르쳐주셨지만 삼촌은 바이올린을 켤 줄 모르니까요."

"그럼, 나 대신 수업을 받으면 되겠다." 하고 에르지이는 속삭였습니다.

"좀 기다려 봐." 하고 박사는 에르지이를 타이르고 루이에게는 다시 여러 가지 질문을 했습니다.

루이와 루이의 삼촌은 그리 멀지 않은 곳에 살고 있다는 사실을 알게 되었습니다. 그래서 박사는 자신의 주소를 써 주고는 루이에게 내일 오후에 삼촌하고 같이 오라고 말했습니다. 마침 그때 박사는 볼 일이 생겨 나가야 되어서 그 방에서 나갔습니다. 아이들만 남았습니다.

"저 이젠 가 봐야 합니다. 삼촌이 기다리고 있으니까요." 하고 루이는 아쉬워하며 바이올린을 바닥에 내려놓으면서 말했습니다.

"다시 이 아름다운 바이올린을 연주할 수 있었으면 좋겠습니다."

"좋지, 좋지!" 하고 에르지이는 신나서 말했습니다.

"이걸 오늘밤에 집에 가지고 가서 내일 올 때 가지고 오면 돼."

"그렇지만 아버지가 화내실 거예요."

"아버지가? 아니야!" 하고 에르지이는 약간 뾰로통하게

"내 걸 빌려줬다고 해서 아버지는 화를 내거나 하지 않아."

그렇게 잘라 말하면서 에르지이는 바이올린을 상자에 넣어서 루이에게 건넸습니다. 루이는 기뻐하며 몇 번이나 인사를 하면서,

"그럼, 내일 반드시 가지고 오겠습니다."

그렇게 말하고는 서둘러 돌아갔습니다.

에르지이는 창 옆으로 가서 돌아가는 루이의 뒷모습을 지켜보면서 자신이 그 아이를 행복하게 해 줄 수 있었다는 사실에 기뻐하고 있었

습니다.

잠시 후 박사가 돌아왔습니다. 그리고 에르지이가 혼자 있는 것을 보자,
"루이는 어디 갔어?"하고 물었습니다.

에르지이는 루이가 삼촌이 기다리고 있다고 하면서 집으로 돌아갔다
고 말했습니다.

"그 애는 아주 영리한 아이야."하고 박사는 말을 이었습니다.

"사정을 잘 알아 본 후에 만약 상당한 재능을 가진 애라면 네 말대로
수업을 받게 하자꾸나."

"아, 아버지!"하고 에르지이는 엉겁결에 소리를 지르며 감사의 인사
를 하면서 박사의 손을 꼭 잡았습니다.

그런데 그때 박사는 의자 위에 고물 바이올린이 놓여 있는 것을 발견
했습니다.

"어!"하고 박사는 놀라면서 말했습니다.

"그 애가 바이올린을 잊어버리고 안 가져 갔구나!"

"아뇨, 그게 아니에요."하고 에르지이는 빙긋 웃으면서,

"저 말이에요, 내일까지 내 바이올린을 빌려줬어요."

박사는 깜짝 놀라서 갑자기 심각한 얼굴이 되었습니다.

"이거 놀랄 일을 했구나. 네 바이올린은, 그건 아주 비싸게 산 거야. 혹
시 그 애가 솔직하지 못하면 어떡할 거야?"

"그런, 그런 일은 없을 거예요."하고 에르지이는 얼버무리며 말했습
니다.

"그렇게 착한 얼굴을 하고 있는데 반드시 가지고 올 거예요."

"그렇지만 혹시 가지고 오지 않는다면?"

박사가 다시 그렇게 말하자 에르지이는 갑자기 슬퍼진 듯 눈물을 흘
렸습니다. 그래서 박사는 그 후로는 아무 말도 하지 않았습니다. 하지만
이게 무슨 불행한 일일까요!

박사의 불길한 예감이 들어맞아 루이는 다음 날 오지 않았습니다. 그래서 박사는 루이가 살고 있다고 했던 곳으로 가 보았습니다. 루이와 루이의 삼촌이 그곳에 살았던 것은 사실이지만 그날 아침에 갑자기 떠나 버려서 어디로 갔는지 아무도 모르는 것이었습니다.

에르지이는 이 실수가 너무 마음에 걸렸습니다. 그래서 박사도 오랫동안 그 일은 일부러 입 밖에 내지 않았습니다. 그렇지만 점점 신경을 안 쓰게 되었고 나중에는 아버지한테 너무 바보같이 착한 거 아니냐고 놀림을 받아도 풀이 죽거나 하지 않게 되었습니다.

그 이후 5년이 지난 어느 날이었습니다. 에르지이는 박사와 함께 어느 음악회에 가서 가장 앞자리에 앉아 있었습니다.

"어머, 신기하네." 하고 에르지이는 프로그램을 보면서

"다음에 나오는 바이올리니스트가 루이 루브랑이라는 이름이에요. 아버지, 그 루이일까요?"

"그럴지도 모르지." 하고 박사는 몹시 불쾌한 듯이 말했습니다.

마침 그때 그 바이올리니스트가 무대 위로 올라왔습니다. 에르지이는 엉겁결에 펄쩍 뛰었습니다.

"봐요, 그 루이예요. 보세요, 아버지." 하고 에르지이는 속삭였습니다.

"과연 그 아이를 많이 닮았구나." 하고 박사는 그 음악가를 유심히 바라보다가 말했습니다. 열여섯, 일곱 정도 되어 보이는 몸이 마르고 얼굴이 약간 거무스름한 소년이었습니다.

만약 저 사람이 루이라면 루이는 실로 놀랄 만한 연주가가 된 것입니다. 청중은 모두 마법에 걸린 듯이 귀를 기울이고 있었습니다. 그리고 연주가 끝나자 다들 취한 듯이 자리에서 일어나서 한번 더 연주해 달라고 외쳐댔습니다.

에르지이와 아버지는 물론 무대 바로 앞에 서 있었습니다. 루이 루브랑은 무대에 서서 예의 바르게 인사를 하다가 문득 두 사람을 발견하고

는 깜짝 놀랐습니다. 루이는 바로 반가운 듯한 얼굴을 하면서 '마르세이유'를 연주하기 시작했습니다.

"우리를 기억하고 있어요." 하고 에르지이는 놀라서 속삭였습니다.

"우리한테 연주해 주고 있는 거예요, 아버지."

루이는 박수갈채 속에서 무대를 내려갔습니다. 그리고 얼마 지나지 않아 한 남자가 두 사람이 있는 곳으로 와서 루이 루브랑이 만나고 싶어하니 죄송하지만 대기실로 와 주시겠냐고 말했습니다.

두 사람이 대기실로 가자 루이는 소리를 내어 기뻐했습니다. 오랫동안 박사와 에르지이를 만나고 싶었다는 이야기와 청중 속에서 우연히 발견했다는 이야기를 하면서 아주 기뻐했습니다. 루이는 거의 울 듯하면서 에르지이의 바이올린을 돌려주지 못하게 될 거라는 것은 꿈에도 생각지 못했다는 말을 했습니다. 하지만 삼촌이 루이가 말렸음에도 불구하고 바로 그것을 팔아 버렸고 그 돈으로 바로 리버풀로 가서 거기에서 미국으로 건너가게 되었다고 하면서 5년 전의 일을 자세히 이야기해 주었습니다. 그리고 미국으로 간 후 한동안은 힘든 일만 겪었지만 우연한 일을 계기로 어느 정 많은 사람의 도움을 받게 되었고 그 사람이 도와준 덕분에 훌륭한 음악 교육을 받아서 오늘처럼 성공하게 되었다고도 이야기해 주었습니다. 하지만 불행히도 박사의 이름과 주소를 잊어버리고 말아 어쩔 수 없이 마음에도 없는 거짓말을 오랜 시간 동안 하게 되었다는 이야기도 해 주었습니다.

다음 날 루이는 아름다운 바이올린을 에르지이에게 선물로 보냈었습니다. 그것이 지금은 에르지이에게는 가장 소중한 물건 중 하나가 되었습니다.

잠자는 미인

한국어 번역_김영순 | 원작_그림 형제 | 일본어 번역_나카지마 고토(中島弧島)
일본어 저본_「睡美人」, 『グリム御伽噺』, 冨山房, 1916.

옛날에 임금님과 왕비가 있었는데, 매일의 이야기로 언제나 이렇게
말했습니다.

"어떻게 해서라도 아이가 한 명 있었으면!"

그렇지만 어떻게 해도 생기지 않았습니다.

어느 날 왕비가 목욕을 하고 있자, 개구리 한 마리가 물 위로 나와 땅
에 웅크리며 왕비를 향해 이렇게 말했습니다.

"당신의 소원은 이루어집니다. 1년이 지나지 않은 사이에 당신은 왕
녀를 낳게 될 것입니다."

그러자 개구리가 예언한 대로 되어, 왕비는 그야말로 아름다운 왕녀
를 낳았습니다. 임금님은 어떻게나 기쁜지 견딜 수 없어 성대한 잔치를
열었습니다. 그 잔치에는 친척과 친구와 지인뿐만 아니라 이 아이의 앞
날을 위하여 무녀들을 초대하였습니다.

그때 이 나라에는 13명의 무녀가 있었습니다만, 임금님은 이 무녀들
을 대접하기 위해 12개의 황금 접시를 준비했기 때문에 그중에 한 사람

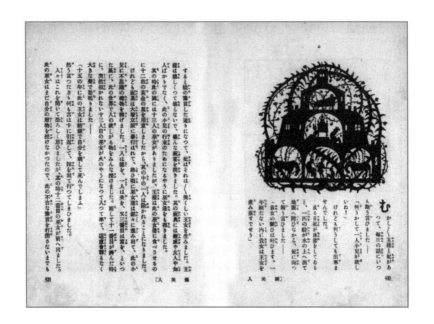

은 제외되었습니다.

　그렇지만 잔치는 꽤 훌륭하게 거행되어 마지막 무렵에 무녀들이 제각기 앞으로 나와서 이 아이에게 신기한 예물을 바쳤습니다. 한 사람은 덕을, 한 사람은 미를, 또 세 번째는 부를, 이런 식으로 이 세상에서 사람들이 원하는 것을 모두 바쳤습니다. 그리고 열두 번째가 끝났을 때에 갑자기 초대받지 못한 열세 명째 무녀가 불같이 들어와 예절이고 인사고 없이 큰소리로 부르짖었습니다.

　"열 다섯 해에 이 왕녀는 물레로 자신을 찔러 죽고 만다."

　그렇게 말한 채로 아무 말도 하지 않고 뒤돌아 저택을 나가버렸습니다.

　사람들은 이것을 듣고 두려워하였습니다만, 그때 열두 번째 무녀가 앞으로 나왔습니다. 이 무녀는 아직 자신의 선물을 바치지 않았기 때문에 이 불길한 예언을 부정하지는 못할지라도 어느 정도 진정시키고 싶어서 이렇게 말했습니다.

"왕녀는 죽는 것이 아닌, 단지 백 년간의 긴 잠에 들어간다."

임금님은 어떻게 해서라도 왕녀의 이 재난을 막기 위하여 온 나라에 명령을 내려 물레라고 하는 물레를 남김없이 태워버렸습니다.

왕녀는 무녀들의 선물을 남김없이 한 몸에 갖추고 무럭무럭 성장하였습니다. 이 왕녀는 진심으로 사랑스럽고, 얌전하고, 애교 있고, 친절하고, 그리고 영리했기 때문에 한 번 본 사람은 누구든 예뻐하지 않는 이가 없었습니다.

왕녀가 열 다섯 살이 되었을 때였습니다만, 어느 날 임금님과 왕비가 외출하여 왕녀가 혼자서 성에 남아 있었습니다. 왕녀는 성 구석구석을 돌아다니며 모든 방들과 객실을 하나씩 하나씩 보고 다녔습니다만, 마지막으로 오래된 탑이 있는 곳까지 오고 말았습니다. 왕녀가 좁은 구불구불한 사다리 계단을 올라가자 작은 문이 있고 열쇠 구멍에 녹슨 열쇠가 꽂혀있었습니다. 그 열쇠를 비틀자 문이 열리며 작은 방 안에서 노녀가 물레를 가지고 부지런히 삼베를 짜고 있었습니다.

"아주머니, 안녕하세요." 하고 왕녀는 말했습니다. "뭐 하고 계세요?"

"실을 잣고 있단다." 하고 노녀는 머리를 흔들면서 대답했습니다.

"그렇게 빨리 얽히는 건 뭐예요?"하고 소녀가 물었습니다. 그리고 물레를 가지고 실을 자으려고 했습니다만, 그것을 만지거나 만지지도 않은 사이에 그 불길한 예언이 사실이 되어 왕녀는 물레에 살짝 손가락 끝을 찔렀습니다. 그러자 순식간에 왕녀는 거기에 있던 침대에 드러눕듯 쓰러져 깊은 잠에 빠지고 말았습니다. 그러자 이 잠이 온 성으로 퍼졌습니다. 그때 이미 성으로 돌아와 대연회장에 앉아 있던 왕과 왕비도 잠들어 버리고, 온 궁전의 사람도 남김없이 잠들어버렸습니다. 마구간에 있던 말도, 뜰에 있던 개도, 지붕 위의 비둘기도, 벽에 붙어 있던 파리도, 화로 속에서 타닥타닥 타고 있던 불조차도 꿈쩍 않고 다른 것들과 마찬가지로 잠들어버렸습니다. 꼬치에 꽂힌 고기도 막 구어진 채로, 주방 보조가 뭔가 실수했다며 머리채를 잡으러 간 요리사도 주방 하인을 내리친 채로 잠들어버렸습니다. 그리고 바람도 그치고, 성 주변의 숲에서는 잎사귀 한 장도 떨어지지 않았습니다.

이윽고 이 성의 주변에는 가시나무 울타리가 생겨나, 그것이 해마다 두꺼워져, 종국에는 성을 뒤덮고 말아, 드디어 밖에서는 지붕 위 풍향계 외에는 아무것도 보이지 않게 되었습니다.

그리고 아름다운, 잠들어 있는 로자몬드(왕녀는 로자몬드라고 하는 이름이었습니다)의 소문이 온 나라로 퍼졌기 때문에 끊이지 않고 여러 왕자가 와서 이 울타리 안으로 들어가려 했지만, 어떻게 해도 들어갈 수 없었습니다. 가시나무 울타리는 마치 손을 꼭 붙들고 있는 것처럼 가시와 가시가 서로 겹쳐져있었기 때문에 이 안으로 들어간 자는 뒤로도 앞으로도 나올 수 없었기 때문에 모두 선 채로 꼼짝을 못했습니다.

그 후 기나긴 세월이 지나 한 명의 왕자가 이 나라에 왔습니다만 이 가시나무 울타리 안에 성이 있고, 거기에는 로자몬드라고 하는 아름다운 공주님이 마법에 걸려 백 년간 잠들어 있는 것과 왕도 왕비도 온 궁전 사람도 함께 잠들어 있는 것을 노인의 이야기로 들었습니다. 이 노인은 또 많은 왕자가 가시나무 울타리를 넘으려 하다가 그 안에 갇혀 가시에 찔려 비참한 최후를 맞이한 것을 할아버지 이야기로 들었다며 이야기해주었습니다.

그러자 이 젊은 왕자는 이렇게 말했습니다.

"상관없다, 내가 해보지, 나는 필경 들어가서 사랑스런 로자몬드 공주를 만나고 온다."

친절한 노인은 왕자를 말리려 하였지만 왕자는 전혀 듣지를 않았습니다.

마침 그때 벽 년의 세월이 흘러 로자몬드 공주가 잠이 깨는 날이 왔습니다.

왕자가 가시나무 울타리 옆으로 가자 그것이 예쁜 키 큰 꽃 울타리로 변해있었습니다. 그리고 왕자가 다가가자 그 꽃 울타리가 활짝 양쪽으로 갈라지며 왕자가 들어갈 만큼의 길을 트고, 뒤에서 다시 막히어 두터운 울타리 안으로 왕자를 가두어버렸습니다.

왕자가 성의 뜰로 들어가자 말과 반점의 사냥개가 거기서 자고 있었습니다. 그리고 지붕 위에는 비둘기가 머리를 날개 아래에 넣고 꼼짝 않고 있는 것이 보였습니다. 문 안으로 들어가자 파리는 벽에 멈춰 잠들어 있었고, 요리사는 부엌에서 주방 보조를 때릴 생각으로 손을 들어올린 채 잠들어 있었고, 하녀는 검정 닭을 무릎에 올리고 털을 잡아 뜯으려 한 채로 잠들어 있었습니다.

그리고 더 위쪽으로 나아가자 대연회장에는 온 궁의 사람들이 모두 잠들어 있고, 한 층 높은 옥좌에는 왕과 왕비가 잠들어 있었습니다. 왕자는 더욱더 안쪽으로 갔습니다만, 어디나 다 쥐죽은 듯 조용하여 자신이 내쉬는 숨소리가 들려올 정도였습니다. 마침내 왕자는 탑이 있는 곳까지 와 구불구불한 사다리 계단을 올라가 로자몬드 공주가 잠들어있는 작은 방으로 문을 열었습니다.

왕자는 왕녀의 사랑스런 잠든 얼굴을 보자, 눈을 뗄 수가 없을 정도였습니다. 왕자는 몸을 수그려 왕녀에게 입맞추었습니다. 그러자 왕녀는 잠에서 깨어나 커다란 눈을 활짝 뜨고 상냥하게 왕자의 얼굴을 바라보았습니다.

이윽고 왕녀는 몸을 일으켜 왕자와 함께 그 방을 나왔습니다. 그때 왕도 왕비도 온 궁의 사람들도 남김없이 잠을 깨어 깜짝 놀란 커다란 눈으로 말똥말똥 서로의 얼굴을 쳐다보고 있었습니다. 말은 뜰에 서서 부들부들 몸을 털었습니다. 사냥개는 튕겨올라 꼬리를 흔들었습니다. 지붕 위의 비둘기는 날개 아래에서 머리를 내밀어, 둘러보더니, 밭 쪽으로 날아갔습니다. 파리는 벽 위를 기어다녔습니다. 부엌의 불은 춤추며 활활 타올라 고기를 요리했습니다. 꼬치에 낀 고기는 구어지기 시작했습니다. 요리사는 주방 보조가 울음을 터뜨릴 정도로 옆얼굴을 내리쳤습니다. 그리고 하녀는 다시 닭털을 잡아 뜯기 시작했습니다.

이윽고 왕자와 로자몬드 공주는 성대한 결혼식을 올리고 두 사람은 평생 동안 행복하게 이 세상을 보냈다고 합니다.

대도적

한국어 번역_김영순 | 원작_그림 형제 | 일본어 번역_나카지마 고토(中島弧島)
일본어 저본_「大盜賊」, 『グリム御伽噺』, 冨山房, 1916.

옛날 옛날에 할아버지와 할머니가 있었습니다. 어느 날 점심시간에 자신의 누추한 오두막 앞에 앉아 쉬고 있는데 갑자기 네 필의 검정 털 말이 끄는 훌륭한 마차가 오두막 앞에 멈추더니 안에서 어딘가의 영주님인 듯한 훌륭한 옷차림을 한 사람이 내렸습니다. 농부는 앞으로 나아가 그 영주님께 무슨 용무이십니까, 뭔가 자기가 도울 일이라도 있는지 정중하게 여쭈었습니다.

그러자 그 손님은 농부의 손을 붙잡고 이렇게 말했습니다.

"저는 당신들과 함께 직접 만든 요리로 식사를 하고 싶어요. 당신이 언제나 먹는 대로 감자 요리를 해주세요. 음식이 다 만들어지면 저도 당신들과 식탁에서 함께 먹겠습니다."

농부는 웃으며 이렇게 대답했습니다.

"당신은 백작이나 공작, 그렇지 않으면 대공작님이시겠지요. 당신과 같은 높으신 분은 자주 그런 농담을 말씀하시지요. 하지만 원하시는 대로 해드리지요."

그래서 할머니는 부엌으로 가서 감자를 씻어 껍질을 벗겨 평소처럼 감자옹심이를 만들기 시작했습니다. 할머니가 부엌에서 일하는 사이에 할아버지는 영주님을 밭으로 안내하여 아직 그다지 결실이 없는 밭 안을 둘러보고 다녔습니다. 그때 농부는 나무를 심기 위해 밭 속으로 구멍을 팠습니다.

"너는 그 일을 도와줄 만한 자식을 두지 않았는가?" 하고 손님은 물었습니다.

"예" 하고 농부는 대답했습니다. "아들이 하나 있었는데, 어딘가로 사라져버렸습니다. 아주 오래전 일입니다. 난폭하고 어처구니없을 정도로 기가 센 녀석이었지요. 읽고 쓰는 공부는 거들떠보지도 않고 온종일 나쁜 짓만 골라하더니 마침내 집을 뛰쳐나가버리고 그 뒤로는 아무런 소식이 없습니다."

농부는 이렇게 말하면서 어린 나무 한 그루를 집어 한 구덩이에 심고 그 옆에 막대를 세웠습니다. 그러고 나서 흙을 덮고 잘 밟아 짚더미를 가져와 막대에 묶었습니다.

"그런데 말이죠." 하고 손님이 갑자기 말을 걸었습니다. "저쪽 구석에 있는 휘어진 마디마다 혹투성이인 거의 땅에 닿을 것 같은 나무를 왜 그냥 놔두는 겁니까, 마찬가지로 막대로 묶어주면 똑바로 설 것 같은데요."

"영주님" 하고 농부는 웃으면서 말했습니다. "당신은 잘 알고 말씀하시는 것 같지만 그래도 곧 밭에 대한 것을 아무것도 모르신다는 것을 알겠습니다. 저 나무는 나이를 먹어 혹투성이가 되고 말아 누구라도 더 이상 똑바로 할 수는 없습니다. 나무라고 하는 것은 어렸을 때 정성을 다해 길들이지 않으면 안 되거든요."

"너의 아들 또한 그렇다." 하고 손님은 말했습니다. "어렸을 때 똑바로 길들였더라면 그 아들 또한 집을 뛰쳐나가는 일은 없었을 테지. 이제는 딱딱히 굳어버려 마디마다 혹투성이가 되었겠지."

"정말이지 그가 제멋대로 뛰쳐나가고 오랜 시간이 지났습니다." 하고 노인이 대답했습니다. "하지만 이제는 아주 변해버렸을 테지요."

"지금 돌아와도 알겠는가?" 하고 손님이 갑자기 물었습니다.

"얼굴만 봐서는 못 알아봅니다. 정말이지." 하고 농부가 대답했습니다.

"하지만 그 녀석 몸에는 표식이 있습니다. 어깨 위에 누에콩만 한 크기의 점이 있어요."

이 말을 듣자 손님은 겉옷을 벗고 어깨를 드러내 점을 보여주었습니다.

"너는 정말로 내 아들이다." 하고 노인은 말했습니다. 그리고 자식에 대한 애정이 가슴속으로 솟아올랐습니다. "헌데, 어째서 네가 나의 아들일까? 너는 돈과 출세 넝쿨을 붙잡아 타고 이런 훌륭한 영주님이 되셨는걸. 대체 어떤 길을 통해 여기까지 출세한 것인가?"

"아아, 아버지" 하고 아들이 대답했습니다. "이 나무는 어렸을 때 막대에 묶어두지 않았기 때문에 구불구불 구부러지고 말았습니다. 이제 똑바로 바로잡기에는 너무나 나이가 들고 말았지요. 어떻게 이렇게 되었느냐고 물어보셨습니다만 저는 도적이 된 것입니다. 하지만 걱정은 마십시오. 저는 대도적입니다. 수갑도 빗장도 제 앞에서는 아무런 소용이 없습니다. 제가 원하는 물건은 무엇이든 제 것입니다. 보통의 좀도둑처럼 살금살금 훔치는 것과는 다릅니다. 저는 단지 부자의 남아도는 것을 가져올 뿐입니다. 가난한 사람한테는 아무 짓도 안 합니다. 훔치지도 않을뿐더러 제 쪽에서 베풀 정도입니다. 저는 또한 실력이나 솜씨가 필요치 않는 것에는 결코 손대지 않습니다."

"아아! 아들아"하고 노인이 말했습니다. "나는 기쁘지가 않구나. 교묘하든 그렇지 않든 도적은 도적이다. 네게 말해 둔다만 결코 끝이 좋은 것이 아니란다."

그렇게 말하고 노인은 아들을 어머니가 있는 곳으로 데리고 갔습니다. 할머니는 이 사람이 자기 아들이라는 말을 듣고 울면서 기뻐했습니다만 또 아들이 도적이 되었다는 말을 듣자 마치 폭포처럼 두 눈에서 눈물을 흘렸습니다. 마지막에 할머니는 이렇게 말했습니다.

"대도적이 되었어도 아무렴 그는 내 아들이다. 그래도 이렇게 얼굴을 잘 보여주었어."

그러고 나서 부모 자식인 세 사람은 식탁에 앉았습니다. 그리고 아들은 또 오랫동안 먹지 않았던 시골 요리를 양친과 함께 먹었습니다. 식사 중에 나이든 농부는 아들에게 말했습니다.

"이 위 성에 계시는 백작님이 만약에 너를 알고 계시고 너의 직업도 알고 계시다면 더 이상 언제나 세례 때에 해주시던 것처럼 너를 안아올려 얼러주시지 않으실 것이다. 그보다는 너를 붙잡아 교수대에 걸어둘 것이야."

"아버지 걱정 마세요. 영주님은 도저히 할 수 없을테니. 이 직업에 있어서는 누구한테도 지지 않습니다. 오늘 내로 영주님이 계시는 곳으로 가도록 하지요."

그래서 그날 저녁 대도적은 마차를 타고 성으로 유유히 들어가자 백작은 어딘가의 훌륭한 손님이라고 여기고 정중하게 맞이하였습니다. 그렇지만 손님의 정체를 알고 동시에, 백작은 새파래져 한동안 잠자코 앉아 있더니 마침내 이렇게 말했습니다.

"너는 내가 이름을 지어준 아이이기 때문에 대부로서의 자비로 천하의 공도마저 버리고 너의 죄를 못 본 척해주고 싶지만 하지만 너는 대도적이라고 스스로 신분을 밝혔으니 어디 내가 한번 너의 솜씨를 시험해보겠다. 그래서 만일 네가 낙제를 한다면 너는 사형집행인의 사위가 되어 까마귀의 울음소리를 결혼식 창가로 듣는 게 좋을 것이다."

"백작님"하고 대도적이 대답했습니다. "당신이 생각해낼 수 있을 한 어려운 난제를 세 가지만 말씀해주시기 바랍니다. 그리고 만약 제가 말한 대로 할 수 없을 때에는 뜻하시는 대로 하시기 바랍니다."

백작은 몇 분간 생각을 하고는 그리고 이렇게 말했습니다.

"첫 번째로 할 일은 내 애마를 마구간에서 훔쳐내거라. 두 번째로는 나와 내 아내가 잠들어 있는 사이 두 사람이 덮고 있는 홑이불을 감쪽같이 벗기고, 이어서 아내 손가락에서 반지를 빼내거라. 세 번째로는 교회에서 목사와 서기를 훔쳐내거라. 자 이 세 가지를 잘 기억해 두기 바란다. 네 목과 교환하는 일이니까."

그래서 대도적은 가장 가까운 시내로 가서 시골 아낙이 입는 헌옷을 사 그것을 잘 챙겨 입고 그리고 나서 얼굴을 흑갈색으로 칠하고 그 위에 주름을 만들어 누가 보아도 알 수 없도록 얼굴을 바꾸어 버렸습니다. 이어서 작은 통에 오래된 헝가리의 포도주를 채워 그 속에 독한 수면제를 섞어 그 통을 망태기에 담아 어깨에 짊어지고 휘청휘청 정말이지 다리 아픈 할머니와 같은 걸음걸이로 백작의 성 쪽으로 걸어왔습니다.

성에 도착했을 때에는 벌써 깜깜해졌습니다. 그래서 가운데 뜰 안에 있는 돌 위에 어이구하며 앉아 천식을 앓고 있는 할머니처럼 기침을 시작하며 아주 춥다는 듯이 양손을 비비고 있었습니다.

마구간 문 앞에는 병졸 등이 불 주변에 드러누워 있었습니다만 그중 한 사람이 할머니를 발견하고 불 옆으로 와서 쪼이고 가라고 말했습니다. 그러자 가짜 할머니는 모두가 있는 쪽으로 휘청휘청 다가와 어깨에서 망태기를 내려놓고 불 옆에 앉았습니다.

"할머니 그 망태기 속에 들어있는 것은 뭡니까?"하고 한 사람이 말했습니다.

"맛 좋은 술이지."하고 할머니가 대답했습니다. "나는 이것을 생업으로 하고 있는데 당신들이 친절하게 해주었으니 한 잔 드리지요. 돈은 얼마든 상관없으니."

"그럼, 이쪽으로 오시지요."하고 병졸이 말했습니다. 그리고 할머니가 따라준 술을 한 입에 다 마시고,

"아아! 이것은 좋은 술이다. 마신 김에 한 잔 더 받을까!"하고 말하고 한 잔 더 마셨습니다. 그러자 다른 병졸도 모두 그대로 따라하여 두 잔씩 마셨습니다.

"어이, 어이!"하고 병졸 한 명이 마구간 안에 있는 동료를 불렀습니다. "할머니가 고급 술을 가져왔다구. 어여 한 잔 마셔봐. 마치 불처럼 배 속까지 쏙 스며든단 말이지."

그렇게 말하고 있는 중에 할머니는 망태기를 마구간 안으로 들고 들어갔습니다. 잘 보니 안에는 세 명의 병졸이 있고, 한 명은 안장을 놓은 말 위에 올라타고, 한 명은 말고삐를 쥐고, 한 명은 꼬리를 꽉 붙들고 있었습니다. 할머니는 세 사람이 충분할 때까지 술을 따라주었습니다. 그러자 드디어 술의 효험이 나타나기 시작했습니다. 고삐를 쥐고 있던 남자는 고삐를 손에서 떨어뜨리고, 선 채로 코를 골기 시작했습니다. 꼬리를 쥔 남자도 꼬리를 놓고, 앞의 남자보다도 더 한층 크게 코를 골며 잠들어 버렸습니다. 그리고 말 위에 올라타고 있던 병졸은 머리를 축 숙이고 마치 대장간의 풀무 같은 소리를 내며 코를 골기 시작했습니다. 밖에 있던 병졸은 벌써 일찌감치 잠들어, 불 주위에 돌처럼 움직이지 않고 잠들어있었습니다.

대도적은 자신의 계략이 아주 잘 된 것을 확인하고, 고삐를 붙잡고 있던 남자에게는 밧줄 한 개를 쥐어주고, 꼬리를 잡고 있던 남자에게는 지푸라기 한 줌을 쥐어주었습니다만, 도대체 말 등에 탄 남자는 어찌하면 좋을지, 이것은 뜨악할 정도로 난처했습니다. 이 남자를 내동댕이쳐버릴 수도 없었습니다. 눈을 떠 큰소리라도 치면 그걸로 끝입니다. 그래서 한 가지 계략을 생각해 냈습니다. 우선 안장 뱃대끈을 풀고 두 개의 밧줄을 단단하게 안장에 묶어 그 양끝을 벽에 달린 고리에 끼워 살살 잡아당겨 탄 사람도 안장도 함께 공중으로 끌어올려 밧줄 끝을 단단하게 마구간 기둥에 묶었습니다. 그것이 끝나자 이번에는 말의 쇠사슬을 풀었습니다만, 끌어내기 전에 마구간 돌바닥 위를 끌어내더라도 소리가 나지 않도록 헌 누더기 조각으로 말발굽을 감쌌습니다. 그리고 살금살금 그 사냥감을 밖으로 끌어내자 훌쩍 등으로 올라타 다그닥다그닥 달려가 버렸습니다.

　날이 밝자마자 대도적은 훔쳐낸 준마를 타고 다시 다그닥다그닥 하고 성으로 되돌아왔습니다. 백작은 그때 이미 일어나 창으로 밖을 바라보고 있었습니다.

　"백작님 안녕하십니까?" 하고 도적이 말했습니다. "당신의 말은 보시는 대로 감쪽같이 제 손에 넣었습니다. 잘 보시기 바랍니다. 병졸들은 뜰 안에 깊이 잠들어 있습니다. 그리고 마구간으로 가보시면 그곳에서도 마찬가지로 파수를 보고 있던 병졸을 볼 수 있을 것입니다."

　백작은 쓴웃음을 지으면서 말했습니다.

　"좋다, 한번은 잘 해냈지만 두 번째는 그리 쉽게 되지는 않을 것이다. 그리고 너에게 예고해 두겠는데 네가 도적으로 오는 이상은 나도 도적 취급을 할 터이니 괜찮겠지."

　이윽고 밤이 되어 백작 부인은 침실로 들어가 결혼반지를 낀 손을 꽉 쥐었습니다.

"문은 남김없이 자물쇠를 걸고 빗장을 채워두었어." 하고 백작이 말했습니다. "나는 자지 않고 도적을 지키고 있겠어. 만약 창 쪽으로 얼굴이라도 내밀면 곧바로 사살할 준비를 해."

그렇지만 대도적은 어둠을 틈타 사형장에 몰래 숨어들어 그날 교수형을 당한 죄인의 밧줄을 끊고 성 안으로 지고 들어왔습니다. 성으로 들어오자 백작 침실에 사다리를 걸치고 자기 어깨 위로 사자를 들어올려 살금살금 올라갔습니다. 그리고 사자의 머리가 창과 닿을락 말락 할 정도까지 올라오자 커튼 뒤에 숨어있던 백작은 순식간에 표적을 겨누어 권총을 쏘았습니다. 그러자 대도적은 곧바로 사체를 던져놓고 서둘러 사다리를 내려가 건물 뒤로 몸을 숨겼습니다. 그날 밤은 마침 환한 달밤으로 낮처럼 밝아 대도적 쪽에서는 백작이 사다리를 내려와 사자를 뜰 쪽으로 옮겨가 그리고 그것을 묻기 위해 구멍을 파기 시작하는 모습이 똑똑히 보였습니다.

"자 잘 되었다!" 하고 도적은 혼잣말을 하고 건물 뒤에서 기어 나오더니 사다리를 타고 올라가 침실로 들어갔습니다.

"이봐, 여보." 하고 도적은 백작의 목소리 음색을 내어 "도적은 죽었다오. 헌데 저자는 그래도 내 제자이기도 하고, 게다가 악한이기는 했지만 특별히 죄인인 셈도 아니고 그의 양친이 제일 불쌍하니 이름이 나오게 하고 싶지는 않아. 그래서 나는 해가 아직 안 떴을 때 뜰 안에 그를 묻고, 이 일이 밖으로 세지 않도록 하고 싶단 말이지. 거기 홑이불을 집어 줘, 그걸로 그의 몸을 감싸 정중하게 묻어주게."

백작 부인은 곧바로 홑이불을 집어 도적 손에 건넸습니다. 그것을 받아들고 도적은 다시 말을 이어갔습니다.

"당신은 알고 있지만 의협심은 내 병이야. 당신 반지를 내게 줘. 이 불운한 녀석은 그 반지 때문에 생명을 버렸으니까. 하다못해 그것이라도 함께 넣어주게."

백작 부인은 백작을 거슬러서는 안 되겠다고 생각했기 때문에 마음은 내키지 않았지만 시키는 대로 반지를 빼서 건넸습니다. 그렇게 도적은 두 개의 현상품을 감쪽같이 손에 넣어 백작이 아직 무덤파기를 끝내지 않은 사이에 무난히 집으로 돌아왔습니다.

다음 날 아침 대도적이 침상의 홑이불과 반지를 가지고 왔을 때의 백작 얼굴은 어떠했을까요!

"너는 마법사다!" 하고 백작이 말했습니다. "너 어떻게 무덤에서 나왔느냐. 나 자신이 묻어준 무덤에서, 그리고 누가 너를 소생시켰느냐?"

"당신이 묻으신 것은 제가 아닙니다." 하고 도적이 말했습니다. "그것은 사형장에서 가져온 죄인입니다."

그렇게 말하고 도적이 상세하게 어젯밤의 일을 설명했기 때문에 백작도 이것은 좀처럼 보통 수단으로는 상대할 수 없는 날렵한 놈이라고 생각하고 혀를 내둘렀습니다.

"하지만 너의 일은 아직 다 끝나지 않았다." 하고 백작이 말했습니다. "세 번째 일이 남아 있다, 그것을 완수하지 않으면 너의 여태까지의 수고도 무효가 된다."

대도적은 웃으며 아무 말도 하지 않았습니다. 그리고 밤이 되자 등에 길죽한 자루를 지고 팔에 보따리를 끼고 손에 초롱을 들고 마을 교회당으로 갔습니다. 자루 속에는 대여섯 마리의 게가 들어있고, 보따리에는 짧은 양초가 대여섯 개 들어있었습니다. 도적은 교회 묘지로 들어서자 우선 자루에서 게를 한 마리 꺼내더니 그 등에 양초 한 자루를 세워 거기에 불을 붙이고 땅바닥에 풀어주고 두 번 세 번 차례차례 같은 일을 반복하여 가져온 모든 게에게 남김없이 양초를 지게 하여 땅바닥을 기어가게 했습니다. 그리고 이번에는 자신도 스님이 입는 듯한 새카만 장삼을 입고 회색 가짜수염을 턱에 붙여 늘어뜨렸습니다. 완전히 모습을 바꾸고 나서는 도적은 게를 담아온 자루를 가지고 회당 안으로 들어가 곧바로 본당 쪽으로 걸어 들어갔습니다.

그때 탑 위의 시계가 12시를 치기 시작했습니다. 그 시계 소리가 끝나자 동시에 대도적은 분명하고 큰 목소리로 이렇게 외쳤습니다.

"너희 죄지은 자는 들어라! 들어라, 들어라! 세상의 종말이 왔도다. 불멸의 날이 다가오나니, 들어라, 들어라! 나와 함께 하늘로 가고자 하는 자는 와서, 이 자루에 들어갈지라. 나는 베드로, 천국의 문을 열고 닫는 자. 보아라 묘지에는 많은 죽은 자 그 뼈를 모아 헤매며 돌아다닌다. 오너라, 오너라, 어서 와 자루에 들어가라. 세상의 종말이 가까워졌느니라."

그러한 목소리가 고요히 잠든 마을 안으로 울려퍼졌습니다. 그렇지만 교회 가까이에 있는 목사와 서기가 가장 먼저 그 설교의 의미를 알아차리고 밖으로 나와 보니 과연 묘지 안으로 이상한 빛나는 것이 헤매고 다니고 있어 이것은 보통 일이 아니란 생각에 교회로 뛰어들어갔습니다.

두 사람은 잠시 설교자의 말소리를 듣고 있다가 끝에 서기는 목사를 팔꿈치로 톡톡 치며 말했습니다.

"이런 좋은 기회를 이용해 불멸의 날이 시작하기 앞서 손쉽게 천국에 갈 수 있다면 이런 달콤한 일은 없지 않습니까."

"아아, 정말이다!" 하고 목사가 대답했습니다. "나도 그리 생각하고 있었다. 자네도 같은 생각이라면 둘이서 얼른 여행을 떠납시다."

"예예!" 하고 서기가 말했습니다. "하지만 자 당신이 먼저, 저도 함께 할 터이니."

그래서 목사가 본당 계단을 올라가 대도적이 입구를 열어 기다리고 있는 자루 속으로 기어들어가자, 그 뒤를 서기도 따라 들어왔습니다. 즉시 도적은 자루 입구를 꽉 묶어 이쪽저쪽으로 흔들면서 계단을 끌고 내려갔습니다. 그러는 동안 자루 속의 두 사람은 몇 번이나 지겨울 정도로 바닥에 머리를 박았습니다. 도적은 안의 두 사람에게 말했습니다.

"아아, 우리들은 지금 산을 넘어가는 것이다!"

회당 밖으로 나오자 역시 똑같이 흔들면서 마을 안을 끌고 지나갔습니다. 그리고 자루가 물웅덩이에 들어가면 "구름에 들어온 것이다."하고 말했습니다. 이윽고 성에 와 성 계단을 끌어올릴 때에 그것을 천국의 문으로 가는 계단이라고 말하고,

"우리는 이제 곧 천국 입구에 도착한다."

라는 말을 들려주었습니다. 드디어 계단 위까지 가자 도적은 자루를 비둘기 사육장 속으로 밀어넣고 비둘기가 그 주변에서 날갯짓을 하자 지금 천사의 날개 소리가 들린다고 말했습니다. 그리고 도적은 비둘기 사육장의 문을 닫고 빗장을 채워놓고 가버렸습니다.

다음 날 아침 대도적은 백작 앞으로 가 세 번째 일도 마쳤습니다, 그리고 목사와 서기를 교회에서 훔쳐냈습니다라고 말했습니다.

"어디에 두고 왔느냐?" 하고 백작이 물었습니다.

"그 사람들은 비둘기 사육장에서 자루 속에서 잠들어 있습니다." 하고 도적이 대답했습니다. "그리고 천국에 왔다고 생각하고 있습니다."

백작은 자신이 비둘기 사육장으로 가 도적이 말한 대로 목사와 서기가 마치 천국에 올라오기나 한 듯 비둘기 사육장 속에 잠들어 있는 것을 보고 두 사람을 자루에서 꺼내주었습니다. 그리고 도적을 향해 말했습니다.

"너는 정말로 대도적이다. 그리고 내기에서 이겼기 때문에 이번은 무사히 돌려보내주지만 하지만 내 영토에는 근처에도 얼씬거리지 않는 게 좋을 거다. 다음에 또 내 가까이에 올 경우에는 더는 목숨이 없다고 생각하고 있거라."

그래서 대도적은 백작 앞에서 물러나 양친에게 작별을 고하고는 그대로 먼 나라로 떠나버려 그 뒤로는 누구도 이 남자 모습을 보았다고 하는 자도, 소문을 들었다고 하는 자도 없었습니다.

마음의 꽃

한국어 번역_박종진 | 원작_작가 미상 | 일본어 번역_후쿠나가 유지(福永友治)
일본어 저본_「心の花」,『おとぎの世界』, 文光堂, 1921.5.

옛날 어떤 곳에 현명한, 그야말로 세상 누구보다 현명하다고 칭송받는 임금님이 있었습니다. 임금님의 나라로 말할 것 같으면 그림으로 그린 것같이 아름답고 진귀한 풍경이 가득 한 나라였지만, 그러나 정말 작은 나라로 성의 높은 곳에서 내려다보면 나라 구석구석까지 다 볼 수 있을 것 같은 좁은 나라였습니다.

그리고 거기 사는 백성은 언제나 아름다운 옷을 입고 놀다가, 일 년 중에 그저 봄과 가을밖에 일하지 않았습니다. 그런데도 신기하게 백성들은 거의 부자고 사치스러워, 가난한 사람은 없다고 해도 좋을 정도로 노는 일만 생각하고 있었습니다. 그래서 거기 백성은 모두 이 나라가 정말로 신께서 내려주신, 누구에게나 자랑할 수 있는 세상에서 가장 자부심을 지닌 국민이라고 믿고 있었습니다. 그래서 다른 나라 일 같은 것은 들으려고 하지 않았습니다. 그리고 백성들은 아직 한 번도 '시험'이라는 것을 만난 적이 없었습니다. 우선 '시험'이 어떤 것인지 몰랐습니다. 그래서 그저 자신이 하는 일은 어떤 일이든 모두 좋다고 생각했고, 또 이

풍족한 나라에서는 누구든 생각하는 대로 이루어졌습니다. 하지만 가장 나쁜 일은 이 나라 사람들은 부자가 가장 뽐낼 수 있는 현명한 사람이라고 생각하는 것이었습니다. 그것이 현명한 임금님을 가장 슬프게 했습니다.

이 작은 나라에도 봄이 왔습니다. 봄이 푸른 바다 위를 건너와 바닷가 숲에 찾아왔나 싶더니, 맑고 투명한 푸른 잎사귀들이 순식간에 나뭇가지에 매달려 태양을 향해 쑥쑥 자라나려고 한꺼번에

힘을 주기 시작했습니다. 작은 새는 봄을 맞은 기쁨에 몸도 마음도 모두 잊고 있는 힘껏 보랏빛 안개 속을 이리저리 날아다녔습니다. 풀꽃은 흐드러지게 피고 백성들도 슬슬 일하기 시작했습니다. 그리고 4월 15일이 오기를 기다렸습니다.

4월 15일은 이 나라에서는 가장 시끌벅적한 날로 해마다 '나라를 찬미하는' 축제가 열리는 날입니다.

백성들은 축제가 점점 다가오자 아주 즐거워하며 거리는 점차 활기에 넘쳤습니다. 그런데 성에서는 여느 해처럼 새로운 집을 특별히 짓지도 않고 아주 조용하기만 했기 때문에 백성들은 갑자기 걱정되기 시작해서 어디서든 그 일로 요란하게 떠들어댔습니다.

그러나 4월 10일 아침에 백성들이 일어나 보니 여기저기 나무판이 세워져 있고, 거기에는 다음과 같이 쓰인 것을 보았습니다.

"올해의 축제는 임금님의 명령으로 그만두기로 했습니다. 그 대신 15일에는 신께서 임금님에게 내려주신 '마음의 꽃'이라는 꽃씨를 온 국민에게 나누어주게 되었습니다. 이 씨는 기묘한 씨앗으로 마음이 깨끗하고 정직한 사람이 아니면 아무리 열심히 키워도 나쁜 꽃밖에 피지 않습니다. 그 대신 정직한 사람이 기르면 그만큼 아름다운 꽃이 핍니다. 그러나 이 꽃이 피는 것은 씨를 뿌린 날로부터 정확히 일 년이 지난 내년 4월 15일 아침입니다. 그날 임금님께서 온 나라를 다니시며 가장 아름다운 꽃을 피운 자에게 십만 엔을 상금으로 주실 것입니다. 그러니 한 사람도 지지 말고 아름다운 꽃을 피워주십시오. 단, 씨앗은 15일 아침부터 나누어줄테니 씨를 뿌리는 것은 15일 밤에 해주십시오."

백성들은 총리대신 사타라가 내린 이 알림에 깜짝 놀라서 술렁대기 시작했고, '마음의 꽃' 이야기는 화살처럼 온 나라 안을 달렸습니다.

여기 부유한 백성들 가운데 오직 하나 가난한 집이 있었습니다. 어머니와 말링이라는 소년 단둘이서, 깔끔한 집이 줄지어 서 있는 마을 끝에 처마도 썩어버린 다 쓰러져가는 종이짝 같은 집에서 살고 있었습니다. 그리고 어머니는 오랫동안 병으로 힘들어하고 있지만, 아무래도 열세 살이 된 말링이 일하는 것 말고는 딱히 돈 들어올 길이 없었기 때문에 생활이라는 것이 참으로 비참했습니다. 가련한 말링은 불행과 가난과 괴로움에 익숙해져서 온순하고 불평도 없이 아침 일찍부터 일어나 어머니를 위해서 일했습니다.

마침 15일 해질 무렵이었습니다. 말링은 오랜만에 다 팔린 꽃바구니를 어깨에 걸치고 사랑하는 강변으로 왔습니다. 아름다운 물은 꿈처럼 흐르고, 꽃잎이 반절쯤 젖어가면서 물 위로 저 멀리 사라져 가는 것을 바라보면서 돌아가신 아버지와 정 깊은 누나를 생각했습니다. 그러다가 그만 참을 수 없이 슬퍼져서 양털처럼 부드러운 어린 풀 위에 쓰러져 울음을 터뜨렸습니다.

잠시 후 누군가 자신의 어깨를 치는 사람이 있어서 일어나 보니, 그곳에는 많은 병사들이 서 있었는데 그 가운데 한 명이 말링에게 작은 씨앗을 한 알 주었습니다. 말링은 깜짝 놀랐지만, 그제서야 이 씨앗이 '마음의 꽃' 씨라는 것을 알아차렸습니다.

많은 병사들은 강변에서 그리 멀지 않은 성으로 돌아갔습니다. 말링은 그것을 멍하니 바라보다가 주위가 어둑어둑해진 것을 느끼고 서둘러 집으로 돌아갔습니다.

그날 밤 말링은 '마음의 꽃' 씨를 초라한 상자에 흙을 넣고 심었습니다.

※   ※   ※   ※

어느덧 봄이 숲을 빠져나가 산 너머 저쪽에서 멀고 먼 지구 끝으로 달아나고, 나이팅게일을 데리고 여름이 찾아왔습니다.

백성들은 너나 할 것 없이 하던 일을 그만두고, 어떻게 놀면 좋을지만 생각했습니다. 그리고 봄날 밤에 심은 '마음의 꽃' 이야기는 날마다 온 나라 사람들 입에서 시끄러울 정도로 나왔습니다.

갑 "당신 집에서는 싹이 났습니까?"
을 "나고말고요. 아주아주 멋진 수정 같은 싹이 났습니다. 헌데 댁에는⋯⋯"
갑 "우리 집에는 다이아몬드처럼 빛나는 싹이 났습니다."
을 "그것 참 대단하네요."

이런 대화가 끝없이 이어졌습니다.

하지만 다른 사람 집에 '마음의 꽃' 싹이 난 것을 본 사람은 아무도 없었습니다. 다들 남에게 보여주기를 꺼리는 듯했습니다.

가난한 말링은 여름이 되어 타는 듯한 날이 며칠이나 이어져도 일을 해야만 했습니다. 다 떨어진 옷을 입은 말링은 혼자서 어떤 날은 야채를 팔고 어떤 날은 꽃을 팔며 온 마을을 다녔습니다. 불행한 말링은 사람들에게 업신여김을 당하고 있었습니다.

말링 역시 운동을 좋아하는 소년입니다. 다른 소년들처럼 푸른 나무 그늘 아래 해먹에 누워 책도 읽고 싶었습니다. 마음껏 물놀이도 하고 싶었습니다. 하지만 병든 어머니를 생각하면 그런 생각할 겨를도 없고, 일해서 돈을 모아 좋은 약을 사서 어머니에게 먹여야 한다고 스스로 용기를 북돋았습니다. 어린 말링은 부지런히 일했습니다. 그러면서 임금님께 받은 '마음의 꽃'에는 날마다 물을 주기도 하고 햇빛에 내놓기도 하면서 정성껏 길렀지만 어찌된 일인지 아무리 해도 말링의 상자에서는 수정 같은 싹은 커녕 지푸라기 같은 싹도 나오지 않았습니다.

말링은 실망하고 말았습니다. 이제 물도 그만 줄까 생각하다가도 어디까지나 충실한 말링은 더욱더 정성 들여 길렀습니다.

그 해도 점점 저물어 한 해를 보내는 화톳불이 밤의 세상을 물들이는가 싶더니 어느새 새로운 해가 되고, 사람들이 일을 시작하나 했더니 4월 15일이 되었습니다.

그날은 구름 한 점 없이 맑게 개이고 작은 나라 안은 떠들썩했습니다. 집집마다 반짝반짝할 정도로 아름답게 꾸미고 처마 밑 테이블 위에 화분이 놓여 있었습니다.

아침 8시경에 성에서 시작을 알리는 종소리가 온 나라에 울려 퍼졌습니다. 백성들은 펄쩍펄쩍 뛰었습니다.

임금님은 꽃으로 꾸민 마차를 타시고 백마 두 마리가 그것을 끌게 되었습니다. 마차 뒤에는 '마음의 꽃'을 조사할 총리대신 사타라가 새까만 말에 올라타고 그 뒤에는 십만 엔을 넣은 새빨간 상자를 실은 말 두 마리가 있고, 많은 신하들이 줄지어 있었습니다.

행렬은 성안에서 나와 긴 숲속을 지나갔습니다. 따사로운 햇살은 나무 사이에서 반짝반짝 임금님의 마차에 쏟아지고 있었습니다.

잠시 후 행렬은 마을로 접어들었습니다. 백성들은 임금님의 마차가 보이자 만세, 만세라고 외쳤습니다.

드디어 사라타가 '마음의 꽃'을 조사하기 시작했습니다. 임금님은 그것을 마차에서 지켜보셨습니다. 집집마다 화분에는 본 적도 없는 것 같은 온갖 꽃이 피어 있었습니다. 백성들은 하나같이 '우리 집이야말로 십만 엔을 받을 수 있겠지'라고 생각하고 있었습니다. 그런데 사타라는 꽃을 보고는 제대로 조사하려고도⋯⋯또 보려고도 하지 않고 빠르게 지나갔습니다. 그래서 백성들이 깜짝 놀라서

병　　　"저기, 대신님 우리 집 꽃이야말로 다른 집보다 백배는 좋을
　　　　 것입니다. 제대로 봐주십시오."
사타라 "아아, 잘 보았네, 봤어. 멋진 꽃이군."
병　　　"십만 엔을 받을 수 있겠지요?"
사타라 "한 푼도 안 되네."

사타라는 이렇게 말하고 나는 듯이 돌아다녔습니다. 거기에는 모든 집에 꿈같은 꽃이 있었습니다. 많은 신하들은 그 아름다운 꽃에 눈을 크게 뜨고 놀랐습니다. 하지만 임금님의 얼굴은 점점 어두워지고 이상하게 가라앉았습니다. 신하들은 그 이유를 알 수 없었습니다. 그것을 아는 사람은 사타라뿐이었습니다. 마차는 나는 듯이 달려 나갔습니다. 이제는 꽃 같은 건 보려고도 하지 않았습니다.

십만 엔을 실은 말의 목에 달린 방울이 짤랑짤랑 울렸습니다. 행렬은 좁은 나라의 구석까지 갔고, 실망한 임금님이 탄 마차는 오후 여섯시 무

렵 가난한 말링의 집 앞에 다다랐습니다.

보니 다 쓰러져가는 처마 아래 불쌍한 소년이 울고 있었습니다. 사타라는 그것을 보고 말 위에서 말을 걸었습니다.

"울고 있는 소년아, 왜 울고 있느냐?"

실망한 사타라의 목소리는 이미 어두웠습니다. 그때 말링은 눈을 비비고 있던 오른손으로 곁에 있는 초라한 상자를 가리켰습니다. 그것을 본 사타라는 말에서 뛰어내려 말링에게 다가왔습니다.

"울지마라 소년아, 이 상자는 무엇이냐?"

사타라는 숨을 삼키며 물었습니다. 말링은 쓸쓸하게 떨면서

"용서해주십시오. 저는 다른 사람들처럼 훌륭한 마음이 없는 것이겠지요, 열심히 길렀지만 '마음의 꽃'은 싹도 나지 않습니다."

사타라는 갑자기 기운이 났습니다.

"임금님…… 기뻐하십시오. '마음의 꽃' 주인은 여기에 있습니다. 사랑스러운, 소년입니다."

사타라의 말을 다 듣기도 전에 임금님은 마차에서 뛰어내려 말링 곁으로 성큼성큼 걸어오셨습니다. 말링은 임금님을 보자마자 무릎을 꿇었습니다.

"소년아, 네 이름은 무엇이냐?"

말링은 임금님의 구슬 같은 목소리에 깜짝 놀랐으나 씩씩하게 대답하였습니다.

"저는 말링이라고 합니다."

"그러냐 말링! 아아, 실망한 내 마음을 이제야 기운 차리게 해주었다. 자, 너에게 십만 엔을 주겠다."

임금님은 신하에게 명을 내려 붉은 상자를 가져오게 했습니다. 말링은 뭐가 뭔지 알 수 없어서 깜짝 놀랐습니다.

"임금님, 아닙니다, 아니에요. 이 상자 안을 보십시오. '마음의 꽃'은

피지 않았습니다. 상금을 받을 이유가 없어요. 다른 분들 집에는 멋진 꽃이 피었습니다."

임금님은 기쁨이 가득한 얼굴에 살짝 미소를 지으셨습니다.

"말링아, 틀리지 않았다. 꽃이 피지 않는 것이 진짜란다."

말링은 더욱더 놀라고 말았습니다.

"잘 모르겠습니다."

임금님은 말링의 머리에 다정하게 손을 얹고 말을 이어가셨습니다.

"말링아, 저 '마음의 꽃' 씨앗은 절대 피지 않는다. 저건 쇳가루로 만든 것이니, 네가 아무리 물을 주어 기른다고 해서 뭐가 나겠느냐?"

"그런데 임금님, 다른 분들의 집에는 모두 피었습니다."

말링은 이상하다는 듯이 물었습니다. 임금님께서는 웃으셨습니다. 사타라도 웃었습니다.

"다른 사람들은 돈에 욕심이 나서 진귀한 꽃을 화분에 심고 '마음의 꽃'이라고 하면서 나를 속이려 했다. 하지만 말링아, 마음이 더러운 자에게는 내가 준 '마음의 꽃'은 피지 않는다. 정직하고 맑은 너에게는, 이 지저분한 상자에는 꽃이 피지 않아도, 마음속에 세상에서 가장 아름다운 꽃이 피었구나. 그것은 꽃을 피운 네게는 보이지 않아도 신의 눈에는 잘 보인단다. 그리고 깨끗한 사람들 눈에도 잘 보인다. 나는 지금 그 꽃을 볼 수 있었다. 귀여운 말링아, 정직한 소년아, 너는 더욱더 마음이 깨끗한 소년이 되어야 한다. 마음이 더러운 자나 돈만 탐내는 사람들이 남 앞에서 아무리 똑똑한 척 말을 해봐도 그것은 벌레보다 허약하고 티끌보다 가벼운 것이다. 신께서는 잘 알고 계신다. 그런 자에게는 즉시 '시험'을 내리시지. 그러면 바로 가면이 벗겨져 버린다. 그러나 마음이 맑고 정직해서 돈 때문에 일하지 않고 신 앞에서 일하는 자는, 만약 신께서 '시험'을 주시더라도 '시험'을 받을 때마다 마음이 빛나고 점점 더 마음에 꽃이 피어 신에게 사랑받는 훌륭한 사람이 되는 것이지. 이 나라 사람들은 오로지 돈 때문에 일하고 신을 위해서 일하려 하지 않으니 ……이번 같은 일이 있으면 평소의 더러운 마음이 바로 드러나 거짓말쟁이가 되고 말지. 그런 것에는 결코 기쁨이 없다. 사랑스러운 말링아, 잊어서는 안 된다. '마음의 꽃'을 키우는 일을 잊어버리면 안 된다. 자, 이 돈을 받거라."

말링은 눈물을 뚝뚝 떨구며 무릎을 꿇고 있었습니다. 임금님께서는 아주 기뻐하면서 사라타와 함께 성으로 돌아갔습니다.

온 나라 사람들은 모두 후회했습니다. 부끄러움을 느꼈습니다. '시험' 이라는 것을 알았습니다. 사람은 바르게 살아가야 한다는 것을 알았습니다.

박종진 연세대학교 젠더연구소 학술연구교수. 아동문학평론가, 번역가. 저서로『어린이를 기다리는 동무에게』(공저), 번역서『시와 동요의 표현세계―마도 미치오의 삶과 작품 세계』등이 있다.

꽃 속의 작은이

한국어 번역_박종진 | 원작_안데르센 | 일본어 번역_하마다 히로스케(浜田広介)
일본어 저본_「薔薇の小人」,『童話』, コドモ社, 1921.10.

정원에 장미꽃 덤불이 있었습니다. 꽃이 한가득 피어 있습니다. 그 가운데 가장 아름다운 꽃 속에 작은이 하나가 살았습니다. 겨자씨보다도 더욱더 작았기 때문에 인간 눈에는 보이지 않았습니다. 모든 꽃잎 그늘에는 작은이의 침대가 붙어 있었습니다. 작은이는 어떤 예쁜 아이에게도 지지 않을 정도로 아름다웠습니다. 어깨에 달린 날개는 발밑에까지 닿았습니다. 방 안에는 꽃향기가 물씬물씬 풍겼습니다. 벽도 반짝반짝 빛났습니다. 벽이란 벽은 온통 연분홍빛 꽃잎으로 만들어졌기 때문이지요.

온종일 따뜻한 햇빛을 받으면서 작은이는 날개를 나풀거리며 꽃에서 꽃으로 날아다녔습니다. 하지만 그저 한 장의 꽃잎에 있는 큰길이나 사거리를 가는 데에도 작은이는 시간이 걸렸습니다. 우리는 꽃잎의 가느다란 줄기를 잎맥이라고 하는데 그건 작은이의 큰길이나 사거리였습니다. 정말 그것은 작은이에게는 길고 긴 길이었습니다. 어쩐 일인지 가려던 곳까지 가지 못한 사이에 해가 지고 말았습니다. 이렇게 되면 늦어서

아무것도 할 수 없습니다.

몹시 추워지고 이슬이 내리더니 바람이 불어왔습니다. 이제는 집으로 돌아갈 수밖에 없습니다. 그리고 그것이 가장 좋은 방법이었습니다. 서둘러서 집으로 돌아왔습니다. 그런데 꽃은 저절로 꽃잎이 닫혀버려 들어갈 수 없었습니다. 열려 있는 꽃이라고는 하나도 없었습니다. 작은이는 그만 어쩔 줄을 몰랐습니다. 지금까지 밤중에 밖에 나와 있던 적은 없습니다. 언제나 따듯한 꽃잎 그늘의 침대에서 새근새근 잠을 잤습니다.

작은이는 정말로 곤란해졌습니다. 이제 죽을 수밖에 없을지도 모르겠습니다.

정원 건너 한편에 인동덩굴 나무 한 그루가 있습니다. 작은이는 그것을 알고 있었습니다. 그 나무의 꽃은 아름다운 뿔피리 모양이었습니다. 작은이는 그 꽃 가운데 어딘가에 들어가 내일까지 자야겠다 싶어서 거기까지 날아갔습니다.

어! 사람이 있네—젊은이와 아가씨. 두 사람은 앉아 있었습니다. 둘은 언제까지든 사이좋게 지내자고 생각했습니다. 젊은이는 아가씨를 무척 좋아했습니다. 아가씨도 젊은이를 무척 좋아했습니다.

"그렇지만 헤어지지 않으면 안 돼."라고 젊은이는 말했습니다. "왜냐면 당신 오빠는 날 좋아하지 않으니까. 그래서 내게 여행을 떠나라고 하지. 산 넘고 바다 건너 멀리 멀리가는 여행을 말이야. 그래도 어쩔 수 없지…… 건강하게 잘 지내."

아가씨는 울면서 장미 한 송이를 젊은이에게 주었습니다. 그것을 주면서 아가씨는 붉은 입술로 꽃에 입을 맞추었습니다.

꽃은 활짝 피어 있었습니다. 작은이는 꽃 속으로 훌쩍 날아 들어갔습니다. 그리고 향기로운 꽃잎에 머리를 기대었습니다. "안녕." "안녕." 하는 소리가 양쪽에서 분명하게 들렸습니다. 작은이는 꽃이 젊은이의 가슴에 놓인 것을 알았습니다. 아! 얼마나 젊은이의 가슴이 뛰는지 쿵쾅쿵쾅하고 크게 울려서 작은이는 도저히 잠을 잘 수 없었습니다.

하지만 금세 가슴은 고요해졌습니다. 젊은이는 가슴의 꽃을 손에 들고 숲속을 혼자서 걸어갔습니다. 가면서 몇 번이나 꽃에 입을 맞추었습니다. 너무 세게 누르는 바람에 안에 있던 작은이는 납작해질 것 같았습니다. 젊은이의 입술은 불처럼 달아올라 있었습니다. 열기가 옮겨와 꽃잎은 뜨거워졌습니다. 꽃이 활짝 벌어져 마치 한여름 대낮의 햇볕이 비추는 것 같았습니다.

그때 별안간 심술 맞게 생긴 남자가 나타났습니다. 그 사람은 아가씨의 오빠였습니다. 오빠는 날카로운 나이프를 뽑아 들더니 젊은이가 꽃에 입술을 대고 있을 때 달려들어 찔러 죽였습니다. 젊은이는 쓰러졌습니다. 악한은 젊은이의 머리를 잘라낸 뒤, 머리와 몸통을 연밥피나무 밑에 묻었습니다.

"이렇게 해버리면 모르겠지." 악한은 생각했습니다. "이제 다시는 못 돌아와. …… 녀석, 흐흥 인간 따위 별것 없네. 이렇게 쉽게 당했잖아."

다 묻고는 악한은 땅 위에 마른 잎을 덮은 다음 그것을 발로 흩뜨렸습니다. 그리고 깜깜한 숲속을 돌아갔습니다. 아무도 보지 않았습니다.

하지만 혼자 돌아간 것이 아니었습니다. 또 한 사람이 같이 돌아갔습니다. 그것은 작은이였습니다. 젊은이의 시체를 묻으려고 악한이 구덩이를 파고 있을 때 연밥피나무의 마른 잎 한 장이 팔랑팔랑 떨어져 악한의 머리카락에 달라붙었습니다. 장미꽃에서 빠져나온 작은이는 그 마른 잎으로 몸을 감싸고 있었습니다. 악한이 마른 잎을 머리에 붙인 채 벗어둔 모자를 썼기 때문에 모자 속은 깜깜해졌습니다. 작은이는 소름이 끼치고 몸이 떨렸습니다. 동시에 그렇게 사람을 죽인 악한을 미워했습니다.

집에 도착하자 악한은 모자를 벗고 여동생이 자는 방에 가보았습니다. 동생은 젊은이의 꿈을 꾸면서 잠들어 있었습니다. 지금쯤 젊은이는 산을 넘고 숲을 지나 점점 멀리 가고 있을 것이라고 아가씨는 그렇게만 생각하고 있었습니다. 악한은 동생의 자는 얼굴을 가만히 들여다보고 씩 웃었습니다. 마치 악마가 웃는 것 같았습니다. 마침 그때 머리에 있던 마른 잎이 팔랑팔랑 이불 위에 떨어졌습니다. 하지만 악한은 그것을 몰랐습니다. 그리고 한숨 자야겠다고 방에서 나갔습니다.

작은이는 마른 잎에서 기어 나와 잠들어 있는 아가씨의 귓구멍으로 들어갔습니다. 그리고 마치 꿈속에서 속삭이는 것처럼 살인의 모습을 이야기했습니다. 젊은이가 누구에게 죽었는지, 어떻게 묻혔는지를 이야기하였습니다. 묻힌 곳에는 연밥피나무가 서 있다는 것을 말했습니다. 그리고 끝으로 이렇게 말했습니다.

"이 일은 사실이에요. 꿈이라고 여기면 안 됩니다. 그 증거로 눈을 뜨면 이불 위에 마른 잎이 떨어져 있을 거예요."

잠에서 깨어 아가씨는 마른 잎 한 장을 보았습니다. 아가씨는 슬퍼서 슬퍼서 눈물을 흘리고만 있었습니다. 방의 창은 아침부터 밤까지 내내 열린 채로 있었습니다. 작은이는 아무 어려움 없이 장미꽃이나 그 밖의 온갖 꽃으로 날아갈 수 있었지만, 아가씨가 딱해서 곁에서 떠날 수 없었습니다. 창 옆에 꽃이 서너송이 피어 있는 장미 화분이 있어서 작은이는 그 꽃 중 하나로 들어가 가여운 아가씨를 보고 있었습니다. 아가씨의 오빠는 자꾸만 아가씨의 방을 들여다보러 왔습니다. 사람을 죽여놓고 아주 신나고 즐거운 듯이 보였습니다. 그러나 아가씨는 한마디도 하지 않았습니다.

밤이 되기를 기다렸다가 아가씨는 몰래 집에서 빠져나와 숲으로 갔습니다. 연밥피나무가 있는 곳에 이르러 아가씨는 마른 잎을 헤치고 땅을 팠습니다. 아아! 살해된 젊은이가 나타났습니다. 아가씨는 울었습니다. 울고 또 울며 자기도 죽게 해달라고, 제발 그렇게 되기를 기도했습니다.

그 가련한 시체를 집까지 가지고 갈 수 없었습니다. 갖고 가고 싶었지만 그럴 수 없었습니다. 젊은이의 눈은 이미 감겨버렸습니다. 아가씨는 머리를 손에 들고 젊은이의 아름다운 머리카락에 묻은 흙을 털어주었습니다.

"이것만 가져가자." 아가씨는 중얼거렸습니다. 시체를 정중히 다시 묻은 뒤 머리를 품에 안고, 숲의 재스민 가지 하나를 꺾어서 돌아왔습니다.

방으로 들어가서 아가씨는 가장 큰 꽃병을 꺼내고 그 속에 죽은 이의 머리를 넣었습니다. 그리고 흙을 뿌리고 재스민 가지를 꽂았습니다.

"안녕! 안녕!" 조그만 작은이는 속삭였습니다. 아가씨의 가련한 몸짓을 보고 있을 수 없어서, 마침내 작은이는 정원에 있는 자기 장미로 날아갔습니다.

하지만 장미꽃은 모두 색이 바래버렸습니다. 꽃이 지기 시작해서 네, 다섯 장의 꽃잎이 덤불 잎사귀에 쓸쓸하게 붙어있었습니다.

"아아, 왜 좋은 것이나 아름다운 것은 이렇게 일찍 사라져 버릴까!"라면서 작은이는 한숨을 내쉬었습니다.

결국 작은이는 다른 장미에서 살 곳을 찾았습니다. 그리고 반짝반짝하는 꽃잎 그늘에 숨어서 살았습니다.

아침마다 작은이는 가련한 아가씨의 창으로 날아갔습니다. 아가씨는 늘 꽃병 옆에 서서 울고 있었습니다. 눈물이 쉴 새 없이 흘러 재스민 가지를 적셨습니다. 이렇게 날마다 울고 있었습니다. 아가씨는 점점 창백해졌습니다. 이와는 반대로 재스민 가지는 점점 기운을 얻어 싱싱해졌습니다. 얼마 후 파란 싹이 나오더니 하얗고 작은 꽃봉오리가 몇 개 맺혔습니다. 아가씨는 거기에 가만히 입을 맞추었습니다. 나쁜 오빠는 그것을 보고 웃고 있었습니다. '동생은 미친 것이 아닐까.──이상한 짓을 하고 있네.'라고 생각했습니다.

동생이 하는 짓이 바보 같아서 견딜 수 없었습니다. 왜 늘 울고만 있는 것일까, 눈물을 꽃병에 떨구는 것은 무슨 짓일까. 아무리 생각해도 알 수 없었습니다. 나쁜 오빠는 꽃병 속에서 감긴 눈과 붉은 입술이 점점 썩어간다는 것을 몰랐습니다.

그러던 어느 날, 아가씨는 꽃병에 머리를 기대었습니다. 장미꽃 작은이는 아가씨가 머리를 기댄 채 깜빡깜빡 잠에 빠져드는 것을 발견했습니다. 작은이는 아가씨의 귓구멍으로 들어가서, 어느 날 밤 인동덩굴 나무 아래에서 젊은이와 나누었던 말들, 그때 준 장미꽃이 향기로웠던 일, 그런 말을 속삭였습니다. 아가씨는 말을 듣는 사이에 황홀해져서 그대로 깊은 꿈속으로 빠져들었습니다. 아가씨의 영혼은 이 세상에서 점점 멀어져갔습니다. 아가씨는 조용히 숨을 거두었습니다. 그리고 젊은이와 함께 천국으로 갔습니다.

재스민 꽃봉오리는 부풀어 오르더니 어느새 하얗고 커다란 꽃이 되었습니다. 꽃은 향기를 물씬 풍겼습니다. 하지만 울면서 눈물을 쏟던 사람은 이제 이 세상에 없었습니다.

나쁜 오빠는 그 아름다운 꽃을 보고, 이건 여동생의 멋진 유품이라고 생각했습니다. 바로 자기 방에 가져가 머리맡에 두었습니다. 그렇게 해두면 언제나 꽃을 볼 수 있고 향기를 맡을 수 있기 때문이었습니다.

장미꽃 작은이는 꽃병의 꽃에서 꽃으로 이리저리 날아다녔습니다. 그러자 어느 꽃에도 작고 작은 꽃의 정령들이 살고 있었습니다. 장미꽃 작은이는 꽃의 정령들에게 살해된 젊은이에 대한 일, 머리가 화병에 묻혀 있는 일이며, 나쁜 오빠의 일, 여동생인 가련한 아가씨의 일을 이야기했습니다.

"알아요."라고 꽃의 정령들은 말했습니다. "잘 알고 있어요. 우리 꽃들은 전부 그 머리의 눈이나 입에서 돋아난걸요. 알고말고요."

그리고 꽃의 정령들은 머리를 맞대고 소곤소곤 속삭이기도 하고 서로 고개를 끄덕이기도 했습니다. 무슨 일인지 작은이는 알 수 없었습니다. 작은이는 다음으로 꽃의 꿀을 모으고 있는 벌에게 날아갔습니다. 그리고 사람을 죽인 악한에 대해 말했습니다. 벌들은 그것을 여왕벌에게 이야기했습니다. 여왕벌은 크게 노하여 그런 악한은 내일 아침 죽여버리라고 명령했습니다.

하지만 그날 밤에——마침 아가씨가 죽은 날 밤이었습니다——악한은 잠자리에 들어 잠이 들었습니다. 재스민꽃은 머리맡에서 향기를 뿜고 있었습니다. 모든 꽃이 활짝 피어 있었습니다. 그런데 꽃 속에서 눈에는 보이지 않지만, 창을 든 꽃의 정령들이 쏟아져 나왔습니다. 창끝에는 모두 독이 묻어 있었습니다. 꽃의 정령들은 줄줄이 악한의 귓구멍으로 들어가 악한이 가위눌릴 것 같은 기분 나쁜 말을 속삭였습니다. 그리고 모두 날아올라 입술로 가서 각자 창을 들어 악한의 혀를 콕콕 찔렀습니다. "꼴 좋다! 꼴 좋아!"라고 꽃의 정령들은 말하면서 재스민의 하얀 꽃 속으로 다시 들어가 버렸습니다.

날이 밝고 방의 창문이 열렸습니다. 장미꽃 작은이와 여왕벌, 그리고 수하의 벌들이 붕붕거리며 창을 향해 날아왔습니다.

그런데 악한은 죽어 있었습니다. 사람들이 침대 주위에 서 있고, "재스민 향기에 죽었나봐——향이 너무 강하니까."라고 말했습니다.

장미꽃 작은이는 그것을 보고 꽃의 정령들이 원수를 갚았다고 알아차렸습니다. 그리고 그 일을 여왕벌과 벌들에게 알렸습니다. 여왕벌과 벌들은 붕붕거리며 꽃병 주위를 돌며 날아다녔습니다. 사람들은 벌들을 쫓았습니다. 그렇지만 한 마리도 도망가지 않았습니다. 남자 하나가 꽃병을 방 밖으로 들고 나갔습니다. 벌 한 마리가 남자의 손을 쏘았습니다. 너무 아파서 남자는 손을 놓았습니다. 병은 휙 떨어져 산산조각이 났습니다.

안에서 하얀 해골이 나타났습니다. 사람들은 그제서야 침대에서 죽은 이가 살인자라는 것을 알았습니다.

여왕벌은 공중에서 붕붕 소리를 내면서 악한은 벌을 받는다는 벌의 노래를 불렀습니다. 그리고 악한은 벌을 받는다는 작은이의 노래를 불렀습니다. 작고 작은 꽃잎 그늘에는 나쁜 짓을 파헤치는 이가 있어서 복수를 한다고 노래했습니다.

『사랑의 선물』 연구 목록

홍은성, 「금년소년문예개평 (1)」, 『조선일보』 1928.10.28.

이헌구, 「머리말」, 『사랑의 선물』, 신향사, 1953.

정홍교, 「소파 선생과 『사랑의 선물』과 나」, 『사랑의 선물』, 신향사, 1953.

김을한, 「소파의 소년운동―그는 또 대 저널리스트였다 (1)」, 『조선일보』 1957.5.3.

강소천, 「살아갈 길 열어준 『사랑의 선물』」, 『조선일보』, 1961.10.22.

구건서(기자), 「흘러간 만인의 사조: 베스트셀러―방정환 편, 『사랑의 선물』, 『경향신문』, 1973.5.5.

김병익(기자), 「문단 반세기(16)-소파와 아동문학」, 『동아일보』 1973.5.5.

이재철, 『한국현대아동문학사』, 일지사, 1978.

이재철, 「방정환」, 『세계아동문학사전』, 계몽사, 1989.

남미영, 「문학의 측면에서 본 작가 방정환」, 『아동권리연구』 3-2, 한국아동권리학회, 1999.1.

仲村修, 「方定煥研究序論―東京時代を中心に」, 『青丘學術論集』 14, 韓國文化研究振興財團, 1999.3 ; 仲村修, 「방정환 연구 서론―도쿄 시대를 중심으로」, 『어린이문학』 4, 한국어린이문학협의회, 2000.4

염희경, 「방정환 번안 동화의 아동문학사적인 의미」, 『아침햇살』 17, 도서출판 아침햇살, 1999. 봄호

염희경, 「소파 방정환과 사회주의」, 『아침햇살』 22, 도서출판 아침햇살, 2000. 여름호

大竹聖美, 「두 사람의 소파(小波)—이와야 사자나미(巖谷小波)와 方定煥」, 『아동문학평론』 26-1, 아동문학평론사, 2001.3.

이기훈, 「1920년대 '어린이'의 형성과 동화」, 『역사문제연구』 8, 역사문제연구소, 2002.6 ; 이기훈, 「1920년대 '어린이'의 형성과 방정환의 소년운동」, 『방정환과 '어린이'의 시대』, 청동거울, 2017.

조은숙, 「방정환과 '어린이', 해방과 발견 사이」, 『비평』 10, ㈜생각의나무, 2002.12.

민윤식, 『청년아, 너희가 시대를 아느냐』, 중앙M&B, 2003.; 민윤식, 『소파 방정환 평전—문화를 사랑한 어린이 인권운동가』, 스타북스, 2014.5.5 ; 민윤식, 『어린이 인권운동가 소파 방정환—기발한 기획과 초대형 행사를 이끈 문화혁명가』, 스타북스, 2021.5.5

염희경 해설, 『사랑의 선물—방정환 번안 동화집』, 우리교육, 2003.

정선태, 「근대의 발명 '어린이 신화'」, 『한겨레 21』, 한겨레신문사, 2003.12 ; 정선태, 「'공주들'과 '왕자들'의 시대—방정환의 동화 번역」, 『시작을 위한 에필로그』, 케포이북스, 2009.4.

李姃炫, 「方定煥の兒童文學 飜譯童話—『オリニ』誌と『サランエソンムル(愛の贈り物)』を中心に」, 大阪大學 大學院言語文化研究科修士論文, 2004.

이재복, 『우리 동화 이야기』, 우리교육, 2004.

이상금, 『소파 방정환의 생애—사랑의 선물』, 한림출판사, 2005.

박현수, 「산드룡, 재투생이王妃, 그리고 신데렐라—한국 근대 번역동화의 정전 형성과 그 의미」, 『상허학보』 16, 상허학회, 2006.2

박지영, 「1920년대 '책광고'를 통해서 본 베스트셀러의 운명-미적 취향의 계열화와 문학사의 배제」, 『대동문화연구』 53, 성균관대 대동문화연구원, 2006.3.

이재철, 「아동문화의 개화와 아동문학의 씨를 뿌린 선구자」, 『어린이 찬미(외)』,

범우, 2006.

李姃炫, 「方定煥の飜譯童話と『新譯繪入模範家庭文庫』」, 『일본근대학연구』16, 한국일본근대학회, 2007.5 ; 李姃炫, 「方定煥の飜譯童話硏究―『サランエソンムル(사랑의 선물)』を中心に」, 大阪大學 大學院 博士學位論文, 2008.

오세란, 「『어린이』지 번역동화 연구」, 충남대 석사학위논문, 2007.

李姃炫, 「方定煥の飜譯童話と『金の船』」, 『일본문화연구』22, 동아시아일본학회, 2007.4 ; 李姃炫, 「方定煥の飜譯童話硏究―『サランエソンムル(사랑의 선물)』を中心に」, 大阪大學 大學院 博士學位論文, 2008.

염희경, 「민족주의의 내면화와 '전래동화'의 모델 찾기―방정환의 『사랑의 선물』에 대하여(2)」, 『한국학연구』16, 인하대 한국학연구소, 2007.5 ; 염희경, 「소파 방정환 연구」, 인하대 박사학위논문, 2007 ; 염희경, 『소파 방정환과 근대 아동문학』, 경진출판, 2014.

염희경, 「'네이션'을 상상한 번역 동화―방정환의 『사랑의 선물』에 대하여(1)」, 『동화와 번역』13, 건국대 동화와번역연구소, 2007.6 ; 염희경, 「소파 방정환 연구」, 인하대 박사학위논문, 2007 ; 염희경, 『소파 방정환과 근대 아동문학』, 경진출판, 2014.

이정현, 「방정환의 그림동화 번역본에 관한 연구―「잠자는왕녀」와 「텬당가는길」을 중심으로」, 『어린이 문학교육 연구』9-1, 한국어린이문학교육학회, 2008.6 ; 李姃炫, 「方定煥の飜譯童話硏究―『サランエソンムル(사랑의 선물)』を中心に」, 大阪大學 大學院 博士學位論文, 2008.

이정현, 「方定煥の飜譯童話の一考察―『おとぎの世界』・『童話』からの飜譯作品との關係をめぐって」, 『일본근대학연구』21, 한국일본근대학회, 2008.8 ; 李姃炫, 「方定煥の飜譯童話硏究―『サランエソンムル(사랑의 선물)』を中心に」, 大阪大學 大學院 博士學位論文, 2008.

李姃炫, 「方定煥の飜譯童話硏究―『サランエソンムル(사랑의 선물)』を中心に」, 大阪大學 大學院 博士學位論文, 2008.

李姃炫, 「巖谷小波の「お伽噺」から方定煥の「近代童話」へ―方定煥の飜譯童話「妖術王アア」の比較考察」, 『梅花兒童文學』18, 梅花女子大學 大學院兒童文

學會, 2010.11.

김미정·임재택,「소파 방정환에 의해 재창조된 번안동화의 작품세계―『사랑의
　　선물』을 중심으로」,『어린이 문학교육 연구』11-2, 한국어린이문학교육
　　학회, 2010.12.

金志暎,「方定煥と翻訳童話「王子と燕」」,『比較文学』54, 日本比較文学会, 2012.3.

염희경,「일제 강점기 번역·번안 동화 앤솔러지의 탄생과 번역의 상상력(1)―민
　　족주의 계열과 사회주의 계열의 소년운동 그룹의 번역을 중심으로」,『문
　　학교육학』39, 한국문학교육학회, 2012.12.

최윤정,「방정환의『사랑의 선물』광고 전략에 나타난 근대 동화(童話) 기획 연
　　구―『어린이』수록 광고를 중심으로」,『한국아동문학연구』25, 한국아동
　　문학학회, 2013.12.

大竹聖美,「方定煥研究―誕生から10世まで·幼年期の生家と時代背景~評伝『小
　　波·方定煥生涯―愛の贈り物』を讀む~」,『紀要』18, 東京純心女子大學,
　　2014.3.

염희경,『소파 방정환과 근대 아동문학』, 경진출판, 2014.

大竹聖美,「方定煥と天道教―孫秉熙三女結婚まで評伝『小波·方定煥の生涯―愛
　　の贈り物』を讀む~」,『紀要』19, 東京純心女子大學, 2015.3.

오현숙,「『사랑의 선물』에 나타난 숭고미」,『사랑의 선물―방정환의〈사랑의 선
　　물〉에 담긴 특별한 이야기』자료집, 방정환문학 원문읽기 모임,
　　2015.10.18 ; 오현숙,「방정환의『사랑의 선물』에 나타난 멜로드라마적
　　특성과 동화의 숭고미」,『아동청소년문학연구』17, 한국아동청소년문학
　　학회, 2015.12 ; 오현숙,「방정환의『사랑의 선물』에 나타난 멜로드라마
　　적 특성과 동화의 숭고미」,『신성한 동화를 들려주시오』, 소명출판 2018;
　　오현숙,「4. 낭만주의와 동화의 숭고 미학」,『한국 근대 아동문학 서사장
　　르론』, 청동거울, 2021.

박종진,「행복한 왕자의 어깨에 오른 제비―「왕자와 제비」를 중심으로 한 방정환
　　의 번안과 서사 변형의 특징」,『사랑의 선물―방정환의〈사랑의 선물〉에
　　담긴 특별한 이야기』자료집, 방정환문학 원문읽기 모임, 2015.10.18 ; 박
　　종진,「「왕자와 제비」에 나타난 방정환의 내러티브」,『한국아동문학연구』

30, 한국아동문학학회, 2016.5 ; 박종진, 「「왕자와 제비」에 나타난 방정환의 내러티브」, 『신성한 동화를 들려주시오』, 소명출판, 2018.

장정희, 「『사랑의 선물』 판본의 연구」, 『사랑의 선물—방정환의 〈사랑의 선물〉에 담긴 특별한 이야기』 자료집, 방정환문학 원문읽기 모임, 2015.10.18 ; 장정희, 「『사랑의 선물』 再版 과정과 異本 발생 양상」, 『인문학연구』 51, 조선대 인문학연구원, 2016.2

장정희·박종진, 「근대 아동문학과 「한네레의 승천」 전유 양상」, 『근대 아동문학의 양상과 동화문학의 미래』 자료집, 건국대 동화와번역연구소, 2015.10.30 ; 장정희·박종진, 「근대 조선의 「한네레의 승천」 수용과 방정환」, 『동화와 번역』 30, 건국대 동화와번역연구소, 2015.12

김경희, 「『어린이』에 수록된 아동극의 현황과 '실연(實演)' 양상 연구」, 『근대서지학회·청주고인쇄박물관 제5회 공동학술발표대회』 자료집, 근대서지학회, 2015.12.5

조은숙, 「사랑의 선물(해제)」, 『한국근대문학해제집 1. 단행본』, 국립중앙도서관 근대문학정보센터, 2015.

大竹聖美, 「1919年前後の方定煥—〈小波(ソパ)〉の由來3·1獨立運動~評伝『小波·方定煥の生涯—愛の贈り物』を讀む~」, 『紀要』 20, 東京純心女子大學, 2016.3.

이성훈, 「방정환의 『사랑의 선물』에 실린 그림 동화 「잠자는 왕녀」에 나타난 동화 모티브 연구」, 『방정환과 세계 아동 문화사』 자료집, 한국아동문학연구센터, 2016.5.28 ; 이성훈, 「방정환의 『사랑의 선물』에 실린 그림 동화 –「잠자는 왕녀」에 나타난 동화 모티프 연구」, 『한국아동문학연구』 32, 한국아동문학학회, 2017.6 ; 이성훈, 「방정환의 『사랑의 선물』에 실린 그림 동화—「잠자는 왕녀」에 나타난 동화 모티프 연구」, 『신성한 동화를 들려주시오』, 소명출판, 2018.

염희경, 「근대 어린이 이미지의 발견과 번역·번안동화집」, 『현대문학의 연구』 62, 한국문학연구학회, 2017.6.

박진영, 「방정환 『사랑의 선물』」, 『개관 20주년 기념 주요 소장자료 해제집』, 한국현대문학관, 2017.

大竹聖美, 박종진 옮김, 「근대 아동문학 초창기의 '사랑'」, 『신성한 동화를 들려주시오』, 소명출판, 2018.

장정희 해설, 『방정환 세계동화 사랑의 선물』, 현북스, 2018.

신정아, 「번안동화집 『사랑의 선물』에 함의된 소파의 어린이 사랑과 민족의식」, 『문예운동』 141, 문예운동사, 2019.2.

김경희, 「방정환의 「마음의 꽃」에 나타난 '마음으로 피우는 꽃'의 의미」, 『방정환 연구』 1, 방정환연구소, 2019.3

염희경, 「방정환 동화의 공감력―눈물, 웃음, 분노, 그리고 말걸기의 힘」, 『정본 방정환 전집』 1권 해설, 창비, 2019.

김해련, 「아동소설 『쿠오레(Cuore)』의 한국 수용사 연구」, 춘천교대 석사학위논문, 2019.

원종찬, 「방정환의 「참된 동정」에 나타난 '빵과 장미'의 상상력」, 『'방정환과 색동회의 시대'』 자료집, 인하대 한국학연구소, 2019.8.22 ; 원종찬, 「방정환의 「참된 동정」에 나타난 '빵과 장미'의 상상력」, 『한국학연구』 55, 인하대 한국학연구소, 2019.11 ; 원종찬, 「방정환의 「참된 동정」에 나타난 '빵과 장미'의 상상력」, 『아동문학의 오래된 미래』, 창비, 2020.

김환희, 「방정환의 「요술왕 아아」 개작의 특징 : 이와야 사자나미와 라우라 곤첸바흐의 옛이야기와의 비교」, 『'방정환과 색동회의 시대'』 자료집, 인하대 한국학연구소, 2019.8.22.

심지섭, 「'연애(Love)'로 읽는 방정환의 번안동화집 『사랑의 선물』」, 『'방정환과 색동회의 시대'』 자료집, 인하대 한국학연구소, 2019.8.22.

김젬마, 「'소영웅' 만들기와 번역: 『쿠오레』를 중심으로」, 『'방정환과 색동회의 시대'』 자료집, 인하대 한국학연구소, 2019.8.22 ; 김젬마, 「한국 근대아동소설의 '소영웅(小英雄)' 변주와 『쿠오레』 번역」, 『한국학연구』 55, 인하대 한국학연구소, 2019.11.

김환희, 「방정환의 번역동화가 구전설화에 미친 영향―「요술왕 아아」와 「흘러간 삼 남매」를 중심으로」, 『한국아동청소년문학학회 제25회 2019년 여름 학술대회』 자료집, 한국아동청소년문학학회, 2019.8.24.

염희경, 「방정환의 민족주의와 우리말글 사랑 정신」, 573돌 한글날 기념 제11회

집현전 학술대회 『지난 백 년의 우리 생활 문학과 한글』 자료집, 2019.10.10 ; 「방정환의 민족주의와 우리말글 사랑 정신」, 『나라사랑』 128, 외솔회, 2019.11.

김경희, 「1920년대 60전으로 ‘세계일주’하는 방법」, 『근대서지』 20, 근대서지학회, 2019.12.

김인옥, 「방정환의 아동관과 문학관─아동문학지 『어린이』와 동화집 『사랑의 선물』을 중심으로」, 『한국문예비평연구』 65, 한국현대문예비평학회, 2020.3.

박진영, 「학대받고 짓밟힌 ‘식민지 어린이’ 위로하다」, 『서울경제』, 2020.4.16.

姚語瀟, 「방정환과 저우쮀런의 아동문학 번역 비교 연구─『사랑의 선물』과 『물방울』을 중심으로」, 성균관대 석사학위논문, 2020.

정선희, 「『사랑의 선물』 학술사의 안계와 과제」, 『새롭게 읽는 방정환의 〈사랑의 선물〉』, 한국방정환재단 · 연구모임 작은물결 · 성균관대 비교문화연구소 · 성균관대 국어국문학과 BK21 교육연구단, 2020.11.7.

김영순, 「「한네레의 죽음」에 투영된 작품 세계 특징」, 『새롭게 읽는 방정환의 〈사랑의 선물〉』 자료집, 한국방정환재단 · 연구모임 작은물결 · 성균관대 비교문화연구소 · 성균관대 국어국문학과 BK21 교육연구단, 2020.11.7 ; 김영순, 「「한네레의 죽음」에 투영된 작품 세계 탐구」, 『아동청소년문학연구』 29, 한국아동청소년문학학회, 2021.12.

김현숙, 「『사랑의 선물』이 보여준 저본과 번역본의 차이가 주는 의미 고찰─「꽃 속의 작은이」를 중심으로」, 『새롭게 읽는 방정환의 〈사랑의 선물〉』 자료집, 한국방정환재단 · 연구모임 작은물결 · 성균관대 비교문화연구소 · 성균관대 국어국문학과 BK21 교육연구단, 2020.11.7 ; 김현숙, 「『사랑의 선물』이 보여준 저본과 번역본의 차이가 주는 의미 고찰」, 『아동청소년문학연구』 27, 한국아동청소년문학학회, 2020.12.

김순녀, 「샤를 페로의 ‘상드리용’과 방정환의 ‘산드룡’─‘신데렐라’ 이미지와 번역에 따른 차이」, 『새롭게 읽는 방정환의 〈사랑의 선물〉』 자료집, 한국방정환재단 · 연구모임 작은물결 · 성균관대 비교문화연구소 · 성균관대 국어국문학과 BK21 교육연구단, 2020.11.7 ; 김순녀, 「‘신데렐라’의 문화적 이미지」, 『스토리앤이미지텔링』 20, 건국대 스토리앤이미지텔링연구소, 2020.12.

염희경, 「초창기 번역동화집 『금방울』과 『사랑의 선물』 표지―원본 표지 그림의 수용과 변용이 지닌 의미」, 『근대서지』 22, 근대서지학회, 2020.12.

손증상, 「일제강점기와 코로나19 시대의 아동극의 역할과 그 의미―〈한네레의 죽음〉과 〈죽었니? 살았니?〉를 중심으로」, 『방정환과 20세기 어린이를 찾아서』 자료집, 방정환연구소, 2021.7.23 ; 손증상, 「방정환의 정신을 반영한 아동극 연구―방정환의 동화극 「한네레의 죽음」과 강훈구의 웹연극 「죽었니? 살았니?」를 대상으로」, 『방정환연구』 6, 방정환연구소, 2021.9.

김명옥, 「방정환 개벽사상의 실천적 텍스트로서 「난파선」 연구」, 『새롭게 읽는 방정환의 〈사랑의 선물〉 2』 자료집, 한국방정환재단, 2021.10.30 ; 김명옥, 「방정환 개벽사상의 실천적 텍스트로서 「난파선」 연구」, 『문화와융합』 44-2, 한국문화융합학회, 2022.2.

이미정, 「「왕자와 제비」와 「털보 장사」에 나타난 '독창적 반복'」, 『새롭게 읽는 방정환의 〈사랑의 선물〉 2 자료집』, 한국방정환재단·연구모임 작은물결·성균관대 비교문화연구소·성균관대 국어국문학과 BK21 교육연구단, 2021.10.30.; 이미정, 「방정환 번역 동화에 나타난 '독창적 반복'」, 『동화와 번역』 43, 건국대 동화와번역연구소, 2022.6.

김순녀, 「방정환의 「잠자는 왕녀」, '깨끗하고 고결한 이야기' 되기―'신화'적 이미지와 '동화'라는 근대 어린이문학 이미지」, 『새롭게 읽는 방정환의 〈사랑의 선물〉 2』 자료집, 한국방정환재단·연구모임 작은물결·성균관대 비교문화연구소·성균관대 국어국문학과 BK21 교육연구단, 2021.10.30 ; 김순녀, 「'잠자는 미녀' 판본 비교: 방정환의 「잠자는 왕녀」에서 중첩된 '신화'적 이미지와 '동화'라는 근대 어린이문학 이미지」, 『아동청소년문학연구』 29, 한국아동청소년문학학회, 2021.12.

염희경, 「「천당 가는 길」, 추방된 '원초적 반란자'의 민중성과 '회심'의 미학」, 『새롭게 읽는 방정환의 〈사랑의 선물〉 2』 자료집, 한국방정환재단·연구모임 작은물결·성균관대 비교문화연구소·성균관대 국어국문학과 BK21 교육연구단, 2021.10.30 ; 염희경, 「「천당 가는 길」, 추방된 '원초적 반란

자'의 민중성과 '회심'의 미학」,『아동청소년문학연구』29, 한국아동청소
　　년문학학회, 2021.12.

이미정,「방정환 번역의 '굴절'과 스코포스―「왕자와 제비」를 중심으로」,『한국근
　　대문학연구』22-2, 한국근대문학회, 2021.10.

박종진,「사랑과 의지의 결정체『사랑의 선물』」,『아동문학평론』47-2, 아동문학
　　평론사, 2022.6.

김경희,「'사랑의 선물', 동화를 들려주시오」,『아동문학평론』47-2, 아동문학평
　　론사, 2022.6.

정선희,「『사랑의 선물』의 문화사적ㆍ현재적 의의」,『세계와 소통하는 아동청소
　　년문학―『사랑의 선물』출간 100주년 기념』자료집, 한국아동청소년문
　　학학회, 2022.8.

정선희,「방정환이 쏘아 올린 작은 공―『사랑의 선물』에 관한 이야기」,『어린이
　　와 문학』180, 어린이와문학, 2022.9.1.

지신영,「방정환의 번역 양상과 내러티브 변형의 특징―「산드룡의 유리구두」를
　　중심으로」,『방정환연구』8, 방정환연구소, 2022.9.30.

염희경,「근대 어린이 발견과 어린이 운동의 관점으로 읽는 「어린 음악가」」,『아
　　동청소년문학연구』31, 한국아동청소년문학학회, 2022.12.

■작성 : 정선희

정선희_鄭仙熹　고려대 국어국문학과 박사 수료. 아동문학연구자. 저서로『신성한 동화를 들려주
시오』(공저),『100개의 키워드로 읽는 한국 아동청소년문학』(공저),『『부인』ㆍ『신여성』총목차
1922-1934』가 있다.

김명옥_金明玉

건국대와 순천향대 대학원에서 강의. 한가람역사문화연구소 연구위원. 저서로
『박문수, 구전과 기록사이: 어린이책 역사인물이야기의 진실을 찾아서』, 『(우리
가 알아야 할) 3·1 만세 운동』(공저), 『신주 사마천 사기』(본기, 표·서 1~16권/
세가 17~25권 근간)(공동번역), 『(항일 무장 투쟁에 앞장선 역사학자) 김승학』
등을 냈다.

김순녀_金順女

서울디지털대 문예창작과 객원교수 및 연세대 매체와예술연구소 연구교수. '김
시아'라는 필명으로 문학과 예술에 대한 평론을 쓰고 그림책 연구와 더불어 프랑
스어권 그림책을 우리말로 옮긴다. 번역서로 『동물일까 기계일까』, 『아델라이드』,
『에밀리와 괴물이빨』, 『세상에서 가장 귀한 화물』, 『엄마』, 『빨간모자가 화났어!』
가 있고, 공동 집필한 평론서 『문화, 정상은 없다』, 『문화, 공동체를 상상하다』를
냈다.

김영순_金永順

아동문학연구자. 번역가. 작가. 저서로 『한일아동문학 수용사 연구』, 『일본 아동
문학 탐구─삶을 체험하는 책읽기』, 『조선의 풍경, 근대를 만나다』(공저), 『동아
시아 아동문학사』(공저) 등이 있으며, 그림책 『우리 가족』과 『임금님의 이사』를
옮겼다. 근간으로 에세이 『죠리퐁은 있는데 우유가 없다』가 있다.

김환희_金歡姬

옛이야기연구자, 아동문학평론가. 한국아동청소년문학학회 연구이사. 전 춘천교

육대학교 연구교수. 저서로『옛이야기 공부법』,『옛이야기와 어린이책』,『옛이야기의 발견』,『국화꽃의 비밀』을 냈다.

김현숙_金鉉淑

고려대학교 대학원 박사과정 수료. 동화작가와 아동문학평론가를 거쳐 현재 아동문학연구자로 활동. 학위논문을 준비하며 단국대 등 대학에 출강. 저서로『여우들의 맛있는 요리학교』등의 동화집과 아동문학비평집『두 코드를 가진 문학 읽기』를 냈다.

염희경_廉喜瓊

한국방정환재단 연구부장. 춘천교육대학교 강사. 아동문학연구자. 저서로『소파 방정환과 근대 아동문학』, 공저로『방정환과 '어린이'의 시대』,『동아시아 한국문학을 찾아서』등을 냈다.『사랑의 선물』,『사월그믐날 밤』,『봄 여름 가을 겨울 그리고 어린이』를 엮었고,『정본 방정환 전집』편찬위원으로 참여해 전집을 엮었다.

이미정_李美正

건국대학교 동화·한국어문화학과 교수. 저서로『유년문학과 아동의 발견』,『인물로 보는 근대 한국』(공저) 등을 냈고, 논문「『아이생활』유년꼭지의 시기별 특성 연구—형성부터 해체 과정까지」,「『조선일보』「우리차지」에 나타난 유년 이미지—인물 모티프를 중심으로」등을 썼다.

이정현_李姃炫

일본 류코크대학 한국어 강사. 한일아동문학연구자. 저서로『방정환 번역동화 연구—『사랑의 선물』을 중심으로』가 있고, 가가쿠이 히로시의『삼각김밥 씨네 모내기 하는 날』,『뭉게뭉게 주전자』등 일본 그림책을 다수 번역했다.